盛世藏缘

曾祥玉 著

北京时代华文书局

目　录

CONTENTS

第一章　拍场失利

2004年初冬的京城，一场突如其来的狂风，顷刻零落了残存枝头的枯叶，紧随其后的漫天大雪，好似梨花一般，飘飘洒洒、飞飞扬扬，落得大街小巷，一片白雪皑皑，建筑的屋顶与枝桠，也都挂满厚厚的冰凌，好一派玉树琼枝、银装素裹的北国风光。夹着雪花的空气，潮潮的，清新而凛冽，风一吹，如刀子一般，打在人们的脸上生疼生疼。满大街的机动车，亦步亦趋，徐徐滑行。人们大都缩手缩脚，纷纷将头包裹在宽大的围巾或帽子里面，在凛冽的寒风中行色匆匆。而在知名的五星级饭店克莱敦的大厅里，却灯火通明、暖意融融，既隆重热闹，又秩序井然。

这里正在举行宏程博源拍卖公司本年度的秋季拍卖预展。该公司在业界声名赫赫，既有不俗的口碑，又有骄人的业绩。藏家手里的藏品，若能被该公司相中，便代表着七成以上的成交把握，且有可能天价落槌，让众多的古玩藏家和艺术品经纪人无不心向往之。预展现场瓷玉满堂、珍玩盈室，人们时而流连徜徉，时而驻足端详，既神采飞扬，又忘情投入。

肖鹏飞老人在孙子肖潇、顾问陆一凡和司机李可的簇拥下，从二楼的书画展厅穿过曲折的长廊，乘扶梯直达三层，脚踏柔软并点缀着璎珞花纹的猩红色纯毛地毯，信步来到设在三楼的古董珍玩大厅。抬眼一望，老人眼前不由一亮：展厅一如往常轩敞、明亮，布局也和以前大体一致，但纤尘不染的玻璃展柜里，精美绝伦、形制不一的各色展品，在强光照射之下，流光四溢，精彩纷呈，乍一看来，其品质与档次，似高出之前的各类预展不少。拍卖公司的工作人员，无论男女，人人一脸严肃，身着纯毛质地的藏青色西服，和里边雪白的衬衣相衬，十分职业。无一例外，所有员工的右胸前全别着规范统一的工作卡，给人以训练有素、极为专业的良好印象。仅瞥一眼，肖鹏飞便不由自主，脱口赞叹：“哎，不错！”身边的陆一凡也满目生辉，由衷附和：“确实不错。比往次的水平明显有所提高！”一行人从从容容，走近展柜，顺次观看。展品以明清官窑瓷器为主，兼有少量古玉及其他杂项。每一件展品也都各具特色，以不同的姿态，向世人展示其几百年的历史繁华与兴衰更替。众多展品中，尤以各个时期的精品官窑瓷器最为夺人眼球，在头顶明亮而柔和的灯光照射以及展柜里特制的光柱下，宝光熠熠、美不胜收。几人不时停下脚步，认真观赏玻璃展柜里精美的瓷器，遇上感兴趣的，便礼貌地叫工作人员从展柜里取出来，拿在手上，翻来覆去仔细观看，不忍释手。

肖鹏飞是上个世纪八十年代末期从美国归来的美籍华人。九十年代初期，自中国大陆开始艺术品拍卖以来，但凡京城几家有实力的拍卖公司的拍卖会预展，他都不会错过任何一次观看机会，遇上喜欢的，还会拍回一两件。但今天展会上的展品，精品重器之多，却是他少见的。因此，已逾八旬高龄的他，虽从二楼一直看到三楼，竟然没有一丝倦意，反而越看越精神，越看兴致越高昂。

肖鹏飞虽说已是耄耋老人，却鹤发童颜，精神矍铄。一米八的身高和笔直的身躯，以及矫健的步伐，着一身黑色暗花锦缎绒衣裤，气度雍容而又超凡脱俗。和其他随行的三人一道，即便在五星级饭店贵宾如梭的大厅里，也很抢眼。参展的人们不时将目光投向他们，心里猜测着他的身份：是已经离休的政府高官？还是学贯中西的鸿学大儒？抑或是纵横商海的成功前辈？肖鹏飞早已习以为常，面对这些陌生好奇的探寻目光，不时报以和善微笑，和身边随行的三人小声愉快地交谈着，一副处变不惊、泰然自若的神态。

展厅一侧的空地上，等距并列着三个独立展柜，每个展柜里仅陈设一件瓷器，在玫瑰红色天鹅绒布的映衬下，给人鹤立鸡群、不同凡响的超然感觉。肖鹏飞情不自禁，快步走向距离身边最远的展柜，伫立端详里边这只令他心有所动的精美瓷器。这是一只粉彩百鹿矾红描金双鹿头耳瓷尊，瓷尊前边的小牌上清楚标注着：年代：清乾隆，高：48厘米，估价250—350万元。该瓷尊筒口、鼓腹、圆圈足，器型硕大，制作规整，端庄大气。两侧颈部对称以矾红鹿头为饰，整个瓷尊釉汁莹润，时代特点明显。瓷尊通体彩绘，山石嶙峋，松枝虬展，松下百花艳放，百鹿嬉戏，有的穿行小溪，有的伏卧荫下，还有的亲昵相偎，一派盛世繁荣吉祥景象。体味画面，栩栩如生，使人如临仙境，心旷神怡。

肖鹏飞围绕展柜三面纤尘不染的玻璃，来来回回仔细观看，不停调整角度，从各个侧面反复细察瓷尊，眼珠子仿佛都要落在了上面。老人饶有兴致鉴赏着，脑子深处像在努力回忆着什么，又好似在认真思考着一系列问题，可思来想去，却怎么也无法得出什么结论，只忘情、反复地喃喃低语："太像了！太像了！实在太像了！"孙子肖潇也在一旁，他陪爷爷无数次观看过拍卖预展，从未见爷爷如此专注，如此忘情，内心不由一动，善意建言说："爷爷，看您那么喜欢，咱把它拍回家吧！"

"拍！一定要拍！"肖鹏飞毫不含糊，脱口而出，似回答孙子提议，又好似自言自语，说罢，站直身子，忽觉一阵眩晕，猛一个趔趄，肖潇手快，赶紧伸手将他托住，抬眼一望，见爷爷脸色刷白，心里不由一惊，忙关切问道："怎么？头又晕了？"陆一凡两人相隔不远，闻讯疾步来到爷孙身旁，李可也伸出双手来，从另一侧将肖鹏飞稳稳托住。陆一凡颇老练，细察肖鹏飞面容，见刚才还略显苍白的老人脸上，慢慢有了红晕，这才松了口气，沉着地吩咐肖潇和李可说："托住肖老，等缓过劲儿来，再扶他去休息休息。"瞬间的眩晕来得快，去得也快，见几人一脸紧张，并引来众人侧目，肖鹏飞略一定神，随即甩开搀扶他的手，自若一笑，逞强道："不用了，没事的。"

隔天下午三点半，宏程博源拍卖公司的古董珍玩拍卖专场在克莱敦大酒店三楼的会议厅正式开槌。近千平方米的大厅灯火通明，三四百人秩序井然，有的专注于手中图录，有的交头接耳，兴致高昂地谈论着收藏界的轶闻趣事。无论是买家还是卖家，无论是故作庄重还是抑制不住神情飞扬，无不对这场即将开槌的拍卖会寄予无限厚望。台上，拍卖公司的员工正调试着音响，台下，八位身穿鲜红织锦旗袍的美人，面带微笑，并成一排，恭候于台下一侧，等待着随时投入工作。

肖潇坐在中间偏后的位子上，黄克强和司机李可分坐在他的两旁。他所竞拍的标的物"乾隆粉彩百鹿尊"，编号是122号，依顺序下来，还早着呢。于是，便和黄克强东一榔头西一棒子，小声侃起收藏领域各种道听途说的传闻。此时，会场一阵小小骚动，音箱里传来略显嘈杂而又极其标准的男中音：“北京宏程博源拍卖有限公司古董珍玩专场拍卖会现在开始了。”肖潇闻声抬头，见一名身着深灰西服的中年男子快步走向拍卖席前站定，伸手调整麦克风的位置后，清了清嗓子，面对会场，从容说道：“今天的第一件拍品001号是清道光粉彩过枝花碟盘，起拍价三万元，下面有没有喜欢的买家？”话音刚落，台下号牌举举落落，拍卖师的手势也随台下号牌的举落而不停变换。这轮竞价，经过近二十个回合的较量，这件以三万元起拍的清道光粉彩过枝花碟盘，最终以十八万八千元落槌，被187号竞拍者拍下。

接下来的二十来件，以清中后期的青花或彩釉碗盘居多，价位都不是太高，起拍价均在几万元，成交价也多为十几、二十几万，也有部分流拍的。人们有的盯着拍卖席两侧的大投影，屏住呼吸看着上面各件拍品不停往上变动的数字耳热心跳，有的则埋头在图录上记录着成交数据，神情专注。

往下为029号拍品，是一对7厘米高的明代嘉靖斗彩小酒杯，起拍价为7.5万元。从拍卖师报出起拍价后，便有十一二个人竞相跟拍，从十几万、二十几万、三十几万、五十几万、八十几万，一直冲上一百万。此时，会场又开始了一阵不小的骚动，人们交头接耳起来，惊叹一对如此不起眼的嘉靖斗彩小酒杯竟有如此不俗的市场表现。竞拍者完全不顾与会者的讶异，价格还在一个劲儿地往上猛蹿，拍卖师似乎也被这场景刺激了，情绪高昂、语调激扬地报着价格：“101号110万、89号115万、303号130万……”这时，跟拍者只剩下4人，等到价位超过150万时，场内就剩下303号和57号相互较量。两人都拿出一副志在必得的架势，与会者被竞拍者的气魄与胆识惊呆了，目光在这两个号牌之间来回穿梭，想看看这两个有如此惊人之举的勇士，究竟是何方神圣。

303号的座位在肖潇的右前方。肖潇侧目望去，这是一位二十七八岁的年轻女子，一头松软卷曲的棕色长发自然而飘逸，浅咖啡色宽边太阳镜下的肌肤白皙又丰润。虽是坐姿，却不难看出，该女子身材高挑苗条，有着令人一见忘俗的优雅气质。该女子目视前方，旁若无人而又镇定自若地手举号牌，一副不达目的誓不罢休的雍容气派。女子气定神闲，好似背靠着金山银矿，只要她看中的东西，就一定得揽入怀中，根本不在乎钱多钱少，就连肖潇这个出身豪门、有着天然心理优势的男子，也都不免心生惊诧，禁不住暗想：如此气势如虹，场中能有几人？再看看前面离得较远的57号竞拍者，虽说只能看个背影，但肖潇明显感觉这个四十岁开外、有点发福的中年男子开始招架不住了。拍卖师继续煽情地鼓动着："170万、170万，303号出170万，57号，你还加价吗？170万一次、170万二次……"当拍卖师就要喊出"170万三次"时，57号稍作犹疑，再次举起手中号牌，会场再次骚动，拍卖师也抑制不住情绪激动，提高声音分贝，情绪激昂地继续高呼："好，180万，57号先生愿出180万，303号……"话音未落，303号竞拍者毫不犹豫，又一次高举手中号牌，拍卖师乐疯了，嘶哑着嗓音高声喊道："190万、190万，303号愿意出190万，57号还愿意加价吗？还有人愿意加价吗？"拍卖师的目光紧盯着57号竞拍者，一改之前快速的语调，一字一句高声唱道："190万一次，190万二次……"拍卖师紧盯着57号，过了片刻，见他仍无加价意愿，这才不得不最后喊出："190万第三次，成交！"只听"啪"的一声，拍卖师将木槌用力敲了下去，口中继续煽情地喊道："029号拍品，以190万元被303号拍下。"

雷鸣般的掌声瞬间响彻整个拍卖大厅，与会者好奇极了，纷纷从座上起身，想一探出手如此不凡的竞拍者，究竟是何尊容。当看清这个阔绰的竞买者竟是如此漂亮的年轻女性，男人们不由自叹不如，并毫不掩饰其欣赏神情，而绝大多数的女性则难免心生妒意。这对以7.5万元起拍的明代嘉靖斗彩小酒杯，以190万元的高价落槌成交，整整高出起拍价二十多倍，怎不令人心旌荡漾？黄克强深受感染，目睹场内身着红色旗袍的佳丽手执成交单据，穿梭往来于各买受人间，遂压低嗓音，在肖潇耳边兴奋说道："真刺激！一对小酒杯，竟能卖190万，我这辈子想买一个，恐怕都是痴人说梦！"肖潇见惯不惊，面带微笑听黄克强发泄感慨，也不由自主将目光投向右前方的303号。女子端坐靠背椅上，目不旁瞬，从侧面望去，面色安详，神态自若，一点没有因为自己的豪举所引发关注而沾沾自喜，也不为因自己所引发的骚动而有所不安。肖潇见过不少大场面，漂亮女人见得也不少，但今天这个陌生美女所表现出来的雍容气度，也不禁让他心生佩服。

拍卖会继续往下进行，竞拍更加激烈。肖潇环顾四周如痴如狂的人们，突然有点烦躁，心里嘀咕：看今天这架势，不知自己是否能够如愿，能否完成爷爷交办的事。肖潇和爷爷的感情异常深厚，不独是血浓于水的血缘关系。上个世纪八十年代末，肖潇的父亲便去世了，不久，母亲也身患绝症离去，而他又是独生子，无兄弟姐妹为伴，十多年来，只和爷爷相依为命，即便父母在世时，由于父母长年忙碌，肖潇从小便是在爷爷怀中长大的。中国传统文化里的隔辈亲，在爷孙俩身上表现得尤为突出。肖潇不仅爱爷爷，更敬佩爷爷。爷爷的学识、爷爷的智慧、爷爷的能耐、爷爷的为人，都让他佩服得五体投地。肖潇父亲去世后，爷爷强忍悲痛，以近七十岁的高龄，学着打理父亲留下的公司，从事通信电缆、光缆及相关器材、计算机系统集成及网络工程、软件开发等生产、销售及安装业务，总部位于有着中国“硅谷”之称的北京中关村高科技园区，并在天津、唐山等高新技术产业园区设有多家分厂，产品销往全国各地，客户涵盖政府、电讯、铁路、银行、教育，以及其他企事业单位，到目前，已拥有固定资产六十多亿，员工逾千人，年销售额二十多亿，利润高达六个亿。近两年，爷爷才退居二线，隐居幕后出谋划策，指导他打理庞大的家族企业。所以，肖潇对爷爷不仅是爱与敬佩，内心深处，还对爷爷存有感恩的心，以及深深的歉意，觉得爷爷为自己付出的实在太多了，简直无以回报。所以，只要是爷爷的心愿，肖潇都会尽其所能去满足。

拍卖会热闹非凡、高潮不断，不知不觉间，又拍出了三十多件拍品。在此过程之中，肖潇发现前边的303号，时不时都会举起手中号牌，只要她参与角逐的拍品，无不以她的胜出告终。出于好奇，肖潇便在心里猜测她的身份，分析她的来历，其身后有着怎样的财经背景。尤其是，她的竞拍何以如此霸气。

接下来是67号拍品，一件乾隆黄地粉彩描金镂空花卉纹香炉，该拍品估价80到100万，起拍价定在60万。此件拍品一开拍，竞争便异常激烈，十几个竞拍者争先恐后相继举牌，唯恐落于人后。从60万一路狂飙至上千万，场内掀起阵阵骚动，人们连连咋舌，目光追寻着竞拍者的富有与气魄，感叹中国古代艺术品的神奇魅力。此时，已有多个竞逐者黯然退场，剩下六七个竞拍者一争高下。拍卖师极富煽动性的语调抑扬顿挫，竞拍者的牌号此落彼起，一路将价格狂追到2000万元的天价，这一过程中，场中的与会者骚动不已，此刻，人们的交头接耳与惊叹之声更是不绝于耳，严重影响拍卖会的正常进行，拍卖师只得暂停快如机关枪的报价声，转而对着台下，嘶哑着嗓音高声规劝：“大家请安静，大家请安静……”会场陆续静了下来，拍卖师接着刚才的拍卖，又高声叫唱起来。

就在拍卖会热闹异常的氛围中，几个身着藏青色西服的拍卖公司员工却不停地在大厅内来回巡视，他们脸上不时因拍卖会现场一次又一次刷新各品种的成交纪录而露出欣喜的笑容，又不时紧张地将目光投向场内那几处频频举牌的地方。

经过短暂观察，几位工作人员停下脚步，三三两两聚在一起，神色不安地交头接耳。之后，细心的人们瞅见瓷杂部经理李箐三步并作两步，一溜烟儿小跑出了大门外。人们不以为然，继续亢奋地随着拍卖师抑扬顿挫的唱腔忘情地关注着拍卖会的进程。

李箐快步走出大厅，前后左右四顾张望，过道上，除服务台前几名员工正为少数几个客人发放下一专场的图录外，哪见其他人员踪影？李箐稍一思忖，快速转往左侧长廊，没走两步，便听设在拍卖会现场的工作间内，传来公司副总王总和几个女孩的嬉笑。李箐循声疾步来到房门口，冲正压低嗓门和女孩们逗笑取乐的王总将手一招，脱口而出道："王总，出来一下，我有事跟您说。"王总圆圆的肉脸上因情绪高亢而满面油光，见李箐神秘兮兮，王总一脸不以为然，嘟囔说："有啥话就在这里说呗。"李箐心里大为不满，但她哪有工夫计较呢？快速地瞥一眼屋内几个尴尬讪笑的女孩后，又将目光收回来，盯在王总那张因过度纵欲而略显松弛的胖脸上，执拗地说："王总，还是出来说吧。"李箐一脸凝重，满脑门儿官司，完全不通融，王总虽不情愿，却也不敢怠慢，只得由着李箐，慢慢从亚麻色布艺转椅上起身，临出门前，仍心有不舍，扭头瞥一眼面若桃花、一脸羞怯的小刘后，这才大步走出室外。

还未站定，王总便冲李箐不满地嚷嚷起来："拍卖会顺利进行，啥事让你这么大惊小怪的？"王总出口伤人，李箐心中大为不满，不由暗自嘀咕：真是个不折不扣的老色鬼，这时候还惦记着和里面的小丫头们打情骂俏！李箐心中虽说不悦，但她极会见机行事，当她稳住脚步转过身时，脸上已看不出任何不满的情绪，而是忧心忡忡，快人快语地反诘王总道："顺利吗？王总，我咋感觉今天的拍卖会有点不太对劲儿呢！""有啥不对劲儿？"王总眉头一挑，一改之前的满不在乎，一脸严肃地追问道。王总态度的瞬间巨变，让李箐更觉不安，她不敢直视王总锐利的目光，口中的语气不太笃定："我还拿不太准。只觉得场内有几个竞拍者举牌的频率太高了……""举牌频率高？这是大买家呀！好事嘛！至于让你一惊一乍么？"王总双眉微皱，斜睨着李箐，嫌她无事生非，无端地搅了他的清雅。李箐仍固执己见，据理力争："王总，话可不能这么说吧。像有些人今天这样逢精品重器必举的高频率，我还从未见过呢。要不，您过去瞅瞅再说？"李箐将话说到这个份儿上，王总便也不敢轻慢，他紧盯着李箐杞人忧天又颇显憔悴的长脸，稍一沉吟，进而又问："有几人？"李箐胸有成竹，笃定回道："七八个吧。"王总琢磨片刻，冲李箐说："那这样，你赶紧把这几人的竞拍手续调出来看看，一会儿到小会议室碰个头。"见王总刚才还吊儿郎当、不以为然，现在却神色紧张，李箐心里不由"哼"了一声，斜睨王总一眼，心里好像卸下了千斤担子，回了句："那我去了。"王总忙道："你快去吧，我在会议室等你。"见李箐一溜小跑离去，王总快步折回房间，站在门口对正在里面有一搭无一搭闲聊的几个女孩吩咐道："你们跟张总监、叶经理和谢经理联系联系，我在小会议室等他们开个紧急会议。"几个女孩见王总一脸威严，和刚才的略显轻佻判若两人，也都不敢多问，赶紧找人去了。

王总快步走进设在离此不远的小型会议室，会议室里空无一人，而不远处传来的拍卖大厅里的动静却热闹非凡。王总心里突然一阵烦躁，大脑也快速转动起来，心里祈祷着正在进行中的拍卖会千万别出岔子，要真是那样，自己这亲临拍卖会现场坐镇指挥的公司最高领导，责任可担当不起！不等王总考虑周全，市场部张总监、书画部叶经理和铜像部谢经理前后脚走了进来。张总监见王总在室内来回踱步并一脸烦躁，不知出了啥事，心中顿觉不安，急切问道："王总，啥事？"见三个部下全紧张兮兮望着自己，王总情知不能在属下跟前有失大将风度，遂冲几人机械一笑，故作洒脱道："来，大家坐下说。"王总边说，边拣离身边最近的沙发坐下，并将左腿架在右腿上，眨眼工夫，便又在几个下属跟前恢复了从容不迫的领导风范。三名高管刚才还诚惶诚恐、忐忑不安，见王总瞬间又恢复了之前从容淡定的状态，心里稍感安慰，同时又都对王总拿腔拿调的态势暗觉好笑，几人相互间心照不宣，会心一笑，又将目光齐刷刷地转向王总，静听他召开临时会议的缘由。

见三名属下全盯着自己一言不发，王总的右手手指习惯性地敲打着沙发扶手，字斟句酌道："找你们来，主要是要你们做好充分的心理准备，万一拍卖现场出现什么异常，希望你们能在最短的时间内，作出最快捷的反应，并按要求立刻投入工作状态。"刚才稍感安心的三人立马紧张起来，心悬得老高，张总监白净文雅的脸庞上，牛眼圆瞪，脱口便道："咋回事？拍卖会难道出了状况？"谢经理也一脸愕然，莫名其妙地说："拍卖会不是进行得好好的吗？"见三个公司高管惊诧地望着自己，王总斟酌片刻，留有余地地说："现在还不好说。只是李箐刚才给我反映，说现场有几个竞拍者举牌的频率高了点儿……"王总话未说完，叶经理便释然道：“嗨，我还纳闷儿出了什么事呢！举牌频率高，那是好事呀！”张总监也一脸轻松，嫌李箐没事找事，附和叶经理说：“可不是吗？拍卖会才刚刚开始，这李经理是不是太过敏感了呀？”两人的话，全说到王总心坎里了，他虽心有同感，但事关重大，也就不便亮明自己态度，明确支持这种论调，万一真如李箐所言，过不了两天，自己恐怕就得让贤于这娘们儿了。王总心里嘀咕着，表面却分毫不露，并煞有介事地分析说：“对于拍卖会现场的一切异动，我们宁可敏感一点，早作打算，也别等到事情无法收场才来手忙脚乱地补台，到那时，可就没法弥补了！”三人听毕，情知事关重大，不能贸然反对，也就将话打住，不再言语了。稍顷，见王总一脸肃然，谢经理试探着问：“哎，王总，是不是该把这个情况给吴总通报一下？”王总瞥他一眼，沉着道：“慌啥？等把问题搞清楚再汇报不迟。别虚惊一场，吴总还不看扁咱几个！”王总随口一句，却足显其老谋深算，三名高管服服帖帖，均佩服他遇事的沉着冷静与处变不惊，张总监正要奉承两句，见李箐大步流星从外进来，便将目光投向她，其他三人也有所意识，随张总监的目光望向李箐，四人的心均提得老高，希望能从她的脸上看出些许端倪，可李箐面无表情，低着头，风风火火往里闯。不等李箐走近，王总便端着架子，打着官腔：“咋样？”李箐将手一扬，顺势把几页A4打印纸递至王总胸前，公事公办地回道：“这几个人里，有五人按要求缴足了保证金，但仍有三人只缴了两万块钱的最低竞拍金。”

情况大致明了，王总和其他三人轻舒口气，叶经理毫不掩饰心中不满，阴阳怪气道：“嘿，看来是虚惊一场。”张总监为人圆融，见李箐面显尴尬，忙替她打圆场：“虚惊一场是好事，李经理高度的责任心还是应该肯定的嘛。”李箐涨红着脸，硬着头皮听同僚们数落，一言不发。王总也已快速扫视完手中资料，见其他几人的保证金均在几十、上百万，并有两个是以前经常光顾公司拍卖会的老顾客，提得老高的心顿时放了下来，听叶经理和张总监话里话外揶揄李箐，也抬起头来，冲她正儿八经地盖棺定论：“是啊，人家交了那么多钱，哪会是故意捣蛋嘛？”见李箐张口结舌，满面委屈，想要辩解，王总赶紧又刀切豆腐两面光，安慰李箐说：“不过，李经理的做法还是值得肯定的，防患于未然嘛。”王总言不由衷，心里埋怨李箐搅了他的清梦，更对李箐毛毛躁躁、见风就是雨的做法颇感不满，正想再总结两句便结束会议，不料，李箐仍不撞南墙不回头，得一寸，进一尺，提出更为棘手的问题：“王总，我们是不是该催那三位缴清保证金后再让他们参与竞拍？”谢经理火了，却又不便明着反驳，只不温不火、绵里藏针地反诘李箐:“我们这样做，会不会激怒了那三个买家，从而扰乱拍卖会现场！”叶经理也有此顾虑:“现在去追缴？拍卖会还进行得下去吗？”

王总和张总监交换了下眼神，都在心里思忖着该如何处置李箐抛出的这个烫手山芋。二位均认为，李箐确实大惊小怪，没缴足保证金参拍的情况又不是第一次出现，哪至于这般兴师动众？但两人也都不敢保证不会出问题，心里都在想:凡事都有个万一，到时这三人中真有人付不出钱来，而又拍去多件重器，那损失不就大了？自己一旦插手，出了事，不就难辞其咎？虽说这种可能性极小，但既然有人提了出来，那就不得不认真对待。见两个和自己同级别的经理明着和自己唱反调，李箐心里当然不快，见王总犹犹豫豫、模棱两可，顾左右而言他，李箐不屈不挠，更加直截了当:“反正我把问题提出来了，究竟怎么处理，各位看着办，到时候真有个三长两短，可和我没关系啊！”李箐的话说到这份儿上，其他人哪敢再反对？王总虽嫌李箐多事，却也不能驳她意见，心里虽然窝火，脸上却不带分毫，他稍加斟酌，一本正经地说:“嗯，我看李箐的意见很对，我们是应该催这三人交足保证金。不过有一条，你们在催款的时候，一定要耐心解释，不要激化矛盾，不要影响拍卖会的正常进行。如果因为谁的言行不当而造成拍卖会无法进行，那就由谁负责呀！”王总的话既关照了各方意见，又将自己的责任撇得干干净净，几人均有不小压力，尤其李箐，王总的话看似支持了自己，但万一出现王总所说的状况，那自己又怎么担待得了这个责任？不等几人思虑明白，王总又一脸严肃地吩咐道:“李经理、叶经理、谢经理，你们三人各负责一人的催缴工作。不过，我有言在先，你们可不能影响拍卖会的进行！谁影响，谁负责呀！”

叶经理大为不满，瞥一眼惹是生非的李箐，暗想:这李箐真是吃饱了撑的，没事找事！再说了，你瓷杂部的事情，和我这个书画部的经理有何关联？谢经理虽说也不高兴，可对王总的命令又不敢违拗，正要起身往外走，突又想起什么似的，便冲王总问:“万一人家拒不缴款，非要等拍卖会结束才给，我们咋办？”叶经理也跟着起哄:“现在的竞拍者，一心全在拍卖会上，哪有心思补办缴款呀？”叶经理还嫌不过瘾，又冲李箐口无遮拦地埋怨:“你们瓷杂部也是，早干吗去了！”李箐窘得无地自容，假装没听见似的，一声不吭往外走，心里也对自己的莽撞懊悔不已。二位经理的意见也还真是个事儿，张总监也怕事情闹得不可收拾，他瞅瞅王总，说道:“嗨，这倒真是个问题呐。这时候去催款，真把这三人激怒了，再弄出点动静来，那拍卖会还进行得下去吗？”事到如今，王总也别无他法，他扭头看看已经走到门口的肇事者李箐，灵机一动，脱口便道：“你们见机行事，在确保拍卖会正常进行的前提下催款，如若不然，我们宁可事后催缴。”有了王总的尚方宝剑，几人这才领命而去。

见其他几人均已离开会议室，王总出于责任，本想随他们一道前去拍卖大厅看看，亲自观察观察让李箐如临大敌的几个竞拍者的实际情况，可心里又不踏实，没走两步便停下脚步，快速掏出手机拨通吴总电话，将刚才的会议内容以及自己的处置方法向吴总简单作了汇报，听吴总在电话那头满意答复道：“就按你的意见办。哎，老王，你可得注意呀，一定不能干扰拍卖会的正常进行！”王总心里这才稍感放心，他将手机揣入衣兜，暗想：只要把情况及时向吴总通报了，即便有事，责任也不在自己！王总边想，边快步往拍卖大厅赶去。

拍卖气氛热烈异常，拍卖师的情绪正高亢激昂：“现在，进行98号拍品的拍卖……”拍卖师话音未落，肖潇猛觉右前几排骚动起来。随即循声望去，一眼扫见303号身边，杵着一位拍卖公司员工，此人身子前倾，小声和她说着什么，保安则紧随身后，虎视眈眈，直溜溜盯着303号，如临大敌，又垂涎欲滴。303号一改之前目不斜视、拒人于千里之外的优越态度，耐着性子，向来人反复解释，并和对方一再争辩。两人动静将他人惊扰，人们不明就里，也都伸长脖颈，听了个大概便相互交头接耳，窃窃议论开来。肖潇不知何故，想出手这般阔绰、气质如此非凡的女子，能有啥事，竟招致拍卖公司干预，以至动用保安护驾。肖潇好奇，不由侧耳细听，无奈，前面几人声音太小，拍卖师的音量太大，管他如何聆听，也弄不清原委，心里不由更加好奇。拍卖大厅其他方向也传来了不小的异动，似有人争吵起来，还甚为激烈，肖潇收回目光，又四处张望。不知何故的人们，纷纷从座上起身，又都引颈翘盼。动静越来越大，且不只一处，肖潇循声环顾，见前面远处左右两地，几人争执激烈，看样子，也和前排的303号一样，和拍卖方发生了口角，相互甚至推搡起来，争吵声由此更加剧烈。“真有点邪门，一波未平一波又起！”肖潇心里不由嘀咕。

很快，拍卖现场乱成一锅粥，有好事之徒不时大声尖叫，更有甚者，吹着夸张口哨，多处遥相呼应，场面更乱上加乱。拍卖师呆若木鸡，手足无措，傻傻望着台下，一脸惊诧。看热闹的人们，像一堵又一堵的人墙，挡住了肖潇和黄克强的视线，两人不甘寂寞，起身隔空静观事态演变。这时，一名体态雍容、五十多岁的男子，疾步穿越人行过道，气喘吁吁跑上拍卖席，在拍卖师耳边低声交代两句，拍卖师接着便大声宣布："拍卖会进入休息时间。"话音一落，右前方303号方向的动静大了起来："有你这么办事的吗？还让不让人竞拍了？"黄克强颇感纳闷，又有点幸灾乐祸道："嗨，这拍卖公司真会找事！拍卖会进行得蛮顺利，他们来找什么碴呀！"肖潇没工夫搭理，呵斥了句："别废话，看看再说！"心里却也踅磨：今天这架势，好像事非偶然，似有人成心捣乱！来不及细想，他将目光投向右前几排，见303号两侧的男子均站了起来，两人怒目圆瞪，又都手舞足蹈，口中更义愤填膺："你至于吗？还要咋给你解释，这么会儿工夫都等不及吗？一再跟你说，拍卖会一结束，我们就去交，一分钱都少不了你的。可你不管不顾，成心捣乱，还让不让人安心竞拍了！"另一人也理直气壮："大家看看，就因为他的无理取闹，瞎耽误大伙儿时间，大家难道非买他家的东西不成么！"两人牛高马大，虎背熊腰，因激愤而面目狰狞，又自觉占理，从而理直气壮。

拍卖公司的员工则理屈词穷，低眉顺眼，以息事宁人的口吻再三央求："二位请息怒，二位请息怒。这是我们公司早就定好的规矩，请多包涵，你们缴清保证金再来竞拍也不迟，这样大家都更踏实些。"听了这话，其中一名男子态度更加强硬："你越这样，我越不现在交。真是的，要不是靠我们这些买家的长期支持，你们拍卖公司开得下去吗？这么点小事都不通融，你还让我们怎么支持呀！"男子的话让周围的人感同身受，于是出言附和："你就让人家安心竞拍，等拍卖会结束再去补交保证金吧！""你非要让人家现在就交，这拍卖会还进行得下去吗？""要是老僵持在这里，我们还等在这里干吗呢？不如早点散了算了！""行行好，你们赶紧让拍卖会继续进行吧，我还要赶着去坐飞机呢！"与会者一边倒，声援303号，全谴责拍卖公司的无理取闹。303号端坐着，两眼直视前方，一副临之不惊、加之不怒的超然神态，身边大动干戈的吵闹好像与她毫无关联。面对气势汹汹的两个男子，拍卖公司员工左右为难，无可奈何，而周遭人们的谴责，更让他如芒刺背，孤立无援，他不再低声下气地哀求，转而将目光投向其他两处引起骚动的地方，想看同事们作为，自己再作打算。

此时，员工身旁的保安却失去了耐心，抡起右臂，猛一个直拳，出其不意、直勾勾砸向仍在骂骂咧咧的一个男子，由于猝不及防，该男子的后背被突然袭击，他立刻条件反射，大叫一声，随即转身还击，另一男子见状，也赶紧出手相助，几个人便扭打在了一起。这一切完全出乎303号意料，她下意识尖声叫嚷，猛从座上起身，扭身抱头躲避，怕无情的乱拳砸着自己。周遭的人们也被这突如其来的一幕吓呆了，女人和怕事的男人全都惊惶失措，左躲右藏，怕被横祸伤及，不怕事的男人则起身奋力拉架，力劝冲突双方，现场乱作一团。肖潇脑子一热，猛地起身，对黄克强说："走，看看去。"冲突双方你推我搡，互不相让，事态急速升级，人们抱头逃窜，躲避乱拳。肖潇血气方刚，疾步靠近，猛被人迎面一撞，不由垂目，见前排的303号正一脸错愕，满面绯红，瞬间对视，令他怦然心动，忘了前来目的，直勾勾望着这张惊艳绝伦的美人面庞，突觉大脑缺氧。303号也一时晃了神，为这不期而遇的俊朗青年而目瞪口呆，傻傻望着他，周身的血流快了起来，不知所措，如有小鹿在心头乱撞。喧攘更为激烈，冲突双方全失去理智，甩开膀子，准备大打出手，人们四处逃散，不时撞向两人。肖潇不及细想，一闪身，下意识伸手用力一推，眼前的美人便像泥鳅，从他胸前一闪而出。随即，肖潇被推攘的人们裹挟到漩涡中心，他不由自主，投入拉架行列，懵懂中，下意识找寻303号，推攘下，透过人墙，见303号一脸焦急，还不时瞄向自己，极度不安中，又若有所思。

饭店保安闻讯赶来。对拍卖师耳语的胖男人，也手持手机一路小跑奔来，边跑边大声呵斥打人保安，走近后，更不问原委，声色俱厉，喝退惹事的保安和员工，并一个劲儿连声致歉。秩序逐渐平稳，人们重回原位，大家仍不依不饶，齐声指责保安，声援303号，为美丽的女人抱着不平。胖男人审时度势，强挤笑脸，一边安抚受惊顾客，一边承诺处置保安，人们的情绪才稳定下来。其他争执两处，也已风平浪静。303号回到原位，纷乱中，回过头来，瞅见肖潇也向她望，不由嫣然一笑，局促中，又赶紧扭回头去。

麦克风又响了起来，拍卖师的嗓音熟悉又从容："刚才因为小小的误会，致使拍卖临时中断。为方便大家，拍卖会再休息一会儿，需上卫生间、要吸烟的朋友请抓紧时间，拍卖会于二十分钟后继续进行。"枯坐了一个多小时的人们，已有点神疲力乏，更由于中途骚动，让与会者的心情一时无法集中起来，见事态平息，拍卖会进入休息阶段，人们纷纷从座上起身，有的去方便，有的去喝水，大谈心中感受。肖潇望向303号，见她起身，赶紧拍拍黄克强手臂："走，透透气去。"说罢，又叮嘱李可："看好东西。"遂站起身来，和黄克强费力在狭窄的过道往外挪步，眼睛却一眨不眨，紧盯前头的303号，见她一前一后，簇拥着刚才和保安动手的青年男子，而她也不时回头，待两人四目相对，再赶紧别过头去。很快，303号随身旁人流，消失在肖潇的视野里。黄克强仍兴致高昂，在肖潇耳旁鼓噪："嘿，我真算长见识了，一个二百年历史的破瓷瓶，竟值几千万，这些人还争得不可开交！咱中国人真这么有钱？"肖潇心不在焉，若有所失，待走到外边的人行过道，又听黄克强再次冲他少见多怪："哎，一个破瓷瓶，咋这么值钱？咱中国人，真这么有钱？"肖潇这才瞪他一眼，随即开口道："什么破瓷瓶？清三代的制瓷技术相当发达，尤其是彩瓷工艺，更是登峰造极，虽说两三千万是有点高，但也不离谱。再说了，你以为人家花几千万买个古瓷瓶回家，单为欣赏呀？"黄克强一脸迷惘，不解地反问："买回去不是拿来欣赏，难道还能派什么用场？"肖潇嗤笑一声，颇为见惯不惊："这你就太孤陋寡闻了吧！人家多为投资，今儿花两千万，买回去放个两三年，到时，恐怕就得值个三四千万甚至更多呢！""啊？搞这玩意儿还这么赚钱呀！"

黄克强颇感新鲜，随肖潇一道往外走，进而又感慨："要不是听你说，还真不知道这也是个投资渠道呢。要有钱，投在古董上，不比做其他行当好？既享受，又赚钱，还保险呢！"肖潇睨他一眼，反驳说："你以为那么容易？尽想好事！""哎，这不是你说的吗！"黄克强一脸迷茫，反问肖潇。肖潇颇不耐烦："我说什么了？你这人也真是的，听风就是雨！"黄克强依旧没完没了，继续纳闷："哎，你说今天的拍卖会可真够邪门啊，这几个竞拍者，怎么全都跟拍卖公司干上了？"肖潇也若有所思，听黄克强问，脱口便道："嗨，依我看来，这绝非偶然！"黄克强懵里懵懂，继续刨根问底："啥意思？"肖潇略一沉吟，又哪有头绪？因而自嘲一笑，敷衍说："我又不是算命先生，又不了解详情，怎好随意瞎猜！不过，今天这事确实够邪，有点蹊跷，绝不简单！"

说话间，两人走出大厅，见人们三三两两围在服务台前取水解渴，黄克强朝前几步，取来茶水，两人又没完没了，谈论拍卖会上的意外纠纷。肖潇一边高谈阔论，一边又四下巡睃，漫无边际找寻303号，可哪有她的身影？再留心观察眼前来往人流，心里不免忐忑，今天拍卖会上异常激烈的竞拍态势和刚才出现的意外纠纷，让他隐约不安，担心爷爷相中的标的物究竟能不能顺利到手。

拍卖公司的员工陆陆续续从肖潇和黄克强身边经过，脸上均面色凝重，不时低声窃语，似在抱怨刚才争执，李箐也在人流之中，一脸的百口莫辩和委屈模样。肖潇对她不陌生——爷爷是该公司多年的老顾客，见她经过身边，冲她礼貌点头致意，李箐也报以微笑，不过，笑容极不自然，甚至还很勉强，似比哭还难看。

吴总接到王总电话，心里不踏实，风驰电掣驾车赶来。此刻，正端坐小会议室沙发上，铁青着脸，一双鹰眼冷冷扫向几个耷拉着脑袋、一声不吭的中高层员工，最后，目光落在王总脸上，急得王总满脑门儿细汗，想辩解却开不了口，语无伦次半天，屁也放不出一个。吴总手一挥，双眉拧成一块儿，有点不怒而威，冲部下们声色俱厉发着脾气："好了，现在不是追究责任的时候。不过，那个惹祸的保安必须开掉！"王总赶紧附和："这个保安是不能用了。那这几人的保证金怎么办？"吴总极度不满，睨他一眼，哼了一声，反诘道："还能咋办？眼下这情势，难道还能继续催缴？"吴总虽意外开恩，没指着李箐的鼻子骂娘，但他话里话外指桑骂槐，让李箐羞愧难当，脸上也青红不定，叶经理和谢经理真料事如神，一语成谶，她真恨不得找个地缝钻下，自己刚才要能睁只眼闭只眼，没准这场冲突就能避免。李箐两眼盯着地面，不敢看其他同僚。王总又虚心请教："吴总，那拍卖会还继续进行吗？"吴总没好气地白他一眼，语气中透出深深的无可奈何，一副听天由命的被动态度："不进行又能怎么办？眼下，我们只能顺其自然，但愿那三个未缴清保证金的人不是成心捣乱！"

十几分钟的时间转瞬即逝，听场内麦克风音响再起，肖潇把杯子往服务台上一杵，赶紧打断黄克强滔滔不绝的感慨："走，咱进去吧！"两人便一前一后随人流步入大厅。经过303号所在方位，肖潇陡地掠过一丝念想，眼睛随即瞟向她所在的位置，潜意识搜寻那个搅动得拍场沸反盈天的竞拍者身影。303号目不旁瞬，端坐在之前的座位，似乎周遭一切均与她无关，更引不起她丝毫的兴致，她在此的目的，便是抢得拍场中一切宝物，至于付出多少代价，她无须掂量，好像她家坐拥金山银矿。再次得见这张漂亮脸蛋，肖潇心醉神迷，脸颊滚烫起来，思维出现了短暂的空白。这张脸极尽完美，细白温润如凝脂的肌肤上面，鼻若琼瑶，朱唇撩人，透过薄薄的茶色镜片，依稀看见秋水盈盈的眼眸顾盼生辉，并慧黠地转动着，似有几分淘气；腮边两缕发丝轻柔，平增几许风韵，更添万般柔情。女子似雪高领衬衫外，看似随意、实则精心地搭配一条豆绿色的宽肩背带肥腿仔裤，挥洒时尚经典，把她的气质衬托得恰到好处，更将她的审美诠释得淋漓尽致。肖潇呆了，步履不再匆忙，而是驻足凝望，醉心于女子的娴雅、温婉，被她楚楚撩人又气若幽兰的气质吸引，心底感叹造物主的神奇，评品她如洛水之神般“增之一分则太高，减之一分则太矮；施朱则太红，着粉则太白”。心间瞬即划过徐志摩那首经典小诗里的两句：最是那一低头的温柔，像一朵水莲花不胜凉风的娇羞。肖潇见过不少美人，可集如此完美时尚和经典于一身的女子，他还见所未见。肖潇痴了，目光片刻不离盯着她，醉情于她一见忘俗的美丽。

303号似有觉察，扭头瞅来，嘴角随即一挑，似挑逗，似嘲讽，之前的感激不再，后又义无反顾，将目光收回，再别转头去，嘴角间，仍挂笑意，腮边的酒涡，浅浅地，似有若无，令肖潇销魂。女子旁若无人，像没看见肖潇，更不知道他的关注，好似偌大的拍卖现场，仅她独自一人。肖潇不知所措，暗自揣摩女子脸上的瞬即变化，猛觉腰部被人一捅，又听黄克强在耳旁急切地耳语：“还不快走。”恍惚中，胳膊便被黄克强强拉着，机械地往座位走去。

拍卖会换了另一位年轻一点的拍卖师。没过多久，便轮到了122号拍品，年轻的拍卖师用极其专业的唱腔高声喊道：“122号拍品起拍价250万元……”一听“250”，肖潇心中便隐隐感觉不祥，250，这不是坊间骂人的话吗？这拍卖公司怎么搞的，竟连这点基本的常识都不具备！未等肖潇思虑周详，场中已有多人举牌，拍卖师的手不住地比划着，跟随号牌起落而来回晃动，嘴上更念念有词：“260万，270万，300万，350万……”此时，参与竞拍的有八个人，黄克强手拿号牌，早已按捺不住，不时侧身征询肖潇意见，急于赤膊上阵，参与角逐。肖潇则正襟危坐，不动声色地旁观着他人较量，颇有一点坐山观虎斗的超然。肖潇虽年轻，却颇具经历，曾陪同爷爷参加过数不胜数的拍卖会，爷爷从不轻易出手，总是以“姜太公钓鱼”的沉着心态，最后坐收渔翁之利。所以，此时的肖潇不慌不忙，一副少年老成的沉稳模样。

拍卖师继续亢奋地高声唱道：“800万，830万，850万……”此时，又有三人黯然退场，场中五人，相互间的较量更加激烈。肖潇刚才还淡定似水的心不由忐忑起来，开拍之前，爷爷对他有过分析：该拍品的成交价多半四五百万，再高，也超不过1200万，让他放心举牌。但今天这架势，从250万开始，已接近900万，角逐还异常激烈，一点没有偃旗息鼓、快要接近尾声的迹象，爷爷向来料事如神，但此刻，肖潇对爷爷的判断第一次产生了质疑。肖潇尽量管控内心的不安，权衡片刻，用手轻轻碰了碰黄克强胳膊，看黄克强扭头瞅他，将嘴一呶，示意可以出手了，黄克强精神一振，旋即举起手中号牌。

肖潇习惯性地掏出手机，拨通家里座机，将拍场现状，随时通报给坐镇家中的爷爷。此时，价格升到了1500万元，肖潇心跳的速度快了起来。而肖鹏飞则稳坐家中书房沙发上，对着话筒，沉着冷静地向孙子发号施令：“没关系，跟下去。”

价格跳到2000万元了，肖潇的后背和掌心开始冒出细汗来，对着话筒小声请示：“2200万了，还跟吗？”肖鹏飞毫不含糊：“跟！”

角逐者只剩下三人。肖潇手握手机，随时等待爷爷进一步指令，眼睛也不得闲，在其他两个竞逐者的后背来回游弋，而303号也在场中，又是一副不达目的绝不罢休的架势。尽管只是背影，肖潇也能清楚无误地体察出该女子的沉着冷静，场上一阵又一阵骚动与喧嚣，丝毫影响不了她血战到底的态度。该女子手握号牌，对场中一切充耳不闻，既恬淡又温雅，以巾帼不让须眉的气魄，挑战着场中男性的自尊，同时，又好似戏鼠的花猫，稳操胜券地主宰着场中游戏。女子超然物外的沉静，一下将肖潇激怒，心里之前的温存好感瞬即烟消云散，还暗暗发狠：难道我一大老爷们儿，还会败给你一个小小的女子！强烈的自尊顿时涌上肖潇心头，他的心不再突突乱跳，身上也不再莫名冒汗，而是镇定下来，一心想与303号一较高下。

价格超过3000万元了，另一竞标者早已鸣锣息鼓，收牌退场。黄克强不安起来，不住侧身回望身旁的肖潇，肖潇则一副指挥若定、临危不惧的淡定从容，并压低嗓音，不由分说地命令黄克强：“别看我，举你的牌。”手机依然开着，肖潇不再惶恐，也不再向爷爷逐一请示，而肖鹏飞好似有双千里眼，能洞穿拍卖场中的一切，对孙子的心态也了若指掌，因而，也不再发号施令，任由肖潇豪赌下去。

拍卖师的唱腔越来越煽情，语调也更加激昂铿锵，场内观众一次又一次地掀起骚动，拍卖师开始200万、200万地往上加价，见竞逐者对往上猛蹿的价格毫不在意，势在必得，也失去了耐心，便300万、400万毫无规律、随心所欲地往上加价。价格升到4000万元，肖潇的心又禁不住猛跳起来，里边的衬衫也被汗水湿透了，紧贴着肌肤。前边的303号手举号牌，依旧一副旁若无人、唯我独尊的样子。肖潇的心再一次被刺痛了，他使劲咬咬牙根，真想一脚飞踹过去，把前面这个狐媚女人的傲气踢个粉碎。

不管肖潇怎么动气，303号全然没把他放在眼里似的，不等拍卖师的话音落下，她便毫不犹豫高举手中号牌，将冰冷傲慢的背影甩给后面已经气得七窍生烟的年轻男子。拍卖师也被场中这一罕见的场景所深深震撼，尖利高亢的嗓音一字一句：“4800万一次，4800万两次……”肖潇赶紧用手捅捅傻呆呆望着自己的黄克强，狠狠嚷道：“快举呀！”黄克强漠然地望着肖潇，手中的号牌机械地、不由自主地举了起来，拍卖师乐坏了，嗓音更加高亢：“5000万，303号……”拍卖师话未说完，前边的号牌又义无反顾地举了起来，姿势优雅极了，一头飘逸卷曲的长发似在嘲弄挑逗着身后的竞拍者：还跟吗？咱玩下去！肖潇气极了，心里恶狠狠地诅咒着：你以为你是谁呀？不知天高地厚的女人！你父亲难道是沙特国王不成？肖潇无法超然，无法淡定，额头的细汗不住往外冒，脸上的肌肉也僵硬起来，黄克强怯生生地小声问他：“还跟吗？”肖潇咬咬牙根，也已疯了，低沉着嗓音，狠狠甩出一个字：“跟！”黄克强颇感忐忑，又将号牌缓缓举起，拍卖师乐疯了，刚喊出“5200万……”303号立马高高举起手中号牌，拍卖师嘶哑着嗓音，已经有点口齿不清：“好，5400万，5400万，303号5400万……”肖潇绝望了，不知是否还该跟下去，前面这女人，看样子，今天非把这件“乾隆粉彩百鹿尊”拍回去不可，不管花多少钱，不管付出什么代价，好像她家是开银行的，或者她真就是沙特国王的义女，抑或是可以开着印钞机大把大把地印钞票。肖潇觉得累极了，并口干舌燥、眼冒金星，只听得拍卖师在上面张牙舞爪、歇斯底里地叫喊着，却听不清他说了些什么。此刻，肖潇猛觉手被人使劲摇晃着，一下清醒过来，听黄克强压低嗓子对他说：“你爷爷跟你说话呢！”肖潇瞬即回过神来，听到爷爷在话筒里的语气无奈至极：“别跟了，回家吧！”

肖潇的心一下松弛下来，继而又怅然若失，他下意识望向303号，见身着红色旗袍的佳丽正弯曲着身子，谦恭地杵在她的身旁，面带艳羡的谄笑，而303号则快速、优雅地在成交单上熟练地签下自己的名字。一切是那样的娴熟，一切是那样的自然，一切是那样的优雅，似乎她天生就是在各种签收单上签字的尤物……肖潇的心隐隐作痛，优越惯了的他首次尝到了挫败之感，他的自尊心被这个素不相识的女人深深刺痛，心里刚才对她的好感温存早已荡然无存，剩下的只是怨恨、不满，也许还有些许欣赏，有着一丝连自己都没能察觉到的感觉，肖潇的心中真是五味杂陈。旋即，他站起身来，快速逃离这个让他感到憋屈和无奈的伤心地。在他将要离去，最后一次瞅向她时，303号也正好回头望来，嘴角间，依旧挂着嘲讽，还有些许挑逗，更有一丝不易觉察的得意。

第二章　祸不单行

就在肖潇竞拍失手、扫兴而归的同时，拍卖现场有两兄弟却是兴奋异常。夏天和夏季哥俩，受父亲之命，前去拍卖现场督战，看看自家这件“乾隆粉彩百鹿尊”的竞拍情况究竟如何。哥俩做梦都没想到拍卖会竟然如此热烈火爆，真让这两个也颇见过世面的兄弟大开眼界，父亲那件“乾隆粉彩百鹿尊”，居然以5400万元的高价落槌，而且，是被一位年轻貌美的神秘女子拿下，这着实让兄弟两人吃惊不小。在肖潇黯然退场的同时，兄弟俩也快速离开克莱敦饭店，兴高采烈打道回府。

一路上，兄弟俩都在兴奋地谈论着拍卖会的见闻与感受，不一会儿，便到了位于国贸附近一个新建小区，兄弟俩和父母同住一个楼盘，这是他们的父亲夏伯翰前两年开发新建的。夏季将银灰色悍马直接开到小区地下车库，车一停稳，夏天便打开车门径直下去，独自走到电梯前，伸手摁了一下按钮，停在16楼的电梯便一路走走停停，来到地下一层。夏季也已前来，兄弟俩一言不发，直进电梯。此时正值下班高峰，电梯挤满了人，夏天、夏季便冲其他楼层面熟的人点点头，一直上到23层，下了电梯，再从楼梯步行径直到25层父母家中。

这种居室格局，是夏伯翰的精心安排。夏伯翰是这个小区的开发商，开发之初，他便刻意将最上面的两层留给自己一家人居住，夏天、夏季兄弟俩住下面的24层，一人一套四居室，夏伯翰和老伴儿以及年近八旬高龄的父母住在顶层。因为是自己一家居住，所以，修建时，夏伯翰便完全按照自己的喜好来设计房间格局，和楼下各层千篇一律的结构迥然不同，一上24楼，便给人别开生面、大气精致之感。为安全起见，电梯只到23层，其他不相干的人想要上来，绝无可能。

夏天掏出钥匙，打开防盗门，一股浓郁的腊梅花香扑鼻而来，兄弟俩顿有如沐春风之感。进得门来，满眼藤蔓攀延，小桥流水，乳白色、桃红色的一串红争相艳放，兄弟俩没有心思欣赏这冬季里特有的景致，夏季随手将防盗门使劲往后一推，只听"嘭"的一声，防盗门便严严关上。两兄弟大步流星往上走，还未到24层，便听见楼上开门声音，随着一声清脆的童音："爸爸回来了！"夏天便听着一阵跌跌撞撞的脚步声，他不由地加快脚步，刚到楼梯转角处，见三岁的女儿夏可蹦蹦跳跳来到门边，手舞足蹈向他挥手，老婆陈馨瑶则躬着身子跟在女儿身后，生怕她跌倒。看见夏天夏季兄弟俩一脸的幸福模样，温柔地招呼说："回来了。"接过丈夫手包，探寻地望着他，夏天则凑近她的耳边，低声说："成了，等会儿再说。"沈小菊来到门边，期待地望着孙子，小声问："怎么样？"夏季乐不可支，脱口而道："太疯狂了……"还想往下说，却听父亲夏伯翰在里边威严说道："吃过饭再谈！"一家人便陆陆续续，围坐在红木八仙桌前，有说有笑，享用着丰盛的美味大餐。

稍顷，夏伯翰放下碗筷，站起身来，对仍狼吞虎咽的夏天、夏季温和说道："吃过饭，你俩到书房来一下。"说完，径直上楼。夏更庭瞟一眼老伴，似有点失望。夏伯翰刚走两步，突又想起什么似的，转过身来，冲夏更庭、沈小菊恭敬相邀："爸、妈，你们也来听听。"说完，头也不回，拾级而上。

夏伯翰在书房来回踱着，这是他饭后锻炼身体的方式之一。拍卖会上的情况，他已心中有数，刚一落槌，便听夏天在电话里面说过了。这样的结果令他喜出望外，完全出乎之前的预料。本指望该藏品能够拍过几百上千万，以解公司流动资金出现缺口的燃眉之急，没承想，却卖出了意想不到的天价。直到现在，他仍云里雾里，还在难以置信呐。

陈馨瑶照顾夏可吃过晚饭后，便知趣地领着孩子下了楼，回到自己的家中去。杨小兰则和保姆一道，收拾着饭后残局，其他几人先后放下了碗筷，再陆续去书房。夏季一进门，便神采飞扬，并竖起右手大拇指，由衷地敬佩父亲的先见之明："嘿，还是老爸英明！"夏伯翰露出一丝难以觉察的微笑，并不动声色，以不容商量的口吻低声呵斥儿子道："把门关上。"夏季一吐舌头，瞥一眼坐在门边的夏天，赶紧回转过身子，听话地把门推上了。

夏更庭耐不住性子，仰着脖子，望着满面春风的孙儿，颇为猴急道："哎，究竟怎么样了？"夏季耸耸双肩，成心捉弄爷爷说："流拍了。"见儿子没正形，夏伯翰眉头一蹙，厉声制止说："别在爷爷跟前没大没小的。"夏天扭头望了望房门，又回过头来看着爷爷，尽量压低嗓音，便再也抑制不住了："成交了，5400万元的落槌价。""啊！5400万？"夏更庭和沈小菊四目圆瞪，吃惊得大张着嘴，相互对望一眼后，又齐刷刷地盯向了夏天，都有一些不相信，都以为孙子是在和他们开玩笑呢！夏天也仍如梦似幻，可他亲历了拍卖现场的整个过程，不存在可不可信这一说，看爷爷奶奶目瞪口呆，一脸难以置信，便再次笃定地回道："没错，5400万。""乖乖，这样一个瓷瓶能卖5400万？"沈小菊仍有一些不相信。夏季睨了一眼大惊小怪的奶奶，也兴致勃勃地脱口而出道："这还有假！你们没看见，拍卖会上十几个人争抢呢，就跟不要钱的大白菜似的，真太邪门儿了！"一经证实，夏更庭激动得眉飞色舞，发自肺腑地感叹："这就是中国古代艺术品的魅力呀！这要搁在民国，那更了不得的哟，一件青铜器，就能买下北京的半条胡同呢！"听了爷爷的信口一句，轮到夏季吃惊了，他牛眼圆瞪，连话都不太利落了："半条胡同？那是什么概念？得值多少钱？若是现在，少说也得几十个亿呢！"看孙子大惊小怪，沈小菊便赶忙解释说："此一时，彼一时，那个时候的地价，可没现在值钱！"但夏季却依然坚持道："那也不是小数目！北京的半条胡同，意味着核心城市的中心区域，即便在那时，也很了不起的！"夏天门儿清，看自以为是的弟弟仍没转过弯来呢，便在一旁释疑说："民国时，一是青铜器，一是宋瓷，尤其是宋代的五大名窑，特别受当时的藏家追捧，价位都不低，这没什么奇怪的。"夏季便大为感慨，进而扭过头来望着父亲一脸的信服："所以说，还是咱老爸有远见，这有了家里的收藏，就没有过不去的火焰山！"

夏伯翰也正高兴，对此深有感触，听儿子发自肺腑地吹捧自己，便实打实地交起底来了："我要不是受你爷爷奶奶的影响，又哪会有好古情趣？就更甭提家里的这些收藏了！"夏天也认同父亲的说法，便来凑趣道："那倒也是。咱爷爷奶奶，那是什么水平呀？六十年前，就专吃这碗饭，是咱北京琉璃厂一带的名人，他俩的见识和眼力，现在能有几人比得了！"

夏更庭的耳根软，孙子的两句恭维话，便将他吹得晕晕乎乎了，所以又兴致盎然地当仁不让道："我们那时候，多讲规矩，多讲诚信啊！要是哪家店主稍不留意卖了件假货，买家是可以打上门来的，还可以不由分说，便将店铺给你砸烂了，哪家要是卖了件假货，可就在我们那整条街上，再也抬不起头来了，生意也就更没办法做！哪像现在，到处是假货，不仅潘家园的地摊上，我看就连古玩店，也多半儿是赝品。"听爷爷兴致高昂，夏天也来助兴了："嗨，就别提那些一级市场了，就连拍卖公司，不也大量地拍假卖假？"沈小菊来了气，更愤愤不平了起来："哎，不都说社会在进步，人们的文化素质越来越高了吗，可为什么还会这样呢？电视上不天天都在提倡诚信么？怎么还不及我们那个时候呀？"夏家奶奶出其不意的问话，将一屋老少全都问住了，大家你看我，我望你，全都张口结舌地，竟谁也回答不上来。夏季见状，便赶紧把话岔开了："哎，您操那份儿闲心干吗呢？管他诚不诚信，管他是真还是假，难道，咱还能吃得了那亏不成么？"

夏伯翰仍纠结在天价成交一事中，此刻，他双眉微蹙，若有所思，并满腹狐疑，所以又再颇难置信地问道："说实话，这件瓷尊能拍出5400万元的天价，我到现在都还不太敢相信。这个价格不仅远高于它应有的国内价格，即便和国际市场的价格比，也确实有点夸张呢！难道，咱中国人真就这么有钱么？"夏伯翰边说，边下意识地摇摇头，脸上露出了匪夷所思的表情。

话音刚落，他又话锋一转，并盯着夏天问："什么时能够拿到钱？"

夏天对此也没底，斟酌片刻后，回了个活话："快的话一个多月，若竞拍者资金准备不充分，那就不好说，三个月甚至更长都有可能呢。"

夏伯翰便再次叮嘱儿子道："那你盯紧点儿，争取尽快把钱拿回来。施工方已经拖欠工人好几个月的工资了，我们要再不按规定把款打过去，就再也说不过去了。现在，又近年关了，农民工都急等着拿钱回家去过年，而今年又不同于往年，政府抓得紧，别到时撞到枪口上，媒体再来铺天盖地一忽悠，那影响可就太坏了，这对我们公司的上市进度也会造成阻碍的，所以不能掉以轻心。"

看父亲郑重其事，夏天也不敢懈怠，所以赶紧应承道："没问题，我盯着。"

听儿孙们谈起了工程上面的事情，老两口索然无趣，便站起身来下楼去，雷打不动地去看每晚的电视连续剧。

目送着两个老人掩好了房门，夏伯翰接着又对夏天说："过几天，咱再选几件明清官窑精品瓷，你拿去再赶明年的春拍，到时多走几家，争取拍出一两个亿来，那公司的日子就会好过些。眼下，国家对房地产行业采取了从紧的货币政策，想要从银行里面去贷款不太容易了。咱争取多换点现金在手上，明年再拿两块地，赶在奥运会前，再甩开手来搏一把。”

看父亲已交代得差不多了，夏天便连声应承，站起身来问：“爸，还有其他的事吗？”

夏伯翰知道儿子对生意上面的事情没兴趣，便将手一挥，干脆说道：“去吧，没有你的事情了。”又看夏季也从座上起了身，再赶紧将他叫住：“夏季，你别走，我还要给你说点儿事。”

看夏天带上了房门，夏伯翰开门见山问夏季：“工地进展如何了？已经修到几层了？”

夏季便一五一十道：“一切都按进度进行，已到八层了。只是，这春节马上就到了，工人们都要回家去过年，等到春节后，又不知什么时候才能开工呢。”“这可大意不得噢！要说起来，这帮农民工也还真不易，但天生的小农意识，缺乏律己观念，现在你信马由缰地放他们回去，但他们什么时候来，究竟还来不来，这就控制不了了。可不能由着他们啊，争取工地不要停工！”夏伯翰一针见血。

夏季一听，也觉得是这么回事，便抬起头来颇为茫然道：“那该怎么办呢？”

夏伯翰老谋深算，稍一吟沉，顷刻便有主意了：“我看不如这样吧，等钱到手后，还不能一次性地将工钱给他们。这些民工，视钱如命，要是钱没全拿到，那就一定会回来。”

夏季的眼睛亮了，并脱口附和说：“嘿，这倒真不失是个法子呢！”可话刚说出口，他又疑虑了：“问题是，工人不依怎么处理？今年政府抓得那么紧，万一闹了起来，咱又如何收场呐？”

夏伯翰胸有成竹，随即说：“当然不能强来了！咱分别对待，鼓励民工留下来过年，愿意留下的，可以给双倍的加班工资，待春节过后，他们要是想回去，咱就不拦他，真要到了那时候，就不愁找不到新人手；如果执意要回家过年的，扣他两个月的工钱，再晓之以理、动之以情，尤其要将包工头安抚好，这样一来，他们就闹不起来了。”

夏季犹豫了，他对父亲的办法是否奏效颇有些怀疑，却也拿不出更好的办法，便只好顺水推舟地附和。不过，他觉得目前的资金周转本来就困难，还要双倍地增发加班工资，怕到时捉襟见肘，更应付不过来，稍加沉吟后，便试着提醒父亲说：“您说的倒是可以，但我怕到时拿不出钱来，而且，这不又得加大工程的成本？”

“嘿，你小子怎么就算不过账来呢！加班工资，那是春节后的事，春节一过，政府也就不再盯着为农民工讨工资了，到那时，咱不又可以继续拖欠吗？”看儿子榆木脑袋，竟连这么透彻的事情也想不明白，夏伯翰便不满地睨了他一眼，进而又再点拨说。

这招实在太高明了！夏季瞬间开了窍，对父亲佩服得五体投地，所以兴致高昂了起来：“那倒也是！要不说，这姜还是老的更辣呢。老爸，你这真是棋高一着呐！”

夏伯翰洋洋得意，便又面授机宜：“至于加班工资，那能有多少？咱现在要的是进度，等楼层盖到十几、二十层，不就好卖了？若等资金一回笼，那所有的问题不都迎刃而解了！”

夏季心领神会，简直要对父亲膜拜了，夏伯翰又再不动声色，并继续掏心掏肺道：“儿子，你可学着点儿。你老爸还能在这个位置干上多久呢？你哥是纯粹的书呆子一个，完全指靠不上的，今后，不还得由你来肩挑这副担子么！”

仅三言两语，夏伯翰便将儿子彻底说服了，夏季对老爸打心眼儿里佩服，见父亲的茶杯已见底，便赶紧起身替他续上水，接着聆听父亲有什么更高的见地。

今天的拍卖结果极大地出乎夏伯翰之前的预料，看儿子服服帖帖，兴致也就更高了：“2008年北京举办奥运会，这该是多大的商机呀？世界500强也纷纷扎堆北京，将研发与生产基地全都转移到中国，这会带来多少的机遇？特别是，北京市政府加大了基础设施的投入，这又势必会给房地产市场注入新的活力和动力，而地铁和城市轻轨的所到之处，肯定会带动周边的房价大涨。等到奥运会后，谁又知道是什么行情？所以，咱必须抓紧这几年，争取再上层楼，务必让咱们公司上市，到那时，你小子好好想一想，我们会是何景象呢？”

父亲描绘的宏伟蓝图，令夏季心向往之，正想接过他的话来发表一下自己的见地，手机却突然响了起来，他赶紧从裤兜里掏出来一瞄，见是工地电话，刚一接通，便听负责工地安全的大刘在电话那头着急忙慌地嚷嚷：“夏总，不好了，工地出事故了。”夏季的脑子“嗡”的一声响，不由脸色一变，大声质问道：“什么事故？有没有人员伤亡？”夏季手持手机，抬眼瞥见父亲正紧张地瞅着自己，脸上略显出慌乱，又听手机里的大刘仍在语无伦次地嘟囔：“一辆吊臂车在作业过程中机械臂折断了，导致整辆吊车侧翻砸落在地面，撬动地面的两根钢管，把正在地面施工的三人打伤了，其中两人的伤势还挺严重呢！”夏季气得咬牙切齿，随即狠狠骂了句：“饭桶一群！”又见父亲不住地朝他打手势，这才强压住火气，进而又再往下问：“送医院了吗？你现在在哪里？”“人还在工地上，我正往工地赶。”大刘底气不太足，话也说得有点虚。夏季陡地心烦意乱了起来，并破口大骂道：“你不在工地上待着，跑到哪儿挺尸了？你赶紧给老子联系120，真要出了人命了，看我不把你给剁了！”

终于等儿子挂断了电话，夏伯翰顾不得掩饰一脸的烦躁，便颇为急切地吩咐：“真不让人省心！夏季，你赶紧往医院赶，哪怕多花一点钱，也千万不要闹出人命来！”

夏季情知事关重大，不待父亲交代完，他已转身走出了书房，边走还边扭过头来安抚父亲说：“您就甭管了，我知道怎么办。”可夏伯翰却仍旧不放心，并快步追出书房，看儿子已经下了楼，便倾身站在走道护栏前，冲儿子的背影高声地交代：“有什么事，随时联系呀！”

夏季一把抓起沙发上的黑外套，旋风一样地步出了家门，扭头瞅见父亲满脸的焦虑，便强作镇定地宽慰他：“没事儿，您就早点休息吧！”话还未说完，便听“嘭”的一声响，门已关上了。厅里正津津有味看着电视的其他几人均莫名其妙，并纷纷扭头望着楼上的夏伯翰，颇为关心地问他：“咋回事儿？”夏伯翰心烦意乱，更不想让家里的人也跟着瞎操心，便没好气地回了句：“没你们的事，接着看电视。”扔下此话，他便头也不回，转身回到书房去等夏季的回话。

夏季风驰电掣，驾车直奔工地方向，左手握住方向盘，右手拨通大刘的手机，并火急火燎地盘问：“去医院了吗？”大刘小心翼翼，仍在心里发着虚：“快到人民医院了。”夏季掐断了电话，再朝人民医院一路狂奔。

急诊室外，大刘和工地上三个陪同前来的工人愁眉苦脸，焦急万分，看老板风风火火、大步流星地赶来，便都蔫头耷脑的，生怕老板怪罪他们，均躲闪着夏季那双似要吃人的咄咄逼人的利眼，都被吓傻了。还离着一丈远，夏季便迫不及待直冲大刘追问道：“情况怎么样了？”大刘情知理亏，不敢看夏季，眼睛盯着别处：“正在里面抢救呢。”一看大刘的怂样，夏季更加窝火了，真恨不得一脚猛踹过去才解气，但却强压住怒火，只劈头嚷嚷道：“看着我，伤哪儿了？”大刘只得抬起头，并怯怯地看着夏季的眼睛，颇为小心道：“一个伤头部，一个伤腰部，另一个软组织受伤，问题不太大。”夏季耐着性子往下问道：“那两个伤重的医生怎么说？”大刘木然作答：“医生一直在里边抢救呢，什么也没有说。”夏季别无他法，只得颓然地坐在椅子上，抱着听天由命的态度。可他刚坐下，兜里的手机却响了，掏出来一瞧，是家里的号码，情知父亲惦记呢，便赶紧接通，再将情况作个简单介绍，最后安慰父亲说：“爸，您就放心睡吧，这儿有我呢。”可夏季知道，父亲今夜肯定无眠了。

次日一早，夏伯翰一如往常，坐在暗红色的红木八仙桌跟前，没精打采地吃早餐，有一搭无一搭地关注着北京电视台的早间新闻。突然，一条消息一下引起他的关注，便赶紧停止咀嚼，眼睛一眨不眨地盯着电视，聆听男主播有条不紊的播音：“昨天，我市知名拍卖公司宏程博源拍卖公司的古董珍玩拍卖专场上，遭遇买家恶意竞拍。据拍卖公司介绍，参与恶意竞拍的一共有三人，其中以303号竞拍者尤为突出，这个貌美的青年女子，一人拍下全场312件拍品中的68件，成交金额高达1.58亿元；另外两名恶意竞拍者一共拍走105件，成交金额近亿元。昨天下午拍卖会的后半场，303号竞拍者已经引起拍卖公司的注意，当拍卖会结束之后，该女子在几名男人的簇拥之下走出拍卖大厅，拍卖公司的工作人员将其拦住，要求浏览一下她所买的拍品，该女子竟称：‘看什么呀？有什么可看的！’在工作人员的一再要求下，该女子不为所动，并口出狂言：‘不用看了，这点钱算什么呀！晚上的书画专场，我还要再花上亿呢！’在这个过程中，另外几名男子拒绝其他的人接近该女子。该女子的行为，引起了拍卖公司的警惕。果然，在昨晚晚些时候，该女子领着一干人等再次来到拍卖大厅，在拍卖公司要求其按规定，支付当日下午瓷杂专场所拍拍品应支付的部分款项遭到拒绝后，拍卖公司禁止该女子进入拍卖大厅，因此，该女子与拍卖公司工作人员发生了激烈争执和肢体碰撞，导致晚间的书画专场推迟了二十分钟。最后，拍卖公司不得不报警，强行将该女子清理出场。而晚间的书画专场也因受此影响，成交结果大不如预期。不仅如此，当以2450万元拍得清乾隆黄地粉彩描金镂空花卉纹香炉的187号竞拍者得知拍卖会上有人故意搅局时，也表明要放弃这件拍品，理由是：这件拍品是在拍卖会现场秩序混乱的情况下成交的，成交价格也是人为恶意竞争的结果，而不是市场真实价格的体现。这个拍卖结果预示着，宏程博源拍卖公司长达几个月的辛苦将付诸东流，并预计亏损达四百多万元。”

伴随着男主播的声音，电视里播放了昨天拍卖现场发生纠纷的画面。这条消息，不啻晴天霹雳，在夏伯翰心中激起了不小的波澜，他的大脑顿时出现了片刻空白。好半晌，才听母亲沈小菊在一旁唉声叹气，并口无遮拦地自言自语：“我说呢，一件乾隆粉彩百鹿尊，怎么卖得出5400万元的天价！”夏更庭的眼神儿好，瞅见儿子满脸的乌云，便赶紧知趣地给老伴儿使眼色，再朝儿子努努嘴，沈小菊这才有所意识，并自知失言，遂赶紧打住了话题，爱怜地瞅了儿子一眼后，不敢再吭声，低下头去，继续着她如同嚼蜡一般的早餐。

转瞬之间，夏伯翰便控制住情绪，他不动声色，将剩下的早餐全扒完。过后，抽出纸巾擦擦嘴，好像没事人一样，又一如既往冲老父老母恭恭敬敬地说道：“爸妈，我吃好了，该上班去了。”说完，便扭头上了楼。来到书房后，他随手掩上了房门，再上前几步，操起桌上话筒，首先拨通夏季的手机，听儿子仍睡眼朦胧，便不由分说地命令：“一上班，就到我的办公室来，开个紧急会议，不许迟到啊！”挂断电话后，又给儿媳陈馨瑶打了个电话，叮嘱她务必准点去上班。

交代完了后，夏伯翰顿觉心里空空的，身体像被榨干了水分，这接连而来的坏消息，真还让他多少有些失去了分寸。不过，他也知道，即便天塌下来，自己也得挺身扛住，不然一家老小还不乱成一锅粥？想到这一点，他便调匀了气息，随后提上公文包，快速下了楼。妻子杨小兰颇感纳闷地问他：“怎么这么早呐？”他佯装若无其事的样子，顺口谎称道：“今儿有个会，得早点儿。”

夏伯翰健步如飞，一路小跑行至23层，再乘电梯直抵一楼，一出单元门，看司机已将车停在路边了，便轻舒一口气，并瞬即恢复了从容。司机瞅见老板出来，赶紧下车，恭恭敬敬地打开车门，待夏伯翰坐上后座，这才回到自己的位置，跟着启动引擎，再一踩油门，驶离小区。

今天出门早，路上车不多，也就半小时，车子便停在西二环边上一幢现代化的办公楼跟前。夏伯翰直奔办公室，将公文包往桌子上一扔，在宽大的椅子上坐下来，等秘书替他冲好茶水，并退出去后，这才重重喘了口粗气，随即看看挂在墙上的挂钟，见时针刚刚指向八点，便在百无聊赖中，拾起桌上报表翻阅起来，并不时瞅瞅墙上的时间，看仍没到上班时间，便不由在心里骂了起来：“真他妈的人倒霉了，连喝口水都塞牙。”又沉思片刻，待终于挨到八点半，他连想都不想，便一把抓起桌上话筒，拨通建行李行长办公室电话，但直到断线也无人接听。夏伯翰锲而不舍，又将电话毫不犹豫拨往工行陈行长办公室，照样无人。一连打了多个电话，全都无人接听。一股无名火噌噌蹿了上来，夏伯翰铁青着脸，咬了咬牙根，终于忍无可忍，于是破口大骂："活见鬼，这帮人都死哪儿去了！"门外秘书听见动静，赶紧推门，站在门边，一脸迷惘地瞅着夏伯翰，怯生生地问了句："夏董有事？"夏伯翰烦极了，将手一摆，冲秘书没好气地嚷嚷说："没你的事！"

话音刚落，儿媳陈馨瑶已经来到门边，夏伯翰情知失态，咽了口气，强把火气压了下去，坐回椅子，若无其事地翻起报纸来。陈馨瑶进退两难，站在那里不知所措。夏伯翰替儿媳解围道："进来吧，夏季一会儿就到。"陈馨瑶只得从命，进到屋中，觑了觑公公，随手操起茶几上的《房地产动态》，知趣儿地坐在会客区域的沙发上，一声不吭地随意翻看。

很快，夏季也到了。昨晚，他一直守在医院，直到凌晨才回家，刚躺下不久，便被父亲的电话吵醒，因而一脸倦意。昨晚他已和父亲将局势分析清楚，今儿一大早，父亲又火急火燎，因而夏季满腹困惑，不知父亲又有什么新点子，一进门，便急不可耐地脱口问道："爸，又有什么事？"

夏伯翰的情绪已经稳定下来，见儿子风风火火，反倒不急了，他朝儿子将嘴一努，故作镇定："急什么？坐下说。"

夏季三步并着二步，来到桌子前的黑皮转椅上坐下，陈馨瑶也赶紧起身，上前几步，坐在小叔旁边的椅子上，静等公公发话。

见两人齐刷刷地望着自己，夏伯翰平视夏季，张口问道："医院的情况怎么样了？"

夏季如实答道："手术挺成功。一个问题不大，另一个还没有完全脱离危险。"

陈馨瑶一脸愕然，扭头望着夏季，颇为吃惊："谁病了？"

见嫂子毫不知情、一脸惊诧，夏季解释说："昨晚工地出事了。"

陈馨瑶双目圆瞪："工地上怎么老出事呀？这些人都是干什么吃的！"

夏伯翰不理会儿媳的讶异，沉声问夏季："伤哪儿了？"

夏季回道："一个人颅骨、鼻骨、右手关节等部位严重骨折，在重症监护室严密观察中，一个人内脏受压，引起内出血，但已无生命危险，已经转到普通病房。"

夏伯翰重重叹了口气，感叹道："嗨，真是福无双降、祸不单行！"

夏伯翰毫无由来又语带双关的话，让夏季、陈馨瑶摸头不知脑，两人吃惊地盯着他，异口同声道：“还有事？”

夏伯翰“嗨”了一声，没好气地说：“昨天那笔钱，泡汤了，得另想办法。”

夏季、陈馨瑶感到莫名其妙，侧头对视一眼，又回过头来望着老父亲，颇为不解地先后问道：“哪笔钱？”“怎么回事？”

夏伯翰没好气地斜睨两人，无奈作答：“拍卖会上那笔钱。”

夏季更加迷茫，同时又很纳闷：“怎么会呢？昨天不是成交了吗？这么一大早，您打哪儿得来的消息？”

听儿子一连串的疑问，儿媳也一脸迷惘，夏伯翰解释说：“今儿早间新闻已经报道了，昨天那场拍卖会被人故意搅局，拍品被人以恶意竞拍的方式拍下，兑现不了的！”

夏季仍稀里糊涂，似问父亲，又似自言自语：“恶意竞拍？怎么从来没听说过？难道那么多拍品，全被恶意拍走了？”

见儿子仍心存幻想，夏伯翰咽了口气，接着分析说：“全场312件拍品，被恶意拍走的就高达173件，再算上流拍的，你以为还有希望吗？你小子就别再心存侥幸了！”

夏季顿觉怒火中烧，脱口愤然骂道：“什么人吃撑了，跑来干这缺德的蠢事！”

夏伯翰已经冷静下来，见儿子情绪失控，反倒沉着道：“现在说这些有什么用？关键是，我们得赶紧想办法，把贷款早点儿拿下来，这才是正事！”

夏季长吐口气，无可奈何地回道：“这倒是。”

昨晚，夏天已将拍卖会上的情况给老婆一五一十汇报了，陈馨瑶本已对此颇感欣慰，因为近来由她负责落实的贷款一直不能解决，对此她压力颇大。本以为可以松口气了，今日听公公如此一说，顿感紧张。

“馨瑶，现在情况有变，银行方面的贷款得加紧落实，不然，周转金跟不上，这个年就过不去了。”稍一停顿，夏伯翰又问儿媳：“银行方面的态度究竟怎么样？”

陈馨瑶知道公公心情不好，小心回答说：“这段时间，我也在抓紧跑银行。银行方面也没把话说死，只是反复强调央行目前正收紧对房地产的贷款政策，说等这阵风过了再说。”

夏伯翰不满地睨了儿媳一眼，负气说道：“真是站着说话不腰痛！等这阵风过了，咱的资金链条不早就断了？工程要真成了烂尾楼，那银行也就别指望我还贷款了！”

陈馨瑶不敢顶撞，夏季也不敢吭声，两人均知父亲脾气，耐着性子，继续听他骂骂咧咧。

夏伯翰实在窝火，骂完了银行，又将话锋一转，将矛头直指政府，牢骚满腹道：“这上面也是，政策朝令夕改，头脑一热，就希望借助房地产业来推动其他产业，老百姓牢骚几句，这又抗不住了，反过来又要遏制房地产行业。这一会儿推动一会儿遏止，还怎么让房地产商正常经营？要是大家都不建房了，那建筑材料卖给谁？装修材料谁来买？家电产业又怎么更新换代？别以为提一句‘遏制房地产业’多容易，到时候受影响的相关产业将有五六十个，拖垮了这些产业，我看他们怎么收场！”

夏伯翰高谈阔论，毫不留情猛批时政，见夏季、陈馨瑶一脸迷惘地看着自己，突然觉得话扯远了，于是话锋一转，盯着儿媳妇，下达明确指令：“馨瑶，建行、工行你催紧点，贷款必须在春节前拿下，金额不能低于3000万，争取5000万，不到万不得已，我就不出面了，该怎么做，你知道。该打点就打点，只要在允许范围内，就由你做主，不必请示我，我要的是结果。”

陈馨瑶赶紧点头承诺：“知道了，我尽力去做。”

见儿媳勉为其难，夏伯翰加重语气，不由分说地再次叮嘱：“不是尽力，而是必须做到。”

陈馨瑶怯怯地看了公公一眼，只得硬着头皮回道：“好吧。”

吩咐完儿媳，夏伯翰将目光转向儿子，口气同样不容置疑：“医院那边你不能掉以轻心，要尽最大的力量组织抢救。一是争取不要出人命；二是争取不要落下残疾。要落下残疾，一是对工人不好，二要闹到仲裁庭去，弄个没完没了，敲你一大笔钱不说，还很闹心，尽量别到那一步。要出了人命更不得了，到时候新闻媒体介入，政府干预，家属吵闹，更吃不消。听见没？”

夏季回答极其干脆：“知道。爸，您放心，我会处理好。”

夏伯翰叹了口气，进一步叮嘱儿子：“不管到时资金能不能到位，一定不能停工，不管你用什么法子，只要不引起工人闹事就成。”

夏季知道父亲心烦，也不管做不做得到，当即保证：“放心吧，我一定做到！”

夏伯翰舒了口气，似对两人交底，又好似自言自语：“只要我们熬过这一关，明年春节过后，房子就可以加快预售，到那时，便一通百通，一盘棋就全活了。”

夏季赶紧安慰："爸，我知道怎么做，您也别太担心了，这一关，咱肯定能过去的。"

昨晚，夏伯翰几乎整夜失眠，此时感觉有点倦怠。于是，对坐在对面的两个至亲晚辈说："你们忙去吧。"

夏季、陈馨瑶如释重负，赶紧起身，退了出去。

第三章　迷局探微

早晨那条有关“恶意竞拍”的消息，不光给夏伯翰一家带来不小冲击，但凡收看到这条消息的藏家们，也都为之一震。

陆一凡和妻子梅影收看这条新闻时，两人刚吃过早饭，梅影收拾碗筷，陆一凡穿戴齐了，正准备出门赶往首都宾馆，去参加一个全国性的经济工作会议。刚要开门，电视里的内容让他不禁驻足，并扭头静听电视画面里男主播抑扬顿挫的播读。梅影也被这条新闻吸引，下意识停下手中活计，不言声地盯着电视画面，和丈夫一道，关注着这足以令收藏拍卖领域地动山摇的稀罕事件。男主播一播完，梅影便大惑不解地冲正要出门的陆一凡嚷嚷着问：“哎，老公，你说这么年轻漂亮的女人，怎么干出这样的恶作剧？这也太无聊了吧！真是吃饱了撑的！”听身后的妻子连珠炮似的一番评论，陆一凡侧转身子，用不着思考，便以洞若观火的口吻反诘道：“你真以为这是无聊人干的无聊事？”

梅影猝不及防，因这突如其来的一问愣住了，稍顷，这才犹疑反问：“那还会怎样？”

陆一凡脑子快极了，他回看着懵里懵懂的妻子，一针见血分析说：“亏你还是社会新闻的主任记者，竟连这么简单的事情都想不明白！你不想想，现在的社会节奏有多快，谁会干这无聊事？对她能有什么好处？别说好处，就连办理竞拍手续时预交的两万元定金都得搭进去，保不齐还会为此吃官司呢！谁吃撑了，干这吃力不讨好的恶事？”

“哎，经你这么一说，想来倒还真是这么回事呢！”见陆一凡已将房门打开，梅影急了，冲他后背继续嚷嚷说：“哎，急什么呀？话说一半，又让我去单位瞎琢磨半天呀！”

陆一凡再次停下脚步，侧过身来，冲妻子莞尔一笑，揶揄说：“嘿，亏你还是媒体人呢，也忒缺乏新闻的职业敏感了吧！”被丈夫出言讥讽，梅影脸上挂不住，便没好气地白他一眼，佯嗔道：“去你的！说你胖，你就喘。哎，究竟咋回事，别卖关子了，说来听听。”陆一凡也没时间再磨蹭，扑哧一笑，一语点破迷津：“肯定是这女人或和她相关的人，吃了拍卖公司的亏，以这种方式变相报复呗。”

陆一凡简单一句话，梅影立马茅塞顿开、如梦方醒，她向丈夫投去佩服的一瞥，由衷附和说：“经你一分析，想来还真是这样！”陆一凡又冲正手忙脚乱收拾着碗筷的梅影补充了句：“依我看，这倒不失是个好素材，值得你们报社深度报道一下。你想，中国七千万藏友，谁不关心这样的话题？你要是有工夫对这个事件作个深度挖掘，把事件的来龙去脉呈现给读者，肯定叫座！”陆一凡撂下这句，也不等妻子回答，便关上房门，大步流星离家而去。

丈夫的话令梅影触动颇深，她愣了片刻，快速捧起桌上碗筷走进厨房，三下五除二做好卫生，擦干双手，疾步走至客厅，穿戴好外套，风风火火直奔单位。刚进地铁口，无意中瞅一眼报摊，重重叠叠的报纸中，一行醒目的黑体字随即映入她的眼帘：宏程博源拍卖会惨遭恶意竞拍。梅影猛地刹住前行的脚步，掏出一元零钞递给摊主，伸手将报纸拿在手中，一目十行，把文章内容看个大概，马不停蹄往前飞奔，跳上急驰而来的地铁向单位赶去。

一到报社，梅影直奔分管副总编老刘办公室，习惯性地在门上敲了两下，也不等里边人招呼，便直接推门而入，见老刘正透过厚厚的近视镜片，埋头在一大堆稿件上翻找东西，于是扬起手中报纸，往桌上一搁，再推到刘副总编跟前，快人快语道：“老刘，你看看这条新闻。”

刘副总编漫不经心，翻起明显松弛的上眼睑，一双金鱼眼越过宽大的黑色镜框，斜睨着梅影，随口而出：“什么事情，这么风风火火？”边说边拾起梅影递来的报纸，凑近眼前，从左至右，看了看这条耸人听闻的标题，并轻声念道：“宏程博源拍卖会惨遭恶意竞拍。”随后，刘副总编快速浏览全文内容，再眯缝着双眼，望着梅影，既不解，又木讷，问：“啥意思？”

梅影早习惯老刘遇事慢半拍的工作作风，提醒说：“老刘，你不觉得这条新闻值得深度挖掘吗？”

“嗨，我还以为什么大不了的事，让你这么火急火燎的！”刘副总编蛮不以为然，甩了梅影一句，伸手端起桌上的保温杯，吹吹浮在上面的茶叶，低头嘬两小口，见梅影居高临下瞅着自己，嘴角处泛起一丝难以觉察的蔑笑，心里颇为不悦，继续打着官腔：“这条新闻有挖掘的必要吗？中国这么大，一天会发生多少千奇百怪的事情？都要深度报道的话，我们还忙得过来吗？这又不是什么关系到国计民生的大事情，依我看，完全没这必要嘛！”

梅影早已成竹在胸，她瞅了瞅刘副总编因谢顶而油光锃亮的脑门，一身松弛的皮肉，裹在早已过时的西服里，心里颇为不屑，口吻也不以为然，开门见山，直截了当回击道：“老刘，你这话我可不能苟同。”

刘副总编双手握住保温杯，对梅影的口气心存不满，却又奈何不得，口气淡淡的，再一次重申自己的态度：“这么一条消息，别的报纸已经发过了，还有必要这么大惊小怪、兴师动众吗？”

梅影不买老刘的账。虽说老刘是自己的直接领导，但他那点儿业务水平，实在让梅影难以恭维。老刘凭借多年来的兢兢业业和谁也不得罪的好人缘，临到退休前，上级主管部门为平衡各方势力，这才让他坐上了副总编辑的位置，但他对新闻的嗅觉一直有些迟钝，所以，梅影向来不把这位快要退休的领导放在眼里。看刘副总编既无新闻从业者的职业素养，又如此漫不经心，梅影也没了耐性，毫不客气揶揄说：“老刘，你不搞收藏就别说外行话了。现在的收藏有多热，你知道吗？上至央视，下至地方频道，有多少电视台开办了收藏节目，收藏节目的收视率又有多高，你知道不？”

见梅影真来劲了，一说起来便没完没了，就跟她是自己领导似的，刘副总编犯起怵来，赶紧息事宁人，打发似的冲梅影说：“行了，行了，你别在这里给我普及收藏知识了。有什么想法，直说。”

梅影好不得意，瞥一眼老刘，暗想：你早这个态度，我跟你瞎掰得着吗？见刘副总编烦躁不安又无可奈何，梅影据理力争：“中国现在有七千多万藏友，而拍卖公司遭遇恶意竞拍，却是闻所未闻、前所未有，破天荒的第一次。现在，大家都知道有这回事儿，却对其中的来龙去脉茫然不知情。如果我们的报纸能对这个话题做个深入调查，搞清楚事件的前因后果，来龙去脉，做个独家系列报道，将恶意竞拍背后的深层次原因呈现给大家，我相信，七千万藏友一定会关心、关注这样的题材。”

刘副总编虽说是梅影的分管领导，但在这个得力的主任记者、部门负责人跟前，老刘这位临近退休又有点迂腐的业务领导，常常觉得难以招架，对这个下属也常常觉得难以驾驭。听梅影咄咄逼人的一通反驳，也就不再坚持。

见自己的话已然奏效，梅影继续着高谈阔论：“现在，中国的藏友队伍有七千万人之多，而我们报纸的发行量才多少？充其量不过三十万份。如果我们的报纸经常能以这样的题材，吸引广大藏友订阅，那将是一个多大的市场？”

见梅影蹬鼻子上脸，竟没完没了，给自己上起课来，刘副总编赶紧打断她：“行，你来组织报道不就行了？”

梅影依旧不依不饶，继续穷追猛打：“如果需要出差，老刘，差旅费到时你可别不认账啊！”

老刘被缠得实在没法，赶紧苦笑着打发道：“行，你去吧，我还有一大摊子事儿呢！”临了，又补充了句：“赶紧拿个报道计划出来！”

梅影一脸得意，撇下满脸不耐烦的刘副总编，转身推门而去，径直来到自己办公室。

莫名正在赶稿件，听梅影虎虎生风进屋，遂抬起头，招呼说：“梅主任来了。”梅影“嗯”了一声，将包往桌上一扔，大大咧咧地问：“其他人还没来？”坐在对面的陈冬梅扮了个鬼脸，回说：“都有事，出去了。”见梅影欲言又止，陈冬梅神秘兮兮，放低声音，问：“梅姐，又有大新闻要跑吧？”梅影瞟了一眼鬼精的陈冬梅，一屁股坐在灰色电脑椅上，将手中的报纸往陈冬梅桌上一扔，布置道：“哎，冬梅，你去跑跑这条新闻。”陈冬梅接过报纸，将报头转过来，喃喃念道：“宏程博源拍卖会惨遭恶意竞拍”，陈冬梅一边往下看，一边不解地问：“这条新闻不是已经出来了吗，我们再去，不就成马后炮了？”梅影将嘴一撇，点拨说：“谁让你跟在马屁股后面去做重复报道？我们应该对这条新闻跟踪报道，挖出背后的故事来嘛。”

陈冬梅坐回自己的位置，稍加思索，提起话筒，通过114查号台，查到宏程博源拍卖公司的电话号码，并通过总机，转到了瓷杂部。

陈冬梅不作通报，便大大咧咧地吩咐对方：“请你们瓷杂部经理听电话。”

陈冬梅的态度，令接听电话的女孩心生抵触，出口反诘：“你是谁呀？”

“我是《天下财经报》的记者，请你们经理接听。”陈冬梅甩了一句。

女孩稍一沉吟，放低姿态，回说：“你等等，我给你找找，看经理来了没有。”

很快，电话那头传来一名中年女人的声音：“你好，我是瓷杂部的李箐，请问你……”

不等对方将话问完，陈冬梅快人快语，立马打断对方：“我是《天下财经报》的记者陈冬梅，想对你们公司遭遇恶意竞拍事件做个专题采访，请问，安排在什么时候合适？”

陈冬梅话音刚落，便听李箐在电话那头训练有素地回答：“关于恶意竞拍的事情，我们公司已向新闻界发了通稿，就不再接受媒体的独家采访了。”陈冬梅正想交涉，话筒里却一阵忙音，对方已将电话挂断。

“什么玩意儿！”陈冬梅遭怠慢，火气“噌”地一下上来，随即将话筒往座机上重重一撂，不满地嚷嚷开来。

梅影头也不抬，吩咐说：“再把电话接通。”

陈冬梅瞥一眼上司，只得听命，随手摁下重拨键，“嘀嘀嘀”三声后，传来刚才那女孩的声音：“哪位？”梅影赶紧伸手接过话筒，语气中不带任何感情色彩：“请李箐接电话。”“你……”女孩还想往下问。“请李箐接电话。”梅影加重语气，不怒而威重复一句。女孩略一迟疑，之后捂住话筒，话机里便传来不太清晰的说话声：“李姐，找你的。”稍顷，话筒里的李箐颇为踌躇：“我是李箐，你是……”

“我是《天下财经报》社会部主任梅影。”梅影逐字逐句，报上大名，之后，静待对方反应。李箐略显犹疑，片刻，她放缓语气，耐心解释说：“你好，梅主任，感谢你们报纸对我们公司的关心。刚才，你们已经有记者打过电话来了，我已把情况给她说明了，我们公司不接受专访的。”

梅影不为所动，平心静气地反问：“难道，你们用一篇不足千来字的通稿，就能对社会大众有个交代？读者看了不更云里雾里、不知所云？如果大家都不明就里，对里边的原因瞎猜一气，这对你们公司能有什么好处？”

梅影的话绵里藏针，将李箐问住了。话筒里出现短暂的沉默，李箐好似骑虎难下，对梅影这看似合情合理，却又颇有些凌厉的发难难以招架。

稍顷，见李箐仍无反应，梅影的言词更加犀利：“遭遇恶意竞拍，要说你们拍卖公司也应是受害者，可你们怎么对这个问题如此逃避呢？难道，你们有什么难言之隐，不便让公众知道？”

梅影的语气不温不火，却直捣要害，李箐更难招架，却又无法回避。别无选择，李箐只得强打精神，硬着头皮强拗道："我们是诚信经营的拍卖公司，能有什么不能面对大众的难言之隐？"

梅影抓住此话，穷追不舍，继续反诘："既然如此，为什么不能接受采访？"电话那头，又沉默起来，之后，便听李箐的语气无可奈何："那这样，我去请示一下领导，如果领导同意采访，我给你回话。"

梅影已稳操胜券，却继续加码："行，不过要快，要不然，我可就直接闯来了。"

话刚说完，对方已将电话挂断，话筒里，又一阵"嘟嘟嘟"的忙音。

一上午，三人边工作，边你一言我一语，天南海北瞎侃一通，不知不觉中，已到午饭时分。三人正起身，准备去食堂用餐，桌上的电话铃声却响了起来，陈冬梅抓起话筒，不等问话，便听对方一口公事公办的语气："请梅主任接电话。"梅影接过话筒，也蛮职业："我是梅影，请讲。"李箐的声音便侃侃道来："梅主任，我是李箐。我把你的意思给我们老总汇报了，老总为此专门开了一个有关人员的碰头会，大家都觉得你说得在理，我们公司可以接受你的采访。"

梅影欣喜，忙问："今天下午，行吗？"

李箐也挺干脆："下午一点半至五点，都行。"

梅影利索地收场："那好，下午见。"撂下电话，梅影冲陈冬梅吩咐："你不是没事干吗？这样，吃过中饭，跟我一道去趟拍卖公司。"

陈冬梅欣然领命："是。"

下午刚上班，梅影和陈冬梅便如约前往。宏程博源拍卖公司颇具规模，位于核心城区的核心地段，拥有极具知名度的现代化大楼的整个八层。两人简单一通报，年轻时尚的前台小姐便竭尽殷勤，将两人带到一个小型会议室落座，并热忱张罗好茶水，这才旋风般离去。

出于职业习惯，陈冬梅快速从包里掏出采访本和录音笔，又将录音笔调至录音状态，梅影则小声嘀咕几句，交代陈冬梅注意事项。没等她交代完毕，两男一女便快步从外边进来。最前面的男人大腹便便，颇见过些世面，且正值盛年，一进门，便操一口流利的京腔，颇有些自来熟似的，热情洋溢地招呼客人："《天下财经报》的大记者，幸会幸会，欢迎欢迎！"梅影和陈冬梅赶紧起身，报以礼节性的微笑，梅影的手还未完全伸出，便被男人热热乎乎的大手握在了掌中。梅影很不习惯，赶紧抽出来，随即自我介绍：“我叫梅影，是《天下财经报》记者。”后又侧身指指身边的陈冬梅，公事公办地介绍：“这位是我的同事，陈冬梅。感谢贵公司对我们工作的支持。”梅影边说，边按常规将早已准备好的记者证递给男人，男人接过蓝色烫金字样的记者证，随手翻开，略瞟一眼，大大咧咧递给身旁女人，热情张罗：“来，来，两位大记者，请坐下谈。”梅影和陈冬梅各回原位，男人趁势捡两人对面的沙发落座，随同前来的两人，则分坐两侧的单人沙发。

女人很快便将记者证礼貌地递还回来，并对梅影客套道：“梅主任，我就是李箐，上午我们通过电话的。”梅影抬眼略一打量，该女子中等个头，长相平平，一头未经打理的长发散乱披在肩上，身上粉色薄绒披肩和蜡黄的肌肤不甚协调，使脸上的黄褐斑更加明显，皮肤也略显松弛，眼睛不小，不住地转动，给人不太安分之感。梅影对她没什么好感，听李箐冲自己套近乎，便朝她漠然点点头，淡然回了句：“你好。”

这时，男人冲梅影和陈冬梅款款而言道：“梅大记者，我姓王，是公司的副总经理，分管对外宣传。这是我们公司的张总监，这是李经理，你们已经认识了。”男人有条不紊，三言两语，便将一道前来的几人身份作了明确交代。之后，男人气度雍容，好似来者不拒，对两个硬闯来的陌生记者毫不设防：“两位大记者，想了解什么情况，尽管提问。我们三人一定做到知无不言，言无不尽，尽量配合你们做好这次专访，同时，我们也希望能借助于贵报社，伸张正义，彰显公平，替我们公司说句公道话。”

王总一开口，便先入为主，将自己打扮成受害者，颇有封口定调之意。梅影司空见惯，哪会轻易受人左右？见王总一脸无辜地望着自己，于是暧昧一笑，不急不缓，挡了回去：“是非曲直，自有公论。王总，贵公司若能本着实事求是的态度接受采访，那当然最好。首先声明，我们报社没有预先立场，只能就事论事，客观公正地报道事件真相，尊重公众的知情权。”王总出师不利，刚一开口，便碰了个不软不硬的钉子，只得讪笑掩饰，故作坦荡：“梅大记者，有什么问题尽管问。咱公司敢于接受媒体监督，就没有藏着掖着见不得人的营生。”梅影顺势开问：“那好。请问，昨天晚上才结束的拍卖会专场，贵公司为何这么快就认定遭到了恶意竞拍？凭什么界定303号和其他两位竞拍者的行为属恶意竞拍行为？”

梅影一开口，便直击问题要害，王总不由对她刮目相看。他认定此事一目了然，无需含糊，便掷地有声地说道：“这个不难认定。作为一家已经从事了十年艺术品拍卖的公司来说，我们对拍卖会的运作已经相当规范和成熟。像昨天那样一场‘古董珍玩专场’精品拍卖会，三个竞拍者居然包揽了整场拍卖会近七成的拍品，尤其像303号这样出手阔绰，一个人居然拍走全场四成拍品、成交金额近1.6亿元，这样的情况，在我们公司还从未发生过。而且，我相信这在中国艺术品拍卖市场上也是绝无仅有的，恐怕在国际艺术品拍卖中，也不多见。”

王总条分缕析，阐述得明明白白，梅影也不外行，立刻意识到拍卖方的立场的确有根有据，应该站得住脚。但据此便盖棺定论，认定三位竞拍者属恶意竞拍，这在逻辑上，仍不具备充分必要的条件。梅影深受陆一凡长期影响，思维严谨，逻辑缜密，凡事喜欢较真，尽管她也在相当层面上认同王总分析，但据此下结论，她认为不免仍有些牵强，她以分析的口吻和王总探讨：“说不准303号和其他两位竞拍者因为喜欢这些古玩，或出于投资考虑，甚至其他什么特殊原因而一次性拍走较多拍品，这也不是完全没有可能的吧？”

张总监以为梅影不懂拍卖规则，插嘴解释说：“按照竞买规则，交易金额超过三万元的，要在拍前预交标的物30%的预定金，但到目前为止，303号和其他两位竞拍者，除去两万元的基本保证金外，未交任何费用，我们将此定性为恶意竞拍，也有这方面的原因。”

梅影寻根究底：“会不会因为金额太大，他们需回去作些调度呢？”

王总咧嘴一笑，似嫌梅影太过外行：“你说的可能性不大。这么大手笔的竞买者，不会在资金上不作任何准备。再者，我们根据现场工作人员的汇报和拍卖现场录像资料来分析，303号和其他两位竞拍者，几乎是每逢有人举牌必跟进，直到竞争对手无法承受放弃为止，这种行为，是判定是否为恶意竞拍的基本依据。”

李箐也补充：“按照古瓷收藏的惯例，即便是投资商，甚至是紧盯人民币升值的国际游资，也不大可能不分藏品的门类和年代，眉毛胡子一把抓，一次性购买这么多的藏品，尤其是303号如此‘阔绰’，实在令人生疑！”

这是再明白不过的了。昨天那场古董珍玩专场，303号和其他两位竞拍者，的确存在故意搅局的嫌疑。陈冬梅在一旁刷刷地记录着，梅影若有所思，继续追问：“贵公司作为有着多年拍卖经验的老公司，怎么事前对此事毫无防备？非得等到拍卖会结束才发现？”

王总如实作答：“我们事前对此缺乏思想准备，防范措施远不到位，致使恶意竞拍得逞，我们自己当然也应反省。不过，恶意竞拍的现象以前从未出现过，这还是艺术品拍卖遭遇的第一次呢！这次恶意竞拍事件，肯定是别有用心的人精心策划的一场大阴谋，参与恶意竞拍的人肯定不止这三人，拍卖会现场还有其他人与之呼应，包括那些交足巨额保证金的竞拍者，使得他们的行为具有一定的隐蔽性。”

李箐瞥了王总一眼，对梅影补充说：“之前，我们也不是没有察觉，也要求那三位竞拍者缴足保证金再来拍卖，可对方作了充分准备，几人遥相呼应，发现时，已经无法追缴了。”李箐的话，不无遗憾，暗藏玄机，似替自己张目，又无疑揭了王总和张总监的短，两个男人讪笑着，一时间，竟也无话可说。梅影更加奇怪，颇感纳闷：“既然你们早有察觉，为什么还让他们继续参加拍卖会呢？”“嗨……”王总长舒口气，接李箐刚才的话茬，替自己辩解喊冤：“如果不让他们继续参拍，要按当时状况，恐怕连拍卖会都无法正常进行。拍卖会不能照常，那还有什么希望？再说万一他们不是成心搅局，而是真心竞拍呢？所以，我们也是思虑再三，左右权衡，抱着侥幸心态，不得已，让他们继续参拍的。”

“噢，原来如此。”梅影似有所悟，接着又问：“贵公司准备怎么处理此事？”

王总按照会议精神，详细作答：“如果303号和其他两位竞拍者不能在规定的拍卖会结束后的七天内履约，将买受款和10%的佣金结清的话，我们公司将对他们依法提起诉讼，通过法律手段来解决争端，我们已经和拍卖协会、公安部门、文物部门打好了招呼，也向拍卖界作了通报。”

梅影进而又问：“贵公司对外宣称，此次拍卖会造成的亏损将高达400万元，请问，这是如何计算出来的？”

王总如数家珍：“这400万元还只是我们公司为此次拍卖会顺利举行所投入的前期成本，包括房租、工资、宣传费用、管理费用、场地租金、图录印刷费等等，如果算上这次拍卖会因遭人搅局而出现绝大多数拍品流拍的话，我们还将损失买卖双方各自按成交额10%交付的佣金，这样算来，损失可就太大了，少说也是数千万元呢！哎……”王总深感无奈，再次叹了口气。

张总监面色阴郁，大倒苦水：“昨天拍卖会结束后，公司上下都大为紧张，我们总经理更是忧心忡忡，还不知该怎么向股东们交代呢！”

梅影试着问：“凡事必有由来。你们想没想过，人家针对你们公司这么做，究竟有何意图？”

王总瞥一眼梅影，有点闪烁其词：“他们为什么这么做，目前我们尚不得而知。不过，‘月晕而风，础润而雨’，凡事必有迹象。目前，据我们掌握的线索来看，这次恶意竞拍的影响，恐怕不限于我们公司一家，而会波及到整个拍卖界！”

梅影好奇：“能透露一下相关信息吗？”

王总双手一摊，无奈作答：“暂时还不便透露，许多情况，还需进一步核查。”

李箐忍了半天，终于忍无可忍，遂气咻咻地骂道：“这帮人，真不知天高地厚，跑到我们公司来撒野，为所欲为。不过，我们也不是好欺负的，别看那个303号昨天出尽了风头，到时候肯定会让她吃不了兜着走的。”

张总监也愤愤不平：“是啊，现在是法制社会，跑到拍卖会上来胡作非为，总会有人管的！”

梅影静等几人发完牢骚，遂又问：“据说187号买家想要放弃已经拍得的乾隆绿地粉彩描金镂空花卉纹香炉？”

王总一脸苦相：“是啊，这位买家嫌该拍品的价格被恶意竞拍抬得太离谱了，已经跟我们公司明确提出来了。”

梅影问：“那贵公司怎么应对？”

王总无可奈何：“还能怎么应对？只能尊重买家的选择呗。”

梅影不解：“为什么？若按《拍卖法》第36条的规定，187号的应价应该是有效的呀！”

“哎……”王总再次深深叹了口气，满脸的无奈：“是啊，在正常情况下，187号应该对自己的行为负责，但不是发生了恶意竞拍这种过于反常的情况么？要说起来，人家也是这次恶意竞拍的受害者，他不追究我们作为这场拍卖会组织者的责任就谢天谢地了！加之他又是我们公司多年来的老客户，所以，我们公司专门为此开了个会，欣然接受他的弃拍要求！”

李箐情绪颇为激动：“单是187号买家放弃拍品，我们公司就将蒙受近500万元的损失！”

张总监也有感而发：“由于这几人的搅局，让原本真正有意参与竞拍的买家不能如愿，这些买家有来自上海、浙江、福建的，也有来自中国香港、中国澳门、中国台湾地区甚至是欧美的藏家，这些藏家不远千里，兴致勃勃地来，结果和自己心仪的藏品只能失之交臂，空手而归，还白白搭上时间跟路费，他们对此极为不满。”

梅影又问:“那你们准备怎么对待这些流拍的拍品呢?”

王总不假思索,脱口说道:“如果他们不能在规定时间内付款并取走拍品,我们公司只能为这些拍品重新组织一次拍卖会。不过,按照《拍卖法》第39条的规定,如果第二次拍卖的款项低于第一次拍卖所得,那么,303号和其他两位竞拍者,应该负责将中间的差额补给我们公司,并且还要支付第一次拍卖会的所有损失。”

“这样说来,303号和其他两位竞拍者不就得支付巨额赔偿吗?”至此,梅影也深觉不安,不禁为303号和其他两位竞拍者捏了把冷汗,认为他们昨天的行为过于鲁莽了。

王总态度笃定:“他们既然敢于这么做,也就要勇于承担相应的后果。而我们公司也一定会依法行使我们的正当权利。要不然,今天这个来搅局,明天那个来捣乱,拍卖公司岂不‘拍’无宁日,还开得下去吗?”

相关的问题都已问完,梅影试图继续追问王总:“可否将303号和其他两位竞拍者的个人资料和联系方式提供给我们,我想对他们进行采访。”

王总好似毫不设防:“可以。”遂叫李箐去拿几个竞拍者的资料。资料到手后,梅影和陈冬梅也就起身告辞,并一再婉拒几人宴请,送行过程中,王总多次请求:“梅大记者,这件事就有劳贵报作个客观、公正的报道了!”张总监和李箐也一再央求:“梅主任,你可一定要为我们公司主持公道啊!”梅影忙承诺:“我们的报道一定客观,一定公正,请放心。”

从拍卖公司出来,已是华灯初上。梅影对陈冬梅交代说:“冬梅,你把资料拿去,明天一早,你就和这几人联系,咱们争取能和这几人当面谈谈,尤其是这个303号,看看她究竟有何理由这么做。这女孩也真是的,胆大妄为,不顾后果,捅下这么大一个篓子,恐怕背景也不简单!”

吩咐完毕,两人踏着夜幕,各自回家。

次日一早,梅影早早来到单位,陈冬梅还未到,她便静下心来,忙着为自己那篇《2004年影响中国社会转型的20大事件》定稿。忙到一半,抬眼瞥见陈冬梅身着醒目的红色长款羽绒服,头顶多色线绒滑雪帽,一脸阳光,浑身朝气,正推门进屋。梅影的目光虽仍盯着电脑屏幕,口中却批评:“看看几点了。”

陈冬梅斜睨一眼正迎面望过来的部门副主任朱志新,朝他吐吐舌头,蹑手蹑脚，蔫不出溜地坐到自己的位置上。

梅影仍关注于稿件，顺口问道：“昨天我给你布置的事情，联系好了吗？”

陈冬梅小声嗫嚅说：“我已按上面的联系电话打了两遍，对方不是关机，就是自动转到语音信箱。”

梅影不由分说，命令道：“继续打。”

陈冬梅偷看一眼全神贯注于稿件中的上司，习惯性地拿起桌上的玻璃瓶子，倒了几朵杭菊在茶缸里，又从另一瓶子中取出两片干柠檬放入杯中，起身走到暖瓶前，提起来往杯中注满水，回到桌边，将几个电话号码拨了一通，结果依然如故。梅影头也不抬，改弦易辙道：“别再打了，给他们发个短信吧。”

“哎，这倒是个法子。”陈冬梅眼睛一亮，脱口附和，见梅影仍然在忙手中活计，掏出手机，略加思索，双手并用，片刻工夫一条短信便编好了，怕出差错，陈冬梅从头到尾，将短信细看一遍，并随口喃喃念道：“你好，我是《天下财经报》记者陈冬梅，打扰了。我想就宏程博源拍卖公司的‘古董珍玩专场’拍卖会一事，对您作个专访，见信后，请与我联系。”上述内容并无不妥，陈冬梅又找出拍卖公司提供的电话号码，群发出去，等候回音。

一上午，办公室里几人，各自忙着手中杂务，电话铃声虽然不断，手机声响也此起彼伏，但均无几个竞拍者消息。临近中午时分，梅影终于大功告成，她连接上打印机，旋即，一份近万字的《2004年影响中国社会转型的20大事件》打印件便顺利出炉。梅影前后左右习惯性地转动着脖子，双肩使劲往后抻抻，好似卸下千斤重担，并长吐口气道：“嗨，终于完稿了。”

身后的朱志新正看读者来信，一听，来了兴致，撂下信件接言说：“这篇文章有分量，历来都是咱报社每年末的重头戏。”边说，边站起身来走至梅影桌前，一把拿起稿件，一目十行，浏览一遍，看过之后兴致更高，评述说：“要说起来，这一年，影响中国社会转型的事件还真是不少呢。先不说‘建立和谐社会’的倡导，就说年初两会的‘人权入宪’和‘国家保护私有财产权’，那会对中国的社会经济产生怎样深远的影响？中国长期以来，被人家西方政府和媒体大肆攻击，说我们缺乏人权。‘人权入宪’，这对当今的中国来说，还真是一个不小的进步呢。国家保护个人的私有财产，更具划时代的意义，不仅能全方位调动大家的积极性，还会极大地促进生产力的发展。”这篇文章，梅影准备已久，办公室其他几人早有耳闻，对其中内容也知道个大概，听朱志新慷慨陈词，莫名也不示弱，争相发表自己的见解：“年中的‘审计风暴’，犹如雷霆万钧，可以说震撼了整个中国社会，像李金华这样不畏权势、敢于直言，形象地把自己比做国家财产的看门狗，这在中国现代官场中还是第一人。嗨，我们的社会如果多一点这样的政府官员，那该多好！中国的改革进程，肯定会更加顺利，老百姓也会得到更多的实惠。”

办公室几人天南海北，谈兴高昂，眨眼工夫，便到了午饭时分。大家正要去食堂，陈冬梅的手机短信铃声突然响了起来，她拿来一看，随即将手机递给梅影，满口的不可思议：“嗨，这个303号真有点气魄，居然还要举办个人记者发布会，她哪来的勇气？真不怕惹事呀！”

梅影即兴一览，低声念诵：“本人想就昨天那场‘古董珍玩’专场的竞拍情况，以新闻发布会的形式对外说明。时间：下午四点半，地点：克莱敦大饭店二楼小会议室。”梅影对陈冬梅的说法不以为然，点评说：“有勇气对社会大众作个交代，这是好事。冬梅，今天下午你跑一趟吧。”

陈冬梅当仁不让：“好的。”

按照约定，陈冬梅提前到场，不大的会议室里，已有二三十家新闻媒体的记者等候于此。把门的男子很认真，查明陈冬梅出示的记者证才放她进去。记者们三五成群，凑在一处，或调试着手中摄影机，或相互交头接耳，猜测着古董拍卖领域这破天荒的“恶意竞拍”事件背后的事实真相。陈冬梅刚一落座，一名体态修长、美艳惊人的女子便在几个西装革履男人的簇拥之下，高调现身。女子白皙如凝脂般的脸颊上，宽边黑墨镜将她的面容遮了多半，而一袭黑色水貂皮草，尽显华贵雍容。室内顷刻一阵骚动，记者们惊叹于女子的美艳，纷纷起身，下意识举起手中相机不停地按动快门，嘴中还不由自主地由衷赞叹：“哇，真漂亮！”镁光灯的强光此起彼伏，全集中打在黑衣女子的身上、脸上。该女子猝不及防，似乎对此毫无准备，慌乱中，下意识抬起胳膊，将头往后侧转，竭尽可能遮挡着无孔不入的摄像镜头，好似一只受到惊吓的小鹿，六神无主又惊惶失措。几名男子赶紧挺身而出，纷纷伸出手来，遮挡住不留情面的镜头，并冲记者们高声喊道：“记者朋友们请先不要摄像，等会儿会留时间给大家拍照的！”男人反复喊话，女子不住躲闪，闹腾半天，这才消停下来。忙碌过后，记者们也都安静下来，翘盼眼前这个神秘美丽的黑衣女子，将怎样揭开震撼拍卖收藏领域“恶意竞拍”事件背后的真相。

几人在前台落座，青年女子在男人们的簇拥下端坐中间。虽然戴着墨镜，但显而易见，女子局促难安，微低着头，目光紧盯着胸前的桌面，无法淡定从容。直到身旁的男子将一张纸塞进她的手中，女子嘴角这才泛出一丝牵强的微笑。身旁的男子则颇为老练，环视四周一圈，口对麦克风，从容宣布："多谢媒体朋友的关注。发布会现在开始，下面请罗小姐说明情况。"

女子表面平静，内心却极度紧张，隔着墨镜，她双眼落在手中早已准备好的打印稿上，努力调匀气息，沉吟半晌，这才终于开口，照本宣科道："本人名叫罗曼，感谢各位记者前来了解事件真相。我是经过办理合法手续参加12月6日举行的宏程博源拍卖公司的'古董珍玩专场'拍卖会的。我的行为既符合《拍卖法》的有关条例，更不违背宏程博源拍卖公司的相关规定。我参与竞拍，完全是出于对古代艺术品的景仰与热爱，同时也做好了充分履约的准备。但是，十分遗憾，在前天拍卖会的现场，宏程博源公司将我强行清出会场，剥夺了我合法参与竞拍的权利，这是宏程博源拍卖公司无故违约在先；之后，宏程博源拍卖公司未经本人同意，又将我的个人资料和我参与竞拍的相关情况向社会大众广为传播，这严重侵犯了我的个人隐私权，更违反了《拍卖法》第21条的相关规定。由于拍卖公司的违法行为，将我的个人资料广为散布，搞得满世界的人都知道我有能力购买藏品，从而扰乱了我的正常生活秩序，目前，家里电话不断，甚至有不少陌生人在我住家周围留守，迫使我无法待在自己家中，更不敢外出。由于宏程博源拍卖公司的鲁莽违法行为，致使我的人身安全已经无法得到应有保障，说实话，在此之前，我非常中意已经拍得的藏品，并做好了充分履约的准备，但出于安全考虑，我不敢买，也不准备买了。对此，我也非常遗憾，更对宏程博源拍卖公司的野蛮行径表示强烈抗议。本人还将就宏程博源拍卖公司给我造成的恶劣社会影响提起法律诉讼，并要求宏程博源拍卖公司向我公开道歉和进行相应的赔偿，以合法的途径，维护我作为公民应有的自身权益。"

女子怯怯生生，照本宣科念完上述内容，记者们仍云山雾罩，正要开口提问，女子身旁的男子却赶紧宣布："新闻发布会到此结束，谢谢各位记者。"话未说完，几人快速起身，几个男子簇拥着罗曼，准备迅速撤离。记者们哪肯？全都不约而同提起手中工具挤向前去，都想从罗曼口中再掏出点新的情况。因有男子挡驾，记者们无法接近，有的记者便灵机一动，干脆隔空喊话："请问，这次竞拍活动背后有何背景？”“请问，你如何证明有能力履约付款？”“请问，这次竞拍活动是否有黑幕存在？”现场骚动起来，记者们闹闹嚷嚷，镁光灯闪烁不停，记者们不甘处于被动，纷纷往前挤去，都想挖出更为实质的内容。守在门外的男子也快步进来，男人们左右开弓，伸出双手，护住女子，竭力挡住记者，不让他们靠近罗曼。推搡之间，在男子们的护佑之下，罗曼左躲右藏，在镁光灯的闪烁下闪电离场，让想要搞清事件真相的记者们极为失望，只好傻呆呆地望着几人离去的背影徒自兴叹。

第二天，有关“恶意竞拍”纠纷的消息充斥了大小媒体，罗曼躲闪镜头的画面也在各个媒体上被大幅刊登、播放开来，尤其是电视上，罗曼惊艳绝伦的面容和她周身华贵的衣饰，更让大家艳羡不已又猜忌不断。一夜之间，罗曼便迅速蹿红，成为年终岁末最为引人注目的焦点人物。网友们更是乐此不疲，纷纷猜测美人背后的故事，讨论“恶意竞拍”事件的是非曲直，专家们也各抒已见，引经据典，为拍卖公司鸣冤叫屈，谴责罗曼的不法行为，让本来就话题颇多的收藏界更加热闹非凡。

一到报社，陈冬梅便向梅影详细转述发布会上的所见所闻。梅影颇为遗憾，觉得发布会上的内容了无新意，还想进一步挖掘事情真相，几次致电罗曼均无人接听，或是干脆关机，梅影无奈，只得将此事暂时搁置。但“树欲静而风不止”，网上有关“恶意竞拍”的各种说法不绝于耳，有谴责罗曼做法不端的，有猜测罗曼是某某企业家情人的，也有不少知情人士，纷纷曝出宏程博源拍卖公司近年来的拍假、卖假行为，以及和委托人沆瀣一气，炒作拍品、哄抬价格，从而坑害买家，甚至拍卖公司怎样以欺骗手段，从客户手中低价骗得藏品，再拿到拍卖会上高价拍卖，让本已纠缠不清的“恶意竞拍”事件更加扑朔迷离。宏程博源拍卖公司也多次发表声明，对社会上对该公司的恶意中伤提出严正警告，并以诉诸法律来震慑诽谤者。几天来，梅影一直密切关注着事态的进一步发展，不断给罗曼打电话、发短信，希望能够对她进行直接采访，厘清事实真相。

两天后的上午十点，梅影的手机终于收到这样一条信息：几天以来，罗曼一直处于社会的高度关注中，从而不堪重负，已经病倒。恳请各位媒体朋友，不要再打扰她，让她静下心来，好好养病。梅影看后，立即回复：“我是《天下财经报》记者梅影，不揣冒昧打扰。我坚信事情并不像媒体公布的那样简单，我相信竞拍背后一定还有故事，我也相信罗曼这么做，肯定有其充分理由。难道，她不愿面对社会大众质疑，道出事件原委？或许，当人们了解事件真相后，能够设身处地理解她之前的行为。难道，她愿意一直让别人猜疑下去，并继续误解她？静候回音。”

下午三点左右，梅影手机响了起来，电话那头，传来一名男子的陌生声音：“请问是梅记者吗？”梅影赶紧答道：“我是。请问你……”不等梅影把话问完，对方已将她打断：“我是罗曼的朋友。如果你真想了解事情真相，请你亲自到广州走一趟。”断了多日的线索，如今重又接上，梅影颇感欣慰，她不露声色，却又大惑不解：“为什么非得到广州？”男子不太高兴，回了句：“因为罗曼回到了广州，只有到了广州，你才会明白事情的前因后果。如果你嫌麻烦那就算了。”梅影岂愿放过这机会？赶紧承诺：“那行。我争取尽快赶到广州，到时我再与你联系。”

第四章　南下广州

梅影将报道计划递交刘副总编，又和部门副主任朱志新交代好工作，在接到邀请去广州采访的第三天下午六点十分，她同莫名一道，登上从北京开往广州的火车。两人分别在14号车厢中段的中下铺位，搁置好行李，她便半躺以闭目养神，思忖着前往广州可能遇到的各种问题以及应对之策，很快便进入浅度睡眠。接近年底，工作太忙，各行业、各企业的表彰年会紧锣密鼓，一个紧接一个，搞得记者们应接不暇、疲于奔命，不仅白天跑采访，晚上还得赶稿件，经常熬到深夜。所以，很长一段时间以来，梅影一直缺觉。现在好不容易有段不受打扰的独处时段，刚一躺下，便迷迷糊糊，昏昏欲睡，伴随照明灯的熄灭和各种噪声的逐渐平息，梅影很快转入深度睡眠，直至第二天太阳照进车厢，喇叭里不时传来介绍早餐的广播，这才将她从梦中吵醒。

一夜好觉，梅影神清气爽。她从铺位起身，听中铺的莫名仍呼呼大睡，也不管他，掏出包里洗漱用具，去洗漱间等候洗漱，做完一切，回到铺前坐下，拿出糕点饮料，在窗前慢慢吃了起来。火车飞速前行，窗外的远山近水，葱葱郁郁，让长年生活在北京城里钢筋水泥中的梅影心旷神怡。她饶有兴致，尽情欣赏飞驰而过的田间地头上的满眼苍翠，感受一栋栋拔地而起的农家小楼的现代气息，绵延的山峰，微泛涟漪的池塘，田间的耕牛，满坡的黄花野草和桃红柳绿，以及草丛间晶莹闪亮的晨露，都让久处都市喧嚣的梅影陡生难以名状的亲切之感。

梅影对床，半躺一个皮肤黝黑、瘦骨嶙峋的南方男子。男人心无旁骛，一双眼睛直溜溜落在手中物件上头，专心致志把玩着，入神而又忘情。

被男子神态吸引，梅影随其目光，望向他手中物件。仅此一眼，就被深深吸引，盯了一会儿，便主动搭讪："哎，你那是战汉玉佩吧？"男子猛吃一惊，双目圆瞪，盯着梅影，似难置信："你懂古玉？"梅影咧嘴一笑："懂点儿。"男子来了兴趣，干脆从床上坐起，盘着双腿，面对梅影，将玉佩递给她，略带卖弄："你看看。"

梅影也不客气，伸手接过玉佩握在掌中，该物的全貌便一览无余：这是一块直径约七厘米左右的和田白玉玉佩，玉佩通体裹着一层黄色土沁，镂雕、浮雕交错，精雕细琢出两个形象完全相同的可爱女孩。女孩头顶堆着高高的发髻，身着拖地长裙，浑身上下，浮雕战汉时代特有的花卉纹饰，腰间均束一条宽宽腰带。女孩面容轮廓庄端分明，且又不失清丽娟秀，还一脸的稚气朝阳。两女孩发髻相连，掌心相碰，发式衣饰相同，五官长相一致，活脱脱一对"心有灵犀"的孪生姊妹。女孩腰背微曲，巧妙构成圆弧状，腰际所空之处，一只呈顺时针方向的火凤凰端正于玉佩中央。齐腰以下呈鱼尾形状，玉佩底端则是若隐若现的波涛海浪。佩中女孩，悠闲安详，宛若安徒生童话中的美人鱼，悠游于辽阔无垠的海面之上。玉佩背面则光素无饰。整块玉佩构思巧妙，雕工流畅，工艺华美，包浆厚润，土沁自然。物件虽小，却小中见大，浓缩了两千多年前的汉文化精髓，淋漓尽致展现出了那一时期日臻完美的琢刻技艺。梅影爱不释手，既惊叹于古代匠人的巧夺天工，又醉心于两千多年前人们的审美情趣。

梅影也堪称见多识广，领略过不同时代的不少玉佩，可从没哪块玉佩能像今天这样，将她的内心深处打动，并让她不忍释手。整块玉佩构思之奇巧严谨，工艺之精准华美，两个女孩之生动可爱呼之欲出，都令她叹为观止。梅影曾游览过丹麦，亲眼见证过哥本哈根大海中伫立的被视作丹麦象征，被丹麦人引以为傲，并被丹麦人誉为海之女儿的美人鱼铜像，当时，她便被美人鱼铜像那无限忧郁的气质所深深打动。今日，手中这块玉佩，两个女孩活泼可爱，妩媚动人，有着无限蓬勃的青春朝气，和丹麦的美人鱼大相径庭，风格迥异，但梅影觉得，这块玉佩所带给她的视觉冲击与内心震撼，并不亚于当年看到美人鱼时的心中感受。而丹麦的美人鱼铜像，距今不足百年历史，且是现代工业化作品，尚被丹麦人视作价值连城的无价国宝，成为丹麦人灵魂的象征，可手中玉佩已有两千多年的悠久历史，还是手工制作，那又该怎样的珍贵无比？

梅影依依不舍，将玉佩递还男子，感慨道：“说实话，我也见过不少不同类型的古玉佩，但这么好的玉佩，还是难得一见。”梅影随口一句，令男子刮目相看，并随即伸出拇指，由衷称赞：“嗯，好眼力，行家水平！”尔后，男子又颇有感触：“别看收藏人群众多，可真正懂行的人并不多。”梅影也有同感，接着道：“可不吗！说起来，中国的藏友队伍多达七千万人，但真正入门的，能有几个？要都懂，那北京的潘家园市场不早就开不下去，早关门歇业了。”梅影一张口，全在点子上，寥寥数语，竟道出收藏领域的实质所在，男子感佩之至，他没想到，在这举目无亲的寂寞旅途上，能碰上一个和自己有着共同兴趣的红颜攀谈者，男子立马情绪高昂，更加兴致勃勃，围绕收藏领域中的种种话题，和梅影没完没了，大侃特侃。

聊了半天，男子不由好奇：“你也收藏古玉？”梅影如实作答：“我先生喜欢收藏，但以瓷器为主，兼有少量古玉。”男子便道：“那你的眼力还真是不错呢。”随后，男子对梅影的行程好奇，试着问道：“你也去广州？”梅影特干脆：“对，去广州。”男子进而又道：“出差？”梅影点点头：“嗯。”男子猜测：“你是做文化工作的吧？”梅影笑笑：“跑新闻的记者。”男子更来劲，刨根究底道：“那这次去广州……”男子突觉唐突，不知怎样措辞，一时无语。梅影蛮爽快，主动介绍：“前两天，北京一场古董拍卖专场上有人搅局，出现了恶意竞拍事件，我去采访此事。”

男子一听，似有所动，看着梅影，嚅动双唇，却又不知从何说起。良久，男子终下决心，吞吐着问道：“你知道人家为什么去搅局？”“你知道？”梅影猛地一惊，随即反问。男子诡秘一笑，说：“一点点。”

世间竟有这般巧事？梅影简直难以置信。她瞪大双眼，紧盯着男子，进一步问道：“那你说说，这些人为什么搅局？”男子稍一沉吟，慢吞吞回道：“因为人家在这个公司吃过亏、上过当，花了不少冤枉钱，到头来，搞得人财两空，不得已，才以这种方式进行报复呗！”丈夫前几日的话，陡地划过梅影脑际，眼前，这个自称知情的男子的说法，竟和丈夫的话不谋而合、如出一辙，梅影心里，暗自佩服丈夫的料事如神与先见之明。该男子在如此敏感的时段往返于京广两地，显而易见，非同一般，说不准，便是是非中人，要么和搅局之人认识，要么，也身处其中。梅影抑制不住一阵狂喜，这真是踏破铁鞋无觅处，得来全不费工夫！

梅影做梦也没想到，事情竟如此之顺，她不露声色，趁势问道：“这么说来，你们认识？”男子诡秘一笑，说得似是而非：“可以说认识，也可以说不认识。”“此话怎讲？”梅影不得要领，进一步追问。男子却含糊其辞：“都在一个城市，又都喜欢收藏，谁不知道谁呀！”男子模棱两可，顾左右而言他，颇有点滑头。梅影的胃口被吊了起来，似请求，又似命令：“知道多少说多少，就算帮我个忙，行不？”男子稍一沉吟，拗不过梅影固执的目光，字斟句酌地说：“具体情况我也不是很清楚。只知道这几人花了不少冤枉钱，其中一个花了两三千万，弄得工厂开不下去，老婆也带着孩子跟人跑了，挺惨的。”接下来，在梅影的循循善诱下，该男子断断续续，有所保留地将他知道的一些情况，给梅影作了个简要介绍。虽不全面，却让梅影感慨不已。

不知不觉中，夕阳西下，穿过淡淡的薄雾，列车缓缓地驶向终点。三人也渐渐熟识起来，临别前，男子颇仗义，特将名片留下，并一副古道热肠的语气，对梅影两人竭尽地主之谊：“梅记者，你有需要帮忙的，随时找我，我肯定随叫随到。”萍水相逢，梅影心生感激，接过名片仔细一看，此人叫鲁勇，从事通信器材的低端买卖，梅影连声答谢。还未踏上目的地，经鲁勇饶舌，梅影也已捕捉到“恶意竞拍”事件背后的些许端倪。

住下后，梅影首先通报之前与之电话联系从而促成此次广州之行的先生，对方猝不及防，毫不掩饰其讶异：“梅记者，你当真了？还这么神速！”梅影颇得意：“新闻的特点，不就是‘真’和‘快’吗？”对方连声抱歉：“梅记者，你来之前该跟我打个招呼的，我好接站啊！真是太失礼了！要不这样，晚饭我来安排，替你接风洗尘！”梅影赶紧婉谢：“你的好意心领了。一天的火车，坐得神疲力乏，我们今儿早点休息。明天尽快采访，你安排好，行吧？”对方拗不过梅影的固执，只得顺从：“好说，好说。那这样，明早八点半，我到宾馆接你，行吧？”梅影特干脆：“好，一言为定。明儿见。”

次日一早，吃过早点的梅影和莫名走出宾馆大门，一辆黄色的丰田车早已等候于此。因之前有沟通，梅影一眼便认出了前来接应的车辆，便和莫名一道，径直前往。车里的男子蛮机灵，从后视镜上瞅见两人，赶紧从车上下来，操一口广东腔十足的蹩脚普通话，对梅影两人竭尽热情：“梅记者吧？”梅影挺老练，上下打量此人一眼，面带职业微笑，回说：“我是。你是……”男子赶紧自我介绍：

“梅记者，我们早认识了，只不过，是电话认识的。我姓纪，你叫我纪生好了。”男子看上去三十五六岁，身材瘦削，颇有点油头粉面，小商人模样。相互寒暄后，纪生用半安排、半征求的语气说：“两位大记者，我受藏家们的委托，前来接待你们。按他们安排，今天上午先带你们去老雷家坐坐，随后再和其他藏家接触接触，好好聊聊，好吧？”梅影客随主便，特洒脱：“听你安排。”梅影毫不矫情，纪生一见如故，报以同样的豪爽：“那好，我们这就去老雷家。”宾客谈笑风生，瞬间没了陌生感觉。上车后，由着纪生掌舵，穿行于广州的大街小巷，窗外的南国风光别具风情，一一掠过两人眼底，高耸入云的地标建筑，更彰显广州不俗的地缘经济，看得两人眼花缭乱。不经意间，几人已到目的地，车子稳稳停在了老旧城区里一栋普通民居前。

梅影下车，举目四望，四周无数高高低低的三四层小楼，鳞次栉比，一家紧挨一家。各家各户，独自为阵，既杂乱无章，又尽显广东人的生活富足。梅影和莫名一前一后，跟随纪生身后，在众多独立院落中的一扇门前停下，纪生熟门熟路，伸手摁下门上电铃，不一会儿工夫，便听里边一阵脚步声临近，厚重的铁皮大门慢慢开启，开门人随口一句“嘿，你们够快的！”令梅影好生耳熟，抬眼一瞅，猛然怔住，尔后，脱口惊讶：“哟，是你？”开门人似有充分准备，咧嘴一笑，解释说：“昨天回家后，我把火车上的相遇给其他几人全都通报了，老雷一听，非让我今天过来，陪你们谈谈。”意料之外，再次得见，梅影不由嘀咕：此人究竟是何身份？难道，真如自己之前所料，他真参与了搅局？是“恶意竞拍”事件策划，甚至急先锋？鲁勇则态度暧昧，面对梅影审视的目光，神秘地一笑，顾左右而言他，不予理睬。

鲁勇将几人迎进院中，随即关上院门，他和纪生十分熟识，两人一前一后，叽里呱啦一通，像说天书一般，谈笑风生，身后的梅影和莫名则面面相觑，一句也听不懂，好似到了爪哇国。院中房屋一共三层，且有些年头，院中藤蔓攀延，杂草丛生，苔藓绕墙，虽疏于人工管理，倒也显现出不加修饰的自然美来。一入房里，扑面而来的潮气霉味呛人喉鼻，昏暗的光线中，业已过时的家具上，落满尘埃，酒瓶、醋瓶、酱油瓶，歪七竖八，随意摆放，用过的碗筷凌乱不堪，满眼狼藉，不知累积了多少时日，不曾清洗。梅影和莫名跟在两人身后，穿过杂乱无章的堂屋，由边上的木制扶梯拾级而上。很显然，屋主曾经富足风光过，而今，却已明显衰败。

还未完全上楼，梅影透过木制扶栏，瞅见起居室沙发上翘腿而坐的三个男人纷纷从座上起身，其中一人咧嘴一笑，用典型的广东普通话率先招呼说："欢迎，北京来的大记者。"梅影莞尔一笑，也挺爽朗："打扰各位了。"待两人都已上楼，鲁勇当仁不让，充当起双方的桥梁，将梅影两人向朋友们隆重推荐，之后，又向梅影两人介绍自己的朋友："这是老谢，他也热衷收藏，挺热心的一个人。"此人五十岁开外，身体微胖，面色黝黄，已经谢顶的脑门下，双眼精明狡黠，也和众多地道的广东商人一样，满手的金饰夸张晃眼。老谢很热情，一口蹩脚的广东普通话口齿不清："北京来的记者，欢迎欢迎。"鲁勇手指另一名蔫不出溜的男子，加重了语气："梅记者，他就是今天的主角儿，也是这家的主人，老雷。"梅影刻意留心此人：瘦高个子，颧骨颇高，面色萎黄，嘴唇发紫。由于过瘦，颧骨更显突兀，五官的棱角也更见棱见方，眼睛不小，却大而无神，略显呆滞；因长年的烟熏火燎，满口的大板牙又黄又黑，还不甚规整，呲咧着，令人生厌；背也微驼，好像压了千斤担子，更不懂待客之道，一副傻呆呆的痴样。梅影对他没有好感，出于礼节，朝他略一点头，算作招呼。另一人却很活跃，不待鲁勇张罗，便迫不及待自我介绍："大记者，你们叫我张生好了，我也喜欢收藏。两位，坐下谈。"

寒暄过后，宾主落座。鲁勇则忙前忙后，摆出一副主人姿态，替来客张罗茶水，忙完后，这才在屋角的藤编椅上坐下，随时为大家服务。梅影再次审视他，他却视若无睹，嘴角间略泛一丝难以捉摸的笑意，并一脸的暧昧神态。纪生话不多，紧挨鲁勇而坐。梅影收回目光，随意打量四周，和楼下一样，满屋尘埃，桔色灯光下，红木家具表皮上泛出极为柔和的亚光，彰显其不凡的品质，只是，已很有些年头了。墙四周并列多组玻璃展柜，里边高低错落，一件紧挨一件摆满各式瓶瓶罐罐，空地以及家具台面上，也都堆满了老旧物件。显而易见，这是一个不折不扣的收藏人家。老雷瞅梅影没完没了，全神贯注于瓷瓶瓦罐上，火气猛然上来，没好气地自嘲："有啥看头？全他妈假玩意儿！"

莫名大吃一惊，回看身边上司，见她镇定自若，赶紧收住心神，掏出包里的录音笔和采访本，做好记录准备。梅影将目光收回，平视老雷，言归正传道："老雷，你好，谢谢你能接受我们的采访。你知道我们此行的目的，其他的话不用多说，咱开门见山，好吧？"老雷表情木讷，将头一点。梅影单刀直入："请问，你参加了北京宏程博源拍卖公司'古董珍玩专场'的竞拍吗？"

老雷斜睨梅影，目光依旧呆滞，语气也没精打采：“可以说参加了，也可以说没参加。”

梅影好生奇怪，却不动声色，问：“此话怎讲？”

老雷呆滞的眼眸中，瞬间划过一丝狡黠的光亮，尔后，望着梅影，颇具挑战意味：“说参加，是因为我亲自派人参与竞拍；说没参加，因为我根本没在拍卖会上露脸，而且，登记竞拍的身份证明用的也是其他人的。”

梅影出乎意料：眼前这烟灰儿般的男人，竟有如此缜密的心机？很快，梅影推翻了之前判断：此人并非如他外表表现的那般愚钝，相反，还颇为精明，甚至狡黠。梅影不敢掉以轻心，沉着问道：“这么做，有何深意？”

老雷一改之前的萎靡不振，瞥梅影一眼，颇得意地嘿嘿一笑，继而答道：“因为我想正当反击，却又不想被别人抓住把柄，更不想吃官司。”

梅影困惑：“这么做真能如愿？”

老雷突然来了精神，快速扫一眼几个同伴，双眸晶亮，语气充满十足的把握：“怎么不行？拿去登记竞拍的身份证，是我的一位远房亲戚。此人既无正当职业，更无任何家产，一家人，靠低保维持生计，住的房子也是国家房产部门提供的出租屋，可说是上无片瓦、下无寸土，真要打官司，他们能得到什么呢？”

真是用心良苦，老谋深算！眨眼工夫，梅影便对此人兴趣浓厚，她进一步追问：“为什么要这么做？”

梅影的话，似触到老雷痛处，从而激怒了他，刚才还洋洋自得的老雷，瞬间变了脸色。他怒目圆瞪，一脸敌意，夹着烟头的手不住颤抖，并神经质地一再反问：“你问我为什么这么做？为什么这么做？你看看这满屋的假货！你再问问他们，看看我有没有理由这么做！看看我是不是在胡搅蛮缠、无理取闹！”老雷一边情绪激动地大声嚷嚷，一边挥舞颤抖的双手指向四周，最后，他将手指向身旁同伴。因情绪极度亢奋，老雷的嘴唇，还不住地哆嗦。失控状态下的老雷，脸上透出深刻的无奈，与无尽的悲凉。

老谢赶紧拍拍老雷膝盖，口吻充满同情：“老雷，别激动，有话慢慢讲。”

老雷仍激动万分，侧身冲伙伴高声嚷嚷：“你让我怎么能不激动？你们又不是不知道，别说你们，就连这一整条街道，谁不知道我为收藏古董，砸进多少钱去？我好好的工厂，也为此关门了，我老婆也带着儿子跟人跑了！我一个好好的家，全因古董收藏，搞得人财两空、家破人亡！你让我怎么说？你们给我说说！”

老雷唾沫横飞，双眼怒瞪，满脸青筋毕露，好一副凶神恶煞，末了口中竟哽咽起来，似有满腹冤屈。

鲁勇见状，急忙从椅上起身，疾步走到老雷身旁，拍拍他肩头，好言相劝："老雷，你歇歇，我来说。"

老雷在兴头上，还没发泄够，却又不便拂朋友好意，咽了口唾沫，极不情愿道："好吧，你来说，你跟北京来的大记者说说，现在究竟是个什么世道，造假、贩假满天飞，坑蒙拐骗到处是。"

鲁勇脾气好，等老雷平心静气下来，这才对梅影两人逐一介绍："两位记者别见怪。老雷和我是几十年的哥们儿关系，从小一起长大。以前的老雷，脾气多好啊，多能干的人啊，多幸福的一个家啊，我们那些朋友，还有这街上的邻居，谁不羡慕他！可自从迷上收藏，工厂没心思打理，老婆孩子没心思照顾，一头扎进古董堆里，前前后后砸进去两三千万！这可不是一笔小数，这是老雷辛苦创业二十年的全部积蓄啊！可到头来，得了什么好处？前后几千万，换来的就是一堆一文不值的现代仿品！你们说说，能不叫人心寒吗？好端端的一个家，那么富足祥和的一个家，老婆跟人跑了，儿子也没了，就剩老雷一个光杆司令，生病了，连端口水喝的人都没有，老爸老妈也给活活气死了，就连兄弟姐妹也断了和他的来往，你们说，他能不激动吗？"

鲁勇的话，娓娓道来，如同拉家常一般。惟其如此，梅影更觉凄惶，她向老雷投去同情一瞥，语气柔和了许多："为什么拿拍卖公司出气？"

这话又刺痛了老雷，刚刚平复的情绪又被点燃。他紧盯着梅影，像只好斗的公鸡，右手食指往四周乱戳一气，气急败坏地大声嚷道："你问问他们，我为什么找拍卖公司的麻烦？"老雷情绪激动反诘梅影，后又自言自语不容他人插话："要说在外面跟私人打交道，靠的是眼力，被骗了，我也无话可说，谁让咱一心想'捡漏'，又舍不得花钱呢？可经过工商登记、文物部门核准的拍卖公司，也那样拉虎皮、扯大旗，大张旗鼓地拍假、卖假，我们咋个防嘛！"

老谢早已如鲠在喉，此刻不吐不快："哎，梅记者，你说，在地摊上买，吃了亏，我们也不怨谁，因为地摊上拼的就是眼力，既然想'捡漏'，就得承担相应的风险。就跟赌博一样，愿赌服输嘛。可拍卖公司不一样，有了精心、合法的包装，便堂而皇之，把北京潘家园，我们广州长寿路、带河路的地摊货，炒到了天价，设计好圈套，就等我们这些冤大头去钻。"

老谢的话，顷刻触动老雷极其脆弱敏感的神经，他忽然起身，高一脚，矮一脚，踉踉跄跄，奔向展柜，颤抖着双手，胡乱指向里边的所谓“古董”，结结巴巴、语无伦次道：“梅记者，你来看看，这件，就是我在宏程博源拍卖公司花380万拍回来的康熙五彩刀马旦人物瓷瓶……”

梅影和莫名，深感好奇，不由四目圆瞪，齐刷刷望向老雷手指方向，嫌不清晰，遂又起身，在老雷身旁驻足，仔细观摩这只花了380万巨款拍来的康熙五彩刀马旦人物棒槌瓶。该瓶器型规整，45厘米左右高，内外皆施白釉，外壁呈红、蓝、绿、黄、紫釉五彩装饰，口边饰红釉，颈部绘竹石花卉两组，肩部微倾，分布斜方锦地四组开光，里边分绘山村草舍；腹壁主题图案，表现的则是《隋唐演义》中的战争场面——秦叔宝迎战尉迟恭，唐王李世民和徐茂功身披铠甲，英姿飒爽，临城观战。整个画面饱满有序，战马嘶鸣，个个人物身披盔甲，锏鞭翻飞，留白处，衬以矮山花树。梅影熟谙古瓷，但仅限宋、元时代，对明、清瓷器，尚不十分在行，但她也知道，这样的瓶子，故宫博物院藏有一个，属清宫御用瓷器。梅影细察瓷瓶，要说起来，此瓶仿制的水平不俗，可用心体会，瓷瓶的造型明显缺乏康熙瓷器线条的硬朗、挺拔，五彩较之康熙时期也不够浓艳；尤其画工，和康熙瓷器上画艺精湛，线条遒劲有力、奔放流畅的风格相比，略显呆滞和笔力柔弱。

鲁勇和纪生，也从座上起身，两人上前两步，一左一右，紧随老雷两侧，担心同伴犯倔，牛脾气一上来，不管不顾，拿起东西便砸，从而伤及两个记者。看老雷脸青面黑，五官错位，纪生也没好气，指着玻璃展柜里一只内壁施天青釉、外壁呈玫瑰紫的钧窑花盆，揭短似的说：“这件，也是老雷从拍卖会上拍来的。”不用细看，该器物“开门见山”一眼假，无论造型、釉色，还是感觉与神韵，和宋钧有着明显差距。梅影又好气来又好笑，瞥老雷一眼，本想揶揄几句，未及开口，老雷再次气急败坏：“这件钱也不少，156万呢，地摊上，也就他妈一两百元！”

面对一屋琳琅满目、不伦不类的低仿瓷器，看着神经兮兮的老雷，梅影既悲哀又无奈，心情凝重，跟着老雷步伐，随同老雷手势，一一见识老雷历经艰辛，花费巨资淘来、拍来的各种所谓“国宝”。此间，鲁勇也不住补白，逐一介绍老雷从拍卖公司拍来的多件“宝物”，虽说件数不多，仅有六件，可因此花去的代价，竟高达千万。老雷更是义愤填膺，骂骂咧咧：“大记者，你说这拍卖公司有多害人？我前后去拍回六件，六件全他妈是现仿品，价值也就几千块钱，经拍卖公司一吆喝，摇身一变，就成了珍稀国宝，骗走我1000多万！我这满屋的东西，几千件呢，拢共花去千把万，其中，倒有少量真品，可惜品相不好，又不是名品，值不了几个子儿。与在拍卖公司花的代价相比，不过是九牛一毛！”老雷情绪高亢，介绍完厅内形形色色的赝品，又依次推开其他屋子的房门，房间内，无论空地上，还是家具的台面上，也都密密麻麻堆满乱七八糟的瓷瓶瓦罐。老雷越看越来气，气一上来，嘴上更没个把门的。看完整个二楼，老雷还嫌不够，领着梅影莫名又去三楼。

较之二楼，楼上更有过之而无不及。照样的红木展柜，照样的高低错落，照样的令人眼花缭乱和应接不暇。各类仿古瓷器，上到西晋青瓷，唐、五代三彩、邢窑，宋五大名窑、龙泉窑、耀州窑，乃至其他各大知名窑系的各色瓷器，元青花、元釉里红、元五彩、元枢府瓷；下至明代永、宣青花，成化斗彩，嘉、万五彩，清三代的青花、珐琅彩、粉彩以及各种单色釉瓷，一应俱全、应有尽有。梅影面对众多做工粗陋、施彩俗艳、画工呆滞的现代赝品，再看看眼前这个因激愤而五官错位的中年男子，哭笑不得，想打趣几句缓和氛围，却怎么也笑不起来，更说不出口；转而想安慰几句也不知从何谈起。老雷领着梅影两人看完大厅横七竖八的赝品，又将其他房门一一推开，满屋上下，码放着大小不一、颜色各异的各式锦盒，以及标注着不同品牌、用于装香烟的牛皮纸箱，整个三楼，几乎没有其他陈设，纯粹就是一个瓷器仓库。

房间好久不曾打扫，也不曾有人居住，呛鼻的尘土伴随年深日久的霉味，让梅影不由双眉紧蹙，身边的莫名也不时投来征询的目光，梅影不加理会冲身后的老雷问：“你一共买了多少啊？”刚才一大通脾气，已耗尽老雷的体力精力，他不再那么火暴，语气平和许多：“三千来件吧！”梅影又问：“你搞收藏多少年了？”老雷脱口便道：“八年。”梅影好纳闷：“搞了这么长时间，买了这么多东西，怎么现在才发现？”梅影不问还好，这一问，不知又触到老雷哪根神经，已经平心静气的他，再次暴跳如雷，猛地提高分贝，冲梅影大声嚷嚷说：“为什么现在才发现？哼，你看看这些东西就会明白的！”老雷广东腔十足的普通话语无伦次，气咻咻从梅影和莫名身边走过，三步并作两步，一回到二楼，便直奔立柜，将门打开，捧出抽屉里厚厚几摞大小不一、颜色各异的各类证书，往梅影、莫名身前的茶几重重一撂，口喘粗气，气呼呼道：“你们看看吧，看了就知道为什么我现在才知道，花了两三千万买来的宝物，竟是一堆一文不值的垃圾了！”梅影抬眼瞅瞅老雷，看他额上汗涔涔的，萎黄的脸颊，也因过度的激动而微泛一片潮红，在广州这潮湿、阴冷的冬季里，梅影为之一震，不免心生恻隐。

梅影和莫名饶有兴致，一一翻阅眼前一大堆证书。证书五花八门，足有好几十本，每本均贴有鉴定物照片，专家手书意见，以及不同机构的大红印章，其中，不乏梅影耳熟能详的大专家。鉴定书上的鉴定意见，全都将鉴定物鉴定为真品，并竭尽可能罗列辞藻，对鉴定之物进行吹捧褒扬。其他几人也都兴致高昂，簇拥两人身旁，搜肠刮肚为两个记者讲解每本证书背后的故事，惟妙惟肖模仿专家出具证书时的语气神态，几个典型广东人模样的男子，挤眉弄眼，模仿着天南地北专家的南腔北调，令梅影和莫名忍俊不禁，压低着嗓音，呵呵笑了起来。其他几人，也深受感染，全被自己黑色幽默营造出的滑稽气氛所触动，前仰后合，龇牙咧嘴，悲哀而又无奈地讪笑起来。笑声虽压抑，倒也活跃了气氛，之前令人窒息的沉闷，随即轻松一点。

梅影大感好奇，逐本翻阅，老雷骂骂咧咧："单为这几页破纸，我就花了二三十万。大记者，你说，这些专家干的是人事吗！每次蒙走几千万把块钱倒是小事，问题是，要不是有这些专家的鉴定认可，我至于花那么多的冤枉钱吗！"其他几人也喋喋不休、义愤填膺，大骂专家缺德无能。骂声一片中，梅影囫囵吞枣，将证书看了个大概，她抬头问老雷："这些证书多少钱一本？"不等老雷出口，一旁的张生代为答道："少则1800，多则6000块。"鲁勇发表高见："蒙走几千块，倒是小事，关键在于，这些有知名专家署名的证书，成了我们认假作真、敢掏腰包的决定性推动力量，专家不就助纣为虐，成了骗子的帮凶？"

梅影也是收藏中人，深知古玩收藏中专家鉴定存在的诸多问题，但受身份所限，不便多话，她转而又问："怎么发现是赝品的？"老雷颇感无奈，语气不再冲动："两年多前，一个全国性的赛宝大会到广州来，我兴冲冲找了几件具有代表性的器物拿去参赛，想拿个金奖、银奖，再一转手，投进去的几千万，不就全回来了？剩下的，不就是我净赚的？没想到，拿去的东西全被专家否了。下来后，我不服气，又精挑细选十来件，专程运到北京去找专家鉴定，结果，照样被否。我不甘心，又把这些东西拿去作上机检测，什么'碳十四'、'热释光'，全测了，结果均是现代工艺品。我这才知道，费了九牛二虎之力、花了巨资买来的，竟他妈是一堆分文不值的现代仿品！"

老谢愤愤不平："梅记者，你说，要在地摊上被骗了，也就不说了，那只能自认倒霉，可在拍卖公司买的也是假的，这就说不过去了吧？这不是经过工商部门登记、文物部门批准成立的公司吗，他们明目张胆拍假、卖假，国家有关管理部门，怎么就不管管呢？再说了，每次上拍前，拍卖公司不都要将所有拍品资料送到文物部门报批吗？这些机构怎么一边花着我们纳税人的钱，一边任由那些奸商坑蒙我们纳税人呢？”老谢一脸的迷惘。

鲁勇也百思难解：“古玩这行当有时真假难辨，拍卖公司偶不小心卖了假的，我们也没什么好怨的，谁都会有‘打眼’的时候。可是，这些从拍卖公司拍来的，少则几万，多则几百万甚至更多的所谓珍宝，其实明眼人一看就是‘大开门’的地摊货，拍卖公司难道不该退货？审批部门难道不该负责？可现在的《拍卖法》将拍卖公司界定为古董交易的中介，因而不承担拍品真假的责任，这样的条款，不是袒护了那些居心不良的人？这样的法律，不是让那些缺德之人大有空子可钻吗？”

张生也迷惘：“如果拍卖公司是货物交易的中介，从而不负真假责任，那普通商场、超市，不也同理？出售假冒伪劣商品，照样可以规避法律责任。但现实情况并不如此，商场作为货物交易的中介，同样承担质量担保的责任，为什么拍卖公司可以独善其身，只管赚取佣金，不担保品质？”

几个男人，围绕老雷遭遇、古董市场的假货泛滥和拍卖公司的拍假卖假，喋喋不休，说个没完没了，越说越起劲儿，越说越激愤，转眼已到饭点。梅影赶紧打住几人滔滔不绝的话茬，说：“几位先生，感谢你们接受采访，要谈的话题已经差不多了，我们找机会再聊，好吧？”几人谈兴正浓，一瞅时间，已到正午，便竭力相邀，挽留梅影和莫名吃过中饭再去，想趁席间继续他们未了的话题。梅影一口婉拒：“不用了，谢谢你们好意。作为记者，应保持中间立场，这样做不太妥当，等今后有机会再说！”梅影的话滴水不漏，几个男人也就不好强行挽留，只能一再央求梅影：“两位记者不远千里来关心我们，我们感激不尽。希望你们本着实事求是的精神来报道此事，为其他藏友提个醒，少上些当。”

出门前，梅影问纪生：“纪先生，什么时候采访其他几个参拍人？”梅影话未说完，纪生一拍脑门：“哎呀，差点忘了。余总今天排不出时间，他特意让我转告你，明天上午九点，他在博物馆恭候两位记者大驾光临。”老谢吩咐纪生：“这样，明天你接两个记者过去，好吧？”纪生蛮痛快：“没问题。明天上午八点，我来接你们。”梅影和莫名赶紧道谢。几个男人有礼有节，将梅影、莫名送出大门，直到两人的背影远去，男人们依旧站在院外，意犹未尽。

一出门，莫名便感慨万端："梅姐，实在是太恐怖了！要不是亲眼所见、亲耳所闻，实在难以相信，古玩收藏领域竟然如此黑暗！都以为搞收藏的人多风光、多富裕，没想到，他们竟被骗得如此之苦！这实在不可思议！今天了解了老雷的遭遇，我这辈子恐怕都不敢涉足这个领域了。"梅影虽也深受触动，但她长年耳濡目染，处于收藏中心，不轻易受人左右，听莫名危言耸听，颇具权威地纠正道："收藏市场的水是很深，但只要把握得当，也不是没有机会。要想从事收藏，不仅要有充裕的资金，还得有相关的知识和眼力。光有这些也还不行，还得有时间、有运气、有缘分。这些因素都具备了，目前的收藏领域，还是存在不少机会的。"莫名连忙摆手，知难而退："算了吧，我还是别去指望了，这太深奥，太需要学问了。"两人议论着，走进路边餐馆，随意吃过简餐便回了宾馆。

第二天一早，纪生如约前来，载着梅影和莫名，七弯八拐，穿越大半个城区，最后将车停在一栋四层小楼前。余总的人已等候门外，和纪生也不陌生，热热情情招呼过后，便将几人迎进小楼。其中一人五十多岁，个子不高，面色油亮，颇有派头，一眼瞅见梅影、莫名，大步流星，迎面走来，边走边热情洋溢地招呼，一副地主姿态。纪生和梅影已经谙熟，便对她耳语说："这就是余总。"余总实力不俗，所到之处，无不前呼后拥，场中之人，或是他员工，或是收藏界人士，听说北京记者来访，都来凑热闹，为余总助威。

宾主客套过后，梅影留心打量，很显然，这是按标准装修的小型博物馆。举目望去，虽和一般博物馆比起来不算宏大，但规模也不小，单层足有上千平方米的面积。余总见梅影四下张望，便在一旁尴尬自嘲："这就是我开的博物馆，不过，里面的展品几乎全是假货。"老余身旁一名瘦高男人便趁机揶揄："大记者，这博物馆虽说姓余，是老余的私有财产，可曾有一度引起不小的轰动呢！不仅引来不少慕名前来参观的各界人士，当初，就连电视、报纸，也都大肆吹嘘过好一阵呢，政府把它当作地方企业文明的标杆，当作典型，进行宣传报道呐！"此人绘声绘色，语带夸张，逗得他人哄堂大笑，笑声参差不齐，有真觉好笑的，也有自嘲的，更有尴尬的，还有无可奈何的。

梅影、莫名在余总和余总部下以及朋友们的簇拥下，依次参观下去。一楼，沿墙四周是介绍余总公司辉煌的发展历程和经营状况的图片及文字，以及余总公司所生产的产品展出。从相关的文字和图片来看，余总的公司是当地规模不小的知名民营企业，该博物馆则是前年开办的——公司壮大后，余总想以博物馆形式，向社会各界展示该企业的经济实力和企业文化。二到四楼，则全是玉器陈列。陈列室的标准，全按正规博物馆的风格精心建造和装修，在专业、柔和的灯光映照下，各件展品秩序井然摆放着，像模像样。陈列室里无一例外，全都是不同时代、形状各异的玉器，从五千多年前新石器时期的红山玉、良渚玉，到商、周、战、汉时期的各种玉圭、玉璧、玉琮、玉璜、玉佩、玉环、玉人、玉瓶，到隋、唐、宋、元时期的各种佛像、观音，再到明、清的各色山子、立器、玉佩、挂件。整个展馆陈列出的展品多达七八千件，有一人多高的达摩、观音、佛造像，有大型的十八罗汉群雕，有几十厘米的玉琮、玉瓶、玉立件，有形状各异的玉碗、玉杯、玉人，以及数不胜数的各种小玉佩、小玉环、小挂件，玉器上有阴刻、阳刻，浮雕、透雕、圆雕工艺，相互交错，上面龙纹、云龙纹、乳钉纹、谷纹、蒲纹、绳索纹、兽面纹、云鹤纹、八宝纹，等等，应有尽有，玉器上多数都有“土沁”，黄色沁、绿色沁、红色沁、鸡骨白沁以及各色五彩杂沁，使玉器更添古拙。

梅影徜徉在布置得极为专业的展厅里，在其他几人的陪同解说下，审视着一件件静卧于展柜里不伦不类的现代仿古玉器，心里真有种说不清、道不明的滋味。行走中，展厅中央醒目位置上，一尊巨型的玉观音引起梅影关注，她不由自主向前几步，伫立端详。此玉雕足有1.5米高，观音面容丰腴、神态安详，赤足盘坐于海水莲花座上，前胸垂挂璎珞，身披天衣，双目微睁，手持书卷，一副悲天悯人、普度众生的慈悲模样，观之令人肃穆动容。观音周身，密布黄色土沁，偶有一处露出玉质，则白如凝脂、坚洁细腻。观音像前，安放一个不小的铜质香炉，里面横七竖八，插有檀香燃尽后余下的竹签，香炉两侧，则有几对燃过的红烛，红烛没烧尽，长短不一的蜡干上，挂满不甚规则、红如血液的蜡泪，四周撒有香烛燃后留下的香灰，不同品类的供果散乱摆放。梅影细品眼前这尊曾经香火不断而今却备受冷落的玉观音，由衷地感叹：“余总，请这么大一尊玉观音，也花了不少钱吧？”余总长叹口气，既自嘲，又无奈：“可不吗！单这么一件，我就花了六百多万呢！”莫名瞪大双眼，吃惊地看着余总，颇感纳闷：“这么一笔巨款，成交前你也不找人掌掌眼？”余总苦笑道：“这是从拍卖公司拍来的，我哪想得到，拍卖公司也拍假呢！”

梅影颇敏感：“也是从宏程博源拍卖公司拍来的？”余总忙回说：“这倒不是。不过，也是从你们北京的一家公司拍来的。”余总身旁一人便有感而发：“嗨，现在的拍卖公司，蒙人的手段可真高明，一点不亚于那些江湖骗子！”梅影好奇：“余总，拍卖公司怎么骗你的，说来听听。”余总略显尴尬，似难开口，他实在不愿再提那段令人难堪的往事，不愿当众再自揭疮疤。但梅影期待又固执的眼神，让他不便推脱，于是清了清嗓子，娓娓道来。

那是三年前的事情。余总意外收到北京某拍卖公司寄来的拍卖图录，随拍卖图录一并寄来的，还有该公司在几家全国性收藏类杂志上所作的宣传，以及烫着金字的精美邀请函。该玉观音便作为玉器图录的封面大加宣传，配合封面图片宣传，里面还有多幅插页，均从不同角度和细部特征，细述此玉雕作品的艺术价值和收藏前景，图录上将此玉雕作品年代判断为唐代，称该拍卖公司历经波折从海外征集而来，并称该藏品曾被海外一位收藏大家所收藏。随图录寄来的几本收藏类杂志，也对此玉雕作品从不同角度，作了较为全面详尽的宣传介绍。余总正筹建博物馆，四处寻觅，一心想征得一件重器作为该博物馆的镇馆之宝。在他一筹莫展之际，千里之外的北京那家拍卖公司，不知怎么得到此消息，适时将相关资料寄来，并在邀请函上，把余总尊称为国内首屈一指的大藏家。

余总大喜过望。要知道，自己身边不少生意上的同伴，不远万里，远涉重洋，跑到海外一掷万金淘宝回国，有人因此受到国家文物部门的褒奖和媒体的盛赞。此举，不仅能集收藏与投资于一体，还能博个爱国美名，不花分文，就能为自己脸上贴金，比那些花巨资在媒体上进行炒作的人不更加高明？而自己还一直停留在和文物贩子偷偷摸摸私下交易的阶段，说出来都令人寒碜。再说，余总多年来一直信佛，是个虔诚的佛教徒，一段时间以来，他一心想请一尊材质、品相都不错的观音回来供奉。现在，机会就在眼前，他怎能失之交臂？而且，这些年，和田玉的价格一直往上猛涨，一两百万一公斤，早已不是新鲜事。这么大一尊玉雕，岂不有两三百公斤？单按材料计价，此玉雕不得价值三四千万？加上它的历史价值、文物价值、艺术价值和收藏价值，如此算来，岂不更高？可拍卖公司估价仅三百多万，这也是目前收藏拍卖市场不够成熟的表现，不然，岂有这等好事！于是，在和拍卖公司多次电话沟通咨询后，在拍卖会开拍之际，余总踏上飞往北京的旅途，一心要将此尊1300年前的唐代玉观音请回家好好供奉。

拍卖公司真是服务到家了，让余总实实在在体验了“顾客就是上帝”的待遇。一出机场，拍卖公司就派专车迎接，将余总安排在早已为其准备好的五星级饭店内，好吃好喝招待着，并派专人全程陪同，极其周到细致。当余总在拍卖公司员工的陪同讲解下，亲眼目睹观音风采后，他更坚定了将此观音请回去，为自己如日中天的事业保驾护航和护佑一家老小平安的念头。

此观音起拍价360万元。出乎余总意料，参与竞拍的人并不多，就三五个人，这些人的竞拍意愿似乎也并不高昂。当价格升到450万元以后，几人便先后退出，最终，余总以560万的落槌价拍得此观音，这又让余总欣喜不已，认为自己捡了多大的一个“漏”！其实后来仔细想想，拍卖会上那几个参与竞拍的人中，恐怕就有拍卖公司精心安排的托儿来烘托场面。余总将拍卖金和佣金共计六百多万当即付清，将观音请回，举行了隆重的欢迎仪式，并请来当地最负盛名的高僧为之开光。一切仪式过后，余总本想将观音安置于公司或家里，护佑自己的生意或家人安康，但想想即将开业的博物馆，又觉得自己的想法不免狭隘，于是，将观音小心安放于博物馆内，每逢农历的初一、十五，余总便会亲临博物馆，敬奉供品，为观音上香、点烛，极尽虔诚。

余总追述完这段被拍卖公司愚弄的往事，莫名更加不解：“和田白玉的价格高达一两百万一公斤，这尊观音即便不是老器，是现代仿品，不也值好几千万？这造假的人，会干赔本赚吆喝的买卖？”旁边一人一声冷笑，释疑道：“这哪是什么和田玉呀！人家用的是刚开发还没几年的不值几个钱的青海玉嘛，一下就蒙去好几百万呢！”梅影不禁大为感慨：“余总，为这座博物馆，你真是煞费苦心啊！”余总深有感触：“可不吗！这些玉器，我前后搭进好几千万呢！不仅如此，这些年，我赔进去多少心血跟精力呀！”梅影认可余总说法，并对他深表同情。旋即，余总又自我安慰：“嗨，要说起来，我还算不上什么呢！我有个朋友更惨，居然收了八万件红山古玉，比我的遭遇更糟糕，连一件真品也没有！”梅影不由目瞪口呆，正要脱口感慨，旁边一中年男人嘴快，又曝猛料：“余总说的这人我也认识，和他有一拼的还有一人，这人收藏古瓷古玉，前不久，拉了十辆卡车的古董到古玩城，准备铺几间大门面，古玩城专门为之组织了十多个人，忙乎了一个礼拜，结果竟没一件真品！梅记者，你说喜不喜剧？可不可悲？”余总和男人接连曝料，惊得梅影一愣一愣。她实难想像：作为个体藏家，会在怎样的情景下，得以收藏八万件红山古玉和十辆卡车的瓷器玉器，竟不辨真假？梅影毫不掩饰心中纳闷，脱口便道：“哎——我搞不明白，这古玩属千百年遗留下来的历史遗珍，数量极其有限，属不可再生资源，你们怎么一个人就敢收藏八万件和十辆卡车，都不怀疑它的真假？”

余总不以为然，回看满脸惊诧的梅影，蛮有把握分析说：“这有什么可奇怪！古玩这东西，虽经过千百年的历史遗留，确实珍贵，但你想想，中国单有文字记载的历史就有五千多年，我们国家幅员辽阔，人口众多，几千年的历史进程，有多少古人在地下？数不胜数吧？中国历来有厚葬习俗，一人带走几件、几十件甚至更多，地下的宝物，还少得了啊？这中华大地的土壤里，完全就是一个装满宝藏的地下宫殿，就看谁有运气罢了！”

该说法，梅影在不同场合多次听过，但出于新闻记者的职业操守，她不敢冒然苟同，于是纠正：“余总的说法不无道理，可地下出土的文物，按《文物法》的规定，应归国家所有呀！”余总对此不屑一顾，反诘道：“梅记者此话不假。问题是，我们在正规文物市场买东西，只管真假，哪管来路！打击盗墓，那是公安的事，我只要不去参与盗墓，我只要在正规的文物市场买东西，我就做到了奉公守法！”梅影认同余总说法，据此调侃：“所以，你们就只注意了守法，没想到还有上当受骗一说！”梅影一针见血，戳到余总软肋，他嘿嘿一笑，算作回应。莫名也凑热闹：“你们广州真可谓是市场经济的前沿阵地啊！人人如此有钱，个个出手不凡，全都是大手笔呀！”随行几人咯咯笑了起来，颇显难堪。梅影回过头来，盯着余总，颇为不解：“我就不明白，你花了这么多钱，造成了这么大的社会影响，难道之前你就没找专家给你掌掌眼、把把关？”余总一脸的无奈：“我怎么会那么鲁莽呀！要说我也还算小心，博物馆对外开放之前，我特意从全国各地请来多位精通玉器的专家把关，可是，面对我那如山似海的假古玉，都知道我花了不少钱，也知道我对古玉的痴迷程度，人家哪敢告诉我事情真相？都担心我了解真相后，承受不住打击。所以，都不对我明说，只建议我再找人看看。我想，他们不就是最权威的专家吗？他们都通过了，还有必要再找别人吗？哎……”余总心有余悸，进而又说：“结果，几位专家的好心，让我闹了这么大一出笑话！这个洋相不仅在本市，连全国的不少媒体都报道过呢！你们说，我丢了多大的人呀？”经余总一说，梅影依稀记得确有此事，相关报道她和陆一凡也都拜读过，两人还热烈讨论过呢！

一旁的纪生补充说：“此事捅破后，余总真就大病一场，在医院躺了几个月，人都脱形了。”余总便感叹：“专家的一片苦心，也没让我躲过这一劫啊！本想弘扬民族文化，彰显企业实力，结果，却让我贻笑大方、尽失颜面！”

梅影继续刨根问底：“后来怎么知道真相的呢？”余总一五一十回答道：“博物馆对外开放后，参观的人多了，总有说真话的人呀！我这个博物馆，不仅吸引了不少本地市民前来参观，在香港、澳门和台湾地区，也引起了不小轰动，不少同胞观看之后，有人便在博物馆的留言簿上写下意见，提出疑问，这才引起我的重视。我先后从国内、国外又请来不少古玉鉴定权威专家，恳请专家们对我实话实说，人家这才对我道出实情，说当初没告诉我是出于好心，不忍相告。”莫名调侃：“结果，揭穿‘皇帝新衣’秘密那个说真话的小孩，还是人家香港、台湾同胞呀！”随行其他人，也对莫名的话颇有感触，纷纷附和。余总仍郁闷，一脸迷惘对梅影说：“要不经专家指点，谁会相信这现代玉器上，竟能将土沁做在上头！谁不知道，玉的密度多大、硬度多高呀！”

梅影莞尔一笑，脱口便道：“嗨。这早就不是什么新鲜事了！不少介绍古玉造假的相关资料上，都有介绍的。”余总也说：“是啊，要不听专家介绍，我怎么知道这帮造假的人无所不能，竟想到把玉用碱水煮、梅干水煮、酸碱腐蚀后，涂上各种颜料，再拿到电炉、煤炉或烤箱中加热烘烤，这些颜色就完全浸入玉器内部，各种颜色的沁色就完全附着在玉上了。嗨，这些造假人还真够猴精，亏他们连这种主意都想得出来。”余总边说边摇头，仍觉不可思议。

梅影将审视的目光从仿古玉上收回，回看余总，接过话茬儿：“沁色不仅可以用加热烘烤的方法制作，土埋也行。这法子，也需将玉加热到最高温度，放进土坑，趁着热劲，淋上猪血或其他颜料，再填土掩埋。半年后，所谓的沁色，便自然生成。不过，不管什么法子，人工速成的沁色都不自然，和几百上千年因地底复杂的环境因素，长期浸蚀渐进而成的自然沁色总不一样，稍有些古玉常识，就不难分辨。”

梅影随口一句，令余总刮目相看，他没想到，眼前这女记者，不显山不露水，一开口便头头是道，竟对古玉如此精通，余总好似遇着了知音，语气极为真诚：“梅记者，看来，你也是行家里手呀！你既然懂行，更应该利用你的工作之便，好好揭露揭露收藏领域的种种怪象。”看梅影不置可否，余总更加感慨，将久积心中的困惑一泻而出：“梅记者，你是京城来的大记者，见多识广，有个问题我一直搞不明白，想向你讨教讨教。你说，现在各行各业都在打假，收藏界却造假、贩假成风，竟没人管管？虽说我在这上头损失惨重，但我的企业做得好、做得大，丢个几千万，还不至于对我造成伤筋动骨的影响。可你们昨天采访的老雷，那就不一样了，他被假货整得多惨。企业没了，家没了，人也弄得人不人鬼不鬼的，以前的老雷，多精明强干一个人！若说在你们北京的潘家园、我们这里的长寿路和带河路地摊上买东西，需靠运气，凭眼力，难不成，在拍卖公司也要拼眼力，靠运气？这太说不过去了吧？地摊上，代价低，缺乏约束，疏于监管，我也就无话可说，既然想‘捡漏’，就得承担相应风险。可拍卖公司不同，是正规注册的法人机构，又有文物部门审批把关，属公司行为，一件东西少则几万、几十万，多则几百、上千万甚至更多，如此高昂的代价，还要买家凭眼力、靠运气瞎蒙，这不太公道吧？”随行人员也七嘴八舌，声援着余总，无不对余总所提问题心存困惑。

看大伙儿全齐刷刷瞅向自己，满脸期待，都希望自己能替他们答疑解惑，梅影深感责任重大，字斟句酌间却难以回答。的确，目前好些拍卖预展会上，八成甚至更多的拍品，属开门见山一眼假，全是粗制滥造的现代仿品，有的，甚至连贼光都没去掉，却堂而皇之公开展览招商，还大幅进行宣传报道，招摇过市，这在业界已属公开秘密，却从没听说哪家拍卖公司因为拍假卖假而败走麦城，受到行政或法律的制裁。而买家一时疏忽，轻信拍卖公司看走了眼，只能自认倒霉，不管被骗多少钱，几万、几十万还是数百万之巨，也只能充当冤大头，吃哑巴亏。因为目前的《拍卖法》，对拍卖公司拍品的真假没作要求，从而使得拍卖公司的拍假卖假行为，不受任何法律约束与制裁。鉴于此，有的拍卖公司更有恃无恐，大钻法律漏洞，大肆拍假卖假，公然行骗，从中牟取巨额暴利。梅影已在不同场合，多次听藏家们对《拍卖法》相关条文有所诟病，更和丈夫陆一凡多次探讨过相关法律条文所带给收藏拍卖领域的巨大混乱，和对藏家的不公与对违法者的纵容，终将伤及这一蓬勃兴起的朝阳产业。踌躇中，梅影正想说上两句，余总手机却响了起来，电话那头没说两句，余总便乐不可支，兴致勃勃对对方说：“向老，您好，梅记者在我这里呢。嗨，向老，我可跟你说啊，这个梅大记者，对收藏可不外行，您老好好休息一下，下午三点，我亲自陪她过来，让她充分了解情况，好好报道报道。”

余总挂断手机，双手握拳朝梅影连声抱歉：“梅记者，不好意思，我自作主张，替你答应了向老邀请。不过，你既然不远千里专程从北京赶来调查此事真相，向老那里你就不能不去。看了向老的藏品，你对收藏领域的制假、贩假体会，肯定更深，你也会更理解我们，出此下策实属情非得已。”

梅影感谢还来不及呢，千里迢迢来，不就要彻底摸底？听余总如此客气，她愉快作答：“行，恭敬不如从命，就听余总安排。”梅影的爽快颇对余总脾气，遂抬起手腕一看，张罗说：“那这样，时候不早了，中午我们一道吃个便饭，再一起去向老那边。”梅影有点为难，余总不由分说：“行了，就这么定了。不是听我安排吗？人总要吃饭充饥的嘛，梅记者，这难道也算行贿？”梅影莞尔一笑，也挺干脆：“那好，我们就客随主便。不过，得尽量从简。”余总连声道：“行，服你了，梅大记者，听你的，我们尽量从简。”

余总做东，一顿热气腾腾的“打边炉”后，梅影、莫名随余总和纪生，马不停蹄，直奔广州城郊向老所在的别墅区。不知不觉间，车已停到向老家门前。

向老眼尖，从室内瞥见停在门前的车辆，赶紧出门迎候，梅影和他一见如故。老人虽已70岁左右，却身板硬朗，面容白皙，并目光如炬。休闲的驼色条绒长裤，搭配红蓝相间的休闲毛衫，儒雅又时尚，让人顿生亲切之感。老人健谈，性格爽朗，虽初次相见，彼此却都不觉生分。谈笑间，大家随老人入室。屋里几人谈锋正盛，彼此争得面红耳赤，见梅影等人进屋全都打住话头，六七个男女齐刷刷望向他们，相互招呼。人堆里，便有昨日的主角老雷，老谢和鲁勇也在此列。老雷依然愣愣的，拉长个黑脸，老谢则较圆融，冲梅影咧嘴一笑，解释说：“梅记者，你昨天的采访我们意犹未尽，今儿再凑凑热闹。”之后，向老又将其他几人向梅影一一引荐，全属圈中人士，并在当地收藏领域有点影响。

稍事寒暄，向老便迫不及待，直奔主题，冲梅影两人将手一招，说：“走，两位大记者，看看我从各个拍卖公司拍来的书画作品。”边说边在前面带路，走近餐厅里的长条餐桌，俯身取来早已准备一侧的大堆书画，将其逐一展开。梅影、莫名好奇，随同老人身后，屋内其他几人也相继离座，簇拥老人身旁，好奇于向老用以揭示拍卖公司拍假贩假的实物证据。书画作品林林总总，涵盖近现代画坛的名家、大家。齐白石、徐悲鸿、张大千、林风眠、吴冠中、傅抱石、李可染、史国良、刘文西，等等，不一而足。向老每打开一幅，也都不厌其烦，详细介绍藏品的来龙去脉，以及当时的拍卖情景，绘声绘色，听得大家津津有味，逗得众人捧腹称奇，犹如身临其境。向老特他将其中一幅风景油画的背面翻转过来，方便大家认清此画背景。油画背面略微泛黄的白布上，一行笔力遒劲的行书书法清晰可辨："此画经本人鉴定系伪作"，题字下，鉴定人的题名洒脱奔放，鉴定日期也清楚无误，也就近年的事，而该鉴定人，则是学贯中西，令人敬仰的画坛泰斗，人也还健在。

梅影的先生以收藏宋瓷为主，北京大大小小各种拍卖会的预展，她和老公经常光临，热衷古瓷的同时，也将书画及其他门类的展品一并观看，多年下来，对充斥拍卖预展的名家书画并不鲜见，向老展示的画作虽也画工精细，但和大家真迹还是有所区别，有的甚至一眼就能看出是赝品，向老专搞书画收藏，为何却犯这样低端的错误，并反复"打眼"？梅影颇感纳闷，不解地望着他，问："这都是您亲手买的？"

向老极为爽朗，不觉难堪，哈哈一笑，招呼说："大记者，我们坐下谈。"大家陆续坐回原位，听向老细说端详。向老毫不扭捏，大方坦言："梅记者，这的确是我在拍卖会上亲自拍来的。可我怎么知道，拍卖公司也靠不住呢？"

梅影疑惑不解，瞠目结舌望着他，余总赶紧解释："向老一直生活在国外，回国定居没几年，不了解中国的国情。""噢，原来是这样。"梅影瞬间明白，这个看起来颇有些见识的老头儿，为何频频"打眼"了。

向老满腹委屈，替自己辩解："我在国外也常从画廊、拍卖公司买书画，只要相中了，就不用担心真假，从没买过赝品。这回到国内，怎么到处都是假货呀？连拍卖公司都不可信，那我们还有什么渠道进行艺术品消费呢？"

向老一脸迷惘，似向梅影求解，可梅影也一头雾水，哪里来的答案？老谢身边的男子更百思不解："哎，我们读书的时候，书本上老说资本主义是腐朽、没落的社会，可人家那里倒讲诚信，没假货。我们国家号称有五千年的灿烂文明，电视上经常说我们的民族多么仁义礼智信。呸，我看全不是那回事，到处都是坑蒙拐骗诈。"

余总也一脸的纳闷，问梅影："哎，梅记者，我真就不明白，你说老百姓花几块钱买瓶酱油打个醋什么的，都有'消法'保护，我们几十万、几百万买来假货赝品，倒不受国家法律保护，只能自认倒霉，这于情于理，也都说不通吧！"

蔫不出溜的老雷来了情绪，嚷嚷说："为什么花几块买东西都受保护，而我们那么多钱砸进去，却没人来保护我们？难道我们的钱来源不合法？钱挣得容易？我实在想不通！"

莫名此前从未想过这些问题，此刻也觉得几人说法均在理，为什么国家却不保护，他难以理解，不时望向梅影，看她是何主张。梅影毫不理会，心底却在思忖大伙抛出的问题，继续聆听几位当事人的现身说法。老谢身边的男子又继续曝料：“拍卖公司公然拍假、贩假，早不是新鲜事了。可恶的是，他们上拍的书画作品，即便被画家本人斥为伪作并要求其撤拍，拍卖公司也照样置若罔闻，搬出‘画家本人无权鉴定自己作品’的歪理，继续大行其骗，这拍卖公司有多牛？凭什么？”

“画家本人无权鉴定自己的作品？”莫名闻所未闻，目瞪口呆，梅影也大感意外：“画家本人都没权利鉴定自己的作品？谁还有资格鉴定？”看两个见多识广的北京记者也都一脸糨糊，向老打破沉默，耐心解释说：“这就是当今收藏领域的乱象之一。不过，拍卖公司的说法，仅从逻辑分析也并非毫无道理。”

看两个记者更加迷惘，向老接着往下抖料：“拍卖公司的理由：一，画家成名之前，也有水平不够高、颇为稚拙的作品，怕人笑话从而不愿承认；二，画家因家庭变故、情感纠纷，比如离婚，再比如分家，画家不愿持画者得利，因而不认；三，画家送人的画，后又和朋友翻脸，也不愿朋友获益，加以否认。”

向老的话条分缕析，言简意赅，却听得莫名和梅影更加糊涂。的确，从理论、逻辑推断，拍卖公司的说法也并非胡诌，似有几分道理。可如此一来，这书画鉴定，究竟谁说了才算？谁才具备这样的权威呢？

这个问题，如同“鸡生蛋还是蛋生鸡”一样，无解，大家面面相觑，却谁也回答不上来。余总撇下此话题，转而又疑惑：“哎，你们说说，人家欧美国家的《拍卖法》，也没对拍卖公司的拍品作必须保真的法定约束，可为什么人家那里却不像我们国家一样假货泛滥？”

这个问题同样深奥，将满屋的人全问住了。向老继续大发感慨：“是啊，以前在国外，无论去画廊，还是去拍卖公司，只要自己喜欢，就可放心大胆地买，根本用不着管它真假。因为有拍卖公司和画廊代为把关，从没失过手，可回到国内，怎么就不一样了呢？”向老百思难解，大家更无话可说，都在心底思忖余总、向老话中涉及内容的社会背景，客厅里，短暂的沉默令人窒息。向老拾起刚才话茬，忍不住又冒了句：“鉴定书画作品，画家本人说了都不算数，收藏界其他门类就更别提了。”

老谢长吐口气，更加云山雾罩：“这样的收藏环境，我们藏家究竟该听谁的？

怎样才能少受骗，少上当？”老雷负气道：“我们没能力保护自己权益，国家法律也不能保护我们，我们还有什么法子？只能靠自己的力量，以我们的方式，惩戒这些不守规矩的人。”鲁勇也附和：“所以，我们也要团结起来，给他们点颜色看看，让他们知道知道，藏家们虽是个体，但也不是好欺负的。”

梅影这才想起来，望着鲁勇，敏感地问：“你也参加了宏程博源拍卖公司‘古董珍玩专场’拍卖？”鲁勇嘿嘿一笑，不再回避：“是啊！我也是受害者嘛！”看大家谈得差不多了，余总一脸郑重，诚恳拜托梅影：“梅记者，你一定要写文章好好揭露揭露收藏领域这些怪事。”老谢也恳求：“现在，中国藏友队伍这么庞大的群体，仅次于股民人数，要真把大家惹翻了，再弄出点动静来，那可是不得了的事情！”老雷的目光依旧木然，散乱望着窗外景致，似央求，又似自语：“实事求是地写就成！”大伙儿把梅影当作救世主一般，让她有临危受命之感。临到结束，梅影猛想起罗曼，此次来广州，不就奔她而来？可如今，整个采访快要结束，她却仍未露面，梅影不知就里，不由脱口问道：“怎么没见罗曼？她也是受害者？”

屋里几人，便齐刷刷望向余总，余总面露难色，一脸愧疚：“别提了，她既非圈中人士，更不是受害者，她这么做，只为报恩，被无端卷进，真是不该。”

余总的话令梅影云山雾罩，便继续追问：“此话怎讲？”

余总扭扭捏捏，竟面现为难之色。老谢赶紧替他解围：“梅记者，余总可是兼济八方的大善人呢！罗曼是他义女，两人原本八竿子打不着，因余总的慈善结缘，至今也有二十个年头。罗曼这丫头命挺苦，小时候便没了父亲，她妈也身体羸弱，疾病缠身，余总一直资助她，直到她大学毕业。罗曼这丫头能抛头露脸，为余总两肋插刀，也在情理。”

如此光鲜的罗曼，身世竟这般悲苦？出于职业敏感，梅影对她兴趣浓厚，脱口便问：“罗曼现在在做什么？”

余总蛮骄傲，洋洋自得地介绍：“罗曼这孩子，打小喜欢画画，一直刻苦用功。美院毕业后，我本想留她在自己的企业搞宣传，可她有骨气，不愿再靠我的荫庇，想通过自己的努力走出一条自己的路，实现她的艺术梦想。所以，大学毕业后，她便在北京做起了北漂一族，成了流浪画家。前两年，靠跟人搞设计和卖画为生，目前，和北京一家挺有名的画廊签约，成签约画家了。”

难怪气质不俗，原来是个职业画家。瞬间，梅影便对这个陌生女孩有了好感，更强化了采访她的愿望。余总的口吻却不容商量：“这次就算了，大记者。罗曼涉世不深，从未经历这样的阵仗，媒体铺天盖地的报道和网上各种道听途说的议论，早把她吓坏了，让她安静安静吧，别再惊吓她了。”余总态度坚决，梅影不好强人所难。

走出向老家，梅影思绪纷乱，两天来的见闻令她触目惊心。家中数百件省吃俭用而来、所费不靡的古瓷，可是陆一凡多年来身兼数职、并用熬更守夜写出的几部书的稿费，外加两套房子换来的，别也像几位广州藏家一样，空欢喜一场，自己一家可没抗风险的能力。梅影越想越怕，越想心里越不踏实，任由莫名在耳旁鼓噪，大发其感慨，她恨不得立马飞回北京，将家中宝物挨个检阅一遍，以广州之行的阅历，看还能挑剔出什么新的破绽来。想到此，梅影便归心似箭，临时改变主意：“明儿回北京。”“啊？明天不去古玩市场了？”莫名出乎意料，双目圆瞪，不无遗憾。

忐忑不安的梅影回到北京，陆一凡正好在家。听见开门动静，他疾步蹿到门前，顺手接过妻子手中行李往地上一放，想趁势揽她入怀温存一番，梅影却一反常态，将身子一闪，躲开丈夫热情的臂膀，直奔里间，边走还边感慨：“广州之行，真是触目惊心！”梅影广州所见所闻，陆一凡已大体掌握，心中有数，连日来，两人多次通话，上述内容，她已反复表述，回到家中，仍旧没完，陆一凡啼笑皆非，撵在身后连声追问：“干吗呢？干吗呢？看把你急的！”梅影不管不顾，直到陈列柜前站定，细细打量里边的一应物件，并冲跟来的丈夫劈头盖脑一句：“我得仔细瞧瞧，别咱辛辛苦苦、花费巨资收藏的宝贝，也和广州那几位藏家一样！”“嘿，你真是的，见风就是雨了！这是哪跟哪呀？咱家宝贝，还用得着你现在才来检验？”陆一凡不以为然，语气笃定地调侃妻子。梅影一根筋，双眼全落在柜里宝物上，头也不抬固执道：“这个行当水太深了，稍不留意，就会上当受骗，还是小心为妙。”梅影边说，还嫌看不真切，又将柜门打开，取出宝物拿在手中，里里外外再度检阅。陆一凡胸有成竹，反呛妻子：“我看你真是‘杯弓蛇影’！收藏领域的水是很深，也很浑，这么小儿科的常识，谁不知道？也正因如此，才更有机会。‘东边日出西边雨’，这是几家欢喜几家愁的事情。都要一池清水，一眼见底，岂不如古人所言的‘水至清则无鱼’了嘛。”

这个道理，梅影听陆一凡多次讲过，深解其中之意，因而白他一眼，随口揶揄：“水浑了，不就正中你下怀？正好方便你这号人去浑水摸鱼。”被妻子一语道破心思，陆一凡不由扑哧一笑，边笑，边和妻子挨个鉴赏。看完整个陈列柜的宝物，梅影还嫌不够，又将阳台、储藏室的锦盒一一翻出来，逐一打开检查，每审查一件，陆一凡也都挨个点评，并自信满满对妻子说："第一眼看瓷器，讲究一个原则，那就是'远看器型近看花'。细说起来，就是从器型、胎质、釉色、纹饰以及工艺等诸多方面进行综合判断。你看看咱的藏品，哪件不符？不仅如此，这些器物的神韵，以及上面的历史痕迹，岂是现代工艺所能仿造得了的？"

梅影逐件鉴赏，细细体味，家中几百上千年的古代艺术品，千奇百态，多姿多彩，虽不能言，却散发出千百年来的历史遗韵，每一件，都极具时代特色，展现其不同窑口间迥异的工艺特征，有着强烈的历史痕迹。审视完所有藏品，梅影烦躁不安的心方得以逐渐平复。梅影和丈夫一道，有着多年收藏经历，更由于耳濡目染于陆一凡广博的文史知识和独到见解，也和不少权威大家面对面探讨过，因而，对古瓷器也有相当不俗的鉴赏水平，尤其她女性特有的敏感和直觉，但凡接触过的品种，大都识货。当然，那些不太"开门"、似是而非的器物，又另当别论。

梅影舒了口气："嗨，终于放心了。"陆一凡瞅一眼惊魂甫定的妻子，没好气道："患得患失！"梅影难为情，辩解说："拍卖公司都不保险，私下交易哪有谱？潘家园这样的地方更别提了。"陆一凡随口反诘："私下交易就没宝贝？潘家园就没好货？潘家园要没好东西，能有这么强的生命力？要全靠售假、贩假，不早该关门了？"陆一凡安之若素、一脸泰然，梅影心中也就更踏实，但她却自相矛盾："你说的也不是完全没道理，但潘家园那地方，还是少去为妙！你没看电视上那么多专家、藏家现身说法，把潘家园说成假冒伪劣的代名词一样。"

陆一凡颇有心得地说："我们几年没去潘家园了？不早从那儿毕业了！"正为自己这句妙手偶得的话暗自得意，见妻子被自己俏皮话逗得一乐，陆一凡随即正言："虽说咱不用去潘家园了，但专家对潘家园的说法也太过了。你想想，潘家园开园至今，得有十几年吧？为什么能经久不衰？"见妻子一脸茫然，陆一凡侃侃而谈："一到周末，潘家园便人山人海，川流不息，都去那里淘宝，若没真东西支撑，全靠经营假货，能经营得下去？要真这样，顶多一两年，早关门了，还能支撑到现在，甚至越来越繁荣？前去淘宝的人越来越多，不仅咱中国人，就连各个国家、不同肤色、不同语言的外国人也蜂拥而至，前去淘宝。小小一个潘家园，凭什么蜚声海外、世界闻名？靠什么吸引世界眼球？难道全靠一堆假货？不可能吧？人们有这么傻？这么好蒙骗？”

看妻子听得津津有味，陆一凡继续高谈阔论：“当然，潘家园早已不是当初，像上世纪九十年代初期一样，几乎没假货，是收藏者的天堂，但我仍相信，那地方还有机会。你没听说，不少从事古玩买卖的人，将大批古董从文物大省收来，再运往少数几个收藏大省市，有的地方已成文物集散地了，北京得天独厚，更是如此。而潘家园，又是北京古玩市场的一张名片，运来的古玩，能不流向这里？”看妻子不住地点头称是，陆一凡最后总结：“多数从事古董买卖的商人，大都来自农村，文化程度不高，眼力有限，在大量从事买假卖假的同时，又难免不把国宝重器当作破烂贱卖。尤其是多数去潘家园淘宝的人也并不懂行，舍真买假，比比皆是。这里面比知识、拼眼力，谁的本事大，谁就可能慧眼识珍，将宝物收入囊中。只不过，这样的机会越来越少，我们现在哪有工夫，去干这种沙里淘金的事？”

梅影扑哧一笑，调侃说：“看来，你这号人还真有一套淘宝经呢！”陆一凡更来劲：“把话扯远点。人生在世，重要的是必须面对现实。不管生逢盛世，还是面临乱象，都应有套对症之策，而不是与现实背道而驰，鲁莽行事，闹出后果来又怨天尤人……”梅影赶紧打断他：“得了，你别动辄就往你那套高深玄学上扯。哎，我有个问题吃不太准：大家都对现在的《拍卖法》口诛笔伐，可人家欧美国家的《拍卖法》，不也没对拍卖公司拍品作保真规定，可为什么人家的拍卖秩序相当规范，几乎没有拍假、卖假？我们国家，即便民国时候军阀割据的混乱局面，古董商人也都相当诚信。可为何社会进步了，人们文明了，日子越来越富裕，国家也一再提倡诚信，古玩行业却如此混沌？”

陆一凡陷入沉思，稍顷才说：“这是个很有深度的问题，可作为专题来研究，几句话很难说清。简单说来，这是社会发展成熟度，也是市场经济发展成熟度的问题。马克思早在《资本论》序言中便指出，人类社会的发展，是一个自然历史过程，社会生活中人的行为，看似由个人意愿支配，想怎么着就怎么着。其实，人人皆如此，就产生了各种力量的冲突、融和、抵消，最后，社会的发展，是各种力量相互作用后所产生的合力所为，这就是客观规律对人的强制性。所以，西方社会的诚信，并不意味着西方人的道德水平比东方人高，而是市场经济高度发展后，相互制约的必然结果。民国时候生意中讲诚信，也不等于我们今天的道德在沉沦。今天的社会正处于转型期，从计划经济向市场经济转轨，各个相关因素不够协调，一定伴生出各种乱象，包括收藏活动中的赝品泛滥问题。”梅影的思绪正跟随陆一凡的宏论飘动，谈话戛然而止，陆一凡自哂一笑，说:“算了，不说了！蛮枯燥的。”梅影却深感获益匪浅，忙说:“不枯燥，不枯燥！我成天陷于具象之中，就是缺乏抽象思维呢，你一点拨，我倒真有些茅塞顿开的感觉呢！”陆一凡听了蛮受用，于是调侃:“那好，咱搞个专题，你就作为我的研究生，咱把这问题搞透。”梅影嘻嘻一笑，俏皮道:“是博士生！”陆一凡更高兴，哈哈一乐，脱口便道:“那更好！我不成你博导了。”

梅影如醍醐灌顶，不由说道:“几天来我一直在考虑，在文章中怎样回答藏家们的疑问，经你这么一说，我便明白了，这篇文章也好写了。”见妻子如释重负，怕她掉以轻心，陆一凡点拨道:“没那么简单！要把文章写好，还应采访相关法学专家，认真听听他们对《拍卖法》的意见，综合各方因素，文章才不失偏颇。”

随后几天，梅影采纳陆一凡意见，采访多名相关法学专家，包括当初参与《拍卖法》起草的资深人士，一气呵成，接连完成《恶意竞拍何以产生》《恶意竞拍谁之过错》《恶意竞拍怎样杜绝》三篇文章。载有三篇重磅文章的报纸，引起收藏拍卖领域极大轰动，并被哄抢一空，报社特加印二十万份，才得以满足广大读者之需。各大报刊也纷纷撰文评述，一针见血指出收藏界各种顽症，为之把脉、开方，数以万计的网友更不甘寂寞，亮出家底，晒出自己的收藏经历，揭露种种古玩骗术，让本已笼罩印度洋海啸阴影的2004年岁末，更添了一个令人们所津津乐道的话题。

第五章　密室夜话

忙完手中杂务，肖潇独自驾车，乘着薄暮，顶着随风卷起的扬尘，伴随街头的车水马龙和人们的匆忙步履，驶向香山半腰的西山别墅。

别墅坐北朝南，背倚香山，面朝玉泉，南望旱河，地处上风上水的西山龙头宝座，宛如帝王龙椅，嵌于昔日的皇家禁苑。千年历史的古迹遗韵睁眼可见，现代文明的精彩纷呈尽收眼底。别墅区内，遍植花木竹草，各式坡台景观和小桥流水，更独具意趣。可惜肃杀的寒风，零落了枝头绿色的生机。光秃秃的杨树枝下，栋栋宝宅独自成幢，简洁的建筑线条，宽大的坡顶屋檐，背衬昔日皇家苑囿的幽深精邃，尽显低调的奢华与新贵气息。

肖潇手握方向盘，随两旁种满百年名贵老树的笔直大道，缓缓向前，左弯右拐，已到自家门前。宽大的玻璃墙面，厚重的窗帘缝隙，透出明亮的桔色灯光，肖潇暖意融融，伸手一摁遥控器，徐徐开启地面一层的车库门，尔后将车慢慢开进去，关掉汽车音响，下车锁好车门，挑出房门钥匙，对准弹子锁孔，与车库相连的家中防盗铁门便无声开启。

肖鹏飞早已望眼欲穿，听见动静，赶紧从沙发起身，迎向孙儿。房间温暖如春，轩敞明亮，加上地下室与车库花园，上下三层，足有八百平方米。整栋别墅采用纯木结构，似曾相识、干净利落而又尺度亲切的静港设计，加上极度私密、内向开放的东方式内庭院围合，可谓中西合璧，符合有着几十年美国生活经历又深受传统文化影响的爷孙品位。

一如往常，肖鹏飞坐在客厅沙发上收看央视新闻联播，等着孙子回家一道晚饭。听见动静，赶紧起身，一连数日他都神思恍惚，面对孙子浑身朝气，肖鹏飞尽量打起精神，口中却淡心无肠："吃饭了。"肖潇早已饥肠辘辘，没留心爷爷神态变化，将包往沙发随手一扔，兴冲冲直奔餐厅，一眼瞅见桌上盘子里高高一摞肉馅饼，正呲呲往外冒着热气，并满屋肉香，因而馋涎欲滴，一屁股坐在靠背餐椅上，操起筷子夹起一个猛咬一口，满口的油香令他连声称绝："嗯，好吃，好吃。陈婶的肉饼绝了，外边根本吃不着。"陈婶蛮得意，正替爷孙俩盛粥，听见夸奖，不由眉飞色舞："肖总，那你多吃几个。"肖鹏飞却懒心无肠，一小碗八宝紫米粥，有一搭无一搭，半天没下肚，几样对他胃口的佐粥小菜，也如同嚼蜡。

肖潇大快朵颐，兴致高昂："爷爷，这几天，收藏拍卖领域真可谓一波未平一波又起，够热闹啊！我做梦都没想到，咱失手的那件乾隆粉彩……"听孙子口无遮拦，肖鹏飞眉头一皱，劈头打断："吃你的，别废话！"肖潇莫名其妙，扭头瞥向爷爷：老爷子今儿怎么了，吃枪药了？见他心不在焉，一脸心事，肖潇一头雾水：这老爷子怎么回事？和平常判若两人。肖鹏飞却旁若无人，目光散乱，手握碗筷愣在那里，对孙子的好奇熟视无睹。肖潇瞅一眼同桌的陈婶，心里好生纳闷，进而问道："怎么了？"肖鹏飞也意识到自己失态，回望孙子一眼，心中略存歉意，口中的饭菜更加寡淡，他略加思忖，撂下碗筷，口气却不由分说："小潇，饭后，你到书房来一下。"说完，撇下满脸讶异的孙子，径奔地下书房。

肖潇目送爷爷背影，见他步履蹒跚，身板也不再挺直，转瞬之间老相毕显，肩头似有千钧重担。肖潇不知何故，心底猛袭上强烈不安，他赶紧风卷残云，扒完剩余饭菜，三步并作两步，下到地下书房。

书房和楼上的美式风格迥然有别。多年来，肖鹏飞从不同地方、不同渠道淘来的紫檀家具，让整个屋子古韵书香。半地下室足有一百二十平方米，兼具书房、储藏功能，多组红木落地书柜里，精装本、线装书，上至明清，下至最新流行读本，涵盖人文科学方方面面，琢刻繁缛的紫檀博古架上，更林林总总，罗列出千百年来不同材质、不同形状、不同风格的各色古物，与之相连的还有两间码满锦盒的杂屋，从上至下，存放各类古玩。

肖潇心存忐忑，蹑手蹑脚，推开房门。肖鹏飞正从保险柜前转身，手捧刻工精致的长形方盒，见孙子直奔过来，便道："把门关上。"肖潇顺从转身，将房门关严，扭过身子，见爷爷怀抱木盒端坐罗汉床前，神态严肃，朝他一抬下巴：“来，小潇，坐下，爷爷有话对你说。”肖潇顺从地一屁股坐在旁边的太师椅上，下意识瞅向爷爷怀中物件，语气故作轻松：“什么玩意儿？搞得这么神秘。”肖鹏飞俯首拍拍手中宝盒，尔后扭头望向孙子，目光深邃，神色严峻，语气低沉：“小潇，家里好多事儿，该让你知道了！”肖潇心里不由一紧，紧盯着爷爷，下意识伸出双手，大为好奇：“啥宝贝，我瞅瞅。”肖鹏飞顺势递出宝盒，语带双关：“好好瞧瞧吧。”肖潇接过盒子，仅此一眼，便被木盒满工琢刻的精湛技艺，和因年代久远泛出的枣红亚光所吸引：该盒为紫檀材质，长40厘米、宽38厘米、高26厘米，镂雕、深雕工艺圆融交错，满雕苍松、秀竹、灵芝不等，刀法深峻细腻，平刀、圆刀互现交融，逼真、生动展现出松、竹的自然和谐。木盒构图得当，层次分明，繁而不乱，意境幽清。

肖潇不得要领，手捧物件，找寻开关，可寻遍宝盒，却严丝合缝，不见任何门道，物件沉甸甸地，明显重于该物分量，肖潇扭头问爷爷：“怎么打不开？”肖鹏飞嘴角掠过难以觉察的笑意，接过宝盒，捧至手中，像玩魔方，东转转、西掰掰，轻微“咔”的一声，盒盖便自然开启了。肖潇眼睛一亮，赶紧伸出手来，脱口问道：“里边有什么？”肖鹏飞一副凛然之色：“装着咱肖家的历史。”“肖家历史？”肖潇顿生敬畏，瞥一眼神态庄重的爷爷，小心取出里边物件，满满一盒，泛黄相片的边角已被磨破，底部厚厚一摞过时的信笺上，龙飞凤舞，似是物品清单，终因字迹潦草和字形繁琐，让他无从分辨。数不胜数的黑白照片上，形态各异的器物不甚清晰，更显岁月沧桑。肖潇不得要领，一脸的迷惘，轻声试着问爷爷：“怎么回事？”

肖鹏飞身子微倾，如同雕塑，又好似蜡像，字斟句酌，思考着该怎样条分缕析又言简意赅，才能将家中那段至今仍令他荡气回肠又可圈可点的往事，向孙子表述无遗。这个秘密太沉重，埋藏心底数十载，本以为没机会再提及，可前几天出现的那件乾隆粉彩百鹿尊，让肖鹏飞重拾希望，并感到是时候道出这件尘封已久、曾让肖氏家族遭遇灭顶之灾的陈年往事了。

肖鹏飞整理好纷乱的思绪，身子往床头挪挪，伸手将孙子的手抓进怀里，眼光迷离，语气感伤无限：“潇啊，你快三十岁了，都说‘三十而立’、‘四十不惑’，该你撑起这个家了，咱家从不让外人知道的过往，也该让你知道了。爷爷再不说，恐怕就得带进棺材里去了！”

爷爷的话像道寒流，瞬即划过肖潇心底，他记忆里爷爷向来顶天立地，无所不能，今日却这般脆弱，如此伤感，肖潇心里不由一紧，顿生异样感觉，暗想今天事关重大，见氛围过于凝重，便故作轻松，语带安慰：“说什么呢，您老身体这么好，活到百岁不成问题！”说罢，反转手来握住爷爷的手，虽说是抚慰老人，自己心里却百感交集。

孙子一脸阳光、如此孝顺，肖鹏飞倍觉温暖，颇感安慰，他看着孙子，出其不意问道：“潇，爷爷每逢拍卖会预展必看，知道为什么吗？”

肖潇咧嘴一笑，脱口便道：“有什么不知道？您老酷爱收藏，对传统文化情有独钟呗。”

肖鹏飞嘴角泛起一丝笑意，肯定道：“的确如此。但这只是原因之一。”

肖潇一脸困惑，心里思忖：原因之一？难道还有其他缘由？

看孙子茫然望着自己，期待自己答疑解惑，肖鹏飞冷不丁又道：“拍卖会上那只乾隆粉彩百鹿尊，六十多年前，咱家曾有一只。”

难怪！爷爷多日来茶饭不思，问题的症结原来在这里。肖潇更为好奇：“六十多年前？咱家也有一只？”肖潇百思难解，又一脸的困惑：“咱家以前不是在美国吗？怎么又钻出乾隆粉彩百鹿尊来？咱家那只上哪儿去了？怎么从没见过？”

肖潇一脑门疑惑，一连串疑问，心中好似藏有十万个为什么。肖鹏飞理解孙子此刻感受，他调匀气息，平静作答：“咱家那只早失踪了，为此，我们举家迁往美国，直到上世纪八十年代末，才又回国定居。”

肖潇恍然大悟，顷刻明白了爷爷对展会上那只瓷尊的感受，同时，他更强烈意识到，围绕瓷尊，肖氏祖先定有一段不平常的遭际。肖潇不由诚惶诚恐、局促难安，嗫嚅着致歉：“对不起，爷爷，孙子没能给你拍回来。”

果不其然，肖鹏飞又逐字逐句：“和这件宝物同时丢失的，还有六百多件古董珍玩呢，且件件不比这件差，有的甚至名贵得多，全属价值连城的珍稀国宝。”

肖潇惊得目瞪口呆：“六十多年前？六百多件？且件件价值连城？”肖潇又是一连串的疑问，最后，他面带疑惑直击问题要害：“为什么从没听说过？这么多宝物，摞在一起，好大一堆呢，不得大半间屋子？怎么说丢就丢了？而且，你们也不找找，竟躲到美国去了？”

“潇，别急，听我一五一十告诉你。”肖鹏飞若有所思，目光迷离，孙子接二连三的问话，再次勾起他心中反复想起的尘封往事，一提起这批不知下落的宝物，肖鹏飞便沉重无比，语气随之深幽："这批宝物不仅代表着巨额财富，是上千年来各个朝代历史文化的物质载体，记录其朝代的兴衰更迭，更因为这些宝物的具象化，而使现在的人们对当年的历史有更为形象的感性认识，乃当今学者研究历史、传承历史的实物标本，实属千金难寻的历史遗珍啊！"

肖潇此前闻所未闻，从不知道自己家族的历史上还有如此辉煌的过往，看爷爷郑重其事，不由猜测：围绕宝物背后，说不定还有一段你争我抢、扣人心魄的故事，心里又想：如此重要的家族史，这么多年来，爷爷竟只字未提，难道，这背后还有什么令他难以启齿的难言之隐？

果真，肖鹏飞语调更加沉重："因为这批宝物，我大哥、二哥，分别死于非命，你父亲也因寻宝而亡，为这批宝物而命丧黄泉的还有不少人，而我，也曾为找寻这批宝物的下落而历尽周折。"说到此，肖鹏飞目光不再阴郁，他紧盯着孙子，眼眸中满是期冀的光亮："找到这批宝物是我一生中最大的心愿，也是我和肖家子孙义不容辞的家族责任。多年以来，我多方打探却毫无线索，本以为，要找到六十多年前流失的宝物是痴人说梦，是今生今世都不可能完成的事情，但这件乾隆粉彩百鹿尊的出现，让我又看到了希望。"

夜已深沉，偌大的书房异常宁静，窗外的狂风，拍打着窗棂，发出噼噼啪啪的声响，房间里的氛围诡异而又神秘。罗汉床头落地灯的桔色光线若明若暗，照在肖鹏飞脸上，如同一尊石刻雕像，又像远古的智者，正向后人传授着打开潘多拉盒子的秘诀。他的身影被光线任意拉长，并夸张投映于墙头，更增添了夜的扑朔迷离。

房间温暖如春，肖潇却不寒而栗，不由自主打个冷战，骤起浑身鸡皮疙瘩。他做梦都不曾想过，自己祖上，竟有如此血腥离奇的传奇经历！较之电影、电视，其内容也毫不逊色。肖潇似真似幻、如同梦境。朦胧中，又不禁纳闷：自己父亲不是抱病身亡么？怎又会和寻宝扯上干系？而展会上瓷尊的出现，难道，会是遗失宝物露头的征象？千头万绪，如乱麻一团，肖潇不明就里，只得静听爷爷细说，捋清事件原委。

事件起始于民国初年。那时候，肖鹏飞还没出生。民国二年，爱新觉罗·溥仪退位，代表大清帝国的覆灭。清朝时候，满族的王公亲贵作为特殊阶层得到政府供养，随着满人统治结束，众多养尊处优、毫无一技之长的八旗弟子，一下没了生活来源，全靠变卖家产度日。与此同时，溥仪不顾《清室优待条例》之规定，将法定由民国政府保护的紫禁城的古玩珍宝，公开赏赐近臣亲信，还将宝物用作公开拍卖，甚至偷出紫禁城，以向银行抵押借款或中饱私囊，民国政府却装傻充愣，视若无睹。在此背景下，恭王府最后一个府主、曾权倾一时的恭亲王“鬼子六”奕䜣的嫡孙溥伟，也因生活所迫，更想在日本人的支持下追随退位的溥仪皇帝，异想复辟满清政权，筹集复辟经费。

同时间，北京城内，云集着不少各路想要攫取中国宝物的外国古董商人，其中，有一个名叫山中定次郎的日本商人。此人出身寒微，早年生活所迫，曾在古玩店做过学徒，由于勤奋聪明，掌握了中国古瓷、古玉、青铜器的鉴赏要诀，并于十九世纪中后期成立了自己的商会。伴随日本军国主义对东南亚各国的侵略，山中商会趁机以收集中国文物为主要经营目的前来中国，成为当时在中国最大的日本古董商，并在中国的上海、北京等地，设立专门机构。山中定次郎在北京的落脚点，便是现在的东麻线胡同三号大院，雇佣的日本员工多达四十余人。此人除在琉璃厂收购中国文物外，还与各王府建立了以收购为目的的业务关系，恭王府的藏品便是他觊觎的目标之一。

说起恭王府，真可谓显赫一时，最先是大贪官和珅宅第。此人玲珑八面，极善机变，加之相貌堂堂，宛如潘安，因而深得乾隆宠信，由此大权独揽，身兼多职——户部侍郎、军机大臣兼内务府大臣和步军统领，并崇文门税务监督和总理行营事务，权倾一时，乃一人之下、万人之上的大红人。因生性贪婪和职务之便，和珅利用手中职权，大肆攫取财宝，属当时首屈一指的特大贪官，其家财之巨，简直富可敌国，堪称当时的世界首富。后被嘉庆砍头，财产充公，竟相当于清政府十七年财政收入之总和。有着如此充裕的物质条件，可想而知，当时的和珅该怎样奢靡无度。他大兴土木，不仅逾制修建宅第，更家藏为数众多的奇珍异宝，当时的和珅宅第虽不是王府，却远比王府宽敞、富丽，而他的巨额财富中，各类古迹、古玩和珍宝，便占了多半。死后宅第充公，随即被嘉庆转赐其弟永璘，是为庆王府。咸丰元年，宝宅又易其主，咸丰将其收回，赏给他的亲弟弟奕䜣，成为一直沿名至今的恭王府。而恭王府的最后一个府主，则是奕亲王的血脉嫡孙溥伟。

和珅手握大权，刻意搜寻，穷尽天下异宝，家中珍玩之多、之奇、之绝，甚至超越了酷爱珍宝收藏的乾隆爷。而人称“鬼子六”的恭亲王奕䜣，多年在中国的政治舞台上呼风唤雨，除深得慈禧倚重，还是个琴棋书画无所不能的风流雅士，同样热衷历朝历代的名家珍迹、玉玩、古瓷，尤擅砚台的收藏鉴赏。被故宫博物院历年来尊为镇院之宝的《平复贴》，便属恭亲王当年收藏的众多宝物之一。这座有着两百年历史的府邸，不仅记录了大半个清朝历史，更是一座深不可测的藏宝库，神秘的面纱下，让觊觎之人垂涎欲滴。

山中定次郎想搜罗宝物，爱新觉罗·溥伟要出卖宝物，两人一拍即合。很快，在一个春寒料峭的日子，北京的老百姓刚把春节过完，溥伟便急不可耐，将恭王府珍藏多年的大批宝物卖给了山中定次郎，这笔交易，成为这个日本人在中国收购文物最为得意的一次。据说，山中定次郎将这批宝物迅速运回日本国内，进行整理分类，将其中最为精致的文物分作两批，分别运往美国和英国拍卖。当时，肖鹏飞的二哥正留学美国。1840年鸦片战争以后，中国逐步沦为半封建、半殖民国家，政治的腐败、社会的动乱和经济的落后，令许多志士仁人自发探索救亡图存之策，在“维新运动”和“洋务运动”影响之下，不少豪门大户纷纷将子弟送出国门，学习西方的先进技术，以求实业报国。肖鹏飞的二哥正是在这样的大背景下，于清朝末年走出国门，留学美国的。

那段日子里，肖鹏飞二哥亲眼目睹了宝物在美国盛况空前的拍卖。拍卖行倾其全力，将印刷精美的蓝色硬皮图录和烫着金字“纽约1913年AAA恭亲王竞卖”的请柬纷寄全球的古董商人，大小报刊，也详尽报道，无不对来自古老东方的宝物深感神秘而津津乐道。拍卖当天，偌大的拍卖大厅座无虚席，来自世界各地的古董商人云集于此，全都对代表中国几千年灿烂文明的青铜、古瓷、玉雕、木器虎视眈眈，并有着强烈的占有欲望。拍卖会一开始，厮杀便极其激烈，直至最后，536件拍品全高价落槌，竟无一件流拍，创下拍卖史上的奇迹，单件文物成交价高达6400美金，总成交金额为二百八十多万美元。这个数字对于今天，算不了什么，在当今国际拍卖市场上，单件中国古玩价值几百上千万美元已不在少数。可近一个世纪前，近三百万美元，那可是笔天文数字，该成绩创造了世界拍卖历史的最高记录！

肖鹏飞的话时断时续，肖潇却如身临其境，拍卖现场的疯狂画面，和他记忆中相关的影视场景交互重叠，想像大批国宝的流失，想像中国古代艺术的神奇魔力，不禁如痴如醉、意乱神迷。肖鹏飞又接着介绍：紧随其后，山中商会又在英国伦敦成功拍卖了恭亲王旧藏文物263件，同时运回日本国内的恭王府珍玩，也成了日本藏家竞相追逐的宝物。这批恭亲王府的文物贩售，为山中商会赢得巨额收益，利用这批资金，山中商会广泛涉足地产、运输、酒店、商场的开发、经营，山中商会迅速崛起，极短时间内，成为日本商界举足轻重的知名企业。1945年，二战结束，美国作为战胜国之一，对战败国日本进行严厉制裁，其中包括：没收山中商会在美国的不动产，同时罚没山中商会一大批存放美国的中国文物。据山中定次郎第四代后裔、山中商会现任负责人山中让先生讲，被美国没收的总资产，即便在当时，折合美金也高达8600万之巨。此次重创，使得如日中天的山中家族从此转向没落。而被美国没收的中国文物，至今也去向不明。

肖潇的心被强烈刺痛了，一股热血由胸腔直抵大脑，在太阳穴处突突直跳，并胀得满面通红，眼珠子都要蹦出来了似的："这帮强盗！"

肖鹏飞历经沧海，早已处变不惊，见孙子如此冲动，拍拍他膝盖，深沉说道："这就是我们国家屈辱的历史，谁也无法抹掉。"

书房出现片刻宁静，沉重的往事，让爷孙俩的内心难以平静，气氛因而凝重异常。少顷，肖鹏飞打破沉默继续说道："我二哥，亲眼目睹了恭王府文物在美国的整个拍卖过程，对于一个二十岁出头一心报效国家的热血青年来说，这无疑是奇耻大辱。二哥写信给父亲，详述他在纽约所看到的一切。而我父亲堪属京津一带有名的富商，长期从事纺织与面粉加工，其产品还曾远销东南亚各国，并在乡下大量置办田土，可以说是富甲一方。父亲不仅经商有道，还颇通文墨，也有好古情结，喜欢古玩字画，思想激进，颇为开明。读了二哥来信心中哪能释怀？虽恨恭王府后人败家，却也无能为力，但从此，引起了他老人家对恭王府的关注。而恭王府宝藏之巨难以计数，流入山中定次郎之手的仅为部分。而那时的溥伟，因清王朝的覆灭毫无生活来源，又一心光复大清帝制，费用之大无法算计。无奈中的溥伟，只得打府中藏品主意，仍在陆续变卖。父亲不愿国宝流入异国，经多方努力，通过中间人，好不容易联系上溥伟的管家，遂又变卖家产、田地，前前后后，共收购恭王府藏品一千多件。这批宝物，多为宋、元、明、清的精品瓷器，宋代的汝、官、哥、钧、定，元代的枢府瓷、元青花、元釉里红、元五彩，明代的永、宣青花瓷、成化斗彩天字罐、弘治的黄釉瓷器，以及清代的粉彩、珐琅彩等等。种类之多、质量之精、品质之高，涵盖了中国上千年制瓷业的精粹，真让人叹为观止！”

肖鹏飞讲到动情处，不禁两眼放光、激情四射；感伤时，又凝思不语，如尊石像一动不动。而肖潇则听得热血奔涌，充满好奇。

稍停片刻，肖鹏飞又继续说道：“能拥有恭王府旧藏，这对父亲来说，简直就是从天而降的一大奇事幸事，老人家专为宝物建了藏宝室，一有闲暇，便躲进去挨个把玩，除亲生儿子，谁也不让进去，并对外严锁消息。父亲还让二哥用从美国带回来的相机，给这批宝物挨个拍照，建立档案，将每件器物的尺寸、器型、纹饰以及特点，逐一登记造册，和照片附在一起。我是父亲最小的儿子，由于晚年得子，父亲对我另眼相待，宠爱有加。小时候，父亲经常带上我同他一道赏宝。及至后来，父亲年迈，他将生意上一应事情全交给大哥二哥打理，因此更有时间，只要不在床上，他整天都会躲进宝库摆弄，而我便成了他最得力的帮手，日子一长，除了父亲，我便是最熟悉宝物的人。直到十五岁，近十年的时间，我几乎天天接触宝物，长期的耳濡目染，加之年少，又有父亲指点，领悟力极强，所以对宝物的来龙去脉、特点、特性、产于哪个年代、哪个窑口，就没不知道的，因而更深得父亲喜欢。”

肖鹏飞一脸幸福，如烟的往事历历在目，他似乎又回到那段无拘无束、与家人共享天伦的美好时光。肖潇望着爷爷安详而慈爱的面容，也不禁如痴如醉。

“哎，可惜好景不长。”肖鹏飞深深叹口气，继续往下说，“三十年代初期，日本对中国展开大规模侵略前几年，不少日本浪人和披着商社外衣的日本间谍机构，前来中国，寻衅滋事，刺探情报；当时，又正值中国处于军阀混战之际，可以说是民不聊生，国人也毫无安全可言。我家是京津一带的大户，免不了树大招风，有时是地方军阀敲诈盘剥，有时又是日本浪人刻意找事，再加有些没有人伦的汉奸出卖，我家的宝物成了各路势力觊觎的目标。在此之前，其实也有军阀敲诈，但碍于我家的社会影响，也只是打打秋风而已。但这日本人来了却不一样，不按常理出牌，盯着我家宝物，挖空心思想连锅端去。鉴于这种处境，父亲将宝物几易其地，最后，在乡下的老宅里躲了好几年，而父亲和我，则始终随这批宝物迁徙，颠沛流离。这时候，还不算最糟糕，抗日战争全面爆发后，日本人更加肆无忌惮，父亲终日为宝物惶惶不安。实在没办法，父亲将在北京打理家族生意的大哥二哥召回，商议为宝物找一个安全地方秘密藏匿，等战争结束后再取回来。

打定主意，大哥、二哥多方探寻，最后，决计将宝物存放于北京小汤山半腰的山洞里面。选好地址后，大哥、二哥乔装乡下人，身体力行，亲自凿山挖洞，在小汤山半腰的南麓挖了一个深约15米、宽约2米的暗道，怕塌方，还将四周用石头和水泥加固，像个防空洞，因事涉机密，大哥二哥没请外人，不大的洞，却整整挖了小半年。这可苦了两个从小养尊处优惯了的少爷，等整个工程完工，全都脱了形，我父亲心疼极了。那时，我才十五岁，又是最小的儿子，父亲不让我参与，大哥二哥也对我倍加呵护，所以，我躲了清闲。暗道修好后，大哥二哥分十多次，才把这批宝物共计五十个硬木箱运到山洞，里面一共装有626件宝物，有瓷器、玉器、青铜器等，但以瓷器为主。当时，从恭王府买的宝物虽说上千件，因多年来军阀敲诈，损失一些，我的几个姐姐出嫁时，又陪嫁一部分，还有一些小件，便被父亲带在身边，以防不济之需。”

肖鹏飞说得口渴，端起茶杯，却已见底，肖潇见状，连忙起身拿起茶杯走到饮水机前，接好水过来，递给爷爷。肖鹏飞浅尝一口，突觉肩背酸痛，便将双肩使劲往后一抻，扭扭脖子，自嘲一笑，问孙子：“这些陈年往事，乏味吧？”

“哪能！真没想到，咱家族的历史竟如此坎坷！”肖潇有感而发。

肖鹏飞坐累了，将身子靠在罗汉床后背，又缓缓说道：“本以为将宝物藏起来，就能安心了，也不怕日本人上门骚扰了，没承想，我一个姐夫因长年抽鸦片，被日本人控制充当了汉奸。为讨好日本人，同时，也因父亲从不待见他，他早心存不满，想借日本人之手将父亲的宝物据为己有，这使事情更加复杂。大哥二哥回到北京城里，继续打理家族生意，却不断遭到日本人轮番滋扰，大哥二哥没办法，只好将父亲平时收藏的一般藏品拿来打发他们，想息事宁人，以求平安。不料，大哥二哥的虚与周旋，并不能满足日本人胃口，他们更加紧了对宝物的追查。但不管怎么盘问，大哥二哥咬紧牙根，对来源于恭王府的宝物不露半点口风，将平日收藏的藏品作为恭王府的宝物搪塞日本人。日本人便打起了我家生意的主意，说我家生产的棉纱运往共产党的苏区，是通共分子，还将我大哥二哥抓进监狱，严刑拷打。在此期间，受牵连的还有我家的管家、厂里的主管、我的两个姐夫，其他几人因确不知宝物的详情和下落，无从说起，便被活活折磨至死。日本人无计可施，只好将大哥二哥放了出来，企图放长线钓大鱼。大哥二哥被关半年之久，工厂因长时间无人打理，陷入瘫痪。二人怕日本人跟踪，不敢回乡和家人团聚，后通过秘密联络，和父亲取得联系，将工厂变卖。之后，二哥去了延安，亲临抗战前线，后来，在平型关战役中战死沙场。而大哥则留守北平，继续与日本人周旋。”

夜，早已深沉。窗外狂风鬼哭狼嚎，吹打窗棂噼啪作响，静谧的夜色平添几分狰狞。书房促膝而谈的爷孙两人，被暖气烤得面色红润，内心却无限悲凉，满怀凄楚。尤其肖潇，未经磨难的他，望着铜像般纹丝不动的爷爷，心中纵有万语千言，却又不知从何安慰。尔后，他下意识抚摸着怀中木盒，感悟着木盒中的家族往事，静听爷爷继续。

“终于，好不容易盼来抗战胜利的日子，本以为可和广大国人一样扬眉吐气、共襄胜举，一家人从此可以团团圆圆、安安心心过日子。不料，日本人是赶走了，可以前一直盯着恭王府那批宝物的人中，有人成了国民政府的接收大员，为达到侵占宝物的目的，竟诬陷我家私通日本人，充当汉奸，理由便是我们将国家宝物送给日本人，是为讨好日本人，从而谋取巨额商业利益。对这样的指证，我家百口莫辩。还没来得及将宝物从山洞取出，我大哥又进了国民党牢房，真可谓一波未平一波又起。后经多方营救，大哥倒是出来了，却患上伤寒，更由于对国民政府的痛恨失望，因而心生怨恨。身体的疾患加之心灵的创痛，令大哥万念俱灰，后经多方医治无效，英年早逝。父亲亲历晚清政府的腐败无能，又历经军阀混战的割据局面，八年抗战，更让他提心吊胆。而抗战的胜利，却仍不能让他安安稳稳安享晚年，他对当时的政府真寒透了心！安葬好大哥，父亲率一家老小，远涉重洋，出国暂避风头，以躲避国民政府那帮贪官污吏没完没了的纠缠。长途跋涉的艰辛和年老身体的羸弱，加上失子之痛的重创，父亲很快便撒手人寰，客死他乡，再没能回到生他养他的土地。而我，也因为国共战争和之后的国内形势，在美国一定居，便是几十年。”

说到这里，肖鹏飞已是语带哽咽，老泪纵横。父亲的音容笑貌，父亲对他的溺爱与教诲，如同幻灯影像般闪现脑际，是那样的真切与真实。肖潇已然痴了，小说里才有的爱恨情仇，就交织在自己家族的历史之中，见爷爷从未有过的动容，也禁不住潸然泪下，心中似刀绞般疼痛。肖潇抽出紫檀茶几上的纸巾，想替爷爷拭去泪水，肖鹏飞被孙子举动搅扰，一下回过神来，自嘲地一笑，说：“不中用了，老了，一回忆起往事，就控制不住了。”

肖鹏飞抓过孙子的手放在怀里，对肖潇一五一十道：“后来的事，你也大体知道一点。改革开放初期，我本想带着你们回来，又怕国家政策不稳再生变故，一直拖到上个世纪八十年代中期，才派你父亲回来打前站。你父亲以归国华侨的身份回到国内，一边着手创办实业，一边找寻存放小汤山山洞的宝物。可时过境迁，汤山地貌早因修路建房而面目全非。而除我大哥二哥，谁也没去过山洞，仅凭他们留下来的藏宝路线图，你父亲几乎搜遍了整个汤山山脉，也未能如愿。直到有一次，你父亲在汤山寻宝时，被一场突如其来的大雨困在山腰，被大雨冲下的巨石击中背部伤及内脏器官而不治身亡。”

肖潇被爷爷的叙述惊呆了，他没想到那么温和儒雅的父亲竟死于非命。记得那是八十年代末的一个夏天，他和爷爷正在美国旧金山的家中，接到这一噩耗，爷孙俩立即动身到京奔丧，那年，他才十五岁。和父亲的遗体告别时，见父亲那样的安详，走得似乎毫无痛苦。爷爷和母亲告诉他，父亲死于心脏病，那之后，母亲因思念父亲而整日郁郁寡欢，不久，也因病亡故，而自己早已将那一幕存放于记忆深处。今天，爷爷提及往事，却对父亲的死因作了这般诠释。

肖潇不由一个寒战，一股凉意从后背袭来，要不亲耳听爷爷讲述，他实难相信自己的家族历史，竟如此辉煌悲壮。不过，听爷爷说了这么一大通，他也没弄明白，展会上那只乾隆粉彩百鹿尊与自家丢失的那批宝物有何关联，于是他问爷爷：“难道，展会上那只乾隆粉彩百鹿尊，会是咱家丢失的那件？”

肖鹏飞犹疑起来：“不敢断定，但很像。”肖潇感觉神了，不由疑惑：“爷爷，咱家丢失的宝物，距今已有六十多年，那时候，你还是个十来岁的少年，能记得这么清楚？器型的大小尺寸、纹饰的构图布局、釉色的细微差别，你都能清楚无误？不会有何偏差？”

孙子一连串问话，全在点子上，令肖鹏飞欣慰异常，暗想：这孩子虽在美国长大，可不负自己言传身教，长期的潜移默化，让他深谙古玩收藏的相关常识。见孙子困惑地望着自己，肖鹏飞得意地笑笑，朝宝盒一努嘴，掷地有声地答道：“当然记得。我从几岁起，就和宝物朝夕相处，前后长达十年之久。对宝物的熟识程度，就像熟悉我身上的每一块肌肉。何况，几十年来，我经常查看这些资料，丢失的宝物早就刻在我大脑深处，哪能遗忘！”

肖潇仍旧不解，脱口问道：“乾隆时候，官窑粉彩瓷器不计其数，同样的东西并不少见。尤其这样的图案，更是那时喜闻乐见的常见题材，展会上那只会和咱家丢失的宝物关联？”多日来，肖鹏飞反复思忖这个问题，听孙子一开口便说到点子上，他试着分析：“我虽不敢肯定同为一只，但你想想，一只如此精美的乾隆官窑瓷器，只能是皇宫贵族才能拥有。即便官宦人家，也不可能轻易有的。我虽不敢肯定，但也不能完全排除。如二者同属一只，咱家丢失的宝物，岂不有了线索？所以，我决计把此尊买回来，再仔细琢磨琢磨，兴许能从中找到蛛丝马迹，那对我们的寻宝，不就大有帮助？”

肖潇虽觉爷爷的话不免牵强，但他深知老人寻宝心切，不忍拂他心意，便顺着话说：“那倒也是。可展会上那瓷尊出现目前这状况，我们该如何应对？”一提及此事，303号的身影便不由自主潜入肖潇脑际，那个神秘漂亮，搅扰得拍卖会沸反盈天的年轻女子，令他有种说不清道不明的异样感受。他猛又想起来：“哎，爷爷，藏宝的山洞找到了吗？别回头宝物还在山洞里安然无恙，我们却在这里大动干戈！”

肖鹏飞扑哧一笑：“这还用你说！山洞早找到了。只是宝物却不知去向。不然，我怎会去拍卖会上找线索！你以为我老糊涂了？”旋即，肖鹏飞又若有所思：“这几天，我一直在想，瓷尊既然流拍了，我们何不找拍卖公司帮忙，让他们从中斡旋，让卖方私下卖给咱。”

“嘿！这倒真是个法子！”肖潇眼睛一亮，随即附和。

肖鹏飞主意已定：“那这样，潇，你尽快和拍卖公司接触接触。只要对方愿卖，价格多少都好说，拍卖公司的佣金，咱照付就是。”肖潇顿时兴致高昂，他分析：“此事该不成问题。拍卖会被人搅局，无论卖方还是拍卖公司，巴不得有人能跟他们买东西呢！要这事真能成，说不准，通过此事我们还能顺藤摸瓜，掌握卖家情况呢！”

肖鹏飞瞥孙子一眼，意味深长地说：“你别尽想好事！这批宝物沉寂了那么多年，你以为现在的持宝人是吃素的？不管别人怎样得到这批宝物，我敢肯定，人家绝不愿张扬。”肖潇也冷静下来：“那倒也是。不过，不管怎么说，我们先跟拍卖公司接触一下，要能买下瓷尊，并确定实属我们家丢失的那只，以后的事情就好办。要不是，我们再另外想辙。”

肖鹏飞转而眉头紧锁，眯缝着双眼，似又陷入深度思考，半晌他才捋清思路，于是目光坚定，语气不容辩驳：“这批宝物，意义重大，无论倾多大的力，不管付出多大的代价，也要将其找到。不然，我们家族为之家破人亡，就太不值得！尤其其中有一件，更要想方设法找到它。”整个晚上，围绕肖家丢失的宝物，肖鹏飞侃侃而谈，并扯出那么大一段令人唏嘘的家族往事，肖潇也已震惊至极，此刻又听爷爷如此一说，不禁纳闷：“哎，爷爷，您不是说咱家丢失的宝物，件件无比珍稀，个个价值连城，可为何这件您老如此看重？这究竟是件什么样的国宝重器？”

看孙子满脸惊诧，肖鹏飞字斟句酌：“不错，我们家丢失的宝物，的确件件价值连城，每一件都堪称国宝重器。可这一件的意义，却不同于其他任何一件！找到了它，说不准，就能解开中国瓷器史上的千年之谜！”爷爷的话，激起肖潇盎然兴趣，他急切问道：“此话怎讲？这件丢失的瓷器，能有如此重要？”肖鹏飞稍作沉吟，便语出惊人：“这是一件柴窑瓷器，产于五代后周世宗帝柴荣的御窑。因工艺精湛、制作精良，而被冠作五大名窑‘柴、汝、官、哥、定’之首，后因一直没能找到其窑址，才将其从五大名窑中摘除，以钧窑代之。”肖潇猛又吃一惊，他毫不掩饰自己的惊诧，语气颇显夸张：“柴窑曾名列五大名窑之首？这是哪跟哪的事！都知道‘汝、官、哥、钧、定’，且宋代的五大名窑堪称中国制瓷业的巅峰，什么时候柴窑又排在了五大名窑的前面？而且照您这么说来，柴窑岂不比这几大名窑的瓷器更加名贵？岂不是巅峰之上的巅峰？”

肖鹏飞从容不迫，瞥一眼目瞪口呆的孙子，随口说：“中国上千年的制瓷技艺博大精深，后人的认识也难免挂一漏万。把柴窑说成巅峰上的巅峰，并不为过。柴窑瓷器虽有史书记载，却几乎从未有人得见，极为神秘。较之其他宝物，无论从珍稀程度还是历史价值，也都更胜一筹！”肖潇若有所悟，随即又道：“柴窑既然无人得见，只有史书记载，那您凭什么断定，您说的那件便是柴窑？”

“问得好！”肖鹏飞双手一击，进而解释：“虽说柴窑极为珍贵，几乎无人得见，但有关论述却不少见。最早提及柴窑一文，当属明代的《格古要论》和万历时的《玉芝堂谈》，之后的《清秘藏》《事物绸珠》《五杂俎》《长物志》等诸多著作，都对柴窑作过详细探讨。清宫旧藏，柴窑也涉列其中。虽众说纷纭，但不外乎将柴窑的特点归为两点，一是柴窑胎质为粗黄胎，二是将柴窑的总体特点归为：‘青如天、明如镜、薄如纸、声如磬’，除此之外，釉面还应有细小开片。而我说的那件宝物，除绝对的老器外，所有特征均符合上述特点。迄今为止，查遍所有史料，还没发现哪个朝代、哪个窑口的瓷器具备上述特征，这不是柴窑，又会是什么？”见孙子连连颔首，肖鹏飞又进一步补充：“虽从公开的资料查看，几乎无人接触过柴窑，但是，既然柴窑曾经存在过，那它所生产的瓷器也就肯定存在，只因稀少而不被绝大多数人所知晓。只要历史曾经有过的物件，就有可能被传承下来。据清史档案有关记载，清宫中，就曾经藏有几件精美绝伦的柴窑瓷器，只是后来流到宫外了。”

肖鹏飞逻辑严谨的一通话，顷刻消弭了肖潇心中疑窦，他由此及彼，顺势推断：“说不准，咱家丢失的那件，就是清宫中流失的其中一件。以恭王府曾经的府主、权倾一时的和坤，和恭亲王皇亲国戚的身份，想要得到几件皇室宝物，那还不是轻而易举！”肖鹏飞也赞同：“你的推断顺理成章！此物又辗转到咱家，也就理所当然。”肖潇细细体味爷爷的话，喃喃自语道：“‘青如天、明如镜、薄如纸、声如磬。’要达到如此高的艺术境界，那该怎样的轻薄、精巧？又得具备多高的制瓷技艺？更何况，那还是在宋代五大名窑成熟之前的五代！咱确是该倾全力，将宝物找回，若不能亲眼得见，真枉为肖氏子孙！”

孙子的情绪感染着肖鹏飞，他进而又道：“这件宝物，曾被北宋皇帝宋徽宗所收藏并喜爱……”肖鹏飞话未说完，肖潇更觉奇绝，不由瞪大双眼，脱口便道：“宋徽宗？那可是历代帝王中最具艺术禀赋的人，能被他所收藏，那还消说，定属冠压群芳的奇珍异宝！问题是，凭什么说徽宗帝曾收藏过？难不成上面还有他的题词？”肖鹏飞不禁莞尔，笃定答道：“那当然！若不是，岂不成我信口胡诌了！”肖潇大感好奇，更对宫廷秘事感到神秘至极，于是急切催问：“说来听听，爷爷，宋徽宗在上面题写什么了？”肖鹏飞略一沉吟，随后侃侃说道：“瓷瓶通高26厘米，是个六瓣花口的六棱瓶，釉色呈天青色，通身布有细小开片。胎釉厚度不足1毫米。圈足中央，剔刻有一小长形方框，框内极规整地剔刻有篆体‘柴’字，笔画和此瓶的通体釉色一致，呈天青色，框内其余部分，则是褐色。瓶身主体部位，方方正正剔刻出一个方框，方框四角呈弧形，四角内里，用几何图形加以点缀。方框里面，从右至左、从上到下，用楷书工工整整，阳刻出四行四句诗词：‘拔翠琪树林，双桧植灵圃。上梢蟠木枝，下拂龙鬓茂。’之后另起一行，刻有‘宋徽宗大观’五字，旁边一竖形长方框里，有‘御书’二字。每一个字的笔画及几何图形等凸起地方，和瓷瓶的釉色同为一体，其余剔除凹陷部分，则是金灿灿的描金。”

肖鹏飞绘声绘色，听得肖潇如痴如醉，听完爷爷介绍，不禁有感而发：“天啊，在不足一毫米厚度的瓷器上剔刻出如此繁杂的内容，简直让人难以想像！瓷器胎体如此之薄，加之釉层又硬又脆，要在上面动刀刻画，稍不留意就会损坏器物。就跟在鸡蛋壳上做雕刻一样，难度之大，实难想像，一千年前的古人，真不知道他们是如何做到的！即便现在科技水平如此发达，各种高科技的工具应有尽有，要做到这一点也都不容易。这真是中国制瓷史上的一个传奇！由此也可推断，如此难度绝非做伪者所能仿造的。”肖鹏飞也津津乐道：“要不说，咱无论如何也得找到它，和其他宝物相比，它更胜一筹呢！”

此时已过午夜1点，肖潇哈欠连连，肖鹏飞也疲乏不堪。瞥眼瞅见孙子满脸的倦容，肖鹏飞心中顿生歉意，爱怜地说：“不早了，你回房休息吧，明儿还得上班呢。”之后，又郑重其事，冲孙子手里的宝盒一努下巴，说：“抽空看看，熟悉熟悉咱家丢失的宝物。”说毕，又悉心指导孙子如何开启这神秘宝盒。

肖潇意犹未尽，可眼皮却不听使唤，看爷爷也一脸疲乏，只得见好就收：“走，我扶您上去，您也早该休息了。”

“你去你的，我再待会儿。”肖鹏飞如同抽干了力气，浑身乏力，对孙子做好交代，像完成了一桩伟业似的，因而有种难以名状的宁静之感，他想不受打扰地独处一会儿。

肖潇回到自己房间。关上房门，他便抑制不住好奇，躺在床上，细看一大摞厚厚的已经发黄的照片，和一本边角破损而又黄黑的本子，以及几十页用毛笔书写的买卖清单，铺得满床都是。肖潇挨着顺序一一看下来，清单和本子上的字全用繁体字形书写，加之字迹潦草、年代久远，早已模糊不清，发黄的黑白照片上的影像，也不甚清晰。肖潇看着这堆天书一样的资料，一筹莫展。而今夜神秘传奇的家族往事，更搅扰得他内心翻江倒海，难以平静。他倚靠床头，想着这些剪不断、理还乱的陈年往事，又回想起那个神秘的303号，她究竟有何背景？是何来头？渐渐地，肖潇脑子发沉，眼睛也睁不开了，沉沉的倦意向他袭来，他放平身子，想好好睡上一觉，合上眼睑，却又怎么也无法入睡。各种穿越时空的画面，一幕一幕，在他眼前凌乱闪现，直到天空晨曦微露，他的大脑才不听使唤，昏昏沉沉睡了过去。

这一夜，肖鹏飞没再走出书房。孙子离开后，他找来一条红绿相间的纯毛毯子盖住身子，躺在罗汉床上，回想因乾隆粉彩百鹿尊而引发的诸多往事。这些往事，时而模糊，时而清晰，在他大脑深处重重叠叠反复再现。尤其是他记忆深处的那个女孩，不断来到他的眼前，她的一颦一笑，她的轻吟浅唱，他和她在一起的点点滴滴，早已深入骨髓，像小时候看过的无声电影，一幕又一幕，浮现脑际，每一个画面，又都那样经典和怀旧，好似昨天刚刚发生的一般，清晰又固执，在脑海中一遍又一遍的再现，让他的内心充满温暖而又无限感伤。他和画面中的她，一别六十多个年头了。而今，她会在哪儿呢？还健在吧？已经儿孙满堂了吧？今生今世，还有机缘得见吗？

这一夜，肖鹏飞失眠了。

第六章　场外交易

星期天，肖潇陪爷爷吃过中饭，驱车直奔位于CBD核心地段的地标建筑国贸大厦。流光溢彩、大牌云集的多功能商务区域，玻璃橱窗纤尘不染；色彩斑斓、品牌众多的服饰、皮具、装饰品，精彩纷呈，极具时尚感；石质坚细、纹理清晰的大理石地面平滑如镜，光可鉴人，却几乎无人走在上面。偌大个商务区域，门可罗雀，宁静闲适。肖潇沿弧形循环结构往右一拐，信步径往深处的星巴克，边走边掏出手机，正要低头拨号，一眼看见黄克强从斜前方的糕点店走出来，不由一乐，隔空招呼：“嗨，你小子早到了，我正说给你打电话呢！”黄克强扭头一愣：“哟，你也够快的。”两人有说有笑，并肩而行。摇曳的灯光下，舒缓的音乐里，原汁原味的美式风情中，醇厚浓郁的咖啡飘香。咖啡厅拢共七八个人，或低头在电脑上玩游戏，或全神贯注于手中的休闲读本，或有一搭无一搭，百无聊赖闲扯两句，怡然自得，享受周末午后难得的悠闲，领略别具一格的小资浪漫，品鉴口味正宗的咖啡醇香。肖潇径直进去，捡最里端靠墙的桌前坐下，黄克强则直奔柜台，替肖潇要了杯摩卡，为自己点了杯拿铁，并要了两份奶香四溢的甜点。两人闲聊起来，专等李箐赴约。

没多一会儿，肖潇瞥见李箐站在门口往里打探，便赶紧起身，将手一招，朝她示意。李箐也瞅见了他，莞尔一笑，疾步前来。还未完全走近，李箐便半玩笑半认真：“肖总，什么事？搞得这么神秘！有什么话电话里不能说？非得郑重其事，到这么雅静的地方来谈！”肖潇一脸的阳光灿烂，愉快张罗：“不好意思，大礼拜天的，有劳李经理大驾。来，坐下谈，坐下谈。”李箐一落座，肖潇又征询：“李经理，喝点什么？”李菁蛮爽快：“我可没有你们这些小青年时尚！只要是咖啡，喝在嘴里，全都一个味，随便，你们喝什么就来什么。”李箐如此痛快，毫不扭捏，让两个后生男子顿生好感，黄克强赶紧起身张罗，肖潇见她上下打量审视自己，咧嘴一笑，解释说：“冒昧，冒昧，李经理，约你出来，主要想让你帮个忙。”“什么忙？只要帮得到，我尽力而为。”李箐也欣赏肖潇的直率，更对这个出身豪门的阳光大男孩存有好感，也蛮痛快。肖潇开门见山：“对你来说小事一桩。李经理，你们公司流拍那件乾隆粉彩百鹿尊，你知道的，我一直有意。既然现在流拍了，可否私下再卖给我？”

“噢，原来是这回事呀！”李箐大脑快速盘算着：“我知道，我知道，你对这件拍品的兴趣大得很！要不是那个303号恶意搅局，这宝贝你早抱回去了！”李箐看似无心，实则刻意点了一下那天的落槌天价。肖潇思绪却不由自主被李箐拖回那个至今令他疯狂的场面，303号的面容，像幻灯片似的，又潜入他的脑际，浮现他的眼前。没等肖潇回过神来，李箐旋即又语气颇纳闷地道，“这次流拍的拍品，几个月后，我们公司又将重新拍卖，你何不去直接竞拍？”

看李箐满脸困惑，肖潇如实回答：“李经理，实不相瞒，并非我对这件东西有多大兴趣，是我爷爷看上了。你知道的，这人的年岁大了，心里往往搁不住事，为这件瓷器，他老人家成天茶饭不思。这不，想早点抱回去，讨他高兴。”

“原来如此！”李箐顷刻明白该宝物对于肖潇的意义。她不动声色、顾左右而言他：“我知道，你爷爷乃当今收藏领域屈指可数的大家之一，也是我们公司敬重的老主顾，他老人家看上的东西，一定差不了。而且，只要他看上的宝贝，他都会想方设法捧回家去。”李箐转弯抹角，踏雪无痕，无形中加重了宝物分量。肖潇没听出她的弦外之意，却想：以爷爷在该公司的影响，这个忙，李箐肯定帮定了！看肖潇毫不设防，一脸期冀，李箐转而踌躇起来，略加斟酌，语速不似之前流畅：“照理说，肖老要求不过分，挺合理，要搁以前，确是小事一桩。不过，眼下这情势，不太好办。”

肖潇大惑不解，瞪大双眼脱口反问：“有什么不好办？委托方既然拿来公开拍卖，不就图尽快变现么？你们公司从中牵线，佣金我照给不误，多赢的局面，有什么难办的？”面对肖潇凌厉的追问，李箐面不改色，对答如流：“肖总，看来你还不太了解我们拍卖公司的情况。你说的办法，首先是迈不过国家的法律和政策门槛。《拍卖法》明确规定，拍卖公司只能用公开竞价方式经营，不能采取一对一的普通交易。所以，工商管理部门颁布的《拍卖监督管理暂行办法》第十条第一项规定，对不经拍卖竞价程序处理拍卖标的行为，要进行行政干预！显而易见，按你的要求来运作，将让我们面临政策风险和法律风险。更何况，这次情况尤为特殊。”李箐慢条斯理，有根有据，不动声色地说道。她瞟了一下肖潇脸上的惊诧表情，接着又说：“这一次，因恶意竞拍因素，导致媒体铺天盖地报道，激起藏家广泛关注。流拍的拍品更引起他们浓厚的兴趣，尤其这件乾隆粉彩百鹿尊，拍卖现场如此疯狂，价格举得那么高，媒体又一忽悠，早名扬天下了。大家盯着呢，这些天公司的电话都给打爆了，都想把宝物据为己有，都想成为宝物的主人，我们公司也公开对外承诺，将重新组织拍卖。这样的格局之下，你说，我有没有运作的空间，将宝物私下卖给你？”言语中，李箐似有若无，暗示是肖潇当初的不管不顾，从而抬高了宝物的知名度，加大了此事的难办程度。

肖潇一下蔫了。李箐的话无懈可击，他没想到，看似简单的问题，倒被自己几天前的意气用事复杂化了。看李箐一脸的爱莫能助，肖潇也失了方寸，不由喃喃自语：“这么说来，毫无办法？”李箐也替肖潇遗憾：“你也是！当初要不跟那个303号较劲，把拍品的名声弄得这么大，说不准，倒真有私下运作的可能。嗨！其实，在国外这种场外的私洽交易倒并不罕见。要不，想法打打擦边球？”旋即，李箐猛地话锋一转，主动为肖潇出谋划策：“肖总，依我看，你大可不必沮丧，又不是没机会。你爷爷要真喜欢，过几个月再到我们公司竞拍，不就成了？”黄克强早将咖啡点心端来，听李箐的话无关痛痒，便在一旁揶揄：“几个月后？黄花菜不早凉了！再说了，时间一长，变数更多，你不说好多人盯着呢吗？到时候，咱真能得手？”

李箐耸耸双肩，不置可否。肖潇听着“场外私洽交易”、“擦边球”有些朦胧，突地灵机一动，一个万全之策顷刻成竹在胸，情绪不禁为之一振，探身与李箐商量道：“那这样，李经理，不如由你们公司出面，游说委托方撤拍，咱再私下交易，这不就对各方都有交代？”“这哪成？以我们公司在业界的地位和影响，得规范行事，怎么会干这偷鸡摸狗之事？不行！不行！”李箐断然回绝，并脸色一变。肖潇脸上挂不住，青红不定，李箐无意一句话，却指桑骂槐，像骂肖潇心地晦暗，行苟且营生，因而令他无地自容。黄克强却不管，快人快语建议说：“公司不便出面，那请李经理从中斡旋，也成呀！”李箐双眉一皱，瞪他一眼，态度更加坚决：“更不行！你们可别害我，这违反公司规定。”黄克强的话倒提醒了肖潇，他瞬即看到了希望，耐着性子分析：“李经理，你先别把话说死。你看啊，委托交易双方，确应守约，不应单方撕毁合同。但目前出现了意外，拍品流拍了，不管原因为何，但按规定，人家有权取回宝物，不存在违约问题。你只消提点对方一下，人家不愿意也就算了；要是对方乐意，你不也是成人之美？”

李箐似被说动，犹豫着不吭声，肖潇进而又道：“李经理放心，决不让你白帮忙。我按这笔交易额贵公司应得的酬金比例，作为对你个人的酬劳……”肖潇此番言语，如同烫手的山芋，已现缓和之色的李箐再次脸色一变，口气更不容商量：“肖总，你可别害我。公司待我不薄，我可不能挖公司墙脚，这不符合我的为人原则。”李箐正气凛然，令再次碰壁的肖潇尴尬万分，愣在那儿，一时无计可施。黄克强也傻了眼，没想到李箐这女人软硬不吃，原则性竟如此之强。

看刚才还眉飞色舞的两个大小伙子蔫不出溜，李箐心软了，不由“嗨”了一声，语气满含纠结，又带有深刻的无奈，似怨对方不晓事，又似替对方遗憾无比。之后，她陷入沉吟，似在思忖良策，看如何解决眼下这棘手的难题，真心实意想帮上肖潇的忙。尽管这小子的要求令她如此为难。

很快，李箐似打定主意，踌躇片刻后，对肖潇斟酌着说：“既然肖老如此喜欢，那我去试试，看公司是什么态度，不过你别抱太大希望。至于给我个人酬谢，肖总不必再提。公司这些年得到肖老不小的支持，我个人的业绩也和肖老的捧场分不开。若能为肖老和肖总做点事，不管是我，还是公司，肯定乐意。只怕这次事有特殊，难以如愿。”李箐的话滴水不漏，让人无从挑理。柳暗花明下的肖潇，不由喜出望外，精神一振，连说：“一码归一码。李经理，请您千万费心，尽管由公司出面，但事成之后，我也得对你单独酬谢。公司该多少是多少，一分不少。你个人，按3%答谢……”肖潇话未说完，李箐再次打断：“肖总不必客气，我已表过态了……”肖潇也毋庸置疑地道：“那哪成？一言为定，就按3%……”

“好，怎么都成。只是，你愿出多少价？”肖潇如此坚持，李箐也就顺坡下驴，见好就收，并故作勉为其难，最后，提出她最为关心的核心问题。肖潇心中的石头终于落地，听问出价，存了个心眼儿，不肯直接回答，委婉地试探：“价格嘛，好说。但肯定不能以拍卖会上的落槌价来谈，这你知道，那是恶意竞拍的结果，不是市场价值的真实反映。这样，我们也不能亏待卖家，你对他说，我们可以按市场价格的上限来买。”

肖潇话说得漂亮，却不兜底，耍起滑头来，李箐心里暗笑，面上却不带分毫，回说：“你总得给个实价呀，不然我怎么给公司汇报？又怎么跟藏家沟通呢？”

肖潇迈不过这道坎，不由面现尴尬，回想拍卖会上的疯狂，似难出口，看李箐目不转睛盯着自己，略一沉吟，伸出右手拇指、食指，比个八字，口中语气不太笃定：“还行吧？”果真，李箐将脸一沉，一口回道：“忒少了，肯定不成！”肖潇顷刻克服了心中障碍，也据理力争：“李经理，你我都不外行。这件瓷尊，八百万可不少。若真上拍卖会，也就五六百万的水平，撑破天去，也超不过八百万。我可是按市场的最高价出的。”李箐无言以对，少顷，才言不由衷回说：“要说起来，你的出价并不低。但这东西今非昔比，被炒热了，不能按通常价值判断，卖家愿不愿出手，我可没底。”黄克强出其不意：“李经理，先试试再说呗。对方真要漫天要价，那我们只得回去劝劝肖老了，让他老打消这个念头。”黄克强口气软中带硬，李箐也怕谈崩了，赶紧见好就收，说：“那成，我去试试。”肖潇赶紧敲定：“行。李经理，要快噢。”

离开国贸，李箐径直回家，她一路志得意满，盘算肖潇所托之事。李箐暗想，今儿运气不错，又遇到一极好机会，处理得当，就会神不知鬼不觉，瞒天过海，将本属公司业务，移花接木到自己名下。而且这次不同以往，基数大，搞头也大，还未到家，一套完整方案，已初步成型于腹中。一进门，清风雅静，李箐门清，断定丈夫在书房忙活业务，便兴冲冲径直往里。果不其然，贾雨章正低头伏案，专心致志、一门心思往证书上填写鉴定意见，连老婆进屋的动静，也都置若罔闻。李箐来了兴致，故意打趣：“又在那儿蒙谁？”贾雨章闻声抬头，瞥一眼意气风发的老婆，眉头微微一皱，反呛一句：“说的啥话？真是狗嘴里难吐象牙来！”“哟，有个性！你那不是蒙人，又是啥？你那个鉴定中心，老板伙计就你一人，不靠蒙人，怎么赚钱呐？”李箐心情特好，故意拿老公开涮，对丈夫的态度也不以为意。贾雨章头也不抬，回敬说：“你也好不到哪儿去！你们公司不也坑蒙拐骗，难不成招牌大，就比我高尚？就是阳春白雪？”见丈夫蹬鼻子上脸，李箐将脸一沉，提高嗓门，不由愠怒：“嘿，真长脾气了？跟你开句玩笑，至于这么较真？也忒没幽默感了，真是的！”

李箐顿觉无趣，扭头就走，贾雨章赶紧撂下笔，冲老婆的背影赔着笑脸：

“还说我缺乏幽默，你自己呢，不也一样？还没说啥呢，看你那张脸，拉得跟驴脸一样长。”李箐一听不免失笑，转身瞅着丈夫，没好气道：“去你的！你才驴呢。”接着又语带神秘：“哎，告诉你，今儿老娘出门，遇着好事了，搞好了，得有几百万的进账呢！”

“有这么好的事？天上真能掉馅饼？”贾雨章阴阳怪气，睨起一双细眯眼，表情难以置信。李箐大为扫兴，兴冲冲的劲头荡然无存，她瞪一眼将信将疑的丈夫，负气说道：“别瞅我，不信拉倒！”老婆不像开玩笑，贾雨章反倒猴急起来，催促说：“哎，你就别卖关子了，怎么回事，说来听听，也好给你拿个主意呀！”看丈夫眼巴巴望着自己，李箐还在气头上，噎他一句：“别问我！天上掉不下馅饼来。”贾雨章急了，旋皮吊脸央求道：“姑奶奶，你磨蹭个啥？想急死我呀！”吊足丈夫胃口，李箐这才拿腔拿调：“今儿出去一趟，真不枉此行，遇到了个千载难逢的好机会！”“咋回事，直接点儿！”贾雨章更加猴急。

李箐便一五一十，将肖潇所托之事和自己的如意算盘，向丈夫和盘托出。听得贾雨章抓耳挠腮，跃跃欲试，并脱口称赞：“的确是个机会！咱得好好运作运作。”两口子一拍即合，又逐一推敲细节，直至万无一失，方才罢休。末了，贾雨章老谋深算，提醒老婆：“钱，咱要赚，但得注意分寸，拿捏好火候，千万不能走漏半点风声。别羊肉没吃着，反惹一身臊，得不偿失。”李箐不以为意，一副举重若轻的口气：“你操的哪门子心？以前又不是没干过。”看老婆漫不经心，贾雨章更不放心，加重语气力劝道：“我告诉你，千万不能掉以轻心啊！虽说以前做过，但那都是些几万、几十万的小东西，不易引起别人注意。这次可不一样，金额大，目标也大，关键是，之前那搅局的动静更大，稍有不慎，让人起疑，再穷追不舍，咱可吃不消啊！”看丈夫草木皆兵，李箐心头一热，也挺领情，反过来抚慰他：“这个自然，我也就随口一说，哪敢掉以轻心？不过，话又说回来，正因为数额大，才更有干头，搞上一笔，不相当于我一辈子的收入？哪怕被人知道了，只要钱能到手，我也不怕，豁出去了。只要不违法，不吃官司，就成。”亮明态度，李箐又愤愤不平，进而牢骚：“说实话，我拿这点钱，算得了啥？咱公司几个股东，当初才投几个钱？一人也就二三十万，可现在，哪年不是上千万、上千万地坐地分红？我一年到头，辛辛苦苦替他们卖命，到头来，他们吃肉，我却喝汤，连他们九牛一毛都没有！不趁机搞些钱，以后的事谁说得准呢！”

贾雨章又再叮嘱：“小心驶得万年船！哎，事不宜迟，你不如现在就给夏天去个电话，听听他啥意见。”“你不说，我倒忘了。可不嘛，现在的关键在夏天，他要不答应，我们不就空欢喜一场。”贾雨章能掐会算，一语中的：“那倒不会。要不然，他会委托你们拍卖？现在的关键是价钱。”李箐一拍脑门，朝丈夫投去佩服的一瞥：“这倒是。”随后赶紧掏出手机，调出夏天号码，示意丈夫别吱声，三声“嘟”响过后，便听电话那头传来低沉的男中音：“喂，哪位？”李箐的心一下提到嗓子眼儿上，她感觉心跳快了起来，便竭力管控好情绪，关系多铁的老友似的说：“夏天，我，李箐。”夏天在电话那头猛然一怔，暗忖：哎，瓷尊不是刚流拍吗？这么着急忙慌，催促取货？好像又不对，大礼拜天的又哪用得着此人来催？夏天满腹狐疑，嘴上却不敢怠慢，回以同样的热忱：“哟，李经理，有事？”

“对，有事，而且是件特大好事。”李箐兴致勃勃，先为事件定调。夏天也受感染，开心地玩笑道：“好事？那感情好！李经理原来是为送温暖来的，说来听听，怎么个好法？”李箐压低嗓门，故作神秘：“你那件乾隆粉彩百鹿尊不给搅黄了吗？现在有人提出想买，让我问问你，怎么样，还卖吗？”夏天喜出望外，朝同室的父亲不住地挤眉弄眼，一连声地回道：“当然卖！谢谢你，李经理，正如你所说，这的确是件大好事。”晚饭刚过，一家人正凑在厅里谈天说地，夏伯翰刚从卫生间出来，听儿子语气兴奋，不知所以，扭头望向他，却不得要领。看夏天胸无城府，痛快答应，李箐心安不少，她不动声色劈头盖脸问道：“你想卖多少钱？”夏天瞥一眼愣在卫生间房门前的父亲，不管朝他怎样比手划脚，也一头雾水，而李箐那头又再一次问道：“哎，夏天，你开个价呀？”夏天也就自作主张：“只要不低于六百万，就成。”李箐大喜过望，拿捏住嗓音，回道：“那好，我去问问，看对方愿出多少。不过，夏领导，我觉得你可以再灵活些，万一对方只出五百五十万，你卖还是不卖？”夏天稍一愣怔，随后蛮痛快：“这都好商量，这都好商量。”

李箐进而又道：“不过，买家有个条件，不希望从公司走……”夏天嘿嘿一笑：“那还不好办？只要能顺利成交，从哪走，不都一样！”李箐彻底放下心来，叮嘱夏天：“这就好办了。那这样，你尽快将瓷尊取走，争取早日做成，别夜长梦多，又另生枝节。”夏天巴不得呢，一口答应：“明天我就把它取回来。谢谢你关照，李经理，事成后，我一定重谢！”李箐将嗓门一扬：“哎，夏老弟，你这可就见外了！咱同属一个系统，论起来，你还是我们的主管领导呢，举手之劳，小事一桩，不值一提。”夏天却很认真，坚持道：“李经理，你跟我就甭客气了！我算哪门子的领导啊？咱还是依规办事吧，该怎么着就怎么着！”李箐也就半推半就，好像还有一点勉为其难：“那好，恭敬不如从命，听夏领导的。我呢，尽量把事情做好，争取让你们双方也都皆大欢喜！”夏天感激不尽，连说：“那好，那好！我就等李经理的好消息了。”李箐最后郑重嘱咐：“哎，这件事，你知我知，千万别对旁人提起哟。我也只是替人帮忙，人家求上门来，不好推托，要让我们公司知道了，我就是跳进黄河也说不清了。”夏天是个明白人，赶紧承诺：“李经理，将心放宽吧，你不用交代，我也会这么做的。”

夏伯翰也已近前，并听出个大概，看儿子挂断电话，好似抓着救命稻草，对儿子吩咐道：“夏天，明儿一早你赶紧把瓷尊取回来，争取早点促成买卖。”夏天忙道：“没问题。明儿一上班我就去。”夏伯翰接着又道：“这个机会千载难逢，你刚才的报价低了，再多争取点。”“啊？六百万还低？”夏季目瞪口呆，吃惊反问父亲。夏天也一脸迷惘：“六百万可不低了！”之后又一脸的为难：“再说，我已经报过价了，还怎么往上涨呀？”夏季不知父亲葫芦里究竟卖的什么药，困惑地望着他，提醒说：“爸，我们现在要解燃眉之急，这个价，不低了，够可以的了。别漫天要价，吓走了买家，眼前这道坎，咱可没法过呀！”夏伯翰瞥一眼忧心忡忡的儿子，甩出一句：“买家轻易能被吓走？不从拍卖公司走，私下能没李箐好处？她会干巴巴眼看煮熟的鸭子给飞了？”

夏伯翰一通分析，仍说不通一家老小，夏更庭、沈小菊面露担忧，齐刷刷瞅着儿子，生怕他错过眼前机会。夏伯翰嘿嘿一笑，一屁股坐在母亲身旁，扫视众人一眼，又望望厨房方向，见王嫂正在灶前忙活，遂压低嗓音，语气颇为笃定：“嗨，别担心，我有数。”沈小菊不满，睨儿子一眼，呛呛说：“你有什么数？这么好的机会，六百万还不出手，我看你是疯了！”夏伯翰却胸有成竹，解释说：“我怎么不知道这是机会？正因如此，我才要争取利益的最大化嘛！”看大家仍一头雾水，一脸的莫名其妙，夏伯翰进而分析：“该瓷尊，若搁在拍卖会前，六百万确实不低，已经是市场价值的上线了。但现在不同，有了拍卖会上的折腾，瓷尊早已名扬天下，身价倍增了！对方不就看中这点，想先下手为强，早点将瓷尊收入囊中，省得事后生变掏更多的银子？”

一家人这才回过神来，不由佩服起夏伯翰的精明来。夏季颇为务实，工地上正等米下锅，他生怕事情黄了，无法支应眼前一应事务，便在一旁嘟囔道：“能多点当然更好。不过只要能成交，两三百万都成，关键要快。”夏伯翰看了儿子一眼，也出言附和：“正是这话。”夏天又为难道：“问题是，我已经报过价了，还怎么出尔反尔？”夏伯翰正视一脸书生气的儿子，面授机宜：“你往我身上推，不就成了！谁不知道，咱家大业大，不在乎这区区几百万，只要你一口咬定，李箐拿你就没办法，只得去做对方工作。”夏天便问：“那报多少？”夏伯翰毋庸置疑道：“至少从千万报起，争取不低于八百万成交。”看夏天拿起电话就要拨号，夏伯翰又交代：“你和李箐，签个书面协议，由她全权代理，你别露头。”

瞬间工夫，夏天便出尔反尔，令李箐大出意料，她一改之前的夏领导、夏老弟称谓，对他直呼其名，并毫不掩饰其气愤：“夏天，不带这么玩的啊！我照你的报价，刚给对方通了电话，人家还嫌你六百万太高呢！你现在又来提价，你让我夹在中间，怎么做人？”夏天如芒刺背，硬着头皮听数落，之后解释：“让你为难了。可我爸一再坚持，说瓷尊经恶意竞拍一搅局，已在收藏界声名大振，不急于出手。你知道，我爸不等钱用，不在乎这点钱，他说东西在你们公司好好的，放几个月，到时两三千万，都有可能。也就碍于我擅作主张答应了你，我爸这才勉强同意。不过，我爸可说了，低于千万，那就免谈。”

夏天鹦鹉学舌，将父亲教他的话转述一遍，早窘出浑身细汗，打定主意准备再次挨骂，李箐反倒没了脾气，在电话里只连声埋怨：“夏天，你可让我为难了，好不容易说服对方，就按你开的价给你，你怎么说变就变呢？你让我怎么给人家回话呀！”李箐在电话里一筹莫展，夏天心里则突突直跳，夏伯翰却在一旁不住给他使眼色，示意让他坚持下去。夏天咬咬牙，只得硬着头皮硬拗道：“要不算了，就放你们公司，等重拍吧。”李箐急了，口不择言：“这哪成？人家还眼巴巴等着呢！要不这样，我再给你争取争取，让对方再多出点，不过，你爸的报价也太高了点，你也做做你爸的工作，让他再往下降点，要不然这事肯定成不了。”夏天瞥一眼父亲，之后毫不退让：“我可说服不了我爸，低于千万，他肯定不答应。”夏伯翰伸出拇指，朝儿子一竖，夏天正暗自得意，李箐的态度却急转直下：“你老爸有谱没有？你家真不想卖，那就算了，大不了我厚着脸皮，把对方给回了！”夏天一听慌了神，口气立刻软下来：“要不我再去做做我爸的工作，争取不让你为难。”李箐这才松了口气，继而又欲擒故纵：“做不通也没关系，难不成皇上不急太监急！夏天，我可告诉你，我们公司组织重新拍卖，少说也得半年。夜长梦多，谁能保证在此过程中，国际、国内的经济形势不会变化？到时别说两三千万，两三百万能出手，也都烧高香了，别尽想好事！”夏天赶紧说：“行，行，行，你等我电话，我再做做我爸工作。”

夏天后背汗涔涔地，夏伯翰却很满意：“嘿，老大不错嘛，应对蛮好的！”夏季也有同感：“虎门无弱子！别看咱哥平日里文弱书生一个，但毕竟遗传了咱爸的基因，关键时候不掉链子。”夏伯翰洞若观火，一副老谋深算的样子向两个儿子分析：“看见没，这李箐急于拿佣金，在那口不择言、胡说八道。国际、国内经济形势再怎么变化，会冲击古玩价格？这完全是胡扯嘛！她搞了那么些年拍卖，难道连起码的常识都没有？哪次危机冲击了古玩价格？反倒是股市、房产、能源、原材料价格大幅下降，唯独古董艺术品一枝独秀，价格不降反升，她唬谁呀？”

看父亲高谈阔论，不着边际，夏季赶紧插话打断：“一千万是高了，爸，咱别再抻了，目前急需用钱，咱快刀斩乱麻，速战速决，图个踏实。”夏伯翰瞅了瞅夏季，也挺痛快，对夏天发话：“成，听夏季的，速战速决。夏天，你跟李箐说，少于八百万，咱就等重新拍卖。”夏季赶紧叮嘱：“也得见机行事，别把事情谈崩了。”

夏天沉吟一会儿，再次拨通李箐电话，不等对方开口，便先声夺人道：“嗨，说服我爸真不容易。行了，我爸也不想让你太为难，一下就降了两成，按底线八百万掌握吧，不过你得快点。”见夏天压根不提回扣比例，李箐只得硬着头皮：“那我的佣金呢？”夏天倒蛮爽快：“走你们公司10%，改你牵线，也按这比例，可以了吧。”李箐赶紧：“那好，一言为定。”

李箐憋了一肚子气，只得冲一旁的丈夫发泄：“这夏天也忒不是玩意儿，大嘴一张，凭空涨价两百万，这么大笔钱从哪出？不行，我还得给肖潇去个电话，这个单，得由他来买。”贾雨章赶紧阻止：“你着急忙慌干什么呀？想清楚了再去电话不迟。即便肖潇不加价，你从他们双方不也能赚上百万的佣金吗！关键得把事情做成，事不成，一切就鸡飞蛋打，什么都得不到。千万要见机行事，灵活些！少赚总比不赚强。”李箐头脑不再发热，对贾雨章的话心悦诚服：“那好，我明儿再打。”贾雨章深谋远虑：“现在的关键是夏天。你得叮嘱他，尽快把东西从你们公司取走，唯有如此才能断他退路，才更有成功的把握。”“嘿，还真是啊！”李箐一点就透。

次日晚饭后，憋了一整天的李箐拨通夏天电话，确认瓷尊已从拍卖公司取走后，这才调出肖潇手机号，对方刚“喂”了一声，李箐的语气便遗憾无比：“哟，肖总，不凑巧得很，你说的那件瓷尊已被藏家取走了，这个忙，我可帮不了你呀。”“取走了？这个藏家真够快的，拍卖会结束才几天呀？”肖潇大感意外，愣在那儿，半天没回过神来。话刚说完，又觉得不太对劲儿，追问：“哎，不对呀，拍卖会上流拍的东西，不是要重新拍卖吗？怎么会取走呢？”李箐理直气壮：“我那天是这样说的。不过委托方坚持要撤拍，我们无权阻止呀！”“那倒也是。”肖潇大失所望，旋即，又快速反应：“哎，李经理，你们该有他的联系方式吧？”李箐好像很警惕：“知道是知道，可藏品取走后，我们公司一般就不再过问了……”

“这可咋办呢？”一想到爷爷茶饭不思的模样，肖潇便心急如焚，不由喃喃自语起来，电话那头的李箐一言不发，好像因没能帮上肖潇的忙而不安，静静地，像个知心大姐似的，静听肖潇情绪发泄。很快，肖潇有了新的主意：“哎，你们公司不再过问，李经理，那你以个人名义替我问问？”“这哪成！肖总，我们公司有明文规定，严禁员工私下为买卖双方牵线搭桥。要都这么做，拍卖公司还怎么开得下去呀！”李箐义正词严，一口回绝，且句句在理，肖潇一下又犯起了难，一时无计可施。可想到爷爷的期待，以及祖辈曾经为之家破人亡的众多宝物，肖潇又心不甘，情不愿，不想就此放弃，便试图说服李箐：“李经理，话虽如此，但藏品一旦出了你们公司大门，就与你们公司没关系了吧？东西卖给谁，也不会损害到你们公司的利益，更不存在什么私下牵线搭桥一说，你说是吧？”

李箐不语，似乎肖潇之言完全在理，只因自己身份因素不便作评而已。看李箐半天不说话，肖潇性急，又追问道：“是不是，李经理？”李箐似被纠缠不过，这才勉强回应：“肖总，你说的倒也有一定道理。只是，这件事要让我们公司知道了，还不炒我鱿鱼？不行，我不能这么做。”李箐开始还犹豫不定，似乎认同肖潇说法，后头却态度坚定，没半点商量余地，肖潇只得继续央求：“李经理，这个问题你就不用顾虑了。这件事，就你知我知、天知地知，你们公司怎么会知道！”李箐仍一根筋：“肖总，这样做不符合我做人的原则，你就别让我为难了！再说了，一个乾隆粉彩瓶子，又不是什么举世无双的绝品，这样的东西我们公司经常都在拍，比这件好的也有得是，我建议你，还是以后有机会再说吧！”李箐说完，似要将电话挂断，肖潇慌了，口不择言赶紧承诺：“李经理，你放一百个心吧，这件事情，我一定守口如瓶，绝不让你为难的。事成之后，我再给你加7%，按公司10%的佣金给你，好吧？”“嗨！”李箐深叹口气，好像情非得已：“肖总，你让我说什么好呢？你真让我为难了。”听李箐口气有所松动，肖潇只得唯唯诺诺：“我知道，我知道，李经理，让你为难了，这件事请你务必帮忙。”“嗨……”李箐无可奈何，进而又语带勉强：“真拗不过你，那我去试试。”肖潇感激涕零，一迭连声地：“谢谢谢谢，拜托拜托。”李箐口气强硬起来，正言道：“肖总，咱把丑话说到前头。我可是违反原则帮你忙，此事你必须信守承诺，守口如瓶，要走漏了半点风声，不管是不是你，我都记到你头上，那咱的交情，就到此为止啊！”肖潇的一颗心，终于放下来了，赶紧承诺：“李经理，请你放一百个心，大家都在社会上做事，这点规矩，谁不懂？”李箐便说：“那你等我消息。”

三天后，李箐还未回信，肖潇按捺不住，去电询问，李箐回说：“嘿，我正说联系你呢，是这样，持宝人在国外，一个礼拜就回来，得等他回来再议。”挂断电话，李箐洋洋自得，对贾雨章说：“听见没，肖潇这小子等不及了。”贾雨章便提醒：“注意拿捏好分寸，别抻过头了，弄个鸡飞蛋打一场空。”李箐不以为意，还很自信：“还要你教，我自有分寸。”

肖潇左等右等，终于，盼星星盼月亮，等来了李箐电话：“肖总，藏家回来了，太遗憾了，人家不准备卖了。”“为什么？”肖潇紧张起来，脱口问道。李箐耐心解释：“这件瓷尊，经上次拍卖会恶意竞拍一搅，媒体再铺天盖地一炒，知名度已今非昔比了。目前，好几个藏家盯着呢，不然人家取走干吗！”肖潇顿时傻了眼，自言自语道：“那怎么办呢？我可是给我爷爷拍了胸脯的！”

李箐好像洞穿一切，站在肖潇立场替他分析：“不过我觉得事情倒还没有完全封死，对方将藏品取回，不就图卖个好价钱嘛？说不卖，不过是搪塞而已。”“对呀！李经理，你说得在理。那对方想要多少钱？”肖潇重燃希望，急切问道。李箐胸有成竹，款款答道：“我摸了个底，听对方口气，少于一千五百万恐怕下不来的！”肖潇猛吃一惊：“一千五百万？太高了吧？这瓷尊又谈不上什么绝品重器，八百万元，已不低了，真要拿去上拍，还不一定卖得到这个价位呢！再说了，真要重新上拍，又得几个月，到时是啥行情，还卖不卖得出，还难说呢！”

李箐一声不吭，静听肖潇没完没了，待他告一段落，这才不急不缓：“肖总，你说的也不是没道理。问题是现在人家并不急于出手，是你着急想买，主动权在人家手里。再说了，虽说拍卖会人为搅局流拍，可也被举到了五千四百万的天价，这是众所周知的，当时，你不也跟价跟到五千万以上了吗？”李箐的话不温不火，噎得肖潇无言以对，想着爷爷成天茶饭不思，肖潇只得退让：“那你再和对方接触接触，看能不能将价格再降低点，如果对方坚持不让步，那就算了！”李箐不动声色：“那你的最高价能出多少？”肖潇小心应对：“充其量再加两百万，再多的话就真的算了！一件乾隆瓷器，说实话，也属可有可无，要真拿不下来，我再去做我爷爷的工作就是了！”李箐本想再抻抻，听肖潇口气，又怕事搅黄了，赶紧敲定：“那我再去做做工作，争取说服对方。不过肖总，到时你可别食言呀，不然，我不好做人！”肖潇如释重负：“不会的，你就按这个价去谈。”

贾雨章在一旁侧耳细听，见李箐撂下电话，不由眉飞色舞：“老婆，还是你有法子。这不，夏天这两百万经你一诈，找着报账的了！这双方的佣金，外加这两百万价差，事成后，咱不就有近四百万进账！嘿嘿，这笔钱，恐怕我们辛苦一辈子，还不一定就能挣上呢！”贾雨章手舞足蹈，接着又有感而发：“嗨，大家老说‘知识就是力量’，以前领会不深，今天看来，此话果真不假！”李箐睨丈夫一眼，不由洋洋自得：“你以为单靠知识就能赚钱？要真这样，那比咱有知识、有眼力的专家，不有得是？为什么人家照样日子清贫？最关键的，还是得有把知识转变为力量的条件。”贾雨章一踩九头翘，对老婆的说法大加赞同：“这倒也是。要说起来，你的工作职能，虽不是公共职权，也谈不上啥职务，但‘县官不如现管’！坐在你那个位子上，要出货的人，必须打通你这关，买方也需你照应。古玩这行当，利又大，出手一件，少则数万，多则成百上千万，比起政府机关的职能部门，我看还实惠得多，又没那么多条条框框的限制，挺好。”

两口子兴高采烈，李箐被贾雨章的迷魂汤灌得晕晕乎乎，也真觉得自己是个人物，过了好一阵，突又想起：“嘿，我还得跟肖潇这小子回个话呢。”说罢，拿起电话，拨通肖潇手机，刚一通她便拿腔拿调，以历尽艰辛似的语气直表功：“哎呀，肖总，真不容易，我好说歹说，人家这才勉强同意。还说看我的面子，要不，少于一千五百万，那就免谈。”肖潇喜出望外，确认道：“这么说来，卖方同意一千万出让？”李箐煞有介事，郑重叮嘱：“对方是同意了，不过，你得尽快把钱准备好，不然夜长梦多，拖过两三天，再出现什么变故，我可就毫无办法了！盯这东西的人，实在太多了。”

拍卖现场激烈竞逐的场面仍历历在目，肖潇哪敢掉以轻心？见大功告成，肖潇也想早点交割，便毅然答应：“成。今儿太晚了，银行早下班了，要不明天下午，行吧？”李箐生怕肖潇反悔，赶紧敲定：“成，就明天下午。” 肖潇兴致勃勃:“那你跟卖方说好，让他明天带上瓷尊和身份证明，我带上银行卡，咱办个买卖手续，一手交钱、一手交货，办完后，我来做东，一道吃个饭，大家认识一下。”

见肖潇想岔了，李箐连忙解释:“肖总，明天卖家就不出面了，他委托我全权代理。”肖潇颇感意外:“这么大笔买卖，卖家不出面，这不妥吧？”李箐脱口反问:“有什么不妥？”肖潇分辩:“上千万的买卖，卖方不出面，万一出现产权纠纷，可不就麻烦了？”李箐一听，不以为然:“会有啥产权纠纷？我们公司上拍的拍品，哪会出现你担心的问题？放心吧，作为买方，你只管东西真假，哪用得着审查人家身份！”李箐的话合情合理，无懈可击，肖潇哑口无言，无从辩驳，可他一心想要通过瓷尊顺藤摸瓜的想法，不就得流产？稍作思忖，肖潇仍不退让，并负气地抱怨:“这卖家也是的，有必要这么神神秘秘吗？李经理，拜托你跟对方再说说，还是由他出面为好，这样大家心里都更踏实！”

肖潇一味纠缠此话题，令李箐始料未及，她猜不透肖潇的真实意图，又无法说服这倔小子，便倚老卖老发起火来:“肖总，你要怎么样才踏实？对方都信得过我，你却对我不放心。既然如此，那你另请高明，我也不想多这事。”李箐说翻脸就翻脸，弄得肖潇手脚无措，他好言解释说:“李经理，我怎么会不放心你。不过你设身处地替我想想，上千万的买卖，我这要求过分吗？”李箐毫不退让:“你的要求很合理，人家不愿出面也正常。你总不能强人所难呀！”见肖潇半天不吭声，李箐又耐心解释:“对方是个大藏家，有身份的人，人家从安全角度考虑，不愿抛头露脸，这不很正常？难道你没听过‘财不露白’的道理？”李箐的话句句在理，可肖潇仍难接受，干脆耍起性子来:“这人也是，我掏钱买东西，都不怕安全问题，他有啥可担心的！既然这人这么磨叽，那我也再考虑考虑！”话一说完，肖潇猛然掐断电话，不再和李箐啰嗦。

肖潇这手，让李箐始料不及，她手持手机，茫然听着里边“嘀嘀”的忙音不知所措。眼看大功告成，一切尽在股掌之中，肖潇这臭小子，不知哪根神经搭错了，耍起少爷脾气来，非要和卖家见面。可她哪能让这愣头青和夏天相见？两人一碰面，两百万的价差不就穿帮了！李箐脑中一片空白，沮丧极了。看老婆失魂落魄，贾雨章也莫名其妙，心中失落万分，稍一思索，半分析、半自我安慰，对老婆道:“这小子这做法，的确不近情理。不过依我看，他也就使使性子罢了，不会对事情产生根本逆转……”“你凭什么断定？”李箐眼睛一亮，紧盯着老公，等他回答。贾雨章老谋深算，冲老婆诡秘一笑，点拨说："你不想想，这小子之前把价举到五千多万，只为讨他爷爷欢心。现在，价钱远低于拍卖会上他的应价，难道他会错过这机会？要真这样，他怎么给他爷爷交代！""可不嘛！"李箐如醍醐灌顶，心结瞬间解开："哼，这臭小子想在老娘跟前耍脾气，还嫩了点儿，我晾晾他，先甭理他，等他求上门来看我怎么收拾他。"

肖潇也耿耿于怀，回到家中，仍愤愤不平，冲爷爷嚷嚷说："这卖家也是，上千万的买卖，大家认识认识，一起吃个饭，有何不可？端什么架子？故作什么神秘！"肖鹏飞却通情达理："人家这样也并无不妥，我们总不能强求吧？总不能为一顿饭，咱就不买了吧？"肖潇顺着爷爷的口气说："那倒也是。我也就抻抻他，万一对方端不住，答应见面，咱不就能顺藤摸瓜吗？"肖鹏飞倒看得开："你以为离了你这个'张屠夫'，人家就吃'混毛猪'了！这瓷尊经拍卖会一搅，盯着的人多，蛮正常，别因小失大，让人捷足先登，那可不成啊！"

肖潇忙承诺："爷爷，您把心放回肚子里去吧。东西我肯定给你捧回来，不用急，再抻两天，不行再说。"肖鹏飞厉色警告："适可而止啊，真要让人买走了，我可不依。"肖潇嘻嘻一笑，蛮有把握："上千万的东西，又不是萝卜白菜，说出手就能出手？鬼才信呢！"

两天过去了，肖潇音讯杳无，李箐更加忐忑，不住在老公耳旁唠叨："这小子，别真变卦了吧？"贾雨章也不踏实，整日不安，便怂恿老婆："要不，你别再抻了，去个电话，看看他究竟是啥意思。"一想到肖潇那盛气凌人的少爷脾气，李箐不由犯起怵来，推诿说："我先去电话，咱不就被动了？等等吧，明儿他还不来电话，我再找他不迟。"没等第二天，夏天却来催促："李经理，对方有没有诚意呀？不想买就算了，明天我上你那儿把东西取走吧！"和夏天约定的时间，整整超过两天，当初可是自己言之凿凿，拍胸脯作了保证的，今儿却黑不提、白不提，李箐当然心虚，生怕夏天撤伙，赶紧圆谎说："夏老弟，对不起，对方临时有急事，去外地了。再等两三天吧，再过三天，还不能成交，我把宝物亲自给你送去，行不？"夏天无奈，下着最后通牒："行吧，再给三天时间，还不行，我爸就不卖了！"

李箐遭内外夹击，左右犯难，既怕肖潇一根筋，非要卖方出面才肯付钱，又怕夏天随时翻脸把宝物取走，一切不就前功尽弃？情急中，贾雨章口不择言："无论如何，不能让事情黄了。肖潇这小子非固执已见，咱干脆给他来个移花接木，找个人来冒充卖方，不就得了！”

李箐眉头一皱，瞪他一眼，劈头盖脑呵斥说：“贾雨章，你脑子进水了？出的什么馊主意！这事哪能让旁人知道？再说了，你以为人家是傻子，会白跟你干？这么大笔款，来个狮子大开口，漫天要价，你愿意给？更别说遇人不淑，再来个见财起意，到时候竹篮打水一场空倒在其次，别来个人财两空，你哭爹叫娘都来不及！”李箐声色俱厉，对贾雨章震慑极大，他也觉得是个事，便转而叮嘱：“你可想好了，别弄巧成拙，让煮熟的鸭子飞了！”李箐本已心绪不宁，丈夫的唠叨更让她心烦意乱，听贾雨章在一旁絮絮叨叨，没完没了，便没好气冲他嚷嚷道：“得了，得了，别跟这添乱了，我自有分寸，跑不了的。”

李箐默了半晌，调整好情绪，硬着头皮，拨通肖潇电话，一副公事公办的语气：“肖总，给你通报个情况。卖家见瓷尊迟迟不能成交，刚给我来电话问你什么意思，你要无心，人家明儿就上我这里来把东西取走。”李箐的话很奏效，肖潇陡然有了压力，可之前把话说满了，此刻不便马上转弯，便斟酌着看如何回答。见肖潇半天不表态，李箐试着问：“那我明儿让他取走？”事已至此，肖潇尽管不情不愿，也只得退后一步，讪讪回道：“就按你说的办吧！”李箐会错了意，紧张追问：“你的意思是让他取走？”肖潇颇感无奈：“按原来商量好的办！”李箐喜出望外，语速尽量平缓：“肖总既然有心，那就尽快办理，省得再生变故。”肖潇语气寡淡：“那你说什么时间？”李箐脱口便道：“不要超过明天。”肖潇只好就范：“那好。明天下午两点，行吧？”李箐赶紧答应：“行。”

肖潇驱车载着爷爷，直奔国贸二楼茶艺馆。李箐两人早已抵达，点上最为名贵的大红袍，心绪难安，恭候肖氏爷孙前来。肖鹏飞哪有心思品茶？稍一寒暄便直奔主题，示意李箐出示宝物。两口子默契配合，躬下身子，竭尽小心，将瓷尊从特制深蓝大锦盒中抬起，再小心翼翼搁置桌上。肖鹏飞内心再次翻腾起来，眼珠子落在了瓷尊上头，一遍又一遍，抚摸如丝绸般光洁细滑的釉面，逐一审视器表栩栩如生展现的大清盛世景象。李箐两口子不住交换眼神，讶异于老头古怪的举止，暗忖老爷子举动背后的深层原因。从上至下，从里到外，肖鹏飞逐一检阅审视过后，便决断地吩咐孙子：“去转款吧。”两口子对望一眼，眼眸中，满是欣喜的光芒，高悬已久的心，终可放下来了。李箐更是神采飞扬，手指丈夫，语气高亢，对肖鹏飞极尽谦恭殷勤："肖老，那我和肖总去了，就由张先生陪你坐会儿。"肖鹏飞将头一点，有种不怒而威的威严："你们去吧。"

大厦外面便设有工商银行，两人通过贵宾用户通道，很快划款，肖潇按之前约定，将千万本金和百万佣金，悉数划到李箐指定的个人账户。回到茶馆，肖鹏飞和贾雨章也熟识起来，并聊兴正浓，瞅见两人进来，肖鹏飞朝贾雨章一抬下巴，冲李箐兴致高昂说道："李经理，张先生也蛮懂行呢，是个行家。"两口子相视一笑，贾雨章赶紧谦虚承让："肖老过奖了。您老才是见识不凡、学贯中西的大家水平呢！"几人客套一会儿，闲扯几句，也都着急忙慌，各自打道回府。

关上车门，目视李箐两人离去，肖潇猴急，脱口问身旁爷爷："是咱要找的那只吗？"肖鹏飞稍加思忖，犹疑作答："还不好说。"肖潇不免失望，脚踩油门，驾着爱车，风驰电掣往家奔去。一进门，爷孙俩便急不可耐，翻出当年的图文资料，手拿软尺，将瓷尊的高度、口沿、圈足部位，仔细丈量，所有尺寸竟和资料上的记载分毫不差，纹饰特点及细部特征，也和资料基本吻合。肖潇极为振奋，兴冲冲地问爷爷："应该就是吧？"肖鹏飞眯起双眼，仔细想了想，谨慎回答："还不能断定。""为什么？"肖潇瞪大双眼，盯着爷爷，一脸迷惘。肖鹏飞颇老到："这只瓷尊的品相完好如初，既没半点破损，也没半点瑕疵，这就不好判断！"肖潇大失所望，泄气道："费这么半天劲，花了一千多万，结果还是没搞明白！"肖鹏飞瞥孙子一眼，呵呵一笑，揶揄说："怎么了？灰心了？"肖潇任性："可不嘛！费老半天工夫，仍一头雾水。接下来，又该怎么弄呀！"肖鹏飞莞尔一笑，想得蛮开，点拨孙子："凡事要有耐心，啥事能一蹴而就？潇，你知道不，这不好判断，也充分说明这器物，和咱家丢失的那只太像了，只是，没明显标记加以确认罢了。因而，也就不排除是咱家丢失的可能。即便不是又如何？两件东西如此相像，价值完全一样，就权当咱家丢的，不也行？"

肖鹏飞一改连日来的郁郁寡言，情绪高昂，谈兴甚浓，肖潇也为之欣慰，顺着爷爷说道："管它是不是，只要您高兴就成。"肖鹏飞却若有所思，凄然说道："咱家丢失的宝物不说全找回来，哪怕找回二三十件也好啊！到了地下，我也不至两手空空，对你祖爷爷他们没个交代呀！"爷爷如此一说，肖潇深感责任重大，不由感慨："几十年了才寻着一件，还不能断定是否就是咱家丢失的，要找回二三十件又谈何容易！"肖鹏飞却不这么看，看着孙子，乐观道："要说起来是不容易，若今天这瓷尊，果真是咱家丢失那件，怕就好办了。"肖潇不解："此话怎讲？”肖鹏飞不慌不忙，反问孙子：“潇，好好想想，这瓷尊若真是咱家丢失那件，说明什么问题？”肖潇漫无边际，不知爷爷所指何为，眨巴一双大眼不知所措。肖鹏飞诡秘一笑，用手一戳孙子脑袋：“臭小子，不动脑子。”肖潇尴尬一笑，问：“能说明什么？”肖鹏飞郑重答道：“说明持宝人按捺不住，要变现宝物呗。如此一来，开了这个头，其他宝物也会跟着出现，咱只要盯紧市场，还愁寻不到线索，找不回宝物？”

肖潇觉得爷爷想法过于乐观，不免天真，脱口便道：“这瓷尊果真是咱家丢的那件，人家刚收入这么大笔巨款，短时间内会接着出手？咱守株待兔，得到猴年马月？”肖鹏飞一听孙子似有主意，沉着反问孙子：“你想怎样？”肖潇早有想法，此刻和盘托出：“不如这样，咱买通李箐，打探清楚瓷尊卖家，再对他调查，不就事半功倍？”

“从李箐口中了解卖家？岂不是与虎谋皮！”肖鹏飞不以为意，断然否决。肖潇据理争辩：“为什么不行？咱和李箐又不是打了一两天交道，您老长期照顾她业务，这点小事，她能不帮忙！”肖鹏飞含蓄一笑：“照你这么说来，你想和卖家吃顿饭，大家认识认识，这对她来说不是举手之劳？她为何横插中间，不给你引见？”“这……”肖潇无言以对。肖鹏飞洞穿一切，看孙子张口结舌进而点拨：“上、下两家一碰面，她还怎么从中渔利？”肖潇一点就透，便退而求其次：“那我们暗中打探和她交往的人，再从中找出线索。”肖鹏飞瞥了孙子一眼，说：“李箐从事拍卖行业多年，关系盘根错节，和她打交道的人，更不计其数，几乎都是圈中之人，你说说，怎么排查？你是福尔摩斯？你有三头六臂？”肖潇一时语塞。肖鹏飞最后定夺：“别急，心急吃不了热豆腐。只要宝物露头了，就总有水落石出那一天，咱留心观察，静观其变就是。”

交易次日，李箐守约，将夏天款项如数划到对方的指定账号。划款前，李箐在电话中问：“夏领导，事办成了，钱已到账了，我把全款划到你账上呢，还是……”李箐刻意放慢语速，等待夏天反映。夏天听出了李箐的弦外之音，也很知趣：“李经理，辛苦你了。你把你那部分扣下，剩下的钱你划给我就行了。”李箐得到了她想要的回答，便十分爽快：“那好。你把我们之间的交接手续带上，咱一道去银行，我把钱划给你，你把手续交还我，咱就两清了。好吧？”夏天欣然应允：“好，就这么办。”

夏天拿到钱便打道回府，毫无保留地将银行卡直接交到父亲手上，一副功臣模样：“爸，七百二十万，全在上头！”夏伯翰舒眉展眼，一扫连日来的阴霾，毫不掩饰心中欣慰，连夸夏天说：“谁说咱家老大只会钻故纸堆？他这不也办成了大事？解了我的燃眉之急！”之后，又感触颇深：“李箐这女人还真有办法，这么大笔买卖，三五几下就给她搞定了！”夏季长吁口气：“这下好了，有钱发工资了，这年就好过了！”夏季话音刚落，一个念头猛划过他脑际，不由狐疑起来：“虽说李箐解了咱们的燃眉之急，但整个事，从始至终，全由她一人操办，瓷尊究竟卖多少钱，她从中吃了多少回扣，还难说呢！”巨款从天而降，好多问题便能迎刃而解，夏伯翰对李箐简直就是感激涕零，听儿子凭空猜忌，反倒豁达：“管她吃多少回扣，这是人家本事。各管各的事，各赚各的钱，天经地义！”欣喜之余，夏伯翰没忘叮嘱儿子：“夏季，银行还得催紧点，争取节前把贷款拿下来。李箐这点钱，杯水车薪，做不了多大事，只有银行的贷款下来，咱们的难关才能真正度过。不然，建材进不来，工地照样停工，有了贷款，明年三四月份，咱们的房子就盖得差不多了，到那时就可加紧卖房回笼资金了。”

李箐两口子更喜出望外，短短十来天工夫，在李箐审时度势的精心操盘下，三百八十万元巨款，便稳稳当当揣入腰包。贾雨章仍嫌不足，事后诸葛般对老婆不无遗憾地说：“哎，老婆，当初，你要向肖潇那小子开口多要点，没准也能成。你没看肖老爷子那模样，简直就跟找到失散多年的亲生儿子一样，依我看，你再给他加个两三百万，他也会掏腰包的！”李箐白丈夫一眼，呛呛说：“你知足吧！咱们半辈子开天辟地头一遭，有这么大笔钱，你还得陇望蜀呀！”李箐口虽如此，心中却也隐隐有些认同丈夫的说法。

第七章　街边得宝

春节刚过的整个下午，黄克强一直处于高度亢奋、激动难安的情绪状态。他敏锐感觉：自此，刚刚开启的人生之路，或将步入新的轨迹。一段时日以来，令他望而却步的收藏领域，从此将向他大门洞开，此时此刻，他真真切切、实实在在，触碰到了五千年灿烂华夏文明的冰山一角。自此，他或许再不用为朝九晚五拼命工作发愁，他窘迫的蜗居，即将被梦寐以求却难以实现的花园洋房所替代，他不需再为凑集婚费而犯难，也不用再担心高昂的育子费用和医疗开销。曾有一度，他极其羡慕自己的老板肖潇，艳羡那些拥有无数宝物的藏家们，他也曾抱怨自己的祖先没能给自己留下一砖半瓦，他甚至觉得生不逢时，出生于极其物质，却什么都得靠自己的时代。但今天，不一样了，或许，自己的命运将被彻底改变，从此，他将有能力支配命运，而不是受命运所摆布。他任意放飞想像的思绪，幻想即将拥有的巨额财富，想像这笔财富将要给他的生活带来的天翻地覆的变化，梦幻在极尽奢华的现代化洋房里，和心爱的女人恩爱缠绵，与孩儿、父母其乐融融共享天伦之乐。想到此，黄克强心潮澎湃，脸上乐开了花。

正胡思乱想中，忽听熟悉的开门声音，黄克强疾步蹿至门前，接过胡静的手包随手一扔，用力将她抱起，在不大的屋内旋转开来。胡静猝不及防，被这意外的激情撩拨得暖意融融，趁势搂着男人脖颈，口中大声佯嗔：“哪根神经搭错了？”黄克强春风满面，老婆的打趣让他如听仙乐，两人直转得天旋地转，这才放开怀中爱人，因动作过猛，两人都没站稳，一个趔趄，相拥倒向身后的双人床上。黄克强兴头不减，用嘴在胡静脸上一阵乱拱，嘴上短髭，扎得胡静脸上轻微作疼，麻麻、痒痒的感觉，令她难以忍受，不由左躲右藏，瘫软在爱人怀中，咯咯笑个不停，娇喘不停，幸福打趣说："疯什么呀！犯哪根神经了！"终于，闹够了，疯够了，黄克强一个鲤鱼打挺，随手拽起身旁的胡静，随即将双手往上一举，面对娇憨可人的爱人，郑重其事大声宣布："老婆，咱发了！"胡静莫名其妙，听黄克强毫无由来的疯癫呓语，没好气瞪他一眼，娇蛮揶揄说："发什么啊？发神经啊！"老婆的挖苦，半点没影响黄克强高亢的情绪，他兴致勃勃，一把拽起胡静胳膊，将她拖向餐桌，伸手一指，面带神秘、语带得意，说："好好瞅瞅。"

"啥玩意儿？有啥好瞅的？"桌上乱七八糟，吃剩的碗碟，随手翻阅的杂志，塑料购物袋，凌乱不堪，满桌都是。胡静漫不经心，随黄克强手指方向一瞟，满不在乎嘟囔着。

"你再仔细看看嘛！"黄克强手忙脚乱，将一应杂物归置一旁，扭身再将屋顶灯泡拧开。

"啥玩意儿？哪来的？"桌上物件一览无余，胡静眼睛一亮，脱口惊呼。黄克强志得意满，拉出桌边餐凳，招呼老婆："来，坐下来欣赏。"胡静不再矫情，上前两步，坐在男人身旁，心怀虔诚，双眼一眨不眨，直溜溜盯着桌上物件，不住咋舌："哇噻！巧夺天工，大气磅礴！"此物不大，通高25厘米，似是白玉雕琢，分上下两部，上部是一圆球，下面则为香炉，炉上，平地打凹一平面，稳稳将上部的圆球托住。球身通体满雕，均采用深浮雕工艺，五条巨龙腾云驾雾，上下翻飞，相互嬉戏，为一火球争得不可开交，从而升天入地，逼真威猛。云霄深处，宫殿牌楼雄伟壮观，一正面巨龙似从里面腾空而出，四周则祥云缭绕；下面的香炉炉身，四条"S"型龙细长舒展，颇显悠游；等距离的"九转乾坤"篆字四个，相插四龙之中，方正凝重，圆融遒劲。香炉底部四个支足，呈云头鬼脸，全器便稳立上面。整器构思奇绝，浑然天成，画面饱满苍劲，极具气势；雕工细腻精准，线条奔放流畅，帝王霸气十足。器表满布尘土污垢，尽显漫长的岁月沧桑；偶有质地露出，似玉般温润白皙。

"哪来的？"胡静一脸惊喜，扭头问身旁男人。黄克强本想卖关子，可老婆目光如梭，似能穿透他心脏，只得如实招来："街边买的，两千块，值不？"

"那还消说？当然值了！"胡静眉头一挑，一脸惊奇，之后，又难以置信，瞪大双眼问男人："这么好的奇珍异宝，竟在街边随意兜售？"黄克强洋洋自得，将街头奇遇，向老婆卖弄开来。

今儿一整天，黄克强在外公干，事情蛮顺利，完事后便径直回家。走出地铁，黄克强沿街回家，走到住家小区外围，忽闻吵吵嚷嚷声音，便下意识循声望去，前头路边，围着几个人，大家屈膝躬腰，七嘴八舌评价着地上的物件。黄克强正想进小区，一声清晰的"这是啥时候的宝物？"灌入耳膜，他不由好奇，上前几步，隔着人缝往地上一瞅，目光刚一接触物件，心跳速度便快了起来，再仔细打量：可不，这确是件古董！黄克强往前挤近，并蹲下身子，反复观摩，这一瞧，更不得了，他随肖潇一道，多次观看拍卖预展，并手持号牌参与角逐。他看过的宝物众多，但从没哪件有地上这宝物奇绝精彩。黄克强心头突突直跳，抬头问正吞云吐雾、浑身农民模样的物主："哪来的？"物主一脸菜色，衣衫简陋，浑身上下脏乎乎的，还不住往外散发汗味、馊味混合的恶臭体味。

见有人问价，物主略显局促，用一口略带河南口音的蹩脚普通话说："一个建筑工地下挖出来的。"

"地下挖的？"黄克强存疑，提高嗓门进而追问："那怎么到你手上的？"

物主30岁上下，既无文化，又没见识，看黄克强盘根问底，不由抓耳挠腮，面露尴尬："挖出来好多件呢，工友们全都疯抢，我就抢到这一件。"

"是吗？"黄克强拖长腔调，似信非信，进而又问："什么材料做的？"

物主拖长声音答道："玉——"

"玉？"黄克强大为惊讶，不由上下打量物主，见他一个地地道道进城打工的农民，不由笑出声来，扬高声调语带揶揄："你懂玉？"

物主被黄克强颇具挑衅的目光看得难为情，嘿嘿一笑，分辩说："我哪懂？东西挖出来后，找人看过，其他工友以前挖过玉，他们懂一点儿。"

"是吗？"黄克强将信将疑，又将目光盯向物件，再次审视地上这件令他心惊肉跳的稀罕物件。

"嗨，这东西真不错，你卖多少钱？"旁边一人也蹲了下来，瞅了一会儿，将物件捧在手中，开口问价。

"五千。"物主毫不犹豫。

"五千？"黄克强大吃一惊，脱口追问，见宝物落入他人之手，不由懊恼起来。

“对，五千。”物主刚回完黄克强问话便与刚才的问价人讨价还价起来。问价人说:“你白捡来的，五千太贵了！便宜点儿？”物主瞥一眼还价人，振振有词:“五千还贵？这可是从地下挖出来的老东西！要遇到识货人，几十万都能卖！”

有人不解，随口反问:“那你怎么不卖贵点？”

物主瞟一眼问话人，一脸的无可奈何:“谁不想多卖钱？我不是没门道吗？手头又急需用钱，反正也没花本钱，有几个算几个，有赚头就卖！”

刚才的问价人又接着砍价:“要说起来，五千不算贵，但你总不能一口价呀！”

还价人似将物主问住，稍作沉吟，他闷声问道:“你能出多少钱？”

“三千！”还价人语气不太笃定。

物主想了想，面现忍痛大甩卖的样子:“你真心想要，四千块拿去，少一分钱都不卖！”

还价人好像生怕物主反悔，赶紧出言敲定:“好，成交！我身上钱不够，你跟我回家取。”

物主不用多想，断然拒绝:“不行。想要，就在这里，一手交钱一手交货！”

还价人急了，嚷嚷说:“你这人咋死脑筋呢？我还能把你吃了？”

物主不为所动，执拗道:“反正我哪里也不去，只在这里卖！”

还价人手捧宝物，一副无计可施样，围观人群中另一人问:“什么时候的？”

物主不用细想，脱口便道:“大明宣德年！”

黄克强心里“咯噔”一下，紧盯着物主，脱口问道:“你怎么知道？”心里却在暗忖:明朝宣德年，这么个稀罕物件，得值多少钱？

物主对物件了若指掌:“下面有字，写得清清楚楚。”

黄克强狐疑满腹，扭头瞅着持宝人:“给我看看。”

还价人迟疑，怕宝物一旦落入他人之手，便要不回来似的，黄克强赶紧解释:“没关系，我看一下就还你！”

还价人还不想放手，物主脸带不悦，白他一眼，挺不客气:“你又拿不出钱来，把着干吗？给这位先生看看！”

还价人虽不情愿，但在物主目光监督之下，只得将器物递给黄克强。黄克强接过手，小心将器物翻转过来，果不其然，器物底部中央，长条方框里，阳刻

“大明宣德年制”六字三行篆书，字迹娴熟流畅，极具刀功，由于年代久远，器物黄中泛黑，无法看清其材质。黄克强虽说硕士学历，也就近年就职肖潇麾下，进出于西山别墅，才在肖老爷子处多少学到点古体书法皮毛，对篆书的认识也就近几个月的事，在物主的提示下，他才恍恍惚惚、半猜半蒙认清款识内容，所以，他不相信这个浑身土包子样的农民工，居然能懂篆字！渐消疑惑的黄克强，再次疑窦丛生，手捧器物，质疑物主：“你懂篆字？”

物主蛮尴尬，咧嘴一笑，讪讪地说：“我哪懂那么复杂的字？这东西挖出来好几天了，找不少人看过呢，别人对我说的。”

黄克强仍难置信，却不敢松手，手捧宝物，又从头至下，细察器物全貌。这一看，更喜欢，暗想：此东西若是真的，那定是宣德年间的宫廷之物，属价值连城的国宝重器！自己虽没收藏，但对古玩并不陌生，跟肖潇做事近三年，常出入西山别墅，不时陪肖潇和他爷爷观看拍卖预展，所以黄克强也具备一定常识。无论西山别墅，抑或拍卖预展，工艺如此繁缛、琢刻水平如此之高的古玉，他还从未得见，这东西要真上拍卖会，必引起极大轰动，定创出拍卖新高！黄克强举棋不定，审视手中宝物真假，斟酌物主话中虚实。

看了好一阵儿，围观者可能吃透了宝物，便你一言我一语，七嘴八舌议论开来：“乖乖，明朝离现在不有好几百年的历史？这可是件真正的老货!”“哎，这东西值不少钱吧？”“那还消说！几百年前的东西，又是玉的，当然值钱了！”“不都说‘黄金有价玉无价’吗，这么大块玉雕，还不得天价？”“多好的雕工！保不齐是当时大户人家的镇宅之宝呢！”

有人好奇，嚷嚷着，要从黄克强手中夺去细看，物主火了：“传来传去的，摔坏了，谁负责？”有了物主的话，黄克强更理直气壮，把着宝物，不肯撒手。

还价人又再次恳求：“老弟，我真心实意想买，我家就在附近，去一趟，不费事！”

物主仍是不容商量，大家仍在议论纷纷。

黄克强静听大伙纷纷议论，又细细审视器物全貌，自认确凿无疑，便扭头问还价人：“你还买吗？”

还价人拉长张脸，语气颇感无奈：“我今儿与宝物无缘，你想要，跟他谈。”边说，边朝物主努努嘴。

黄克强转头面对物主，讨起价来：“再便宜点吧，合适，我就买了！”

物主犹豫不决，稍后，吞吞吐吐地说："那就三千五！"

黄克强谎称："我身上没带那么多现金呀！"

物主问："你有多少？"

黄克强试着答道："两千。"

"两千太少，不行。"物主不由分说。

黄克强力辩："这东西是真是假还两说，要是假的，那可一文不值！"

物主语塞，旋即信誓旦旦："咋假的了？我亲眼看着挖出来的！"

旁边有人起哄："可以卖了。小伙子一看就是文化人，识货，要换了其他人，还不敢认呢！"

物主眉头一皱，下了好大的狠心似的："好吧，成交！"

谈好价钱，等付款时，黄克强又犹豫起来，他还是不太放心，又将此物拿起来，上下颠倒反复地看，看能否找出破绽来。眼前一切太过离奇，黄克强又疑虑起来。可任他反复检查，不住琢磨，却什么瑕疵也挑不出来。黄克强破釜沉舟，毅然掏出两千块递给卖家，随手将罩在物件上的布袋拴好、系紧，站起身来，按捺住狂喜的心跳，颇自豪地提着布袋，得胜回朝般往家走去。

回家后，黄克强又手捧物件，反复端详、琢磨两个小时，胡静欣喜的表情便是对他的充分肯定，让他如同吃下定心丸。在他眼里，未婚妻胡静不仅聪慧，具有一定文化内涵，判断力和领悟力都很强，而且胡静专修历史，是中学历史老师，不仅深谙中国历史，世界历史也不陌生，加上女人特有的敏感，其判断力超于常人。黄克强便兴致勃勃，眉飞色舞向老婆讲解一下午的琢磨心得。

"我可以确定，它就是宣德朝的宫廷之物。"

"何以见得？"尽管胡静同样认可，但她从未接触过古物，连看的机会都很少，更别说亲自上手了。今儿猛一接触这宝贝，尽管直观感觉相当不错，但真要论起鉴赏，她却又一窍不通。

黄克强得意万分，搜肠刮肚，将在拍卖预展上的所见所闻，和在肖老爷子处听来的零星常识，比照眼前宝物的雕刻工艺和纹饰特点，逐一论证说明，说得胡静眉开眼笑，心悦诚服。

胡静也不甘落后，穷尽胸中点墨，力证黄克强所言不虚："你说得没错！你看，这上下九条龙代表着至高无上的皇权，历史上，皇帝称作真龙天子，民间百姓禁止使用；‘九’，又是自然数的最高值，同样代表高高在上的皇权，所谓‘一言九鼎’、‘九五至尊’，便是这个意思；而‘乾’和‘坤’，则分别代表着‘天’与‘地’，上面的“九转乾坤”，寓意天地万物，尽握帝王股掌。所以器物上所有内容，均与皇权相关，这不是宫廷之物，又会是什么？”

胡静引经据典，逐一分解，听得黄克强大开眼界，津津有味，遂又问道：“哎，老婆，你说这宣德朝距今究竟多少年？宣德皇帝又是个什么样的皇帝？”

胡静白了黄克强一眼，玩笑说：“中学历史课本上就有，这才几年，就全还给老师了！”黄克强嘿嘿傻笑：“我怎么能和你比？”胡静颇受用，随口说：“宣德朝距今已有五百多年的历史，宣德皇帝是明朝的第五个皇帝，有着极高的文化素养，文韬武略，是个有名的仁义之君。宣德皇帝从小便深受祖父永乐皇帝的喜爱，常跟随永乐帝南征北战，因而深知百姓疾苦。难得的是，他还具备相当高的艺术素养。所以，宣德的宫中之物，具备这样高的艺术水准，也就顺理成章。”话毕，胡静猛然所悟，不由惊呼：“天啊！五百多年前的宝物，那该值多少钱？”

黄克强乐不可支：“这可不好说，但可以肯定，它绝对价值连城！”继而，黄克强又神采飞扬：“老婆，这下可好了，有了这东西，咱立马可以买房结婚了，再也不用看房东的脸色了。从此之后再也不用朝九晚五拼命工作，只为那每月区区几千块钱。干脆，回头把你那破工作辞了算了，回头，咱生一大群孩子，也不用为孩子们的学费而发愁，也不再为柴米油盐而犯难。哈哈哈……”黄克强口若悬河，开心极了，将所能想到的眼前事情，包罗万象，为老婆描绘即将成为现实的崭新生活。

胡静深受感染，也对未来充满无限憧憬。不过，她比黄克强的性格沉静多了，见他疯样，满幸福地提醒：“你别做梦了！你以为你想生就能生呀？你就是有钱养孩子，国家也不会让你多生的，计划生育的政策在那儿卡着呢！”

“那怕什么！国家不让咱生，咱就跑到美国去生！生下的孩子立马就是美国公民，真要这样，你不就是美国人他妈了？我也是美国人他爸！想想都过瘾！太过瘾了！”黄克强得意忘形，由着性子，天马行空臆想一通。

胡静突又想起：“哎，老公，这东西照理说来，该是国宝级的文物了。你说，咱买这东西，会不会违法呀？”

“哪会！《文物法》前年刚修订过，允许个人收藏文物并私下交易。”黄克强斩钉截铁，说得板上钉钉。胡静仍不踏实，进一步确认：“你敢肯定？”黄克强十分笃定:“那还用说!你要不信,咱马上就可以上网查查。”

整个晚上,两人心无旁骛,全围绕这稀罕物件谈论着、幻想着,为方便,两人将器物直呼为“九转乾坤”。两人一反常态,忘了收看每晚必看的连续剧,也忘了做晚饭,直到饥肠辘辘,才泡了方便面匆匆吃下,仍意犹未尽。上床前,两人斟酌再三,从柜里扯出旧床单,将器物包裹严密,尔后,东搁搁,西摆摆,仍不踏实,遂又放到床底,再用鞋盒码在上头伪装起来。躺在床上,两人仍喋喋不休,继续亢奋着,憧憬着,久久不能入睡。

第二天一觉醒来,天色大亮。顾不上吃早点,两人便各奔东西,开始一天新的忙碌。晚上回到家里,话题仍围绕“九转乾坤”展开,两人猝不及防,均被这从天而降的天大好事砸得神魂颠倒。晚饭时,胡静仍纠缠此话题:“哎,这东西真是玉的吗?”黄克强不假思索:“那还有假!”胡静又问:“会是什么玉呢?”黄克强语塞,思忖片刻,如实招来:“我倒没想过。虽说平时也看过玉,但那都是走马观花的匆匆一眼,往深里就说不上来了。不过,是白玉应该没有问题。”胡静若有所思:“今儿我想了一整天,‘九转乾坤’,这个名头太大了,说不准,历史上会有记载呢,吃过饭,咱上网查查。”黄克强满口答应:“是该好好查查。”

两人心中有事,稀里呼噜一扒,匆匆填饱肚子,黄克强便奉命坐到电脑桌前,胡静则自觉在灶台前洗涮锅碗瓢盆。黄克强输入“九转乾坤”后,页面立时显示数条相关信息,页面上红色“九转乾坤”四字极为醒目,强烈映入黄克强眼帘,激起他内心深处极大好奇,他逐一将其点开,所有内容不外乎,近段时间以来,网友们在不同地点城市,先后在街头买到了“九转乾坤”或类似器物。大家看不懂,便在网上求教,为方便沟通还不嫌麻烦,纷纷把手中的“九转乾坤”拍成图片,上传网上,相互交流。藏友们疑窦丛生,均对器物提出质疑。黄克强忐忑,趴在地上小心取出宝物,将实物和网上的图片仔细比对,反复甄别之后,黄克强的心安定下来,他认为,自己手中的宝物,既非网友质疑的汉白玉,更非塑料,显而易见,就是白玉。其雕刻技艺,不知比网上粗制滥造的琢刻强出多少倍。

等胡静近前,黄克强将网上论争如实转述,胡静也大吃一惊,挨男人身旁坐下,将网上图片与手中实物反复比对,结论也和黄克强相同。她脑子一转,提出了一个浅显而关键的问题:“哎,这么短的时间里,怎么突然冒出这么多

‘九转乾坤’？”

黄克强其实也疑惑，但他不愿往深里想，只挑符合自己意愿的想法回答老婆：“你想，有仿品，肯定就有真品，不然，它仿什么？凭空捏造呀？‘九转乾坤’这么贵重的宝贝，它肯定有相关的图片和资料，造假的人就依样画葫芦去仿呗！”

胡静不傻，她立刻捕捉到该说法的牵强附会，但她宁愿这么相信，便不再深究。很快，她的思维集中在宝物的材质上头，吩咐黄克强说：“哎，你再输入‘白玉’查查看。”“行！”此次搜索，让两人平生第一次近距离接触了“和田白玉”概念，黄克强此前也偶有听闻，但未涉猎收藏哪往心里去？此刻，两人不仅知道了“和田白玉”，还知道“和田白玉”的顶级品称作“羊脂玉”，更知道“和田白玉”的市场行情及前景，网上简单一浏览，看得两人血脉贲张。胡静更又惊又喜：“乖乖，咱手里的‘九转乾坤’要真是和田白玉，那是什么概念？”

接下来，两人围着“九转乾坤”，和网上和田白玉器物图片仔细比对，觉得完全一致。胡静如梦似幻，感觉不太真切：“老公，这天上真会掉馅饼？”黄克强意气风发：“这岂是掉馅饼？掉下来的是黄金嘛！不，还不仅仅是黄金，掉的就是一座金库啊！”一通感慨后，看老婆仍难置信，黄克强接着又分析：“这事虽说有点离奇，但它确实已经发生。东西就摆在那里，单雕刻工艺一项来说，如此完美的艺术品，简直就是顶级大师的神来之笔！再说，如果真是现仿的工艺品，就其繁缛的雕刻工艺，其工钱也绝非区区两千元钱所能办到的！而从地下挖出来，没任何成本，给点好处，那些民工就会卖。”黄克强的说法，顺理成章，胡静心中疑惑瞬即消弭：“嗯，有道理！天下之大，什么奇事没有？让我们遇着了，这样的好运岂不要气死全国人民！”两人大为开心，竭力论证事件的真实，均为这从天而降的财富幸运万分。

接着，胡静从抽屉里找出小刀，按网上介绍的法子让黄克强在“九转乾坤”底部的边角处，轻轻拉上一小刀，立时，所划之处，呈一浅浅刀痕，不像网上所说，“和田玉”的硬度可与玻璃相比，刀划在上头打滑，不该有划痕。胡静深感奇怪，之前的阴影重又浮现脑际，黄克强也有点疑惑，稍一思索，既是安慰老婆，又作自我宽慰道：“这东西是‘和田白玉’不会有错，可能在地下埋的时间太长了，地下水和泥土侵蚀了表层，因而变松软，硬度当然会打些折扣了。”

胡静豁然开朗：“对！常言‘滴水穿石’，更何况在地下埋了五六百年呢！”尽管如此，她仍不够踏实，进而建议：“干脆，咱找肖潇爷爷掌掌眼，肖老要是认可，我们不更放心？”

黄克强认可老婆意见，不过，他有更深层的忧虑：“好，等周末休息，我们去趟西山别墅。不过，咱可得千万小心，要让旁人知道了，说不定引来杀身之祸呢！”

胡静一个冷颤，顿觉后背一股凉气袭来，声音也为之哆嗦：“那注意点，别张扬。”

星期六，两人睡个懒觉，来到西山别墅，已是午后时分。凑巧，陆一凡受肖鹏飞之邀，也在别墅里。当黄克强小心翼翼，将“九转乾坤”从布袋里取出，陆一凡远远一眼，不由感慨：“哟，小黄也喜欢收藏？”肖鹏飞倚老卖老：“你这臭小子，几天不见，怎么也玩上了这玩意儿？”肖潇颇感意外，朝黄克强胸前一擂：“嗨，你小子还真是说干就干，真玩上了！”黄克强和胡静会心一笑，听两位前辈如此一说，顿觉有门，黄克强毕恭毕敬：“肖老，陆院长，你们给掌掌眼。”

肖鹏飞简单一览，扭头问陆一凡：“陆院长，你的意思？”陆一凡朝肖鹏飞会心一笑：“不靠谱。”“为什么？”黄克强和胡静异口同声，面色凝重，齐刷刷盯向陆一凡。肖鹏飞表情莫测高深：“怎么不靠谱？”陆一凡端详物件，侃侃而言：“首先，作旧痕迹明显，其方法先用烟熏，再风吹日晒一阵，所以，乍看之下十分老旧，但和自然的历史痕迹大不相同，极不自然。”

肖鹏飞颔首赞同，其他人也屏息静听。陆一凡接着又道：“其二，猛看上去雕工似乎不错，但细一看，线条过于圆润流畅，完全没有手工痕迹，也不具备明清玉雕的风格。”见肖鹏飞频频点头认同，陆一凡兴头更足：“更关键的是，这东西既非石头，更非玉质，是用塑脂一类的现代化工材料做的……”“塑脂？”黄克强和胡静目瞪口呆，感觉太过天方夜谭，又齐声质问：“塑脂会这么重？”肖潇也闻所未闻，觉得这说法是有点离谱，再怎么造假，哪会用塑脂造假！

陆一凡正要回答，肖鹏飞哈哈一笑，胸有成竹大声说道：“有什么解释不通？这是现代机械制品，整个都是空壳，里边填满了泥沙，不就重了！”“这……”黄克强张口结舌，和胡静面面相觑，两人心中都不服，但碍于前辈权威，他哪好逞强，只得将满腹疑惑咽了下去。

走出西山别墅，黄克强便按捺不住，冲胡静一股脑倾泻而出：“东西明明那么古旧，历史痕迹那么明显，他们却硬说是人为作旧！我不相信，现代造假术能有如此神功！再说了，真按肖老爷子说法，这东西是模具生产出来的，可要制造一个水平如此之高的模具，那得花多少成本？做模具人的水平，岂不世界一流？人家真要有这么高的水准，犯得着来造这种假？雕刻出来直接卖，收益不更大？模具的成本这么高，得批量生产多少才能收回成本？”黄克强一连串的疑惑，也正是胡静心中所想，她补充说：“陆院长搞的高古瓷，他对玉器就那么在行？肖老爷子毕竟年事已高，人老眼花，看得就那么准？”

黄克强也深有同感：“你说得没错！大家普遍认为，收藏界假货横行，怎么会相信花两千块钱，能在街边买到价值连城的国之重宝！”两人喋喋不休，竭力论证，手中花两千块买来的、工艺如此繁缛、雕工如此精美的器物，绝非现代仿品，理由之一就是：造假者图的是造假暴利，而绝不会干赔本赚吆喝的买卖！只有那些没花成本来的东西，只要给点钱，就会卖。尤其对于那些完全没有出货渠道的农民工，更是这样。

过后半个月，两人一有空，就把“九转乾坤”拿出来把玩、欣赏，爱不释手。胡静抽空去过两次西单图书大厦，翻阅古代玉雕图文资料，还买回几本相关书籍，和黄克强一起对比研究。经过学习，他俩一致认定：手中的“九转乾坤”，远比他们所看到的图录上所有的玉雕作品都好。这更坚定了两人信念，更加认定“九转乾坤”，属当之无愧的大明宣德的宫廷珍宝。在此过程中，黄克强还特意打听有关“和田玉”的相关知识和市场行情，而介绍人则莫测高深，作了详尽介绍，并说道：“好的‘和田玉’，新玉价格，单料价都已上百万一公斤，若是成品，应按成品的重量加上剔除的废料计算，大约是成品重量几倍；要是古董，还应加上古董的历史价值，而古董的历史价值，则要分民间的普通作品，还是大户人家的精雕细作，如是宫廷之物，那身价更是几十倍、几百倍的往上翻滚！”

胡静听黄克强转述上述内容，惊得连声直呼：“天！按这样计算，咱这宝贝，单成品，就有十斤重，加工之前，玉料岂不有二三十斤？再看看它的非凡气势，怎么看，都是宫廷宝物，这么算下来，它的价值，岂不是有好几千万？”

“应该是这样！”

两人如梦似幻，都感到虚幻与不真切。可他们左看右看，又不得不相信眼前这东西的真实性：那样的完美、那样的精工细琢、那样的磅礴气势，又那样的无可挑剔和不可思议。它必是古代社会、农耕文明时期，顶级大师倾多年心血凝聚而成的骇世之作！

两人在忽而兴奋忽而怀疑，忽而真实又忽而虚幻的心境中度过了半月。

之后一天，黄克强又饶有兴致，和往天一样，将“九转乾坤”小心翼翼取出，放在桌上，再一次欣赏、把玩。这巧夺天工的稀罕物件，仍令他满目生辉，想入非非。陆一凡和肖鹏飞之前的说法，对他没丝毫影响，他仍沉浸在“天上掉金库”的臆想中。宝物令他爱不释手，翻来覆去中，猛觉手指被上部的球体轻轻划拉一下，随即感觉有细沙溢出，黄克强心里一惊，凑近一看，只见球体中部，呈现一条细微裂痕，缝隙中，湿漉漉的细沙正一点一点往外渗。黄克强大吃一惊：“假的！”

“什么假的？”胡静正埋首于手中的时尚杂志，听黄克强冒出没头没脑一句话，便劈头问道。

“这玩意儿是假的！”黄克强往“九转乾坤”一指，语气带有深深的失落。

“你怎么知道？”胡静不信，以为黄克强又在捉弄自己。

“你看，上面的球体裂开了。”黄克强遗憾万分。

“你怎么这么不小心！”胡静还没引起重视，误以为黄克强不小心，将“九转乾坤”碰到窗台上的大理石台面上，将宝物撞裂了。对话间，她三步并作两步向前，心存侥幸道：“让我瞧瞧。”

等她凑近时，球体表面的缝隙，已被里面的沙子抻得更大，里面的黑色细沙，开始一点一点往下掉。

“这整个就是白塑料的！我拿在手上根本没使劲，它自己就裂开了。”黄克强悻悻然。

胡静心里一凉，用手摸一摸裂缝的边缘，确实是塑料的。

“现在我明白了：作假的人，先做了一个空心模具，然后批量生产，上面的球体，用胶水粘到香炉的托儿上面，为达到白玉的重量，在下面的香炉和上面的球体内填满了沙子，并在沙子里注水。”

“哼！怪不得这么完美，这么精致！现代工艺塑料制品，哪有什么技术难度？不过，这样也就解释得通了：一件精美绝伦的国之重宝，怎么可能在地摊上花两千块钱就能买到？也真是，如果不是它自己破了，谁能想到它是塑料的呢？现在看来姜还是老的辣，人家肖老爷子和陆院长的眼力真不错！”胡静怅然若失，心中空落落的。

之后，两人也都懒心无肠，谁都不谈“九转乾坤”，也不再论及收藏。两人各干各的事，谁也不理谁。

直到上床仍是毫无精神，相对无言。就连往日里的嬉笑打闹、恩爱缠绵，也都忘了，全没心思。

第八章　失宝再现

五月开始，京城各大春季拍卖竞相登场，肖鹏飞陆续接到各公司寄来的拍卖图录。按惯例，他无一例外将各本图录从头至尾翻阅一遍，这一览，令他欣喜异常，确如之前判断，宝物重现拍场，持宝人急不可耐，又在出货了。肖鹏飞首先阅览宏程博源公司的瓷器专场图录，当翻至第36页时，眼前不由一亮，顿生久违的亲切之感。他下意识戴上老花镜，并将图录凑近眼前，眯缝双眼，仔细辨认，用心体察每一细微之处，看得越仔细，体会便愈深刻，心中的想法也就愈坚定。之后，他将目光瞄向一旁的文字说明，试图加以佐证。图旁的五号仿宋字迹娟秀工整，清晰映入他眼帘：清雍正　珐琅彩雉鸡牡丹纹碗，估价：1800—2500万。碗高：6.6厘米，口径：14.5厘米，足径：6厘米，弧型、圆圈足、底有蓝料正楷“雍正年制”四字款识，此碗胎体轻薄，属半脱胎，内外釉白如雪，莹润似玉，属清宫旧藏。简短几行文字，愈发坚定肖鹏飞心中所想，他又将目光投向画面，饶有兴致，尽情欣赏图录上这只百看不厌、影像逼真，并违之已久的名碗：该碗外壁中心，一雄性雉鸡正低头觅食于山石花丛之中，大朵的牡丹争奇斗艳，辅以粉红、藕荷、杏黄、淡黄、水绿等色，意趣盎然，宛若一幅精谨细腻的工笔绘画。与此相邻另一页面，是该碗对侧画面，题有醒目黑釉“嫩蕊包金粉，重葩结秀云”，娟秀雅逸的行书诗句，题写于莹白如雪、温润似玉的胎釉上，映衬“佳丽”、“金成”、“旭映”三方胭脂红釉闲章，夺目鲜艳。

肖鹏飞起身，从保险柜里捧出红木盒子，翻出六十多年前的宝物档案，再将二者逐一比对，所有材料无不证明，图录上的图文资料和六十多年前的记载完全吻合。想想前不久出现并买下的乾隆粉彩百鹿尊，和今天这件雍正珐琅彩雉鸡牡丹纹碗，二者在短时间内相继出现，绝非偶然，必有联系，定是出于同一出处，那就是：同属肖家六十多年前为之家破人亡的宝物，否则难有其他解释。想到此，肖鹏飞痴了，心想：六十多年的等待，不负所望，断线的希望，快要捋到线头了，但愿“皇天不负有心人”，在自己的有生之年，还能和整个家族为之付出一切的宝物有缘再见，并最终追回，以告慰父兄的在天之灵。

确定“雍正珐琅彩雉鸡牡丹纹碗”，就是所要寻找宝物中的一件后，肖鹏飞对余下的拍品便显得有些意兴索然，又随手继续往下翻，当依次看到同一公司的玉器图录，还没翻几页，一件白玉雕琢而成的玉瓶又一次将他的眼球深深吸引。这是一件估价为800—1200万元的清乾隆白玉鹿鹤同春双耳活环瓶，从画旁的文字介绍来看，该瓶高28.5厘米，细观此图，瓶腹一面浮雕山岩梧桐，一头鹿昂首挺立，一头鹿卧而回首。梧桐枝繁叶茂，蝙蝠环舞其中。与此相邻的另一幅图是该瓶的另一面，画中浮雕苍松翠柏，林木苍翠之下，长颈仙鹤一对，回首相依于太湖石上，蝙蝠绕于半空。该器设计之巧妙，雕工之精细，令人叹为观止。肖鹏飞简直不敢相信自己的眼睛，朝思暮想几十年的宝贝，在这无人打扰的春日午后，竟一再映入眼帘。肖鹏飞瞬间出现了思维断裂，以为处于梦幻之中。稍顷，他下意识用手指轻轻掐一掐胳膊，立马感到轻微疼痛，他又环顾四周，室内陈设，清晰于眼帘，窗外阳光，正懒懒打在质地厚重的窗帘上头，似有若无。肖鹏飞意识到：这不是梦幻，而是真实存在的现实。他似乎仍难置信，又赶紧揉揉双眼，仔细将眼前的两幅图画仔仔细细观看一遍，结果，画面中的每一个细节，都和记忆中、失散六十多年的那件宝物完全一致：玉料、器型、大小、纹饰、工艺、雕工、年代以及神韵，他不相信世界上会有两件如此一致的玉雕作品，他据此认定，图中这一件拍品也属自己家族丢失六十多年的宝贝。肖鹏飞的心又一次剧跳，他实难相信，亲生儿子为此丧命、自己苦苦寻觅多年却毫无音讯的宝物，竟会接连出现在自己眼前。

肖鹏飞屏住呼吸，又继续往下翻阅，期待奇迹再度出现。果不其然，当他翻到另一家拍卖公司的瓷器图录，一只明成化斗彩花果纹杯，又一次掀起内心极大的波澜。

肖鹏飞乐疯了，接着往下翻阅，看是否还会再有奇迹出现，然而任他翻来覆去认真查找，再没令他心动的画面呈现眼前。不过，沉寂六十多年的宝物，终于再现端倪，已让他大喜过望，他不再奢求更多。于是他掩卷沉思，思索这些沉寂半个多世纪的宝物何以集中出现，想像目前的持宝人究竟何许人士，判断此人在什么情况下拥有这批宝物，思考自己又该怎样将其索回。肖鹏飞倚靠在地下书房的罗汉床头，想了整整一下午，直想得太阳穴突突直跳、隐隐作痛，依然思绪纷乱，理不出半个头绪。突然，茶几上黑色的电话铃声不断，肖鹏飞知道，这是陈婶打电话叫他上去吃晚饭了。于是站起身来，拖着疲惫的身体，心情却轻快异常，走出书房，拾级而上，见孙子坐在桌前，正等他一道晚饭。肖鹏飞来了兴致，朝孙子一呶下巴："哎，潇，今儿咱喝点酒！"肖潇颇感意外，提醒说："爷爷，医生不是让你戒烟戒酒吗？"肖鹏飞脱口反驳："要完全听医生的话，那生活还有啥滋味！去，给我拿酒去！"肖潇匪夷所思，一脸纳闷："爷爷，遇着什么好事儿了？"肖鹏飞故作神秘："急什么？吃过饭再说！去，给我拿酒！"

肖潇拧不过爷爷，满腹狐疑，起身到酒柜前，伸手提起一瓶法国干邑，肖鹏飞眼尖，将手一摆："我不喝这个，我要茅台，30年陈酿那瓶！""30年那瓶？"肖潇更是吃惊，瞪大双眼，瞅着爷爷。肖鹏飞咧嘴大笑，冲目瞪口呆的孙子嚷嚷开来："看我干吗？快取酒来。"肖潇只得遵命，取出白瓷酒瓶，回到桌前，忍不住好奇，瞅陈婶正在厨房盛菜，便凑近爷爷耳际，低声问道："爷爷，究竟啥好事？说来听听。"肖鹏飞红光满面，意气风发，见孙子一脸迷惘，仍守口如瓶："急什么？安心吃你的饭，一会儿去书房谈。"一听让他去书房，肖潇立马意识到宝物有了新线索，便不再追问。爷孙俩心有灵犀，无意品酒，快速扒拉碗中饭菜，不一会儿工夫便风卷残云，酒足饭饱。

看爷爷从座上起身，肖潇也赶紧起来，默契跟在老爷子身后，爷孙俩一前一后，下到地下书房。肖潇随手掩上房门，扭头兴冲冲问道："又有线索了？"肖鹏飞早已迫不及待："可不！咱苦苦寻找几十年的宝物，再次浮出水面了！"肖潇大为振奋，看紫檀茶几上厚厚一摞图录歪七竖八，极为敏锐："持宝人又出货了？"肖鹏飞在罗汉床前坐下，翻到相关页面递给孙子："好好看看，一下冒出三件来呢。"肖潇难以置信，眉头一挑："三件？"肖鹏飞轻松一笑确认道："可不。"趁孙子审视图录、比对资料，肖鹏飞将一下午的心得，再细细说与他听。审查完所有材料，肖潇颇感纳闷，抬头问道：“爷爷，确如您所说，图录上的三件东西，和咱家宝物档案记载完全相符。可凭什么认定，这三件就是咱家丢失的？而上次那件乾隆粉彩百鹿尊却不能确定呢？”

“问得好！”肖鹏飞慈爱地看了孙子一眼，满有把握回答说：“上次那件乾隆粉彩百鹿尊，我之所以不能确定，那是因为乾隆时期，官窑生产的粉彩瓷器，数量较多，百鹿又属喜庆吉祥题材，更被广泛使用。这样的品种外加这样的题材，那时挺常见，所以不能确定。”肖潇一听就明白：“这倒也是。”

肖鹏飞接着又道：“可今儿这几件，却大不一样，几乎全都具备唯一性。”听爷爷说得悬乎，肖潇不由好奇：“何以见得？”肖鹏飞便条分缕析，娓娓道来：“中国陶瓷，博大精深，历数千年之悠久，窑口之巨，品种之繁，数不胜数，发展到明清时候，其工艺水平和装饰技艺也已登峰造极，炉火纯青。而清三代的雍正和明朝成化瓷器，更因其娟秀玲珑的器型、精细考究的工艺、淡雅清新的纹饰风格，冠盖明清两朝其他瓷器，所以，收藏界历来有‘清看雍正，明看成化’之说，足见其非凡。”肖潇也不外行，此种说法他多次听过，如今听爷爷又老生常谈，颇有点不以为意，但他深知老爷子脾气，决不会空穴来风，无的放矢，因而频频点头，静听爷爷一一道来。

肖鹏飞将印有雍正珐琅彩雉鸡牡丹纹碗的图录捧在手中，再次端详，后对孙子解释说：“珐琅彩瓷，是在明初景泰蓝的工艺基础之上，由康熙亲自过问授意，将铜胎珐琅移植于瓷胎之上，创烧出的仅供皇家使用的独特品种。自康熙始，至乾隆末，清康、雍、乾三帝，尽管日理万机，可出于对珐琅彩瓷的喜爱，不仅钦定每一幅珐琅彩瓷图案，甚至亲自参与图案设计，其绘画技师，更有别于其他瓷器品种，全都由宫廷御用的顶级画师担纲描绘。更有甚者，为监督珐琅彩瓷的成功烧造，康熙、雍正、乾隆三位皇帝别出心裁，将二次入窑烧造的窑炉，竟破天荒设于紫禁城内。其彩料也远涉重洋，从欧洲运来。凡此种种，奠定了珐琅彩瓷独一无二的霸主地位，因其费时费工和不可多得的名贵原料，产量极稀，身价显赫，即便权倾天下的达官显贵，抑或富甲一方的巨商土豪，哪怕一掷千金、万金，也都不可能拥有一件具备皇家身份的珐琅彩瓷。”肖鹏飞洋洋洒洒，出口成章，听得肖潇云山雾罩，如梦似幻。

其后，肖鹏飞手指图录上的成化斗彩花果纹杯，同样兴致勃勃：“明瓷品类繁多，在宋、元时期成熟的单色釉基础之上，成功将高岭土运用于瓷胎，创烧出五彩斑斓的釉下彩与釉上彩结合的各色彩瓷，将中国的制瓷业引向一个新的高度。而成化瓷器，以其秀丽玲珑堪称明瓷之巅，成化斗彩，则更是成化瓷器的杰出代表。”肖潇受爷爷长期耳濡目染影响之故，对明代瓷器并不陌生，什么洪武瓷器，永宣瓷器，嘉万瓷器，没有他不知道的，唯独对成化瓷器却知之甚少，尤其成化斗彩，他更是闻所未闻，听爷爷说得悬乎，不由大瞪双眼，吃惊问道：“明瓷中，永乐、宣德不就已经登峰造极，何来成化瓷器乃明瓷之巅一说？其斗彩，又是什么玩意儿？”

肖鹏飞瞥孙子一眼，尽量简明扼要：“永、宣瓷器的制作，如同时期明朝的国力一样，处于上升阶段，将元代的青花，改进推广，达到新的高峰。其间，研发出铜红釉和钴蓝作色剂，烧造出‘宝石红’、‘宝石蓝’、‘霁红’、‘霁蓝’等名贵品种，形成一波早期明瓷高峰期，其影响深远。但永、宣瓷器再精彩，多以单色釉为主，其胎质也远比成化粗厚，较之成化瓷器的轻薄娟秀，还略逊一筹。而成化斗彩，以青花勾勒纹饰轮廓，或作局部图案，入窑高温烧造出炉后，再用矿物原料二次施彩，以填彩、点彩、覆彩、染彩、加彩诸多技法，填补青花图案留下的空白，或青花轮廓线内的空间，之后再入窑低温烧造，形成釉上彩料与釉下青花争奇斗艳、相互媲美的视觉效果，因而又名‘斗彩’。成化斗彩的设色也极为丰富，红、黄、蓝、绿、紫，变化多端，尤其红彩，鲜艳耀目，犹如活公鸡的鸡冠明艳鲜活，令后人难仿；葡萄紫色，像刚采摘下的新鲜葡萄般黑紫，或似茄皮一般淡紫；最为特殊的是‘姹紫’，其色如赤铁，干涩无光，并旷古绝今，独成化斗彩仅有，成为鉴别成化斗彩真伪之特别依据。”

肖鹏飞口若悬河，尽量言简意赅，将胸中点墨，向孙子一一细述，见他听得津津有味，话锋一转，进而又道：“清三代的珐琅彩器，有着浓烈的皇家色彩，故而名贵。成化斗彩，也同样有着宫廷背景，成为成化一朝皇宫中的赏玩之物，其中的鸡缸杯、婴戏杯、三秋纹杯和天字罐，更是成化皇帝依据万贵妃的个人喜好，命人专为这个比自已年长十七八岁，却一直独享专宠的爱妃所量身定制，一经问世便身价不菲，深得当时的文人墨客追捧，名扬天下。明史资料中，便有明确记载：‘神宗时尚食，御前有鸡缸杯一双，价值十万’。前些年，香港的拍卖会上，也拍过一只鸡缸杯，当时，以近三千万港币落槌成交，刷新之前中国古瓷的拍卖纪录，成为收藏拍卖领域的一大奇闻，被人所津津乐道。成化斗彩的身价，由此可窥一斑。”

肖鹏飞旁征博引，滔滔不绝，听得肖潇意乱神迷，如痴如醉，他顷刻明白爷爷为何这般笃定无疑，这样的旷世绝品世所罕见，现在集中再现绝非巧合，不是自家丢失那批，很难有其他合乎情理的解释！而乾隆“白玉鹿鹤同春双耳活环瓶”，因其材质与雕刻工艺，较之瓷器更具个性，他认可爷爷说法，不相信世上会有两件分毫不差的玉雕作品。

接下来，爷孙俩如愿以偿，在拍卖场上一掷千金，经过激烈竞逐，以5880万、1360万和2230万元人民币的落槌价，分别将“雍正珐琅彩雉鸡牡丹纹碗”、“成化斗彩花果杯”、“乾隆白玉鹿鹤同春双耳活环瓶”拍回了家。

失散六十多年的宝物终于回家了，肖鹏飞的心情可想而知，他抚抚这件，摸摸那件，兴奋得跟个孩子似的。按照事前安排，宝物回家当天，在地下室书房中，肖鹏飞请出父兄遗像，按传统祭奠仪式，摆上供果，点烛焚香，双腿跪在软垫上，认认真真拜了三拜，口中并喃喃有词：“父兄，丢失六十多年的宝物，今儿回家了！倘若你们在天有灵，护佑我继续找到其他宝物吧！不孝儿子、苟活于世的兄弟定不负所望，找回其他宝物，让你们安息九泉之下！”肖潇学爷爷模样，所有礼仪全都不落，见老爷子如此虔诚，不禁感慨万分，在心中默默发誓：不管付出什么代价，一定追回宝物，不负爷爷厚爱，告慰先祖在天之灵。

仪式还未完全结束，陆一凡便应邀来到西山别墅。爷孙俩一反常态，将他郑重请进地下书房，陆一凡暗忖今日事体重大，便无声跟在肖潇身后，拾级下到肖家从不对外人开放的禁地。书房弥漫浓郁的檀香气味，案上红烛汩汩，青香缭绕，肖氏祖先的遗像与一应供果也未撤去，肖鹏飞面色潮红，表情凝重，端坐紫檀罗汉床前。陆一凡被神秘氛围笼罩着，抬头打量四周一眼旋即收回心神，见肖鹏飞仍一动不动，似陷深度思维，便不好惊扰他，有点蹑手蹑脚。陆一凡的忐忑肖鹏飞全看在眼里，他自哂一笑，半是招呼，半是解释，冲陆一凡说：“陆院长，老夫又有事劳烦你了！”陆一凡莞尔一笑：“哪里，哪里。肖老，不必见外。”说话间，已在肖鹏飞身旁的太师椅前落座。“嗨……”肖鹏飞深沉叹了口气，侧身对陆一凡道：“这事儿说起来，话就太长了。”陆一凡语带安慰：“没关系，慢慢讲。”肖鹏飞便事无巨细，娓娓道出家中这惊天秘密。陆一凡内心，震撼一个紧接一个，他实难相信，相识十数载、睿智风趣的肖鹏飞老人，内心深处竟藏着这样难以道人的秘密，并承载家族使命数十载。陆一凡也深知，肖老爷子这般郑重其事，绝非将自己当做倾诉对象，而自己也绝不可能袖手旁观、置身事外。待肖鹏飞陈述完毕，陆一凡瞅一眼虽近而立之年却涉世不深的肖潇，身子微倾，尽管心中也没底，但面对将自己视作知己的耄耋老人，他仍义不容辞："肖老，需要我做点什么？"

肖鹏飞仍沉浸于纷乱的往事，听陆一凡问话，定定神，直视着他，语气颇为郑重："陆院长，你我相交多年，我的为人，你应该了解。"陆一凡一脸肃然："那当然。"肖鹏飞提高音量，一板一眼说："肖家这段陈年往事太过离奇，若搁别人，很难理解，更难相信。但陆院长，以你对我的了解，我绝非乱打诳语之人吧？"见肖老爷子说得如此深沉，陆一凡赶紧表明态度："肖老，您尽可放心，您所说的一切，我毫不存疑。只是，这丢了六百多件，那不还剩好几百件么？"肖鹏飞语塞了，同样的问题，孙子也曾多次追问过，但都被自己给搪塞了过去，但今天这光景，看来无法回避了，又见孙子与陆院长全饶有兴致地等着要答案，他稍加沉吟后，干脆也就豁了出去："其他的，都随我父亲带到美国去了，他对当时的国民政府真是太失望了。又由于当时的景况所迫，被我卖掉一部分。""啊？您也卖了一部分？"肖潇大为讶异，有点实难相信，而陆一凡则颇具阅历，暗想那一定是情非得已，正想替老爷子开脱几句，肖鹏飞一脸窘相地解释："那时我太年轻了，也因生活所迫。我急于找回来，不就想和手里的合在一起，看能不能为国家……"瞅老爷子都要黄土没顶了，可却像做了天大错事的孩子般，陆一凡的心里便很不好受，也更明白他急于找到丢失宝物的心情，所以解围说："那手里还有多少呢？""也还不少呢。回国定居后，我陆陆续续地全都转移回来了，想的就是别再让这些珍贵的宝物流失海外了。"

"这么说来，咱家的收藏中，也有恭王府的部分旧藏啰？"肖潇一听来了劲儿，随即感到了安慰。"可不。"看孙子已快到而立之年了，可自己却一直对他守口如瓶到今日，肖鹏飞便有一些愧疚在心头，所以不是很坦然。"恭王府旧藏，又是这么一大批，真要能够找到它，这意义可就非同凡响了！"陆一凡虽未得见，但他能够想像得到这批宝物的价值，所以感到责任蛮重大，看一老一少全都盯着自己看，便在心里开始琢磨该如何着手去进行。"可不吗！恭王府里的旧藏，代表的是文物艺术的最高境界，可多半儿又被列强豪夺而四处流散出去了，咱家买的这一批，说不准已是国内所能找到的恭王府旧藏中最为集中也最具代表性的一部分，若要和故宫的清宫旧藏相比较，兴许一点也都不差呢！"肖潇仍在置气，尽管他也多少理解爷爷当初的无奈，可老爷子对自己讳莫如深到现在，他依旧有些难接受，所以话中带出情绪来。“可不，蒋介石败退台湾时，便将故宫洗劫了一遍，把能带走的国宝重器全给带走了。现在故宫所拥有的名品精品和重器，好多还是后来的民间大家捐赠呢！”一想到肖家曾经拥有的恭王府旧藏仍有很多难觅踪迹，陆一凡便有说不出来的遗憾，他没有心思去琢磨肖潇此刻的心境，而是顺着他的话有感而发道。“问题是，宝物丢失六十多年了，整整半个多世纪，别说我难以证明肖家曾经合法拥有这批宝物，即便能够证明，可按目前法律的条文，想要借助司法力量来追讨也绝无可能。陆院长，你足智多谋，有何良策能将宝物追回来？”肖鹏飞听出了孙子的言外之意，但他不再作解释，而是专注于他一直以来便深埋在心底的担忧。

此事事关重大，陆一凡不敢等闲视之，他一改平日里的机敏果断，而是微皱双眉，认真思忖起来，看肖家爷孙一脸期冀地望着自己，试着分析：“这事若能司法介入，那倒好办，将委托拍卖双方的合同调来一看，宝物目前的持有人便一目了然。”说到此，陆一凡眼前一亮，试着建议：“哎，肖老，您不是宏程博源的老客户吗？要不这样，您以个人名义去拍卖公司查查，兴许人家看在您多年捧场的份儿上，会给您提供方便，也未可知呐。”

肖鹏飞想都不用想，便断然否决：“你别看拍卖公司这帮孙子平时对我点头哈腰，那是哄我掏钱买东西。真要让他们替你办事，嘿，立马换了副嘴脸，动辄就拿《拍卖法》搪塞，说他们有保密义务，不敢违法。谁不知道，这些冠冕堂皇的理由背后，实则是怕泄露了他们的商业机密，要买家和卖家互通有无，他们还赚什么钱呀！”肖潇却跃跃欲试：“要不，咱私下和李箐接触接触，给她点好处，看她能不能帮忙？毕竟这又不是多大一事儿！”肖鹏飞不以为然哼了一声，揶揄说：“你要不怕碰一鼻子的灰，试一试也无妨。但今天既然请陆院长来，就得商量个万全之策，要李箐不配合，咱又该怎么办？”陆一凡出言附和：“肖潇可先和李箐接触接触，若不行，再另想办法。问题是，这项调查不是谁都干得了的，得具备专业素质的人来做，而且也不是一月半载的事，我们上哪儿去找人？”看足智多谋的陆一凡也被难住了，肖鹏飞也不由感慨：“这问题确实伤脑筋。这段时间，我也在思考，要想找回六十多年前丢失的宝物，无异于大海捞针，绝非一朝一夕之功所能办到！”肖潇早有想法，试着说：“真要不行，恐怕只能委托私人侦探了。”肖鹏飞沉吟片刻，别无他法，征询陆一凡道：“陆院长，你的意见如何？”陆一凡心存疑虑，谨慎回道："不到万不得已，最好别走这条路。现在的私人调查公司乱得很，不少公司两头通吃，别宝物没寻回来，反惹来新麻烦！"肖鹏飞权衡利弊，最后破釜沉舟："陆院长的说法，我也时有耳闻，所以举棋不定。不过，既然宝物露面了，咱就得一查到底。如果其他路走不通，恐怕还得借助私人调查公司，虽说调查公司良莠不齐，但也并非全都乱来，只要做好充分了解，也不妨的。"

看肖鹏飞主意已定，陆一凡也就不再反对。肖鹏飞接下来吩咐孙子："小潇，你尽快和李箐接触接触，争取能从她身上打开缺口。"肖潇一脸郑重："行，没问题。"肖鹏飞最后嘱托陆一凡："李箐要不配合，陆院长，那调查公司的事，就得麻烦你了。"陆一凡尽管为难，也硬着头皮答应："行，调查公司由我负责。"

次日，肖潇早早来到国贸里的俏江南，点了几样精致的招牌菜，点了瓶长城干红。刚安排好，李箐便推门进来，肖潇忙热情招呼："李经理来了，快请坐。"见肖潇如此隆重款待自己，李箐满心欢喜，以为又要她牵线搭桥，买什么贵重藏品，心里不由暗自高兴，想着上次"乾隆粉彩百鹿尊"一事，多少存有愧疚，连说："肖总有什么事，尽管吩咐就是，何必这样破费！"边说边在肖潇对面坐下。肖潇一脸阳光灿烂，客气道："李经理不必客气。上次要不是你从中斡旋，我还无法了却爷爷心愿。一直想找机会当面答谢，可总是杂事缠身。"听肖潇提及"乾隆粉彩百鹿尊"，李箐有点不太自在，细体对方言语，似对其中内情并无察觉，因而释然："区区小事，何足挂齿！肖总不必在意。"肖潇却很认真："滴水之恩，涌泉相报。对李经理是举手之劳，对我却不是件小事，哪能不记李经理的好！"肖潇几句奉承，让李箐飘飘然起来。不过，她也是颇具阅历之人，见这个出身豪门的人如此巴结自己，知他定有要事相求，便不动声色，揶揄说："肖总，你今儿不会是单为答谢之故而宴请我吧？"

"有何不可？今儿就是专为答谢而请你的。"肖潇依旧不露半点口风。李箐心里嘀咕：这小子，葫芦里究竟卖的什么药？和半年前在星巴克见面相比，显然老成持重多了！李箐暗忖着，也跟着装傻充愣，嬉笑道："那就让你破费了。"谈笑间，菜已上齐，两人推杯换盏，围绕艺术拍卖闲扯起来，又都各怀心事，暗自揣测对方心理。肖潇极尽礼数，和李箐频频碰杯对喝。而李箐则满腹狐疑，不敢开怀畅饮，只将酒杯举至嘴边，湿湿嘴唇，做做样子。肖潇本想将她灌得晕晕乎乎再提正事，可李箐一个劲儿声称自己滴酒不沾，肖潇也就不好强人所难。见席已过半，再不说，怕没机会了，踌躇片刻，试着说："最近，在贵公司拍回两件藏品，一件雍正朝的珐琅彩碗，一件乾隆爷的宫廷玉瓶，两件宝物捧回家后，我爷爷真是爱不释手。"李箐笑言："那还消说，两件全是清宫旧藏，属清帝御用之物，打着灯笼也千金难寻的绝世奇珍！"肖潇面带夸张："是呀，我爷爷将宝物整天捧在手中，反复把玩鉴赏，爱得要命。可两件器物上的有些信息，他老人家总有点吃不太透，一直跟我叨唠，要有幸能和前一个藏家见上一面，相互探讨探讨，兴许能解他心中的某些疑惑。"

嘿，狐狸尾巴终于露了出来！我还以为是什么好事呢，原来无事不登三宝殿，设的鸿门宴呀！李箐瞬间明白肖潇意图，不由失望起来，并暗自光火：哼，你小子跟我来这套，还太嫩了点！刚才因"乾隆粉彩百鹿尊"而产生的些许愧疚，也立刻荡然无存。尽管心里门清，李箐却继续装傻充愣："你爷爷那是什么水平？他老人家既博古通今，又有丰富的实战经验，国内几人能比？连他都吃不透，其他人就更别说了！再说，那两件东西会有什么疑问？你爷爷难道还会存疑？"李箐的话句句在理，绵里藏针，噎得肖潇无言以答。不过，肖潇也做足了功课，看李箐满脸疑窦，嘿嘿一笑，旋即大方坦承："李经理，你说得没错。我爷爷并非认为两件器物有什么不对劲，而是想就器物上的相关信息，和上一个藏家切磋切磋。你知道，我爷爷上了年纪，一旦有个想法，就爱钻牛角尖。他天天跟我念叨这话，你说，这也谈不上多大一事，我做晚辈的，能不尽量满足？"

李箐稍感宽慰，只要买家承认东西保真，这就好说。不过，这小子的说法实在牵强，尤其在"乾隆粉彩百鹿尊"的交易过程中也提过同样要求，李箐不由高度警惕，虽然，她猜不透肖潇一味纠缠想见上家的真实意图，但她却不敢麻痹大意。打定主意，李箐缓过劲来，顺着肖潇的话说："你爷爷的想法我能理解，可那只是他老人家的一厢情愿。"见李箐不予回应，肖潇只得硬着头皮："李经理，看能不能这样，以你的名义，约上家出来吃个饭，一切费用，我来买单。"李箐不由分说，一口回绝："这哪是费用问题？肯定不行。"肖潇故作不悦："有何不行？难道和我打交道，李经理不放心！"李箐面现尴尬，赶忙解释："这倒不是。肖总，你家也是收藏大家，你就不能换位思考？都知道财不露白，人家有此心态，不也正常？"肖潇没法，只得继续央求："李经理，你就行行好，帮帮忙吧。你都没跟人家提出来，你怎么知道人家不愿呢？兴许，人家也有此意，相互认识了，保不准那天，他想再看看曾经拥有的宝物，我家还可为他提供方便嘛！这在收藏领域，不也常见？”李箐无言以答，肖潇的话，确有几分道理。瞅李箐犹豫，肖潇不失时机，赶紧掏出包里的蓝锻锦盒，取出里面的物件递与她，说：“李经理，你瞧瞧，这东西怎么样？”

李箐犯疑，小心接过物件，掌中如鸡油般润泽细滑、似橘皮样黄红互凝、并灵纯通透的材质，将她眼球吸引，便细观此方田黄雕件：该物长6厘米、宽5厘米、高3厘米左右，石质绵密温润，色如金子绚烂，又似凝冻油润，通体浮雕山水、人物、小桥、亭台、楼阁。物件虽小，却小中见大，刀工娴熟，纹饰流畅，工艺精湛，构思奇巧，令她叹为观止、不忍释手。趁把玩之机，李箐暗揣对方用意，知他不会无故显摆，因而欲擒故纵，将物件大大方方递还肖潇，语气不带任何色彩：“不错，清中期的活，真有点大家风范！”肖潇却不接，盯着李箐，说：“李经理喜欢，那就送你。”

一经证实，李箐反而不急，将脸一沉，一本正经地回绝：“那哪成！无功不受禄，如此贵重的礼物，肖总，你收起来吧。”肖潇不接，嘻嘻一笑，见惯不惊的口吻说：“这有什么？区区小玩意儿，李经理收下它，把上家约出来吃个饭，作为酬谢，可好？”刚才已将话说绝，李箐不好立即应承，犹豫着，分辩说：“肖总，不是我不帮你。你知道，《拍卖法》明文规定，我们对客户的相关信息，有保密义务。我要这么做，岂不违法？老板知道能放过我？”肖潇咧嘴一笑，从容应对：“李经理，我并没让你将客户资料泄露于我，而是让你约他出来见个面而已。这哪又谈得上违法违纪？”李箐仍为难，见肖潇片刻不离盯着自己，不容她细想，只得勉为其难：“那这样，我去联系联系，看看人家什么意见。”李箐终于吐口，肖潇好不高兴：“只要李经理肯帮忙，此事定成！”李箐忙正言：“那可不一定。成与不成，全看上家，我尽力而为。你也不要以成败论英雄就是了！”说罢，瞅瞅手中的田黄雕件，又言不由衷道：“肖总，你先收起来，事成后再说。”肖潇财大气粗：“拿着吧，送你了。”李箐被肖潇的雍容气度折服，趁势顺坡下驴，将手收回，并欣然应允：“成，搁我手里把玩两天，事没办好，再退你。”

回到家，天已漆黑，厅里电视没开，也听不见半点动静，李箐犯疑，一边关房门，一边往里一瞅，见书房门虚掩着，灯光钻出门缝，洒在藕粉色地砖上头，嘴里不由嘀咕：“这人干吗呢？”顺势将包往沙发一扔，径直前往书房，听里边悄无声息，轻轻推开房门，见贾雨章趴在书桌前，专注于手中物件，他的身影被台灯光线夸张地拉长，投射于身后的白墙上面，略显狰狞。“干吗呢？”贾雨章一哆嗦，扭头见老婆半推房门往里打探，抱怨说：“嘿，吓我一跳！大半夜的，你进门怎么一点声响都没有？跟个幽灵似的！”李箐噗嗤一笑，贾雨章神经兮兮的模样令她好笑，眉头一挑，驳斥说：“那么大动静，你会没听见？”见他捧个黑乎乎的物件，好奇问道：“又在折腾什么呢？”

贾雨章来了劲，招呼李箐说：“哎，你来瞅瞅，我今儿也捡了一小漏回来呢！”李箐心中一动，向前几步，问：“什么玩意儿？我瞧瞧。”贾雨章顺势将物件递给老婆，乐乐呵呵解释说：“今儿生意不太好，干坐了一上午，吃过中饭，我干脆关门打烊，到潘家园旧货市场溜达一圈，嘿，还不枉此行，淘了方不错的砚台回来，你好好瞅瞅。”仅需一眼，李箐便看了个大概，接过又一端详，不免大失所望，将嘴一撇，揶揄说：“瞧你这点出息！我还以为你捧了个多值钱的宝贝回来呢！这么个破玩意儿，就把你乐成这样！”

老婆一通数落，令贾雨章索然无趣，可他心犹不甘，据理反驳：“你以为大宝贝那么好寻？这东西虽谈不上有多好，但值个五六万肯定没问题。过几日，拿到你们公司去，参加今年的秋拍，不出半年工夫，几万块钱不就到手了？那不相当于人家一年的工资？”贾雨章小富即安、自我满足的模样，让李箐颇为不屑，她睨一眼书桌对面的丈夫，见他瘦削黑黄的脸颊，皮肉松弛，下眼泡夸张往下耷拉，比实际年龄明显老相，倒三角的小眼睛已渐浑浊，唇角间更因长期烟酒的作用，青紫而又无华。面对这副尊容，李箐早没了激情，更由于其窝囊，让她常常失意。现在，丈夫又一副不思进取的模样，让心高气傲的李箐难免有“恨铁不成钢”的情绪，心里有气，话就不太好听：“你以为是件老物件，就能上拍？上了拍，就能顺利成交呀？”

贾雨章正得意于今日收获，见老婆一回来便眼睛不是眼睛、鼻子不是鼻子，胡乱指责，心里大为不满，反驳道：“你别得陇望蜀，有钱赚就不错了，尽想赚大钱！再说了，你们公司的预展，咱又不是没见识过，难道件件都是名品、精品、重器？大路货不有得是？”见丈夫蹬鼻子上脸、越说越来劲，李箐将脸一沉，瞪他一眼，转身欲走，没兴趣与之理论。贾雨章正在兴头上，希望讨得老婆明确答复，赶紧满脸堆笑恭维说：“这还能难住你呀！你只要在图录上下下功夫，锦上添花美言几句，几万块钱还不好卖？”贾雨章的马屁，拍到点子上头，李箐转身瞥他一眼，不置可否“哎”了一声，语气和缓下来：“你以为还是前些年呀！你以为现在的藏家都是吃素的？这些人早学精了。现在的藏家，追求的是珍品、精品，不会轻易被人忽悠的。”贾雨章试图说服老婆，狡辩说：“再精还能精得过你们搞拍卖的？只要你们用力推荐，藏家们还不追在你们屁股后边，瞎跟着你们的指挥棒转的。”李箐无言以对，“嗨”了一声，眉头一扬，问：“花了多少钱？”贾雨章如实作答：“五百块。”李箐吁了口气：“要说五百块，倒也不亏，到时再说吧。”

贾雨章便如释重负，好奇问李箐：“哎，肖潇找你什么事？”“嘿，你不提我还忘了呢。”李箐甩下这话，赶紧折身去厅里拿包，取出里面的田黄雕件，颇神秘地卖弄：“你来看看这件。”此物刚一露头，贾雨章顿觉眼前一亮，一把接过去握在掌中，略加端详，不禁脱口赞道：“哟，这可是件不可多见的田黄极品！”李箐得意洋洋：“可不嘛！和你这破砚台比起来，不知名贵多少呢。”贾雨章心悦诚服，将宝物拿在手中反复把玩，口中喃喃自语说道：“这么好一端田黄雕件，价值起码好几十万呢！”李箐也不由得洋洋自得：“可不吗！田黄是石中之帝，比起和田白玉更加名贵稀少，历来就有‘一两田黄一两金’之说，近些年，田黄价格更是翻着跟斗往上涨，已是‘一两田黄几两金’了，拍卖会上，田黄的价格都已炒到几千块一克了呢。”

贾雨章问老婆：“哎，哪儿来的？”李箐得意极了，脆生生回答说：“肖潇送的。”贾雨章大喜，抬头看着老婆，急切追问：“怎么，这小子又想请你帮他买什么好东西？出手竟这么阔绰！”李箐睨一眼猴急的丈夫，没好气地回答说：“你尽想好事！”贾雨章好生糊涂，纳闷道：“他找你除了买古董，还能有什么事？”见丈夫一脸迷糊样，李箐噗嗤一笑，正言道：“他最近确实又在我们公司拍去两件重器。不过他这次找我，倒不是买什么稀罕宝贝，而是想让我从中斡旋，把两件宝物的上家请来聚一聚。”贾雨章更糊涂，疑惑问道：“什么意思？”贾雨章虽谈不上能干，但脑子却好使，善于思考，李箐看他也不明就里，讪讪回答说：“我也纳闷呢。哎，你说我该怎么办？”见老婆等他拿主意，贾雨章眉头一皱，稍加思忖，分析说：“肖潇想见上家，不外乎两个原因。其一，确如他所说，他爷爷年岁大了，爱钻牛角尖，想和上家探讨，但这个可能，依我看几乎为零。”李箐也说：“我也不信这个说法。”贾雨章又道：“第二，肖潇拍去的几件东西，可能存在产权争议。所以他要认识上家，想搞清楚上家底细。”

李箐不由一惊，立时茅塞顿开，随后又不无疑惑：“你的分析有道理。问题是，若果真如你所说，两件东西存在产权纠纷，他何不直接报案？何苦来找我？”

贾雨章也想不透彻，犹疑道：“你的疑惑也说得过去。只是你千万不能贸然行事，管他什么意图，你切不能让他见着上家。”李箐不明此话含义，不解问道：“为什么？”贾雨章陡然想起“乾隆粉彩百鹿尊”买卖过程中，肖潇也提过同样要求，于是反过来问老婆：“哎，我问你，上一次，肖潇在‘乾隆粉彩百鹿尊’的交易过程中，不也要求和上家见面？”贾雨章的话，让李箐再次将两件事情联系起来，并惊出浑身冷汗来，刚才，自己一门心思沉浸在田黄雕件上，忘了前后两件事间的联系，于是脸色一变道：“哟，你要不提醒，我还真忘了。肖潇这小子，肯定有事，他那套说辞完全是哄人的。告诉你吧，这两件东西和‘乾隆粉彩百鹿尊’，同属一个卖家！”

贾雨章大惊失色，急切问道：“都是夏天的？那你怎么回答他？”李箐后怕万分：“都是夏天委托的。不过还好，我没告诉他。嗨，真险，我怎么压根就没往那上面去想呢！”贾雨章松了口气，对老婆千叮咛万嘱咐：“我告你，不管如何，千万别让肖潇这小子见着夏天。他俩一碰面，一切不就水落石出？到时，你我怎么做人？搞不好，你连单位都无法待了。”李箐也意识到问题的严重，不由愤怒至极，因而破口大骂：“肖潇这小子，忒他妈不是玩意儿！挖好坑专等老娘跳。哼，从今往后，他别再指望老娘关照他了！”贾雨章倒理智，看老婆愤愤不平，赶紧出言相劝：“哎，千万别这样，心里有数就行，面上还得维持好。再说，人家好歹是你的大客户，今天的事也就是咱的猜测，即便是，也并非针对你来。”李箐也冷静下来，见丈夫的话在理，于是言听计从：“这倒也是。那好，听你的。”话毕，正要转身退出书房，视线突然接触到贾雨章手中明晃晃、油亮亮的田黄雕件，心里万分不舍，试问道：“这玩意儿怎么处理？”见身处险境，老婆竟还惦着身外之物，贾雨章不免有些不悦，将手中物件义无反顾往老婆胸前一推，嚷嚷说：“还能怎么处理？退他呗！”煮熟的鸭子，李箐哪肯轻易撒手？她心存侥幸，又颇忐忑，反问丈夫：“人家要不收呢？”贾雨章顷刻动摇起来，这么好一方田黄雕件，可是打着灯笼也难寻的宝物，若拿到李箐公司一拍，不出半年，几十万块就能稳稳到手，听老婆如此一说，便打起了退堂鼓，犹豫片刻，最后说道：“那你就见机行事。即便他不收回去，也绝不能将夏天的底告诉他。”丈夫的话，与自己不谋而合，李箐因而毫不含糊：“那还用说！”

第九章　启动私侦

“这怎么可能呢！”周天宇静听陆一凡说清来龙去脉后，连想都不用想，便将手一摊，并一脸爱莫能助的模样。“怎么不可能？难道这还难得了你这个法学界的大权威！”陆一凡能不明白此事的难度？但他更深知老周在司法领域的能力，所以不容他退缩，否则，肖家那些历经曲折的绝世奇珍，恐怕就只有永远石沉大海了。“咱先别说这个。这都六十多年了，其他的都甭提，单就过了追溯期，人家立案就无据，要没司法的介入，那你让我又怎么使得上劲儿呐！”周天宇哭笑不得，他和陆一凡的交情可不一般，两人不仅在同一所高校里任教，又都是各自学院的院长，并在社会上有着相当程度的声望，更为难得的是，两人还先后毕业于同一所大学的不同专业，而且还是老乡呢。看他从没找过自己的麻烦，这一旦找上了，嘿，可就有点儿讹上自己的劲头，所以，便又耐着性子作解释。“难道非要通过司法途径解决不成么？”陆一凡早将事情想透了，又再冷不丁地反问起对方。“要不通过司法来解决，那你找我干吗……”周天宇仍没回过神来呢，他不知道陆一凡的脑子里面究竟想的是些什么，可看循规蹈矩惯了的老同事跟老同学，竟然如此不靠谱，便很不以为然，可“呢”字还没出口，他却猛然有所意识了，看对方一脸高深莫测，并戏谑地盯着自己看，也就赶紧打住了话匣子，转而试探着问道：“你的意思是，咱私下调查？”“你说呢？”陆一凡莞尔一笑，看大名鼎鼎的法学权威一板一眼，甚至有些迂腐，他便语带揶揄，同时又极为认真。“嘿，这倒不失是个法子呢！”一经提醒，周天宇醍醐灌顶，看陆一凡这个经济领域的名人，竟如此心思活泛，他便有些难为情，但瞬间也就意识到了对方的这个别无他法的主意，真倒值得一试呢！

“这么说来，你还真能帮上了？”看周天宇不再一根筋地反对了，陆一凡便知找他找对了，便又穷追猛打地问他。“究竟帮不帮得上，现在哪能说得清楚呐！”周天宇不愧是法学权威，话更说得滴水不漏。“你有合适的人选了？”陆一凡难得和他咬文嚼字，接着又再追问道。“合不合适，那得听听人家雇主的意见再说。只不过，这总比你在外边去找那些不知底细的三教九流强多了！”周天宇留有余地，他深知此事关系重大，要不是陆一凡拗着自己非要他帮忙，他才懒得去管这种不太靠谱的闲事！“说来听听。”两人相交已近三十年，陆一凡深知老周办事极稳妥，听对方已经把话说到这个份儿上，心里便有了底，但更急于了解受托之人的背景，以便回过头去好向肖家作交代。“嗨，这小子是我从前的学生，毕业后回老家去当刑警了。前些年在他们当地待不下去了，这才不得已，辞职来到了北京，先后换了好多份工作，也都不合适，这才想起了去干私人调查的买卖。”“那他可靠吗？”陆一凡不知老周为何会给他推荐一个连老家都待不下去的脱了警服的警察，所以一脸的愕然。“向你推荐他，也正是冲他这一点。”看陆一凡匪夷所思，周天宇扑哧一笑，进而道出了原委：“这不是他的错，而是他们当地的司法环境实在太污了。”“司法环境太污了？”陆一凡猛吃一惊，同时又若有所思地隐约揣摩到了背后的缘由，从而更加好奇，也就更想了解其中的真相。“嗨，真是一言难尽！”周天宇长叹一声，看陆一凡望着自己等着要答案，便又继续释疑说：“当地的警匪勾结，已是他们那里较为公开的秘密，我的学生不愿同流合污，当然就受排挤了，而他有时又难以做到睁只眼闭只眼，所以人家还不把他恨透了？为能彻底堵住他的嘴，那些人还特地设局陷害他……”周天宇一五一十解释道，陆一凡很快也就释然了，从而认定了袁野，所以不等老周话说完，他便替肖家爷孙全权作起主来了：“就是他了。既有专业背景，人品又可靠，还上哪儿去找比他更为合适的人选！”

肖氏爷孙翘首以盼，昨天，他们便听陆一凡在电话里面详细介绍了袁野，所以对他很期待，都指望这个曾经穿过警服的专业人士，能够拨云见日，替他们找回那批早已丢失了六十多年的价值连城的奇珍异宝。袁野四十岁出头，正是年富力强的年纪，虽说没有印象中的刑警应有的冷峻和粗犷，可他干净利落，人也练达精明，尤其是他的坦荡与沉稳，还是给爷孙两人留下了十分良好的印象。稍事寒暄，肖鹏飞也就迫不及待地开门见山：“小袁，事件的经过想必你已了解了，那你有什么好法子不妨说来听一听？”看一老一少急不可耐的模样，袁野当然能够体会他们的心情，但此事非同寻常，自己又早已脱下了警服，所以很多事情不方便，可爷孙两人全眼巴巴地指望自己呢，所以不容他有一丝一毫的含糊，略加沉吟后，他便据实分析道：“‘雁过留声，人过留名’，只要发生过的事，就总会留下蛛丝马迹，再顺藤摸瓜，一般都能找出真相的，除少数疑难案件外。”仅寥寥数语，袁野便句句切中了要害，听得爷孙两人为之一振，更认定了这个宁肯脱警服，也决不向黑恶势力低头的好人，而周天宇和陆一凡也在一旁频频地点头，他们都从不同的角度认可了袁野的说法。“那从哪儿下手呢？”肖潇猴急了，他对袁野倍生好感，也更急于了解他究竟是如何打算的，并下意识地瞥了一眼坐在对角的爷爷，看老爷子也两眼放光，便知他对袁野很期待。

“宝物是从宏程博源拍出的，那当然就从它查起。”袁野连想都不用想，便很有把握地回道。“可宏程博源能让你们去查么？”肖潇困惑了，他猛想起了之前和李箐的交道，从而有一些费解。“人家当然不让我们去查了！再说了，我也没有权利上门调查人家嘛！”袁野笑了，其他的人也跟着哄笑，看肖潇抓耳挠腮，并窘红了双颊，袁野便又解释说：“最笨的办法，往往也最行之有效呢！咱无法登门去调查，那就守在它的大门外，只要对方再出货，那多半儿就能揪出他！”“可万一人家不再出货呢？”听袁野说得头头是道，肖鹏飞也认为别无其他更好的办法，但却有了更深层次的顾虑。“这样的可能当然不能排除，那到时咱们就再想辙嘛！”袁野还没有工夫去想更为长远的事情，但听老爷子所虑极是，便又毫不含糊地回应。“这样守株待兔去等，那得到猴年马月去了？何况还没多大的把握……”一开始，肖潇对袁野所抱的期望太高了，本以为这个曾经干过职业刑警的专业人士，能拿出什么更为出其不意的妙招，但没想到他也跑不出这样的老路数，便多少有些失望了，所以很不以为然。

“不守株待兔去等，那你有什么好法子？咱这不是私下调查么，你以为真可以不管不顾地找上门儿去把人查个底儿朝天？”袁野颇为敏感，他当然听出了肖潇的不恭，因而也就不客气，同时和他据理力争了起来。“饭得一口一口吃，调查得一步一步来，现在的线索，不就宏程博源这一条？咱若不从它去着手，哪还有其他的捷径可走呢？”周天宇本不想多话，可看爷孙两人不但很外行，又还太过心急了，便在一旁提醒说，怕他们再提什么不切实际的要求干扰了袁野。“行，心急吃不了热豆腐。东西毕竟丢了六十多年了，肯定不是一朝一夕就能找到的，那就按袁野的思路办。不过，咱可说好了，只要对方再出货，袁野，那你就决不能让他再溜了。”陆一凡审时度势，他也认同袁野和老周的说法，看肖潇已话到嘴边，似乎还有不同的意见，而老爷子则笑而不语，他便扑哧一笑，并赶紧打起了圆场，省得肖潇这个少年得志的青年才俊，又再生出枝节来。

“行，就按小袁说的办！那从现在起，你就放下手中的事情，一门心思地把宏程博源给我盯紧了。至于费用和设备，也都不成问题的，明天我就让小潇先开一百万元的支票，再提供两辆车，若需其他的设备，你待会儿开张清单给潇儿，到时一并送到你那里。不过咱得先说好，你找的人，可要可靠，咱无论耗多久，也不管花多大的代价，都务必给我揪出出货人，待调查清楚了之后，我再另外重谢你。”肖鹏飞也有所意识，便不再坚持了，他听陆一凡介绍过袁野目前的状况，所以不想让他再有什么其他后顾之忧。“不管使出什么法子，只要别闹出太大的法律纠纷来，出了事情我来兜，你就尽管放开手脚去调查，争取早点儿查出宝物的去向！”看爷爷也都发话了，肖潇也就不再纠缠，而是拿出拼命三郎的劲头，为的就是要让袁野不再有什么顾虑。“即便揪出出货人，可我们没有仲裁权，到时又怎么讨得回来呢？”看顾主不再挑剔，袁野也就平心静气了，又瞅爷孙两人如此不计代价的决心，他便觉得责任更加重大，所以忧虑道。“这……”肖鹏飞真还没有想到这一点，所以望向了孙子，看他也一点思想准备也没有，便又瞅向陆一凡，三人之前均一门心思地把精力全都花在如何找私人侦探上，压根儿没往这上想，可袁野说的是实情，这的确不是他能力范围的事情，所以简单交换一下眼神后，肖鹏飞也就拿定了主意：“这是后话，你只管查你的，待查清之后再来说。”

“这么大批的宝贝，它所代表的价值可是难以想像的，无论搁在谁身上，也都无法听之任之而不追究的。袁野，你可得全力以赴啊，务必替肖老他们找到！”周天宇当然知道这批宝物对于肖家的意义，他也能感同身受地体会他们的心情，看爷孙两人如此痛快，便反而担心袁野把事搞砸了，辜负了人家，也让自己夹在中间难做人，所以极为郑重地叮嘱自己的学生。“我这么费心去寻找，难道你们真还以为我是为了自己么？”看被人误解了，肖鹏飞不太是滋味，所以情急了起来。“不是为自己，那又会为谁？”周天宇不解了，所以望向肖鹏飞，陆一凡也纳闷，几天前，爷孙两人把他叫到地下室，老爷子那么郑重其事地委托自己来帮忙，可也没有听他露过这样的口风呀。肖潇则更意外，自打知道自家身世后，爷爷还从没像今天这样态度明确过，可他今天究竟怎么了？爷爷究竟想如何处理这些宝贝？事前，怎么连招呼也没打一声想到这些，肖潇感到很别扭。“这批宝物的数量之巨，档次之高和背景之深，以及它所代表的难以估量的财富，相信是在民间收藏里面绝无仅有的，我想谁都无福独自拥有它！所谓‘祸福相依’，这不是没有道理的！而我们肖家一大家子几代人，为它吃尽了苦头，甚至付出了生命的代价，或许，这还真是应验了老子的那句极为经典的至理名言呐！”

很长一段时间来，肖鹏飞都一直在思考这问题，随着寻回宝物日渐变成现实，尤其那天在地下室里面对孙子首次异样的眼光，他又翻来覆去考虑了好久，因而下定了决心，又看一屋子的人，全盯着自己等着要答案，略加沉吟后，也就不再打算为自己留退路：“要是真能找回来，我就想把其中的多数捐献给国家，作用于社会，这毕竟是我们老祖先留下来的极其珍贵的共同的文化遗产，代表的是几千年来的中华传统文化中最为灿烂的一部分，谁都不应把它们据为自己的私产。”“捐给国家？”陆一凡猛吃了一惊，随即又颇为疑惑地问道：“真的想好了？”“想好了。不过，我也经过了好长时间的思想斗争呢！”肖鹏飞莞尔一笑，看大家全瞪大了双眼一副吃惊的模样，他便难免有些得意，从而顿感轻松了。“既然咱要捐出去，那又何必这么大费周章去找呢！”肖潇的内心颇复杂，他还在埋怨爷爷连商量也都没和他商量，便这么当着外人宣布了自己的决定，所以仍在负气，认为爷爷太不尊重自己了。

“之所以大费周章去寻找，那是因为我不愿带着遗憾去见肖家的祖先。”肖鹏飞开宗明义，首先回答了孙子后面的问话，并爱怜地瞥了他一眼，瞅他依旧噘着嘴，便知他在和自己斗气呢，但却没往心里去，接着又再进一步地释疑说：“所以把它捐出去，一是肖家后代不必指着这批宝物过日子；二是不想让这批宝物给肖家后人再带来一丝一毫的灾难，让肖家后人再重蹈前辈的覆辙；三是……”说到这里，肖鹏飞迟疑了，开始字斟句酌了起来，而肖潇也豁然开朗，看爷爷用心之良苦，全是在替他打算，便转而感念爷爷用情的深沉。“那第三又是为了什么？”听肖老爷子话留一半，便不再往下接着说，袁野按捺不住了，出于好奇，也替在场其他人打破砂锅问起来。“这第三嘛，”看孙子云开雾散，肖鹏飞感到了安慰，又瞧周天宇也挺好奇的，而陆一凡则好像猜到了答案，他便极难得地羞涩了，可略加沉吟后，也就还是豁了出去："咱肖氏祖先，曾为这批宝物败了家，甚至颠沛流离、远涉重洋、长年客居于他国；而我却也借助这批宝物重振了家业，若不是因为当时的生活所迫，我卖掉部分藏品而渡过了难关，并在尝到甜头后，又陆续卖掉一部分，那就肯定没有肖氏企业的今天，也没肖家这份相当可观的产业……"肖鹏飞越说话越轻，他仍在为当初的行为而忏悔，可他如此坦荡的告白，不但没有招至他人的侧目，却反而赢得一屋子人的敬重，看耄耋老人不遮不掩，如此直面自己的过去，都在心里敬佩他，所以，也就理解了他如此不计代价地想要弥补过失的用心，都盼袁野能够尽快找到宝物的下落，以圆老人这再朴实不过的愿望。

这一夜，袁野失眠了。回到出租屋以后，他连脸都没洗，便和衣仰卧在简易床板上，一根又一根地吸着烟，五味杂陈地回想起了自己并不如意的一生。小时候，他连做梦都想当名刑警，可生活让他如了愿，却从此让他不太安生了。除暴安良，维护一方平安，这不是警察的天职么？可为什么自己竟与曾经的同僚们那样的格格不入呢？以至搞得连立足之地都没有，而漂泊北京这些年，也依旧没能混出人样来。别说事业有成，就连那个曾把自己当作顶天立地的男子汉，并指望替她遮风挡雨的傻婆娘也嫌自己没本事，早就跟着别人跑了，这好人怎么就那么难做呢？看看今天西山别墅里的人，谁不功成名就呀？尤其人家肖老爷子，一掷万金来寻宝，为的却是捐国家，那是在怎样一份历尽铅华之后的洒脱与从容？袁野虽然很失落，但却一点不后悔，他猛想起了多年前看过的香港电影里的一句话："出来混，迟早要还的。"他不相信那些逼得他远走他乡的恶人，能永远逍遥自在于法外，而自己则会穷困潦倒一辈子。老爷子不是说，等把宝物找回来，他会重谢自己么？或许，今儿真还是自己咸鱼翻身的机会！袁野躺在不宽的木板床上辗转反侧，进而思考寻宝过程中可能出现的状况，以及与之应对的方案，直到天边的鱼肚白露出头来了，他才在千头万绪的纷乱思绪中，昏昏沉沉地昏睡了过去。

"听好了，你俩把手头的事情全放了，准备给我干单大活儿！"稍稍打了一个盹儿，袁野便从床上一跃而起，并猴急地赶到他的私人调查所，再把王家明和侯勇叫到跟前，兴冲冲地跟他们交代起任务。"把手头的事情全放了？可咱哪有啥事可放啊！"王家明的心很直，同时嘴更快，看袁野煞有介事，并极难得地摆出一副老板的模样，便很不以为然地揄道。"哎，这不把话点破，能憋死你王胖娃儿不成啊！”看被伙计揭了底儿，袁野极其难为情，于是讪讪地笑着没好气地给了对方一句。“怎么，真的接了大活儿了？”侯勇的眼前猛一亮，随即一改烟鬼样。“可不，这活儿可不一般呐！”袁野颇为得意，两人跟了自己已近两年了，可从没接过一单像样一点的活计，除了替那些吃饱了撑得没事干的人去捉老公老婆的奸情，还有就是偶尔替人讨点儿债，要说其他的，好像真还没干过。“不一般？难道是名人，或是哪个大老板？”王家明更加来了劲儿，并凭经验瞎猜道。“瞧你那点儿出息呦，我看你听人家的床脚真还听出瘾来了！”袁野的心情太好了，便和王家明开起了不荤不素的玩笑。“那是追债的？这标的一定不小，那人家的回报肯定也很高！”看同伴没有猜对，侯勇也自以为是地猜测着。“哎，你俩怎么就不能换换思路啊？难道咱就只能去干那些下三滥的龌龊事儿？”见两人依旧三句不离老本行，袁野虽难堪，但却更得意。“哎，卖什么关子啊，你就赶紧明说嘛！”王家明猴急了，所以嚷嚷了起来。侯勇比他沉稳些，可却有点儿犯迷糊：“不听床脚不讨债，我真还想像不出来，咱还能干点儿其他别的事！”

“我就明说吧，这次咱是替人去寻宝……”“替人去寻宝？”“这是哪儿跟哪儿？”袁野刚开一个头，两人便前后脚地跳了起来，并圆瞪双眼齐刷刷地盯着他们的老板，都有一些糊涂了。“嚷嚷什么，你们听我慢慢地说啊……”袁野不意外，他提高嗓门儿强将两人压下去，又瞅他们大眼瞪着小眼看，依旧匪夷所思的表情，便原原本本将事件的来龙去脉作了简要的介绍，但也刻意隐去了最为关键的内容，以防到时横生枝节。“这活儿难度可不小！”王家明条件反射，并率先表明了态度。“你不是成天都在抱怨听人家的床脚早就听腻了，一直嚷嚷着想要干点别的刺激的！”袁野早有预料，所以不无讥讽道。“真到宏程博源门外去蹲守？可咱怎么知道人家里边的情形！”侯勇依旧没能想明白，因而一脸的迷惘。“你们先去守，把所有送拍人的进出情形全都拍下来，待下次的拍卖图录出来后，咱再对比作分析，或许就能抓住其中的蛛丝马迹来。”袁野昨晚没有白失眠，他把爷孙两人介绍的情况仔细捋了遍，便很快开窍了。“一蹲就得小半年，那不太劳神费力了！”王家明为难了，并拉长一张苦脸来。“要不劳神和费力，那人家找咱们干吗呢？”看王家明还没开始干便已打起了退堂鼓，袁野不太高兴了，所以甩了他一句。

“可人家万一不再出货了，那咱又该怎么办？”瞅同伴儿触了一鼻子的灰，侯勇不再硬抬杠，而是换个方式来提醒。“真要是这样，那咱们到时再想办法。”

袁野别无选择，自打脱下了警服，他便再也没有干过称心如意的事情，所以决不能错过肖家的机会。听侯勇开口说到点子上，并和深思熟虑的肖老爷担心到了一块儿去，便在心里高看他一眼，可却不容他退缩。“要找不到宝物的下落，那咱能够拿到钱？”王家明顾虑重重，以前他们就曾多次碰到过雇主借口活儿没干完全，便赖着硬是不给钱，所以怕这次又白干。“怎么会拿不到钱啊？我可告诉你们吧，今儿下午，人家就会送一百万元的支票来。”听王家明旧调重弹，袁野忍不住地再次得意了，便又乐不可支地显摆。“今儿就给一百万？你搞错没有？”“哎，对方这么有钱么？”两人惊呆了，一百万，这可不是小数字，以前，他们就连想都不敢想，可人家一上来，便甩出一大笔天文数字一般的巨款，所以都感到诧异，同时又还不太敢相信。“人家还说了，如果有需要，还会接着给，但务必要咱替他找到宝物的下落！”看两人大吃一惊并仍难置信的模样，袁野更加开心了，可却话留一半，刻意不提老爷子说要重谢的话题，省得又再生枝节，也便于自己今后打算。“那咱给他干！到时管他找不找得到，咱就一直吊着他，那对方肯定就会一直给咱钱不是！”王家明毫不含糊，并一改之前的畏缩。“王胖娃儿，你小子想什么呢？这种馊主意，你趁早给我收起来！”袁野闻声色变，随即声色俱厉，瞅王家明腻歪了半天，竟然憋出这等臭屁来，便拉下了脸来，并毫不留情地呵斥。

“我这不是玩笑么，你还真的当真了！”看老板瞬间翻脸不认人，王家明也意识到自己的玩笑开大了，便赶紧讪笑作解释。“你小子最好是玩笑，要不然，我可首先不依了！”袁野了解王家明，知道他是有口无心的胡诌，但却借机敲打他，同时也警告一旁的侯勇。“王胖娃儿是玩笑话。可咱毕竟两眼一抹黑，到时究竟怎么着手，我这心里真还没底呐！”侯勇听话听音，他当然听出了袁野借机发挥的意图，但却没有太往心里去，跟着袁野已近两年了，这样的敲打时常都听见，虽说都已听疲了，但还管些作用呢，听王家明大嘴一张，确实有些离谱了，便赶紧替他打圆场，并道出自己的困惑来。“这样吧，等对方下午送支票，咱再好好问问他，看这往拍卖公司送拍的藏家，究竟有什么特点！”袁野也是大姑娘上轿头一遭，所以也很茫然，昨晚在西山别墅太匆忙，没时间去做更多的询问，现听侯勇问自己，也就实打实地坦承道。

下午快到下班时，肖潇特意拉上黄克强，两人如约前来。两辆漆黑锃亮的轿车立刻让王家明和侯勇兴奋了，又看见一大堆的高精尖摄像机、录音器，也就更加来劲儿了，尤其看到一百万元的支票还真送来了，便更没了后顾之忧，甚至按捺不住，都想替眼前这个极为豪爽的哥们儿赶紧出去露一手。肖潇当然听说过两人，昨晚袁野便已介绍过，知道他们跟他已近两年了，早被袁野调教出来了，不但听吩咐，还很熟悉跟踪、偷窥、偷拍等业务，尤其难得的是，人也挺可靠，还从没超越过雇主的请求，整出其他的麻烦事情来。而耳闻真还不如一见呢，现在一看王家明没心没肺，胖胖乎乎地像个笑罗汉，并挺有喜感的，肖潇很快也就喜欢上了他；侯勇虽然长得像瘦猴，可却蛮持重，一看就挺沉稳的，两人若是搭伙去干活，那还真是相得益彰呢！听袁野问他送拍人的特征、特点和特性，也就事无巨细，将所知道的一切，作有条不紊的介绍，直到把几人的疑窦全解开，便又执意要做东，借以表达自己的郑重和拜托。推杯换盏后，大家酒热耳酣了，因而也就没了陌生感，甚至还称兄道弟了起来。尤其袁野，一改昨晚对肖潇富家公子不知天高地厚的印象，甚至有了一见如故、相见恨晚的感觉。

第十章　谋划上市

夏季风风火火，刚推开父亲办公室房门，看见销售部方经理背对自己，坐在桌子前正和父亲聊得起劲，便想拉上房门等会儿再来。夏伯翰眼尖，一眼瞥见儿子，赶紧招呼说："哎，别走，你也来听听！"夏季只好听命，上前几步，挨方经理身边坐下，耷拉个脑袋，静听两人高谈阔论。夏伯翰背倚高靠背老板椅，精神头十足，侧眼问儿子："哎，你知道咱上月卖了多少套房子？销售收入有多少？"夏季从何得知？一段时间以来，他在外面跑来跑去，忙于打通关系，为公司上市冲刺，哪有心思过问公司具体业务？听父亲问及，便懒心无肠，随口一问："多少？"夏伯翰朝方经理一抬下巴："小方，你给他说说。"方经理听话，侧身对着夏季，语气颇带卖弄："上月，咱正式签约297套，成交金额近3亿。""是吗？"夏季大为吃惊，提高语音分贝，脱口又问："卖得这么好？"方经理更加得意："是啊，我也没想到！"夏季仍难相信，张口结舌，来回看着两人。为力证自己所言不虚，方经理进而说道："297套签约房子的首付款或房款，已全部交到财务，要不，夏总你去瞅瞅。"方经理将话说到这份上，夏季不再怀疑，可如此优良的成交数据，仍出乎他意料，不由喃喃自语："这房子真这么好卖？北京人真这么有钱？"方经理在旁，一副得意模样。

夏伯翰情绪高亢，分析说："现在的房子当然好卖了！前些年，国家取消福利分房制度，老百姓就不再指望单位分房。再加上这些年国家经济的快速发展，百姓兜里也有了点钱，便有了改善居住环境的内在需求，这部分人本就不少，尤其是当年的独生子女陆续进入适婚年龄，现在的年轻人哪会像以前那样，和父母同挤一个屋檐，过几世同堂的日子？这不又是一个极大的刚性需求？再说了，你以为北京的房子就理应北京人买呀？错！现在北京的房子，多数都被在北京创业的外地人买走了！”听父亲头头是道，夏季嘿嘿一笑，表示折服，说道：“这倒也是。”“北京有多少外地人，你们知道吗？”方经理将头摇得跟拨浪鼓似的，夏季耸耸双肩，也一问三不知。两个高管均被考住，夏伯翰好不得意，继续卖弄：“据北京市政府不完全统计，这部分人已多达300多万。”“啊！有这么多？”方经理颇为吃惊，夏季也难以置信，见两个后生晚辈均瞪大双眼望着自己，夏伯翰莞尔一笑，振振有词地说：“北京市统计局的官方数字，这还假得了！”两人也就无话可说，都在心里想着这一庞大群体背后所蕴含的巨大商机。夏伯翰进而又道：“300多万！你们想想，是什么概念？”

夏季脱口便道：“这还用说！300多万人口，岂不相当于一个中等地级城市的人口了！”方经理也门儿清：“一个300多万的中等城市，单农业人口就得200多万，可300多万的外地人全涌进北京，天，那得有多大的住房需求！”夏季瞥方经理一眼，纠正说：“你以为300多万人全在北京安家置业啊？要真这样，北京的环路恐怕修到河北去，也无法承受这么多的人口需求！”见两人打起嘴仗，夏伯翰不以为然：“谁指望这些外地人全在北京购房置业？他们买得起，我还不愿卖呢！要都赖在北京不走了，那还不挤占我们的生存空间？还不分享咱的公共资源？问题是，这部分外地人中有相当数量的人，具备购买实力。小方，你最有发言权，你说说，在你那里买房的人，是北京人多还是外地人多啊？”这问题难不了工作在销售一线的方经理，他立马回道：“那还用说，当然是外地人多了！这部分人占购房人数七成还多呢。”夏季也“一踩九头翘”，脑子反应极快，一听也来了劲，附和说：“单这部分人，便撑起了北京房地产市场的大半壁江山，还别说世界五百强企业、外国驻华机构，纷纷在北京设立办事处，这些人的购买力不比那些外地人更强？”见儿子刚才还蔫不出溜，现在跟打了鸡血，换了个人似的，夏伯翰极高兴：“没错！不仅如此，现在还有好多外地的炒房客、投资人，尤其温州的炒房客和山西的煤老板，一出手就是几套、十几套甚至几十套地疯狂置业，这不也是北京房地产市场的生力军？”

夏季心中的不快，早已烟消云散，听父亲如此一说，他不无憧憬：“目前，是京城地产界发展的最好机遇，把握好了，过不了几年，夏氏企业的规模和实力，就能成倍提高！”夏伯翰欣慰地瞥了儿子一眼，称赞道：“对，就是这个意思！”继而，他又意存高远：“北京房地产市场前景光明，应有相当一段时间的卖方市场，我们一定要抓住当前的绝佳时机，做大做强，不仅立足北京，而且，还要向外省市扩张发展，争取在全国房地产市场这块大蛋糕中，挣得我们应有的份额。”方经理兴奋道：“目前，房地产业的利润率远高于其他行业，照此速度发展下去，我看，不出十年，夏董的资产，岂不要超过福布斯排行榜上好多有头有脸的大富豪？”方经理马屁拍到夏伯翰心坎里，他却不露声色，正想故作姿态驳斥两句，又听夏季乐不可支：“那还用说！其他行业的商业利润，据说超不过4%，可房地产利润，少说也有百分之二三十。更何况，其他行业的商业竞争多厉害？产品出来后，积压库房，经常卖不出去，稍不留意，就被市场淘汰，就得破产关门。可房地产不一样，房子只要建起来就不愁销路，就没有卖不出去的时候。这些年，有哪家房地产公司，是因房子卖不出去而破产的？”

夏伯翰对二人的话不置可否，转而叮嘱方经理：“小方，现在正是二期工程销售的最佳时机，你可得讲究营销策略，别不动脑子，把户型好、楼层好、朝向好的房子全都让人挑光了，剩下的就全成尾房了，砸在手中可不好办啊！”方经理对此很有一套，见夏伯翰事无巨细，连这么具体的小事都关心，赶紧回道：“夏董你尽管放心。真正的好房子，我全留着呢！贴在销售大厅墙上的销售图表，我把楼层好、户型好、朝向好的房子，全插上小红旗，对外表明已经售出，只标出少量待售房屋。嘿，这一来，倒让那些看房人恐慌了，生怕出手晚了，就买不上呢。这不，都争着交定金签约呢！”方经理眉飞色舞，乐得夏伯翰开怀大笑，他蛮欣赏方经理的精明，夸奖说：“看不出你还挺有办法嘛！”夏伯翰又扭过头来，对儿子道：“这就是生意经。”方经理极会来事，侧头看一眼身边的夏季，又回头望着夏伯翰，极尽谦虚：“这都是按夏总的指示办的。”夏季颇为受用，微微一笑，似表认可。夏伯翰又吩咐：“接下来很关键。小方，你不要掉以轻心，争取在这两个月里，把剩下的房子全都卖掉，等资金全部回笼，还有新楼盘等钱开发呢。”

目送方经理离开并带上房门，夏伯翰捧起茶杯，吹吹水面浮沫，呷了两小口，抬头审视儿子，沉吟一会儿，问：“怎么了？进门时耷拉个脸，失魂落魄的。”夏天仍在憧憬中，听父亲一问，方想起心中不快，气哼哼说道：“中间人回话了，真他妈太黑了！”儿子没由来的一句话，让夏伯翰莫名其妙，忙问：“谁回话了？谁又太黑了？”夏季仍气咻咻地：“还能有谁？你不让我负责找人联系，准备公司上市一事吗？”夏伯翰情知不妙，依旧沉着问道：“怎么了？”夏季愤然回道：“中间人回话，他和相关人员接触了，我们递上去的材料基本符合上市要求，但对方提出的条件太过苛刻。”夏伯翰不动声色，又问：“对方什么要求？”夏季义愤填膺：“负责办理此事的人提出，事成后，得占我们公司20%股份！”夏伯翰以为听错了，忙问：“多少？20%？”夏季肯定道：“对，20%。”夏伯翰颇为吃惊，继续追问：“20%的股份！岂不上亿？办事人拿得出这么大一笔钱？”看父亲误会了，夏季赶忙解释：“看您想哪儿去了。您以为人家想投钱入股呢……”夏季话未说话，夏伯翰猛然坐直身子，眼睛像牛眼一样瞪着儿子，仍难置信：“办事人帮这忙，竟要拿去20%的股份？”夏季喘口粗气：“是啊。办事人开出这个条件，作为办事回报。否则，一切免谈。”

夏伯翰双目怒瞪，凶巴巴地看着儿子，问：“你不会搞错了吧？”夏季忙回答：“怎么会搞错！这是办事人亲口对我说的。”夏伯翰强压怒火，追问道：“你说清楚点，是你那个从中联系的朋友要，还是相关部门办事的人要，或者都要。”夏季瞥父亲一眼，深知他已到一触即发的点儿上，便赔着小心，回答说：“是相关部门办事的人要。”夏伯翰重重喘了口气，将身子无力靠在椅背上，漠然望着儿子，冷冷甩出一句：“你能确定？”夏季笃定无疑：“能确定。中间人是我多年的同学，他的为人我知道。再说了，我已经明确给过他承诺，事成之后对他另有重谢。我那同学也对对方的要求大为不满，还在我跟前破口大骂呢！”

夏伯翰忍无可忍，猛地起身，拿起茶杯用力一摔，“咔嚓”一声，摔个粉碎，溅得满地茶渍，瓷渣也四处飞溅，星星点点，落在夏季身上及裸露的手上。夏季条件反射，从椅上“蹭”地站起来，感觉右手些许疼痛，低头一看，右手背上，被瓷渣划了一个小口，鲜红的血正一点一点渗了出来。夏季四处瞅瞅，想找纸巾简单处理伤口，见秘书小刘蹑手蹑脚推开门来，惊恐地看着一地狼藉的碎瓷片和茶叶水渍，又听父亲一连声地：“去去去，没你的事！”等小刘小心翼翼关上房门，夏季走到茶几前，正弯腰抽取纸巾，又听“嘭”的一声，扭头一看，见父亲将手往桌子上使劲一拍，破口大骂道：“真他妈狮子大开口！亏他开得了口！20%，意味着什么？意味着上市前上亿的股本和每年上千万的分红！意味着成功上市后上十亿甚至更多的股值！他妈的，这帮贪官也忒黑了，人前人后人模狗样，会上会下道貌岸然，私底下却这般黑暗！”夏季将纸巾往伤口胡乱一按，见父亲在办公室空地上来来回回，不住踱着脚步，激愤地手舞足蹈，唾沫横飞高声大骂。

夏季三步并成两步，赶紧向前，赔着小心、息事宁人劝解说：“爸，您血压高，千万不能激动！咱公司又不是非上市不可。依我看，以咱公司现在的规模和利润成长率，也不比那些上市公司差！难道非要受这帮贪官的鸟气？”见父亲平静一点，夏季搂着父亲肩膀，将他往沙发边推，又继续劝解：“公司真上市了，还不自由呢！且不说公司的经营状况和业绩得接受社会和证监会监督，财务也得公开透明，要像以前那样做点手脚，在税款上做点文章，恐怕也就不行了。不仅公司如此，就连咱的家庭生活也就再无隐私可言，我交个女朋友、生的孩子是男是女、孩子有没有缺陷，全得暴露在公众视野里，那多累呀！”

夏伯翰噗嗤一笑，就势坐下，睨儿子一眼，没好气戏谑道：“瞧你那点出息！你就怕你东一个、西一个的，被那些小报记者拿来说事！你也是，这么大把年纪了，也不好好找个女人成个家，成天在外边胡闹。我看上市挺好，要真上市了，你就得改改现在的生活方式，要再像现在这样花天酒地，要想接这个班，只怕就难了！”见父亲的情绪平息下来，夏季心中的石头落了地，他嘻嘻一笑：“爸，瞧您说的。我这不是逗您开心，说着玩的吗！”看儿子捂着伤处不急不恼，仍笑呵呵地赔着小心，夏伯翰甚觉过意不去，本想抚慰几句，开口却说：“你小子心里那点花花肠子，以为老子不知道？你不就天马行空、我行我素惯了，怕公司上市后身不由己，不能再随着性子想干什么就干什么了？”见父亲没完没了，夏季也趁势说道：“真的，爸，关于公司上市一事，有利有弊，不利的一面，咱也得有个充分认识。”

夏伯翰便说：“什么事情都没绝对的利，也没绝对的弊。只是‘两利相权取其重，两害相权取其轻’罢了。你只说上市不利的一面，为什么不说说上市的好处？”见儿子想要分辩，夏伯翰将手一摆，顺着思路分析说：“公司一旦上市，就可不花本钱，从股市上募集到巨额资金，从而解决资金短缺问题；公司一旦上市，咱的身价，就会几倍、几十倍往上翻滚；通过上市，用不着再绞尽脑汁，花大价钱炒作，就会极大提高公司知名度。这岂不是一本万利的事情？我们为什么不去力争？”见父亲不再激动、已经平静下来，夏季争辩道：“公司上市，是企业摆脱家庭小作坊经营的根本途径，这个道理我懂。只是，上市前，需过许多关口，尤其得接受贪官污吏的盘剥、敲诈，我实在难咽这口气。再说了，我们公司这些年发展一直不错，规模不小，也能赚不少钱。再者，咱家又不仅仅指望靠公司赚钱，家里那么多价值连城的宝贝，若按市场价值来算，其财富，恐怕中国大陆还难有人能够比肩呢。何必去让那帮贪官污吏套上根绳子！”听儿子说起家中收藏，夏伯翰好不欣慰，也将刚才的不快抛诸脑后，他温和地反驳说：“小不忍，则乱大谋。韩信能忍胯下之辱，这点波折又算得了什么？我看你小子还是缺乏历练，经不起一点儿事。要按你刚才的说法，夏家的子孙，从此就可以躺在这批宝物上无所事事，那岂不坐吃山空？”

见父亲上纲上线，夏季赶紧分辩：“爸，您要说我缺少历练，这我承认。可您如果认为我好吃懒做，想靠家里宝物不劳而获，那可就冤枉我了！”夏伯翰瞥了儿子一眼，好似洞穿一切：“你小子的心思，我还会不知道？你不就不愿受那些小人的挟制，不愿窝窝囊囊仰人鼻息吗？我怎么会不知道这批宝物的巨大财富价值？只是，我辛苦一生，不希望这批宝物今后对夏氏子孙来说，是高枕无忧的依靠，而应是如日中天事业的锦上之花。如果夏家的后人因这批宝物的存在不求上进、好吃懒做，我宁愿捐给国家。”看父亲越说越深沉，夏季赶紧赔笑：“我也就随口一说，怎会不求上进、坐吃山空呢！”夏伯翰已完全平静下来，语气和缓地分析说：“目前，正是房地产业发展的黄金时期。中央一再强调加速城市化的进程，这意味着什么？这意味着今后若干年里，中国的农村人口，每年将以上千万甚至几千万的数量涌入城市。进城就得有房住。这是什么概念？这对房地产业来说，又蕴藏着多大的商机？我们若再坚持小作坊式的家庭经营模式，很快就会掉队，甚至最终失去坐上台面的资格。”

夏季不太自信：“话虽如此，只是国家政策不够稳定，当下正打压房地产行业，为控制房价，今儿一个文件，明儿一个政策，一会儿又要增收各种税费，去年一系列调控措施，不就让好些房地产商人险些破产？大家说起来，仍心有余悸呢！”夏伯翰瞟儿子一眼，语气颇为笃定：“不管国家怎么调控，在未来若干年内，房价还会不断上涨，而且不是小涨，肯定会大涨。”见父亲一改刚才的恼羞成怒，转而一副雄心勃勃的模样，夏季也兴致高昂，说：“这倒也是。除每年大量农村人口涌进城来，不少城里人以前住的都是单位分的福利房，能有多好？现在，不少人随着收入增加，都想改善居住条件，再加上旧城改造因素，这又会催生多大的住房需求？”见儿子的积极性已调动起来，夏伯翰进而分析说：“中国人多地少，国家确保18亿亩耕地的红线摆在那里，这岂不让日益加速的城市化扩张面临发展瓶颈？面对这样的现实，再加上中国人攀比心态造成的消费需求，尽快买房，不就成为很多人不得已的现实选择？”听父亲说得头头是道，夏季佩服得五体投地：“嘿，想想还真是这么个理！现在做得风生水起、在业界呼风唤雨的万龙集团，市值超过120个亿，上市前，不也就1200多万的净资产？通过初次发行股票，募得2800万资金，圈地建房，然后上市融资，通过资本市场的运作，发展成今天中国地产界的龙头老大，前后不就十几年的工夫？”

见儿子已摆脱上市阴影，夏伯翰颇感欣慰，又进一步说道：“‘宁为鸡头，不做凤尾’。要抱着小富即安的心态，成得了什么大事？当初，要不是我节衣缩食，咬牙收藏了这些宝贝，咱在这里说话能有这个底气？在收藏上，国内恐怕没几人能和我比，咱在房地产界也争取有个发言权，不能跟在别人屁股后边人云亦云！”夏季赶紧道：“还是老爸英明！只是，目前这关口怎么绕得过？难道平白无故让人白敲竹杠，占这么大的股份？我可不干！”

夏伯翰早已雨过天晴，他瞥儿子一眼，意味深长说道：“条条道路通罗马。此处不留爷，自有留爷处。我生气的是，一个手握公权的人替百姓办事，本是他份内职责，更何况，咱也懂规矩，事成后，断少不了他好处。可狗日的竟如此之黑，简直是狮子开大口，坐在官位上，大笔一挥，便想坐拥咱20%的股份，他休想。”夏季豁然开朗，眉头一挑，问：“爸，听您意思，准备去海外上市？”夏伯翰自信地一笑，毅然决然道：“正是。经济全球化了，什么人还能一手遮天，凭借手中职权，就能扼住企业发展？”夏季顿觉柳暗花明，正想附和几句，座机骤然响起，夏伯翰起身，疾步走向桌子，刚提起话筒，便听夏天的声音火急火燎：“爸，今天的报纸您看了吗？”夏伯翰莫名其妙，茫然问道：“什么事？”夏天压低嗓音：“昨天，一件元青花‘鬼谷子下山’图纹大罐，在英国伦敦拍出2.3亿人民币的天价！”

“2.3亿？元青花，真的吗？”夏伯翰颇惊讶，伸手翻阅桌上厚厚一摞报纸，夏季也听了个大概，赶紧帮着一道查阅。很快，《拍卖史上的神话——元青花鬼谷子下山罐以2.3亿人民币在伦敦成交》的标题，映入夏伯翰父子眼帘。父子俩一目十行，看得瞠目结舌，夏季脱口便道：“一件元代青花瓷器，竟能拍出这么高的天价！那咱家那些宝物，比这‘鬼谷子下山’精彩的，不有得是！”夏伯翰将报上的图文资料看得极为仔细，听儿子一说，也兴奋起来：“要说起来，这件元瓷真不错！但咱家的宝物比这精彩的，有得是！不同年代、不同品种，缺乏可比性，就拿元瓷类比，咱家那两件元青花釉里红凸雕大罐，不比这更强？要论品种，青花釉里红不比纯青花更名贵？要说工艺，凸雕不比手绘更难？要论器型、大小、品相，咱家那两件也不比这件差呀！”夏季便跃跃欲试：“哎，爸，要把咱家的藏品拿到国际市场去拍，那咱家的财富恐怕连亚洲好多榜上有名的富豪都比不上呢！嗨，可惜，目前国内国际拍卖市场价格悬殊太大，国家又有出境限制，要不然拿几件到苏富比、佳士得去试试，那几个亿、上十亿，岂不唾手可得！”

夏伯翰也不无遗憾：“国内的古董拍卖行业还没几年工夫，其价格远没到古玩应有的价值水平。咱手里的宝物，且得放上一段，等国家政策开放了，拍卖市场规范了，那时出手，才更划算。”父子俩东扯西拉好一阵，夏季突想到刚才正题，话锋一转，说：“爸，去海外上市，是条路子。欧美国家有着上百年的市场经济，制度完善，只要符合要求，都按规矩办事，不像咱国内。既然定了，就得抓紧，不然，错过这几年黄金期，就会拉大咱和其他地产企业的距离。”夏伯翰也言归正传，问儿子：“哎，你有这方面的关系没？”夏季忙道：“哪有呀！我那些同学全在国内，若是有在工商、税务方面的兴许能帮上点忙。”

夏伯翰略一思索，对儿子说：“忙你的吧，这事不用你管了。”夏季没底，试问：“您有渠道？”夏伯翰自哂一笑，回说：“我哪来的渠道？不过，活人哪能被尿憋死！看吧，总归有办法的。”夏季便说：“那我去了。”夏伯翰将手一挥：“忙去吧。”看儿子已到门边，夏伯翰猛又问道：“哎，那两个受伤的民工处理完了吗？”夏季正要出门，听此问话，回过头来：“嘿，忘了跟您说了。”边说边折回去，抱怨道：“这两个农民真难缠！一会儿威胁上法院，一会儿又要去仲裁庭申诉，前后扯了小半年，就想多诈钱。这不，一个赔了8万，一个赔了26万，加上医疗、误工、营养以及家属去去来来的费用，前后花去70多万呢！”见事已完毕，夏伯翰松了口气：“算了，别计较了，破财免灾。咱公司正争取上市，别纠缠在小事上，得不偿失！”夏季更来劲了：“可不吗！不然，会被两个目不识丁的民工敲诈！”看儿子一脸轻狂样，夏伯翰忙制止：“行了，行了，这也算了了一桩事。要说现在的民工，也不容易，逮着个机会，趁机多捞几个钱，也属人之常情！”说罢，将手一挥：“去吧！忙你的去吧！”

见儿子掩上房门，夏伯翰重拾报纸，又来回浏览两遍，意犹未尽中，端起茶杯喝了两大口，铁观音浓郁的茶香让他的思路清晰起来，瞬间又回到上市一事上。稍加琢磨，拉开办公桌右侧抽屉，取出名片夹，从头至尾一一翻看，一看“陆一凡”三字，眼睛便定格下来，手也不再往下翻动。几次全国性经济工作会议和房地产论坛上，陆一凡逻辑严谨、思维缜密又颇具前瞻性的讲话，给他留下极其深刻的印象。踌躇片刻，他试着提起话筒，按名片上的号码拨了过去，可直到断线，都无人接听。他又换了个号继续打，很快，通了，电话那头传来一位中年妇人声音：“喂，找谁？”夏伯翰蛮客气：“请问，陆院长在吗？”女人挺干脆：“不在。要留话吗？”夏伯翰忙道：“算了，我直接和他谈吧。哎，请问，陆院长的手机号是……？”妇人有点犹豫：“这……”夏伯翰赶紧解释：“我和老陆是朋友，麻烦你告诉我，我有急事找他。”女人稍一犹疑，便告诉了他，夏伯翰一连声地：“谢谢，谢谢！”

三天后的下午，夏伯翰早早来到凯宾斯基饭店，当陆一凡如约而至时，更由衷对他产生了极大的好感。夏伯翰从座上起身，热情握住陆一凡的手，颇豪爽道：“陆院长，大礼拜天约你出来，实是有事相求！”陆一凡莞尔一笑：“要能帮得上忙，那没关系！”等服务生上齐茶水，夏伯翰开门见山：“陆院长，您是经济学界的权威，我想就海外上市一事，向您咨询咨询。”陆一凡听后，问：“想好了，贵公司准备去海外上市？”夏伯翰脱口便道：“想好了。企业要想做大做强，具备核心竞争力，势必走这条路。”陆一凡不动声色，又问：“为什么去海外？”夏伯翰苦笑：“一言难尽。要国内上市好办，我又何苦舍近求远！”陆一凡听了，暧昧一笑，不予置评，问夏伯翰：“夏总有何见教？”

夏伯翰便虚心请教：“陆院长，要在大陆以外上市，不外乎美国和中国香港两地，依你之见，究竟美国好，还是中国香港更好呢？”陆一凡微微一笑，说：“问得好！目前有不少民营企业，纷纷争取海外上市，依我看来，香港应该是大陆民营企业的首选之地。”夏伯翰颇感意外，瞪大双眼问：“美国的华尔街难道不是最佳选择？”陆一凡从容道来：“何为最佳？适合自己的，就是最佳。我不怀疑，美国的华尔街，迄今为止是世界最大的金融市场和股票市场的基地，其规模占了世界一半以上，无论基金还是法律层面，也都非常完善。但据我20年的观察，认为那里虽好，却不一定适合中国企业。”

“为什么？”夏伯翰大为不解。见对方一脸困惑，陆一凡冷不丁问道：“华能集团、南方航空、东方航空，夏总知道吧？”夏伯翰无需思索，脱口答道：“三家企业耳熟能详，知名度极高，谁人不知啊！”陆一凡莞尔一笑：“是啊，这些都是国内响当当的大企业，他们还是九十年代初，国务院拍板决定，由证监会特批的少数几个第一批去美国上市的大企业，在国内备受重视，可到了那里根本无人理睬，南方航空不适应，很快便撤回香港，其他两家公司也跟着撤了回来。当时，我在美国做访问学者，里面的来龙去脉知之甚详。华能集团属特大国有企业，排名世界五百强之列，去到那里尚且如此，一般的民营企业更可想而知！”

夏伯翰如梦方醒：“原来如此！”陆一凡进而又道：“而香港却不一样。除和内地同根同源的文化外，在经济上背靠大陆市场，以及中央政府的政策支持。所以到那里上市，无论在地缘上还是经济上抑或政治上，都应该是最好的选择。”夏伯翰醍醐罐顶：“不错，确是这样。”陆一凡又说：“不仅如此。美国法律要求严苛，费用也较高，去那儿上市的压力也就比较大。而香港是亚洲金融中心，更是全球基金经理聚集之地，没有外汇压力，港币和人民币紧密联系，大幅降低了汇率转换的风险，对吧？”

“的确如此！”经陆一凡点拨，夏伯翰茅塞顿开。两人又围绕香港上市的程序作了深入探讨。最后，夏伯翰又问：“陆院长，你能帮忙找个机构，为我公司在香港上市作担保吗？”陆一凡稍一沉吟，回答说：“应该可以。我有个同学在美国高盛工作，以前也替别的公司在香港上市作过担保。”夏伯翰连声谢道：“那就太好了。谢谢你，陆院长。”

周一上班，夏伯翰召开临时高管会议，将公司准备去香港上市的部署给大家作个交代，并对各部门的工作做了具体安排，尤其强调公司的对外宣传，要求各部门协调一致，争取一年时间在香港跑步上市。夏伯翰的话极富煽动性，听得与会者无不对公司前景和个人发展满怀憧憬。会议结束时，夏伯翰对陈馨瑶和夏季说：“夏总和财务部的陈经理到我办公室来一下。”

两人一前一后，来到董事长办公室。夏伯翰吩咐两个至亲的得力高管：“过两天，南边和北边两块地就要拍卖了，到时你们两个亲自督战，要不惜一切代价，将地拍到手。”夏季眉头一扬：“不惜一切代价？”夏伯翰笃定无疑：“对，不惜一切代价拍到手为止。”陈馨瑶颇为吃惊：“拿地成本过高，岂不推高建筑成本？

那还有什么盈利空间？到时候别赔本了！”夏伯翰不以为然：“不会。这年头，撑死胆大的，饿死胆小的。你们知道的，去年五月，万龙花3.32亿在丰台拿的一块地，当时的楼面地价，才3千元一平米，可今年四月，万龙在同一区域相邻的一块地，却花了近17个亿的代价，楼面单价4千元，作为同一项目二期工程的建设用地。一年时间不到，同一区域相邻两块土地，地价增幅便高达35%，现在不多拿几块地在手，今后的开发成本岂不更高！”

见父亲唾沫横飞、津津乐道，夏季提醒说：“问题是，两块地的土地出让金，肯定高达十几个亿，仅凭咱手里那点流动资金，怎么拿得下来？”夏伯翰早有盘算，反驳儿子说：“现在搞房地产开发，有几个靠的是自有资金？能有百分之二三十就不错了。手里有了地就能向银行贷款，再用银行的钱支付土地款，进行开发，不就良性循环起来了？”陈馨瑶也担心，提醒说：“问题是贷款数额太大，怕银行通不过。”夏伯翰胸有成竹：“不怕。今年的形势和去年有所不同，中央对房地产的调控力度没那么紧了，银行银根也有所松动。现在的银行都不愿意把钱贷给中小企业，除大型国有企业外，房地产业就是他们贷款的最佳对象。”

夏季仍不放心：“除土地款差一大截，进行项目开发也不是小数。我怕到时资金链条一断裂，整个企业不得完蛋？”见两个后生晚辈忧心忡忡，夏伯翰自信地开导：“你们多虑了。首先，咱们又不是非一次性付清土地款，先交定金，土地攥在手后，等有钱再说……”不等公公把话说完，陈馨瑶插话：“钱不付清，政府随时可能将地收回去，那交去的定金，不就打了水漂？”夏伯翰胸有成竹，斩钉截铁说道：“不会的，政府和开发商的利益是绑在一起的。目前为止，全国范围内，有几块地被政府收回去了？你们以为，开发商全都如数交清土地款了？错！多数开发商交了少量定金将地拍下后，便将土地握在手中，然后向银行贷款，或到股市圈钱，甚至等项目建起来，手中有足够的钱后，才支付政府的土地出让金。中国的房地产业得以快速发展，走的全是这个路子。”夏季仍不踏实：“建设资金从哪儿来呢？”夏伯翰意味深长瞥儿子一眼，满不在乎地说：“那算什么？土地到手后，有钱咱就开发，没钱就让它闲着，坐等土地升值，一年后，不也会有百分之几十的赚头！要多放上两年，地价还不打着滚地往上翻？只要手中有地，哪怕什么都不做，到时也赚得盆满钵满。这买卖没任何风险，为什么不干？”

直到此时，叔嫂两人才明白父亲的如意算盘，不由佩服得五体投地。两人齐声领命："那好，我们一定将两块地拍回来。"夏伯翰意犹未尽，继续点拨："不仅要将这两块地拿下，公司上市前，还得加紧土地储备。手里的地越多，身价就越高，上市时到股市募到的资金就越多。走好这一步，到明年上市时，咱的身价恐怕就得上百亿甚至更多，在现有的基础上，一下就能翻上好几番甚至更多呢！"

第十一章　冤家聚首

自经历“乾隆粉彩百鹿尊”事件，肖潇对古玩的兴趣便越来越浓，并开始关注起收藏拍卖的动态来。爷爷订阅的各类收藏杂志他一期不落，每一本都会从头到尾翻阅一遍。这天晚上，他疲惫地蜷缩床上，习惯性操起床头的近期杂志，漫不经心，一一翻看，忽地，一幅不大的肖像画一入眼帘便让他惊诧不已。他下意识瞪大双眼，将不大的画面凑近眼前，认认真真、仔仔细细看了好一会儿，仍难置信，又一骨碌从床上起身，疾步来到书桌前，伸手拧亮桌面台灯，将画置于强光之下再来辨认。没错，画上男子的原型一定是自己！他不相信，世上还会有谁和自己如此相像：瞧那模样与神态，那骨子里往外渗的骄傲与自负，全都惟妙惟肖，就像是同胞兄弟。画面宁静平和，设色雅致，简洁的线条，将他的帅气与活力表现得淋漓尽致、入木三分，就连内心深处也刻画得细微精准。不同的是，画中男子双眉间多了颗似有若无的黑痣，由此平添几分精明干练，而他本人则更多些文气温煦。

肖潇瞬间被打动了。他不知道有谁会如此认真走近自己，了解自己，连灵魂深处都被这个绘画者捕捉得如此精准，表现得如此生动。他急切想知道，这个对自己了若指掌的画家究竟何许人士？肖潇的目光下意识挪开画面，想从一旁的文字介绍找寻答案。他快速浏览画旁简短的文字：穿越时空 凝固激情当代新锐画家画展 参展人：马跃 罗曼 柯伟宸 张磊 刘梦茹 关欣宇。寥寥数语，涵盖所有画展内容，参加展出的六个画家名字全那样陌生，即便他绞尽脑汁，依旧无从记起。他又急切往下搜罗，还好，画展距今还有半个来月呢！肖潇松了口气，又端详起画面上的肖像，越看他越好奇，越琢磨越疑窦丛生，他从头至尾，细捋一遍思绪，试图弄清自己在何机缘下结识了一位画家朋友，而自己却没太留心。但无论他如何挖空心思，却怎么也想不起来，在自己的生命轨迹中，曾有这样的熟人。

一丝恐惧袭上肖潇心头，好像周身的衣服被人剥光了似的。别人对自己知根知底，从体貌特征，到灵魂深处，就跟肚子里的蛔虫似的，而自己却对对方一无所知。渐渐地，他又对这个画者产生了莫名的亲切之感，从画面信息不难判断，画者将他表现得真实准确却毫无恶意，甚至对他倍加欣赏，无论从画面的用色、线条，还是所表现的内在意境，全那样美好，充满善意。肖潇感觉自己对这个从未谋面的画者，产生了知己之感，心中随即充溢着无限的脉脉温情。

一晚上，肖潇如梦似幻，对于未知事件的好奇、惶恐、忐忑以至兴奋，搅扰得他心绪难安。直到夜已深沉，他迷迷糊糊地，仍沉浸在对未知谜底的探寻之中。

肖潇被搅得心神不宁，过了半个月，终于等来画展开展。这天，他抱着一探究竟的心态，起了个大早，当他吃过早餐步出家门，见车已停在花草茂密的花坛旁，驾驶座上的黄克强正透过蔷薇的枝叶冲他挥手示意，便三步并作两步拉开车门，一屁股坐在黄克强身边，说话间，车已驶出西山别墅往东开去。一路上十分拥堵，从西山脚下到大山子，不长的距离却用了近两个小时的时间，让心急如焚的肖潇大为不满，便和黄克强一道骂骂咧咧，抱怨着糟糕的路况。当车子进入798艺术区，两人的视线便不由被街边充满艺术情调的另类景致所深深吸引，刚才因堵车带来的诸多不快全被抛诸脑后。

望着窗外，肖潇兴致勃勃，欣赏徐徐划过眼帘的道道街景，对黄克强感慨道："嘿，两年不来这边，想不到变化竟这么大！"黄克强也深有同感，回应说："前些年，这里还是一片破败的废旧工厂呢，没想到被这帮搞艺术的人弄得个天翻地覆，全变了样，就跟到了欧洲的艺术城堡似的！"肖潇本来一路都在想着心事，费心猜测着即将揭晓的谜底隐藏的事件真相，可街边依次映入眼帘的各种文化机构、艺术家工作室、画廊、酒吧以及不同门类的设计室、餐馆、服装店，鳞次栉比，让他倍感亲切，似乎又回到了少年时代，在美国生活的种种场景又历历在目，浮现眼前。听黄克强感叹，也就脱口而道："前年，798区还被美国《时代周刊》评为全球最有文化标志性的22个城市艺术中心之一呢……"肖潇话未说完，黄克强便扭头吃惊地问肖潇："哎，这么个小地方，前两年还是破败不堪的废旧工厂，能有这么大的国际影响？"

肖潇不理会黄克强的大惊小怪，不以为然地说："这有什么！也就在前年，北京还首度入选美国《新闻周刊》年度十二大世界城市呢，原因也在于798艺术区标新立异，将一个废旧厂区变成了时尚社区。""啊！这么大个北京城，有着几朝古都的首善之区，居然还沾这么个小地方的光？"黄克强实在难以置信，他夸张的语气让肖潇莞尔，便侧身瞟他一眼，继续卖弄："还有呢，去年北京被列入美国《财富》杂志评选的世界最有发展前途的世界20个城市之一，入选理由仍是798。"

肖潇前后一席话，让黄克强目瞪口呆，继而感慨万端："嘿，这些个艺术家还挺有能耐的哈！中国改革开放30年了，经济指数突飞猛进，城市建设日新月异，北京早就是名扬中外的国际大都市了，798不过方圆一公里大的地方，也就两年工夫，居然还能为北京这样一个国际大都市脸上增光添彩，北京城居然还会沾这么个小小地方的光！你要不说，我还真想不到呢！"稍顷，黄克强挺不服气地自嘲："哎，看来我们这些生活在北京城里的人，全得感谢人家那些从全国各地北漂而来的落魄艺人呢！"

肖潇不搭理黄克强吃不着葡萄说葡萄酸的心态，顺着思路接着分析："你可别小看了艺术的力量。贝多芬的《英雄》《命运》，柴可夫斯基的G大调交响乐，肖邦的钢琴曲，影响了多少代人？凡·高、毕加索、雷诺阿的绘画，给多少人带来视觉的盛宴？莎士比亚、托尔斯泰、普希金、雨果等人，给人们带来多少思考和精神的慰藉？帕瓦罗蒂、多明戈、迈克尔·杰克逊，又给人们带来多少听觉的欢愉？"肖潇如数家珍，连珠炮似的一席话，让黄克强醍醐灌顶，世界大师的名号更是如雷贯耳，令他心悦诚服，便不由地附和："这倒也是。咱还真不能小看艺术的力量！像我这样的凡夫俗子，天生缺乏艺术细胞，成天朝九晚五为生计奔忙，哪能领悟精神领域的深刻内涵！"肖潇好不得意，还想补上几句，车却稳稳停了下来。他赶紧调下车窗，探头打量窗外连片的大型展区，又听黄克强在一旁疑惑问道："是这里吧！"肖潇为之一振："走，下去瞅瞅。"

肖潇和黄克强分别下车，举目望去，一幢别具风格的建筑令两人耳目一新。

该建筑顶部呈不规则的锯齿状，超大规格又紧密相连的大块深蓝玻璃屋顶，折射出太阳蓬勃的无限生机；清澈湛蓝的穹幕中，絮状云朵轻盈飘浮，衬托出该建筑从头至脚红色砖墙的别样情致，既传统现代，又经典时尚，令人浮想联翩，不仅勾起黄克强残存记忆深处童年时候、特殊年代特有的红色激情，也让肖潇忆起往昔和家人游历欧洲的幸福时光。淡淡的怀旧与莫名的感伤在肖潇心间油然而生，两人又都不约而同有种身处世外的迷离感觉。肖潇定定神，对身旁的黄克强说："管他呢，看看再说。你把车停好。"

黄克强顺从回到车内，找地方停车。肖潇则独自一人，信步前去。透过室内布局，见宽大的建筑墙内，被人为分成若干展区，肖潇无法断定他所关注的画展是否就在这里，要从哪里进去。他一边暗自嘀咕，一边漫无边际，不时关注街边竖立的金属展示架上的内容，快走到头时，才见一展示架上，用蓝色的魏碑字体，豪放遒劲书写着"穿越时空 凝固激情"八个字。肖潇的心，不由有些许悸动，似被不经意撞了一下，又似揣了只小鹿，瞬间涤荡起脉脉温情来，又有谜底即将揭晓的忐忑。肖潇瞬间调整好心态，扭头见黄克强正大步走来，满脸的问询，便说："就是这里。"黄克强咧嘴一乐"嘿，还真是这里呀！那我们进去看看。"

两人随人流步入展厅。刚一进门，便听琴声悠扬，《花儿与少年》的优美旋律，如行云流水般划过他们心田，又如山涧清泉，或似春风拂面，令听惯了流行乐曲的两人，有着别样的清新愉悦感受。展厅足有400平方米，层高也有10多米，高挑的空间使展厅显得空旷肃穆，风格不同的画作将展厅分割成不同展区，沿墙四周挂满大小不一的画框，错落有致，缤纷多彩，参展的人们徜徉四周，饶有兴致、津津乐道于各画作之前。肖潇直奔主题，无暇他顾，一进门径直前奔，目不旁瞬，直到展厅纵深之处，他的眼睛才不由自主落在了画像上头。"嘿，这不就是你吗？"黄克强毫无准备，讶异于眼前的巨幅人物肖像，脱口而出。肖潇瞪他一眼："小声点。"两人对话，已将他人惊扰，大家不约而同瞅向他们。肖潇赶紧上前两步，背对旁人，怕人看见自己的脸，遭致不必要的麻烦。

黄克强忍不住，又在肖潇耳旁鼓噪："这画家真他妈神了，简直就跟照片一样的！"肖潇眉头一皱："好好看你的，哪儿那么多话！"黄克强便不再吱声，专注欣赏起画像来。肖潇颇老到，将目光扫向画框右下角，见一行行书书法洒脱随意："罗曼 作于2005年2月"。于是深吸口气，心中多日的困惑初步得解，他便从容不少，遂将目光投向整幅画作，从上至下，欣赏起眼前这幅画着自己肖像的油画来：作品长约2米，宽约1.1米，看上去比真人更高大威猛，画中的他，肌肤白皙光洁，棱角分明俊朗，眼眸深邃乌黑，鼻梁高耸挺括，嘴角略挂笑意，正大步流星往前行走，似不经意间回头一瞥，恰和画前的他四目相对，肖潇一下便喜欢上了画中的自己。肖潇伫立画像前，饶有兴致审视着画中的自己，暗忖着罗曼究竟是何人，从画面不难判断，作者心思缜密，笔触细腻，功力不俗，有着非凡的洞察力，他身体上的每块肌腱，每寸肌肤，抑或他的内心深处，都被把握得如此精准，表现得如此鲜活。

“哎，到别处看看去！”黄克强的话将肖潇的心绪陡然打断，没等他回过神来，便不由自主被黄克强生拉硬拽着离去。肖潇不明其意，忘情扭头还想欣赏，见黄克强不住朝他使眼色，而身边围了好几个人，正来回打量着他与画上的肖像，似在做着比较，满脸好奇，又无从断定。肖潇猛地醒悟，下意识别过头，快步闪开。从此，他便满脑门都是罗曼，并只挑此人作品欣赏。此时，绕梁的音乐不再欢快，二胡的旋律如泣如诉，《二泉映月》的曲调忧伤无比，让本已心绪难安的他更加失魂落魄。罗曼作品的题材包罗万象，有山涧的幽兰野草，舍前的浓情玫瑰，有初春的空濛水乡，田坎里的农忙之人，也有层林尽染的满山红叶，更有新时代的青春女性，还有旧社会的深闺怨女。画中阳光明媚，白云悠闲，小溪清澈，山石随意。无论风景画卷还是人物写真，用色雅致，笔触细腻，充满了浪漫主义的唯美，却又不失现实主义的写实。肖潇不厌其烦，一幅一幅观摩下去，内心的躁动，随不时传来的《春江花月夜》《化蝶》等曲子而逐渐沉淀下来。罗曼的画没看完，肖潇已在心中断定：罗曼应是个女子，且貌美年轻，才思敏捷又温柔细腻。想到此，肖潇心中一悸，他急切想要知道，这个具备如此才情的女人，有着怎样的花容月貌？他更说不清道不明，自进展厅以来，关于罗曼的种种遐想，为何竟占据了自己全部的思维空间。

肖潇叫住黄克强，直奔展会主席台方向，他猜测，半个月来搅扰得他神魂颠倒的画者，定会出现在那里。没等两人走到预定位置，音响里便传来厚重的男中音：“各位参加画展的朋友们请注意，‘穿越时空 凝固激情’画展开幕式，现在正式开始。下面，欢迎当今书画界最有名望的画家陈栋良先生致开幕辞。”捧场的掌声随即响起，肖潇和黄克强一前一后，三步并作两步闻声前去，远远望见一位年近花甲、满脸络腮胡须的老者，在麦克风前身板如笔直的青松，声若洪钟：“今天，有幸为‘穿越时空 凝固激情’画展致开幕辞，鄙人深感荣幸！参展的六位画家年轻有为，属初出茅庐的后起之秀，可他们的作品，让我们知道了什么叫‘青出于蓝而胜于蓝’，什么叫‘长江后浪推前浪’……”

台上口若悬河，台下交头接耳。肖潇心不在焉，不住东张西望，找寻着目标。巡视一番后，当目光游弋到一位身着洁白衣裙的高挑女子时，脑子不由“嗡”的一声，顿陷一片浑沌之中。女子亭亭玉立，和同伴们并成一排，在麦克风后不远的位置，明眸皓齿，长发飘逸，让人惊艳的美丽，令肖潇再度销魂。“真是冤家路窄！”肖潇傻呆呆望着眼前这个近在咫尺，却远隔天涯的美丽女人，半年多前，宏程博源拍卖公司的古董珍玩专场上，那竭尽疯狂的场面又历历在目，清晰浮现于眼前。眼前这美丽的女人，与拍卖会上那目空一切的303号如此相像，肖潇努力将二者联系起来。这究竟是个怎样的女人？这女子谜一样的背景和深不可测的内心，让他一时意乱神迷。

音响里接着传来“下面，我们请几位参展画家和大家认识”的话音，让心猿意马的肖潇回过神来。排在后面的六人往前走了几步，齐刷刷向观众深深鞠了一躬，大家便报以热烈的掌声。主持人极为练达，将六人向参展者幽默风趣地一一介绍。当主持人高亢的声调热情洋溢地说道：“现在，请青年艺术家罗曼小姐为大家说两句”时，美丽的女子便落落大方，朝前几步。女子纤尘不染，如清水芙蓉，气质温婉妩媚，令男人们怦然心动，而女人们则不免暗生妒忌。交头接耳间，大家毫不吝啬赞美言词，又不由自主将掌声毫无保留地献给她。罗曼语带哽咽，再次鞠躬致谢，并一连声地“谢谢，谢谢”。待掌声平息下来，罗曼不再鞠躬，肖潇隔着老远，见她凝脂一般的白皙脸庞上潮红一片，秋水般的眼眸中泪光闪烁，不由得心里一动。

继而，便是罗曼的莺声燕语：“感谢大家厚爱。我想就我自己的创作谈谈内心的感想。”罗曼稍作停顿，见台下的人们引颈期待，又温言软语道：“美，是人类共同追求的精神目标。世间的美，有自然之美、人文之美、阳刚之美、阴柔之美，等等。表现美的手段多种多样，有文学家优美激昂的文字，有作曲家婉转优美的旋律，有歌唱家天籁般的歌喉，有舞蹈家翩若惊鸿、矫若游龙的曼妙舞姿。”此时，忽听人群中一声充满磁性的男人叫声：“妙极！好一个洛河女神！”罗曼闻声，朝喊声方向略一欠身，继续款款而谈：“而画家，则是用手中型号不一的画笔，用五彩斑斓的色彩，用热爱生活、热爱自然的心灵，在画布上反映生活，赞美自然。我是一个画者，是一个初出茅庐的青年画者。我将用我的真诚，用我手中的画笔来反映时代、刻画生活，将现实生活中的美带给大家，将大自然的美奉献给大家。谢谢。”话音一落，罗曼再次深鞠了一躬，掌声又长时间地响了起来。肖潇不管不顾，鬼使神差往前挤去。他鲁莽的举止立刻招致人们的反感，并引来一阵小小的骚动。

台上的人不知何故，纷纷将目光投向骚动处。罗曼也随大伙的视线，望向台下。当她猛然看到肖潇时，不由惊得朱唇微张、双目圆瞪，既惊喜又难以置信，还略带一丝惶恐。肖潇片刻不离盯着罗曼，美人脸上诸般表情，他全看在眼里，尤其两人目光交织的刹那间，肖潇感觉脸颊滚烫，心脏突突跳个不停。

肖潇终于挤到了最前排，他热烈而忘情地盯着台上的美人。而此时的罗曼却将头垂了下去。肖潇目不转睛看着她，期待和她隔空交流，眉目传情。终于，罗曼不再躲避，将头抬了起来，只是，她不再看肖潇，而是平视前方，脸上瞬即恢复了之前的淡定，甚至略带矜持，嘴角还微微往上一扬，似嘲讽，又似挑逗，又好似眼前的一切根本不存在。这真是个善变的女人！肖潇好生纳闷，他不明白，只眨眼的工夫，罗曼竟有如此大的反差！肖潇已身不由己，久违的情愫在心底弥漫开来，眼前谜一样的女人，让他的心又有了新的萌动。

开幕式最后，主持人激昂介绍：“朋友们，今天所有参展作品，一个月后将委托拍卖公司公开拍卖，所拍义款全部捐献希望工程，作为画展主办方和六位参展画家对社会奉献的爱心。欢迎有识之士踊跃参拍。具体时间和地点已在邀请函上写明，请大家多加留心。”旋即，主持人提高分贝：“开幕仪式结束。请大家继续欣赏。”

仪式一结束，与会者陆续散去，也有好事之人逗留下来，或向艺人请教，或和他们留影。肖潇靠近罗曼，紧盯着她，耐心守候一旁。直到她完事，这才不失时机，赶紧上前两步，大大方方伸出手，故作轻松道：“你好，罗曼！”罗曼无法充耳不闻，肖潇的俊朗也让她心生愉悦，见一米开外阳光灿烂的肖潇热切注视着自己，虽忐忑却也由衷高兴，便礼貌伸出右手，浅浅一笑，回应说：“你好！”将美人玉手抓在手中，肖潇竟找不出应对之词，尴尬中，只囫囵说道：“你画得真好！”罗曼不胜喜悦：“谢谢！”

肖潇紧握罗曼的手，努力控制内心的翻腾，试着建议道：“找个地好好聊聊？”罗曼嫣然一笑，正要回答，突听身后熟悉的声音：“小曼。”不由一怔，赶紧将手抽回，旋即，林文轩已走至身旁，自然揽过她双肩，望向肖潇，眉头不由一挑，久别重逢的熟人似的，脱口便道：“哟，您是小曼朋友吧？感谢捧场啊。”此人四十岁左右，中等个头，面容白皙，五官清秀，质地精细的金丝眼镜和入时的衣着，给人极儒雅风流、颇见过些世面的印象。肖潇毫无防备，没想半路跑出个“程咬金”来，别提多尴尬，再目睹两人亲密无间的情侣模样，心里五味杂陈。见林文轩落落大方，只得强装笑脸，瞥一眼窘相毕显的罗曼，礼貌地敷衍：“你好。”林文轩侧身看着罗曼，父兄般温存，提醒她说：“小曼，也不介绍介绍你朋友？”罗曼张口结舌，哪里回答得上来？踌躇间，肖潇忙替她圆场：“我叫肖潇，是罗曼的朋友。”林文轩便伸手握住肖潇的手，用力摇晃，语气极为真诚：“认识你很高兴，肖先生。罗曼为你画的画，看了吗？”肖潇下意识瞅了罗曼一眼，顺口回道：“看了，真好！”林文轩像没心没肺，进而又说：“这可是罗曼出道以来画的第一幅男性画像呢。”肖潇心中不由一动，见罗曼满脸绯红，手足无措，再看搂着她的林文轩，心里颇不是滋味。

两人的异样，林文轩似乎全无觉察，他松开搂着罗曼肩头的手东张西望，叫来员工取来名片递给肖潇，态度极为热忱：“肖先生，欢迎你常来。”肖潇接过来匆匆一瞥，见名片上印着一长溜头衔，最醒目的却是蓝色经典画廊总经理。肖潇顺手将名片揣入口袋，摸出自己的名片递给林文轩，仅一眼，林文轩便不由刮目，语带夸张地称赞：“哟，肖先生，看你这么年轻，竟是大企业的总经理？”肖潇沾沾自喜，瞥罗曼一眼，客套回道：“林总，过奖了。”林文轩更热情，抬起手腕一看，说：“肖总，一道吃个便饭，画廊特为前来的贵宾准备了午宴，咱们再好好聊聊？”肖潇浑身不自在，早想溜之大吉，哪有心情和他推杯换盏？便连声婉拒：“不了，谢谢林总，我还有事呢！”林文轩竭力挽留：“再忙也得吃饭啊！”林文轩过度的热情，让罗曼感觉不妥，她收回看着远处的游离目光，嗔怪林文轩说：“你也是，人家肖总是大忙人，你就让他忙去吧。”罗曼如此一说，林文轩便不好坚持，只得说：“那好，肖总请便。”肖潇如释重负，又不免怅然若失，稍一沉吟，对罗曼语带双关说道：“那我走了，有空再来。”罗曼突有点不舍，又不便挽留，语气轻柔地道：“那好，你忙吧。”眼瞅肖潇将要离去，林文轩猛然想起什么似的：“哎，肖总，你的企业如做宣传，或家里需要书画装饰尽管找我，我给你最大优惠。”肖潇颇感意外，又不免暗喜，见略显窘迫的罗曼暗含期待，便意有所指道:“好的。到时候我会找你的。”

肖潇随即转身，同黄克强一道，大步流星走向大门。出门前，他不由自主往回看了看，见林文轩忙着招呼其他客人，而罗曼则独自一人，傻傻望着大门方向，见他回头张望，稍一愣怔，自嘲地一笑，赶紧转身离去。

第十二章 重蹈覆辙

观完画展，吃过午饭，黄克强把失魂落魄的肖潇送回西山别墅，自己坐车回家。下车没走几步，见一名摊贩蹲在路边，面前旧货古物杂陈，于是好奇，蹲下身，扫一眼全摊，将顺眼的器物拿起来，逐一琢磨。一圈足底部蓝料青花方框内，楷书款识“大明成化年制”的彩瓷小杯，绘有小鸡竹石，通体白釉上，不少浅黄土沁，似是出土痕迹，不由一动，脱口问道：“多少钱？”摊主木讷，没听清，反问：“你说啥？”此人呆头呆脑，讲一口带山东口音的蹩脚普通话，好像刚从农村出来。黄克强放慢语速，追了句：“这瓷杯多少钱？”小贩伸出右手食指一竖，蛮干脆：“一百。”一百块？黄克强颇感意外，又一通打量，决意买下。“九转乾坤”后，他多次路边淘货，多少摸索出点道道来，想买却不表现出来。听了报价，将嘴一撇：“这么个小破瓷杯，哪值得了一百块？”摊主急了，横眉竖眼，可语无伦次半天，才憋出了句：“咋不值？这、这可、可是古董呐。”黄克强也会察言观色，见小贩急成那样，嘴上却这般笨拙，断定此人初出茅庐，还没学会骗人，便越发踏实，可仍不松口，质疑说：“谁知它是真是假呢！”摊主没了办法，憋了半晌，口吃道：“你……你要不……不识货，那……那就别买，我……我跟你也……也说不清楚。”

小贩爱买不买的态度，将了黄克强一军，更激发出他非买不可的愿望。此人不似其他摆摊的，一旦沾上边便难以脱身，追前撵后，死缠烂打，你要不掏钱，他就不放你走，跟块狗皮膏药似的。黄克强蹲在地上，思忖着，主意已定，反倒不急不慌，多次地摊经历，他也学精了，瞅瞅手中物件，再看看灰头土脸的摊主，一脸的义无反顾，将瓷杯往摊上一放，站起身来，拍拍手上尘土，一副可买可不买的态度：“十块钱，要卖我就掏钱，不卖算了。”黄克强的还价，将摊主激怒，从而眉头一皱，一挥手臂，气呼呼下着逐客令：“别处买去。”黄克强犯了难，说实话，摊主报价本就不贵，可他绝决的态度，又让自己毫无转圜余地，只得缓步离去。刚走两步，又听小贩在身后提高嗓门：“兄弟，你再加点。”黄克强暗喜，慢慢转过身，口中的语气不再那么坚定：“就那价。”

摊贩蹲地上，抬头望着居高临下的黄克强，不再牛气，恳求说：“兄弟，回来商量嘛。”黄克强站在原地，仍坚持：“就十块。”说毕，拿眼斜睨摊主，见小贩不语，想欲擒故纵，又抽脚欲走，摊主无望，看黄克强铁公鸡一般，咬咬牙，沉吟一会儿，最后痛下决心：“兄……兄弟，真有你的。好吧，算……算白给你带一个。”黄克强好不得意，于是上前两步，吩咐摊主包好物件，伸手摸出屁股兜里一把零钱来，抽出一张十块的，拿在手中。

摊主骂骂咧咧，好似倒了八辈子血霉，用皱皱巴巴的破报纸将瓷杯小心卷起来递给黄克强，接过钱，仍旧嘟嘟囔囔：“东西要不是没成本，又想交你个新朋友，我才不卖呢！”黄克强捡了大漏，得意万分，不在乎小贩抱怨，又听他口中没花成本，也就心照不宣，明白了物件出处，便有点于心不忍，转而安慰小贩：“一回生，二回熟。你东西要真好，我以后多跟你买几件，不就赚回来了。”小贩这才眉开眼笑：“那你明儿这时再来。我多带几件，带好一点的来。”黄克强喜出望外，又有点狐疑：“家里还有更好的？”小贩极为笃定：“有更好的。”黄克强便痛快作答：“那好，明天我再来看看。”

回到家，黄克强神神秘秘，将瓷杯从包里掏出，像变魔术一般，往胡静眼前一亮：“静儿，看看这件。”黄克强的口气令胡静内心一动，她满腹狐疑，瓷杯一上手，便一个激灵，立马觉出此物不凡。杯子虽小，轻灵程度却远超她意料，将其握在掌中，感觉不到丝毫分量。“哟，不错！”胡静扭头，对黄克强脱口称赞。“你瞧仔细点。”黄克强沉住气，小心建议。接下来，胡静便翻来倒去，仔细打量。该杯小巧精致、胎体轻薄、釉色素雅、纹饰别致，釉面土沁明显，拿到窗前迎光透视，更显通透莹润。“这东西假不了！”胡静毫不含糊。黄克强吃了颗定心丸，胡静的文化素养、专业背景、细心周到，以及她特有的女性第六感，使她的判断多半准确。见老婆欣喜，黄克强如接受了最高奖赏，兴致也更加高昂：“这东西若是真的，那就应是官窑器物，能值不少钱呢！”胡静赞同，她对古瓷也多少了解一些。之后，她又颇为好奇：“多少钱买的？”黄克强一听更来劲儿，眉头一挑：“你猜。”胡静再次端详，哪猜得出来。缠着又问：“究竟多少？”黄克强本想再卖卖关子，可拗不过她，伸出右手食指一比，胡静脱口便道：“一千？”黄克强摇摇头，胡静又问：“一万？”黄克强开心极了，成心捉弄老婆，甩了句英文：“NO。”胡静急了，提高嗓门嚷嚷说：“究竟多少？”黄克强“扑哧”一笑，抢白说：“这还猜不出！”胡静一下回过神来，大为惊讶：“难不成是十块？”“正是。”听黄克强语气笃定，胡静喜得双脚一跳，连声惊呼：“老公，你太有才了！”黄克强便得意地总结：“单就这价格，东西便假不了。”“可不嘛！”胡静也一点就通。

次日，黄克强如约前来，小贩已在等候。见了他一脸欣喜，将其领到一个僻静处，把包往地上一搁，取出里边器物，置于地面，供他挑选。小贩没食言，今儿的器物，整体水平的确比昨日好，遗憾的是都没款识，黄克强不免失望，东挑西选，花了六百多块，要了几个古色古香的青花小罐。过程中，两人你一言我一语，相互攀谈。黄克强试探着摸底：“来北京多久了？”小贩难为情，面露尴尬，回答说：“我刚从山东老家出来，来北京才一礼拜，路都不认呢。”黄克强不信，反问：“你刚来能做这个？”小贩嘿嘿一笑，抓耳挠腮，断断续续介绍说：“我哥和我嫂子来这儿好多年了，在北京专做古董生意，赚了不少钱，还在西客站那边买了套房子呢！这次叫我来，就因为他们生意忙，让我帮着跑跑腿，也想照顾我，让我利用农闲学做古董生意，补贴家用。”黄克强本无芥蒂，一听，反倒起疑：“你哥生意那么大，还停留在地摊上卖古董？”小贩憨厚一笑，露出满口焦黄牙齿，解释说：“哪里。我哥经常外出谈生意，我刚来，啥也不懂，啥也做不了。我哥为锻炼我，特地拿少数档次不高的货，让我到路边碰运气，练胆量。”黄克强也就无话可说，将钱递给他，拎着提袋，拔脚便走。小贩赶紧叫住他，面色诚恳：“兄弟，我不常来摆摊，你要信我，留个电话，有好东西，我通知你。”黄克强犹豫，上下打量小贩，见他老实巴交，的确像刚从农村出来的，也对小贩的建议暗含期待，便没了戒心，痛痛快快将手机号告诉对方。黄克强的信任令小贩感激，他掏心掏肺般说道：“兄弟，我姓郭，你叫我小郭就行，我不会让你失望的。”

黄克强并未当真，没想第二天下午，便接到小郭电话。小郭竭尽巴结，对黄克强说："兄弟，我把这两天你买东西的情况跟我哥说了，我哥说你是大城市中一个难得的好人，他想和你认识认识，也想和你长期打交道。"说到此，小郭的话停下来，静等黄克强反应。黄克强大出意料，两人萍水相逢，仅两面之缘，对方竟如此敬重自己，不免有些受宠若惊，又有点云里雾里。尤其小郭大哥的身份，让他不敢小觑，斟酌中，语气不带任何感情："你接着说。"看黄克强并不排斥，小郭进而说道："我哥说，为表诚意，想将家里存放多年的十几件青铜器，低价卖给兄弟你，作为见面礼。兄弟如果愿意，今儿就可看货，我哥在家恭候，他还想请你吃晚饭呢!"小郭情真意切，让黄克强心生感念，更对小郭所说的十多件青铜器怦然心动。见黄克强不表态，小郭接着又道："这批货天津一个藏家已盯了很久，我哥一直舍不得卖，为交兄弟你这个朋友，才忍痛拿出来，作为表示。"

黄克强无法淡定，听说还有其他藏家紧盯宝贝，兴奋中的他不免紧张。虽未入门，更没见识过，但"青铜器"三字，他并不陌生。远在中学时代，历史课上，赫赫有名的司母戊大方鼎，便让老师口若悬河、津津乐道，更让求知欲旺盛的同学们憧憬不已。青铜器，不仅体现殷周时期超高的铸造技艺，代表着华夏之邦三千年前的灿烂文化，更凝聚着先人的聪明智慧，有着极深厚的历史积淀与文化内涵，其超高的收藏价值与财富价值，更让古今中外的收藏大家垂涎欲滴。青铜器属收藏重器，即便肖潇爷爷这般的收藏大家，也都难有几件，更遑论普通藏家！黄克强暗忖自己不知哪辈子修来的福分，别人踏破铁鞋也难以寻觅的国宝重器，对方竟如此巴结，还想低价卖给自己！黄克强飘飘欲仙，不过他也深知，即便再便宜，十多件青铜器，也绝不是个小数！自己哪有实力吃下？可他实在难抵十多件青铜器所代表的巨额财富诱惑，举棋不定下，对小郭模棱两可回道："小郭，谢谢你和你大哥，你们的心意我领了。这样，我手头有点事，过会儿我给你打过去。"小郭通情达理，态度洒脱，忙说："兄弟，没事儿，先忙你的，忙完再说。"

撂下电话，黄克强稍一沉吟，随即拨通胡静手机，不等黄克强把话说完，她便冲动至极，捏着嗓子尖声惊呼："十几件青铜器？那是一笔多大的财富？"旋即，她又不免忧心忡忡："小郭要价再便宜，不也得一笔大数？咱哪儿来那么多钱？"黄克强已有主意，试着分析："青铜器值大钱，谁都知道，但要真正变现，那得若干年后。目前国家控制特严，不让拍卖，政策一紧便不好出手，价格也就上不去。再说，私下交易，能有多贵？人家小郭还给咱优惠，不更低？这样，我先摸摸底，探探小郭口气，要成，咱全吃下，若不成，买一件是一件，机会一旦错过，就千载难逢，日后即便有钱，打着灯笼也找不到的。”黄克强分析得入情入理，胡静听后反急切起来：“那你快给小郭去电话，尽快把事情搞定，别夜长梦多！”黄克强心下释然，接着吩咐老婆：“那你尽快回家取卡，等我电话取钱。”“好！”胡静摩拳擦掌，跃跃欲试，刚想挂电话，突又想起，遂叮嘱黄克强：“哎，你尽量砍价，咱争取全部吃下。”黄克强却没底，敷衍说：“尽量吧。”

黄克强从未郑重其事买过古董，压根没有真伪概念，虽说有过“九转乾坤”教训，也只埋怨不该从民工手中买，哪想得到煌煌千古的商周青铜器这样的艺术瑰宝，也存在制假贩假行为！挂断电话，他便急不可待地拨通小郭手机，让他喜出望外，小郭报价远低预期，略经砍价，虽没见着货物，隔着电话，便将价钱敲定，以区区三万块钱，谈下了十六件青铜器的大买卖。

不等下班，黄克强打过招呼便健步如飞，直奔家里，匆匆接过胡静手中的三万块钱，生怕不能如约赶到，转身便走。胡静赶紧叫住他：“哎，急什么？”黄克强扭头，忙问：“怎么了？”胡静提醒：“注意安全，别上当了，把手机拿在手里，每十分钟咱通次电话。”听胡静婆婆妈妈、没完没了，全是些无关紧要的话，黄克强不以为然，嗤了一声，反诘说：“瞧你说的，小郭那么老实，哪儿至于呀。”胡静不敢掉以轻心，反驳黄克强道：“你认识他才几天？就那么了解？大白天倒也无妨，你看，天都快黑了。”胡静瞅瞅窗外，太阳已无踪影，天色暗了下来，便更加担心，身子也不由自主，猛一哆嗦。黄克强看在眼里，心里一热，领情说：“知道了，别担心。”随即，将老婆揽进怀里，并在她额头动情一吻，随后放开，用有把握的口吻说道：“老婆，等着吧，要不了多久，咱也会大发的！”说罢，拉开房门，豪情万丈，前去赴约。

刚出门，黄克强还意气风发、踌躇满志。可行至半途，他开始不安起来，甚至有些悲壮。他是独生子，父母都是中学老师，虽不富贵，但也吃穿不愁。硕士毕业后，步入社会没几年，一直顺风顺水，从没做过买卖，没和三教九流之徒打过交道，更没干过违法之事。今儿却鬼使神差，只身赴一陌生约会，要从一个不知半点底细的男人手中购买为数不少的古董文物，而且，还是极其名贵、有着几千年历史的青铜器。黄克强突觉不可思议，因肖潇之故，他前后参观过多次拍卖预展，每次预展大厅两三千件展品，林林总总，有书画，有瓷器，有古玉，有杂项，唯独没有青铜器！黄克强七上八下，既惶恐又亢奋，还急切，几种心绪交织一起，翻腾于内心深处。想起老婆担忧，突有点儿害怕，确如胡静所言，这个小郭自己了解多少？此人万一心存不轨，该如何应对？瞅瞅暗淡下来的天色，黄克强心里有点发毛。可他实在抵御不了十多件青铜器的诱惑，以及宝物所代表的的巨额财富。为防不测，他按老婆叮嘱将手机攥在手中，并调出胡静手机号码，万一有什么事，他只需一指按下，老婆便会心知肚明，救他于水火。他谨记胡静嘱咐，每十分钟和她通次话，省得她担心。

黄克强斗争着，矛盾着，做好各种应对准备。当如约走到约定的面包车前，小郭已等候在此。见他走近，咧嘴一笑，亲热地招呼："兄弟，来了！"随即拉开车门，伸出右手请他上车。黄克强警惕，站在车门前往里一扫，见车窗紧闭，车内空无一人，两个偌大的纸烟箱子，稳稳地安放在里面，该车的司机则蹲在车边地上，悠哉游哉，吞云吐雾，一副事不关己的漠然样子。黄克强确信无危险，这才上去，小郭紧随其后，一屁股坐在他的身旁。

这是拉货用的面包车，座椅被撤掉，只一张可供两人坐的椅子，装香烟用的两个牛皮纸箱鼓鼓囊囊，用尼龙绳井字交叉捆绑着。两人挺默契，一上车便直奔主题，小郭一声不吭，利索地解开绳索，取出器物，置于脚边。很快，车内便摆得横七竖八，团团大小不等、包裹器物的劣质纸团，充斥黄克强视野，令他眼花缭乱，不知所措。此时，电话骤然响起，让人不由一悸。黄克强瞬间明白，知是胡静来电，快速接通，照事前约定，草草说句"没事"，便挂断电话。窗外已漆黑，路灯也亮了起来，面包车顶灯的光线，昏昏黄黄，更显神秘诡异。黄克强的心跳个不停，强烈的不安侵扰着他，加之面对大堆宝物的欣喜，让他不由得出现了短暂的窒息。

宝物一共十六件，每件都包裹着劣质白色卫生纸。小郭随手拿起一件，轻车熟路，剥开缠绕器表的纸条，器物面貌便逐步显露。黄克强屏住呼吸，紧张盯着小郭手中物件，待器物真相全露，更觉血流奔涌，脸颊滚烫，太阳穴突突跳个不停。黄克强面无表情，接过宝贝，抱在怀中，好奇打量：此物不小，40厘米高，口径足有30厘米，三足鼎，明晃晃、金灿灿，像刷了道金粉；满壁的饕餮纹饰，繁缛精细，又威猛无比，斑驳的绿锈，使器物大气磅礴中又不乏历史的厚重。小郭侧眼瞅瞅黄克强，见他手足无措，知他没看懂，便郑重介绍说："兄弟，这是春秋战国时的青铜鎏金鼎，贵重得很。"黄克强这才懵里懵懂，更明白手中宝物的分量。有了概念，黄克强的心更乱，又不愿被小郭小觑，因而故作老到，煞有介事点点头，含糊其辞回了句："嗯，不错。"

小郭又打开其中四件，让黄克强逐一鉴赏。后面几件和第一件差不多，只器形和纹饰有些不同。待小郭再要打开其他器物时，黄克强不愿麻烦，赶紧出手制止，口气还极为洒脱："不用，这样看就行了。"于是，他将剩下的器物挨个上手，仅掰开纸缝略瞟一眼就算通过。接下来，小郭极麻溜，将器物一一放回，系好绳索，坐下来，等他表态。黄克强则毫不含糊，从包里拿出还未拆封的三万块钱递给小郭，认真地说："你数数！"小郭也干脆："不用！"随即，将三沓百元大钞往包里一塞，拉上锁链，一脸的认真："兄弟，啥时不喜欢了，可以随时退货。"黄克强心里便更笃定，坚信宝物的真实可靠。

交接完毕，小郭提箱子下车，为黄克强拦了辆出租车，又卖力地将箱子放进后备箱里。黄克强坐在驾驶座旁，享受着小郭的服务，心里好不惬意。车子启动时，他伸出手去，跟小郭挥别。他感激小郭，这个忠厚木讷的乡下人，正引领自己步入收藏门槛，那可是自己梦寐已久并方兴未艾的全新领域。出租车徐徐前行，路灯下，穿露脐装的男女，闲坐街边，手拿肉串，口对瓶子，喝啤酒，嚼烧烤，大快朵颐，其乐无比；光怪陆离的灯光，缤纷多彩的橱窗，和黄克强的心情交织一起，明亮斑斓。几分钟后，出租车停在黄克强家楼门口，他像个得胜的将军，别提多得意。

胡静悬着的心终于放了下来。撂下电话，她便出门相迎，想尽快一睹宝物真容。两人高度默契，不言声，坐上电梯，拎宝物回家。一进门，胡静便从后面拦腰抱住男人，紧贴黄克强后背，仍存后怕之意："担心死我了！"黄克强情急，转身揽过老婆，托起她，原地打转，直到力乏，这才放下，兴冲冲问："有什么担心的？"

"怎么可能不担心？谁知道小郭背景如何？万一被打劫，不就完了？你要有个三长两短，我可怎么办？"胡静心有余悸。"哪儿那么悬乎？"黄克强心里一热，自己其实很紧张，也害怕，但他不愿被老婆窥到，便故作洒脱，装出一副大丈夫气概。突然，他灵机一动，存心逗趣说："我要有个长短，岂不正好？你再找一个，换换口味。”

“呸，没良心！”胡静动了气，奋力挣脱黄克强，扭头便走。黄克强一把拽住她，拉回来拥在怀中，解释说：“逗你呢，真生气了？”胡静余气未消，耷拉个脸，不理他。黄克强转而又道：“别磨叽了，咱看看宝物吧！”胡静一听也是，便不再任性。两人夫唱妇随，拎箱子到房间中央，取出全部器物，逐一展开缠绕上面的卫生纸，不一会儿，满屋子变得凌乱不堪，十六件大小不一、形态各异的青铜器，则在满地废纸中金光灿灿，炫人眼目。“哇噻，太棒了！”胡静双手一拍，毫不掩饰心中的喜爱之情。黄克强更有成就感，美美地对胡静说：“我听肖潇爷爷说起过，民国时候，一件青铜器就能买下北京的半条胡同呢！”“一件能买半条胡同？咱有十六件，岂不买下东四一大片胡同啊？”胡静眉头挑得老高，夸张地尖声问道。

接下来，两人小心翼翼，捧起宝物，逐一欣赏，一遍又一遍，抚摸宝物器表，鉴赏华美的器型、黄灿灿的鎏金、繁缛的錾刻、优美的纹饰，两人如梦似幻，实难相信，顷刻间，便拥有了为数众多且价值不菲的珍稀宝物，不费吹灰之力，就成实力不俗的收藏大家了。两人又都不约而同地由衷感叹先人智慧，惊叹华夏文明的博大精深，此刻，两人都以身为中国人而自豪。十六件器物，包罗万象，有鼎、鬲、簋、爵、尊等等，凤鸟纹、水波纹、回纹、谷纹、勾云纹，林林总总，不一而足，有的还刻有铭文，最多竟达68字。所有铭文，全不同于当今汉字，任凭黄克强和胡静左猜右测，就跟天书似的，怎么也读不懂，更莫谈其中含义。

逐一欣赏完所有宝贝，胡静不禁大为好奇，问黄克强：“哎，这么多宝贝，小郭从哪儿弄来的？”“这问题我问过。小郭说，他家几兄弟从事古董生意好多年，走南闯北，到各地收货，还有就是小郭老家村民卖的。小郭说，他家山东农村，每遇农闲时候，全村人都出门寻宝，有时雨大，水冲走泥沙，地里的东西便冒了出来。几乎家家户户全有这类玩意儿，村民们没渠道，只得贱卖给他们，换了钱，再去买盐、买醋、打酱油，所以便宜得很。”黄克强不厌其烦，转述得到自己认可的小郭的说法。“可能吗？怎么像听天方夜谭！”胡静本不起疑，黄克强的话，反引起她警觉来。

“有什么不可能？”黄克强反问，接着解释：“中国几千年的历史，地下埋有多少宝物，简直难以计数。人死后全埋在偏僻山村，遇巧了，宝物从地下露出来不是没可能。”黄克强绘声绘色，把道听途说来的话复述得活灵活现，犹如身临其境，由不得胡静不信。见他眉飞色舞，她也跟着开心道：“这倒也是。山东是有名的孔孟之乡，几千年的齐鲁大地，名流辈出，管仲、晏婴、孔子、孟子、孙子、扁鹊、墨翟、鲁班，再到后来的孙膑、诸葛亮、王羲之、李清照、辛弃疾、张择端，全是齐鲁之人。山东这地，人杰地灵，历来富庶，人文历史深厚，小郭肯定不懂这些，但他的话却契合了当地的人文历史。”胡静如数家珍，信口拈来，更坚定了黄克强内心所想，他既为自己打气，也为小郭开脱：“放心吧，小郭不是扯谎之人。”

“这就难说了。你认识他才几天？一个跑生意的，你这么信他？”胡静并不怀疑小郭，但对一个萍水相逢的人，却不敢掉以轻心，见黄克强毫无防范意识，便立即警觉，加以驳斥。“你没见过他，老实得很。再说，他哪是做生意的，刚出农村，混口饭而已。”黄克强凭印象，力挺小郭。胡静扑哧一笑，意识到自己说法欠妥，大方承认说：“这倒也是，山东人比较憨直、厚道！”她和黄克强有两个山东籍哥们儿，人挺好，听他辩解，也就不再坚持。

整个晚上，两人围绕宝物喋喋不休，十六件青铜器激发出他们强烈的收藏欲望。灿烂的华夏文明近在身边，触手可及，再不是遥远抽象的传说，一夜暴富也不再是痴人说梦，而是到手的现实。意乱神迷中，两人又都颇为理智，商定：继续和小郭打交道，维系好这条来之不易的财富渠道。

一连数日，黄克强都会接到小郭电话，白天工作忙，一般都在晚上交易，地点则是老地方，在小郭自带的面包车上。小郭没车，拉货的车是租来的，每次一百块，完事结账，这是小郭说的。每次的车都不同，牌子不同、牌号不同，驾驶员也不同。每次，小郭总不负所望，他像魔术大师一般，天天都能让黄克强和胡静欣喜震惊：一会儿是白玉山子、白玉观音，一会儿是鎏金铜佛、战国宝剑，一会儿又是明、清官窑，即便最次，也是民窑精品。黄克强和他钱货两清，从不欠账，分手时，小郭总是一脸郑重，告诫黄克强：“兄弟，什么时候不喜欢了，告诉我一声，可以随时退货。”

一天晚上，黄克强同小郭刚交易完，肩挎一柄超大的镂空宝剑，手握两把稍小一点的青铜剑，意气风发，刚下面包车，瞅见两辆警车，紧贴面包车一前一后，警灯闪烁不停，血一样的红光格外刺眼，五六个警察一脸威严，来回走动，严阵以待。黄克强心里一紧，暗想：糟糕，要出事！难道小郭被盯上了？警察闻风而至？这东西的来路，若非小郭所言，而是有问题，自己岂不受牵连？黄克强强作镇定，脑子如飞轮旋转：怎么办？往前走？退回去？此时退回车里，不反遭警察注意？若小郭真有问题，自己不成瓮中之鳖？和小郭一道，双双束手就擒？警察离得太近，自己稍有异动，便会引发对方关注。打定主意，黄克强自知毫无回旋余地，一发狠，硬着头皮，昂首挺胸，勇往直前。当他屏息静气，经过最后一个警察身边，用眼睛余光一瞟，瞥见对方正满腹狐疑，打量着自己，不由双腿有些发软，吓出浑身冷汗，紧咬牙关，才不至于瘫软，直走出很远，也不敢回头。黄克强这个历来循规蹈矩，脑子里从没违法乱纪这根弦的人，第一次，竟因见了警车警察而发起怵来，连他自己都不可思议。回到家后仍惊魂未定，心有余悸，当他绘声绘色描述这一幕，胡静竟泪水涟涟，一把将他抱住，吓得声音发颤，连说：“老公，你受惊了！”

冒险的经历，倍增宝物分量，两人心存敬畏，将宝剑握在手上，来回抚摸。冰凉的剑身，令他俩不由想起历史上有名的越王勾践剑，幻想千年前的古人“金戈铁马，气吞万里如虎”的豪迈，内心激荡着神圣的情怀：当年的豪杰长眠九泉，战争的烽烟早已熄灭，泱泱中华，国定邦安、国强民富，而英豪们征战南北、驰骋疆场的利器，今天却经辗转到了自己手中。这样的千古奇缘背后，又蕴含着怎样的人生际遇？两人如痴如狂，如梦似幻。

一个礼拜六，小郭来送货，约好下午一点，黄克强便在一家装修不错、规模不小的餐馆招待他，按他口味点菜，并要了瓶好酒，这让小郭心生感念。席间，酒后的小郭忘乎所以，滔滔不绝，将古董生意中的甜酸苦辣一一道出：“兄弟，你真是好人啊！你不知道，做我们这一行也挺难的。有次，我送货，说好三万块钱，一手钱一手货，等我把货送到，对方仗着人高马大，人多势众，把货扣下，却不给钱，让我立马走人。我不照办，他们就报警，吓得我拔腿就跑，欠上家的钱，好久才还清呢。”黄克强心生恻隐，善意提醒他：“社会上什么人都有，你刚从农村出来，凡事留个心眼。”

小郭又掏心掏肺：“我现在帮我大哥，卖出东西，按10％的比例提成，收入不高。可我大哥的生意可大了，长期给国家级电视台的主持人和几个演员送货，他们每人都在我大哥手里买了好几百万的古董呢！我大哥在天津、广东、香港、台湾，都有长期买主呢。”小郭看似言者无心，黄克强却听者有意，更坚信小郭这条渠道实力的不俗。一再追问下，小郭扭捏半天，托不过情，这才吞吞吐吐、犹抱琵琶，道出主持人和演员买主的名字，说得有鼻子有眼，听得黄克强肃然起敬。之后，小郭又绘声绘色，拿村民寻宝之事取乐，听得黄克强心痒难耐，好生羡慕。小郭一脸宽厚，又属酒后之言，黄克强哪疑真假？酒足饭饱后，小郭满面潮红，打着嗝，大包大揽道：“兄弟，你尽管放心，你待我这么好，我定不会亏你，一有好东西，我先通知你。兄弟，你真是难得的好人啊！”听得黄克强感慨万分，又沾沾自喜。这次交谈，更坚定了黄克强信念，确信小郭的可靠。结完账，黄克强大大方方，多给小郭一千块，作为嘉奖，也存收买之意，想让对方关照。小郭稍一客气，接过钱去，感恩戴德，对黄克强千恩万谢。

接下来一个月，小郭几乎天天送货，有时三五件，有时两三箱，全是精品、名品、重器，像变戏法，也不知他哪来的能量。偶尔没来，便是下乡进货去了。其中一件52厘米高的山子，重约160多斤，三层深浮雕、圆雕、透雕交错，楼台亭阁，人物山水，颇为复杂。黄克强蛮费工夫，雇人将其搬回，对胡静神秘说道：“我告诉你，这东西起码上千万！我才花了6千块，多大的利差？多大的漏？”胡静已是见惯不惊，上下打量后，连连摇头，一脸怀疑：“这东西值上千万？”黄克强急哧白咧：“那当然！这是和田白玉，少说上百万一公斤，这山子，单成品，就重达160斤，按加工前材料计算，怎么说得有两百公斤吧？如此算来，千把万还打不住呢！”胡静仍旧不信：“你能肯定它是和田白玉的？”黄克强极自信：“肯定是。小郭也这么说的。”不管黄克强怎么忽悠，胡静仍坚持己见。不过，家里如此众多的宝物肯定价值不菲，这倒也是真的，胡静内心早充满遐想。打那以后，黄克强一有空，便躺在山子对面的沙发上远观山子，左看右看，百看不厌，醉心于山子代表的巨额财富。还多次对胡静说：“忙过这段，咱找两件送拍，钱回来后买套房子，就能登记结婚了，省得你爸妈和我父母老催。”胡静听后欢天喜地，期盼这天的早日到来。

还有一次，黄克强搬回来大大小小七八个锦盒，全是盘口瓶，清一色的描金粉彩，其中一对，高达62厘米，通体绿釉上，大朵的缠枝牡丹繁而不乱，争奇斗艳，口沿、足沿及腰部的描金和精美的纹饰浑然天成，器型的磅礴，纹饰的繁缛，极具视觉冲击，看得两人瞠目结舌。即便小件也近50厘米高，分人物故事和牡丹花卉两种，瓶子圈足底部，全凸雕“大清乾隆年制”六字篆书，极具官窑气派。胡静连声惊呼：“天啊！实在太棒了！件件都是超级大国宝！件件都值好几百万呢！”黄克强深受鼓舞，信手指向大瓶中的一个，留有余地地问：“这一个，得值四五百万吧？”胡静一改往日谨慎，断然回道：“不止，这么大、这么好一件乾隆官窑器，怎么也值上千万！你看看前几年的拍卖图录，比这小得多的乾隆粉彩，也都拍出好几百、上千万的水平呢！”

黄克强更得意，想得更长远：“抽空送几件去拍卖公司，争取多卖点钱，咱接着再买，争取‘以藏养藏’。另外，卖了钱，多买两套房子，把我爸妈和你父母全接来，省得一到长假，咱就来回奔波。”胡静连蹦带跳、欢天喜地：“那更好！”接下来胡静不由疑惑，面对黄克强一次拿回各大同小异的乾隆瓷器，不太好理解：“哎，你说这同类东西，小郭怎么一下就弄来那么多呢？”黄克强于是解释：“一开始，我也纳闷。对这样的问题，小郭不太高兴，经不住我软磨硬泡，他才期期艾艾，说在他老家附近一个地窖找到的。”这一解释，倒也合乎情理，胡静心中的疑惑，也就瞬间消弭，并能设身处地，体谅小郭的心态。之后胡静又好奇，不明白当年的主人，在怎样的状态下，能将如此众多的官窑器物据为己有，胡静颇费心思，揣测着原主人的身份。

黄克强便不厌其烦，凭想像分析：“可能是有相当身份的官宦人家，用于装饰厅堂专门订烧的，所以，器型、风格、纹饰，也都大体一致。”胡静认可这个说法，便不再深究。面对满屋琳琅满目的奇珍异宝，两人一一估算，哪怕按最低估价，其价值也远超亿元。胡静乐不可支：“嘿，这运气来了，真是挡都挡不住！”黄克强更得意，卖弄说：“除了运气，还得有眼力，有魄力。有的人面对珍宝，却不识货，不敢或舍不得掏钱，不就错失良机？”胡静不由庆幸，自己无心攀附富贵，眼下却金玉满堂，眼前这个男人不仅对自己一门心思，还将带给自己无比富足的生活，此前她连想都不曾想过。胡静脑中浮现出一句老话：“有心栽花花不开，无意插柳柳成荫。”想想同时代的女孩们，太过物质，追求享受，结果却事与愿违，反弄得伤痕累累。胡静自我沉醉，满足于随遇而安的生活态度。

接下来，胡静和黄克强商量：“老公，屋子都放不下了，咱也投进去那么多钱，这些宝贝，件件价值连城，你说，咱是不是该放慢节奏，暂时别再进货，利用时间查查资料，把手里的东西搞清楚再说？”“节奏可以放慢，但时不时还得买，不然，小郭再找其他买家，不就断了这条渠道？这可是千载难逢的机会呀！”

黄克强分析说。“这倒也是。”胡静赞同。此后小郭再来电话，黄克强就以这段时间工作忙为借口，婉言推托，和小郭保持一周见一两次面的节奏。

不和小郭天天见面了，黄克强和胡静便有时间看书、上网、查资料。将相关资料与宝物类比，这一来便觉出诸多疑点，却又似是而非。于是合计，诈诈小郭，看他作何解释。商量好说法，黄克强致电，语气尽量委婉：“小郭，问你个问题……”几个月来，小郭在黄克强跟前好为人师惯了，以为对方又有什么问题请教，回答很干脆：“你说，兄弟。”黄克强赔着小心，怕无端猜忌惹恼这尊财神，从而断了财路，便字斟句酌说：“这两天，我约朋友来玩，都是搞收藏的，欣赏你卖给我的宝贝，他们看后怎么说不对呀？”小郭意外，语气激动，反驳说：“绝无可能！兄弟，我没见过你朋友，不过，我怀疑他眼力！我的东西绝对保真，我用脑袋担保！我早就有言在先，你要不喜欢，可以退货嘛！”小郭好似蒙受了天大的不白之冤，以致情绪失控，因而言辞激烈。黄克强和胡静由此释然，小郭信誓旦旦、掷地有声的态度，给两人吃了颗定心丸，撂下电话，两人相互嘲笑，互说对方“疑心生暗鬼”、“说风就是雨”。接下来，黄克强又毫不设防，从小郭处买过多次东西，又花去几万块钱。但之前的阴影总挥之不去，两人无法安之若素，一边和小郭打交道，继续进货，一边又商议，不能光听卖家之辞，应该请高人掌眼，便于消除疑虑。因而，两人又想到了肖老爷子。

星期六，黄克强和胡静一反常态，起了个大早，挑出十来件自认为最具代表性的器物前往西山别墅。门一开，见两人大包小袋，肖潇瞬间醒悟，抡起拳头，朝黄克强胸前一擂：“我说你怎么鬼鬼祟祟，一下班就不见踪影了，原来还是贼心不死啊！”黄克强嘿嘿一笑：“瞎玩玩，碰碰运气！”肖鹏飞坐在沙发上，正翻看几份报纸，抬头一瞅，语气不以为然：“呵，买得还真不少。”两人听后有点手足无措。肖潇忙解围：“傻站着干吗？跟我来。”肖鹏飞也意识到自己的轻慢，遂将报纸撂下，爽朗一笑：“你这臭小子，坐过来，给我瞅瞅。”两人便互看一眼，怯生生地在肖老爷子身边落座，并小心取出物件来。

“不对！”肖鹏飞远远一看，便断然否定胡静取出的第一件。“也不对！”肖鹏飞随后又枪毙了黄克强手中的东西。两人不由对望一眼，黄克强不服气，从包里踅摸出一个他认为最古色古香的蓝地白花小盖罐，语气中多少带有质问的情绪：

“这是假的？”肖鹏飞不由分说：“假的！”黄克强心里一沉，又取出一个满身开片、瓶身凸雕粉色梅花的胆瓶，再次问道：“这个呢？”肖鹏飞不屑一顾：“假的！”黄克强仍不死心，遂又捧来高约35厘米、圈足底部用楷书凸雕“乾隆年制”款识的祭红天球瓶，小心往茶几上一放，声音发颤：“爷爷，您再看看这个？”肖鹏飞斜靠沙发后背，略瞟一眼，拖长腔调：“也不对。”胡静几近绝望，抱着侥幸，取出最后一小件，小心展开缠绕器身的劣质卫生纸，将黄克强首次与小郭交道时买的那件圈足底部用蓝料青花题写的“大明成化年制”的瓷杯，捧至肖老爷子跟前，用几乎听不见的音量说：“您再瞧瞧这个！”肖鹏飞不接，似嫌脏了手，隔山望牛看了一眼，便失声笑了起来：“收起来吧。这东西要对，那还了得！这可是大明成化年间的鸡缸杯，价值连城呢，几年前，在香港拍卖，三千万元落槌，全世界才几只？哪能到得了你们手里！”

“啊？这么个小杯子，能值这么多钱？”肖老爷子的话，惊到了正搞卫生的陈婶，她忘了手中活计，蹿上前，好奇打量起这只真品价值连城的赝品来。黄克强和胡静一时傻了眼，不断交换眼神，心里七上八下，都在心里嘀咕：这东西家里就有两件，第二件是胡静从地摊上买回的，当时两人兴致高昂，愉悦地开着玩笑，说：“运气来了，真是挡都挡不住！”黄克强甚至还开玩笑地调侃：“这样的好运气，真要气死全国人民！”

见黄克强蔫不出溜，像打了霜的茄子，肖潇在一旁好心规劝：“你小子别瞎玩，这潭水深得很。你那点钱，不够作的。”黄克强仍有残存的侥幸，望着肖老爷子，小心问道：“这些东西，那么古旧，怎么会是现仿品呢？”肖鹏飞脱口便道：“全是人为作旧做的。臭小子，别瞎玩，现在的古玩行业造假贩假猖獗得很，上当受骗的人不计其数。有的人被骗几百万，甚至几千万，好东西那么难找，怎么可能在地摊上轻易买到？”肖潇也苦口婆心：“克强，古玩这东西，不是谁都能玩的。不仅需要知识、金钱、眼力，还要时间和运气，缺一不可。总想一夜暴富，当然会上当受骗。”陈婶好奇，问胡静：“你们花了多少钱啊？”胡静的心如乱麻一般，她瞥黄克强一眼，故作不以为然：“也不多，碰碰运气而已！”“钱不多也就罢了，权当买个教训。现在的骗子高明得很，千万别抱侥幸心理。”肖鹏飞再次提醒两人。黄克强和胡静恨不得找个地缝钻下，两人不仅难堪，心里更是堵得慌。两个月下来，从小郭那里买古玩的钱已有二十多万，两人工作不久，属月光一族，这些钱是黄克强前年换工作后，拼命跑业务的提成外加年终奖金积累起来的，本想以小搏大，投资古玩，用小钱换宝物，再用宝物生大钱，之后买房结婚，良性循环。此事一黄，意味着婚期又将遥遥无期往后推延，双方父母已多次催促，往下，该如何向老人交代？一想到这里，两人心慌得都快虚脱了。

回家路上，两人一言不发，都在想着心事。推门进家，不等换鞋，胡静便急不可待，道出一路上的疑惑："哎，你说肖老爷子的眼力，究竟够不够啊？""我也在想这个问题。"黄克强颇为谨慎。"他连拿都不拿在手上，仅看一眼，怎么就看得准呢？再说，他那把年纪，老眼昏花的，又不认真，别看错了吧？"胡静认真回想西山别墅的整个经历，心中的疑点更多，语气也就随之愤愤不平。"我也有这个感觉。肖爷爷总认为咱年轻，没经验，没把咱放在眼里。要不这样，再找陆院长看看，他不是收藏瓷器吗？"黄克强也心存不满，提了这个建议。胡静又看到了希望，立马催促黄克强："事不宜迟，你现在就去打电话，要行的话，咱下午就去。"黄克强也急于弄清真相，不等胡静将话说完，立刻给陆一凡打电话。陆一凡一听，连声抱歉："小黄，不好意思，我帮不了你。我虽收藏瓷器，但以宋瓷为主，明清瓷器接触不多，看不了。哎，你让肖老看看吧！"黄克强便一五一十，将上午的经历如实道来，同时说出心中的疑惑。陆一凡听后，认真地对黄克强说："小黄，肖老的眼力不用怀疑。对于他来说，不就一眼的事？肖老说东西是假的，我看就真不了。你可得注意呀，这水太深了，别瞎玩儿呀！"

挂断电话，两人心里七上八下，一时没了办法。胡静不撞南墙不回头，仍存侥幸："我还是怀疑，肖老毕竟年事已高，眼力真那么好？陆院长又没亲眼看见，他就能凭空断定？"黄克强稍一琢磨，已有主意："要不这样，过两天索性找家权威的鉴定机构鉴定一下，听听专家意见再作打算。"胡静立马附和："肯定还得鉴定。我根本不相信这些东西全是赝品。"话音一落，胡静有了新想法，吩咐黄克强："哎，你给小郭打个电话，看他怎么说。"一提起给小郭打电话，黄克强便犯怵，他的胆小模样令胡静大为生气，不由抢白说："你这人也是！你是花钱的买家，他是坑骗的卖家，你倒怕他？你怕什么呀！"耐不过胡静的软磨硬泡，黄克强鼓足勇气，拨通小郭电话，将鉴定结果转述于他。小郭闻讯，再次在电话里拍着胸脯赌咒发誓："我要骗你不是人！兄弟，我的东西肯定保真！你那朋友简直就是胡说八道！他究竟懂不懂呀？现在的伪专家多得很，很多专家不懂装懂，误导藏家。要不这样，你再找几个水平高、眼力好的专家看看，如果专家也说是假的，你想哪个时候退货，都成！”小郭斩钉截铁、义正言辞地说。黄克强和胡静稍感安慰，但也不似从前完全相信小郭。两人饿得前胸贴后背，却顾不上充饥，又将物件捧在手中，琢磨研究，看了半天，仍一头雾水，无从判别。两人又将小郭所说的每一句话拿来分析、揣摩，甚至连说话的语气也都不曾漏掉，小郭言之凿凿，完全不像说谎之人。两人无所适从，不知该听肖老爷子的，还是应该相信小郭。还好，小郭承诺可以退货。可是，忙前忙后两个月，两人均对这批古董寄托了极高的期望，甚至还和宝物有了深厚的感情，两人不愿辛苦一场，最后白忙活，落得个退货的结局。

接下来，两人马不停蹄，通过114，查得几家文物鉴定机构，又一一致电咨询，几经斟酌，决定前往雍和宫附近的鉴定中心。该中心隶属京城某文博机构，所聘专家全是故宫博物院、国家鉴定委员会，以及相关国家级文博机构的知名专家，周末也对外鉴定。此事宜早不宜迟，两人决定下午便去，尽早弄个水落石出。两人将肖鹏飞看过的器物放置一旁，另挑选两件青铜器、四件瓷器、两件玉器，如约前往。

鉴定中心员工全是20岁出头，女孩们虽没接受过专门培训，但朴实、热忱。按程序将器物逐一登记后，告知他们：青铜器每件500元，瓷器、玉器每件300元，共计2800块，先缴费，后鉴定。胡静早有准备，如数缴清，办完手续，两人折回进门处，取出书柜里刊名不一、时期各异的收藏杂志，倚靠墙头，信手翻阅，静候专家。两人这是破天荒首次接触收藏杂志，以前虽也零星看过相关书籍，却从不知道竟有如此专业的期刊，从不同角度，全方位介绍收藏领域的最新动态。纵览内容，多是介绍不同藏品的鉴赏诀窍，宣传拍卖行情，及各类藏品的市场价格。杂志内容极具蛊惑，撩拨得两人耳热心跳，那些天价成交的拍品，更让他们垂涎不已。

约莫半小时，青铜器专家率先抵达。此人40多岁，面容儒雅，接待室墙头有他照片及介绍：国家鉴定委员会委员、青铜器鉴定的权威。专家轻车熟路，一进门，便直奔里间，其中一名女孩则按惯例将黄克强和胡静领到里面。专家气定神闲，端坐鉴定台前，平心静气，等待桌对面的青年男女取出鉴定标的。黄克强和胡静手忙脚乱后，局促坐在专家对面，盯着他，大气也不敢喘一口。专家随手操起其中一个，上下看看，用鼻嗅嗅，再拿手抠抠，极其干脆：“现仿的！”“怎么会是现仿的呢？”虽已有心理准备，黄克强仍不甘心，遂小心问道。“你们看，商周青铜器制作工艺，是用失蜡法。这件则是现代模具浇铸的，器型和纹饰，都挺粗陋，和真品无法相比。”

专家边说边用手指一抠，随后，让黄克强和胡静细看留在他指甲里的残留物，进而解释：“你们看，真正的绿锈，是器物在地下环境中因土石水质诸多因素长期侵蚀器表自然生成的，紧密附着器体，绝不是指甲所能轻易抠掉的。这上面的绿锈，显而易见，属人工造假，用绿色颜料和粉状物质拌匀后，再用胶水涂抹上去的，不信你们试试。这个也是一样的道理。”专家手指另一器物，语气笃定。专家的话，让两人大开眼界，什么“失蜡法”、“模具浇铸”，两人此前闻所未闻，更无概念，云山雾罩中，黄克强好奇，学专家模样，也用手指朝绿锈厚重处稍用力一抠，果然，指甲缝里满是所谓的绿锈。专家拍拍手上尘埃，瞥一眼如梦方醒的两人，转身在女孩递来的单子上，大笔一挥，潇洒签下自己大名，尔后站起来，无关痛痒地安慰两人两句，便转身离去。

接下来是瓷器鉴定。专家50多岁，身材瘦长，很文雅，她更干脆，仅一眼，便将四件瓷器统统鉴定为现代仿品。

紧接着的两件玉器，也惨遭同样命运。这一过程中，两人心乱如麻，没听清专家说了些什么，只一声声“假的！假的！”和一句句“现代仿品！现代仿品！”充斥耳膜，两人浑然不知怎么离开的，也没心情安慰对方一句，全在心里问着同样的话：怎么会这样？怎么会这样？又都惦记着小郭承诺可以退货的保证，尚觉聊以自慰。回家后，都没心情理会饥肠辘辘的肠胃，紧急商议怎样和小郭提及此事，看如何能够顺利退货，把砸进去的钱要回来。

一如前几次，小郭的语气满是不信，对鉴定结果深感意外：“是吗？专家也是这么说的？这样吧，兄弟，你别急，昨天我已经把情况给我哥说了。我哥说，没关系，什么时候退货都成。不过，我哥手里有一幅珍藏多年的名画和一个万历年间的大瓷缸，市场价值极高，你要愿意，可将这两件东西拿去，先找专家鉴定后估个价，用这两件宝物换以前的，也行。看你的意见。”小郭旗帜鲜明，态度明确，黄克强稍觉安慰，略加思忖，于是顺水推舟：“那好，就按你说的办。”胡静也已心灰意冷，听黄克强又被小郭牵着鼻子团团转，心里颇不以为然。只是，她也和他一样，不愿竹篮打水一场空，既然小郭认账，权且再信他一次。

当晚八点，小郭租来的面包车依旧停在公园东边的僻静路边，按老规矩，黄克强和小郭在车内交易，司机则在车外等候。小郭带来的画卷是一幅立轴山水画，画工工整细腻，图面右上方，江山雪霁图五字娟秀刚劲，图名左下方“已卯年王时敏”几个字则随意洒脱。画中留白处，大大小小盖有十四枚印章，“三希堂”、“乾隆御览”、“宣统赏宝”等等，涵盖了清中后期多个皇帝，彰显此画不凡的传承历史；万历五彩大缸口沿上的“大明万历年制”款识，同样让黄克强大喜过望。小郭静坐一旁，拿眼斜睨黄克强，见他脸上早已云开雾散，语调一如往常的不温不火，说：“今儿又给兄弟带来几件瓷器，一道看看？”此时的黄克强，心思全在衿盖有多个皇帝宝玺的名画上，哪有工夫细察？无需小郭多言，又掏了六千块钱，将几件东西全部拿下。

回到家，黄克强难抑兴奋之情，急不可待展开画卷，邀胡静共同赏宝，并连声称赞：“静儿，这可是乾隆、宣统的宫中宝物，太名贵了！绝绝对对的价值连城。”胡静不以为然，轻蔑地哼了一声，反讽说：“紫禁城里的皇帝玩物，能到小郭手里，只有你这猪脑子才会相信！”黄克强便急了，据理力争道：“小郭手里有皇室用品，有什么奇怪？清宫宝物流落民间的，多了去了！要都在紫禁城里待着，拍卖会就没有‘清宫遗珍’专场存在的可能了。”黄克强此话不错，令胡静无言以对，步入收藏以来，她也看过拍卖预展，拍卖会上清宫宝物屡屡出现，这不是什么稀罕事情。听黄克强理直气壮，胡静自觉理屈，稍一沉吟，口气不太笃定，反问说：“你怎么知道这是乾隆、宣统的宫中宝物？”黄克强得意一笑，卖弄说：“我怎么不知道？你看上面的印章，不清清楚楚盖有乾隆、宣统的宝印吗？”

胡静于是好奇，凑上前来，仔细一瞅，见大大小小十几枚鲜红印章里的字迹稀奇古怪，无论左看右看，怎么也分辨不出里面的内容，不由讶异，抬头质疑：“你看得懂？”黄克强一笑，更加自得：“看不懂我能睁眼说瞎话！你以为陪肖老爷子看预展白看了？陆院长哪次不是知无不言？你看，图章上用的全是篆字，这是‘三希堂’，这是‘乾隆御览’，这是‘宣统赏宝’……”黄克强知无不言，穷尽胸中点墨，向女友一一道来。胡静虽疑惑，却不似之前激烈。见胡静软了下来，黄克强又蛊惑：“你知道吗，王时敏的画，市场价少说几百万，多者一两千万，这画又被清宫多位皇帝收藏，身价不更高？”听黄克强说的有鼻子有眼，胡静心里一动，建议说：“上网查查。”黄克强半瓶子的水，也一知半解，陪肖老爷子看预展时，听陆一凡只言片语提起过，胡静的话正合他心意，于是坐下来，输入“王时敏”三字，此人的介绍便林林总总，充斥整个显示屏，再逐一点开细览，网页上的内容，让两人禁不住耳热心跳，又开始做起梦来。

短暂冲动过后，胡静旋即冷静下来，两天来的经历，让她对小郭的为人有了戒备。她从电脑前起身，再次端详画作，一看，便有了新的不解：“哎，克强，这画怎么这么新呢？几乎没有使用痕迹。”黄克强赶紧解释：“书画要是保存得好，即便过去两三百年，也不会有什么历史痕迹，我看过预展上好些古画也挺新的。”胡静还是纳闷：“你说这皇宫里的东西，怎么就到小郭手里了呢？”黄克强很不以为然：“这就难说了。这些人路子野得很。溥仪被冯玉祥撵出紫禁城前，就将大量珍贵的书画偷运出来，以前的太监也常将宫中宝物偷出皇宫卖钱。放心吧，小郭手里肯定有真东西，要不然他敢来见我？不怕我举报？不怕我找人揍他？世上哪有这样愚蠢的人呀！”都说“响鼓不用重锤”，胡静不傻，听黄克强说得头头是道，也就动摇起来。为力证自己判断没错，黄克强又继续说道：“你想，小郭明知我们了解他以前卖的是假货，还能坦坦荡荡、大大方方和我见面打交道，说明人家并不是存心骗咱，更说明他手里确有真货、好货，不然早卷款跑了！”黄克强的分析合乎情理，胡静顾虑已被彻底打消，两人接着商议，抓紧时间请专家鉴定。

还是那家鉴定中心，又花了800元鉴定费，结果两件东西均属现代仿品。两人大失所望，又不免义愤填膺，想起小郭将谎话说得这般气壮如牛，想到自己被他骗得团团转，黄克强的气便不打一处来。回到家，黄克强不再顾虑，在电话中对小郭大加挞伐，并要求退货。小郭似乎毫无准备，惊诧过后，连呼自己也上当受骗，之后郑重承诺，对黄克强的要求满口答应，并恳切叮嘱黄克强，让他将所有东西整理打包，等他哥从天津回来，带着钱前去取货。话末，好似无意，又随口说了句，说已将黄克强手中的货物，联系好一个天津买家，对方的出价更高，就等提货。如此一来，黄克强又有点找不着北，不知该听小郭的还是该听专家的，此前，他不时道听途说关于专家鉴定失误的事例。胡静不再侥幸，对退货要求义无反顾，并一再警告黄克强，让他别再心存幻想。

五天过去了，没等来小郭电话，胡静不踏实，催着打电话问问，黄克强犯怵，推脱说：“急什么，小郭他哥事多，人家从天津回没回来还难说呢，催急了不好。”又过了三四天，仍没接到小郭电话，胡静忐忑，硬逼黄克强打电话，黄克强也感觉不妙，心里七上八下，还是鼓足勇气，下狠心拨通小郭手机，结果小郭关机。自此，黄克强每日数度拨打，对方一直关机，整整一个月，竟没一次打通过。小郭就像人间蒸发了，从此杳无音信，消失得无影无踪。

两人唉声叹气，黄克强更被数落得无地自容。整整一个月，胡静才逐渐调整好心态，可满屋子的赝品，时常引起两人的争执与不快。虽万般不舍，两人决定忍痛割瘤，把它们扔掉。胡静立即行动，买来超大黑塑料袋，每次出门，装上几个，扔在楼门前的垃圾桶里，连扔几日，瞥见电梯司机总瞅着自己手上，满腹狐疑，却欲言又止，因而心虚，从此改走楼梯，从十几层高的楼层步行下去。如此扔了半月，屋里堆积的假古董不见少了多少，胡静没了耐心。恰在这时，黄克强母亲又来电话，说一礼拜后，将陪亲戚到北京看病，并订好车票让他接站。两人紧张起来，怕事情败露，招致母亲抱怨，更怕事态扩散，成为亲朋笑柄，于是灵机一动，叫来路边拉货的车，给300元运费，让司机自行处理。满屋子的假货，拉了整整两车，乐得司机眉开眼笑。等物去室空，两人又不免怅然若失，心里空落落的，像被抽干了力气，同时，又有种莫名的轻松。

第十三章　势在必得

肖潇从画廊回来，有点神思恍惚，只要没工作，他的心思便一定在罗曼身上。从半年前，拍卖会上目空一切、一掷千金的303号，到画展上才华横溢又温婉迷人的艺术家，笼罩在罗曼身上那令人目眩神迷的光环，令他魂牵梦绕。还有，那个风流儒雅又举止得体的林文轩，看样子与她关系非同一般，是情人还是亲人？肖潇绞尽脑汁，费心猜测这个让他朝思暮想又谜一般的女人。罗曼越神秘，他的思念就越热烈，占有欲也更强烈。好几次他独自驱车前往，可到了门外，他又没勇气进去。他想她，又怕见她，更怕碰着林文轩，他俩若是情人，那自己的行为岂不犯傻？所以他不敢轻举妄动，每次都把车停在远处，在画廊必经路旁，等待罗曼出现。可每次他总是落空，每每抱兴前去，扫兴而回，竟没一次能够如愿。

这天下午，是“穿越时空 凝固激情”参展画作的拍卖日期，肖潇早就盼着这一日了。一上午他安排好所有工作，叫上黄克强，直奔拍卖现场。拍卖会在克莱敦饭店二楼的小会议厅举行，代理拍卖的是宏程博源公司。因为标的不大，所以规模有限，竞拍人不足百人，多以各领域中出类拔萃的中青年为主。肖潇已是老手，拣靠后的位置坐下，一落座便四顾张望，寻找罗曼身影。黄克强门清，揶揄说：“别找了，她肯定不在。”肖潇迷惘：“为什么？”看他失魂落魄，没了往日劲头，黄克强觉得好笑，又不敢笑出来，便煞有介事地分析："上次她搅局宏程博源的拍卖会，今儿她还来，不是自投罗网吗？人家还会尽心尽力拍她作品？"

"哟，可不吗！"肖潇如梦方醒，懊恼间，见林文轩迎面走来，笑吟吟地，不时停下脚步，和熟人打招呼，一脸春风得意。肖潇怵他，扭头想躲，林文轩眼尖，老远便瞧见了他，赶紧上前，伸出手来，极为热情："肖总，也来为希望工程献爱心？"林文轩面带和善，低沉的男中音磁性十足，肖潇无处逃遁，只得尴尬应对，硬着头皮伸出右手，强挤笑容："是啊，这也是我们企业的社会责任嘛！"林文轩心情极好，皮肤光可鉴人，笑容可掬，一脸真诚："是啊，只要人人都献爱心，社会将更美好！"林文轩温文尔雅，气质迷人，肖潇瞬间对他心生好感，不由暗想：此人极具亲和力，且谈吐不俗，想必有过人之处，难怪罗曼和他走在一起。见对方毫无芥蒂，肖潇极不自在，好比小偷遇见物主，只得故作坦荡："林总所言极是。"林文轩冲肖潇摆摆手，说："那好，祝肖总如愿，拍回中意的画作。我有事，失陪了。"林文轩转身欲走，肖潇没忍住，脱口问道："罗曼没来？"林文轩略一愣怔，旋即打着哈哈："噢，小曼呀？她去外地写生了。"肖潇好不失落，黄克强却感慨："罗曼这么超脱？有心思去写生？"林文轩朝黄克强略一点头，脸上的笑容始终迷人，语气更不温不火："这就是艺术家该有的品质：少管市场，专心创作！"说毕，朝两人挥挥手，从容离去。

黄克强朝林文轩背影扮个鬼脸，讨好地在肖潇耳边骂了句："什么玩意儿！"肖潇甚觉没趣，嚷嚷道："你那张臭嘴，积点德吧！"话音未落，音响里传来调试声。肖潇举目前望，一位西服革履的中年男人，在麦克风前身子前倾，扫一眼全场，尔后从容不迫："今天这场拍卖会，是由画家、画廊和拍卖公司联合举办的义卖活动，所得款项全部捐献希望工程，支援偏远山区的学校建设。下面，请希望工程负责人致辞。"男子话未说完，一位体态雍容的妇人快步向前，对着话筒，演讲起来。

拍卖会正式开始。所有拍品属新人新作，因而起价不高，均在七八千至万元之间，成交价顶多三五万块。肖潇那幅人物画像拍卖序号排列18，也是罗曼参拍作品的第一幅。因罗曼因素，也因自己是画上人物原型，肖潇便冲这幅画而来，势在必得，所以，竞拍一开始，他便当仁不让，示意黄克强举牌。竞拍者一共六人，一万起拍，价格超过五万时，其他四人陆续退出，仅剩肖潇和另一人角逐。拍卖师极为煽情，抑扬顿挫、不遗余力调动着现场气氛。价格一路飙升，快到十万时，场内骚动，人们窃窃私语，惊诧黑马出现。竞逐者互不相让，助推拍价一路上扬，不断翻滚的数字早突破人们心里的预期，出于好奇，不少人东张西望，目光来回穿梭，看谁将成为此轮拍卖的最后赢家。价格冲破二十万元关口，现场再次骚动，人们神采飞扬，交头接耳中，都有些莫名其妙。肖潇头戴鸭舌帽，宽边太阳镜遮住半张脸庞，周围竟没人将他这个画上人物原型认出。

价格喊到二十八万，大家情不自禁，从座上起身，对两个乐善好施的竞拍者报以长时间热烈掌声。肖潇不为所动，无论多高的价，此画，今儿非搬回家不可，为肖像不至外流，为罗曼，也为尊严，他将不计代价。黄克强洞悉他的心态，无需瞅他脸色，铆足劲儿将号牌高举下去，直至对手败北。价格飚升到三十二万元高价，任凭拍卖师挑逗、煽情，对方不再出手，并一反常态的超然，好似局外人，他的态度绝了拍卖师最后企图。拍卖师眼看再加价没戏，将目光收回，用力敲下手中木槌，并声嘶力竭："三十二万，成交！"人们又站了起来，扭身对着黄克强和肖潇，掌声经久不息。如愿以偿中，半年前的场景又历历在目，肖潇暗舒口气，一雪前耻的快感，令他扬眉吐气。

罗曼的画出师大捷，首幅拍品的高价成交，极大抬高了她的身价，更带动了她其他拍品的顺利成交。接下来，罗曼的画，全以二十几万高价落槌，遥遥领先其他拍品，且全部成交，无一流拍，创出拍卖领域新人画作奇迹，令与会者咋舌。自然而然，大家不约而同，相互打探，关注起罗曼来。尤其得知罗曼的性别、年龄、相貌后，人们更津津乐道，兴趣大增，进一步挖掘有关她的一切。略知一二的人们，则饶有兴致，将有的没有的，添油加醋，并把道听途说来的罗曼秘事广为散播。交头接耳间，罗曼，这一让人无限遐想的名字，迅速传播于拍卖现场；这谜一般的神秘女人，未等拍卖会散场便植根于竞拍者们心中，并挥之不去。

为力挺罗曼，肖潇又乘胜追击，先后拍了两幅罗曼的风景画方才离去。离开时，林文轩不知从何处冒了出来，对肖潇的善举大加褒扬，并对他的捧场连声致谢。末了，林文轩用力握住肖潇双手，热情说道："肖总，常联系。"肖潇对他已有好感，面对如此盛情，也发自肺腑地回应："一定。"

第二天，京城的大报小报，均对拍卖作了报道。各报社跟开过会、统一了口径似的，把关注的焦点全集中在了罗曼身上。各篇文章连篇累牍，浓墨重彩地介绍义拍现场罗曼画作表现，不厌其烦细述罗曼画作受追捧的程度，用极具感染力的语言描绘义拍现场，罗曼画作是如何引发一次又一次骚动的。绘声绘色的描述令读者身临其境，虽没听说过罗曼，也没见过她的作品，却对她好奇不已。更有专题详尽介绍了罗曼的从艺之路，不吝言词、不惜粉墨，对她画风和功力竭尽推崇，称她为新锐前卫的美女画家，预测她的画风将引领中国油画的一次创新性革命。罗曼由此横空出世，闪亮登场，迅速走进公众视野，并被大家乐此不疲地谈论不休。肖潇也关注着罗曼。报上文章，他一篇不落，一一拜读。细细品读这些极尽溢美之词的华美文章后，心里既替她高兴，又忍不住暗自好笑。自己可是亲历者，无论画展还是义拍他都全程参与，罗曼画作和其他几位参拍画家的画，他也一一品鉴，近距离观赏过。在他眼里，画家们的画，各具千秋，难分伯仲。昨天若不是因他之故，罗曼作品断不会一枝独秀。只因自己与她说不清、道不明，剪不断、理还乱的渊源，无意中成就了她，而非文章天花乱坠描绘的那样。

一想到自己成就了罗曼，肖潇就难以言说的惬意，似乎他是她的救世主。回想半年前那场你死我活，至今仍令他惊心动魄的竞拍场面，肖潇觉得造化弄人。闲来无事，斜靠床头，欣赏画像，体会绘画者的线条、用色及风格，揣摩画家当时心态，欣赏画中自己，当然，也想念鬼灵精怪又谜一般的罗曼。每每至此，肖潇便深深地失落，想到风度迷人又温存体贴的林文轩，他便无可奈何。拍卖会后，他没管住自己，又驱车去过画廊。和前几次一样，无不扫兴而归。罗曼好似消失了，又好似自己的生活从无此人的存在，之前的记忆不过是自欺欺人的幻象。

就在肖潇在时光的流淌中逐渐淡忘罗曼之时，她却回来了，带着满满的收获，从西双版纳的原始森林飞抵北京。一如往常，林文轩亲自前往机场，迫不及待将爱人拥入怀中。手捧繁星般灿烂的星星草，血一样鲜红的玫瑰，即便在人流如织的首都机场也让他十分抢眼，而沐浴了两个多月西双版纳明媚的阳光后，罗曼的肌肤晒成了荞麦色，充满无限的生机。众目睽睽下，两人长时间紧紧相拥，都舍不得松开。

一进家门，林文轩将行李一扔，又把爱人揽进怀里，随即，嘴也贴了上去，在她脸颊上，脖颈里，狂风骤雨般一阵狂吻。尔后，放慢速度，用嘴含住爱人的嘴，深情吮吸起来，还嫌不足，又将舌尖探进去搅个不停，细细品味着久别重逢后爱人的细微变化。双手也不得闲，在罗曼的衣裙里浑身上下疯狂揉搓抚摸。罗曼双眼微闭，瘫软在林文轩怀里，扭动着，呻吟着，回吻着他，抚摸着他，像无骨的泥鳅，浑身酥软。爱人的娇态撩拨着林文轩，下腹部一阵燥热，随即，双腿根部那话儿便蠢蠢欲动。林文轩情不自禁，背靠着门，紧搂爱人，舌尖在她嘴里来回翻动，左手紧托美人臀部，腾出右手快速解开腰上皮带，褪下外裤，掏出那火一样滚烫又硬挺的物件，撩开爱人裙摆，往前猛一抵，罗曼体内便将那玩意儿紧紧夹住、裹住、缠住、咬住……一腔热血瞬间涌向林文轩脑际，他怀拥美人，挪向卧室……

一阵爱抚过后，罗曼慵懒地蜷缩在林文轩怀里，安然入睡。直到夜幕降临，强烈的饥饿感才使她从梦中醒来。睁开朦胧的双眼，身旁的林文轩正温情脉脉凝视着她，缱绻缠绵。见爱人醒来，林文轩的语气极为温存："小懒虫，你把我胳膊压麻了。"罗曼本有歉意，嘴上却娇嗔："谁让你那么傻，不晓得把手挪开！"林文轩搂着罗曼娇柔的身子，手指来回抚摸她的脸颊，爱怜地说："我一动，不就把你弄醒了？"浓浓的暖意瞬间划过罗曼敏感的心田，她侧过头，用嘴在林文轩脸上轻轻一吻，嗲嗲说道："你真好！"林文轩又道："你不仅把我的手压麻了，尿也憋了好久，再不放出来，膀胱都要胀破了。"边说边从罗曼颈下抽出手，从床上猛一起身，一溜烟小跑，直奔卫生间。林文轩的窘样让罗曼忍俊不禁，于是开怀大笑，林文轩蹿至门口，听见美人取笑，也是满心幸福，却扭过头来故作一脸严肃："你还笑呢，看我等会儿怎么收拾你！"

罗曼笑得越发癫狂，她期待着继续温存。当林文轩浑身轻松、一丝不挂走出卫生间，见她懒散地躺在床上，裸露的肌体白皙细滑，栗色长发散乱飘逸，目光迷离，略带倦意，桔色的落地灯光下，更有着别样的情致，心里又是一动，快步向前，一把掀开她身上的被子，美丽的胴体便一览无遗，再次勾起他身体的冲动。林文轩情不自禁俯下身，低下头，用嘴咬住罗曼粉色的左乳，轻轻吮吸起来，左手沿她身体慢慢往下滑动，轻轻抚摸着，细细品味着，无限温存爱护着。罗曼被撩拨起来，温情脉脉凝视着他，林文轩脸部的轮廓及柔和的线条，她总百看不厌，随林文轩手指的节律，慢慢闭上眼睑，低吟着，双手在他背上、胸前不住抚摸着、抓挠着。最后，两具赤裸的身躯再次交织在一起，颤簸着、抽动着、叫喊着，直到大汗淋漓、精疲力竭，才慢慢将对方松开……

几次下来，罗曼虚脱无比，她连转头的力气都没了，目光散乱望着头顶的天花板，半是抱怨，半是娇嗔：“亲爱的，我十几个小时没吃东西了。”林文轩满怀歉意，从床上一跃而起，自责说：“这样，我先去放水，你冲一下澡，然后吃饭，行吗？”罗曼无力地点头：“好。”林文轩将睡衣一罩，疾步到厨房，将早已准备好的饭菜通上电源，再拐进卫生间，以最快的速度，简单一冲，清理好浴盆，放上热水，撒上浴盐，再放一把玫瑰花瓣，一切妥当后，来到床前，躬下身，语气无限地温存：“我抱你去吧。”罗曼双眼微闭，两臂轻舒，对林文轩的建议十分温顺：“好的。”林文轩抱起她，罗曼则双手环揽他脖颈，用脸紧贴他胸前，一副小女人模样。

林文轩怀抱罗曼，缓步向前走，低头欣赏美人胴体。罗曼的肌肤如凝脂般滑嫩，睡眼惺忪的娇态，让他体内的冲动再次勃发。他垂下头，又在她脸上一阵乱拱，尔后，快速走进卫生间，将她放入浴池，褪去睡袍，跨进去，与她再次交融，又一阵颠鸾倒凤……

浴后，两人来到餐厅，西式餐桌上摆放着银制烛台，六根红烛正汩汩燃烧，跳动的火花不时爆出噼里啪啦的炸响，一旁的音响放着蔡琴的老歌，一曲《不了情》让人为之心醉动容。林文轩游历欧洲多年，西餐是他的拿手绝活，调情对他来说更为在行，餐具釉色莹润，刀叉也银光闪烁。眼前的一切温馨浪漫，无限的温情在罗曼心底弥漫开来，她满含深意看了林文轩一眼，娇嗔道：“谢谢你，亲爱的。”罗曼越发妩媚，活脱脱是浴后美人，一袭田园风格的碎花睡袍更显其清丽脱俗，林文轩执起罗曼的手，说：“来，宝贝，尝尝我的烛光晚宴。”

罗曼从容落座，舀一匙罗宋汤送入口中，酸甜中带有浓郁牛肉香味的俄罗斯传统招牌菜汤，强烈刺激着她的味蕾，不由脱口称赞：“真好喝！”林文轩听后得意不已，用不锈钢小匙将鸡蛋青椒沙拉送到罗曼盘中，颇含卖弄意味：“你再尝尝这个。”罗曼吃了一小口，一入嘴，意大利沙拉酱香浓的奶酪味又让她连声叫绝。上飞机前她仅吃了点饼干，早饿得前胸贴后背、饥肠辘辘，此刻，便不管三七二十一，手握刀叉，将正往外呲呲冒油的牛排一块一块送入嘴中，大快朵颐起来。狼吞虎咽一阵，猛然醒悟，遂抬头招呼林文轩：“你也吃呀！”林文轩望着她，似笑非笑，别有深意地说：“我在吃呢。”罗曼不解：“你吃什么了？”林文轩诡秘一笑，回道：“烛光宴上的大菜：秀色可餐呀！”林文轩的俏皮，令罗曼莞尔，她扑哧一笑：“去你的。”林文轩举起盛有半杯琥珀色酒液的高足杯，说：“来，欢迎我的宝贝回家。”罗曼也端起杯子，柔柔说道：“亲爱的，谢谢你。谢谢你为我所做的一切。”说完，抿一小口杯中美酒，幸福之情溢于言表。

林文轩品着菜肴，边吃边问：“此行如何？”罗曼脱口而出：“收获实在太大了。”林文轩好奇：“说来听听。”罗曼的嘴里塞满了美食，却一点也不影响表达：“西双版纳实在太美了，我从没见过这么美的地方。”见林文轩饶有兴致望着自己，她放下刀叉，眉飞色舞道：“那儿全是热带、亚热带雨林风光。高大的林木遮天蔽日，奇木异葩随处可见。有时还会看见美丽的孔雀开屏，白鹇、犀鸟在林中飞翔，大象在公路上散步，羚羊、野鹿、野兔在山间奔跑，佛塔寺庙、傣家竹楼与翠竹古木交相掩映，一派神圣的景象让人心生肃穆、流连忘返。”上述内容，林文轩耳朵已听起了茧子，但听罗曼当面介绍，依旧新鲜，也更具画面感，因而神往之至，便醋意兮兮地说：“所以，玩儿得不想回家了。”罗曼急了：“我哪儿是去玩儿呀！这两个月可以说是我一生中最辛苦的两个月了，单作品就画了二十幅，有时连吃饭都忘了，出去吃碗过桥米线就不错了，算是犒劳自己。”林文轩为之一振：“看你那得意样，想必作品又有新的境界。”罗曼不便自吹自擂，于是故弄玄虚：“看了你就知道了。”

林文轩深受罗曼情绪感染，也不甘示弱，卖弄道：“想知道你的作品在拍卖会上的表现吗？”罗曼早了解一切，再度提及，也无新意，便随口说道：“你不是跟我说了吗。”林文轩仍自得于自己的巧妙安排，这是他首度组织的拍卖，没承想竟如此成功，不仅推出了签约画家，画廊也为之声名大振，因而兴致极高，也蛮自恋：“我把你那幅肖像画安排在你所有拍品的第一幅，现在看来，实在明智。若不这么做，其效果肯定差远了。”一说起市场，罗曼便云里雾里，顺着林文轩的意思奉承说：“这不是你的专长吗！”林文轩却不想贪天之功，回道：“这事要说起来，还得感谢人家肖潇呢。要不是他志在必得，非要将此画拍到手，那幅画其实也就值个两三万，五万块钱撑破天。没有第一幅画的示范带动，之后的拍品也就高不了，更不会创下没一幅流拍的奇迹，这连许多大师水平的画家也不一定能办到，却让你这个初出茅庐的丫头做到了。”

罗曼猛听林文轩提及肖潇，心里不由一动，些许温情在心中弥漫，再看看体贴入微的林文轩，心里又存歉意，便竭力收回心神，发自肺腑地说：“这一切都要归功于你的周密安排。”林文轩却道：“话虽如此，但我们做画廊的，也离不了那些搞收藏、做企业的人的支持。北京目前有多少画廊？几家能盈利？多数不都难以为继、苦苦支撑？和你同场义拍的其他几人，大家水平差不多，结果却天壤之别，不都因为无人捧场？”罗曼也大方坦承：“这倒也是。”话音刚落，她又想起什么似的，问林文轩：“哎，那幅画被肖潇三十二万拍走，能举到这么高的价位，总还有其他的竞拍者跟拍呀，说明了捧场的不只肖潇一人嘛，应该还有其他的人，对吧？”看罗曼一脸天真，颇为自负地望着自己，林文轩诡秘一笑，不予置评。林文轩闪烁的态度让罗曼心生纳闷，进而好奇：“怎么了？为何不回答？”林文轩本不想兜底，可她非要打破砂锅问到底，稍一沉吟，也就豁出去了：“你不想想，和你一道参加义拍的其他几人，水平不在你之下，为何你能一枝独秀、冠压群雄？”罗曼从未深度想过这问题，不知林文轩所指何意，一脸的困惑，试着问：“你是说有肖潇的捧场？”林文轩反诘：“难道不是？”罗曼想不明白，又提出刚才的疑惑：“可是如果没有对手，仅凭肖潇一人的捧场，怎么可能将价位举到那么高？”林文轩不置可否一笑，解释说：“看来你并不糊涂，这正是问题的关键所在。能有这样的结果，全是我事前功课到家，对肖潇有充分的了解，看准了他的心态，吃准此画对他的重要性，所以安排人护盘呗。”

林文轩的话，如当头一棒，惊得罗曼目瞪口呆。之前她也琢磨过这问题，她以为这是她的运气比其他几人好而已，这在艺术圈内比比皆是，并不稀奇。她本以为，自己的画作在义拍上的表现完全属市场的真实反映，是对自己实力的肯定，也是对自己长期努力的现实回报，所以她心安理得，受之泰然，并自得其乐。没想到这一切光鲜背后，自己的所谓功成名就，竟是林文轩苦心策划、刻意造假的结果。罗曼一时无法接受事件的真相，极大刺伤了她敏感的自尊，让云巅上的她瞬即坠入残酷的现实之中。此刻的罗曼心乱如麻，脑子却还颇为清醒，进而又问林文轩：“这么说来，宣传我的那些文章，也都是你一手刻意安排的？”林文轩哈哈一笑，直言相告：“这有什么！别说新人，即便当今那些功成名就的艺术大家们，为保持一定的社会热度，不被喜新厌旧的社会所抛弃，不也自我包装、自我宣传和自我炒作？”这又是一个真实的谎言！这场对话如同层层剥笋，还原了事件的真相，将罗曼一下打回原形，她双手紧护前胸，如同被人剥光了衣物，臊得满面通红，心里发虚，连正眼也不敢瞧对面的林文轩一下。

罗曼的模样令林文轩动容，历经世事并早已练达的他，也向往返璞归真的单纯。他对罗曼的爱，除成熟男人对貌美女子的垂青外，还欣赏她身上未历世事的简单与青涩。不过，林文轩久处江湖，明白“成王败寇”的道理，他更看重结果，过程对他并不重要。见罗曼如受伤的小鹿，他心生恻隐，列举众多功成名就之人成功背后的真相，将社会的现实与艰辛说与罗曼，苦口婆心开导她。渐渐地，罗曼的劲儿缓了过来，心结也随之解开，甚至还暗自庆幸，更对林文轩感激涕零。除此之外，她眼前又似乎添了一层薄雾，以至林文轩的形象不再那么清晰，而有些许迷离。看她云开雾散，林文轩话锋一转："哎，这两天我们请肖潇吃顿饭吧，感谢感谢人家，趁机联络联络感情。"罗曼哪敢面对肖潇？她好不为难："不太好吧。"林文轩却不以为然："有什么不好？他为你捧场，咱们设宴款待，岂不顺理成章？"见罗曼仍不松口，林文轩又劝导："现在的社会，什么事不靠人情？人脉资源，已被公认为最重要的生产力了。"罗曼哪听得懂这些？扭捏作态中仍犹豫不决，林文轩进而开导："现在你好不容易打开局面，若没了肖潇这样的人继续为你捧场，你的艺术生命说不准就会昙花一现。你的作品在画廊无人问津，下一次拍卖会上又不能维持原有水平，你很快会被人们遗忘，像翻书一样快，以后要想翻身，就得付出更大的努力，还不一定能如愿，也就和众多的北漂艺人一样，连生活都无法保障，更别谈艺术追求。"

林文轩的话耸人听闻，将自下飞机后一直沉浸在幸福梦幻中的罗曼拉回到活生生的现实。回想前些年甚是艰辛的日子，她从幸福的公主梦中一下跌入灰姑娘的生活。看林文轩一再坚持，便勉为其难点点头，言不由衷说道："那行，你去安排吧！"做通了罗曼工作，林文轩心中的石头落了地，进而说："约他明天怎样？"罗曼不忍扫他的兴，可又实在没做好见肖潇的准备，便委婉地推脱："过两天吧。我出去那么长时间了，该去看看我妈了。"林文轩这才想起这茬，极通达地回道："应该的，应该的。明儿给你母亲多带点钱去。"罗曼心存感激，点点头，声音如蚊子一般："行。"林文轩又兴之所至，招呼罗曼："走，瞧瞧你从西双版纳带回来的原生态作品。"此时的罗曼已是兴味索然，她站起身来，一脸倦容，对林文轩说："你自己看吧，我不太舒服。"扔下此话，也不等对方表态，便径直走向卧室。

肖潇毫无准备，林文轩的电话让他愣了半天，这才回过神来，又对对方过度的热忱心存戒备，因而随口搪塞："林总，谢谢你的盛情。这段时间实在太忙，抽不出时间来。"林文轩善解人意，连说："没关系，等你忙过这段再说。罗曼从西双版纳写生回来了，带回来不少高水平的写生作品，听说你为她捧场，心里挺感激，让我务必请你到家里聊聊，欣赏她带回来的新作，也好当面感谢你。”肖潇本将罗曼淡忘，猛听提起她，又忍不住暗生期许，对她的邀请更不由自主心存向往，态度随即温和下来，口中的话往回缩了一大截：“那好，等我忙过这两天，好吧？”林文轩欲擒故纵，故意忽略肖潇回话的转变，语气还挺通达，笑着说道：“那行，肖总是大企业家，肯定要事缠身。我过一段再联系你。”一听林文轩要过一段才联系自己，肖潇不免落寞，暗恨自己处置失当，嘴上又不好勉强，只得随口回道：“那好。”

半个月后，肖潇满怀好奇，又颇存忐忑，如约前往。林文轩的家位于东郊别墅群，虽不大，却温馨浪漫，从装修到家具，从陈设到装饰，透出强烈的艺术氛围，弥漫浓郁的欧美风情，肖潇颇感亲切，好似回了家。再度相遇，罗曼不似展会上那般慌乱，从容多了。她和林文轩一道，夫唱妇随，陪肖潇逐一参观，将其引至书房，邀他欣赏新作，林文轩腰间系条围裙，忙前忙后，竭尽地主之谊。

自拍卖会上的偶遇算来，肖潇与罗曼相识也有近一年时间，其间又因画像缘故两人有所瓜葛。这个曾一度让自己牵肠挂肚、魂牵梦绕的美丽女人，此刻近在咫尺，肖潇心境却已大变。经过一段时日的挣扎，他走了出来，也想透了，从而放下了她。肖潇深知：眼前的女子，只是他人生轨迹上一个美丽的误会，是他生命中的匆匆过客，她从来不曾属于他，以前不是，现在不是，将来也不是。肖潇心理有此变故，面对罗曼也就坦荡多了。罗曼则不然，一切事故皆由自己而起，她欠肖潇的情，却深陷林文轩的情网不能自已。面对肖潇的坦然，她无法真正从容，目光游离，顾左右而言他。肖潇欣赏完画作，看着她，像久别重逢的老友：“你还好吗？”罗曼不敢看他，盯着桌上的画，声音如同蚊蝇：“挺好。”罗曼的扭捏，让肖潇局促，出于好奇他前来赴约，也想通过接触解开心中疑惑，好彻底将她放下，可哽在喉头的话，在罗曼的窘迫中怎么也出不了口。更何况，林文轩还不时在近旁走动。

林文轩的拿手绝活、各式精致的西餐安排停当。见罗曼和肖潇从书房出来，忙招呼：“正好，入席吧。”肖潇不客气，大方坐下，准备大快朵颐，品尝林文轩的丰盛晚宴。林文轩拎起桌上的原装红酒，小心开启木塞，顺杯壁将玫瑰色的酒注入肖潇酒杯，又分别为罗曼和自己斟上，尔后举起酒杯，极郑重其事：“肖总，很高兴你能来，我和罗曼敬你一杯，谢谢你捧场。”肖潇本洒脱，听林文轩如此一说，反不自在，语无伦次中，尽量说话得体："不足挂齿。我买画，因为喜欢，若要感谢，那得感谢罗曼，谁让她妙笔生花，画得那么好呢。"肖潇信口胡诌，却达到了意想不到的效果，让林文轩开心，更让罗曼受用。林文轩趁势提议说："肖总说得好，我们为罗曼一起举杯吧。"三个心思各异的人，将酒杯举在半空，相互一碰，清脆的碰撞声，引来三人相视一笑，再一饮而尽。

在林文轩力荐下，肖潇尝了口鹅肝，又一一品尝了蜗牛和牛排。林文轩游历欧美多年，烧得一手地道的各式西餐，这让从小在美国长大，也周游过不少国家的肖潇倍感亲切。"嗯，好吃。好久没吃过这么纯正的西餐了。"肖潇认真品尝林文轩为他推荐的每一道菜，西餐佐料中的黄油、蚝油、黑胡椒、红酒、沙拉酱及番茄沙司等浓郁的混合味道，让他直呼过瘾。林文轩颇得意："我从来不在外面吃西餐。想吃就自己做，罗曼对我的厨艺也大加赞赏。"几杯下肚后，大家不再拘谨。肖潇挺羡慕罗曼："你真有口福。"红酒的甘醇，绯红了罗曼脸颊，她不再忐忑，借酒劲儿，半娇半嗔对肖潇说："喜欢就常来。""对，肖总想吃西餐，给我来个电话，包你吃了再想。"林文轩也是真性情，见肖潇不扭捏，也蛮豪爽。肖潇颇爽快："那我就不客气了。"林文轩趁势怂恿罗曼："小曼，你敬肖总一杯，要没他捧场，你的画不会拍得这么好。"罗曼心存感激，端起酒，红着脸，一副娇憨样："肖总，谢谢了。希望你继续为我捧场。"肖潇也不客气，豪迈地回应："没问题，只要是你的拍品，我肯定捧场。"林文轩极会来事，赶紧举杯与他碰碰，生怕肖潇反悔似的："就为肖总这话，我和罗曼感谢你。"

酒酣耳热后，肖潇不由好奇："林总，你这画廊开了多长时间？"林文轩如实作答："前年我刚回国，不了解国内行情，就开了这间画廊，打发时间。"肖潇又问："生意还好吧？"林文轩便字斟句酌："目前还算可以。但国内的画廊处于起步阶段，属新兴事业，极不稳定，生意并不好做。"肖潇忙问："怎么不稳定？为什么不好做？"林文轩解释："目前好多画廊实行代理制，这对画廊来说，风险很大。"肖潇放下刀叉，对此说法颇感新奇。林文轩则有条不紊，继续介绍说："画廊要想经营好，得有优秀的画家队伍，而画廊的经营者则必须慧眼识珍。成名的画家不需画廊代理，刚出道的新人又有极大风险。"这些话，罗曼以前从没听过，听林文轩头头是道，她也洗耳静听。林文轩继续又说："如果画廊看走眼，签了个毫无前途的画家，那就注定赔本，甚至血本无归。"肖潇也在经商，对林文轩的话一点就透，于是关切道："这倒是。那你物色画家可得当心点。"林文轩感激一笑，随后又道："那当然。不过即便看准了，签到好画家，也并非包赚不赔，同样有风险。"

肖潇无法理解："此话怎讲？"林文轩又一一道来："首先，要将一个初出道的画家成功包装出来，画廊得进行巨额投入。"见肖潇和罗曼均拉长脖子望着自己，林文轩进而解释："要成功包装一个画家，几项费用免不了的。首先，得为画家举办画展，还得为画家出画册，仅在一地还不行，得到各地巡回展出，不仅如此，还要利用媒体宣传炒作，一年下来，一个画家至少投入三十万呢！"肖潇大为意外："哟，一个成功的画家，竟是这样出名的！"林文轩的话，道出了画廊的艰难，罗曼不由愧疚，想起半月前林文轩想请肖潇吃顿饭，她还甩了好几天的脸子呢，此刻，她早抛开得知拍场真相时的不悦，反而庆幸林文轩对她的包装。林文轩接着又说："把画家包装成功了，并不意味着画廊从此就可高枕无忧。"肖潇忙问："为什么？"林文轩又道："不少画家成名前苦苦寻找代理，一旦功成名就，便过河拆桥，不按合同履约，把画廊一脚踢开，自立门户。"罗曼怕林文轩误解，赶忙辩解："并不是所有画家都这样。"罗曼急哧白咧的模样，反让林文轩尴尬，他拍拍她的肩，安慰她说："别多心，没说你。"

肖潇瞥罗曼一眼，不解地问："签约合同受法律保护，画廊完全可以按合同要求画家履约，若画家单方违约，理应承担相应的法律责任和经济后果呀！"林文轩耸耸双肩，一脸的无可奈何："没用。画廊要拿签约合同说事，画家就拿粗制滥造的作品应对，交差的画，没法卖，自己却将精品力作私下售卖，画廊对此毫无办法。"肖潇同情林文轩，并对他的处境不免有些担忧："要说起来，画廊还真不好做。"林文轩也忧心忡忡："是啊，画廊不仅难以和画家保持良性互动，国内的艺术品消费市场也还没有完全建立起来。艺术品对于绝大多数买家来说，仅作投资之用，这些人要么到拍卖会上，一掷千金竞拍，要么直接和画家私下交易。在买家看来，和画家交易既可大大降低买价，又认为来源可靠。可如此一来，画廊的经营空间就被极大压缩了。"

林文轩一席话，让涉世不深的肖潇倍感沉重，也不知怎么宽慰这个自相识以来便一直巴结自己的大哥。桌上出现了短暂的沉默。稍顷，林文轩对肖潇道："肖总，无论你公司还是你家，需要当代书画作品装饰，到我画廊来，包你满意。"肖潇连忙回道："一定的，到时免不了麻烦林总。"

第十四章　庆典油画

自打在林文轩的别墅和罗曼近距离接触，肖潇又情不自禁再次对她魂牵梦绕。本来，他已逐渐淡忘了她，得知她名花有主，并与林文轩琴瑟和谐后，他便强迫自己不再想入非非，充当尴尬的可笑角色，可林文轩却不择时机，再次撩拨起他潜藏心底对罗曼无尽的渴望。每到夜阑人静时候，罗曼的身影总会不请自来，在他心间缱绻，她的每一幅画，又踏雪无痕，更激起他难以言说的眷恋。肖潇没忘承诺，答应给予林文轩画廊帮助，可怎么个帮法却让他颇费思量。肖潇年纪虽轻，却虑事周详，他怕稍不留神，给人财大气粗印象，从而伤人自尊，也坏了彼此间好不容易建立起来的情谊。几经斟酌，决定调整之前早已确定的方案，在明年肖氏集团二十周年的庆典中追列画展项目，既充实庆典内容，将自家厚重的历史积淀与现代企业的文化内涵结合起来，又师出有名，不露痕迹地关照了林文轩与罗曼的画廊。肖潇来回左右推敲，感觉甚佳，回家向爷爷提及，竟乐得老爷子连声称赞："嘿，你小子这点子真不错，有创意！仪式虽然必不可少，可一旦落幕了，也就跟着烟消云散。书画却不同，创作空间大，能穿越时空，图文并茂，将咱肖家几代人近一个世纪的奋斗史浓缩于书画之中，便于保存，既祭奠了肖氏祖先，又激励了肖家后人。嗯，不错，不错。"

得到爷爷首肯，肖潇底气更足。次日，叫来相关人员，将意思吩咐下去，并让财务追加了三百万元的活动预算。布置妥帖后，肖潇心驰神往，想到能和罗曼名正言顺地大方交往，并给予她实际帮助，他便飘飘欲仙，按捺不住，等属下一离开，也就立刻找出罗曼电话，可抓起话筒还没等拨完，脑中又猛闪过林文轩面容，手指悬在半空中，稍一迟疑缩了回来，沉吟片刻，自嘲一笑，再翻出林文轩名片，望着名目繁多的单位名称和头衔发了会儿呆，这才下决心拨通电话，对方颇富磁性的男中音极其爽朗："哟，肖总，我正说联系你呢。"肖潇一惊，随即心虚反问："怎么，林总有事？"林文轩哈哈一笑："嗨，也没什么正事儿。你不是嫌外边的西餐不地道么？我还和小曼说，近期抽空，请你来家里玩呢。"

肖潇轻舒口气，随即汗颜，见林文轩拿他当兄弟对待，自己却一门心思地想人家的女人，便不由地惶恐，恨不得有个地缝儿钻下去，正有些不知所措，又听林文轩善意地打趣说："肖总日理万机，该不会找我闲聊吧？"肖潇也就没办法，只好硬着头皮，干咳两声掩饰后，才像没事人似的说："可不，我有事想请林总帮忙呢！"林文轩来了劲，口吻更加热忱了："嗨，肖总有事，打个招呼就是嘛，说什么帮忙不帮忙的，这就太见外了啊！"林文轩的爽快，拂去了肖潇心中的忐忑，虽仍有些不太自在，却也不再扭捏了："那好，今儿找个时间，咱碰个头，见面详聊，行吧？"林文轩嘿嘿笑道："没问题，罗曼也在，我把她叫上。"一听罗曼名字，肖潇心头一颤，又禁不住暗存期许，自己惦记她，却绝口不敢提，都已话到嘴边了，又多次咽了回去，听林文轩没心没肺，肖潇心下欢喜，便忘了顷刻前的愧疚，也就不再矜持了，赶紧出言敲定道："那好，下午四点，你俩来我这里，咱不见不散。""成。"林文轩颇为干脆。

林文轩守约，领着罗曼，几乎分毫不差地出现在肖潇轩敞明亮又现代气派的办公室里。肖潇正趴在落地窗前的超大桌子上，专注于业务部门上报的企划书内容。猛听办公室何主任站在门边，口吻公事公办又略带谄媚："肖总，你的客人……"肖潇闻声抬头，见林文轩和罗曼已近眼前，赶紧从座上起身，瞥一眼墙上挂钟，疾步向前连声招呼："哟，你们可真准时。来，这边坐。"何主任忙前忙后，替客人张罗好茶水，正要知趣离开，肖潇又赶紧吩咐："老何，你叫黄克强到我这里来一下。"

办公室里井然有序，纤尘不染。一落座，林文轩便感慨万分："哟，肖总真不愧是青年才俊，这么大的企业被你打理得有模有样，风生水起。"肖潇得意，睨一眼罗曼，见她一袭绿底白花的纯棉衣裙长至脚踝，带花的遮阳草帽，与裙衫相得益彰，衬托出如雪的肌肤更光洁细腻，温婉娴静的气质也恰到好处，如出水芙蓉，让人赏心悦目。肖潇纵声一笑，连忙谦逊：“我哪算得上什么青年才俊呀！不过是赶鸭子上架，情非得已罢了。”谈笑间，黄克强推门进来，见几人谈笑风生，其乐融融，便心下狐疑，眼睛也就在几人身上来回打转，直到肖潇叫他坐下来，这才在肖潇对面的沙发落座，心里仍嘀咕不停，不知肖潇的葫芦里边究竟卖的是什么药。

罗曼面带微笑，端坐在林文轩身旁，出于职业习惯，下意识打量室内装饰。房间虽然挺简约，可却一点不简单，无论装修风格还是陈设布置，也都极具品味情调，低调中，透出不事张扬的奢华与霸气，与肖潇的气质融为一体，罗曼心生好感，对肖潇的认识也更立体丰满。见林文轩盯着自己，透着疑惑，肖潇开门见山地说：“林总，是这样的。明年是我们公司成立20周年。各项庆典活动已在筹划当中。我在想，能否请老兄帮忙，以油画形式，分若干主题，将肖氏企业的发展脉络结合我家历史传承，记录于画布，到时再隆重展出……”林文轩八面玲珑，一点就透，不等肖潇将话说完，一拍大腿，连声叫绝：“不错，不错，思路不错！别开生面不说，容量大，载体好，形式生动，还有据可查，可作为企业发展的最佳档案加以长期保留。”罗曼更为专业，见肖潇置身商海，构想竟如此独到，不由刮目，扭过头来，满目生辉，也由衷称道：“这创意好，油画极具表现力，有着超强的视觉效果。到时可用多组绘画展现你们家族的奋斗与企业辉煌，既有别于当下千篇一律的庆典形式，更具永恒性。”黄克强更心悦诚服，瞬间明白了肖潇意图，禁不住连连颌首称是。

得到众口一词的称赞，肖潇更加得意。接下来，他便洋洋洒洒，将成熟于胸的想法和盘托出，后又不厌其烦，详述肖氏集团的发展经历与业务规模，以及辉煌的自家历史，只隐去藏宝寻宝一段，听得在场三人津津有味。林文轩早猜出肖潇约谈意图，只没想到，眼前这富家公子竟有如此手笔，心思还这般严谨，自叹不如中，暗自揣测订单应有的经济收益。听肖潇终于说完，林文轩义不容辞，大包大揽：“肖总，谢谢你的信任。我哪怕不吃不喝，也一定保质保量，决误不了你的大事。”有了林文轩笃定的保证，肖潇转看罗曼，见她面若桃花，表情欣赏又略带讶异，正要问她，又听林文轩毫不含糊建议说：“这样，肖总，这个工程不小，罗曼既懂行，心又细，眼下还没其他事情牵绊，干脆就由她来挑头负责，我作后勤保障就是。”罗曼大吃一惊，回望林文轩，似惊似喜，眉头挑得老高：“我来负责？”林文轩瞅向肖潇，见他面带微笑，却又笑而不语，心里更加有数，冲罗曼莞尔一笑：“对，由你负责。”罗曼仍难置信，转向肖潇，漆黑的眼眸扑朔迷离、波光闪烁。罗曼毫不造作的率真姿态令肖潇欣赏不已，她出其不意的惊喜表情，更让肖潇大感惬意。自打拍卖会上的初次相识，肖潇便为她牵肠挂肚，后又阴差阳错，与这鬼灵精怪的女人多有交集，可不管怎样处心积虑，罗曼总是把自己包裹起来，跟他若即若离，甚至敬而远之，从没像今天这样，毫不扭捏，将最为真实的她无所保留呈现出来。见罗曼面含期待，肖潇爽朗一笑，痛快作答：“行！就由你来全权负责。”

见大事已定，委托方却闭口不提费用，林文轩狐疑，嚅动双唇，话到嘴边，又难以出口。肖潇见状，扭头朝他，不动声色，将话挑明：“这样，林总，咱们先小人后君子。你和罗曼负责画的数量和质量，我呢，也不含糊，咱也别一幅一幅细抠价格，要不这样，我整体打包，到时不管三十幅还是四十幅，我不强求，根据需要创作，三百万酬金……”林文轩喜出望外，没想到肖潇竟如此豪爽，不等对方将话说完，也赶紧豁达表态：“都好说。咱哥俩谁跟谁呀！”“那这样，合同老林你来起草，罗曼呢尽快去集团各处转转，一来增强感性认识，二来加深企业印象，赶紧把工作抓起来。”罗曼惊喜也忐忑，时至今日，除兴之所至、随心所欲创作外，从未接受过大单业务，还是商业创作，且由自己担纲，罗曼诚惶诚恐，既想大显身手，又怕将事办砸，听肖潇布置任务，也就二话不说，并一脸肃然：“行，听肖总安排，我随时到位。”

肖潇春风得意，随即指向黄克强，冲罗曼道：“那这样，今后有什么需要，找克强就是。我要有空，找我也成。”罗曼兴奋得满面潮红，不住点头。之后，肖潇心血来潮：“正好，明天我要去趟天津的分公司，你要有空咱们和克强一道，去体验体验。”罗曼扭头瞅向林文轩，拿不定主意，林文轩通情达理，却又心思缜密：“去吧，你反正没事，最好把张磊叫上，这么大个项目，且得好多人一道干呢，让张磊也去体验体验，我明天抓紧把协议弄出来。”一切尘埃落定，肖潇志得意满，拉黄克强作陪宴请林文轩两人，推杯换盏后，彼此间的关系又近了一步。

次日，迎着清晨的第一抹朝阳，肖潇和黄克强分驾两辆车，接上罗曼和张磊，一路沿京津高速，直奔天津高新技术开发区里的集团分公司。两人首次真正意义不受外界打扰独处，又有之前多次铺垫，彼此便不再生分。朝思夜想的美人近在咫尺，肖潇反倒淡定从容，又碍于林文轩的因素，他尽量不去触碰敏感话题。罗曼能够感知肖潇心态，对他也有好感，还时不时地牵挂着他，可罗曼不是轻佻之人，情知自己无权想他。林文轩不仅细心周到，还对自己情真意切，无微不至，她不能负他，也不愿被肖潇小瞧。两人小心翼翼，围绕项目展开话题，开始时，都有点局促，随时间推移与话题深入，这才逐渐放松，打开车窗，欣赏尽收眼底的满目苍翠，谈笑间甚至开起玩笑来，未达目的地，两人已处得相当融洽。下车后，四人兵分两路，黄克强作向导，陪同罗曼和张磊参观；肖潇坐镇办公室，听汇报，组织会议，布置生产任务，下达销售指标，忙得不亦乐乎。末了，几人在食堂就餐，直到离去，仍兴犹未尽，看时间尚早，肖潇又竭力鼓动道："干脆，咱一不做二不休，顺带把唐山的基地一并跑了，省得回去再找时间。"罗曼正在兴头上，接连两日近距离接触，她对肖潇产生了更为浓厚的好奇，尤其笼罩在肖潇身上神秘厚重的家族历史，和他身上所背负的强烈使命感，都让罗曼抑制不住内心冲动，想要接近他，从而了解他，为日后的创作添加素材，累积灵感。看肖潇热切望着自己，正想呼应，黄克强却抢先表态："成，咱去唐山走一趟。现在离庆典也就一年不到的时间，罗曼他们时间紧，任务重，咱少跑一趟是一趟，省得耽误他们创作。"

于是一行人又马不停蹄，往唐山方向而去。肖潇在此没重要事务，他便全程陪同，一个个车间参观，一件件产品介绍，认真回答罗曼与张磊问话，又不厌其烦，细述IT业现状与未来趋势，详解集团公司近期规划与远景目标，听得两人大开眼界，获益匪浅。晚饭时分，肖潇带他们去唐山最有特色的馆子吃生猛海鲜，仍嫌不足，又出主意去泡吧。整天的长途奔袭，大家已人困马乏，黄克强当然乐意，张磊也求之不得，罗曼虽惦记林文轩，可大家去意甚坚，也就不忍拂人美意。再说，连日来的囫囵吞枣，她一时也消化不了，更缺乏相当程度的理性思辨，她也想一鼓作气，再趁热打铁。于是，大家便在当地最为高档的咖啡屋喝茶解乏，你一言我一语中，肖潇和黄克强所关注的焦点，都集中在了罗曼和张磊的职业上头，并由此及彼，高谈阔论拍卖市场中现代书画的不俗表现，再和古书画比较，大家你来我往，谈兴甚健，黄克强更兴之所至，又扯上了中国古瓷的市场现状与收藏潜力。舒缓的音乐中，隐隐的烛光下，四颗年轻的心，无所羁绊，都忘了困顿，又纵横捭阖，各抒己见，纵论社会，畅谈人生，不知不觉中，夜已深沉下来。

黄克强确实乏了，更深谙肖潇此刻心态，于是提议："要不咱在这里住一宿，好好睡一觉，明儿一早回去，也不误事。"肖潇望着罗曼，不好附和却面含期待。"那哪儿行……"罗曼急了，恰在此时，手机响了起来，她赶紧掏出一瞧，见是家中号码，心里一热，随手接通，听林文轩在电话那头语带关切又略含醋意："怎么，乐不思蜀了？"罗曼心中愧然，扫大伙一眼，半娇半嗔回道："刚完事，马上往回走。"肖潇便不好勉强，将手一挥："走，咱打道回京。"

一出咖啡屋，天上突地划过一道闪电，随即响起几声闷雷，稀稀落落的雨点落了下来。几人举目，见漆黑的穹幕乌云密布，倾盆大雨顷刻即至。肖潇望而生畏，打起了退堂鼓，却又不便言声，黄克强却管不了那么多，眼瞅罗曼，再度提议："这雨小不了，咱还是甭走了，别到时困在半道，可就麻烦了。"罗曼也心生退意，但刚给林文轩信誓旦旦承诺过，临时变卦，怕他多想，再者，今儿就自己一个女的，和几个大男人在外过夜，这算怎么回事。到时，即便长了八张嘴，恐怕也说不清楚。看三个牛高马大的男子全盯着自己，等她定夺，罗曼虽感为难，可仍固执己见："这点雨算得了什么？咱又不是徒步回去。再者，夏季的雨，来得快，去得也快，今儿天气预报不是没雨吗！"看罗曼如此坚定，肖潇心里很不是滋味，将身一转，负气说道："那就快走。"几人赶紧上车，驶向回京的高速。

整日的高度亢奋，两人均已体力透支，罗曼甚至虚脱，连说话的力气都没了，懒懒地靠在椅背上，闭目假寐。肖潇虽疲惫却仍兴奋，手握方向盘，不时回看罗曼，任由黄克强的车超越过去并遥遥领先。车外的雨越下越大，不时滚过的闷雷，伴随天际一闪而过的电光，让夜色更静谧深邃。车里冷气逼人，弥漫着浓烈的汽车香水气味，仪表盘上的红灯，闪烁不停，撩拨得人意乱情迷。两人一言不发，也都温情脉脉，欣赏音响里一首又一首的英文老歌，享受彼此之间已有的默契。

一首老歌让肖潇回想起《人鬼情未了》中的经典片段，影片中男女主人公凄美的爱情令他动容，因而情不自禁，小声跟唱，不经意瞥见身边美人，竟也嚅动双唇，陶醉于缱绻情深的旋律之中，忽明忽暗的光影里，罗曼似雪的面颊上，两道浅浅的泪痕若隐若现。肖潇忘了之前的不快，瞬间萌生出万千柔情，他下意识伸手，想拉罗曼的手，见她如痴如醉，毫无觉察，突觉唐突，将手缩回。一声巨雷，惊醒了半梦半醒的罗曼，伴随"啊！"的一声尖叫，罗曼猛然睁开双眼。

此刻，雷声大作，长空好似裂帛，闪电仿佛一条又一条滚着烈焰的巨蛇，将漆黑的穹幕撕成两半，罗曼双手护头，声声尖叫中，不住往肖潇身上靠。肖潇义不容辞，伸手揽过罗曼肩头，正得意间，不料车轮打滑，左手拿捏不住，慌乱中，车身不听使唤，“咯噔”一下，撞向路旁隔离带上的路墩，两人身体往前猛地一掼，随即被快速弹出的气囊挡了回来。

车外大雨滂沱，不时电闪雷鸣。肖潇的手仍搂着罗曼，片刻惊吓后，两人回过神来，罗曼面热耳赤，呼吸急促，伸手拨拉肖潇的手，肖潇却将她搂得更紧。稍作努力，罗曼便不再挣扎，倚靠肖潇肩头，像依人的小鸟，心里乱跳个不停。肖潇则纹丝不动，隔着座椅，身体压着气囊，将罗曼的头摁至胸前，下巴在她头上蹭来蹭去，嗅着发丝清香，体味怀中美人的千娇百媚，心里满溢似水柔情。过了好一阵儿，两人腰背酸疼并肩颈僵直，这才松开彼此。肖潇关掉气囊，似图启动引擎，可连试两次都没能成功。罗曼心急，担心林文轩牵挂，更怕回去难以交代，便在一旁不住唠叨：“怎么办呢？咱总不至于在车上过夜吧？”看罗曼瞬即恢复常态，跟没事人似的，又一副归心似箭的模样，肖潇颇不是滋味，心里酸溜溜的，耐不住她的软磨硬泡，将心一横，推开车门准备下车瞅瞅，可车外大雨如注，刚开一条缝，倾盆的雨水便猛地往里灌。肖潇赶紧又拉上车门，无计可施中，冲焦急万分的罗曼耸了耸双肩：“看来，咱真得做次山大王了。”“这可怎么好呀？”罗曼微蹙双眉，一筹莫展，稍一琢磨，掏出手机来想跟林文轩打个招呼，却被肖潇一把夺下，将其关掉。罗曼不明就里，将脸一沉，冲他大声嚷嚷开来：“干吗呢？你这人怎么这样呢！”看刚才还温情脉脉的罗曼此刻竟像变了个人，肖潇大失所望，心底的情愫瞬间不再，他手指窗外的电闪雷鸣，态度冰冷，甚至有点不怒而威：“你不要命了！这么大的雷电。”罗曼回过神来，不由懊恼，却又不便解释，两人就这么干坐着，彼此都不再吱声，谁也不理谁，直到眼皮不听使唤，这才斜靠椅背迷糊起来。

黄克强与张磊也在瓢泼大雨中艰难前行。黄克强情知肖潇心意，一边开车，一边暗自揣测，半天不见肖潇的车跟来，这才着起急来，想打电话问问，又怕打扰两人，惹得肖潇不高兴。见张磊掏出手机准备打电话，黄克强赶紧制止：“拨个啥呀！这么大俩活人，还能丢了不成？”看张磊不解，一脸迷茫，黄克强掩饰说：“这么大的雷电，你不怕手机炸了？再说，他们的车那么好，能出什么事？”张磊一听也是，就不再坚持。肖潇的车总不见跟上，黄克强终究还是不踏实，听车外雷声小了，闪电不再刺眼，黄克强没忍住，撺掇张磊：“要不，你打个电话问问？”张磊便再次拨号，可罗曼的手机却怎么也拨不通，最后干脆关机了。黄克强这才着急起来，拾起手机，调出号码，好一阵，听肖潇的声音迷迷糊糊：“车抛锚了，走不了了。”黄克强猛吃一惊：“抛锚了？要紧不？”肖潇懒懒地：“不打紧。就是开不了了。”黄克强忙说：“那我回来接你。”窗外的雨仍然不小，罗曼在一旁睡得正香甜，肖潇困顿不已，不想折腾，有气没力回说：“你们先回吧，等明儿天亮再说。”黄克强哪敢，执拗道：“那哪行！我在前边掉头，很快回来。”“你有完没完呀！回去你的，等我通知。”肖潇烦了，不由厉声呵斥。黄克强只得遵命，心里更感好奇，又天马行空，臆想开来。

林文轩也没闲着，煮好咖啡久等罗曼不回，多次致电打不通；发了数条短信，也不见个回音。林文轩跟猫抓似的，急得在家来回打转，想问张磊，怕节外生枝，打算联系肖潇，又怕他心生嫌隙。林文轩胸中的火蹭蹭往外冒，直到忍无可忍，按捺不住，这才不管不顾，提起电话质询张磊。张磊支支吾吾，却也说不出个究竟。林文轩更火冒三丈，从张磊闪烁其词的言语中，得知罗曼竟与肖潇独驾往返，不由醋海翻腾，也和黄克强一样，上下嘀咕，胡乱猜测，一想到深更半夜，孤男寡女独处一车，林文轩就堵得慌。可一想到和肖潇间的合作，他又没了脾气，连跟肖潇打电话问明情况的勇气也没有。折腾到半宿，等来张磊回话，说罗曼的车坏在了半道，车抛锚，人没事，林文轩才好受一点，却又半信半疑，还是免不了牵肠挂肚，快到凌晨，才在翻来覆去中，逐渐昏然入睡。

林间小鸟叫醒了熟睡中的两人。听一辆辆机动车从车旁急驶而过，肖潇揉揉双眼，见一旁的罗曼睡眼惺忪，朝他望来，两人扑哧一笑，昨夜的点滴又浮现眼前，之前的过节早已烟消云散。迎着曙光，肖潇推门下车，罗曼也紧跟出来，两人扭扭脖子，抻抻臂膀，屈蹲下腰，直到筋骨舒散，这才仔细检查起车况来。还好，车无大碍，车前的保险杠被撞折了，车头引擎的线路掉了链子，肖潇三五几下接通电路，大着胆子将车开回了北京。

回到家，罗曼心中忐忑。屋里鸦雀无声，于是蹑手蹑脚直奔卧室，轻轻推开房门，林文轩正酣然梦中。罗曼心虚，昨晚的越界让她愧疚，心里不由七上八下，拉上房门，暗自琢磨怎样解释昨晚的彻夜未归，再轻手轻脚，去盥洗间洗漱。罗曼的动静将林文轩惊扰，他起身出屋，听卫生间里的水流声响个不停，强压怒火，倚靠卫生间外墙，理直气壮，想出其不意跟她问个清楚。很快，水流声停了下来。此刻，林文轩不知何故，反倒心虚起来，听罗曼的拖鞋声响起，他临时改了主意，三步并成两步快速退回，再一头倒下，佯装熟睡。罗曼进到室内，端坐梳妆台前，左涂右抹，细心打理起镜前这张精致绝伦的美丽面庞，心里仍惴惴难安。林文轩四仰八叉，平躺床上，祈盼罗曼来唤，可左等右等，却怎么也等不来她的温情。林文轩假借翻身，偷眼打量，见她搔首弄姿，风情万种，再也等不及了，猛一睁眼，一骨碌从床上坐起，故做意外模样："哟，啥时回来的？"

罗曼心里像揣了只小鹿，突突跳个不停，她不敢直面林文轩，巧借梳妆，拿背朝他，满心歉意，小声回说："刚回。"林文轩瞪着她后背，想发作，又觉不妥，强咽口气，理不直气不壮地质问："怎么这时才回来？昨天夜里你不说得好好的，会回来的吗？整整一宿，干什么去了？"罗曼缓缓转身，听林文轩一连串问话，急哧白咧解释说："说好是要回来的，这不因为车在半道抛锚了嘛。"林文轩仍木着个脸，又问："那你怎么不打个电话回来？我给你打，又一直关机，你好好瞧瞧，看给你发了多少条短信。"罗曼这才想起，昨晚，肖潇将她的手机关掉后，一直忘了开机呢。听林文轩质询，赶紧起身向前，挨林文轩身边坐下，双手搂住他脖子，见他眼泡松弛，眼底的红血丝隐约可见，黑眼圈更一目了然，情知他昨晚也没睡好，不由顿生怜惜，心底更加愧疚，嘴上却嗲声嗲气撒娇道："真是的，你还没完了，跟审犯人似的。昨晚那么大的雷电，又在高速路上，我怎么好打电话嘛。为安全起见，我不把手机给关了嘛。"

林文轩没了脾气，可心中的阴影仍挥之不去：抛锚？这么巧？再说，长夜漫漫，黑灯瞎火，两人究竟怎么过的？肖潇这小子的心思，连傻子都看得出来。林文轩还想盘根问底，可脑子瞬间划过和肖潇之间的合同，见罗曼闭月羞花，似娇似嗔，他强忍着，将心中一连串的疑惑咽回肚里，只问道："那肖潇说没说什么时候签合同？"罗曼大为讶异，猛然松手，像不认识似的盯着林文轩，心中的愧疚不再，释然中，又有些许失落，便木着个脸，如实回答说："没说。""嗨，那你今儿就别再出去了，昨晚折腾整整一宿，在家好好补个觉吧。"林文轩意识到了自己的失态，巧笑一声掩饰，见罗曼眨着一双迷人的大眼，似要将他看透，又瞬即恢复了平日的儒雅，转而像父兄一般，语带关切又温存无比。罗曼潜意识里的不满，随林文轩的温情一闪而过。此刻，她眼皮都抬不起来了，打着哈欠回说："今儿事还多呢，下午和肖潇约好了，去他家拜访拜访他爷爷。这项目要以肖家历史作背景，肖潇的爷爷可是项目的关键人物。”林文轩来了劲儿，命令说：“那你更得好好休息休息，养精蓄锐。赶紧上床，好好补个觉。”

送罗曼回家，肖潇将车开至4S店，打车回家蒙头大睡，醒来不久，黄克强已将罗曼接来。一如往常，肖潇打发走黄克强，将罗曼引至爷爷跟前，肖老爷子竟喜欢得嘴都合不上，将罗曼上下打量一番，又将目光投向孙子，心里不由暗忖：一个玉树临风，一个美玉如花，真是天造地设的佳偶一对。罗曼也对肖老爷子一见如故，肖鹏飞身上的雍容气度与不怒而威令她心存敬畏，老爷子的风趣和善，更让她宾至如归。爷孙俩打破惯有的常规，将罗曼领到地下书房，肖鹏飞款款而谈，将孙子前日刻意回避的家族秘事，向年轻的女孩和盘托出，肖潇则在一旁不住补白。爷孙二人，你一言我一语，向罗曼完整勾勒出肖家那段令人荡气回肠的壮烈往事，听得罗曼大为感佩，对肖氏爷孙的敬重更发自肺腑。随着爷孙二人的讲解，各种画面栩栩如生，不断闪现，罗曼对肖氏家族的认识也更深刻全面。不等故事讲完，一套完整的方案，已在罗曼腹中成型。肖鹏飞又兴之所至，捧出从拍卖会上拍回的自家宝贝，与客人分享，像个老小孩，口若悬河，极尽卖弄，细述珍贵，罗曼又是惊诧万分，大开眼界。

晚饭后，肖鹏飞知趣，躲进卧室，为两个孩子留出空间。进屋前，他将孙子叫到一旁，冲孙儿神神叨叨叮嘱：“潇，今天这事儿，可是你小子有生以来干得最漂亮的一件，把握住机会，一定把它干好了。”可经昨晚折腾，肖潇似乎悟透了，对罗曼与林文轩的关系有了更切身的体会，情知林文轩对罗曼的重要，不想再插足其间让罗曼为难，自己也不够光彩体面。见爷爷兴头十足，不忍拂他老人家美意，含糊一笑。回身转向罗曼，又极尽克制，将她当作红颜知己，不再冒昧。有了昨夜的经历，罗曼对肖潇虽更亲近，却拿他当亲人对待，也不愿往前再走一步，她的心，毕竟早有所属，她不想脚踩两船，遭人诟病。两人趁热打铁，找出纸笔，凑在饭桌前，细化主题，罗曼更别出心裁，想将肖家从拍卖会上拍回来的自家宝贝，大量用于画作背景，肖潇对此虽大体认同，但其想法却更为严谨。看罗曼盯着自己，等自己拍板拿主意，肖潇莞尔一笑：“想法不错。不过，若将青花瓷作为画作背景，我看更为妥帖。”罗曼不解，眨巴着大眼：“为什么？那几件宝贝那么漂亮，又那么珍贵，与凝重的主题一明一暗，难道不是相得益彰，互为衬托？”肖潇瞥她一眼，见此刻的罗曼不再娇娇滴滴，一门心思全在项目上头，活脱脱一个职业女性，心里也更坦荡，解释说：“青花瓷属古瓷中的精粹，最能代表上千年的古瓷文化，更具代表性。再者，中国的传统文化，也历来钟情青色。所谓‘青云直上’，‘青出于蓝而胜于蓝’，‘留取丹心照汗青’，等等，足证国人对青色的情感，也由此可见，青色在国人心中的地位。”肖潇出口不凡，罗曼醍醐灌顶，对他更刮目相看，并随肖潇讲述，眼前不断闪现出青花与褐黄诸色的过渡与反差，不由佩服至极。

之后，肖潇又将多日来的成熟想法，向罗曼一一详述：“虽说这次画展是以肖氏企业二十周年大庆为切入点，但肖氏企业的发展又与我家厚重的历史一脉相承，难以割舍，所以，贯穿画布始终的应以肖家历史为主线，由此再现我家几代人的奋斗历程，可又不能完全拘泥于我家背景，应将眼界拓向整个工商业界，借此弘扬中国民族工商业的发展进程。这样一来，画面内容更有依托，视野也更开阔，所反映的内容，更具社会性与时代特点，也就更有生活张力与生命活力。”肖潇大气磅礴，纵横捭阖，听得罗曼眼放金光，颔首连连，还不住低头刷刷记着笔记，心底的构想也更趋完善。肖潇话锋一转，又道：“所以我想，将画展主题定为‘寻梦’，在此框架下，分别设以‘寻根’、‘逐梦’、‘奋起’、‘超越’四个不同的副题，从不同的角度，多层面、全方位再现肖氏家族在不同历史时期的奋斗方向，借以充实主题内容。”

看肖潇唇干舌燥，已将意图充分阐明，罗曼兴之所至，掏出随身携带的画册，翻到相关页面，手指蒋兆和的巨幅《流民图》、徐悲鸿的《放下你的鞭子》和《奴隶与狮》等影响深远的名家名画，将心中所想倾泻而出：“‘寻根’部分，可以黑褐二色为主基调，背景辅以大量青花瓷器，以此刻画肖家故人对土地的眷恋和对传统文化的热爱，再借鉴蒋兆和与徐悲鸿的绘画特点，使线条更有力度，也使画面更具沧桑感，既能体现当时的动荡背景与厚重历史，又令画面不至过于沉闷枯索。”上述诸画，肖潇均不陌生，全近距离欣赏过，随罗曼讲述，生动形象，跃然眼前，再联想与宁静的青花瓷器互为衬托，更相得益彰，不由连声称赞，高度认可。罗曼深受鼓舞，又不厌其烦地讲述将怎样采用灰蓝、天青、红黄诸色，表现不同年代，呈现各异主题，并详细道出自己的创作理念，以及如何借鉴大师风格，拔高画作境界，提高绘画品质。夜阑时分，两人均已将自己所想到的表述清楚，并疲乏不堪，整体构想已大体就绪。

皓月当空，繁星点点，西山脚下，漆黑似墨，静寂无声。肖潇驾车，送罗曼回家。同样的车，同样的人，同样的夜色，昨夜的点点滴滴，又重上心头，无限的温情，由此弥漫。两人又都颇为理性，不再涉足禁区，不再触碰那个让人尴尬又令人温暖的话题。肖潇连音响都不敢开，怕撩人的旋律，将敏感的神经再次拨弄。两人瞅着窗外，欣赏夜幕下的现代京城，体味天子脚下的古韵今辉，在无边的夜色中，享受彼此间的默契，又都一言不发。直到罗曼下车，肖潇这才想起，叫住转身的罗曼："哎，你跟老林说，等他有空了，来把合同签了。"

第十五章　巧赌珍玩

夏伯翰如愿以偿，分别以16.8亿和13.2亿拿下两块地皮。此价位均创该区域楼面价格的新高，给京城地产界投下一枚重磅炸弹。一夜间，夏氏集团横空出世，跃升京城地产新星，媒体争相报道，坊间津津乐道，两地块的周边二手房也闻风涨价，夏伯翰更身价陡增，从不足十亿骤增到目前的六十多亿，令同行瞠目，更让外界咋舌。夏伯翰洋洋自得，向下属夸耀："咱搞地产开发，不多攒点地，还开发个什么呀！土地对咱来说，不等于面粉对面包的重要？只是，它的增值效应绝非面粉可比了。两块地，30亿，再拿银行贷款来开发，何乐不为呢？"他更有感而发道："咱没花分文广告费，没自我炒作，瞬间便家喻户晓，这就是房地产独有的魅力呐！"自此，他忙了起来，社会活动大增，各房地产论坛，他成座上嘉宾，还时常发言，预测未来走势。媒体总津津乐道，作只言片语的解读再广而告之。一时间，夏伯翰的观点可影响决策者思路，他的预测更左右购房人想法。夏伯翰俨然成了地产代言人。为此，他沾沾自喜。

这日，区域性房地产品牌论坛在京广中心举行，夏伯翰作了主题发言，午间，和大佬们海阔天空，餐叙闲聊刚回公司，一落座，夏季便风风火火闯了进来，火急火燎说道："爸，人家又催款了，还下了最后通牒，说再不交钱，就把地皮收回去了。"夏伯翰唇干舌燥，手握保温杯，吹吹浮沫，呷两大口，这才抬起头来，拿眼斜睨儿子，有点不怒而威："急什么？天还塌得下来？"见火烧眉毛了，父亲仍气定神闲，夏季不由暗喜，眉头一挑："贷款落实了？"夏伯翰的脸阴了下来，劈头回道："落实个头呀！眼下这形势，哪那么容易？"夏季立马傻眼，不知父亲葫芦里卖的啥药，面露愁苦："那怎么办？这两天，一听电话铃响我就发毛，都不敢接了，又躲不了，愁死我了。"看儿子焦头烂额，夏伯翰一阵烦乱，口中的话却不以为然："你以为他们真在催地款呀！"夏季摸不着头脑："不催地款？那成天价催个啥？"夏伯翰沉吟一会儿，有了主意，嚷嚷说："真是个榆木疙瘩！亏你在这个行当里摸爬滚打多年，没一点长进！"夏季委屈，不知怎么又惹恼了喜怒无常的父亲，木着脸，不太服气。"嗨……"夏伯翰叹口气，心中想法瞬间成熟，便放缓语气，点拨儿子说："这明摆着是醉翁之意不在酒嘛！你没瞅出来？"夏季一脸糨糊，拖长腔调，迷惘问道："不在酒？那在什么？"

夏伯翰试着分析："拍卖结束这才几天？一个劲儿催个什么？那么多闲置地块，一搁好几年，还有更长的，钱都缴清了？怎么没见收回去？"夏季张口结舌，答不上来。夏伯翰看穿了，口气也变为不屑："真是的，你以为这些吃国家俸禄的人有多敬业？真为国家催款子？"看儿子仍懵里懵懂，夏伯翰更一针见血："这些人不过打公家幌子，催咱进贡呢！""哎，对呀，我怎么没想到这层玄机呢！"夏季如梦方醒，随即心领神会："那怎么打点？"夏伯翰犹豫起来，也没个谱，试着分析："这可得好好算计算计。别钱花了，人没瞧上眼，反弄巧成拙。"夏季心里默了一下，建议说："要不，一边给个二十万？"夏伯翰瞪儿子一眼，断然否决："你以为打发叫花子呢？"夏季不服，回盯着父亲，问："一人二十万还少？"夏伯翰不以为然，呛呛说："你以为还是前些年在北京周边打游击的行情？"夏季扑哧一笑，态度软了下来："那给多少？"夏伯翰主意已定，极其干脆："两百万。"

"两百万？"夏季吓一大跳，牛眼瞪得老大。夏伯翰心意已决，笃定道："对。舍不得孩子套不着狼。"夏季为父亲的疯狂大为不解，急着反驳说："爸，这地刚拿在手中还没捂热，要产生效益，还得巨额投入，不知得等到猴年马月。哎，行情再怎么变化，也不可能有这么大的差距呀。GDP一年的增幅也就十个点，CPI最多三四个点，这些人难道抢钱吗？两百万！你别把人家吓着了，给你定个商业贿赂，吃不了兜着走，反而坏事！"夏伯翰瞥儿子一眼，口气十拿九稳："看来，你小子对当今官场认识还不够。你不想想，两块地，除去定金，还差30多个亿呢，向银行贷款一年多少利息？你难道没数？且不说还不定贷得出呢！你以为人家是吃素的？钱都让你小子一人白赚？学着点，臭小子，要想干大事，就得有足够的胸怀气度，有钱大家赚，有人在上头罩着，不比人家成天横挑鼻子竖挑眼，掐着咱脖子强？”夏季不笨，一点就透，更对父亲的精明佩服得五体投地，赶紧表态说：“那行，听你的。”说服了儿子，夏伯翰又进一步补充：“二百万对这么大个项目来说也就蜻蜓点水，运作起来了还得后续跟进，人家不是傻子，稍微卡一下，咱就受不了。”夏季心悦诚服，头点得跟小鸡啄米似的：“行，就照您说的办。”

夏伯翰提起话筒：“馨瑶，来一下。”父子俩闲扯没两句，陈馨瑶推开门来，见夏季也在，有点进退两难，夏伯翰见了，一抬下巴，招呼说：“进来吧。”陈馨瑶听话，扭身推上房门，上前几步，问：“有事？”看儿媳走近，夏伯翰吩咐：“馨瑶，明儿你去银行办两张卡，各打两百万上去。”陈馨瑶大为吃惊，脱口便道：“各打两百万？哪来的钱？”夏伯翰急了，眉头一皱，嚷嚷说：“哎，钱上哪去了？上季度的财务报表，不还有好几个亿吗？怎么没了？”夏伯翰瞪着儿媳，鹰眼跟刀子一样锋利，看得陈馨瑶心里发毛，赶紧向公公解释：“没错，上季度的报表是有那么多钱。可咱不是刚拍了两块地，又还了银行贷款吗？”儿媳的话，给了夏伯翰兜头一闷棒，他不再咄咄逼人，放缓语气问道：“账上有多少？”陈馨瑶如实作答：“不到一千万。”夏伯翰一下火了，坐直身子，冲儿媳高声叫道：“怎么才这点钱？”夏季也不解，扭头问嫂子：“哎，不对呀，一、二期房子卖得差不多了，不有十个亿的进账？两块地，定金也就四个亿，怎么才这点钱？”

陈馨瑶不满，暗想：难道揣我腰包了？见公公脸色铁青，小叔也一脸惊诧，便从容对答道：“没错，两块地皮的定金四个亿。但眼下这项目，哪来的钱开发？不全从银行贷的？一、二期房款，除付两块地皮的钱，还还了银行的账，支付拖欠的材料款、工资、房租……”不等儿媳报完账，夏伯翰也已门清，怕儿媳多心，自哂一笑，打着圆场：“嗨，忙前忙后两年多，原来，咱替银行打工来着。”夏季也算过账来，忙道：“话可不能这么说。一、二期卖房款，咱还了银行的贷款，不还付了两块地的定金吗？再说，工程还早着呢，三、四期工程一起来，不就有钱了。”陈馨瑶心头仍有气，见小叔得意忘形，怕他到时又一肚子的糊涂账，便没好气地提醒：“银行贷款还没清呢。再说，账上不足千万，支撑不了两个月，得早作打算。”夏季没心没肺，没听出嫂子的弦外之音，咧嘴一笑：“工程一完，银行那点钱还算得了什么？咱不赚得盆满钵满？”夏伯翰心烦，将手一挥，对儿媳说：“你忙去吧，没你事了。”陈馨瑶如释重负，扭头便走。

听嫂子在身后关上房门，夏季情急：“爸，怎么办？”夏伯翰愁眉苦脸：“这么大笔现金，一时半会儿上哪凑去？”夏季提议：“要不咱少给点，先意思意思，周转开来，后补。”“补你个头呀！想空手套白狼？干脆让人把地收回去算了嘛！”“那怎么办？”夏季急红了眼。“要不，咱送古董？”夏伯翰无计可施，随口说道。“送古董？人家不认怎么办？”夏季颇意外，担心道。“这倒也是。”夏伯翰没了办法。父子两人你瞅着我、我看着你，都没主意。夏伯翰本随口一说，可思来想去别无他法，遂打定主意，对儿子说：“夏季，这事是有点难度。不过，操作好了，对大家都好。”夏季忙问：“有什么好处？”

夏伯翰越想越透彻，对儿子分析说：“刚才你不还怕钱多了，人家不敢收吗？”夏季脱口便道：“我现在也还担心呢。”夏伯翰诡秘一笑：“改送古董不就迎刃而解？”夏季似懂非懂，追问：“这话怎么说？”夏伯翰解释：“两百万现金，确实不好送，一留下蛛丝马迹，就后患无穷。万一有事，无论收礼的还是送礼的都跑不掉。改送古董，不就‘人不知，鬼不觉’？”夏季颇不以为然，反驳说：“问题是，古董又不是人人都愿意收。即便人家愿意收，也不一定认得了。找个二百五的专家看走了眼，不更坏事？”“这倒是个问题。”夏伯翰脑子快速转动，旋即有了新的点子：“要不这样，咱送件附专家鉴定证书的宝物不就得了。这些人，本事大得很，再拿去一转手，卖了钱，大可说成是潘家园地摊‘捡漏’来的。这种事，谁查得清楚？不对大家都好？”夏季醍醐灌顶，佩服得五体投地：“爸，您太老谋深算了。”夏伯翰将脸一板：“接下来，就看你小子的了。”夏季一拍胸脯：“没问题，保证让对方满意。”

挑好宝贝，夏季转弯抹角，打听到钱局长电话，一拨，竟通了，心里正七上八下，又听对方官腔十足：“哪位？”便赶紧赔着小心：“钱局长，我是夏氏集团的小夏……”“夏氏集团？”钱局长嘟囔道，接着又问：“什么事？”夏季捏着嗓子：“您老有空吗？”钱局长反问：“我有空没空，跟你有关系吗？”夏季被问住了，心里如揣了只兔子：“是这样，钱局长，我们集团多年来得到您的关心，所以，我们董事长想请您老人家出来坐坐，吃个便饭，好当面对您表示感谢。”钱局长想了起来，忙问：“哎，你们集团拍了块地，还没付钱吧？”夏季心虚，竟有点语无伦次：“是是是。这不请您老人家一道商量商量，看怎么交吗？”“怎么交？你把支票直接交到财务，不就得了。”钱局长声音一扬，态度公事公办。

夏季硬着头皮，解释说：“钱局长，今儿求您老人家，就是想商量一下这个事，望钱局长高抬贵手，通融通融。”钱局长铁板一块：“我还不通融？按合同你们早该交了，一拖几个月过去了，其他企业也学你们，我还怎么工作？小夏，别给我出难题，你上网查查去，看看市政府土地拍卖相关规定，照理说，该收你们滞纳金了，难道我还不通融！”钱局长的话，令夏季如芒刺背，干笑几声，几近低声下气：“有劳钱局长维持，感谢钱局长通融，土地款我们尽快交。今晚，我们董事长诚了心的，您老人家给个面子，我也好交差，行不？”

钱局长不为所动，话也说得斩钉截铁：“今晚我没空，有空也不行。转告你们董事长，尽快把钱交清，不然，我照章办事，依法收回国有土地，或征收滞纳金。让他不必在其他地方费心，赶紧凑钱去！”钱局长说完，断然挂断电话。夏季急得来回打转，又怕耽误，摔门而出，直奔父亲办公室，边走边暗骂：“鼻孔里插葱，装他娘的蒜！”夏伯翰不动声色，听儿子添油加醋、骂骂咧咧，不由冷笑一声，说：“天下哪有不偷腥的猫？这倒怪了。他越假模作样，便越他妈的官僚十足！夏季，你别看这狗日的油盐不进，依我看，他不过是装腔作势而已。这样，你干脆上门，送到他家里去，咱‘送佛送到西’，给足这老狗的面子，老子偏就不信，这狗日的收了东西，还会板起脸来公事公办！”

接下来，夏季便颇费周章，好不容易才打听到了钱局长的家，待煞费苦心地趁夜幕敲开对方的家门后，开门的主妇却连门都不让进，简单地听他三言两语报明身份后，竟板起脸来隔着防盗门，煞有介事地说老钱还在单位忙着呐，让他有事去单位谈，别有事没事地往家里跑，还说这样影响很不好，甚至连分辩的机会也不给，便“砰”的一声把门撞上了，竟表现得比电话里的钱局长还要铁面无私呢！夏伯翰由此傻了眼，夏季更急得跟猫抓似的，而该地皮的主管部门却像是成心和他们过意不去，又在短短几天时间内，数度来电催促去缴土地款，说再不去缴的话，那就极有可能把地皮重新收回去，纳入下一次的再度拍卖了。父子两人急得就像热锅上的蚂蚁一样，除了破口大骂以外，又掰起指头数起来，看在熟人圈子里能否扒拉出个把贵人来，或许可以从中疏通一下，借以缓解眼前的燃眉之急。就在这时候，一个颇为意外的陌生妇人的电话，让父子两人陡然产生了绝处逢生的些许希望，对方虽一听就不是什么有文化身份的人，可一上来就打包票，笃定无疑地承诺说，她有本事能从根本上缓解夏氏企业目前遇到的大难题，并开口要起了好处费。

父子两人将信将疑，也不知道对方是从哪里得到的消息，却不敢有一丝一毫的迟疑，均抱死马当成活马医的态度来，也就毫不含糊地商议让夏季赶紧跑去会会这个颇有些神秘色彩的陌生女子，瞧她是不是真能帮他们逢凶化吉，迈过眼前这道坎。夏季片刻工夫也不敢耽搁，刚一撂下电话，便开着他的那辆悍马越野车去赴约，一门儿心思地想要尽快看，看电话里这个夸下海口的女人究竟有何来头，靠不靠谱！待他屁颠屁颠地赶到女人指定的茶馆时，差点没跌破眼镜，只见对方宽皮大脸、丰乳肥臀，周身的金器晃得他直想吐，血盆大口就像是刚喝过人血似的，让人看了好生恶心，尤其是那满头零乱的金黄色碎卷发，就像是他家里养的那条卷毛狗，而她枯槁的手指早被烟草熏黄了，并正旁若无人地吞云吐雾。

夏季不由迟疑了，还以为自己找错桌子了，正要扭头看看还有没有其他更符合的目标对象时，却听女人冷不丁地扯着嗓门儿朝他揶揄道："怎么了，真还有眼不识泰山呀！""哟，还真是您呐？"女人的"金口"刚一开，夏季便立马听出她那蛮有特色的嗓音来，随即尴尬地咧嘴一笑，自然地拉开椅子坐在她的对面，并问道："怎么称呼您好呢？""叫我杜姐或者杜阿姨都可以。"女人猛吸一口烟后，又徐徐吐出来，随后盯着夏季瞧。"那我叫您杜姐好了。"夏季会来事儿，瞧这女人浓妆艳抹，却怎么也遮不住厚厚的粉底下那张沟壑纵横的老脸，但也只能违心地把奉承的话说得溜溜圆。"我要了一壶大红袍，你喝点什么？"她摆出一副见惯了场面的模样来，话也说得大喇喇的，夏季当然瞧不惯对方的粗俗市井，却也拿她没办法，谁让他还指着人家解围呢。听她颇有一些吆五喝六的口吻，便略将眉头皱了皱，也就强忍厌烦，再随口打起哈哈来："嗨，那就随杜姐呗！"

"那好，咱开门见山谈正事吧。"服务小姐替夏季斟上茶离开了，整个大堂几乎没有其他客人，女人的嗓门降了下来，但仍不自觉地流露出她那早已养成的大大咧咧的习惯。"那您是……"夏季忍不住好奇，终于逮着机会问，他真不知道眼前这个粗鄙不堪的老女人，究竟有什么神通广大的路子，竟有本事把他和老爸如此挖空心思也迈不过的这道坎儿给跨过去。"嗨，拿钱消灾，替人办事。只要把事情给你小子抹平了，你又何必管我是哪路神仙，是什么来头呢！"女人还挺精明的，一上来就把防火墙给筑上了。夏季拿她没法子，可却仍旧不死心："哎，我连你姓甚名谁都没有搞清楚，你说，咱怎么往下去谈呢？"女人被问住了，略一沉吟后就不情愿地掏出包里的身份证，递给夏季说：“那你好好看看吧，难不成我是来蒙你的么！”夏季接过来仔细瞅，发现早已被磨得起毛边的身份证上的黑白照片虽说有些年头了，却不难看出就是对面坐的这妇人，再仔细一瞧年纪，竟和自己的母亲相差无几，便对她更加反感了，却也不敢有一丝一毫的马虎，凭经验确认证件应该不假后，再将上面的家庭住址背下来，随即递还给她，称呼也自然而然地改了过来：“那好，杜阿姨，那你说说看，这事你怎么摆平？”

“我怎么摆平你就不用管了，关键是你得先给一笔好处费。”杜阿姨高深莫测，话却说得不含糊。“那先期费用是多少？”夏季虽然云里雾里，却也只能跟着她的指挥棒来转。杜阿姨随即伸出两根手指头，并直愣愣地盯着夏季瞧。夏季一看还靠谱，便出口夯实道：“20万？”“20万？你以为打发叫花子呢！”杜阿姨像被陡地激怒了，甚至想一拎包就要起身走人。“啊，这先期费用就得200万呀？”夏季吓了一大跳，甚至以为自己搞错了。“哼，这点小钱对你们夏氏集团来说，不就是九牛一毛么？值得你这样大惊小怪呀！”杜阿姨可不是吃素的，步步紧逼。“可……”夏季颇有些犯难，杜阿姨便又咄咄逼人道：“不就200万么？你也不好生想一想，我替你办的是多大的一桩难事呀！”“那往后还得给多少呢？”夏季一想也是，也就不再多磨嘴皮子了，转而关心后续还得吐出多少血来。杜阿姨毫不含糊，又再伸出一个手指头。“100万？”夏季稍稍松了一口气，甚至有些暗喜，便又试着问对方。“嗨，你可真搞笑……”杜阿姨笑出声来，甚至还颇有些语带揶揄的嘲讽意味。“前后得给1200万啊？”夏季显然缺乏足够的思想准备，甚至吃惊地差点从椅子上跳起来。

“有话好好说嘛，何必那么激动呢！”杜阿姨倒还稳得住，一看就是见惯了这样场面的人。“哼，你倒说得轻巧！1200万，难道你要抢劫呀？”“嘿，我抢劫……”杜阿姨双目圆瞪，一副不可理喻的模样。“难道不是么？你坐地起价，也就耍耍嘴皮子，半点投入也没有，凭什么拿走1200万？”夏季虽然被她盯得直发毛，却也据理力争地强辩道。“哼，耍耍嘴皮子？你当真说得轻巧！”杜阿姨果真生气了，又左顾右盼地找起她的包来了。“哎，你又何必动气呢？这生意不就是这样谈出来的嘛！”夏季不敢再造次。“哼，夏总，你当真不晓得现在的行情呀？你一差就是上十亿，若要搁在银行里，一天得有多少利息？且别说若在银行里面贷款，那更是若干倍的打滚呢！更何况你以为我一人能独吞这笔巨款？有好多人都等在背后分钱呐！”一瞧夏季嘴软了，杜阿姨又气壮如牛地分辩说。

“嗨，行。就按你说的办。问题是我现在拿不出来这么多钱呀！”夏季犯起难来，本想讨价还价拦腰砍掉一截再说，可瞅杜阿姨像打了鸡血似的盯着他，且句句说得都在理，便赶紧把已到嘴边的话强咽了回去，再心虚气短地试探道。“嘿，你小子拿不出钱来，干吗跑来瞎耽误我的工夫啊！”杜阿姨一听可就不干了，又困惑地问：“哎，怎么会拿不出钱呢？你们夏氏集团在短时间内不就一口气拿下了价值三十个亿的两块地来么？难道竟连这点小钱也拿不出来？”“嗨，真要拿得出来的话，那我们还欠地款干吗呢？这不把钱全都交了押金么！”夏季像被人扒光了衣服似的，窘得连正眼都不敢瞧对方。“要照你这话，那你小子莫非想在我这里空手套白狼不成？打算让老娘我替你们白忙活呀！”杜阿姨毫不含糊地拎起包来，竟气咻咻地像被耍了似的，激动得恼羞成怒，夏季见状，赶紧又忽悠说：“哎，杜阿姨，我虽说拿不出钱来，可有比钱不知要珍贵多少倍的宝贝呀，你又何必这么着急嘛！”

“哟，有比钱还要珍贵的宝贝呀……”杜阿姨一听不由迷糊了，转而把拎起来的包又不由自主地放回原位去，双眼滴溜溜地在夏季的浑身上下瞅了好一会儿，看他怎么也不像是身揣巨宝的模样，又很自然地将目光落在了他身旁椅上那鼓鼓囊囊的提包上，瞬间又燃起了希望。“哎，小姐，给我来间包间嘛！”见终于把杜阿姨给稳住了，夏季四处瞅了瞅，还是觉得在大堂里边没法看，便冲不时好奇地往他们这边瞟过来的服务小姐打了一个响指，爽快地朝她们吩咐道。“包间可要另收费的！”服务小姐一可就乐了，却也脆声声地提醒说。“啰嗦什么，该收费就收费呀。不过，得挑一间光线好一点的房间！”夏季破釜沉舟，他深知自己此刻的责任重大，且不管这俗不可耐的老女人究竟有没有本事办得到，但哪怕有一丁点儿的希望，他也要全力以赴地紧紧把它抓在手里。看服务小姐已在一旁张罗开来，他便立马站起来，拎起包，诚惶诚恐地邀请道：“走，杜阿姨，咱到包间里边看。”杜阿姨强烈好奇，虽然不知道对方的葫芦里面卖的什么药，却也亦步亦趋地跟在这小子的身后，迫不及待想瞅一瞅这小子口中所谓比钱还要珍贵的宝贝究竟是什么玩意儿！

事到临头，夏季禁不住地打起鼓来了，待服务小姐张罗完，退出房间拉上房门，这才扭过身来掏出包里明黄色的锦锻盒，煞有介事地慢慢搁在茶桌上，极小心地把里面的宝物取出来，郑重地轻轻放在桌面上，这才冲掩饰不住好奇的杜阿姨，颇有些神秘地显摆道：“杜阿姨，你瞧这是什么。”杜阿姨双眼落在宝物上，只见一个不大的玩意儿造型奇特，通体莹润油亮，其上的黄褐二线纵横交错，简直密如蜘蛛网，既有点像她早已熟悉的琥珀，又有一点似美玉，品相很新，却怎么也瞧不出是什么东西，便不由地更加纳闷儿：“哟，这究竟是什么玩意儿？”夏季莫测高深地一笑，瞅杜阿姨一脸糊涂，便卖弄开来了：“嗨，这可是上千年的宝贝呐！”“啊，上千年的宝贝呀？”杜阿姨的眉峰极为夸张地一扬，几乎失声惊叫道。“可不，这是上千年的宝贝呐！杜阿姨，你拿在手里好好瞅瞅吧，看它是不是比钱还要珍贵得多呢？”杜阿姨似信非信，哆哆嗦嗦地接过夏季递过来的稀罕物件，好一通左瞅右瞧，直到把里外全都看了一遍，却依旧没有弄明白这东西究竟是何来头。更不相信这小物什竟会有上千年的历史，随即狐疑地把头抬起来，颇有些丈二和尚摸不着头脑：“哎，这上千年的物什，怎么会这么新呢？”夏季便赶紧解释说：“嗨，这你就有所不知了。这真正值钱的好古董，追求的不就是真、精和新么！”杜阿姨云山雾罩，可又不愿意露怯，便又接着追问说：“那它是啥玩意儿？”夏季更加笃定道：“它可是宋代的哥窑瓷器！”

一听居然不是玉质的，杜阿姨大失所望，颇为不屑：“瓷器能值几个钱呀？这要真是玉做的，或许咱还可以往下接着再谈！”杜阿姨边说边把物件往桌对面的夏季手里递回来，又开始埋头寻起她的包来了，小声嘟囔：“哼，我还以为是啥宝贝呢！还说不知比钱珍贵多少倍，原来就是这么个破瓷器！”夏季一听慌了神儿，便又赶紧解释道：“虽说它是瓷质的，可不知比玉器珍贵多少呢，甚至说它价值连城也都一点不夸张呢！”“啊，它比玉器还要珍贵呀？”杜阿姨惊得手上一哆嗦，险些把物件滑落到桌面上，夏季赶紧伸出手去托住它，又下意识地斥责道：“哎，杜阿姨，你小心点嘛。这要把它打碎了，你可赔不起。”杜阿姨本已打算松手了，可一听又把物件攥紧了，随后收回递出去的手，匪夷所思地盯着桌对面的夏季瞧，她实在难以理解：“这不就是一个小小的瓷器嘛，能有多么贵重啊？还能价值连城呀！”看把老妇吓得满脸通红，夏季板起脸来正言道：“这古玩古物，不就数瓷器最值钱？真要是玉做的，那价值可就大大降低了！”杜阿姨闻所未闻，可却觉得蛮新鲜，随即双目落在此前并不被她看好的物件上，又念念有词地继续强词夺理：“不都说‘黄金有价玉无价’嘛？这瓷器竟能贵过玉做的……”

夏季强忍着，这才没有笑出声来，又耐心解说：“话是这么说。可拍卖会上，无论国内还是国际，咱中国古瓷的成交价也都远远高于古玉呢！”“噢，原来是这样……”杜阿姨将物件捧在手里面，直截了当问道：“这玩意儿究竟能值多少钱？”夏季心里虽鄙夷，却煞有介事地郑重回答：“若要拿到国外去拍卖，三五千万肯定不成问题，即便在国内，要由大公司来执槌的话，三五百万甚至拍出更多的钱，都是极有可能的。”“啊，乖乖，这么个小玩意儿，居然值这么多钱呀！”杜阿姨瞬间眉开眼笑，但仍有一些难以置信。夏季瞧在眼里，不由地暗喜起来，便又接着卖弄说：“可不嘛。杜阿姨，这可是货真价实的南宋哥窑！即便在全世界范围内，也都没有多少只呢！”杜阿姨哪听得懂南宋、北宋，弟窑、哥窑？但手中的玩意儿能值几百、几千万，这才是至关重要的。瞧杜阿姨将信将疑，夏季又麻溜地掏出包里早已准备好的几本过期杂志，哗哗地翻到相关页面，递到她的跟前说：“杜阿姨，您好好瞧瞧吧，一个盖碗茶杯大小的小瓷杯，成交价不就3000万港币么？你再瞅瞅这一件，一个永乐时候的青花小碗，成交价不也接近4000万港币？还有，再看看这件，一个宋代的白定盘子，不也卖出了1200多万？”

夏季一个又一个的专业名词，杜阿姨哪里懂？但他口中接连蹦出的巨额天文数字，杜阿姨可是听得明明白白的。出于好奇，她找来了老花镜，哆哆嗦嗦地戴上，并一一地核对起来，当看清各天价成交的物件图片和与之对应的天价数额，杜阿姨的脸上竟痴笑得跟怒放的牡丹一样，而手中的物件也随之握得更紧了。想了想后还是有些不踏实，于是缠着夏季问：“哎，夏总，你说这瓷器，不就是不值钱的泥巴烧的吗？怎么会这么珍贵呢？”夏季瞧她渐渐入道了，但也不敢有一丝一毫的马虎，便又认真地解释说：“虽说瓷器的材质并不名贵，但工艺难度极高呀。将随处可见的毫不值钱的泥土与日常生活须臾离不了的火一结合，也就化腐朽为神奇，烧造出千变万化、极具使用价值与观赏价值的实用器和陈设器。就拿这件哥窑瓷器来说吧，它不仅是宋代的五大名窑之一，就连窑址也至今没有找到呢，存世量极稀少不说，价值也是极高的。”

夏季穷尽胸中点墨，将临行前父亲的交代和平日听夏天和爷爷、奶奶的对话内容，毫无保留，尽量用平实生动的语言，加以一一地详细阐述。杜阿姨却像听天书一样，只反复唠叨着同一句话：“这泥巴哪儿都有，根本不值钱嘛，怎么做出来的东西竟比金的、玉的都贵呢？”窗外的阳光已渐渐地暗了下来，夏季早已讲得唇干舌燥，可杜阿姨仍一头雾水，他便有点不太耐烦了，可又不敢太造次，又听她再一次问他说：“你说说，这瓷器做得再好又怎么样，不也是泥巴做的吗？又不是啥高科技产品，能有多高的成本呀，怎么就这么值钱呢？”夏季简直快要崩溃了，真不知道该怎样回答这样幼稚的问题，才能将杜阿姨心中的疑惑彻底打消。突然，他灵机一动，问道："哎，杜阿姨，'CHINA'您可知道吧？"杜阿姨没听清，扯开喉咙反问道："嗨，你是说'欠啥'？"夏季差点没背过气去，瞧杜阿姨一脸茫然，他真想一拳砸过去，但却只得强忍着，又放慢语速重复了一句："CHINA。"瞅杜阿姨仍迷迷瞪瞪，夏季进而又解释说："这是英语，是中国的意思，也有瓷器的意思。"杜阿姨恍然大悟，一瞪双眼嗔怪道："嘿，你这夏总，把话说得清楚一点呀。我哪懂啥英文，我又没学过！""嗨，真他妈糟糕！"夏季心里暗想道，不知又得费多少唇舌。可话题一旦出了口，那就肯定停不下来的，不然，既满足不了杜阿姨那永无止境的求知欲，更怕她说自己刻意怠慢她，翻脸不认人。

夏季快速整理着思路，再尽量通俗易懂说道："杜阿姨，你知道吗，几百、上千年前，人家外国人了解咱中国，最先就是从咱中国的瓷器开始的。那时候，外国人根本不知道还有瓷器呢，人家吃饭、喝水用的碗和杯子，都是黄金和白银做的。后来，有些外国人到中国来经商取经，回去的时候，再把中国的瓷器带回去，那些外国人这才知道有瓷器。一旦用过咱中国的瓷器后，就不喜欢他们用惯了的金器、银器，统统换成了中国的瓷器。所以，那时候中国的瓷器在外国卖得可贵了，谁家要有一套中国瓷器，那就是身份和地位的象征，就像现在中国人在大马路上开着人家的奔驰和宝马一样神气呢！所以，人家外国人把中国叫作'CHINA'，把瓷器也叫做'CHINA'，在他们眼里，中国就是瓷器，瓷器就是中国。您说，咱中国的瓷器，能不值钱吗？"

"哟，乖乖！这小玩意儿居然能和奔驰宝马相比。"夏季的话虽说像是绕口令，听得杜阿姨云山雾罩的，可她对奔驰、宝马不陌生，甚至还沾过她好姐妹男人的光，曾经多次坐过呢！夏季见她大惊小怪，心里很不屑，可却丝毫不露声色，便又继续卖弄说："是啊！那些外国人把中国瓷器买过去，稀罕得很呐，还异想天开地想自己生产呢！可研究了好半天，愣是搞不清楚这美轮美奂、描绘着各式各样精美图样的瓷器究竟是用什么材料做成的。你说可不可笑！"杜阿姨目瞪口呆，提高嗓门说："外国科学那么发达，他们居然不晓得是泥巴捏成的！"夏季嘿嘿一笑道："是啊！一开始，他们以为是用鸡蛋壳打成粉，和胶水搅在一起来做的，反复试验失败后，又以为是海里的贝壳压碎，和胶水搅拌均匀捏巴起来的，结果还是没成功。那时候的外国人科技虽然挺先进，但还是没咱中国人聪明，他们哪知道咱中国人化腐朽为神奇，将随处可见的泥土淘洗干净后，再拿到火上去一烧，就创造出这么精美的物件来，令全世界的人都为之倾倒，为之疯狂呢！”

“咯咯……”夏季的描述绘声绘色，极具煽动性，让杜阿姨像是身临其境般，尤其想到自己的老祖先曾经那么的扬眉吐气，她开心极了，因而笑得气喘吁吁，并憋得满脸潮红，还连喘带咳地大声评价说：“嘿，看电视上我们祖祖辈辈被那些高鼻子的洋人欺负惯了，没想到我们的老祖宗也把洋人实实在在地涮了一把呢！哈哈哈……”杜阿姨好不解气，开怀大笑中，眼泪和鼻涕齐喷出来，好像多年的怨忿瞬间一泻而出了，而她胸中的恶气也终于得以宣泄和排解。

夏季终于松了一口气，但仍嫌不够，又再补充道：“我看过几次瓷器展，故宫博物院展出的几件哥窑产品，无论器型、釉色还是品相，都没这件好呢！”杜阿姨虽没什么文化，却不乏见识，听夏季如此一说，脑子反应快极了：“照你这么说，这宝贝竟比皇宫里的还要好？比皇帝用的物什还珍贵？”夏季毫不含糊：“可不嘛！这东西虽说现在流到了民间，但保不齐当时还真是南宋皇室里的宝贝呢！”杜阿姨乐呵呵地又将物件举到眼跟前，甚至连眼珠子都快贴在上面，还一边欣赏一边感慨说：“嗨，要不听你说，我还真没看出它是瓷器呢！你来看，这表面多油亮？这些道道密密麻麻，不费点工夫能画得这样自然呀？还深浅不一呢，这不更考验师傅的手艺么！这一千年前的瓷器居然做得这么好，要不是听你说，我还真不知道呢！看来咱们的祖先真了不起啊！”杜阿姨恍然大悟，反对夏季指手画脚，并在那儿指点迷津，好像她手中握着的稀罕宝贝，天生就是她家的，而态度也与之前判若两人。

夏季心里不太是滋味，却也颇欣慰，听杜阿姨满口外行话，本不想再搭理她，可又怕她事后找麻烦，也就只好耐着性子再解释说：“这上面的道道，叫做‘金丝铁线’，可不是画上去的，而是出窑的时候，由于炉里炉外的温差巨大，从而导致瓷胎发生裂变形成的。”“啊，这上面的道道原来全是裂痕，是废品呀！”杜阿姨瞬间变起脸来，甚至感觉遭到了极大的戏弄与侮辱，因而情绪变得激动，嗓门也变得高亢。夏季不由吓了一大跳，情知口误引起对方的误解了，因而赶紧解释说：“哎，杜阿姨，这虽是一种瑕疵，却并没影响瓷器的半点品质！相反，它还形成了对釉面的一种装饰性，使之富于视觉的变化，增强釉面的动感，让其显得不那么单调呆板，给人以另类的美感，并极受到当时上流社会的追捧和欣赏呢！所以，后来的窑工们故意利用这窑炉内外的温差，刻意追求这种因瓷胎裂痕而产生的‘金丝铁线’的缺陷美。这可是哥窑特有的特点，也正是因为这样的缺陷美，才让哥窑更值钱，也更加受到追捧！”

杜阿姨像听天书似的，听明白了上面的道道并不影响器物的价值，这才放下心来，却也意识到了自己的失态，转而恭维起夏季来：“你这个年轻人还真不简单！这么年轻就是副总经理，还懂古玩呢，真是年轻有为！”夏季不由得意，却言不由衷地假意谦虚说：“杜阿姨，你可过奖了，这不过是雕虫小技，哪里值得一提！”杜阿姨仍不踏实，便又继续问道：“哎，夏总，这宝贝当真值得了那么多钱啊？”杜阿姨患得患失，让夏季不胜其烦，为彻底打消她的疑惑，夏季又不厌其烦解释说：“那还用说！杜阿姨，由于哥窑产品存世量极为稀少，到目前为止，还没看到国际国内的相关拍卖信息呢。但有一点可以肯定的是，它绝对比杂志上这件1200多万的白定盘子名贵多了！虽说定窑也是宋代的五大名窑之一，但由于生产时间长，产量大，存世多，所以不及哥窑值钱呐！”杜阿姨似懂非懂，便又继续追问道：“你这么说我就明白了。那和杂志上这两件明、清瓷器相比呢？”夏季又耐着性子回答说：“要说宋瓷的收藏价值，肯定比明、清瓷器大得多。若搁民国时候，你要去古玩店买件宋代瓷器，店家便会搭上送你几件明、清官窑，你说，宋瓷是不是比明、清瓷器更珍贵？”

杜阿姨不再疑惑了，转而板起脸来谈正事：“那就这样吧，你不是拿不出现金么？这东西干脆就抵先期的200万吧。不过，咱把丑话先说在前面，这东西要是专家不认可，或是送不进拍卖公司里，那咱之间就啥都不用再谈了。”“行，就依你说的办。问题是，咱之间总得有个手续吧？”一听老妇可以商量，夏季悬着的心终于放下了，却也一点不含糊。“手续？你要什么手续？”老妇被问懵了，夏季被她瞧得浑身不自在，但却依旧固执道：“哎，这怎么也得有个字据呀！”“嗨……”杜阿姨终于明白夏季是什么意思了，因而失声笑了起来，随后又拉下脸来，一脸不屑：“哼，这些年来，我替别人办的事还少了呀，可从没哪个向我要过字据呢！”“这……”夏季不由嗫嚅了，可他连老妇的底细都不知，难道仅凭她的红口白牙嘴一张，就这样放心地把如此值钱的宝物让她轻而易举地拿走不成？“哼，你要真是不相信，那就干脆跟我到家里去走一趟，看我是不是居无定所专门出来招摇撞骗骗人的！”

杜阿姨掷地有声，话也说得决不像是骗人的，夏季也就信她了，但还是有点不放心，杜阿姨见状又赶紧拍起胸脯打起包票来：“嗨，亏你还是干大事的人！

不就一件老物件么？要是换不出现金来，不就等于废物一个？我还等着把事情给你搞定后，再挣你那一千万的现金呢！”夏季一听也是，便转而和她商量起了细节来，直到双方都没什么疑虑，这才把服务小姐叫来把单买了，再双双各奔东西。

收受这样的稀罕物件，杜阿姨还是大姑娘上轿头一遭，所以一出茶馆，她便兴冲冲地直奔她最要好的小姐妹家去了，想把她今儿新开发的创收模式好好地在她的搭档面前可着劲儿地吹一番。待她敲开门后，发现屋里冷冷清清的，便张大嘴问了起来：“怎么，他还没有回家呀？”“嗨，他啥时候这个钟点回得了家的！”孙姐也就五十岁出头，容貌却平庸得连半点姿色也没有，瞅杜阿姨一进门就大嗓门儿，她便苦起脸来嘴一撇，毫不掩饰地在知心姐妹跟前大发牢骚。“哎，我可提醒你，得把他看紧一点儿。像他这样手里有点儿权力的人，外面的那些骚女人可是变着法子地往这些男人身边钻的。”杜阿姨一屁股坐在沙发上，冲正忙着替她张罗茶水的小姐妹贴心地提醒说。“我哪管得了他？这不，只要不妨碍老娘我赚钱，管他在外面怎么个花天酒地！”孙姐倒还想得开，麻溜地把茶杯往杜阿姨面前一搁，随即在一旁的单人沙发前坐下，又像想起什么似的：“哎，你还没吃晚饭吧？”“嗨，现在哪顾得上吃晚饭噢，一会儿再说吧。”杜阿姨拎起她的包，头也不抬地感慨道：“可不，咱姐们儿手里只要有了钱，还怕这糟老头子们在外面去拈花惹草冷落咱们呀！”

“哎，今儿谈得咋样啊？”孙姐不再发牢骚，转而关心起她一下午都在惦记着的紧要事。“嗨，有什么谈不拢的，你又不是不知道这里面的奥妙！”杜阿姨说话间，已把锦盒拿了出来，瞅孙姐一脸莫名其妙地盯着她的手瞧，她扑哧一笑，又洋洋自得地卖起关子来：“嘿，今儿你姐姐我算是开了眼界了！真没想到这么一件毫不起眼的老物件，竟能值这么多钱呢！”“今儿下午你不是去见夏氏企业的老板了么？怎么……”孙姐愈发糊涂了，杜阿姨赶紧打断道：“这就说来话长了，等你好好瞅过这件宝贝之后再说。”杜阿姨已把物件取出来，轻轻放在茶几上，得意地招呼孙姐说：“你瞅瞅它稀罕不？”孙姐眯起眼睛，眉头皱了起来，看杜阿姨一脸得意，便狐疑地起了身，把物件拿起来，很快，她便被手中的物件吸引了，并下意识地脱口问起了杜阿姨：“哪儿来的？”

“嗨，好好瞧过再说呗。”杜阿姨依旧还是不吐口，孙姐便仔细打量了起来，瞧手中的物件块头并不大，但造型却不是一般的奇特，尤其是通体油亮莹润的器表，竟似琥珀又像玉，可上面那纵横交错密如蜘蛛网般的褐黄二色的线条，又让她实在有些瞧不懂！“哎，是有点儿稀罕噢。”孙姐的眼前猛一亮，跟着又里里外外、前后左右好一通地细打量：见手中的物件是一件长约18厘米、最高处约8厘米、最宽处约7厘米，呈被横切的半个茄子形状的盛水物件，而物件稍窄的那一头，还带有清晰可辨的茄蒂，再一翻转过来瞅，见底部有三块不大的呈长方形的露胎处，均呈深褐色，似作支足之用。孙姐反复把玩后，怎么也瞧不出是什么材质的，便又抬起头来蛮好奇：“哎，究竟什么做的？”杜阿姨这才神秘兮兮地把谜底揭出来：“哎，瞧不出来吧，这可是瓷器呐！”孙姐大为讶异：“啊，这是瓷器呀？这简直就跟玉似的嘛！”瞧当惯了官太太的小姐妹历来号称见多识广，竟也露起怯来，杜阿姨甭提有多洋洋自得了。

孙姐的好奇心上来了，接着便又问：“哎，哪儿来的？”杜阿姨这下可就爽快了：“还有谁？夏氏集团给的呗！”“夏氏集团给的呀……”孙姐一时没有反应过来，可话到一半她便猛地回过懵来了，于是大为光火：“嘿，这夏氏企业也忒他妈的不会来事儿了！就拿这么一个小破玩意儿，便想把咱打发了？我看它是成心找死！”“话可不能这么说吧。兴许这件小物件，还能让你从此解套，过上滋润的生活呢！”杜阿姨早把其中的奥妙悟透了，开门见山地扯开喉咙反驳道。“哼，我有啥套来解？更何况，这么一件小物件，真有那么大的作用啊！”孙姐一时之间哪能想得明白呢？瞧杜阿姨正高深莫测地盯着自己欲言又止，便又急不可耐地催促起她的好姐姐：“哎，杜姐，这究竟怎么回事儿，你就说来听听嘛！”杜阿姨于是抬起头来举目望了望，再上下打量了一通孙姐那毫无任何特色的普通衣着，尔后便颇有些意味深长地点拨说：“哎，小孙，咱明人这就不说暗话吧。你说这些年，你赚的钱还少了呀？可敢毫无顾忌地拿出来明花么？”

“这……”孙姐不由嗫嚅了，她不明白这杜姐怎么会劈头说起这个来，可对方句句说得都在理，并全都戳在她的心窝上，也就伸长脖子听这杜姐又有何高见。“嗨，你说你的这个家，都破成什么样子了？不早该拾掇拾掇装修一下了！你再看看你穿些什么？也难怪你家老头子嫌你不解风情没有女人味，成天不着家。你说你要像外面的那些狐媚女人打扮起来招男人，那你家老头儿或许不会再天天这么晚了还不回家啊！”“嗨，谁说不是呢……”孙姐虽被戳到痛处了，可杜姐句句都是大实话，并掏心掏肺地在替她着想，瞥了一眼墙上的挂钟，瞧指针都快指向10点了，深叹一口气，再将下巴往小物件上略一呶，随即也就更有一些不解了:“问题是，这跟这物件又会有什么关联呢?”杜阿姨瞅她的小姐妹望眼欲穿似的瞅着她，便咧嘴一笑，一语点醒了眼前这个懵里懵懂的梦中人:“你说咱要把它拿到拍卖会上去拍卖，肯定拍得出大价钱来的。再对外面放风说，这是在潘家园的旧货市场上花千儿八百块钱‘捡漏’捡来的，你说说……”

“嘿，还真是这么个理儿呢!”孙姐瞬间醍醐灌顶，她甚至有些感激涕零地望向她的这个好姐姐，瞅她浑身上下珠光宝气，珠圆玉润，还真有一点儿富婆的风采呢，而她却素面无光，竟连件像样一点的衣服都不敢买，更甭提钱多一点的饰品了，因而也就动了心，并转而关心起了小物件的价值来:“哎，那它究竟能值多少呢?”“人家夏季说得很清楚，这件东西若拿到国外去拍卖，能值三五千万，即便在国内，少说也能卖个三五百万的。”杜阿姨再次洋洋自得，甚至把夏季的话当作圣旨一样来传达，可孙姐却吃惊地双目圆瞪地盯着她，难以置信道:“哟，乖乖，这么一件小物件，怎么值得了几百、几千万的啊?”“嗨，人家夏季说，这是宋代五大名窑之一的哥窑所出呢!说全世界也找不出几只来。这物以稀为贵，不就能值老高的价钱么!”杜阿姨摇头晃脑说得一套一套，可孙姐依旧还是有些不敢信，杜阿姨便把夏季特意留给她的收藏杂志哗哗地翻到相关页面，再往小姐妹的面前一展示，之后便像有多门儿清似的:“我说不算数，还是你自己亲眼瞧瞧吧。”孙姐将信将疑，满腹狐疑地一把接过杂志来，再眯起眼来一一往下仔细瞅，跟着也就彻底信服了，随即又眉飞色舞道:“嘿，你还真别说，这古瓷器还真是值钱耶!”

“怎么样，这玩意儿一旦把它运作好了，你说，你是不是可以从此名正言顺地过上无所顾忌的有钱人的好生活了!”杜阿姨把什么都想得挺透彻，可孙姐却突然有了新疑虑:“哎，你说这玩意儿究竟是不是真的?”“那还用说啊!这小子真要敢拿件假玩意儿来蒙咱们，那他不怕你老头儿继续向他催要土地款呀!”“这倒也是!那就这样吧，这事宜早不宜迟，下周一上班，你就赶紧把这玩意儿给拍卖公司送去吧。让他们估估价，看究竟能值几个钱，咱争取早点把它换成钱，省得再偷偷摸摸地一点钱也不敢花。”“行，到时咱干脆一道去不得了么?”杜阿姨虽说天不怕来地不怕，但却怕没和拍卖公司打过交道被欺负，便想拉上她的小姐妹一道前去壮壮胆，可孙姐对此却清醒得很，将手一摆，话也回得没通融:“我就不去了，还是你去吧。要让老头儿知道我什么都冲到第一线，那还不把我剐了啊!”“行，那就听你的。不过，这玩意儿要真送进拍卖公司的话，你可得跟你老头儿说好，到时得多组织几个人到现场去护盘，咱尽量争取把这价往高了整。”“嗨，那还用说呀，这是肯定的！”随后，两人又反复比较起杂志上的各家拍卖公司来，看哪家公司更有实力些。

第十六章　送拍无门

周一一大早，杜阿姨便拾掇妥当了。她一反常态地早早走出家门，一门儿心思地想赶紧弄清夏季给她的这个大宝贝究竟能值多少钱，拍卖公司又啥时才能变现！自打周五晚上，两人凑在一起密谋后，小孙内心的潜在渴望，便被她给毫无止境地撩拨开了，也就片刻没有消停过。这沉不住气的小姐妹，一会儿一个想法，一会儿又一个主意，就像煲电话粥不用掏钱似的，还来来回回反反复复，就像喝了鸡血似的，日夜都在惦记着如何通过她手中的这个劳什子，彻底地解开套在身上的种种禁忌，再也不想被条条框框禁锢其内心早已压抑不住的各种物欲了。两人甚至商量好，宝物一旦送进拍卖公司，小孙就去做她老头儿的工作，让他赶紧去跟王氏集团把招呼打好，让对方给她们留两套面积最大、户型最好、花园最理想，再带车库的大别墅，待宝物顺利拍出后，再去补办购房手续也不迟。省得那些别有用心的倒霉催，成日在背地里嚼她们的舌根儿，或是攻讦小孙那手里握有权力的男人。

如此一来，她俩不仅能成邻居，小孙和她手握实权的男人，更可名正言顺地搬离早已住腻了的单位宿舍，逃离左邻右舍的目光和这些人颇有些见不得光的、愿人穷不愿人富的极为龌龊的阴暗心态，随心所欲地过上两口子早就向往的现代化的富裕生活。王氏集团所建的小区，不仅地段属京城的上风上水，品质更是没得挑，配套设施也高端完备，人性化的物业管理，堪称五星级标准了。尤令杜阿姨期待的，小孙还准备让她男人去再“搂草打兔子”，说一定要好好利用这次“捡漏”变现作幌子，顺带让王氏集团再出次血，打算象征性地给个仨瓜俩枣，便把两套别墅的产权稳稳当当地过户过来。杜阿姨心里别提多美了，伸手拦了一辆出租车后，心情竟灿烂得跟窗外那一碧如洗的晴空和阳光明媚的天气一样。

杜阿姨忐忑不安地下了电梯。这是京城极负盛名的高端物业，位于皇城根儿最为核心的地段。整个八层全属宏程博源拍卖公司地盘，显见出其不凡的实力。一路上，杜阿姨底气十足，自己文化虽不高，但沾她小姐妹的光，还时不时地出入一些高档会所，也就颇有一些见识。可一踏进气势恢弘的写字楼，和衣着时尚、风度不俗的白领们同挤一趟电梯，这才真真切切感受到了自己的落伍与俗套，不由惴惴难安，连大气都不敢出一口。一出电梯，她长长喘口粗气，还未完全站定，却又再次惶恐，整个楼层毫无动静，了无声息，更没一个人影儿，墙上地面全一个样，雪花纹的大理石平滑如镜，光可鉴人，过道转弯，既没门洞，又无指示。杜阿姨傻了眼，感觉脚底打滑，便紧紧地踩住鞋底，生怕滑倒了，东张西望好半天，仍没谱，不知怎么走，隐约感觉左手过道的光线似乎亮一些，也就蹑手蹑脚往前走。越走光线越明显，杜阿姨放开脚步，刚走几步，“宏程博源国际拍卖有限公司”的金字招牌便赫然在目，再一瞅，玻璃大门洞开，白色炽光灯下，齐胸高的前台桌子前，一名女孩低头垂目，神情专注，额前长发飘逸，遮住了大半张脸庞。

杜阿姨精神一振，心跳随之快了起来，下意识瞅瞅手上，见红色提袋仍紧攥手中，里边的锦盒见棱见方，不由吁口气，捋捋发际，拽拽衣角，定定神，直直腰，往前走去。前台小姐专注于手边读物，对杜阿姨的到来毫无察觉。踩在灰色地毯上，杜阿姨见女孩半天不抬头，这才捏着嗓子，语带巴结地小声叫道：“姑娘……”女孩出其不意，猛一抬头，一眼瞥见杜阿姨，上下一打量，语气带有明显的轻慢：“什么事？”杜阿姨手里包裹往上一拎，颇有一点诚惶诚恐：“我有件东西……”女孩打断她：“什么东西？”杜阿姨嗫嚅回道：“一件瓷器。”小姐拿眼斜睨，见她丰乳肥臀，十足的家庭主妇模样，也就下意识地嘀咕了句“瓷器”，随后左手一扬，语速快而不清道：“第二间。”话未说完，又垂下了头去，不再搭理她了。

杜阿姨没听清，但前台小姐那个既随意又敷衍的手势，她却瞧清了，并领会明白。女孩的轻慢让杜阿姨多少有些不悦，可却敢怒不敢言，更不敢得罪这个颇有些优越感的小姑娘。杜阿姨微锁眉头，瞪她一眼，再上前两步，往右一拐，看见迎面的灰漆木门洞开，中间一圈会议桌椅，里边却空无一人。杜阿姨扭头往回瞧，屋子开着，照样没人，室内的木色长桌紧抵对墙摆放中央，两把豆绿的布艺靠背长椅，在长桌两侧平行地背抵墙头。这应该就是鉴定室了。可里边一个人也没有，该不该进去杜阿姨没有底，便在踌躇中蹑手蹑脚地往前走。第二间屋门也开着，大小格局与上一间如出一辙，一位年过花甲的瘦老头儿正双肘趴在桌面上，无聊地翻着报纸。

杜阿姨的心跳更快了。站在门外，身子前倾，毕恭毕敬叫了声："老师……"老头儿好一会儿才扭过头来，斜睨眼睛，面无表情："什么东西？""瓷器。"杜阿姨老实答道。老头命令："进来吧，放桌上。"话未说完，又垂下头去，翻手中的报纸。

杜阿姨哆哆嗦嗦，小心取出宝物放在桌上，心情更加紧张。老头儿清瘦，颧骨分明，八字眉稀稀落落，有点仙风道骨。老头儿盯着报纸，旁若无人，好像忘了杜阿姨的存在。杜阿姨望着他，暗含期待，盼他口吐金莲，给个高价。半晌，老头斜睨一眼，口气明显不屑："就这一件？"杜阿姨还未回答，老头儿眼睛便又落在了报纸上面。

杜阿姨不满，却不敢计较，捏着嗓子，诚惶诚恐："对，就这一件。""收起来吧。"老头儿拖长腔调，头也不抬。杜阿姨以为听错了，蛮纳闷："什么意思……""叫你收起来。"老头儿眉头一皱，提高分贝说道。杜阿姨慌了："为什么？"老头仍盯着报纸，盛气凌人说道："不符合我们的拍卖要求。"杜阿姨忙问："为、为什么？"老头儿抬起头来瞪她一眼："我们不负责鉴定。"说毕，又看他的报纸。

杜阿姨胸中的火"腾"地一下起来了，可老头儿气定神闲，根本没把她放在眼里，这又让她发作不起来。杜阿姨明白自己此刻的身份，她不愿不明不白地白跑一趟，省得回去再被小孙一通埋怨。打定主意后，杜阿姨忍气吞声，小声争辩说："你连看都没看一眼，怎么就知道不符合你们的要求呢？"老头儿大感新奇，像看天外来客，盯着杜阿姨，奚落说："还要怎么看？你来教教我，难道还需要在显微镜下看不成？"杜阿姨被看得心里发毛，窘得满脸涨红，嗫嚅半天，像做错事的孩子般。

瞅杜阿姨手足无措，老头儿这才放缓语气，发出最后通牒：“我们不拍老窑，收起来吧。”“老窑？”杜阿姨闻所未闻，随即惊奇：“那你们拍啥？”老头儿火了，面对眼前这蠢女人一连串的“啥”，失去了最后的耐心，脸一沉，嚷嚷起来：“你看看我们的预展去不就知道了！”老头儿的口气，极具挑衅，更一脸不屑。杜阿姨赶紧垂下眼睑，快速收起物件，狼狈而逃。

一出大楼，杜阿姨长长吐了口气，今儿的际遇，令她七窍生烟，想都不用想，赶紧掏出手机来，给孙姐打电话，再叽哩哇啦一大通，加油添醋地朝她的小姐妹破口大骂了起来。“嘿，这个死夏季，瞧老娘我不好好收拾他！”孙姐一听，邪火就拱了起来，随即大声嚷嚷说。“哎，别，咱还是别把脸给撕破了，省得再鸡飞蛋打，啥也捞不着了呢！”杜阿姨气归气，但她还是蛮理智。“那你打算咋整呢？”孙姐一听也是，便转而问起了杜阿姨。“哼，‘解铃还须系铃人’。这件送不进，那就让他换件送得进去的不就行了！”杜阿姨趁出门的工夫，早都已经想好了。“可不，你就把他盯紧吧。这小子若要耍滑头，我再来收拾也不迟。”孙姐依旧气哼哼地，但也不再剑拔弩张了。“行，你就等着听信儿吧。”杜阿姨挂断电话，又急不可待地调出夏季的手机号码来，正要按下拨打键，又不免犹豫了，左顾右盼，见不时有人从她身边来来回回，她一下有所意识，怕万一脾气上来控制不住而大声嚷嚷，让路人拿她当疯子看待。杜阿姨紧盯手机，踌躇了好一会儿，随即叹了口气，只好强忍着，再把手机放回衣兜里，又疾步来到马路边，抬手拦了一辆急驰而来的空车，灰溜溜地打道回府。

一路上，杜阿姨恼羞成怒，一边骂老头儿狗眼看人低，一边暗骂夏季缺德骗人。一进家门，将提袋一扔，一屁股坐了下来，操起话筒，打算将一路上冒出来的新念头，再和小孙絮叨絮叨。可对方直到电话断线都不接听，她便改打起了座机来，但对方依旧不睬她。杜阿姨没了辙，而心里的邪火还在禁不住地往上拱，也就不管三七二十一，转而调出夏季的号码来，准备将今儿在宏程博源遇到的羞辱，通通发泄在这个骗了她的小子身上。“喂，哪位？”一听夏季的声音，杜阿姨临时有点犯了怯，该怎么和对方再交涉，她还没有完全捋清，便猛地愣在那儿了。

“哪位？说话。”夏季提高分贝，有点不太耐烦了。杜阿姨脑子乱哄哄的，仍在顾虑还没和小孙打招呼呐，也就依旧不接话。“说话，不说我可挂了啊。”夏季提高嗓门，下着最后通牒。“哎，小夏，耍我呢！”杜阿姨忍无可忍，终于冷不丁地脱口而出。“你谁呀？神经病呀……”夏季莫名其妙，劈头就道。杜阿姨心里的邪火更加控制不住了，遂扯开嗓门儿破口大骂：“你才神经呢！夏季，你他妈的干的啥好事儿呀？难道转身就忘了？”夏季不由地懵了，他没搞明白这电话里敢指着自己鼻子骂娘的女人究竟是哪位？心里疑惑，口气也随之缓和下来：“你是……”杜阿姨快人快语，又一根肠子通到底：“哎，你小子缺不缺德呀？竟敢糊弄我，明明一个不被人认可的破玩意儿，竟敢瞎吹啥价值连城哪……”

“哎哟！”夏季吓了一大跳，赶紧赔起笑脸来：“哎，杜阿姨，别急，别急，说说看，究竟怎么回事儿？”杜阿姨便加油添醋，骂骂咧咧地将一上午的遭遇说开来，末了仍忿忿难休：“哎，你小子怎么能这样呢？亏我那么信你，难道你真不怕我一撂挑子不干了，或是反过来报复你呀！”夏季早吓出一身冷汗来，只好硬着头皮，任由对方乱发泄，直到杜阿姨气咻咻地骂完了，这才赔着小心，诚惶诚恐解释说：“杜阿姨，我怎么可能骗你啊？我还指着你帮我渡过难关呢！我敢拿性命来担保，我给你的那宝贝，绝对保真，肯定是千金难求的珍稀宝贝！也正因为它太名贵了，所以国家控制得特别严，这才不让拍卖公司拍卖呀！而一旦政策解禁了，那肯定是价值连城的，到时候拍卖公司会求您让他来拍的。”

杜阿姨的气已经消了不少，她绝对自信，夏季肯定不敢蒙她。正如这小子所言，他们夏氏企业的小命，还攥在她的手里呢！听夏季着急忙慌解释完，她便话锋猛一转，又拿出了兴师问罪的口吻来：“问题是，国家政策什么时候才能解禁呀？要现在变不了现钱来，那我拿它有什么用？你又不是不知道，这么大的一件事，得多少人点头这才摁得下去呀？难道把它卸成几大块，一人分块瓷片呀！”杜阿姨咄咄逼人，但又有理有据，夏季只好强忍着，直到听她没完没了地数落完才又打起哈哈，赔起不是：“嗨，杜阿姨，你说的都在理，看来是我考虑欠周详。这样吧，就这一两天，我给你换件明清官窑吧。这次我敢打包票，包你一定送得进去。”杜阿姨也就不客气，又大大喇喇地催促起夏季来：“那你快点啊，我就等着了，务必在周五之前送来。”

夏季鹦鹉学舌，添枝加叶地将杜阿姨气势汹汹的蛮横指责，极为夸张地转述一遍，逗得夏氏一家老小浑身乱颤、无不喷饭。夏季绘声绘色的描述，令夏伯翰犹如身临其境，尤其想像杜阿姨今天的遭遇，便又忍俊不禁，“扑哧”一声笑了出来，边笑还边点评说：“嘿，这傻女人倒还挺有意思呢！”夏季却蛮不以为然，甚至还很鄙夷：“嗨，您没见过她，要多粗俗有多粗俗，蠢妇人一个，还很贪婪呢！跟她打交道，也就迫不得已嘛。要不是有求于她，这要在大街上撞见了，我都想绕道躲着她走呢。不然，肯定会让我作呕的！”杨小兰听后虽心疼，却又怕这个天不怕地不怕的儿子生出事端来，进而搅黄了眼前这最要紧的事，便板起脸来故作愠怒地斥责儿子说：“哎，夏季，这样说人可不对啊！咱这是有求于人家嘛，又不是人家来舔着咱们啊，可别没大没小没个正形的！”夏天听了心里也挺不是滋味，他爱怜地瞅了弟弟一眼后，又转过身去喂女儿饭菜了，他真不认为这有多好笑。“问题是，接下来送什么合适呢？”夏更庭也不好受，他深知儿孙们在外面打拼不容易，便也凑起热闹来。“依我说，那就别送瓷器了！眼下就属瓷器的争议最大。别劳神费力好半天，拍卖公司照样还是不肯收，那姓杜的还不就此翻脸了！”沈小菊也一直在琢磨呢，听了老伴儿的话以后，她也老成地来发表她的高见。

“要想拍卖公司收，就得符合政策啊！可别像这件哥窑似的，明明那么好的宝贝，差点还坏了事情，咱千万别再重蹈覆辙！”夏天也扭过头来建议道，夏季则更加来了劲儿：“可不，这次得挑明清的啊！要再被拍卖公司拒收，那可就甭再指望杜阿姨了！”夏伯翰犯了难，拿眼扫了扫家人后，也就开始嘀咕了：“那送什么好呢？咱家就以瓷器为主嘛，挑选余地也还大一些。小件玉器值不了几个钱，山子类又搬不动，还太扎眼……”“哎，不是有块金片吗？那可没得挑，即便是外行，也能瞧出它的好歹来。又是真金白银的，价值不菲，还有权威机构的贵金属检测证明，这杜阿姨肯定没得说，而拍卖公司也决没拒收的理由了。”瞅儿子犹豫不决，夏更庭赶紧门儿清地提醒儿子说。

“金片？咱家拢共就那一件，今后上哪找去！”夏伯翰颇不舍，大嘴一张便毫不含糊地否定道。“这都火烧眉毛了，还在乎一两件身外之物么？金片虽说是稀罕，可和咱值钱的瓷器比，又算得了什么？再说了，那么大一个项目，要真是搞黄了，可不是几百万、千把万的事，而是多少个亿的问题！”夏季深知杜阿姨的秉性，父亲优柔寡断，怕再有闪失，便急得他嚷开了。“眼下最要紧的事，就是把杜阿姨给糊弄好了，可别因小失大啊！”夏天也明镜儿似的，赶紧劝说道。一家人众口一词，全都一边倒，夏伯翰“扑哧”一笑，随即也就想开了，再一拍桌子拍板道：“行，那就送这件金片吧！嗨，舍不了孩子套不着狼，咱豁出去了，看这拍卖公司还会有什么理由拒收！”

次日下午，夏季和杜阿姨又约好在上一次的茶馆里面碰头。看见杜阿姨仅拎一个小坤包，再无其他的提袋，夏季的心里面便禁不住地犯起迷糊来：哎，不是在电话里面说好了，以物易物嘛，他拿金片来换上一次的哥窑啊，那杜阿姨把这件并不算小的装哥窑瓷器的明黄锦盒，究竟藏在哪儿了？夏季百思难解，可由不得他多思量，杜阿姨一上来便冲他骂骂咧咧地发泄了起来："嘿，你说他一个糟老头儿，算个屁东西呀！不就替人打个工吗？值得他那么盛气凌人，得瑟个啥呀！哼，都已这把年纪了，不在家里享清福，还屁颠屁颠地跑出来挣这点儿辛苦钱，哎，你说他得意个啥呀！这东西不符合要求，你好好跟我说不就行了吗？他甩哪门子的脸色呀！哼，我也就不待见他，要不然的话……"

夏季起先没有听明白，只好尴尬地由着她说个没完，直到听到最后，这才恍然大悟地一下回过神来了，便赶紧顺着她的话，大骂起拍卖公司的收货老头儿："消消气，消消气。嗨，杜阿姨，这拍卖公司也就是狗眼看人低！这糟老头儿若要知道你的能耐，不定怎样巴结呢！"杜阿姨依旧还是不解气，转而又数落起正在巴结她的夏季来："你说你也是，明明晓得这哥窑不符合拍卖政策，干吗事前不跟我说清楚？害得老娘我去碰了一鼻子的灰，还闹出了那么大的洋相来！""是，是我考虑不周到。但这次包你送得进去，甚至还会让这个给你吃了闭门羹的糟老头儿眼前一亮呢！"夏季虽烦杜阿姨像个疯狗一样，逮谁咬谁，就连他也不放过，却也懒得和她再计较，便又一个劲儿地赔小心，再慢慢地取出锦盒里的金片来，随后轻轻放在杜阿姨面前。

"哟，真是黄金的呀？"杜阿姨两眼顿时放金光，随即不再骂骂咧咧了，跟着伸手把金片捧起来，感觉还挺压手，便又蛮好奇地追问说："多重？""半斤左右。"夏季如实作答，甭提有多得意了。"啊，半斤黄金呀？那得值多少钱？"杜阿姨眉飞色舞，眼睛乐得眯成了一条缝。"5万左右吧。"夏季心里门儿清，所以对答如流。"半斤黄金，怎么才值5万块钱呀？"杜阿姨瞬间从头凉到脚，随即噘起大嘴来，像是受了天大的戏弄。"嗨，杜阿姨，这仅是目前市场价格的材料钱嘛。而金片本身的价值，可远远大于它的材料！"夏季像是挤牙膏，问一句才答一句，就跟猫戏老鼠般，成心想瞧这俗不可耐的老妇笑话。果不其然，杜阿姨又恍然大悟似的："嗨，我说嘛，这么大件的古董金器，怎么才值这么一点钱嘛！那整个算下来，究竟能值多少呀？"瞅杜阿姨简直钻进钱眼儿了，就知道一门儿心思问价钱，竟连这么精美绝伦的图纹和如此繁缛精湛的手工艺都视而不见，活脱脱像一个睁眼瞎似的。夏季陡生厌烦，也就干巴巴地回答说：“两三百万、五六百万，都是它。”

“哟，才这么点钱呀？竟连上次那么小个瓷器也都比不了啊？”杜阿姨大失所望，毫不掩饰内心的深深失落。夏季的心里面像生吞了一只死苍蝇，却还不能表现出来，又听她大呼小叫，也就赶紧解释说：“杜阿姨，上次我不是跟你说过么，咱中国的古瓷器在世界上是独一无二的，所以格外被看重，加上连年的炒作，价值当然就高了！不过，这么好的纯金制品，两三百万乃至五六百万，可是按最低的保守价来估算的。像这样即便打着灯笼也寻不到的好宝贝，因为数量太少了，也就缺乏炒作空间嘛，但它今后的上涨幅度肯定不会小的！”“嗨……”杜阿姨下意识地叹了一口气，仍旧很不满足。夏季不由懊恼了，便在心里暗想道：嘿，真他妈的“人心不足蛇吞象”！难不成这么好的纯金制品，这次又端错刀头、送错庙门了！再一想起父亲那万般不舍的模样来，他心里很不是滋味，更明白此刻的他退无可退，也就强打起精神来，又耐着性子解释说：“杜阿姨，虽说眼下瓷器挺值钱，但看得懂的人实在太少了！你是不着急变现么？这送去的瓷器再值钱，拍卖公司依旧不认，再拒不接收把你挡在门外头，那你还不得白白跑一趟？咱不又白忙活了呀！”

“哟，照你这么说，这东西肯定送得进去啰？”杜阿姨的嗓门儿一扬，想起小孙那望眼欲穿的神态来，她与她这小姐妹，可是什么都绑在一起，尤其是自己还完全指着人家呢，也就蛮识时务地顺着台阶下，不再斤斤计较金片与瓷器的价格落差了。夏季看出杜阿姨心态的变化，随即一拍胸脯，又毫不含糊地打起包票来：“当然送得进去了！这可是纯金制品，又是明代宫廷的御用之物，包你不会再吃闭门羹的。甭管你送哪家拍卖公司，肯定都会争着要！”杜阿姨云开雾散，这才关注起金片上的图案来，随即手指金片上密密麻麻的繁缛纹饰，她又颇有一些不解了：“哎，小夏，这么复杂的图案，是怎么弄上去的？”夏季瞥她一眼，没好气地在心里嘀咕道：哼，这时你才想起来问呀！又瞅杜阿姨正一眨不眨地紧盯着自己，想让自己替她指点迷津，他又哪敢有一丝一毫的闪失呢？转而极为详细地替眼前这个蠢得不能再蠢的老女人答疑解惑起来：“嗨，整个金片上面的纹饰，是先用木头凸雕出模具来，再将金片紧紧地贴在模具上，随后用铁锤慢慢地来一锤一锤地捶打，楞是将模具上面的图案完全捶打在了金片上，这才又用小刀具，一刀一刀地极为仔细地雕刻局部的图案。所以，工艺复杂得很，捶揲工艺外加錾刻技艺相结合，精雕细琢而成的，绝不是一朝一夕就能轻易完成的。”

杜阿姨像是听天书，听得她似懂非懂，也就下意识地扒拉起厚嘴皮，再“嘚啵”起来颇有一些不理解：“嘿，黄金这样名贵，工艺又这么的复杂，怎么会还没泥巴捏成的瓷器值钱呢？”夏季快要崩溃了，瞧对面这个极为可恶的老女人绕来绕去，把话题原封不动地又扯了回去，就像有十万个为什么还在后头等着他，便恨不得伸出手去掴她一巴掌心里才解恨，可瞅对方竟如懵懂不晓事的孩子一般，正眼巴巴地等他给她解开谜底，也就暗自咽了一口唾沫，才又挖空心思地往下继续解释说：“瓷器虽是泥捏的，但工艺难度极高啊……”“难道这块金片的工艺难度还小了呀？”杜阿姨愈发听不明白了，而她匪夷所思的表情还真把夏季给猛地一下难住了，可又不愿在她跟前露怯，便在稍加思忖后，大嘴一张，搜肠刮肚了起来：“或许是因为金器太少了，炒作不起来的缘故呗……”“嘿，这就不对了！你不是说‘物以稀为贵’的么？”杜阿姨可不是那么好蒙的，而她此刻的逻辑思维似乎还蛮连贯，夏季被她彻底问住了，还真有些黔驴技穷地答不上来呢！

杜阿姨倒还没有一根筋，见夏季支支吾吾，便不再为难他，而是很快又转到了她最为关切的话题上：“哎，小夏，这真是纯金做的吗？”夏季如释重负，随即掏出证书来，翻开它，这才底气十足地递给杜阿姨，并气壮如牛地解释起来：“杜阿姨，你可瞅好了，这是国家最权威的机构检测的，含金量足足高达80%还要多！”“啊，咋才80%呀！你小子不说是纯金的吗？我还以为即使达不到四个九，怎么也得90%以上呀！”杜阿姨瞬间又愣住了，并旋即透出她毫不掩饰的失望来，这又让夏季啼笑皆非，便颇为讪讪地释疑起来：“哎，杜阿姨，这可是五六百年前的老物件噢！这样的含金量，在当时就已经算是很高的了。你以为是现在呀？那时候的提炼技术，毕竟不能和现在相比。再说了，真要达到了90%以上，那又太软了，哪儿做得出这么精美绝伦的薄金片来呢？更何况，这金片的价值不在黄金含量上，而在它的工艺上面和它所代表的历史信息与人文价值呀！”“那你不说它是纯金的不就得了嘛！”杜阿姨依旧强辩道，夏季便更为郑重地纠正说：“五六百年前，70%的含金量就算纯金了，这块金片都已达到80%多了，你说，它算不算是纯金呢！”杜阿姨不再继续纠缠，转而又回想起糟老头儿那傲慢无比的态度，不由犯了怯，便又嘀咕了起来：“哎，万一人家不收呢？”“不可能有万一的。这么珍贵的藏品，即便打着灯笼也都千金难寻。杜阿姨，把心放回肚子里吧，这次绝对不会让您再白跑的！”夏季掷地有声，随后又再叮嘱说：“杜阿姨，你到拍卖公司去，千万要把证书带上！金片摆在这儿，一眼就能看出是真的，再加上权威机构的检测证明，看拍卖公司还能有什么说的！”杜阿姨终于吃下了颗定心丸，随即把金片收起来。

见杜阿姨绝口不提交换哥窑的事情，甚至都已站起身准备离开，夏季终究还是没忍住，便又赶紧提醒说：“哎，杜阿姨，你把哥窑带来了么？”“哟，小夏，你这就没意思了！”仅有片刻的局促，杜阿姨便冷不丁地把脸拉下来，夏季不理会她转瞬之间的翻云覆雨，又硬着头皮继续讨要：“咱之前不是说好的么……”“哼，这样说可就没意思了。你小子要是一开始就给一件送得进去的，那我会无端地受别人的白眼和羞辱吗？”杜阿姨一提起来又来了气，夏季便赶紧把她打断道：“这可是一码归一码……”“问题是，那玩意儿没在我的手里呀！”杜阿姨咬定青山不松口，夏季拿她也就没什么法子了，却也依旧不甘心，又嚅动双唇，还想和她再掰扯掰扯，杜阿姨见状，又使出了她最拿手的杀手锏：“哎，小夏，你真要较这个真儿的话，那干脆把这块金片也都拿回去算了……”瞧这老妇竟然耍起了无赖，夏季恨不得握起拳头来，朝她狠狠砸过去，可见她正若无其事地望着自己，还真像把他拿住了，再转而想起主管机构那三天两头像催命一样的催款电话，也就略将眉头皱了皱，再强咽一口唾沫后，无奈地抬起手来，连朝老妇摆了几下，颇没好气地随她了：“行，那就都别谈了，哥窑就归你算了！不过杜阿姨，你拿了好处后，可得赶紧替我消灾噢！”

按照老规矩，杜阿姨一出茶馆就又直奔她的小姐妹家去了。见又是小孙一人孤零零地在家里，她又扯开炮筒子，忍不住地替她的小姐妹再次打抱不平起来：“嘿，你家老头儿也是的，怎么见天都不着家呀！”“随他吧。只要他在外面疯够了，还晓得往家里走，也就已经不错了！”孙姐早已习以为常，便摆出一副满不在乎的态度来，随后她又招呼杜阿姨：“饿了吧？还给你留了吃的呢。”“可不。”杜阿姨一点没把自己当外人看，将提袋往孙姐的手里一塞后，便大大喇喇地一屁股坐在餐桌前，开始了她风卷残云似的狼吞虎咽。

“今儿究竟咋样啊？”孙姐一边掏出袋里的锦盒来，一边又蛮好奇地问起来。“自己好好瞧瞧吧。这要不是亲眼所见，我还真不知道这黄金，还可以做得这样复杂、这样精美绝伦呢！”杜阿姨在说话间，孙姐已经把锦盒盖打开了，只见里面明黄色的绸缎上，衬托着金灿灿的金片，而上面那精雕细琢出来的极为繁缛华贵的各式图纹，瞬间便惊得她合不拢嘴，跟着又禁不住地啧啧赞叹起来："真是大开眼界了！真没想到这几百年前的老物件竟比现在的东西做得好多了！""谁说不是呐！所以老听电视里面说，咱中华文化源远流长，博大精深，要没亲眼瞧见过，你说，咱到哪儿去体会这句话的真正含义啊！"杜阿姨可着劲儿，这才把"源远流长"和"博大精深"两个词给想起来了，竟还文绉绉地，还挺像那么回事儿！

"哎，这比上次那件哥窑还要值钱得多吧？"孙姐爱不释手，眼珠子都要落在金片上了，反反复复地怎么都瞧不够，随后又关心起她最为关注的话题来。"甭提了，我还真是难以理解呢！"杜阿姨嘴含一块红烧肉，又叽哩咕噜地发起感慨来，孙姐于是不太明白了，遂将一直盯着金片的眼睛抬了起来，瞅杜阿姨竟似满脸遗憾，她便更加糊涂了："究竟咋回事嘛？"杜阿姨便一五一十，一边仍鼓起腮帮大嚼着，一边又把夏季的说法全都如数抖了出来，这让孙姐瞬间大失所望："这真是太可惜了！""要不，你给你家老头儿说，让他到时多找几人来举牌，咱使劲儿把价格举上去不就得了么！""估价也就这一点儿，还能举到哪去呀！"孙姐依旧没开窍，杜阿姨又赶紧鼓动道："这夏季可是说了，说拍卖会上邪性得很呐！就在不久前，一件估价才50多万的清代瓷器，愣是拍出了2千多万的天价来！""哟，真有这事儿呀？"孙姐顿时眼放金光，随即一扫之前的落寞。"这还假得了？杂志我都读过了，关键是，接下来我送哪家拍卖公司更好呢？""哼，条条道路通罗马。这拍卖公司又不止他宏程博源一家！杜姐，我还偏就不信了，这其他拍卖公司的收货专家，也跟上次那狗屁专家一样呀！"两人又赶紧找出夏季留下的杂志，一通比较斟酌后，最后圈定了两三家和宏程博源相差无几的公司，这才最终踏实下来。

第二天一上班，杜阿姨来到其中一家，经前台指引，刚一落座，便见一名20多岁的小伙进来。杜阿姨瞅他一眼，没太当回事，以为他和自己一样，都是来送拍的，也就没搭理他。可刚别过头，却听小伙冲她居高临下命令说："东西放到桌上去。""有这样年轻的专家？"杜阿姨猛一惊，随即回过神来，扭头讨好一笑，再哆哆嗦嗦地取出袋中锦盒，小心捧出金片来，轻轻放在桌面上，一脸诚惶诚恐。小伙上前，拎起金片，稍一打量，放回原处，问杜阿姨："就这一件？"一听这四字，杜阿姨便感觉不妙，三天前，糟老头儿劈头问的第一句话，便是这四个字。杜阿姨心里打起鼓来，情知凶多吉少，老实回答说：“对，就这一件。”果不其然，小伙的话和老头的话如出一辙：“收起来，不符合我们要求。”杜阿姨绝望了，但不想死得不明不白，瞅小伙儿已到门口，赶紧追问：“为什么不符合？”小伙儿头也不回，甩了句：“我们不负责鉴定。”杜阿姨还想再问，小伙已没了踪影，这时，杜阿姨才想起鉴定证书还没掏出来呢，却也无可奈何。

杜阿姨不气馁，她根本不相信，这么个乳臭未干的小屁孩竟有慧眼识珍的真本事！一出拍卖公司，她伸手拦了辆车，又兴致勃勃赶往另一家。一个40多岁的女人，坐在桌前，百无聊赖地摆弄着手中的鉴定仪器。杜阿姨冲她一笑，谄媚道：“专家，你好！”女人和颜悦色：“把东西拿出来吧。”杜阿姨心想，这女子不错，比三天前那老男人和刚才这小伙子强多了。杜阿姨坐在女人对面，小心取出金片，并把证书掏出来放在一旁，满心期待。女人瞥金片一眼，抬头问杜阿姨：“就这一件？”杜阿姨又懵了：这拍卖公司怎么搞的，竟跟开过会似的，全这千篇一律的四个字？杜阿姨忐忑，回说：“对，就这一件。”女人垂下头：“收起来吧。”杜阿姨望着她，问：“为什么不收呢？”女人摆弄着鉴定仪器，语气温和：“不符合我们的拍卖要求。”杜阿姨觉得女人好说话，便硬着头皮，将一路的疑惑端了出来：“我这是明代宫廷金片，符合国家政策，怎么就不符合要求呢？再说，我这还有权威机构的检测证书呢！”杜阿姨话音刚落，一对青年男女手拎大包小袋撞了进来，瞅见桌上金片，不由咋舌惊呼：“哟，真漂亮，金的吧？”有了他人的支持，杜阿姨更理直气壮，力争说：“你看，他俩都说不错呢！”女人眉头一皱，莫名其妙嚷了句：“他说不错，你让他卖去。”见男青年凑近金片，眼睛溜溜直转，女人不耐烦，冲他嚷嚷开来：“外边等着去，叫你再进来。”杜阿姨傻了眼，瞧青年男女扫眉耷眼退出，女人又一反之前和蔼，竟跟变了个人似的，嗫嚅着双唇，还想争辩，女人眉头一皱，下着最后通牒：“快点，人家还等着呢。”杜阿姨没了脾气，咽口气，蔫不出溜收起宝物，悻悻然离去。

杜阿姨想不通，这拍卖公司怎么了，跟串通好了似的，就连措辞也一字不差，就像同一个师傅教出来似的！杜阿姨胸中怒火往外冒，感觉又被夏季狠狠涮了一次。来到大街上，她真想用力一掼，把手上让她受尽屈辱的破金片摔个粉碎。但来往的人流让她不敢放肆。喘了几口粗气后，掏出手机来，找到夏季号码，想要质问对方，正要按下拨打键，猛想起夏季信誓旦旦的保证，又有权威机构的检测证明，便犹豫起来，她不相信夏季有胆量一再骗她涮她，正如这小子所言，自己在某种意义上，甚至掌握着他家的生死呢！杜阿姨强将火气压下，仔细回顾今天过程，先前那小伙子才出校门几天，能有本事鉴定古董？刚才这女人，连东西都没碰一下，仅瞥一眼，就看清了？想到此，杜阿姨又重燃希望，冲出来的方向“呸”了一声，走向街边，伸手一招，一辆出租车便停在跟前。杜阿姨拉开车门，坐进去，冲身旁的司机吩咐说：虎坊桥。车子一起动，她又掏出纸条，快速一览，把具体地址告诉司机，这才将笨重的身体往椅背一靠，暗骂女人和小伙不是玩意儿，又心存忐忑，不知接下来的遭遇将会如何。

这家公司不似先前两家，在一间古色古香的老式平房办公。一进门，黑压压一群人，操各地口音，全风尘仆仆，大包小箱堆满一地，像刚从外地赶来，还得继续赶路。房间一侧，两张过时的木桌相对紧挨，桌前，两名60岁上下的男女专家，正检视送拍者不时递上的器物。男子体态雍容，女的清瘦文雅，两人颇具书卷气，都有专家派头。送拍者紧紧围在专家周围，全屏气静息，听专家口吐金莲。该公司既无前台，也没分类，眉毛胡子全都集中在一个屋里，门口还杵了个保安，眼睛不住乱转，高度警戒状态。看该公司门庭若市，杜阿姨不由心存幻想。来之前她已有所了解，该公司和宏程博源旗鼓相当，撑起了国内拍卖市场的半壁江山。

杜阿姨好奇，紧贴围观者身后，透过人墙，看什么样的藏品才符合拍卖要求。“这不行。”“这也不成。”“还是不行。”足有20分钟，杜阿姨没听两个专家说过一句肯定的话来。被拒者则蔫不出溜收拾物件，灰溜溜离去。也有较真儿的人，不时和专家掰扯两句，换来的，便是两个专家尤其是男专家毫不留情的冷嘲热讽：“建议你们该干吗还是干吗去，别指着一夜暴富，天下没这样的好事！”“潘家园的东西也能上拍卖会？这不是笑话！”“你们以为钱这么好赚？要真是，那我俩还坐在这里干吗？天天跑潘家园不得了！”杜阿姨又犯起怵来，之前的幻想随两个专家的话烟消云散。

杜阿姨正忐忑，突听男专家骂骂咧咧：“我看这些专家干脆摆个摊，成天专卖证书得了！”随专家话音，人们交头接耳起来，女专家身边一名汉子，40多岁模样，肤色黝黑，躬身瞅着女专家，南方口音十足：“老师，您再好好看一看，我找的都是你们北京有头有脸的大专家，人家全是古瓷方面的大权威呢！”围观者炸了锅：“哟，这么大的权威鉴定也会错？”“哎，人家的东西怎么不对了？我看挺开门的嘛！”“嗨，搞得一头雾水，真不知该听谁的！”“别吱声，听她咋说。”送拍者议论纷纷，杜阿姨云山雾罩，强烈感觉出送拍者的情绪对立，并对女专家的鉴定结果不服。女专家不想搭理，正要叫下一位，可汉子不依不饶，躬身踅摸一阵脚下包裹，捧出厚厚一摞证书往她面前一撂，继续央求：“你看看再说吧。”女专家无奈，心里也好奇，暗想又是哪些专家在外头乱开证书，便不再回避，开始翻看，并存纠错想法，好彻底堵住送拍者的嘴。

女专家一本一本往下看，半天不说话，围观者全齐刷刷盯着她，看她怎样解释。证书制式规范，内容还挺严谨，出具报告的专家全都耳熟能详，有的还是学界前辈。女专家虽说也是个中之人，但能如此系统、完整地拜读大家意见，也很难得。黑脸男人察言观色，见她不语，双肘趴桌上，一一提示：“你看，这专家够权威吧。”“这也错不了吧？”“这一件，我请好多人看过，都说是明初龙泉官窑呢。”当翻到某一页，汉子更来劲儿：“这件还参加过央视的《鉴宝》节目呢，这不就是栏目组颁发的证书吗！而且年代也符合国家的拍卖政策呀！”女专家一声不吭，专注于证书上的图片、文字、签名、日期，哪怕证书上的印章，她也没放过，像在鉴定一堆突如其来的新的考古发现似的。

屋子里不再叽叽喳喳，男专家也收起不可一世的轻狂，机械地摆弄着手中的单柄放大镜，一声不吭。女专家终于抬起头来，看着汉子，字斟句酌道：“要说起来，你这些东西也都到代，但还是不能上拍。”“嘿，刚才不还说全都不对吗？现在咋又对了！”“她究竟懂不懂呀？明明看她把人家的东西全否了，怎么一眨眼，又承认到代了？”“哎，别吱声，听她怎么说。”送拍者们愤愤不平，禁不住窃窃私语。汉子疑惑：“怎么不能拍？我大老远从杭州特地坐飞机过来，奔的就是你们公司的名头和信誉。东西要不对，不收，我没话说，可我的藏品到代又符合政策，为什么也不收？”送拍者的心吊得老高，这可是问题的关键所在，也与自己的利害休戚相关。女专家为了难，看了看坐在对面的同事，期期艾艾半天，也说不出个所以然来。男专家见状，挺身而出，将脸一沉，冲汉子蛮横说道：“你以为到代就要收呀！”汉子更不解，扭头转向他：“为什么不收？我这不是明清官窑瓷器吗？”“对呀！既然人家的藏品对，为什么拒收？”旁边的人也深感迷惘，纷纷出言相助。女专家回过神来，和颜悦色解释说：“我们不是一般的小公司，什么都拍。我们上拍的，是被社会大众认可的真品和精品。”专家越解释，大家越糊涂，汉子更一根筋地穷追猛打：“哎，你们公司的预展我也看过多次呀，我的藏品，难道不比你们公司多数上拍的东西更好、更开门吗！”“可不么！我也看过，人家的东西可不比你们预展的差！”“我也有同感，我也看过预展。”送拍者又议论开来，纷纷支持汉子说法。男专家火了，冲汉子居高临下凶巴巴说道：“那是你个人的看法。快收起你的东西，后边有人等着呢！”

“靠！”“横竖都有理！”“还有没有说理的地儿了！”送拍者小声骂道。汉子无奈，板着脸，咬咬牙根，悻悻地收拾桌上物品。门边的保安早有察觉，上前几步，紧盯着几个激愤者的一举一动，以防不测。杜阿姨木然看着乱糟糟的一切，耳朵“嗡嗡”作响，脑子一片混沌。忽地，她听男专家冲她不耐烦道：“愣着干吗！把东西拿来放桌上，都什么时候了，早该下班了！”此时的鉴定室，就剩杜阿姨孤零零一个送拍者，女专家疲乏不堪，哈欠连天，似嫌她在眼前碍事。杜阿姨突觉心慌，像有只小鹿在心头乱撞，她走到鉴定桌前，手忙脚乱掏出布袋里的锦盒，刚揭盒盖，便听男专家武断地打断：“别拿了，收起来吧！”杜阿姨莫名其妙，瞅他一眼，心想：盒盖都没开全呢，你就看见了？杜阿姨不服，心想女专家好说话些，便往她跟前挪，不管不顾取出金片往她面前轻轻一搁，没等杜阿姨吱声，男专家又蛮横地嘲讽：“干吗呢？瞎耽误啥工夫！我说不行，你以为找她就成了？”杜阿姨窝火，哪甘心没弄个青红皂白，就灰溜溜走人？她不理会男人的阴阳怪气，固执地盯着女专家，说：“你看看。”女专家为难，瞅瞅杜阿姨，又望望男专家，不等作答，男专家又一通言辞辛辣的挖苦：“真是的，以为跑几趟潘家园就能一夜暴富了！要真这样，我们还坐在这里干吗？我们也跟你一样，跑几趟潘家园，不就发了，哼！”男专家厚重的后鼻音，像刀子般剜在杜阿姨心尖上，令她无地自容，恨不能找个地缝钻下。女专家面露不忍，嚅动两片薄薄的嘴唇，左右为难。男专家不由分说，招呼女专家：“走，下班了，忙了一上午，咱该吃午饭休息了！”

男专家的态度，让一向自以为是的杜阿姨没了脾气，也在心底激发出她无限的斗志。她没精打采盖上盒盖，拎起手袋，愤然离开。随后来到孙姐家，这让孙姐顿时又傻了眼：“怎么，又白跑一趟呀？”“可不嘛，气死我了！”杜阿姨快人快语。“哼，夏季这小王八羔子，竟敢耍咱们！看我让老头儿怎么收拾他！”孙姐虽看起来还有几分文气，可骂起人来却也够狠。杜阿姨一听，忙替夏季辩解说：“依我看，问题不在夏季身上，很可能是拍卖公司的问题。”孙姐颇感意外，瞪着双眼有些不太理解了:“这倒怪了！拍卖公司开门营业难道不为赚钱么？上好的宝贝送上门去，能不收？”杜阿姨渴死了，快步走到饮水机旁，接了满满一杯水，一饮而尽，这才回到摸不着头脑的孙姐跟前，又一五一十将一上午的经历细细说来。在几家拍卖公司的经历本就离谱，再加杜姐加油添醋一渲染，直听得孙姐瞠目结舌，进而愤愤难平:“这还真是怪了！都说政府机关的门难进，脸难看，话难听，事难办，怎么连拍卖公司也这嘴脸呀？再说了，经过多年的整改，现在的机关服务质量高多了，要公务员也像这些专家的话，那还不卷铺盖走人，早就下岗了！”

话音刚落，孙姐又觉得太不可思议了，不由怀疑杜姐说法的真实性来，她知道她的这个老姐姐可不是省油的灯，常打着他们的旗号，在别人跟前颐指气使惯了的，也就紧盯着对方，质问说:“这拍卖公司真要这样，可太离谱了啊，别是你故意编排人家的吧？”杜姐一听就急了，忙辩解说:“向毛主席保证，我要有一句冤枉话，天打五雷轰。”发完誓，仍觉不够，进而又道:“我的孙大小姐，你也不好好想一想，我跟他们往日无怨、近日无仇，冤枉人家干吗呀！”孙姐不由“扑哧”一笑:“也是啊！不过，平日里你不是喜欢加油添醋吗！”杜姐白了她一眼，随即感到挺委屈:“人家无端受了窝囊气，亏你还笑得出来！”孙姐也一筹莫展:“那这咋整呀？本以为你的主意不错，能把眼下的套解了。这夏季给的东西再真再好，变不成钱有屁用呀！还不如给现钱来得干脆呢！”杜姐不甘心，旋即又问孙姐说:“哎，你老头儿在外边认识的人多，要不你问问他，看能不能托关系送进拍卖公司去？”孙姐想都不用想，开口回绝道:“他哪有这方面的门路？这隔行如隔山，你以为他有点儿权力就啥都能办么！”话毕，孙姐又有了新主意，遂对杜姐建议说:“要不你还是去找夏季吧。东西既然是他送的，这小子就有义务帮忙变现，解铃还需系铃人呀！”

经孙姐的提醒，杜姐恍然大悟:“嘿，我咋没想到呢！”随即掏出手机来，嘚啵好一阵儿，再将一上午的遭遇竭尽可能地大肆渲染，只刻意隐去鉴定证书那一段，直听得夏季如芒刺背，豆大的汗滴顺着身子往下流。夏季不知究竟哪个环节出了错，但杜阿姨既然连送三家拍卖公司都拒收，还让人家无端羞辱，那问题就一定出在自己送去的宝物上。夏季硬着头皮强撑着，听杜阿姨骂骂咧咧，心中颇感纳闷儿，父亲那是多高的鉴赏水平，更甭提还有曾一度专吃这碗饭的爷爷和奶奶把关。即便是自己，从小耳濡目染，也都不是吃素的，这么开门见山一眼货的纯金片，哪会有什么问题呢？夏季百思不解，听杜阿姨唠唠叨叨讲完她的三段送拍经历，便一个劲儿地赔小心，后又连声安慰说：“杜阿姨，你千万别急。我不知道问题究竟出在哪里了，但我可以给你保证，如果我给你的宝物不对，那我负责给你换件对的，如果东西没问题，那我想办法给你送进拍卖公司去，反正不耽误你变现就是。”得到夏季的保证，杜阿姨当下释怀，孙姐也挺高兴的，甚至还夸起了夏季来：“这小子办事倒还挺靠谱！”

杜阿姨的心倒是放下了，夏季却如坐针毡，他思来想去，却怎么也想不明白，问题究竟出在哪儿了。不过他深知其中利害，若没把杜阿姨这尊佛供好，眼下这道坎那就过不去，主管机构要是较起这真儿来，夏氏企业就凶多吉少，随时都会出现资金链的断裂。这样的情况一旦发生，多米诺骨牌的连锁效应便会立刻产生，夏季想都不敢往下想。心烦意乱中，去敲父亲办公室房门，父亲不在，秘书也没影儿，打他手机又关机。杜阿姨的电话令他坐卧难安，什么事也办不了，不得已干脆回家。一进门，他四处瞅瞅，问母亲：“我爸呢？”杨小兰莫名其妙：“我哪知道！他没和你在一起？”夏季又问：“那我爷爷、奶奶呢？”杨小兰不知儿子怎么了，机械作答：“楼下锻炼呢。”夏季转身出门，又觉不妥，便折身返回。杨小兰好生纳闷儿，不由好奇：“这是怎么了？丢魂儿似的！”夏季心烦，冲母亲没好气道：“没你的事儿！”

夏季一屁股坐在沙发上，操起遥控器，打开电视，可哪能看得进去？只好独自发呆，直到爷爷奶奶回家，这才强打精神，劈头问道：“爷爷，咱送去的金片究竟对不对呀？”夏更庭讶异：“当然对呀。怎么了？”沈小菊也挺吃惊：“大开门的宝贝嘛，为什么这么问？”夏季颇不解：“那拍卖公司怎么不收？人家一连跑了三家，都不认，全不收。”“全不认？都不收？”夏更庭和沈小菊面面相觑，大为不解。“这就怪了。”夏季喃喃自语。“说来听听，怎么回事？”老两口纳闷儿，盯着孙子，莫名其妙。“嗨，真他妈的见鬼了！”夏季骂了句，便原原本本将杜阿姨电话转述一通。夏更庭瞠目结舌，望着老伴：“咱什么时候走过眼？”沈小菊也茫然：“咱家什么时有过假货呀？那金片不但真，还是开门见山的一眼货，拍卖公司的专家竟认不出来？这些年成交的杂项，有几件能赶得上金片！”

晚些时候，夏伯翰和夏天也都先后回家，一听，均感意外。一家人不明就里，你一言我一语，东猜西猜，胡乱猜测半天，也无从得知拒收原因。夏伯翰当机立断，吩咐儿子：“咱们别在这里杞人忧天瞎猜了。这样，夏天，你马上跟李箐联系，把金片送她那儿拍吧。” 夏天领命，掏出手机，拨通李菁电话，听电话里不咸不淡的“喂，哪位？”夏天赶紧自报家门：“李经理，是我，夏天。”“哟，夏领导啊，有何贵干？”李箐吃惊之余极其热情。夏天赶紧正言：“别说笑，我算哪门子领导呀！”李箐大笑，捉弄说：“怎么不是？主管领导不算领导呀！”夏天一本正经：“别打趣我了。李经理，有件事情，请你帮个忙。”李菁毫不含糊，痛快作答：“只要我能帮得上，一定尽力而为。什么事？”夏天开门见山：“我有个朋友，手里有件明代宫廷御用纯金金片，家传的。你知道，这样的宝贝千金难求，既符合国家政策，又极其稀少，送给你们拍卖，不成问题吧？”李菁颇吃惊：“明代宫廷御用的纯金金片？是不是真的？”夏天蛮自信：“你看了不就知道了。”李箐特干脆：“行，你让他来找我。”夏天追问：“明天你在不？”“在。”李箐爽快答道。

第二天，夏季接上杜阿姨，直奔宏程博源公司。因有夏天面子，两人被特意安排在公司会议室里。负责鉴定的专家还是那个老头儿，但多了李箐作陪，又有夏季在一旁撑腰，杜阿姨底气足了不少，也因为哥哥的面子摆在那里，夏季多少有些优越感。可当李菁与老头双双坐到他俩对面，既没一句客套，脸上也都毫无表情，杜阿姨心里又打起鼓来。“把东西拿出来，放在桌上！”李箐简单一句话，杜阿姨却条件反射，心里七上八下起来，些许的优越感瞬间消失殆尽。杜阿姨顺从地取出金片，小心搁在桌上，像做错事情的学生一样，一眨不眨地望着李箐，盼她高抬贵手。两人瞥一眼金片，侧头相视一笑，之后，李箐转过头盯着夏季，问：“就这一件？”夏季回道：“对，就这一件。”老头儿不像上次无礼，小心捧起金片，从上到下观摩一遍，又用单柄放大镜，煞有介事，仔细观看其上繁缛的纹饰，然后将宝物放在桌上，冲一旁的李菁说：“你来看看。”杜阿姨大气也不敢出一口，等待最终的宣判。李菁捧起金片，重复一遍老头动作，放下后，看着夏季，面无表情：“对不起，我们无法运作。”

夏季不解，自家宝贝经得起任何推敲，又有夏天推荐，本以为水到渠成、板上钉钉，不料却是这个结果。他直勾勾看着李箐，底气十足地反问：“为什么不能拍？”李菁一口回道：“对不起，我们不负责鉴定。”夏季不满，将桌上证书往她跟前一推，说：“你看，这是检测报告，东西这么开门，又符合拍卖政策，怎么不符合要求？”夏季咄咄逼人，又有夏天关系，李箐不好硬顶，解释说：“你这东西乍一看来确实不错，但它是件高仿品，我们运作不了。”老头也有恃无恐，风言风语说道：“开玩笑，这金片要真，那可是宫廷御用之物，博物馆也没见过这么好的东西，民间怎么可能会有。”夏季又好气来又好笑，却还哭也不行笑也不得，冷冷盯着李箐，进一步逼问：“博物馆没有的东西，民间就一定没有？”李箐闪烁其词：“我可没有这么说。只是，我们不同一般小拍公司，对没把握、没出处的东西，从不轻易上拍。”夏季无奈，深感话不投机，只好悻悻说道：“那好，不麻烦贵公司了。”李菁和老头顺势起身，客套道：“谢谢你们理解。”说罢，丢下两人，扬长而去。

两人一离开，夏季没忍住，一拳砸在桌面上，小声骂道：“什么混账东西！”杜阿姨吓了一跳，怕他生事，反过来劝阻：“行了，夏季，咱不和他们置气，走吧。”出来后，夏季仍余气未消，又不便发作，使劲儿咽了口唾沫，保证说：“杜阿姨，你放心，这件宝贝，我肯定会把它送进拍卖公司，最后结果包你满意就是。”事已至此，杜阿姨还能怎样？几天来的折腾，她早有领教，夏季现又大包大揽，她还能说什么？开车送杜阿姨回家，夏季再次对她承诺：“杜阿姨，你等我的信儿，很快的。”杜阿姨倒挺通达：“那行，我等你好消息。”

打发走了杜阿姨，夏季坐在车里，将刚才的遭遇一五一十打电话告诉夏天。夏天莫名其妙：“这李箐怎么搞的？是眼力不够，还是成心不收呀？”夏季乐得顺水推舟，大嘴一张，说：“你问我，我问谁去！反正我不管，这是你的事！这块金片，你无论如何都得尽快送到拍卖公司，要不然会误爸大事的！”夏天当然知道利害，忙说：“知道了，知道了。不用你管，我再想想法子。”夏季太了解夏天，书呆子一个，哪有什么好办法，就出主意说：“我瞅这李箐忒不是玩意儿，还不是狗眼看人低！不如这样，哥，你就给她说持宝人身份显赫，是你们单位都得巴结的大人物，你看她还敢信口雌黄！”夏天失声笑道：“还说人家信口雌黄，你不也是？”夏季嘿嘿一笑，狡辩说：“你以为实话实说成得了事呀！李箐这人势利得很，你要不搬出官员身份压她一头，她才不会买你的账呢！”夏天忙道：“得了，得了，你让我想想吧。不用你管了，这事交给我办就是了。”夏季叮嘱说：“那好，最好晚上回家能有个说法啊。”

夏季的电话让夏天深感意外。他斟酌半天，颇感为难，想着晚上回去得给父亲一个交代，踌躇一会儿，还是硬着头皮，提起话筒拨通李菁手机。李菁不等夏天开口，先发制人说道：“夏领导啊，你那朋友来过了，可他的东西不符合我们的拍卖要求啊！”夏天不露声色，冷冷说道：“李经理，你可千万别这么称呼我，我担待不起！你要真把我看作你们主管部门的工作人员，我说的话，在你那里怎么一点不管用呀？是不是我夏天人微言轻，你不用买账？”夏天直来直去，毫不拐弯抹角，听得李箐心里发怵。她不明白，往日谦谦君子般的夏天，今日为何出言不逊，甚至咄咄逼人，但她哪敢得罪他？赶紧解释说：“夏天，你这话我可承受不起。你是我们的主管领导，不买谁的账也得买你的账呀。”夏天不领情，质问李箐：“那今天是怎么回事？”李菁坚持说：“东西不对，我怎么敢收。”夏天的语气冰冷：“怎么不对？”李菁脱口便道：“开玩笑，我干这么多年拍卖，上手的宝贝岂止千件万件？这么精美的金制品，我还从未得见，不仅没在工作中见过，就是走遍大小博物馆和知名藏家家中，也没见过这样的玩意儿，你让我怎么收？要错了，你负责还是我负责？再说了，一个普通藏家手中，怎么可能拥有这么高档的宫廷御用金器？于情于理说不通嘛。”

李箐说得头头是道。夏天颇为不屑，暗想：这是什么狗屁逻辑！还自以为是腆着脸大放厥词呢！连国内这么一家大名鼎鼎的大拍公司的瓷杂部经理，尚且这种水平，其他地方更可想而知。李菁的无知，倒让夏天从容不少，他抽丝剥茧、条分缕析驳斥说：“李经理，博物馆没有的东西，民间就不能有？照你说来，你们拍卖公司就没好货？这些年，不也拍了不少博物馆里没有的宝贝？这又作何解释？”“这……”李箐语塞，没想到夏天竟开门见山、直击要害，张口结舌半天，也答不上来。夏天又理直气壮：“这块金片，无论材质，还是做工，抑或纹饰，以及上面的历史痕迹和人文信息，完全符合明代特征。现代仿品能有这水平？真能做到天衣无缝、以假乱真？再者，造假者舍得拿含金量这么高的贵重金属仿造？”“问题是……”夏天哪容李箐插话？毫不含糊打断她说：“告诉你，这件器物我可上过手，不仅我看过，还有两位泰斗级的杂项专家也看过，大家的意见全都一致，毫无疑问，肯定是明代宫中御用金片！再说了，至于藏家身份的高低贵贱，你们拍卖公司有必要管吗？只要东西对，又符合国家拍卖政策，你们就可以堂而皇之地拍！说实话，这么好的金片，打着灯笼也千金难求，你们拍卖，根本不存在流拍一说！你们不是不嫌麻烦，不怕花钱，还专程去海外征集宝物吗？怎么这么好的宝贝给你们送上门去，反倒眼睁睁地不收，错过这样明摆着的赚钱机会不要呢？”

李箐像龟孙似的，又似被夏天剥光了衣服，要多难堪有多难堪。夏天虽说年岁不大，可已崭露头角，近两年，还出版了几本瓷杂方面的鉴定书籍，在业界说话已有点分量。李箐哪里辩得过他？毫无招架之力的她转而问道："哎，夏领导，这个持宝人究竟是你什么人呀？用得着你这么费力地帮他？"李菁的话问到了点子上，夏天斟酌着夏季刚才的建议，心想实话实说反倒不能理直气壮，还给人落下话柄，便硬着头皮撒谎说："你不问吧，我还不好说，既然你主动问起，我就给你交个底。这个持宝人的丈夫，是我们局领导的一位至交，我们领导要避嫌，特别委托我代为办理。"李菁心头一惊，暗想：差点闯了大祸！不等夏天继续往下说，便主动讨好道："那这样，夏天，我把这个情况给我们领导汇报一下。你知道的，像这样的重器，一般都要我们老总亲自点头才能上拍，我也就是一个办事员，人微言轻，你别介意啊！"略施小计便解决问题，夏天不由沾沾自喜，他见好就收，顺坡下驴道："行，你给你们领导汇报汇报吧，不过，你得尽快给我答复。不然等领导问话我不好交代，对你们公司也不好，是吧？""是是是。"李菁一个劲儿地回道。

挂断电话，李箐感觉后背汗涔涔的，自己在夏天跟前，不仅丢了人出了丑，真要得罪了主管部门领导，手里的金饭碗随时就有可能被人端走，这可不是开玩笑的。一缓过劲儿来，她便风风火火，直闯总经理办公室。吴总正饶有兴致欣赏桌面上一大堆古董照片，见李菁门都不敲，心里不悦，问："什么事这么急？"李菁直来直去："吴总，夏天推荐了件……"吴总眉头一皱："怎么又是夏天？这人也忒不自觉了吧！不就是一个办事员吗，动不动就给咱公司找麻烦。前两次我很照顾他了，上了他送来的三件重器，拍得也不错，那么大笔巨款，够他几辈子用的了。这才多久又来添乱。咱这公司专为他开的呀！"

李菁想要分辩，吴总打断她，并情绪亢奋："尤其可恨的是，那件'乾隆粉彩百鹿尊'，那可是我们精心包装炒作才声名大振的，本想复拍时卖个好价钱，有个好回报，可他怎么做的？连声招呼都不打，说拿走就拿走，看我们把宝物给他炒出名了，再拿到别处去牟利，这也太不地道了吧？哼，现在有求于我了？"李菁冷不丁听吴总提起"乾隆粉彩百鹿尊"，既心虚又不自在，索性硬着头皮，耐着性子听他发泄个够。

吴总又嚷嚷开来："他以为在我们公司上一件重器多容易？咱们公司推出的

重器，成交价少者几百万，多者上千万、几千万，多少人争着想上？都排成长队了！全是爷，都得罪不起，得罪了谁，咱的日子都不好过。他以为在主管部门工作就能拿住我们了？就可以不管不顾，一而再、再而三地来找麻烦了？”吴总边说，边将手里一大摞照片往李菁跟前一推，说：“你看看吧，这里面哪一件不是重器？他以为重器就那么好拍？要都一股脑儿全端出来，那还有什么稀罕劲儿？还有什么神秘感可言？没神秘感没稀缺性，咱能保证百分之八十以上的成交率？他真以为中国有那么强的收藏实力？真有那么多一掷千金的大藏家？中国人都以为自己多有钱，其实根本不然，和人家欧美国家相比差远了。欧美国家的拍卖会，凝聚的是全世界的收藏资本，吸引的是全世界的顶级大藏家，只要是宝，就不愁卖不出去。我们呢？国家文物进出口管制条例卡在那里，就是别人愿意掏钱也带不出去呀！不能出境，人家买来干吗？学雷锋、做好事，捐给咱的文博机构呀？就国内那几个人来回倒腾，能有多大的收藏实力？能有多大的买方市场？要不是我们处置得当，控制好各种拍品的上拍数量，吊足藏家胃口，能引来那些高端藏家相互竞逐并顺利拍出？”

吴总不知哪来的邪火，由着性子没边没际大骂特骂、高谈阔论，李箐心里大为抵触，不以为然地嘀咕：自以为是的老生常谈。不就为保证你自己的两件重器能够顺利拍出，才抵制别人的宝物上拍吗！吴总越是居高临下的夸夸其谈，李菁便越反感，她冷眼望着滔滔不绝的吴总，暗想：管你怎么说，今儿非得把此事办成不可。不然，今后我在你面前说话办事不就更没分量！打定主意，李箐耐着性子，故作洗耳恭听，听吴总自以为是的所谓高见。见李菁不语，吴总以为自己的话已然奏效，把话题收回来，批评李箐说：“你也是，身为多年部门负责人，完全应该具备独当一面的能力，像这样的小事就该挡回去。可你什么事都往我这里推，你倒省事了，得罪人的事全让我来做，让我不好做人嘛！”

吴总如此上纲上线，李箐可担待不起，她赶紧解释：“一开始我是把他挡回去了，可他又来电话，说这件宝物的持宝人是他们局长的一位至亲，局长不好出面，让他来办理。”吴总一下愣住了，张口结舌，竟说不出话来。李箐暗笑，又一本正经解释说：“我特地来汇报，是怕把局长大人给得罪了，今后在拍品审批中拿捏我们，那我们公司可吃不消的！”如此浅显的道理，吴总哪能不懂？可刚才那通不分青红皂白的话说得太满了，毫无回旋余地，沉吟半晌，吴总噘起嘴来抱怨李箐：“你怎么不早说呢？”李菁不悦：嘿，你还倒打一耙了！你给我说话的机会了吗？不过，听吴总此话，李菁也就松了口气，确认道：“那这么说来，可以收下了？”吴总叹口气：“官大一级压死人。不收还能怎么办？不过你告诉夏天，秋拍重器早已确定下来，都是有来头的，他这时候加塞，我可不敢保证能够成交啊，你让他有个思想准备，市场毕竟有限嘛！”李菁便如释重负般道：“行，我跟他说说吧。”

第十七章　司法鉴定

肖潇回到家，已近午夜了。电视里重播的收藏节目，主持人容光焕发、笑容可掬，正向观众说再见。肖鹏飞手持遥控器，刚要起身关机，忽听孙子在门边小声问他："还没睡？"肖鹏飞扭头："怎么这么晚？"肖潇歉疚，将包一扔，疾步坐到爷爷身旁，瞥见电视画面，笑侃说："爷爷，您这样的大家水平，还用看这样的娱乐节目？"肖鹏飞笑问："哎，怎么这么晚？"肖潇回说："今天午后，陪技术组的人搞测试，反反复复好久，瞧他们太累了，又拉他们去放松放松。"肖鹏飞来了劲，紧盯孙子："现在怎么样了？"肖潇拾起遥控器，调到新闻频道，边听边解释："几个主要技术的参数指标均已过关，就剩传导一项还不太稳定。"肖鹏飞沉下脸来，正告道："那可得抓紧了。咱这软件系统是专为高铁研发的，眼下多家公司盯着呢，都知道是块肥肉，竞争太大，可别误了明年的招投标啊！""知道了，误不了的，您快睡吧。"肖潇神疲力乏，不太耐烦。

肖鹏飞不急，斜睨孙子，一脸纳闷儿："咋这么长时间不见罗曼这丫头来玩？"肖潇含糊一笑，糊弄说："人家不专心搞创作么？现在离庆典还有多久，您又不是不知道。"肖鹏飞兴头十足又喋喋不休："罗曼这姑娘不错，人漂亮，气质也好，性情蛮温柔，画又画得棒，和你小子再般配不过了。哎，潇，可得盯紧了，这么好的姑娘，追的人肯定不少，别让人家捷足先登了。"肖潇五味杂陈，看爷爷满心期待，不忍他老人家失望，满口应承，打算蒙混过关。肖鹏飞较真儿，看孙儿吊儿郎当，便再次叮嘱：“哎，你小子听见没，叫你把罗曼这姑娘给盯紧了。”肖潇无奈，暗叹口气，敷衍说：“知道了，快去睡吧。”肖鹏飞仍不放心，又得寸进尺：“要不，周末请她来家里吃饭？”

见爷爷纠缠个没完，肖潇情知躲不过这关，不如一了百了，省得老爷子牵肠挂肚，自己也好早点解脱。打定主意，肖潇望着爷爷，心中难免发虚：“爷爷，您就甭惦记她了，人家早有对象了。”“早有对象？那你不早说。我说嘛，怪不得那么长时间不见她来玩。”肖鹏飞大失所望，心里凉了半截，顿觉兴致全无，便嚷嚷开来，缓缓起身，忽又想起什么似的，扭头问孙子：“袁野他们那儿有进展了吗？”肖潇瞥爷爷一眼：“这才多长时间，哪儿那么快？您都问了多少次了。”肖鹏飞也意识到自己的失态，却不服输，将嘴一噘，跟个老小孩一样：“这袁野不是神探吗？都几个月了，还没一点信儿？真是的，啥事儿都不让我遂心。”瞅爷爷胡搅蛮缠，肖潇替袁野抱屈：“物主不出货，袁野从何下手？神探也得顺藤摸瓜、有章可循呀。”

“这倒也是啊。”肖鹏飞软了下来，叮嘱孙子：“你也早点睡吧。”刚走两步，忽听电视里的男主播字正腔圆说道：“去年，轰动全国的江海市市长王智非贪污受贿案，近日又有新进展。王智非收受古玩数量较多，真假难辨，致使法院无法量刑。据办案法官透露，为进一步确定王智非贪污受贿数额，已先后聘请该省文物专家和北京权威机构的专家学者，对王智非收受的藏品进行多次鉴定评估，可专家意见各异，说法不同，致使法院量刑无据。该院决定：将再次聘请国内最具权威的文博专家，作最后鉴定，待评估结果出来后，择日再判。”

肖鹏飞好奇，转身凝目盯视，直到整条新闻播完，他仍一言不发，似陷沉思状态。肖潇没注意爷爷的异样，幸灾乐祸评论说：“这可太考验办案法官的水平了。收藏领域，历来众说纷纭，‘一千个观众，便有一千个哈姆雷特’！一人一个说法，看法官究竟听谁的。”“电视里头有件黑底白釉斑的瓷鼓，瞧见没？”肖鹏飞神头神脑，劈头问道。“瓷鼓？黑底白釉斑？”肖潇很快想起：“对，是有这么件玩意儿。怎么了？”“和咱家丢的那件太像了……”肖鹏飞若有所思，喃喃自语。肖潇大吃一惊，坐直身子，牛眼瞪得老大，感觉天方夜谭一般：“那件腰鼓会是咱家丢的？”肖鹏飞犹疑起来：“不好说，时间太短了，没来得及看清。”肖潇猛站起身来，疾步从书房抱来笔记本电脑，上网找到相关栏目，按下暂停键让爷爷辨认。肖鹏飞戴上老花镜，眼睛触到屏幕上头，黑底白釉斑的筒形腰鼓便跃然眼前，通体点缀的各种抽象斑纹，在黑色釉底映衬下夺人眼目，与几件一眼假的所谓古玩相比，鹤立鸡群，格外养眼。肖鹏飞左打量、右琢磨，仍难定夺，又听孙子问他："是不是咱家那件？"

肖鹏飞收回目光，冲孙子自哂一笑："仅凭电视画面这点信息哪能确定！要能亲眼得见，知道它的尺寸，这才能下判断。"听爷爷言之有理，肖潇抓耳挠腮，为自己的外行问话难为情，同时，对爷爷的说法不以为然："那怎么可能呢！江海市离咱那么远，又是法院罚没的赃物，怎么见得着。"孙子说得有道理，肖鹏飞便在一旁长吁短叹："唉，宝物丢了几十年，好不容易有了点线索，却又只能隔山望牛……"瞅爷爷愁眉苦脸，肖潇不由好奇："爷爷，这件腰鼓不就是一个鲁山窑的产品么？民窑瓷器，数量不少，相同的东西并不少见。哪有那么巧的事，咱家丢的宝贝，会跑到上千公里外的贪官手里？"肖鹏飞却不以为然："话可不能这么说。有句老话不叫'无巧不成书'吗？鲁山窑瓷器已有上千年的历史，不似萝卜白菜随处可见，要找两件完全相同的器皿，虽不是完全不可能，但概率极低。目前为止，据已知资料，仅故宫和甘肃的天水博物馆各有一件，虽器型、纹饰基本相同，但规格尺寸却大相径庭。江海市那件要能亲自上手观摩，若器型、纹饰和尺寸与咱家那件一模一样，我看就大体没跑。"

肖潇心里猛然一动，自去年的"乾隆粉彩百鹿尊"开始，也有快一年时间了，其间宝物多次现身，可碍于目前的法律与自身地位，只能消极花钱，被动地将宝物拍回来。迄今为止，所费之巨，也已过亿，却仍毫无头绪，还在原地踏步。听爷爷口气笃定，肖潇瞬间萌生新的主意，于是拍着胸脯，安慰老爷子说："那这样，我托托人，走走路子，争取上手一见。真要和咱家丢的那件对得上号，接下来的事，不就迎刃而解了。"肖鹏飞眼放金光，对孙子的提议大加赞赏："这样最好不过了。要不亲眼瞅一瞅，我怕从此不得安生哪。是与不是，上手就能见分晓，你赶紧去想法子吧。"肖鹏飞兴味盎然，忽又狐疑："这么老远的地方，人生地不熟的，又是法院罚没品，你有把握么？"肖潇一耸双肩，实话实说道："我哪有什么把握！不过，活人还能被尿憋死不成。看一眼又不是多大的事儿，只要人熟，应该不成问题的。""那你抓紧点。"肖鹏飞有点急不可耐。

第二天一到公司，肖潇将自己反锁在办公室，找出名片簿，把相关人士问了个遍。所问之人，无不对肖潇所托之事极为上心，可全都心有余而力不足，不是和该法院八竿子打不着，就是位卑言轻，交情不够，支使不动别人。肖潇很快想到了公司常年的法律顾问孔远。孔远不含糊，大包大揽，让肖潇别急，静候佳音。可直到下班，孔远也没回话，想到爷爷惦记，回去得给他老人家交代，肖潇等不及又去电追问，孔远支吾起来，说问遍了所里全部律师，大家都没江海市的路子。听肖潇失望，孔远怕他嫌自己办事不力，又主动请缨说："要不这样，我再问问其他事务所的同行，看有没有人有江海市法院的门路。"肖潇别无他法，只得再等。下班后，爷孙俩兴味索然，口里的饭菜如同嚼蜡，一门心思全在瓷鼓的消息上头。直到第二天午后，孔远终于兴冲冲回话："肖总，成了。"肖潇大喜："对方答应了？"孔远却不敢肯定："应该是吧。""应该是？"肖潇语音一扬，心里不够踏实。孔远解释："今儿所长来，听我说起，一听是你的事，二话不说，提起话筒，当我的面直接找江海市法院的谭副院长。咱所长给他们帮过不少忙，应该不成问题。谭院长让你给他打电话，直接商谈。"肖潇喜出望外，连声致谢。

撂下话筒，肖潇按捺不住，按孔远提供的号码拨了过去。谭副院长一听是他，别提有多热忱了："哟，肖老弟呀。徐所长跟我打过招呼了，说来听听看，需要我帮什么忙？"谭副院长毫无架子，竟如此爽快，肖潇心头一热，顿觉有门儿，也就竹筒倒豆子，满怀希望地将托请之事表露无遗。"原来是这事呀。这……"谭副院长一改之前的爽快，竟然犯起难来了，又啧啧连声了半晌，却也没个明确态度。肖潇颇感纳闷儿，进而追问道："怎么谭院长，这事不好办？"

"嗨……"谭副院长吁了一口气，解释说："这事还真不好办。法院刚换了院长，新官上任三把火，什么事都讲原则，得按程序走。再者，王智非案件久拖不决，一直没个定论，网上炒得沸沸扬扬，早成众矢之的了。在这风口浪尖上，你怎么看得了？"肖潇不由地急了，进而央求道："谭院长，这又不是多大的事，就瞅一眼，缺不了胳膊少不了腿的，外界哪会知道？即便知道了，又能出多大的事！""嗨……"谭副院长深感为难，并对肖潇咄咄逼人的态度颇为不满，也就摆出了副爱莫能助的口吻来："肖老弟，你就别再为难我了。东西要搁我手里怎么都好说，哪怕违规我也得卖徐所长的面子，让你瞅上一眼，这不是什么大不了的事情！徐所长和我，那是什么交情？可王智非一案非同小可，盯着的人太多了，收缴的赃物有专人保管，还层层把关，可不是谁想看就看得了的呢！"

谭副院长滴水不漏，理由也充分，肖潇从头凉到脚，不由彻底绝望了。想要放弃吧，可又无法回家对爷爷交代，何况，他也深知此事的意义重大，虽听谭副院长几乎把话说死了，可他别无他法，只能寄望于对方，便厚着脸皮继续游说：“谭院长，让您为难了。要不这样吧，您再帮我做做工作，只要能瞅上一眼，有什么要求，尽管提就是。”听对方把话说到这份儿了，谭副院长不由为难，进而想到徐所长多年来对院里的仗义相助，也就抹不开脸来了，便在稍加沉吟后，只好勉为其难地应承下来：“那就这样吧，我去做做工作。不过究竟行不行，我可没有把握！”“嗨，只要谭院长肯帮这个忙，那就没有不行的！到时，我定会答谢的。”肖潇松了一口气，又颇为练达地恭维连带承诺道。“答谢就不用了。只要徐所长不认为我没努力就行了！”谭副院长倒蛮豁达的。“行，那就恭敬不如从命了！谭院长日后若到北京来，或有什么需要我帮的，那就瞧我的好了！”肖潇虽不勉强了，却也没有半点含糊。

谭副院长倒是应承了，却也挠起头来。刚才在电话里，他真不是有意推托，这刚从省公安厅空降来的崔院长，他还没有摸透脾气呢！而这新官一上任，便从制度上烧起几把火来了。他真没把握说服公事公办的崔院长为这事破例。可徐一达的面子，他也不能不卖的。谭副院长左右为难，稍加思忖后，干脆硬着头皮去找崔院长，想把这烫手的山芋，抛给新来的院长。“老谭，你这是怎么了？这制度才出来几天呀？”崔院长果不其然，背靠黑皮转椅上，面无表情地盯着不太识相的副手，似嫌对方找麻烦。

谭副院长语塞了。可他也瞧不惯新来的院长拿着鸡毛当令箭，看对方还真摆出了副黑脸包公的模样来，便又赶紧解释说：“崔院，你知道这个徐一达的能量么？人家不仅在京城吃得开，还帮过我们法院的不少大忙！哪次我们的人到北京去，人家不是竭尽地主之谊！”“可也不能这制度都还没捂热，咱们就带头违反呀！”崔院长不由为了难，进而又再踌躇了。“崔院，这是多大一个事情！又缺不了胳膊少不了腿的，人家不就瞅一眼么？又违反得了多大的原则呢？更何况，连这点小事咱都不给人面子，那今后还怎么求得了人！”谭副院长人情练达，便又赶紧趁热打铁。

“要不这样吧，老谭，要说咱法院也不是铁板一块的清水衙门，也会有事求人呢！既然人家是我们法院的老朋友，又是你竭力推荐的，那慢慢再安排。案子现在办成这样，盯着的人太多了，尤其是新闻媒体。稍有不慎传了出去，我们就不好对社会交代。目前，正要组织专家对王智非收受的古董进行重新鉴定，不如这样吧，等专家鉴定后，社会舆论的焦点不再对准我们法院了，那时再来安排也行！”崔院长并非不食人间烟火，思虑得还蛮周全的。“行，我想徐一达是能充分理解的。”见竟然说动了崔院长，谭副院长也没什么可说的了。

“不过老谭，组织专家鉴定的事情我们还得抓紧。这案子一拖就是一年多，再不结案，我们对各方都没法交代！现在社会上的各种传言挺多的，说我们法院官官相护，只敢拍苍蝇，不敢打老虎。再不结案，人家又该质疑我们的办案水平了！”一瞅副手一脸轻松，崔院长又赶紧叮嘱他。“嘿，什么叫‘官官相护，只拍苍蝇，不打老虎’呀！按理说来，这案子是早该结了。可省里的专家来过了，北京的权威我们也请了，但大家的说法不一嘛，我们该听谁的呢？若要说成是真的，那王智非一家不服气，说他们找权威专家鉴定过，全是些一钱不值的假玩意儿；可要说成是假的，社会上又攻击我们刻意袒护，想为王智非免罪。这意见不确定，咱总不能凭想像断案，再来个冤假错案呀！”谭副院长一听可就火大了，并振振有词地驳斥起社会上的各种传闻来。

崔院长并非不知情，便也挺为难。听谭副院长牢骚满腹，自己也深有同感：“是，法院不是鉴定中心，不具备文物鉴定职能，我们的法官也没这个能耐，要不解决好鉴定一事，那还真不好办。问题是，社会大众哪知法院的苦衷？还以为法院要么存心袒护罪犯，要么就是办案不力！哎，抽个时间碰个头，商量一下这次的专家组成结构。”谭副院长无话可说，将头一点，极为爽快：“行，听你的，咱碰碰头。不过，这专家还真不好确定。”崔院长咧嘴一笑，颇有点不以为然：“也没那么悬乎！我们这次慎重点，请北京最权威的机构和最权威的专家，人家的意见应该可以采信的。”谭院长一听，满脸不屑，又极为认真道：“老崔，我跟你说，你可别迷信北京的所谓权威专家。这帮人我打过交道，在我看来也就徒有虚名，谈不上什么真本事。上次请他们来，咱好吃好喝款待，还把市收藏家协会的陈会长和张秘书长请来全程陪同，可他们出具的意见让陈会长和张秘书长大为不满。事后，两人一说起北京的专家就骂骂咧咧、义愤填膺，说他们信口胡诌，有的连最基本的鉴定要领都没掌握呢！”谭副院长情绪激动，一副愤世嫉俗的模样。

崔院长笑了笑，温和地批评说：“哎，老谭，你这话就太情绪化了啊！虽说上次北京专家的鉴定意见不被大家接受，但也不能一杆子就把北京的专家全都打死，你说是不是？北京毕竟是学术文化的核心，集中了全国最优秀的专家学者，如果他们的意见都不对，那我们还能听谁的意见呢？”崔院长侃侃而谈，有点不怒而威，说法也占理，谭副院长也就不好多说。崔院长又继续发表高见：“不过，我们这次一定要汲取前两次鉴定的教训，综合各方意见，请来的专家队伍既要有理论方面的权威，又要有实战方面的老手，双方意见一结合，我们以多数派的意见为准。即便错了，也对公众好作交代，只要做到程序合法，就不怕别人成心挑刺儿，你说是吧？”“嘿，还真是这么个理。”谭副院长心里一下亮堂起来，对崔院长的说法心悦诚服，也就不再固执己见，随即大嘴一张：“那好，就按你的意见办。”崔院长收起笑容，又一脸严肃：“明天开个常委会，大家要没意见，就按这个思路执行。注意，我们一定要做到程序合法！”

“行，那我就去张罗了。”谭副院长欣然领命，正打算拔腿离开，崔院长又赶紧把他叫住了：“哎，老谭，你不是说徐一达是我们法院的老朋友么？要不这样吧，过几天我要去高院开会，那就趁机会一会人家嘛！”“行，我来安排就是了。崔院，见了面你就知道人家有多仗义了！”谭副院长甭提有多来劲儿了，又可着劲儿地吹嘘起对方来，待兴冲冲地回到自己的办公室后，迫不及待地操起话筒来，本想直接打给徐一达，但临时又改主意了，转而反拨过去肖潇之前的来电，一上来就卖了一通好，又叮嘱对方务必要把崔院接待好，省得再生变故。听托请的人大包大揽承诺后，这才放下心来联系上了徐一达，又添油加醋地邀功后，再拜托他拨冗抽空接待一下崔院长。而在相互之间的称兄道弟中，两人又进一步地热络了彼此之间的情谊。

待把鉴定的事紧锣密鼓商定后，崔院长直赴京城来开会。肖潇可没半点含糊，从下机接机起，他便指派专人来为崔院长提供随叫随到的服务，还在当晚举行了极为隆重的接风仪式，并拍着胸脯打包票，说崔院长有什么需要在北京办的，打声招呼就是了，好像什么事都难不倒他似的。所以一上来，崔院长便对这个此前给他出了难题，却极为阳光仗义的皇城根儿下的商界才俊，有了莫大的好感。虽推辞了派人来给自己服务这样的一再表态，却也乐意接受会议结束后再来一聚的提议，甚至还把自己在大学读书的儿子也一并叫了来，省得没时间去会几个月没见过的臭小子了。

“哟，小伙子还挺精神呐！”徐一达终于抽出身来了，紧赶慢赶地来为崔院长送行，一瞧小崔挺讨人喜欢的，也就脱口夸起这个小子来。“徐叔叔好。”小崔阳光灿烂地一笑，这让徐一达更加如沐春风："小伙子在哪个学校读书呀？""北航。"小崔大方作答，一点都不扭捏。"什么时候毕业呀？"徐一达一见如故，竟对这个率真又帅气的臭小子，打心眼儿里喜欢上了。"明年。"小崔不卑不亢，礼貌地回答道。"那工作有着落没？"徐一达问起来就没个完，小崔便不似之前坦然了，甚至有些局促起来："还没呢。""那想不想留在北京呢？"徐一达谈笑风生，父子两人却不由为之一震，随即对视一眼后，小崔进而抢先回答说："当然想了！""嗨，这小子为了能留京，都已经打算考博了！""行，那就包在我身上。"徐一达举重若轻，像在点评桌上菜肴一样口吻轻松。"哎，徐叔叔，太谢谢您了！"小崔喜出望外，甚至都激动得打起结巴了。"徐所长，您可帮了大忙了！"崔院长心里热乎乎的，随即端起酒杯来，在徐一达的杯沿"砰"的一声碰了后，仰脖把酒全干了。

气氛更加融洽了，父子两人更迫不及待地关心怎么才能留下来。肖潇也由衷地钦佩徐一达的神通广大，见黄克强殷勤地替大家斟上酒后，这才扭过头来对崔院长一语点破迷津道："徐所为那么多的大企业和大机构打赢过多少官司，这又哪难得了他！""那就拜托徐所了。"崔院长再次端起酒杯来，诚心诚意地再次借花献佛。徐一达来者不拒，颇为豪爽地一饮而尽，甚至还把杯底朝下，以示一切都在不言中。"徐所和肖总，今儿我也给你们拍个胸脯吧，等专家鉴定过了后，你们什么时候想看都可以，到时就看我的了！"崔院长感激涕零，他猛地明白了老谭为何那么推崇这个徐一达，也就没有半点含糊的。

事情虽然敲定了，可肖鹏飞依旧度日如年。他成日里掰着指头过日子，深感时间流逝得太慢了。江海市现身的那件黑底白釉斑瓷鼓，搅扰得他昼夜难安，究竟是不是自家丢的那件，一上手便可见分晓。若真是，不就寻到了宝物源头？困惑自己几十年来的谜团，不就真相大白了？肖鹏飞心急如焚，时刻惦记着江海之行，盼望着法院能早点把程序走完。这日，吃过早饭没多会儿，百无聊赖的他正要出门，想去对面的香山脚下溜达溜达，门一开，身后的电话却响了起来，肖鹏飞停住，听陈婶扯开嗓门叫他："爷爷，找你的。"于是折身，快步向前，不等问话，便听对方极其爽朗："肖老，您好，打扰了。"肖鹏飞懵了，疑惑问道："你是……"对方哈哈一乐，自报家门："肖老，我是陈孟达。""噢，陈秘书长呀，找我啥事儿？"肖鹏飞情绪高涨，情知陈孟达历来"无事不登三宝殿"，找他必有活动，又可大展一番拳脚。果不其然，陈孟达不绕弯子，开门见山蛮痛快：“肖老，眼下有件事，得由你出面拍板……”“什么事？”肖鹏飞来了精神，猴急着追问。

“是这样，外地有家机构前几天找到我，让我组织几个水平高点的古瓷专家，上他们那里去鉴定一下，瞧瞧真假。”陈孟达言简意赅，将事件说了个大概。一听去外地，肖鹏飞眉飞色舞：“上哪儿？”陈孟达又如实相告：“江海市。”“江海市？”肖鹏飞语音一扬，一下想到了王智非案。“对，江海市。去年，他们的市长涉贿被捕，法院从他家缴获了大量赃物，多是瓷器。人家已组织多批专家鉴定过了，一直没定论。这不，托人找到我，让我再找权威专家前去，给他们来个一锤定音呢。”肖鹏飞喜出望外，做梦也没想到事情竟如此之巧，这还真是“瞌睡来了遇着枕头”呢！肖鹏飞兴奋，却又不免好奇：“都有谁？”陈孟达乐乐呵呵地：“还能有谁？人家点名道姓要名头大的，要有来头的，我把史老太、李君如、刘一民他们全叫上了，阵容够强大，省得人家挑理不是。”“史老太？李君如？他们哪分得清新老器呀！除了博物馆几件标准器外，他们接触过几件古瓷呀？我和他们瞎搅和什么！”肖鹏飞失望，直言不讳评论。“肖老，我不也是不放心，才特地叫上您吗？您老可别撂挑子呀。再说了，刘一民也挺务实的，属实战派，不会让您孤掌难鸣、下不了台的。”陈孟达竭力鼓动，几近央求。“嗨……”肖鹏飞叹口气，猛想起此行意义，赶紧打住牢骚，进而问道：“什么时候动身？”“一个礼拜后。”“好吧，我去给你捧场，到时跟他们打擂台去。”“那就一言为定。”陈孟达放下心来，赶紧敲定道。“行了，行了，我什么时打过诳语呀？”肖鹏飞哈哈一笑，愉快地回道。

肖潇回家，肖鹏飞竭尽炫耀，将陈孟达之邀转告孙子，听得肖潇一愣一愣的，牛眼瞪得老大，咋呼说：“奇了！奇了！”对爷爷的佩服，更五体投地，抱怨之前白忙活了，更投了那么大一笔冤枉钱进去。肖鹏飞倒还看得挺开的，毫不惋惜先前的努力，分析说：“话可不能这么说。东西要真和咱家丢的对得上号，还得仰仗地方法院的人挖出背后物主呢。即便不是，多个朋友多条路，谁知道什么时候又‘山不转水转’，求到人家门下呢？”肖潇冰雪聪明，一点就透，瞬间明白爷爷深意，由衷奉承说：“这姜还是老的辣！”肖鹏飞想得更长远，进而吩咐孙子道：“到时你陪我去，果真是咱家丢的，法院那群人还得由你出面斡旋。”“没问题，我陪你去。”肖潇跃跃欲试，对即将揭开的谜底好奇不已。

爷孙两人盼星星、盼月亮，终于等来了启程之日。崔院长一行人也已打道回府。因为有之前的交情，法官们视肖潇若上宾，尤其得知他与肖鹏飞的关系，更另眼对他，极尽礼数，优于他人，搞得随行的人丈二和尚摸不着头脑，也不由地对他刮目，还夸他年轻有为、后生可畏，乐得肖鹏飞心花怒放，如坠云海。江海市法院按部就班，好吃好喝招待北京专家，并对来宾详细介绍案情，明白提出此行要求，让专家们实事求是，给个明确意见。有了首日铺垫，次日，法院安排专家前往指定场所现场鉴定。法院汲取前两次经验，绘制出特定表格，将专家分开，进行背对背的鉴定，互不干扰，将各自意见填入表中。不像前两次，眉毛胡子一把抓，大家济济一堂，各吹各的琴，各弹各的调，吵得个不亦乐乎，却又谁也说服不了谁。法院提供的表格，除品名外，还列有尺寸、年代和估价。专家们独处一室，由法院人员每次拿出十件观摩，等专家将每一批次的鉴定结果填完后，再看下一批次，循还往复，井然有序。肖潇得到特许，和爷爷一道，亲临鉴赏现场。

林林总总的各色瓷器花里胡哨，除少数晚清、民国的民窑产品外，绝大多数都是当今仿品，仿制水平大都不高，属粗制滥造之作，看得爷孙两人大倒胃口。每下结论前，肖鹏飞总是先听孙子意见，想借机考考他的眼力。肖潇不负所望，总能条分缕析，真在哪里，假在何处，头头是道，听得肖鹏飞眼放金光，暗自欣喜。当期盼已久的黑底白釉斑瓷鼓一亮相，爷孙俩的眼睛更为之一亮。瓷鼓长50多厘米，筒形，两头大，腰部细，里为空心，鼓身七道凸弦纹。器表黑釉莹润凝厚，通体点缀41个造型各异的白斑，水墨浑融，醒目耀眼。肖潇心里咚咚直跳，呼吸急促起来，不住斜眼偷看爷爷。一开始，肖鹏飞满面潮红，激动得嘴唇哆嗦，太阳穴处的经脉也跳个不停，可随观察深入，他眼里的神采暗了下来，稍一琢磨，疑惑万端凑近鼻孔，其上浓烈的泥土香味更让他大失所望。想想仍不死心，又拿软尺量量，果不其然，鼓长57厘米，比自家丢的那件长了近两厘米呢。肖鹏飞一耸双肩，冲一旁的孙子摇摇头，叹口气，满脸失望，后又毫不犹豫，庄重填上：唐代，鲁山窑，150万。肖潇长吁口气，心里凉了半截，想问缘由，又碍于一旁的法官，心里嘀咕个不停。

接下来，爷孙两人高度一致，又将一个紫定金扣盘的年代定为北宋之物，为其估价900万元。该盘直径26厘米，外紫、内白，施釉均匀，通体莹润，盘内莲草刀工娴熟，口沿黄金薄片包裹，在紫、白二釉映衬之下，金光闪耀，熠熠生辉。

肖鹏飞阅物无数，长年浸润古瓷之中，却也对此见所未见，并被该盘的纤巧精致与精美绝伦所深深震撼。其后，爷孙两人又毫不犹豫，鉴定两件到代的明代嘉靖五彩鱼藻纹盖罐和明宣德洒蓝釉大碗，分别估价400万元和200万元。一切尘埃落定，趁法院人员一转身，肖潇按捺不住心中的困惑，脱口而出："为什么不是？"肖鹏飞不无遗憾，笃定回说："这件是近些年出土的，时间不超过三年，出土味呛人得很。再者，尺寸也不对，长了近两厘米呢。""噢，原来是这样。"肖潇本不指望，一听结果，仍不禁失望，后又低声嘟囔："我说么，哪有那么巧的事。"

专家意见陆续出笼，法院的人又傻了眼，不知究竟信谁的。大开门的地摊货，不用说，专家意见高度一致，几件晚清、民国的民窑产品，也开门见山，不存任何争议。关键出在黑底白釉斑瓷鼓、金扣紫定以及两件明瓷上头，多数专家把前两件定为现代赝品，而将嘉靖五彩鱼藻纹盖罐和宣德洒蓝釉大碗定为民国仿品，并为两件瓷器估价约8万和3万上下。刘一民的意见和肖鹏飞大体一致。专家们如此泾渭分明，意见悬殊，几件东西的价格落差又如此之大，法院的人犯起了难，究竟听谁的？该以什么尺度为王智非量刑？法院几个头头焦头烂额，没想到精心设计的鉴定程序，依旧还是这个结果，跳不出之前的老套路。法院领导闭门磋商，后又高度统一，再将专家集中起来，想亲耳聆听专家们各自的根据，再作甄别及最后的定夺。

大家又齐聚一堂，还相互间插科打诨，大功告成一般，斜靠法院会议室黑皮沙发椅背，静等法院分发劳务费。崔院长扫视众人一眼，将目光落在史老太脸上，他早做过功课，史老太虽属女流，却巾帼不让须眉，乃当今最负盛名的古瓷鉴定大家，属泰山北斗人物，出过多本古瓷鉴定书籍，更供职于最高级别文博机构，是主流学派的代表人物。崔院长收起平日里不可一世的骄纵，放低身段，语调尽量平缓，出其不意问道："史老师，请您谈谈您对两件宋瓷和两件明瓷的判断依据，这便于我们作全面了解，也好跟领导作汇报。"史老太没想到法院还有这一手，开宗明义第一个就问自己，但她很快意识到了自己身份的优越，也体会到地方官员对她的格外敬重，莞尔一笑，侧过身来，不温不火，像唠家常一般："黑底白釉斑瓷鼓，如果真，那可是1300年前的宝物，可上面有历史痕迹吗？没有。要没一点儿历史痕迹，不是现仿还是什么？撇开这条不说，其胎釉也相当粗陋，连一般的仿制水平都没达到，属开门见山的地摊货。"史老太言之凿凿，振振有词，能有如此底气，取决于进会议室前，和几个主流学派的人悄悄嘀咕过，通了气的，所以她十拿九稳，不留余地，说出来的话，也掷地有声。肖鹏飞瞅她一眼，暗自好笑，却不动声色，暗想：暂不理她，等她出够了洋相，再逐条驳她！

刘一民大惊失色，他和史老太不熟，更没和她共过事，藏家们对她的评价，他向来一笑了之，以为盛名之下，别人刻意诋毁而已。如今得见，果不其然，坊间传闻看来并非空穴来风。肖潇也大为讶异，史老太对他来说，简直如雷贯耳，翻开收藏杂志便不难觅其踪影，各收藏频道也常能见着她，虽头发斑白，老态毕现，却不甘寂寞，极为活跃，从事古瓷收藏的人没有不知道她的。两人大跌眼镜，对老太太缺乏起码的常识大为意外，想据理驳斥，又自觉身份不够，嚅动双唇，向肖鹏飞瞅来，看他是何意见。陈孟达擅长古玉，对古瓷似是而非，但他深知肖鹏飞极具理论与实战功底，多次纷争无不以他的胜出而告终，对他佩服至极，他分不清史老太意见的对错，也向肖鹏飞望来，想摸清肖鹏飞态度。肖鹏飞深藏不露，微闭双眼，洗耳恭听模样，却将场中一切尽收眼底，并咧嘴微笑，一脸高深莫测的表情。

有了史老太打头阵，另一位知名文博专家也不甘落后，冲法官们儒雅笑笑，颇有一点居高临下，大咧咧说道：“开玩笑！瓷鼓要真，那可了得，称得上国家一级文物了。本人孤陋寡闻，只知道世界范围内也才有两件，一件在故宫，一件藏于甘肃的天水博物馆，还从未听说民间也有这样的宝物存在呢。这件瓷鼓，显而易见，是以博物馆那两件为范本仿造的。”肖鹏飞本想再等会儿，等场内所有主流派人士全都出够了洋相，再来条分缕析逐一反驳，可他实在忍无可忍，听此人如此不负责任的信口胡诌，他陡地睁开双眼，冷笑两声，不冷不热反驳说：“这样的说法我实难苟同。”刘一民气壮起来：“我也不赞同。”陈孟达也觉得此人说法太过绝对，自己虽不搞古瓷，可古玉与古瓷相通，但因身份原因，不便和他公开打擂，也就冷眼旁观，干脆“坐山观虎斗”，谁也不得罪。眨眼工夫，两派人又旗帜鲜明，互不相让，在场的法院人士均感好奇，齐刷刷向肖鹏飞和刘一民望来，看他们还能说出什么更具说服力的理由来。

崔院长看看众人，力求不偏不倚，因有肖潇关系，对肖鹏飞更礼遇有加，他转身面对肖鹏飞，竭尽谦和：“肖老，那您的意见是？”肖鹏飞成竹在胸，侧眼瞟瞟史老太和刚才大放厥词的少壮派，见两人略显尴尬又颇不以为然，清清嗓子，逐条分析说：“首先，咱们搞鉴定，应该以鉴定物本身的实际情况为依据，看它的胎釉是新是老，器型是否符合时代特点，器身的人文信息能否与当时的文化内涵相契合，在此基础上再作科学必要的综合判断。而不是撇开这些至为关键的要素不管，用毫无事实根据的主观臆测进行想当然的主观推断。比如，已知资料表明：类似瓷鼓仅存两件，难道这就足以盖棺定论？难道民间出现第三件，就不合逻辑、有悖常理了么？在我看来根本不是这样的。目前的说法，只拿博物馆的馆藏说事，并未对民间收藏作深入调查和完全统计，这样的说法本就以偏概全，难以服众。专家们以此为据，排斥民间收藏，难免画地为牢、自缚手脚，从而有失公允。”肖鹏飞由浅入深，有理有据，陈孟达打心里赞成，却不便明里支持，下意识颔首，以示赞同。刘一民和肖潇也不外行，老爷子不同以往的表述，在他们听来既亲切又熟悉，双双向肖鹏飞投去佩服的目光，看几位主流学派的专家不尴不尬，不由暗自窃喜，心底都盼着肖鹏飞言语更有锋芒些，措辞再激烈点，好好给主流学派的专家将一军。

肖鹏飞哪有工夫揣摩在场诸位心态？顺着思路，放慢语速，提高声音，又条分缕析说：“其次，咱就事论事说瓷鼓。显而易见，该瓷鼓属老器，而非新品，观其胎釉便一目了然。瓷鼓在地底保存环境好，虽品相如新，但釉面宝光内蕴，包浆厚重，新品无论怎么做也难有这样的光泽；再者，胎也是老胎，仅凭肉眼，便可认定，而且，与鲁山窑的胎质完全相符。更何况，通过显微镜观察，瓷鼓釉表的划痕纵横交错，又极自然，这是使用过程中不经意留下的自然划痕，绝非人为打磨所致。最后，显微镜下，器表釉面呈多处缩釉点，里边的土渍早已风化，绝不是短期填埋所能达到的，没有几百、上千年的历史，不可能风化到如此程度。”肖鹏飞慢条斯理，有条不紊，将多位想逞能的主流派专家噎得张口结舌，无话可说，僵在那儿。史老太的脸腾地红了起来，正想据理驳斥，肖鹏飞又款款而谈道：“至于民间无国宝存在一说，更缺乏事实依据与逻辑支撑。试想，鲁山窑属民间窑口，产量巨大，腰鼓又属民间乐器，为数一定不少，随物主入土也极自然。近年来，伴随民间挖掘的日益猖獗，在博物馆外得见并不奇怪。况且，瓷鼓土咬痕迹明显，釉面泥土气味浓重，出土时间不超过3年。”

肖鹏飞逻辑严谨，表述绵密，将两人驳得体无完肤。法官们虽无主见，可凭感觉也在心底认可，交头接耳间，似都支持他。史老太正春风得意，猛被肖鹏飞打懵了，脸红到了耳根，之前的判断，随之动摇起来，可她心有不甘，更怨肖鹏飞当众让她出丑，决计反驳，想强词狡辩，可嗫嚅半天，终究找不出应对之词来。少壮派却不管不顾，没把一个藏家出身的老者放在眼里，心里更存有专业人士的优越，看自己的前辈竟被老头羞辱得窘迫万分并无言以对，不由火冒三丈，也不过过脑子，脱口驳斥："真是的，瓷鼓从头到脚、从里至外，哪儿来丁点的历史痕迹？"肖鹏飞瞥他一眼，暗想：你小子算那根葱？想来挑战我，再回去多读几年书吧。肖鹏飞正要说理，刘一民挺身而出，回敬说："难道，非要破破烂烂的玩意儿，才称得上历史痕迹？古玩的价值，不就体现在它的'真、精、新'上么？大家平时老把这话挂在嘴边，可一遇着品相如新的器物，又搬出'历史痕迹'说事，这哪儿是实事求是的态度！"肖潇本不想多嘴，可对方的话实在离谱，也就初生牛犊，阴阳怪气挖苦说："即便历史痕迹不够明显，就能以此断定为新货？照这个说法，故宫仓库里堆放的瓷器，不也是新的了！"嘿，这小子的说法够新鲜！专家们心里一动，多少有些心虚起来。刘一民来了劲，脖子一扬，又语出惊人道："新仿的？新仿的能有这样的水平？各位到故宫转转去，看看里边由故宫官方监制，故宫专家指导生产的高仿瓷器，是不是能够以假乱真！"刘一民如此尖锐，更指名道姓说事，令在场专家尴尬，肖鹏飞看刘一民狂得没边，心里有点打鼓，将口中的话生生咽了回去，省得引发更大的对立，让学院派的人更下不来台。不过，看少壮派耷拉个脑袋蔫不出溜，心里也异常痛快。

法官们你看看我，我瞅瞅你，像瞧西洋把戏，又偷偷打量诸公表情，见正反双方剑拔弩张，互不相让，火药味十足，全傻了眼，个个目瞪口呆，不知怎么接茬。崔院长踌躇再三，"扑哧"一笑，准备和稀泥，李君如却等不及了，想替史老太打圆场，又怕被肖鹏飞抓把柄，稍加思忖，圆融说道："肖老，你的说法不错，但史老师的意见也有一定道理的，咱就别再争了，各持己见吧。问题是，这件金扣白定瓷碗连故宫都没有，我们在座几人也都走南闯北，称得上见多识广了，谁也都从没见过。要是真的话，那可是北宋的宫中之物，出现在这样的场合想必说不通吧？"肖鹏飞先声夺人，本想见好就收，给大家留点面子，不愿结下梁子，可李君如点名道姓问他，他就无法置之不理，见大家伙全看着他，等他回话，肖鹏飞不买账，冷不丁回说："我的观点说服不了你们，你们的说法也左右不了我的认识，这在情理之中。问题是，瓷鼓无非三种情况，要么到代，要么后仿，要么现代赝品，既然谁也说服不了谁，法院又得对当事人负责，还得维护国家法律尊严，要不这样，咱也别在这里打嘴仗了，不如拿去上机检测，让机器说话，总得有个定论嘛，别让人家法院断案无据呀。""哎，对呀，拿去做热释光或碳十四检测，不就一清二楚了。”刘一民一拍大腿，眉飞色舞道。肖潇也赞同，没等出口，史老太拿眼斜睨肖鹏飞，满脸不屑，又一副德高望重模样，高声揶揄说：“你以为那玩意儿就百分百准了？要不你去试试，随便拿个你家吃饭的碗，送去机场安检，再拿去上机检测，上千年的年份都有了。”

肖潇闻所未闻，不由大吃一惊，刘一民也从没听过，双双向肖鹏飞瞥来，看他如何应答。肖鹏飞眉头一扬，斜睨史老太，从容不迫回敬道：“大专家，你拿个例说事，恐怕不太合适吧？机检虽然也存在一定的局限性，但总体说来还是相当成熟可靠的。要不然，像大英博物馆这样世界一流的博物馆，为什么也采信热释光与碳十四的检测结果？不仅如此，这两项古瓷检测技术，在国际上也被广泛应用，照你说的，早该淘汰、早该下课了。目测就百分百准？要这样，我们还会在这里打嘴仗？无论机检还是目测，都各有利弊、各存局限，但总的说来，机检失误的概率和目测相比，还是具有优势的。为求准确，两者结合起来，不更保险？经过人眼目测，又得到机检认可，那就应该放心承认，给予大胆认可。”

肖鹏飞的话，绵密无隙，铿锵有力，哪有他人反驳的余地？专家们耷拉个脑袋，正眼都不敢瞧他一眼，全盯着地面，蔫不出溜的，早没了斗志，史老太和少壮派更无地自容，本想在地方官员跟前卖卖乖，却被肖鹏飞来了个下马威，窘得无地自容不说，恨不能钻进地缝才好。看史老太不语，肖鹏飞转向李君如，接着他刚才的话茬往下说：“北宋宫中的宝物，民间难道就没有？二三十年来，各地大兴土木，大搞基本建设，修铁路、建机场，开山凿路，高速公路四通八达，下边埋有多少古墓？你们没听说过？尤其近年，不少农民盗坟掘墓，据官方不完全统计，非官方出土的文物，每年多达10万件以上，如此众多的出土文物都进博物馆了？不是多流向民间了么！权威机构一边承认现实的同时，为何又竭力否认民间国宝的存在呢？难道，这一年10万件以上的出土文物会不翼而飞？专家们的说法自相矛盾、前后不一嘛。”

肖鹏飞抽丝剥茧，句句在理，令在场专家扫眉耷眼，哪有招架之功？可专家们白纸黑字在先，即便或多或少认同肖鹏飞说法，却也无法自己打自己的脸。大家硬拗到底，依旧固执己见，互不相让。最终，江海市法院精心组织的这场鉴定，又承袭了之前的结果，没有确定的意见。

崔院长无奈，对专家彻底失望了，前脚一分不少发了劳务，送走专家，后脚紧锣密鼓召开常务会议，集中认识，统一说法。法院领导对古董虽不懂行，可亲历多次鉴定，也对其中门道有了浅显的认识，深知古玩鉴定中一票否决的现实性和可操作性。尽管出于本能，都认为肖鹏飞的说法更站得住脚些，可他毕竟只是藏家身份，最终还是得以专家意见为主。大家高度一致，决定听多数人的，照主流学派专家观点行事，即便错了，责任也不在法院，只要程序合法，就不怕社会挑刺。不仅如此，崔院长本着尊重人权、对当事人负责的态度，还作了以下发言："在座诸位，包括我在内，都对古玩鉴定一窍不通。说实话，凭我个人感觉，认为肖老的说法更可采信，但这不单是一个鉴别真伪的技术问题，它事关一个人的政治生命与基本人权。在鉴定意见难以统一的情况下，我们的法律裁决应宁宽勿严，宁松勿紧，留有余地。几件争议物品的价格悬殊高达千万，这可不是件小事，是关系到涉案人是否在监牢里了却残生的大事，我们不能不格外慎重。既然主流学派的专家一再坚持东西不真，那么，我们本着对当事人负责的原则，采信属赝品的意见，即便错了，今后一经确认，还有纠正错误、追加刑期的可能。可一但认同属真品的说法，万一有错，这对当事人来说，那可就是灭顶之灾，且无机会挽回。当事人曾是我们的一市之长，为我市民生与建设贡献不小，这样的悲剧更不能发生在他的身上。在眼前这种真假尚难确认的情况下，本着尊重人权，为当事人负责的态度，权衡利弊，宁可宽判，也切勿严判。"

事后，崔院长不放心，此案毕竟牵涉一市之长，社会影响又如此之大，崔院长为求万全，将法院意见呈报政法委，政法书记也不糊涂，更怕担责任，又往市委一推了事。市委书记为难，左右不是，既怕涉嫌打击报复，更怕说他兔死狐悲，左思右想，灵机一动，准备让常委几大干将共同担责，常委们又提议，如此重大的事件，应该扩大常委范围，来个群策群力，省得下头左右不服。在此前提下，市常委扩大会议如期召开，破格参会者无不沾沾自喜，觉得自己够分量，被市领导看重，也就畅所欲言，毫无保留。与会者都为王智非惋惜，谁能保证市长今日的遭遇不会是自己明天的结局呢？再说了，王智非身居市长要职多年，关系盘根错节，其中不少人还是他亲手提拔的。大家或多或少都对他感恩戴德，更怕别人指责自己落井下石，缺乏官德。于是，会议毫无悬念，大家一边倒，异口同声，支持法院实事求是，依法办案，并一再表示：现在是法制社会，应秉公执法，摆事实、重证据。既然法院已三度聘请权威机构鉴定，那法院的工作也就不可谓不慎重，既然程序合法，就应该采纳专家意见。

两个月后，江海市法院依法对王智非公开审判，闻讯参加庭审的各路记者蜂拥而至。大家都来抢新闻，都想抢在第一时间，报道这场耗时两年、曾轰动一时的反腐大案如何落幕。开庭当天，整个法庭座无虚席，连过道、走廊都挤满了人。审判长端坐审判席，一一罗列公诉机关的诉讼理由，又将法院的调查结果向在场各位逐一说明。结果，王智非收受的现金部分仅有区区20万元。古玩部分，则因绝大多数属现代仿品，仅有的几件真品也因年份短，估价仅为20万左右。法官陈述的内容当场引起不小轰动，大家满以为可从王智非一案，再窥当今中国官场钱权交易的潜规则，没想竟如此收场！大家不禁质疑起法院的公正，还有人为王智非叫屈，甚至认为王智非是现代官场的清官呢！法警一次又一次维持秩序，助理法官不住敲响手中的木槌，审判才得以进行。最后，法官庄重宣布择日宣判。各路记者与在场听众，无不面面相觑，颇有一些无所适从。

此后，法院依据相关法律条文，并结合王智非本人的认罪表现、退赃结果和身体状况，给予从宽处理，判处王智非有期徒刑三年，缓期三年执行。这一结果，一时间占据了各大媒体的新闻版面，大家都从不同角度对王智非一案作各种解读，有认为法院依法办案的，有认为法院屈从舆论压力而没有公正判决的，也有质疑江海市法院以及江海市各级领导是否存在官官相护、刻意包庇行为的。同时，也有熟知内情的人怀疑王智非的家人收买了鉴定专家，将王智非收受的古玩故意说成是假的，从而让王智非逃脱了法律的制裁。网上的各种说法，激发了更多网友对专家鉴定的不满，他们根据自己的种种遭遇，将鉴定专家的各种欺瞒和不诚信的情况在网上公开发布。可是，不管社会舆论如何天翻地覆，江海市法院的判决结果已然生效，丝毫不受任何影响，法院的权威，不因网友的质疑而受亵渎。

第十八章　辽代金器

得知王智非案件内情，陆一凡感慨，即兴写了篇《规范文物鉴定的法律责任》，电传收藏杂志，引发对方关注，编辑部特加编者按，将文章安排于重要版面刊载，引发藏界共鸣，不少读者写信表达支持立场，还有学者撰文呼应。对“机场安检与瓷器断代”相互间的联系，陆一凡也颇不以为然，并对史老太的说法嗤之以鼻：“照她那么说，所有回流物品不都存在这个问题？可无论官方还是民间，每年大量文物进出海关，也从未听说受过机场安检影响，总不能以某人的某次经历就以偏概全，从而否认已颇为成熟并被广泛应用的技术手段吧？”肖鹏飞哈哈一乐：“可不是吗！说这话的人，不就为维护小圈子人的利益跟权威，罔顾事实，刻意排斥科学检测么！”

当天晚上十点多钟，陆一凡正赶写一篇经济学论文，这是一份颇具影响的财经杂志一个月前向他特约的稿件，早该交稿了，只是近段时间实在太忙，一直拖到现在。好不容易动笔，他想抓紧时间，一气呵成。吃过晚饭，看完新闻，陆一凡坐到电脑前，屁股都没挪一下，快要结尾时，手机响了起来。他想：这么晚了是谁呀。拿起手机一瞧，号码不熟，犹疑接通，一名陌生小伙自称姓陈，来自福建，手里有古董想请他看看。陆一凡一听，气不打一处来，收藏初期他受过几个福建人的骗，先后被骗去近50万元。打那以后，他对福建人就没好感。尽管如此，陆一凡也彬彬有礼：“对不起，我不搞收藏了，你找别人吧！”正要挂手机，又听小陈恳求："陆先生，请您耐心听我把话说完，行吗？"陆一凡也就不好无礼，只得耐着性子，看对方还能耍什么花招。小陈逮住机会，极为诚恳："陆先生，我知道我那帮老乡曾把您骗惨了，您对福建人没好感，这我理解。但我的东西绝对保真，您不买也行，只求您看看，如要买，您先拿去鉴定，鉴定属真，您再付钱，行不？"

小陈的话说到这个份上，陆一凡便不好拒绝，懒心无肠，随口一问："什么东西？"小陈来劲了，压低嗓音，神秘说道："几件精美无比的辽代金器。""辽代金器？"陆一凡的神经一下被撩拨起来脱口质疑。小陈笃定万分："没错，千真万确的辽代金器！"陆一凡快速盘算：见，还是不见？陆一凡从事收藏已有五六年，因有肖鹏飞这样的高人提点，又得益于上知天文、下晓地理的广博文史知识，加上勤奋与运气不赖，因而手中藏品不俗，数量也可观，前前后后，从不同地域、不同渠道收购来的古玩，多达三百多件，且件件精彩，个个不凡。但陆一凡的藏品几乎全是清一色的瓷器，且以宋瓷居多。陆一凡收藏的宋瓷，水平之高，品种之全，让业内不少有着丰富阅历并见多识广的权威专家看后，都不由得叹为观止，大为称赞。为此，陆一凡颇为自负，但同时，心里也时不时产生些许遗憾，总认为自己的藏品过于单一。陆一凡一直想延展自己的收藏范围，兼收并蓄些其他门类的藏品，丰富自己的收藏内涵，却至今无缘。今日，这个自称小陈的福建人语出惊人，手里不但拥有着有别于一般古瓷的其他古玩，甚至还是辽代金器这样的高古重器。陆一凡稍一沉吟，随即抛开之前对福建人的偏见，果断决定：一定得瞧瞧！

主意已定，陆一凡故作漫不经心："东西在你手上？"小陈赶紧解释："这么贵重的宝物，我怎敢轻易放在手边。陆先生，实话对您说吧，这几件东西的主人是一个内蒙古人，他特委托我代他出手，您什么时候想看，他就什么时候赶来，随叫随到。"陆一凡一听，没了心肠，回说："那么远的地方，还怎么看？"小陈不以为然："那有什么？陆先生，您定个时间，我那朋友随时赶来见您就是。"陆一凡婉言谢绝："不了，别折腾人家了，从大老远的地方赶来，我又不一定买，太费事儿，没必要。"小陈一再央求："没关系，陆先生，我们这些人不怕麻烦。您买不买都没关系，只要您看看就行！"话已至此，陆一凡只得勉强应允："既然你们不嫌费事，那我就看看吧。不过我有言在先，即便看了，也不一定买啊！"小陈大喜过望，连说："没问题！没问题！陆先生，您看看就成。"

两天后，内蒙古人便已抵京。陆一凡接到小陈电话时，正在和妻子吃午饭。小陈在电话中问：“陆先生，我朋友刚下火车，还没出西客站，我们几点碰面？”小陈的办事效率大出陆一凡预料，他没想到内蒙古人来得如此神速，但既然有约在先，自己又有空，他便不能借故推脱，无需思忖，听小陈一问，便对他说：“小陈，你朋友坐了一宿的火车，肯定疲惫不堪。这样吧，你让他好好吃个午饭，再休息休息，养足精神，下午三点半，咱们找一家茶馆碰面，你看行不行？”小陈回答得挺干脆：“好的，就这样。”随后，陆一凡将地点通过短信发给小陈，不由憧憬起小陈口中的辽代金器，究竟有怎样的精美。

今儿是周六，陆一凡难得忙里偷闲，和往常一样，吃过午饭，他和妻子美美地睡了个午觉，感觉神清气爽，两人穿戴停当，便直奔茶馆。茶馆离家不远，两人均是常客，凡遇到有人推销古董，而又没有其他合适的地方，他们都会在此接待对方。两人还未走到门前，就见茶楼前一个来回踱着脚步并不时东张西望的青年男子快步迎过来，极其礼貌地冲陆一凡问：“您是陆先生吧？”小青年干干净净，十分精神，上穿米色夹克外套，下着藏青色西裤，里边的衬衫洁白如雪，干净利落。陆一凡心中八九不离十，对小伙儿已生好感，应声反问：“你是小陈？”“是，我是小陈。”小陈竭尽巴结，周到又礼貌，将来客迎至早已定下的包房内。

茶艺馆古色古香，是典型中式风格。初冬午后的阳光透过竹编帘子遮掩下的大玻璃窗，斑斑点点，洒在青砖地面与木条茶桌上，锃亮洁净的不锈钢水壶，正咕嘟咕嘟往外冒着水泡，房间里弥漫着龙井茶的淡淡清香，竹编的窗帘悬于半空，茶壶里的水蒸气让冬日的北京不再干燥。两个35岁左右、衣着土气、浑身上下圆乎乎、粗犷黝黑的中年男女紧挨着，并排坐在长条桌的一侧，大大方方地望着进来的几人，毫不怯生。小陈极懂事，热情地张罗着，将最好的位置留给陆一凡夫妇，又招呼茶馆里的服务小姐添茶续水，再拉来一把椅子，搁在桌子一头，在陆一凡与内蒙古男人之间坐了下来。陆一凡风度翩翩，脱下深咖色的风衣，往椅背轻轻一挂，慢慢坐下来，对着两位远方来客儒雅一笑，温和地说：“辛苦了，这么大老远地赶来。”两人虽说土里土气，一看便是乡下人，可却毫不紧张、犯怯，对陆一凡说说笑笑，大方有礼，看起来还算见过一些世面。

等陆一凡坐定，内蒙古男人便自我介绍：“我姓马，叫马健，您叫我小马就行，这是我老婆。”马健随手往身旁一指，他身边的黑壮女人便咧嘴一笑，算是回答。服务小姐用滚烫的开水，一一清洗陆一凡和梅影跟前的两个无色透明玻璃茶杯，拿起之前小陈早已点好的红色小茶桶，用小小木铲撮了嫩绿的青茶，往杯中一倾，提起水壶再来一个悬壶高冲，龙井的甘醇便扑鼻而来。走完一应程序，服务小姐知趣地转身离去，并将房门轻轻带上。房内不再有其他杂人，马健迫不及待，躬身拎起脚下一个脏乎乎的黑色尼龙旅行包，往桌上一搁，不言声地掏出包里一堆堆大小不一、杂乱无章的报纸团，再用他那双黑乎乎、胖嘟嘟的粗手，将一团团报纸一一展开。陆一凡和梅影也一声不吭，耐着性子，静候这个远自内蒙古特来送宝的糙汉子，能给他俩带来怎样的惊喜。马健粗手笨脚，完全有别于陆一凡之前所遇到过的所有古董小贩，就跟刚从菜市场买菜回来似的，一股脑儿，大刀阔斧地从尼龙包里往外掏他的宝贝。一瞬之间，不大的桌面便堆成了小山，弄得陆一凡和梅影手忙脚乱，不住地给他挪茶杯腾地方。

第一件器物一亮相，便大出陆一凡和梅影意料，马健将器皿往桌上一搁，说：“这是装酒用的酒壶。”该器高约30厘米，属曲柄细流执壶，通体上下，黄灿灿地，线条流畅柔美，比例匀称协调，器表周身錾刻不少花卉纹饰，尽管没经过任何仪器仪表的科学检测，但毫无疑问，这是一件成色极高的黄金器皿。陆一凡和妻子会心一视，又将目光盯向马健，看他还能变出什么戏法，能将见多识广的自己再次震撼。第二件宝物照样精彩，又让陆一凡和妻子眼前一亮，并惊诧之至：这是一个南瓜形状的盖盒，直径足有20厘米，高度也有15厘米，器物拦腰一切，分为上下两半，上为盖，下为盒，合二为一，天衣无缝，活脱脱一个金灿灿的金南瓜。若不是马健揭开其上的盒盖，不管是陆一凡还是梅影，均将此器看作是一个形态逼真、完全封闭的南瓜形纯陈设用品，没想到里边还有盛物之用。整个器物仅1毫米厚，刻在薄如纸片的金壁上，通体錾刻有繁密精美的团花纹饰，簇簇花团，繁花似锦，一团紧接一团，没有丝毫留白之地，与饱满圆润的瓜棱器型和金光灿灿的材质相得益彰，承袭了盛世大唐的繁缛遗风，极尽华贵精美。其他四件，全都一模一样，均为喝酒用的小杯，也都精雕细刻，富丽堂皇。显而易见，四只酒杯和执壶配套是一套完整酒具。六件金器的成色相差无几，也都很高，无不明晃晃、金灿灿；每件器皿的器表，全都錾刻有恰到好处又精致无比的不同纹饰，极具异域风格，其纹饰之华美繁缛与精准到位，挥洒自如地体现了千年前辽代工匠极其高超的錾刻技艺，并淋漓尽致地展现出千年前契丹上流贵族富足无比的物质财富与奢靡无度的生活享受。

陆一凡和梅影也都见过不少大场面，几年的收藏经历更让他们见多识广。可这从天而降且件件不凡的金器，还是令两人眼花缭乱、目不暇接，深受震撼。陆一凡首先将执壶拿在手中，感觉挺沉，便问马健："多重？"马健的老婆性子颇急，抢先答道："将近700克。"梅影心下骇然：700克黄金，单市场价值便高达十多万，而它的艺术价值、文物价值与收藏价值，又岂是市场价值所能相提并论！梅影在心里估摸着眼前这堆金器不菲的出让价，对其重量提出质疑："真有这么重？"马健一脸泰然："有这么重，我们称过。"梅影狐疑，将执壶从丈夫手中接过，认真一掂，感觉和平日买菜时700克的分量略有不同，便再次质疑："真有700克？"马健的老婆便不太高兴，给了梅影一句："你要不信，完全可以称一称嘛。"梅影便无语，信了这个底气十足的内蒙古女人。

该壶手柄内侧，自上而下刻有十一个文字，但这些文字完全有别于汉字，笔画比汉字简略不少，其刻工古朴钝拙，颇具魏晋南北朝时期北朝的石刻书法遗风。陆一凡不懂契丹文字，但对书法和古汉字却颇有研究，什么行书、草书、楷体、魏碑，他如数家珍，大篆、小篆也不陌生，甲骨、金文还略知一二。历史上自成一体又风格迥异的书法大家作品，他都曾一一欣赏琢磨过，王羲之、颜真卿、柳公权、欧阳询、文征明、董其昌的书法风格，他了然于胸；康熙、雍正、乾隆三帝的书法，也见过不少；当代的启功、刘炳森等人的作品更是一眼即可认出；而自己也练就一手娴熟遒劲的书法，与王羲之的书法风格竟有几分神似。所以，尽管看不懂手柄上的铭文内容，也从没见过古代金器，但就十一个契丹文字上一笔一划所展现出来的古韵遗风和执壶上所透露出来的历史人文气息，陆一凡也毫不怀疑其手中执壶和其他几件器物的真实性。

陆一凡从上至下、从里到外，仔仔细细逐一细察执壶的每一个细部特征，心里已八九不离十。之后，他再将南瓜形盖盒捧至手中，由于该器器壁过薄，刚一上手，便不象执壶硬挺，黄金特有的绵韧立马显现出来。陆一凡生怕稍不留心，便将薄如纸片又柔韧无比的盖盒损坏，便极其小心翼翼地将盖盒捧至手中，体味这件令他赏心悦目的华美金器。该器在地底的保存环境显而易见，比执壶要好，器身不似执壶沾有不少黄色尘土，非常干净，黄金的本色也更显充分，就跟刚刚锻制錾刻出来似的，一点都看不出有任何历史痕迹，但器身从里到外、通体上下所展现出来的人文气息又是那么的强烈，让人无从质疑其真伪。将两件大器看完，陆一凡心中更加笃定，尽管自己从未接触过古代金器，更不知辽代金器的模样，但在他心中已经确信无疑：桌上六件，必是货真价实、奇珍无比且极具年头的金质器皿。好东西，自己就能开口说话！行家一上手，便知有没有！以上两句收藏领域的至理名言，此刻在陆一凡的心里，体会得尤为真切。

桌对面的马健和他老婆，坦坦荡荡、大大咧咧，任由陆一凡和梅影将其翻来倒去，一副真金不怕火炼，任凭风浪起、稳坐钓鱼台的神态。陆一凡虽说以收藏瓷器为主，从未接触过金器，但他并不缺乏相关知识，收藏节目、收藏杂志以及相关图文介绍他见过不少，眼前这几件金器，远比他之前所见过的，被权威专家津津乐道、大加赞赏的所有金银器皿不知强出多少，其艺术水平和錾刻工艺也高于前些年国家文博机构考古挖掘的明代皇妃古墓中出土的那件被定为国家一级文物的全金执壶。陆一凡虽心下骇然，但他却不动声色，平静温和地问马健："可不可以拿把小刀划划试试？"马健无所顾忌、极为痛快："没问题，尽管试。只是别在显眼处。"小陈挺有眼力，快速从兜里掏出小刀，往陆一凡跟前一递，陆一凡捧起执壶，将其调个头，在圈足底部边缘处轻轻一划，立时，一道浅浅的、和器表呈色完全相同的划痕便清晰可见。小陈也属行中里手，凑近一看，不由松了口气，爽朗说道："这还假得了！"马健夫妇一脸傻样，面不改色心不跳，任由陆一凡验证。

材质应该不成问题，陆一凡又继续确认器物的年代，问马健："什么年代的？"马健想都没想，回答极干脆："辽代。""何以见得？"陆一凡手里有几件辽黄与辽绿瓷器，上面的刻划花纹饰和几件金器上錾刻的纹饰大相径庭，几件金器的纹饰虽极具异域之风，但与盛世大唐繁缛华美的风格也非常接近，有着异曲同工之妙，因而难以定夺，遂刨根究底地追问。马健毫不迟疑，一副见多识广模样，断然答道："这些东西我们见得太多了，肯定知道，这是不用说的。"马健虽非引经据典，但他毕竟是内蒙古土生土长之人，对祖先之物有所认知，这也实属情理。陆一凡进而又问："什么材质？"马健老婆不甘心被忽视，抢着回答："黄金的，只不过成色比现在的足金还差一点。"梅影心下纳闷，高度警惕地质问："你们怎么知道？"梅影的问话对马健来说似乎太小儿科了，他一脸泰然，解释说："挖出来的时候，拿到我们当地银行去检测过，说有百分之八十以上的含金量。"介绍至此，马健和他老婆不再被动应答，而是你一言我一语，争相介绍其前去检测时的具体情节，惟妙惟肖，若不是亲身经历断不至于这般详尽生动，更不似陆一凡以前所遇到过的那些古玩骗子，就连一向审慎多疑的梅影也都毫不怀疑其真实性。之后，马健的老婆又绘声绘色描述说："我们村里有的女人，还把这样的东西送到首饰铺去，改成耳环、戒指，做了好多呢，不过做出来的成品没现在的好看，有点发灰。"马健老婆的话，令陆一凡和梅影大惊失色，痛心至极，但很显然，马健两口子所言不虚，句句实在。

收藏多年，虽说家中珠宝盈室，可面对为数不少且件件精彩的金质器皿，梅影还是深感震惊，并对其出处大感好奇，遂问两人："这些东西你们从哪儿得到的啊？"马健的老婆便用略带内蒙古口音的普通话一字一句认真介绍："我们家翻修房屋，打地基时从土里挖出来的，今天带来的只是少数几件，家里还有好多呢。"梅影对此说法有些怀疑，直视着马健老婆，脱口质疑："是吗？可能吗？"马健老婆挺敏感，立马听懂了梅影的弦外之音，将脸一沉，横眉竖眼地大声分辩："这还有假？我们那地方，这些东西多了去了，哪像你们想的那样稀罕！我们村里人时不时地从地里挖出来一些老东西，几乎家家户户都有一些。"

收藏初期，陆一凡也听过类似的话，只不过，说话之人都是山东、河南一带的中原之人，和内蒙古人打古董交道尚属首次。马健老婆的话又一次勾起梅影的惨痛记忆，并不时发出不以为然的讥讽笑声。马健老婆血气方刚，她实在无法忍受梅影的阴阳怪气，更忍不了梅影对自己人品的怀疑，气呼呼地从座上猛地起身，胡乱拎起包，准备抽身离去，一副"宁为玉碎，不为瓦全"的刚烈模样，哪怕不做生意，也绝不忍受梅影的热嘲冷讽。内蒙古女人一发威，倒让梅影一时不知所措，自幼知书达理的她，早习惯于大城市里人际交往中转弯抹角的情绪表达，对于内蒙古女人的火爆与刚烈大为诧异，同时，内蒙古女人的性格，也让她看到了来自边陲之人的率真与刚直，心里的疑心也随之不再。

小陈赶紧打圆场，马健也力阻老婆，伸手拽住自己女人的胳膊，不让其任性胡闹。但显而易见，马健作不了他老婆的主。马健老婆仍在气头上，对梅影的话依旧不依不饶，一副认死理的模样。马健无奈，只得转身向梅影道歉，让梅影别介意他老婆这坏脾气。之后，他解释性地补充说："她说的一点没假。我们那里靠近蒙古国，很少有人去那边，人烟稀少。村里的人，时不时地从地里挖出各种东西来，有时到深山老林里去，还偶能碰见一些很有年头的老古董。这些年的收藏栏目深入人心，村民都知道古董能值不少钱，扛得动的，就悄悄拿回自己家里藏起来，有的东西太大，拿不动，大家也就没有办法，继续留在山洞里。我们村里的人闲来无事，还特地到山里去寻宝呢，我也跟着他们去过好多次，也碰见过不少老东西，其中有几件两米多高的木雕佛像和石雕佛像，现在还在山洞里，恐怕得有五六个我这样的大汉才能搬动。这样的东西，动静太大，一般都没人敢动，你们要有机会去内蒙古，我可以带路，你们也能亲自去看看呢！”

马健从容不迫、娓娓道来，至此，梅影已经完全相信：这是两个老实、本分的内蒙古大山里的人，不会说谎。只是在特定的机缘下碰到了这些宝物，想换点钱而已，绝无之前接触的那些人的狡猾、欺诈。马健又继续说道：“外地好多文物贩子经常去我们那里收货，还有不少拍卖公司的人也去，只是我们都不会卖给上门前来收货的人，只将一些不太值钱的小玩意儿卖给他们。”陆一凡难以理解，问：“为什么呢？”马健诡秘一笑，大方作答：“怕暴露后不安全，还有就是怕公安知道了前来收缴。”陆一凡和妻子对望一眼，两人都对马健的话毫不怀疑，一是因为马健内蒙古人的身份，他不会“中原人”那套花花肠子；二来，东西就摆在眼前无可挑剔；第三，两人不止一次听藏友说过：现在各文物大省都被那些盗墓人长期挖掘得差不多了，就内蒙古还是一块处女地，未经开发。他俩的一个朋友，多数藏品便来自内蒙古，且样样保真，件件精彩。陆一凡心中早有定见，他平静地望着马健，温和问道：“这些东西，你们准备卖多少钱？”马健有点犹豫，看了身旁的小陈一眼，嗫嚅半晌，也没说出个子丑寅卯来。梅影虽说已在心底完全认可几件金器的真实，但这么一大堆金质物件肯定价值不菲，为保险起见，她郑重地对马健说：“我们事先说好啊，你这些东西我们还得找专家确认。只有得到专家的认可，我们才会付钱的。”马健一听，有点如释重负，说：“那这样吧，既然要找专家鉴定，我看还是鉴定后再谈价吧。要是专家不承认，我们现在谈价就没多大意义。”陆一凡瞥一眼腕上手表，道：“也好。现在已近五点，鉴定中心早下班了，只能等明天了。”于是，大家便约定第二天上午八点半，仍在茶馆外面的马路牙上碰面。

第二天，陆一凡和妻子起了个大早，吃完早饭后，将车开出小区，一眼便瞅见街对面的三人在寒风里，缩头缩脑地抱拳跺脚，此时，已是11月中旬，早晚温差极大，早晨的气温很低，相当寒冷。陆一凡将车停在三人跟前，梅影摇下车窗，伸出手示意，等三人全都上车挤在后排座上，陆一凡一踩油门，不到半个小时，便到了位于东四十条的一个鉴定中心。这里的鉴定中心规模不大，但聘请的专家都极具实力，陆一凡曾有两次前来鉴定的经历，感觉不错，也比较认同这里的专家。

陆一凡属圈中老人，对其中门道门儿清，他和妻子一道，将摸头不知脑的三人带到大厦内五楼的鉴定中心。该鉴定机构挂靠的是某所高校，牌子虽然不小，规模却极其有限，常设员工仅有一名30多岁的女子，面积也只有10平方米上下的一间屋子，而专家则根据需要，随时通知前来。女子一见黑压压一群人进屋，心里当然高兴，等陆一凡说明情况并缴清800元鉴定费用，女子对陆一凡和其他几人解释说："我们这里地儿太小，你们在外等候，一会儿专家来了，只能一个人进来，其他的人均不得在场。"该女子的话，正合陆一凡和梅影之意。之前他俩早有定夺，为怕专家对宝物口无遮拦的夸赞，从而促使马健进一步抬高出让价格，他们特地选择这家规模不大，专家水平却不低的鉴定机构。有了第三方规矩，陆一凡无需多言，马健两口子便痛快答应，走出鉴定中心，一行人又到一楼，陆一凡轻车熟路，将几人安排在大堂的咖啡吧里，喝茶静候。

约莫半小时，陆一凡接到女子电话，说是专家已到，让他火速前去。大伙儿为之一振，纷纷起身，陪同陆一凡左右，再次上到五楼。一出电梯，马健特别痛快，按事前已和陆一凡达成的协定，干干脆脆从包里掏出执壶与盖盒，大大方方往陆一凡手里一塞，再次露出一副"真金不怕火炼"的笃定神态。陆一凡接过器物，意味深长地看了看妻子，梅影和他心有灵犀，会意一笑，说："你去吧，没事，我在外面陪着他们。"陆一凡熟门熟路走进鉴定室，随手带上房门，将所有与之相关的人一下隔在了门外。

有了之前的相处，梅影和马健夫妇已不再陌生，多年的记者生涯使她能够游刃有余地掌控局面。梅影看似不经意，实则处心积虑，和马健夫妇热情攀谈开来，从两人的职业、家庭到两人的生活现状以至未来前景，再到内蒙古的畜牧及生态环境。马健夫妇哪明白梅影这样的文化人心中那点花花肠子？老实巴交地围在梅影身边，知无不言，言无不尽，一股脑地将自己的经历和盘托出。原来，马健的老婆曾是当地的一名小学老师，后来辞职，开了一间小卖部，马健自己则经营了一间电器修理店，替人维修家用电器。家中两个男孩，大的已上初中，小的还在读小学，一家人日子过得不错。交谈过程中，马健还一再表示，他们村儿里家家户户的古玩不少，大伙儿全都指着他，盼他能替大伙闯出一条路来，把家中的宝物尽快变现，好修房造屋，改善生活条件。言谈中，梅影得知马健竟是他们村里最能干的人，时不时地到这里走走，去那里转转，和他们村里绝大多数连县城都没出过的村民相比，实属见多识广的大能人，大家全都指望着他呢！小陈一开始也加入到几人闲聊之中，可他毕竟年轻，耐不住性子，与自己不相干的事情难有兴趣，时间一长便躁动起来，不住地这里走走，那里看看，一点儿也闲不住。马健夫妇显然也是处心积虑，时刻盼着能够躲过小陈耳目，等小陈刚一转身，马健老婆便急不可耐，将事前早已折叠准备好的小纸团，快速而不动声色地往梅影手中一塞，弄得梅影莫名其妙，不知所措，茫然地看着对方不敢接。马健老婆极会来事，赶紧挤眉弄眼，不住地跟梅影使眼色，而马健显然知道内情，眼睛虽紧盯着小陈身影，但对眼前的一切也看在眼里。看他暧昧一笑，梅影虽纳闷，但她却挺知趣，将纸团不动声色地放入自己的坤包内。

时间过得很慢，几个等在外面的人真有点度日如年之感。该谈的话题都已谈得差不多了，该做的事情也都做了，不管梅影再怎么绞尽脑汁、搜肠刮肚，也都黔驴技穷，找不出有何话题再把马健夫妇拴在身边。马健和老婆明显地轻松活泛起来，也都一前一后地离开梅影，在窄窄的长廊上来回走动，而梅影则密切地注视着两人动向，小陈还是一副悠哉游哉、十拿九稳的模样。又过去了好长时间，外面无所事事的几人开始有点不安起来，大家不明白，不就两件器物么，怎么花得了那么长的时间？会不会另生枝节？里边的动向让马健两口子实在好奇，他们再也无法置身事外，于是走到鉴定室外，用耳根贴着木门，想听听里面究竟说了些什么？怎么需要这么长的时间？梅影则赶紧走过去，没话找话地和他们应酬，干扰他俩偷听。小陈依旧一副事不关己的超然样，在远处抽着香烟，吞云吐雾。

足有半个小时，陆一凡才从里面出来，屋外几人见状，全齐刷刷走近他，急于知晓答案。陆一凡看了看众人期待的模样，面上没有任何表情，说："等会儿再说。"大家就不便追问，随着陆一凡一道进入电梯，动身回程。马健三人一反之前的轻松，无不心存忐忑，连大气都不敢出。梅影跟随丈夫身边，不时侧头观察他的表情，依旧看不出任何结果，陆一凡似乎还沉浸在刚才的鉴定状态中。大家终于坐上了车，陆一凡坐在驾驶座上，先瞅瞅身边的妻子，再回头看看身后几人，这才不紧不慢地说："专家的意见和你们的说法基本一致。"坐在后座的三人立马舒了口气，气氛也随即轻松下来，小陈争着邀功："陆先生，我没骗您吧！"马健也道："这些东西全是从我家地下挖出来的，那还假得了？！"梅影埋怨丈夫："哎，你早点说呀，搞得这么神秘！"陆一凡也不解释，手握方向盘，一踩油门，一溜烟又回到小区茶馆。

等三人下车后，梅影迫不及待地问："哎，专家究竟怎么说的呀？"陆一凡往后座看看，见三人均已下车，车窗门关得严严的，便抑制不住兴奋，脱口对妻子说："专家说这是毫无疑问的辽代金器，而且，他还说这是他这辈子看到过的最好的辽代金器！"梅影一听，大为振奋，眉飞色舞道："那可太好了！"接着，又颇感不解："那你怎么在里边待那么长时间呀？两件器物对专家来说不就一眼的事情！"陆一凡瞥一眼身旁的妻子，解释道："因为我们从没接触过金器，而要买下这些东西，肯定得花大价钱，不得不慎重。我就相关的金器知识和专家展开了详细的讨论，这不就得花点时间么！"梅影好奇："那专家都说了些什么呀？"陆一凡款款说道："专家先看执壶，拿在手中用鼻子嗅嗅，断然说道'这是出土的'，将执壶拿在手边仔细看看，肯定地说'这是黄金制品，并且黄金成色挺高，应在百分之八十以上'，再看看器型的纹饰，说"这应该是异族风格的东西'，稍一沉吟，肯定道'应该是辽代的'，想了想又断然说道'肯定没错，辽代的。'说得我好不佩服，不放心地追问了句'一千年前黄金提炼的纯度有这么高？'专家肯定地说：'没问题，有那么高！'你说他厉不厉害？就跟他亲眼看见这东西是从地里挖出来的一样，实在让人心悦诚服，谁说没有好专家？"接着，陆一凡又将鉴定专家的大名向妻子报来，梅影虽说从未接触过此人，但该专家的名头实在太大，她早有耳闻，不过，有关他的负面消息也不绝于耳，多是主流学派人士对他的攻讦。如今听陆一凡如此一说，也免不了大生感慨。

两人说完，下车来到茶馆，其他三人已在包间里坐定，陆一凡坐下后等服务小姐将茶水上好后，看着马健，不紧不慢、开门见山地问："其他的话不用多说，这几件东西，你们开价是多少？"马健又似昨日，嗫嚅半晌，也放不出个响屁。陆一凡心中有数，从容鼓励："没关系，报高了我们再谈嘛！"马健便看了一旁的小陈一眼，捏着嗓音、底气不足地说："100万。""太高了吧！"梅影条件反射，大声惊呼起来。小陈站在长条桌的一头，神态笃定地替马健帮腔："一点都不高。你看这东西多好啊！是黄金做的，又是辽代的，就是当代的东西，光是金价也得二十万呢！"陆一凡不动声色，耐心分析："要说这些东西，也值得了这个价，但你总不能按拍卖会上的价格来卖呀，私下交易，这个价肯定不行！再说了，现在国家政策只允许拍明清物件，辽代的东西根本就不让拍，受政策打压，价格起不来，也不好出手。”陆一凡说得头头是道，且句句在理，小陈便哑口无言，不知怎么反驳。

马健察言观色，试探着问：“那你们打算出多少钱？”梅影出其不意，抢先答道：“如果七八万能拿下来呢，我们现在就能成交。”这是两人事前商量好的，先从七八万开始谈，留点谈判余地，争取十五万，最多不超过二十万能够拿下。梅影还的价确实离谱，马健的老婆大为不满，脸红脖子粗地回道：“我看你们根本就不是真心想买。”说罢，气呼呼地，又端出昨日那套架势，从座上起身，想要拂袖离去，似乎梅影的还价极大地玷污了眼前这金光灿灿、身价不菲的千年艺术精品。马健赶紧伸手拽拽老婆，示意她不要心急，一面对陆一凡两人表示：“这个价格绝无可能！如果两位真心想买，就把价提高点。”

内蒙古女人的糟脾气两人早有领教，今日一发威，陆一凡和梅影便不敢轻易露出收购底牌，生怕又将眼前这个喜怒无常的女人再次激怒，让谈判彻底破裂，从而和眼前这堆举世无双的珍稀国宝失之交臂。于是两人沉下心来，真心实意和对方就价格问题展开谈判。双方来来回回地拉锯，但怎么谈，也都牛头不对马嘴，双方的期望值相去甚远，马健死咬着100万不松口，毫无半点讨价还价的余地，而陆一凡和梅影，也没露出自己的收购底价，大家相持不下，谈判陷入了胶着状态。因喝了不少茶水，梅影有点内急，便起身前去卫生间，大家也就顺势将谈判停止下来，趁机休息一下。小陈早已憋了很久，借着这个机会，躲出门外吞云吐雾。陆一凡心里没底，既想拥有这批宝物，又拿不出这么多现钱，即使拿得出，他也觉得太过昂贵，正不得劲儿，小陈将房门一关，马健便赶紧小声、快速地冲陆一凡说：“你还价还到这里就可以了。”陆一凡丈二和尚摸不着头脑，心里琢磨片刻，决定只能照办。梅影如厕回来，小陈也赶紧掐掉烟头跟了进来。大家接着又谈，只是，双方在各自的价位基础上，都没有多少退让余地，谈判再次陷入了僵局。小陈见状，再次出马游说，力劝陆一凡该价位已十分合理，希望陆一凡把握时机买下来，否则后悔莫及。无奈陆一凡一口咬定不松口，梅影更是表现出没半点商量的余地，气氛就变得有点紧张。

马健老婆的倔脾气再次上来，她不管不顾地猛地起身，气呼呼抓起桌上的包就往外闯。小陈吓了一跳，生怕生意黄了，赶紧追出门去，紧随其后，好说歹说，就差求她了，可无论小陈怎么哄骗，马健老婆愣是一根筋，八头牛都拉不回来的架势。马健显然是一个“妻管严”，他对此毫无办法，只一个劲儿地对陆一凡和梅影赔着不是："你们见笑了，我老婆就这德行，我拿她也没办法，这样吧，我只能回去再做做她的工作，争取能接着再谈。"并一再对陆一凡表示歉意，便扔下瞠目结舌的两人，急匆匆前去追他老婆去了。这一招太过突然，陆一凡和妻子完全懵了，马健老婆的做派让两人啼笑皆非，却又奈何不得。梅影怅然若失，遗憾与如此精彩的宝物失之交臂，出言抱怨起丈夫，嫌他脑子不够灵活，没能见机行事，从而错失了这千载难逢的绝佳机会。陆一凡虽也冤枉，更不得要领，琢磨不透马健两口子唱的究竟是哪一出戏，听妻子埋怨，就将马健刚才对他所说的话跟妻子学了一遍，梅影同样莫名其妙。两人心里空落落的，无不深感遗憾，却又不得不打起精神回到家中。

第二天，到了报社，梅影仍沉浸在追悔莫及的情绪当中，细细回顾前一日的所有经历，猛然记起内蒙古女人塞给她的纸条，心里突地一悸，生怕将之遗失。梅影毫不迟疑，立马取来挎包，仔仔细细搜罗一通，未果，又将包里的钥匙、纸巾、口红等物全倒出来，终于，在包底找到了这个被揉成团的小纸条。梅影大为庆幸，将纸条小心展开，只见上面有两个汉字和一长串数字：马健，1365xxxx821。梅影喜从天降，赶紧拨通电话，将这一重大发现告诉丈夫，并把马健的手机号一并转告于他。

陆一凡在学校也是兴味索然，妻子的电话让他立刻精神大振，他顾不得矜持，按妻子所提供的电话号码快速跟马健联系，电话通了，可一直响到断线也无人接听。陆一凡心烦意乱，好生奇怪，可也没有办法，只好将此事暂放一旁，不再管他。就在陆一凡潜心投入工作状态时，手机却又响了起来，他拿来一看，不出所料，正是他刚才所拨马健的号码。陆一凡暗自窃喜，抬眼望一下墙上的挂钟，和刚才他与马健主动联系仅差20分钟，陆一凡强抑兴奋，按下接听键，未及开口，便听马健急切而低沉的嗓音在电话那头对他说道："先生，实在对不起，我刚才无法接听您的电话，因为小陈一直跟在身边，把我监视了起来，连上厕所都跟着。现在他刚出去，我抽空给您回个话，我坐今天下午的火车回内蒙古，等到家后，我再与您联系，好了，不再说了，小陈可能回来了……"马健不管不顾，快刀斩乱麻，竹筒倒豆子似的一口气说完上述内容，便将电话挂断。陆一凡诧异不已，随之而来的便是欣慰，直到回家，心中也都阳光普照，将马健的电话与妻子一说，梅影大感惊奇，脱口便道："居然还有这等事情？我们买古玩，国家法律都允许，怎么搞得跟地下党接头似的？简直就像侦探小说里的故事情节一样，这么神秘！”陆一凡经过认真思考，分析说：“这也不奇怪。小陈可能有所察觉，怕马健私下与我们联系，他的中介费岂不泡汤了？所以把马健看管起来，也是可以想见的。”两人就此展开讨论，谈到收藏领域中的种种现象，也都感触良多。

第二天晚上六点刚过，陆一凡一进家门，还没来得及和厨房里的妻子打个招呼，手机铃声就急促地响了起来。他赶紧从包里掏出来，按下接听键，便听马健在电话那边大功告成一般兴冲冲地对他说：“先生，我刚到家，跟您通报一下，省得您牵挂。”陆一凡心有所动：这个大大咧咧的内蒙古汉子，居然如此心细。能再次听到马健的消息，陆一凡由衷高兴，他也挺客气：“一路奔波劳顿，你好好休息休息。”马健如释重负，紧跟着又道：“这下甩掉他们就好办了。您不知道，这帮人也忒黑了，非要我卖一百万不可，小陈身后还有五六个人等着分钱哪！跟我在一块儿的时候，不停有人给他打电话，虽然他都是到屋外去接的，但我都听着呢。那天咱们分手后，他就一直形影不离地跟着我，连上厕所也都跟着，还不断地盘问我是不是有您的电话号码，我怎么跟他解释都不信，他还一个劲儿地做我老婆的工作，软磨硬泡一天多，非要我们把生意做成之后才能离开。但无论他怎么劝说，我老婆就铁定不卖了，非要立马回家不可，没有半点商量余地，小陈无可奈何才同意放我们走，而且还亲自把我们送上火车，看到火车开动了，他才放心离去，临别时还一再嘱咐，等他跟您们谈好了再叫我们来。我也就跟他瞎应付，好不容易才摆脱他。”

马健说得绘声绘色，陆一凡听得惊心动魄，跟看警匪片里的精彩片段一样，想着其间小陈也给自己来过几次电话，拐弯抹角地打听是否有马健电话，幸亏自己有所警惕，不动声色给挡回去了。马健话锋一转，满怀热忱说道：“先生，我们明天就动身赶回北京，到了再跟您联系。”陆一凡还沉浸在刚才马健介绍的惊险气氛里，猛听马健一说，还没回过懵来，旋即收回心神，既关心又沉着地回道：“嗨，不用那么急，来回奔波十分辛苦，回到家好好休息休息，再说，家里还有两个孩子，安顿好了再从长计议，反正咱们现在能直接联系了，什么时候都行。”马健对陆一凡的体谅表示感谢，却一再表示：“陆先生，这点辛苦对我们内蒙古人来说算得了什么呀？没关系的，我们明天就动身，争取早日成交。”陆一凡对马健的坚持不好推辞，再说他也想早点办成此事，以免夜长梦多，就顺着马健的话说道：“那这样吧，你们要来就在周末赶到，周六、周日不上班，我这边好安排点。”得到陆一凡确认，马健欣喜万分，兴冲冲地将电话挂了。

没过两天，周六中午，陆一凡接到马健电话，说是已到京城，让陆一凡抽空安排见面。陆一凡毫不含糊，立即安排下午三点茶馆相见，马健去过两次，并不陌生。到了约定时间，陆一凡和妻子准时到达茶馆，马健却还未到，两人要了个包间，刚坐下不久就接到马健电话，说是已经到茶馆了，问陆一凡到了没，梅影赶紧出去迎他。这次，马健的老婆没来，和他一道来的是一个二十五六岁模样，健壮憨厚的小伙子，脸上被草原的烈日晒得黑里透红。进到包间，马健熟络地为陆一凡夫妇介绍：“这是我侄子，我老婆没空，这次不来了。”一点都没有拘谨的感觉，仿佛和陆一凡早已熟识。

马健坐定后，直奔主题，快速从包里将器物拿出。这次一共两件，分别用旧报纸包着，当他将包裹在器物表面的报纸打开，两件东西一亮相，又一次将陆一凡和妻子深深地震撼了：这两件器物和上次那六件完全不同，其中一件是嵌有几颗绿松石的鸳鸯水注，鸳鸯造型肥硕可爱，浑身上下錾刻有密密麻麻的纤细羽毛，背部中央有花棱注水口，上边一个带金链的荷叶状小盖将口盖住，轻轻揭开小盖，鸳鸯通体薄薄一层，里面全是空心状，是实实在在的文房用品。鸳鸯嘴壳扁扁的，为水滴出口处，从背上的注水口盛上水，再从扁筒状嘴壳滴出，构思极为精巧。下腹则为一莲托，鸳鸯卧之于上，好似浮在水面。从其绵软的材质和黄灿灿的颜色来看，毋庸置疑，黄金的成色同样很足，和上次那几件没有差别。另一件更是奇绝无比，在一个长40厘米、宽20厘米左右的薄薄金片上，满工满画，采用捶揲、錾刻工艺，刻有六名身着绫罗锦缎、剽悍强壮的契丹青年贵族，分别骑在六匹健硕高大的骏马上，人人手持弓箭，在花草繁茂的草原上，纵横驰骋，生动狩猎的场景活灵活现。六匹骏马四蹄腾空，奋鬃扬须，神态、动作各不相同，一路狂奔，追逐猎物，似能让人感觉蹄下生烟。宝马四周，两只受惊的梅花小鹿惊惶失措，仓皇逃命，三条凶悍无比的猎犬，不甘其后，紧随宝马，欢蹦乱吠。六匹宝马的神态姿势虽然各异，却匹匹膘肥体健，每一块肌肉全都有力地隆起，饱满而健硕。每一根马鬃细如发丝，且丝丝顺畅飘逸，六名蓄着小胡须的契丹青年，全脚蹬马鞍，或前倾，或侧身，身上一袭长袍马褂，皆为上好的锦缎制作，华美无比，缎面上的一朵朵花卉织锦，纹饰也清晰可辨，还能让人看出其质地的柔软光滑。金片四周是一圈翱翔的飞鸟和卷草相连的纹饰，画面的空白处，则铺满麻密而又细小的珍珠地子，好似辽阔无垠的广袤草原。整个画面繁密饱满而有序，纹饰精准流畅又生动，生动地再现出一千多年前，属于马背民族的契丹上流社会富足、闲适的草原生活。

陆一凡深谙历史，对于这个在漫长的历史长河中曾经彪炳辉煌的民族并不陌生。虽说随着历史的变迁与多民族的融合，契丹一族早已不复存在，但在千年之前，这支小小的马背民族却创建了辽代政权，一路跃马南下，攻城掠地，令中原北宋一朝穷于应付。此刻，面对小小金片中所展现出来的磅礴气势与契丹人的富足，以及马背民族的剽悍之风，陆一凡对契丹民族的历史文化领略得便更加深刻，瞬间顿悟：北方的契丹族早已湮灭在民族大融合的历史潮流之中，其社会生活习俗已难考察。此幅反映当年契丹贵族狩猎生活的金片画，作为一种真实的历史记录和优美的艺术作品，该具有多高的历史价值、文化价值和艺术价值啊，其市场价值想必亦相当可观。

金片太具震撼力，鸳鸯也相当不错，两件器物造型迥异，也都十分精彩，金片尤甚，更具艺术价值，陆一凡见多识广，可面对两件如此精美绝伦的千年奇珍，他仍难以做到心静如水，他尽量不动声色，平和问道：“这两件，你卖多少钱？”马健指着金片，说：“这个20万。”又手指鸳鸯：“这件15万。”马健的报价靠谱，也在陆一凡和妻子的承受范围之内，梅影好不兴奋，她和陆一凡会心地对视一眼，故作漫不经心状，反驳马健说：“太贵了，这个价肯定不行。”双方便开始真心诚意地讨价还价，都以能够成交为基准来掌握谈判技巧。马健也挺干脆，不到两个回合，便指着金片道：“这件10万，那件8万，再少，我就不卖了。”“成交！”陆一凡同样痛快，面对两件千金难买，即便打着灯笼也难以寻觅的奇珍之物，他绝不会错过。这个价钱他认为很值。

尽管陆一凡和梅影均认为两件金器假不了，何况还有上一次的鉴定摆在那里，但两人毕竟从未接触过金器，尤其是梅影的心中仍不够踏实，怕马健耍奸，中途调包，以次充好，把现仿品冒充古物，更怕现代工艺的合金被马健当作纯金蒙人，在她的一再坚持下，陆一凡也只得随她前去履行鉴定程序。临行前，陆一凡灵机一动，想听听不同专家对同一出处的宝物持何立场，因而，在他的带领下，几人又直奔雍和宫附近的鉴定机构。这次负责鉴定的是另一位70多岁的老专家，但也和前几天负责鉴定的专家齐名，同属全国赫赫有名的权威鉴定专家。和上次一样，陆一凡只身面对专家，其他几人则等候在鉴定中心门外。陆一凡率先将金鸳鸯拿出来放在台上，老专家将金鸳鸯握在手中，稍一打量，嘴里便不住地啧啧称赞，欣赏之情溢于言表。该专家似乎比前一位专家更加谨慎，看了好半天，才吐口说："这应该是一件少数民族的东西。"说完此话，专家便陷入沉思，陆一凡想要验证两个专家关于年代的说法是否一致，便虚心请教："应该是哪个年代的呢？"专家想了想，语气笃定道："辽代的。"陆一凡心下暗喜，接着又问："什么材质的？""应该是足金的！不过，如果要买的话，建议你做一下黄金的纯度检测，如果含金量在百分之七十以上，就可放心购买。因为现在的造假术虽然厉害，但造假的人却不会用含金量这么高的黄金来造假。"该专家的鉴定意见和上一位专家的说法完全吻合。由此不难看出，该器物所呈现出来的人文历史信息是多么的准确与完整。

陆一凡大为振奋，接着又将金片小心拿出来让专家继续鉴定。专家刚一接过金片，便不由得双目圆瞪，露出一副深受震撼的诧异表情。大概刚才已将所有的赞美词汇用在了金鸳鸯上，此刻竟不知还能再用什么样的语言，可以准确无误地表述其内心的真实感受，只哆嗦着双唇，语无伦次地连声说道："太棒了！实在太棒了！要说我也称得上见多识广，类似的东西也接触过几件，但无论哪件，都远远不及眼前这件。"专家手执单柄放大镜，来来回回、前前后后、左左右右，仔仔细细观察了一遍又一遍，他实在太过好奇，边看边连声称赞，还好奇地扭头问陆一凡："这么好的宝物，你从哪里买的？"陆一凡暧昧一笑，答非所问道："这样一幅作品，把它挪在宣纸上，你认为如何？"老专家毫不含糊，脱口回道："这幅作品即便搬到宣纸上也属大家之作，如果留存至今也都价值连城呢！"专家之前接触的金片有限，对其用途大惑不解，转而问陆一凡："我有点搞不明白，这样的金片，在当时究竟是作什么用途的？"见这么权威的专家也有迷糊的时候，陆一凡心中颇为得意，因而卖弄道："这是辽代贵族钉在床前作装饰用的。您看金片的四个角上，分别有四个大小相当的小孔，就是钉钉子时留下的。"陆一凡本也不知此物用途，是听马健告诉自己并经反复思考确认的。专家一听，恍然大悟，连声附和："有道理！有道理！只有这样的解释，才顺理成章、合乎逻辑！"

从鉴定中心出来，陆一凡依从专家意见，把两件器物拿到小区购物中心打制金银首饰的地方作了简单测试，两件器物，同样让成天与黄金白银打交道惯了的工匠诧异，并大加称赞。随后，陆一凡践行承诺，和妻子一道马不停蹄，领着马健叔侄二人在自家小区的银行提出18万现金。而马健则满足之至，接过陆一凡递来的18摞百元大钞，分别藏在自己和侄子腰间的布褡裢里，黑红的脸上笑逐颜开，并对陆一凡和梅影再一次表达出强烈的合作意向，和侄子一道直奔西客站，打道回府。

两人称心如意，终将宝物捧回。陆一凡和梅影也都爱不释手，一回家便将宝物取出，仔细观赏，来回琢磨，别提有多得意。梅影更兴之所至，对陆一凡说："哎，肖老号称收藏世家出身，几十年的收藏经历，早已穷尽天下宝物，堪称数一数二的收藏大家。这么精美、高档的辽代纯金制品，想必他也从没见过吧？"陆一凡稍加思索，附和说："有可能。反正我和他打了那么多年的交道，从没听他提过，更没见他有过。"梅影按捺不住，提议道："要不，送去给他瞧瞧，让他也见识见识。""好！周末咱一道去，让肖老欣赏欣赏。"二人一拍即合，跃跃欲试。

又一个周六午后，陆一凡驾车，和妻子一道直奔香山半腰的西山别墅，黄克强赶巧也在，和胡静前来，让肖老爷子为新近淘得的宝物掌眼。当陆一凡出其不意，取出金鸳鸯往茶几轻轻一搁，斜靠沙发椅背的肖鹏飞便猛然双眼一亮，兀地坐直身子，将金鸳鸯捧至手中，翻来覆去，连声称赞："太精美了！工太细了！绝绝对对的顶级国宝！辽代的手工制品，竟有如此登峰造极的技艺，让人实在难以想像！""怎么，如此众多的细小羽毛，竟是一刀一刀刻出来的？"肖潇瞠目结舌，大吃一惊地问爷爷。黄克强和胡静也目瞪口呆，更难置信："一刀一刀刻的？可能吗？""刀刻的能有这么工整？得费多少工夫？"肖鹏飞纵声一笑，揶揄黄克强说："有什么不可能！这鸳鸯，采用捶揲、錾刻工艺制作。上面的羽毛，可不就是拿小刀一刀一刀刻出来的！你小子学着点，别在地摊上瞎花钱！你看人家陆院长，历来收藏瓷器的人，手里的杂项也都这般精彩呢！"

陆一凡和妻子相视一笑，得意万分。趁大家欣赏议论，陆一凡折身，又将金片取出。肖鹏飞还未看全，便愣在那儿，惊讶得半天说不出话来。陆一凡懵了，忙问："怎么了？"肖鹏飞不语，盯着金片两眼发呆，魔怔一般。肖潇吓坏了，在他耳旁大叫一声："爷爷……"肖鹏飞猛一激灵，莫名其妙冲一旁的孙子说道："干吗？吼什么？"大家舒口气，均感疑惑。陆一凡纳闷，再次追问："怎么了，肖老？""哪来的？"肖鹏飞盯着陆一凡，直愣愣问道。陆一凡心中一紧，眉头随之紧蹙："和金鸳鸯一起买的，一个内蒙古人卖的。怎么，东西有问题？"梅影望着他，顿感强烈不安。“唉……”见陆一凡两人神色凝重，一屋人全紧张兮兮望向自己，肖鹏飞回过神来，扑哧一笑，赶忙解释说：“和这金片类似的东西，我家曾有一块呢，很可惜，早丢了。唉……”肖鹏飞再次叹口气，遗憾至极。“也是辽代金片？”“也是相同图纹？”陆一凡和梅影面面相觑，感觉太过凑巧，后又双双望向肖鹏飞，脱口问道。

“大不相同，却又异曲同工。”肖鹏飞自哂一笑，仍在追忆往昔记忆。“怎么回事？”“说来听听。”一屋人齐刷刷看着他，不知又将听到一段怎样的奇事。肖潇隐约记起，宝物档案中确有一件金片，只是夹在众多图文中，没太引起注意，听爷爷提及，又再度想起，内心也好奇，眼睛一眨不眨望着爷爷，想看看自家丢的金片和眼下这纹饰繁密、做工精细、图案饱满的辽代金片，究竟有何异曲同工处。

往日记忆，逐渐清晰，定格于肖鹏飞大脑。凝视金片，他缓缓说道：“丢的那件是明代宫中之物，也是四边形，没这个长，比它稍宽些，最上端是弧状，除底边，三方边沿均为硬币那样的绞丝。从外至里，依次为：21枚钱币，缠枝纹饰，紧挨的36个鼓钉，核心图案则是金片中央一左一右两只仙鹤，亭亭玉立，展翅欲飞，脚底各一朵盛开的莲花，金片底部是整齐划一的四瓣花卉，最底端左右两侧，又是和上面相同的两朵怒放的莲花，也是捶揲、錾刻工艺结合。画面之饱满，纹饰之繁缛，图案之生动，做工之精细，刀工之流畅，和眼前这金片相差无几，也属大家之作，堪称艺术绝品！只可惜早丢了，直到今日，寻觅多年，总想再有一件，却一直没能如愿。陆院长，好福气呀，你稳坐家中，人家竟从千里之外给你送来，这还真是应了那句老话呢，‘踏破铁鞋无觅处，得来全不费工夫’！”

肖鹏飞很难如此动情，也很难用如此极端的语言作点评，陆一凡心里暖烘烘的，对金片的意义有了更深刻的认识，对金片的价值也更胸有成竹。大家想入非非，猜测肖鹏飞口中的金片模样，画面千奇百态，并随讲解深入，跃然呈现眼前。听肖老爷子说得邪乎，再将金片仔细端详，黄克强和胡静对古代工匠的技艺，佩服得五体投地，对古代艺术品不俗的市场价位有了更切身的体会。听爷爷长吁短叹，艳羡不已，肖潇义不容辞，拍着胸脯打着包票：“快了，无妨，早晚的事。”陆一凡也安慰：“肖老，别急，袁野肯定有办法。”

第十九章　巡回画展

接了肖潇委托，罗曼整日待在画室里面，成天大门不出，二门不迈，全身心投入创作之中，肖潇和他爷爷对她来说，如同偶像一般，在她不经世事又极度感性的内心深处激起层层涟漪，尤其肖家非比寻常的悲壮历史更激起她无比强烈的创作冲动。罗曼没日没夜地工作，已完成多半作品。这天，林文轩从外边回家，直奔画室，两人一如既往，耳鬓厮磨，亲热一番，又相互依靠，欣赏起她的近期画作。林文轩兴之所至，手指房间里凌乱堆放的画框，低头看着怀中爱人，将心底思之已久的想法和盘托出："曼，有个问题我想了好久，近段时日，又反复琢磨，我认为是时候了，你的作品应该有更好的出路，被更多的人所认识和接受。""什么想法？"罗曼一听，猛抬起正依偎爱人肩上的头，回望他，表情似觉有些突然。林文轩莞尔一笑，扳过她身子面向自己，隔着半米阳光，罗曼脸上的线条似水般柔和，清澈的大眼里，掩饰不住期待和惊喜。

林文轩赏心悦目，这风情万种的女子，升腾起他男人的情怀，便再次揽她入怀，一本正经问她："想没想过把你的作品拿到拍卖会上拍？""上拍卖会？"罗曼眉头一挑，眼眸更大更亮。随即，竟口吃起来："会不会太、太急了？"林文轩胸有成竹："不急。有了慈善拍卖经历，你已小有名气，成为新锐画家的代表人物了。我想趁眼下的热乎劲，趁热打铁，再努把力，把你推出去。"罗曼不由自主，双脚离地一跳，在林文轩怀中连拍带跳："太好了！我要上拍卖会了！"随即眼眶一热，转身搂住林文轩脖颈，在他脸上猛地一啄，嗲声嗲气说道：“谢谢你，亲爱的。”

林文轩暖意融融，微闭双目，感受怀中伊人的温情，任由罗曼疯颠痴狂。稍一冷静，罗曼不由忐忑，放开林文轩，望着他，有点犹疑：“亲爱的，这么急推出去，别人不会觉得我太急功近利了吧？”林文轩扑哧一笑，在她脸上轻轻一嘬，蛮有把握说道：“曼，你太不了解当今社会竞争有多激烈。机会一没抓住，便稍纵即逝。眼下，你正处于上升势头，咱们趁势出击，顺理成章，借上次慈善拍卖的势头，趁媒体还没将你淡忘，这就叫趁热打铁，水到渠成。”罗曼熟知圈内各种炒作，见林文轩态度笃定，也就放下心来，高高兴兴说道：“好，那你看着办吧。”话音刚落，突又想起，不禁迟疑：“眼下这么一大摊子事等我去做，我哪有工夫再分心呀？”林文轩咧嘴一笑，大包大揽说道：“有我呢，耽误不了你什么。再说，你窝在家里几个月，神经绷得太紧了。借机出去跑一跑，权当放放风，调剂调剂心情，对接下来的创作，不更有好处？”“这倒也是。好，听你的。”林文轩言之有理，罗曼也就欣然应允。

统一了意见，两人便一阵翻腾，再逐一斟酌对比，遴选多幅两人全都满意、题材各异而又颇能代表罗曼创作实力的力作。今日不同以往，两人并肩站立，以全新的视角，对入选画作用批判的眼光审视定夺，越看竟越喜欢，底气也更充足。林文轩兴致勃勃：“秋拍快到了，我们尽快给拍卖公司送去，力争年底就见成果。”罗曼大吃一惊：“来得及吗？不行就赶明年春拍吧。”林文轩主意已定：“来得及。事在人为。”罗曼和林文轩的合作已有时日，深知其能耐，从不轻易打诳语。既已决定，也很期待，不过，她也了解当今拍卖市场的风险，不由担心：“别送去了一张也没拍出去，反倒落人话柄，岂不更不利于我今后的发展？”林文轩早有一套成熟方案，见罗曼欣喜之余又有些忧心忡忡，语气笃定安慰她说：“不会的。只要充分做好前期准备，就不用担心遭遇流拍。”罗曼不解：“前期工作？怎么做？”林文轩咧嘴一笑：“我们赶在这两天，把画作往拍卖公司一送，只要拍卖公司收下，咱就腾出手来，做做画册，搞搞画展，再找几家媒体一忽悠，保证没到拍卖开槌，就有人惦记着竞买了。”

罗曼心旌激荡，心里美呲呲的，又有点不太敢相信，瞅着林文轩，嘴角一撇，娇嗔道：“哪儿那么容易呀！现在的拍卖市场几乎全拍清一色的中国画，油画也就是近些年的事情，还没真正被国人接受，更不具备投资功能。再说了，我一个名不见经传、刚出道的小画家，人家会争相竞买？你就吹吧！”罗曼的娇嗔，在林文轩眼里别具情致，他一脸认真，笃定地说：“这你就不懂了吧。”罗曼急切：“说来听听。”林文轩思之已久，娓娓道来：“国内艺术品市场化，前后也就十来年时间，其间很长一段时间都处于探索阶段。作为当代书画的一级市场画廊制，也就近几年的事情，中国人还没真正形成艺术品消费的习惯。即便有少数人花钱买古玩、书画，也多出于投资目的，也都去那为数不多的几家大拍公司。更由于中国传统文化的影响，和传统的审美观念，拍卖公司经营的书画多以中国传统书画为主，极少涉及油画。即便有少数油画拍品出现，也都是徐悲鸿、林风眠、赵无极、吴冠中这样顶级大师的作品。几年下来，由于市场炒作和投资者追捧，屡屡出现作品真伪之争，价格的不断攀升更困扰中国书画的市场前景。”罗曼也感叹：“的确如此！这两年拍卖市场上的中国书画，春拍、秋拍仅半年之隔，价格往往就有百分之二三十甚至更大的涨幅呢！”

林文轩眼前一亮，没想到罗曼对书画市场还有这样的关注，不由称赞：“想不到你成天埋头创作，竟对市场情况也并不陌生！”罗曼嫣然一笑：“这有什么好奇怪的！现在是信息时代，哪还有两耳不闻窗外事，一心只读圣贤书的书呆子呀？再说了，我那帮朋友时不时聚在一起高谈阔论，都关注拍卖市场的书画行情，盼着自己的作品什么时候也能挤进拍卖公司的大门呢！”“噢……”林文轩接着刚才的思路，又继续侃侃而谈：“当下，是中国油画崛起的绝佳时机。中国近现代书画由于前些年的疯狂炒作，在短期内上升空间已经不大。随着中国经济的持续发展，老百姓收入的不断提高，文化生活与精神需求也会随之提升，新兴产业阶层和白领阶层的蓬勃崛起，正促进着社会审美风尚的转换。目前，大众的审美取向已发生了潜移默化的转变。而有着强烈艺术气息、色彩更加丰富、画面更加饱满、也更具立体感和节奏感的油画，势必成为书画拍卖的新宠。当今的中国油画，除屈指可数的几个大家外，新生代的画家还未成长起来，或者说是还未脱颖而出，在这个空白期要推出个把新人，正当其时，关键在于审时度势，找准机会！”

林文轩极具战略眼光，他随口道来的一席话，条分缕析道出了当今书画领域和市场的诸般现象和深层背景，听得罗曼心悦诚服，她觉得他实在太有才了，只经营一个小小的画廊还真有点委屈了他。而林文轩言简意赅却又气势恢弘的高谈阔论，已将罗曼彻底征服、深深打动。此刻的罗曼深信不疑：眼前这个男人，便是自己一生的依靠与贵人，有了他的扶持，出人头地的那一天便为时不远。

之后，林文轩拨通叶青林电话，将意思大体一说，叶青林痛快答应：“那行，林哥，你把拍品拿到公司来先看看吧，看适不适合我们的拍卖要求。”林文轩何等圆融之人，哪能听不懂叶青林的弦外之音！他不动声色地对叶青林说：“公司说话不方便，不如咱哥俩先碰个面，谈好之后再去你公司。”叶青林心领神会，见林文轩上道，便更加干脆：“那好，就这么办。”于是，两人约定了第二天见面的时间和地点。

第二天一早，林文轩和罗曼一道，将上画册的画框塞满后备箱和车后座，驱车去画廊，又一道筛选其他几个签约画家的画作，等差不多了，昨晚联系的专职摄影师也已赶到。贺平满脸胡子拉碴，一头长发乱糟糟的，牛仔裤上的窟窿一个挨着一个，黄背心上的口袋也一层又一层，黑皮挎包破旧不堪，手拎摄影机，大摇大摆，如入无人之地。一进门，见林文轩正和手下抬着一个大画框，便扯开嗓门调侃道：“哎，老鬼，你他妈这么个大老板，还亲自动手呀？”林文轩没工夫搭理他，贺平不恼，继续迈着难看的鸭步，没心没肺大声问道：“啥事儿？跟他妈催命似的，拍什么，快说，老子今天还有好多事儿呢！”话音刚落，一眼瞅见画框后面的罗曼，眼睛顿时贼亮，脚也快了起来，凑上前，冲她嬉皮笑脸：“美女画家，别来无恙！”罗曼习惯了贺平的放浪，知他人并不坏，相互间也玩笑惯了，见他色迷迷地瞅着自己，将嘴一撇，打趣说：“贺大摄影师还要赶私活、赚外快呢？”

“拿我开涮呀，美女画家！”贺平收起张狂，在罗曼耳际温声说道。罗曼头一扭，嫣然一笑：“去去去。”贺平不急，还想搭讪，林文轩冲他手一招：“走，去我办公室说。”贺平无奈，觑罗曼一眼，悻悻离去。行进中，林文轩已将意思大体说完。一进门，贺平一屁股坐在转椅上，双脚往茶几一撂：“放心，老林，误不了你的事！今儿就是不吃不喝，哪怕熬夜，也会把活给你赶出来的。”话刚说完，罗曼站在门前，对林文轩说：“布置好了，随时都能开工。”林文轩便郑重拜托：“行，今儿就辛苦老弟了。”贺平突地起身，说：“那好，那好，这就开始吧。”边说，边大步流星走出屋外。林文轩则吩咐罗曼道：“把大摄影师招呼好啊！”罗曼顽皮一笑：“放心吧。”

午后，贺平忙完手中工作，回到林文轩办公室，将数码相机上的影像资料拷贝到电脑上。两人一一审核，都很满意，林文轩挺高兴：“不错，职业摄影师的水平就是不一样！”贺平得意，又恢复了之前的张狂：“你这家伙满意就好。每幅画我都拍了好几张，你根据需要取舍吧。要没事，我就先走了，还有不少事情等着呢！”林文轩也不客套，说：“你要忙就不留你了，我也好多事情。”边说边拉开抽屉，取出牛皮信封，往贺平跟前一递，贺平一把接过来，用手指一捏，挺满意，遂朝林文轩摆摆手，转身甩开鸭步，突又扭过头来补了一句：“有事电联。”

贺平一走，林文轩赶紧叫来罗曼，两人精挑细选好一阵，定下画册所需照片，再拷贝到U盘上。忙完一应事务，林文轩往椅背一靠，如释重负般：“片子出来就好办了。等会儿你和其他几人，分别把自己参展画作的说明写好，前言部分呢，等我晚上加班赶出来。明天就把U盘送到印厂去，一礼拜后，画册就能印出来了。”林文轩雷厉风行，从昨晚定下送拍一事到现在还不及一天，准备工作便完成了多半，可也累得他身心疲乏。瞅林文轩满脸疲惫，罗曼挺心疼，大包大揽道：“放心吧，我会盯好这事的。”说罢，又叮嘱他：“晚上早点回来，少喝点儿酒。”林文轩心里一热，抬起手腕一看：“哟，该走了。”说完，提起棕色牛皮包，同罗曼一道往外走，临出门仍不放心，再次交代：“你让他们认真点儿。晚上回家，你把所有材料全带回来，我还得逐条逐条地审呢。别萝卜快了不洗泥，要出点差错，那可就无法弥补了。”罗曼嫌他啰嗦，瞪他一眼：“行了，行了，不用你操心，赶紧忙你的去吧。”

林文轩走后，罗曼和其他三人聚精会神坐在电脑前，挖空心思为自己的作品撰写说明。参展画作均是几人多年来的精品力作，每幅画都倾注了画家的全部情感，极大灌注了作者内心深处饱满的激情与对生活的体验和对生命的感悟，有的作品还不止一次参加过各种类型、不同层级的画展。所以，每一幅画对作者来说，也都熟谙之至，如同熟悉自己肌体上的每一寸肌肤。更何况，多年以来，这些画作经历不少圈内、圈外人士点评，创作者早已深谙其特点与内涵，因而寥寥数语的文字说明，实在难不住几位虽出道不久，却也颇具几分才情的青年画家。几人极其看重这次机会，都希望通过商业运作能脱颖而出，大家也都在心底感激林文轩。一听罗曼布置工作，便二话不说，欣然领命，掏出笔记本电脑，把不利于画作的批评意见全部舍弃，又都“王婆卖瓜”，将早已滚瓜烂熟的溢美之词，毫不吝惜堆砌在自己的作品介绍上面。

一路都在堵车，不管林文轩怎么着急上火，从大山子往国贸方向，尽管距离不远，可走了一个小时有余，还是没能赶到。眼瞅着车窗外密密麻麻的浩荡车流，和车头车尾耀眼闪烁的红黄灯光，林文轩急得跟热锅上的蚂蚁似的。今天的饭局实在重要，回国已两年有余，好不容易支起这摊事，刚步入正轨，想要在艺术品市场上挖掘到不俗的财富，拍卖途径必不可少。今儿可是自己有求于人，反倒迟到，于情于理也都说不过去。眼看约会时间已近，林文轩情急之中掏出手机，电告叶青林路上状况，请他务必体谅。叶青林倒挺通达，反安慰他说：“不急，我手头正好也赶点事，咱不见不散。”和叶青林达成默契，林文轩便不再心急如焚，而是手握方向盘，一边跟随前边的车辆慢慢往前滑行，一边在心底默默打着画册前言的腹稿。经营画廊以来，林文轩时常翻阅近年来出版的各种画册，在欣赏画作的同时，也一并将前言一一拜读，各种画册“八股”一样的格式和千篇一律的内容，早就谙熟于心。车子抵达约定餐馆，千来字的前言便大体就绪。林文轩踌躇满志，从车上下来，潇洒锁上车门，一边往外掏手机，一边大步流星往餐馆走。

叶青林等候已有一会儿，见林文轩走近，操一口地道的家乡土话抱怨道：“老林，你好大架子，托我办事，愣让我等了这么半天。”林文轩气短，但叶青林口中的乡音，让他顿觉亲切，上前两步，一屁股坐在对面，报以同样的家乡土话：“青林，对不起，让你久等了！”两人平日交往不多，但都同在人海茫茫的京城打拼，一句乡音，瞬间拉近了彼此的距离。今儿是林文轩做东，又有求于人，他二话不说，接过服务小姐手中的菜谱，快刀斩乱麻，点了几款最具特色的招牌菜，要了一支张裕干红，等服务小姐一转身，开门见山说道：“青林，咱合伙做点事儿吧。”叶青林门儿清，心知林文轩鬼精，向来“无事不登三宝殿”，听他直来直去、不兜圈子，正合自己脾气，不过，叶青林坐在宏程博源拍卖公司书画部负责人的位置上也有些年头了，一年到头求自己帮忙的人不在少数，自己年岁虽比林文轩轻，倒也老成持重。他不动声色，迎着林文轩的目光，装傻充愣道：“有什么好主意？说来听听。”

林文轩也欣赏叶青林的爽快，扭头瞅瞅四周大快朵颐、高谈阔论的食客，将头往前一凑，压低嗓音，紧盯着叶青林，不紧不慢道：“青林，我有个想法，我不是经营了家画廊么，而你又正负责着书画拍卖，不如咱哥俩联起手来，把我画廊里的画，精选一些通过你们公司拍卖，你觉得如何？”兹事重大，一下将叶青林难住了，他沉吟片刻，正不知作何回答，碰巧，服务小姐及时将酒水送来，替他解了围。静观一身藏青制服的服务小姐将玫瑰般暗红的葡萄汁液徐徐注入晶莹剔透的玻璃高足酒杯，叶青林的脑子快速转动着，一边想林文轩提议的可行性，一边又在思忖着怎样不露痕迹，争取将自己的利益尽可能地最大化。

餐厅档次不低，员工全都经过精心培训，待服务小姐按部就班操作完所有程序，一套完整的说词，已在叶青林心中成型。待服务小姐一转身，叶青林望着林文轩，微微一笑，极为诚恳："老林，你可让我犯难了。"林文轩的方案早已成熟，他不怕说服不了这个比自己年岁稍轻的小同乡，听叶青林推托，不以为意，儒雅一笑："能赚钱的事情都难。说说都难在哪，看怎么排除。"叶青林斟词酌句："你又不是没瞧过我们公司的预展。书画这块儿，虽不像瓷、玉、杂项，非得规定多少年头才能上拍，但能上拍的作者总得有一定的名头呀。再说了，你签约的画家，不都是画油画的吗？我们公司几时上拍过当代油画呀！"理由确实充分，不过却难不住林文轩，他夹起一块油漉漉的泡椒牛蛙往叶青林盘中一搁，兄长一般说道："青林，来，尝尝这个，味道很不错。"叶青林早已吃遍了京城的大小餐馆，哪会嘴馋？他不为所动，平静地望着林文轩，看他如何接招。

林文轩抽张纸巾，抹抹嘴角，对叶青林娓娓道来："老弟，任何事都是不破不立。你说的没错，你们公司从不拍新人新作。但你想过没有，你们拍卖公司想要长盛不衰，就得抓住不同需求的各类买家。名家名作确实不错，受人追捧，上得了价，但数量有限，征集难度大呀！由于价位太高，买家也有限。新人新作虽说不具大家名头，但价廉还物美，能够赢得相当一批白领阶层与新兴成功人士的青睐！再说了，新人新作还有一个名人名作无法相比的优势，那就是绝无赝品的可能。你们拍得放心，掏钱的人买得也安心，拿回家中不用藏着掖着，往墙上一挂，既能用作装饰，过些年等画家的名头有了，还噌噌地往上增值，同样具备投资功能呀。"

叶青林脑瓜不笨，近些年的艺术品市场当代书画异军突起，通州的宋庄和酒仙桥的798艺术区早已蜚声中外，而罗中立、刘晓波等人的画作在拍卖市场也屡屡创出几百万甚至上千万不俗的成交天价，当代油画将是拍卖领域今后的一个主推方向，其他几家拍卖公司也已蠢蠢欲动，自己公司也早有此意，并已付诸行动。听林文轩津津乐道、竭力游说，叶青林依旧不露半点口风，并故作一副为难样子，掏心掏肺似的说："老林，你的话全都在理。但你也知道，我虽说负责书画这块儿，但也只是在公司大政方针前提下负责收货接货。要想拓展拍卖范围，那还得我们公司几个头头点头同意才成。”

叶青林的话不温不火，却一下切中要害。林文轩犯起了难，可若不打通此关节，仅凭画廊守株待兔的生意，能有多少搞头？岂能满足自己的鸿鹄之志？林文轩在心里快速算计着，之前下了好大决心忍痛割肉的20%的比例，此刻却怎么也说不出口来。看着叶青林似笑非笑、皮笑肉不笑，还一脸的真诚，林文轩将牙一咬，痛下决心：一不做，二不休，舍不了孩子套不着狼！先走出这步再说，只要有钱赚，就比没机会强。瞬间工夫，林文轩心意已决，他不动声色，平和地望着小老乡，推心置腹道：“青林，我知道你也有你的难处。要不这样，你跟你们领导商量商量，要能上，尽可能地上，你们公司若能率先走出这一步，不就先行尝到了螃蟹滋味？若能走到其他几大公司前列，说不准就能收到事半功倍的效果，从而坐收渔翁之利。不过我也亮明我的态度，决不让你们白白忙活。事成之后，按成交价30%的酬金作为答谢，这也便于你在中间沟通工作嘛。”

不等自己开口，便斩获颇丰，叶青林不由得暗自窃喜：公司几个老女人，哪儿懂什么当代书画呀！这上与不上，还不是自己说了算！其实，公司已有部署，准备开辟当代中青年画家的拍卖板块，自己正一筹莫展，不知怎么组织货源呢！林文轩竟屁颠屁颠地前来寻求合作，岂不正中下怀？这还真是“瞌睡来了恰巧遇着枕头”呢！叶青林心里美呲呲地，但他脸上依旧看不出丝毫痕迹，相反，仍旧如之前，一脸故作为难状，极诚恳地对林文轩说：“既然是老兄委托，那我只得硬着头皮回去试一试。不过我可有言在先，能不能办成不敢打包票啊！”林文轩心里的石头终于落了地，他真心恭维说：“只要你老弟肯办，就一定能成。”之后，两人围绕此事展开讨论，假定叶青林的公司能够放行，各自应该进行怎样的前期准备与运作，以达到最佳的拍卖效果与拍卖收益，两人心照不宣，各自盘算着此次合作能够给自己带来的实际好处。

第二天一早，林文轩顾不上吃早点，便驱车前往画廊，吩咐员工将图文资料一并送往印厂后，略一琢磨，找出电话簿，分别拨通三家经济颇为发达城市的美术馆，协商画展一事。林文轩所向披靡，几乎没费唇舌，便轻易敲开了几家常年仅靠微薄的财政经费支撑，一年到头除了几次象征性的公益展出，几乎从未涉猎商业画展的美术馆大门。不出所料，三家美术馆的负责人无一不对林文轩热情备至，林文轩的提议不仅可以给美术馆带来经济上的收益，丰富当地百姓的文化生活，还能彰显美术馆领导们文化交流的政绩，不费吹灰之力，便一举几得，坐收其利，何乐而不为？更何况，这还是极负盛名的北京798艺术区的知名画廊！馆长们受宠若惊，都有“天上掉馅饼”的意外之喜，又全都满口承诺林文轩关于加强当地舆论造势的请求，这对于经济高速发展、文化却相对滞后的地方城市，岂不是一个新的文化亮点？媒体又岂能等闲视之？

接下来，林文轩意气风发，执笔起草了一个两三百字的画展公告，叫来下属，立即与几家全国性的收藏杂志逐一联系，赶在画展前将消息尽快发布出去。忙完这一切，林文轩已是精疲力竭，心中却有着无限的成就感。短短几天工夫，从策划到实施，一切业已就绪，只等开花结果，这在当今的书画经纪人中，谁能与之相比？画廊开门营业不到两年，凭着自己锲而不舍的执着与过人的精明，已经成为享誉国内国外的知名画廊，照此发展下去，日进斗金指日可待。想想之前在国外艰苦打拼的日子，除每天超负荷的努力工作外，还得忍受当地人的歧视和白眼，更别提孤独与寂寥，那可真不是人过的日子。林文轩回想起当初回国发展的决定，觉得自己真是太英明了。中国经济刚刚崛起，有着无限广阔的市场前景和运作空间，很多事物正处于起步的初始阶段，尤其是艺术领域和收藏这一门类，一切尚属草创，若能把握得好，要不了几年，自己就能成为影响艺术市场的领军人物，其前景完全不可限量，林文轩想想都美。

过了两天，忐忑中的林文轩终于接到了叶青林通知，让他拣画廊里质量最好的画作前去，待过目后再作定夺。林文轩早有准备，一接叶青林电话，便将包括罗曼两幅画作在内的共四位画家的八幅作品，用面包车一股脑地全拉到了宏程博源公司。叶青林看得极其认真，逐一看过之后，面露担心神色，说：“老林，说句实话，我一点把握也没有。这些画，画家本人全都名不见经传，也没其他拍卖经历，我们承拍这样的拍品，风险实在太大。”林文轩生怕叶青林出尔反尔，拒收画作，便竭力游说：“要说一点风险也没有，那是瞎说。不过你尽管放心，只要老弟同意上拍，买家方面，我去组织，定不会让你为难的。”有了林文轩这番表态，叶青林一阵叮嘱之后，也就顺水推舟，照单全收。办完委托手续，叶青林仍煞有介事，板起一副认真面孔，郑重说道：“老林，我可是尽了全力的啊，但最终是否能上，还得大家集体讨论通过，即使我暂时给你收下，也作不了数的。”林文轩赶紧附和：“那是，那是。拜托老弟多帮忙做做工作。”瞅瞅左右无人，林文轩凑近叶青林耳边，压低嗓门儿说：“老弟尽管放心，我决不会食言的！”有了林文轩再次笃定的承诺，叶青林也就放心不少，他心领神会道：“我这里你尽管放心，该你做的工作把它做好就是了。买家的事你一定得放在心上，别让我在公司无法做人就行。”林文轩如释重负，痛快应允：“一定，一定。”

之后几天，林文轩又亲自操刀，赶写四份新闻稿，每份稿件各有侧重，分别交给四家全国性大报的文艺记者，并每人支付两千元钱，作为记者的辛苦费，要他们在约定时间内，以记者的署名刊发在各自所在报纸的版面上。记者们拿了好处，又不用费事，还算作自己的业绩，这样的美差何乐不为？于是，也都无一例外，全答应帮忙，乐得做个顺水人情。

一切就绪，只待东风。林文轩和几位准备参加画展的画家，也都盼星星盼月亮，等待画展日期早日来临。

一个月的时间转瞬即逝。画展第一站，是广东某个沿海城市。画展还未开始，当地媒体便铺天盖地，津津乐道报道开来。这是广东的一个经济较发达城市，与经济高度发达相对应的却是文化生活的严重匮乏。每当有全国性的文艺团体或港台明星团队来此演出，都会给这座物质极其富裕、精神却相对空虚的城市带来极大的轰动，几百、上千元一张的门票一票难求，能够一睹明星风采，似乎是当地居民千年修来的福分。如果有幸能与明星合个影，则更是身份与实力的象征。当地有幸能够得到这种合影的企业主，便将这些来之不易的照片放到最大限度，悬挂在公司最为引人注目的地方，以此抬高身价，似乎这些名人照片，能给他们带来生意或订单。当地的人们对这样的活动总是热情高昂，并乐此不疲。而媒体更是倾其全力，推波助澜，全方位展示自己的报道实力。

开幕式上，当地媒体无一缺席。分管市委副书记、副市长亲临现场致辞祝贺，市委宣传部、市文化局的领导也都纷纷亮相，开幕仪式极其隆重热闹，把此前还有所担心的林文轩乐得心花怒放。罗曼因其天生丽质的外表和浪漫优雅的艺术气质，让来宾们大为赏心悦目，大家毫不吝惜，将欣赏的目光追随着她的面庞身影，胆大之人，凑上前去，和美人攀谈几句，再要个电话或留个名片；也有矜持的，端着一副官架子，故作一副正襟危坐、目不斜视的表情，眼睛的余光却紧随着罗曼，都在心底期盼着手下人能有个眼力价儿，将佳人领至跟前，自己便可在盛情难却下，自然而然地手握美人的纤纤玉手，再附庸风雅玩笑几句。镁光灯不住地发出咔咔的声响，在当地官员和罗曼的脸上闪烁不停，制造着更加喧嚷的气氛。而林文轩和其他几位共参画展的画家，则被冷落一旁，心中虽有不快，却也奈何不得，深知美女在这种场合的特殊优势，自认难与争锋，只得跟着强颜欢笑，和大家一道，制造出欢乐祥和的场面。

成功的开幕仪式和各媒体大篇幅的报道，使得画展很快便在当地引起不小的轰动。从第二天起，参观画展的人便络绎不绝，前来观看来自京城著名画廊推出的新锐画家，究竟是何水平。而参观完画展的人，又无一例外，全对参展画家中一位貌似天仙、气质脱俗的女子大加称赞，并广为传播。很快，罗曼不俗的容颜与她超凡的艺术造诣，便在这个不大的地级城市传播开来，并被人们津津乐道。这些毫不掩饰的溢美之词，又进一步刺激着本不打算前去凑热闹的人们神经。于是，不管男人还是女人，只要不是对美和艺术无动于衷，只要不是毫无见识的文盲或半文盲，也都放下手中要事，亲临美术馆去一探究竟。这些前来参观画展的人群中，有当地机关、文化界的名流，也有不少在当地事业有成并财大气粗的企业家们，这些人中，究竟有多少是来欣赏画作还是欣赏美人或是兼而有之，也就不得而知。当女人们亲眼一睹罗曼的优雅容貌后，赞赏与嫉妒者皆有；而男人们见后，有好事者则又难免想入非非。

男人们因对罗曼存了非分之想，便付诸切实的行动，想方设法和她套起近乎来。而套近乎的方式，倘若离开了艺术，还能有什么更为充分恰当的理由呢？于是，这些双手戴满黄金戒指、手链的当地男人，都以艺术的名义，纷纷上演着“你方唱罢我登场”的闹剧，不时向参展画家发出盛情邀约，希望能和艺术家们共同切磋艺术，以解心头之惑。当地男人俗不可耐的急切表演，又让一向善于察言观色并惯于见风使舵的林文轩心中不由暗暗窃喜，因为他深知，这些躁动不安的男人身后潜藏巨大的购买实力，而这正是他苦心孤诣所要营造的画展效果。但林文轩很知深浅，也颇懂得如何进退，他得拿捏好分寸，既要表现出艺术家淡泊名利的清高品质，又要不失时机、不露痕迹地和这些功成名就的企业界人士搭建起良好的互动关系。所以，每遇个人相邀，他都会以展出方的名义婉言相拒，并一再恳谢对方的盛情。林文轩此举，更吊足富豪们的胃口，让其更觉得来自京城画家的高不可攀与神秘莫测，因而更加深了富豪们对神秘事物的征服欲。于是，企业家们不再单独行动，而是结成了联盟，转而以当地企业家协会之名，盛情邀请前来展示画技的艺术家们。

理由堂而皇之，又是组织名义，再不领情，便有却之不恭之嫌。林文轩端足了架子，此刻审时度势，趁势半推半就，应允其邀请，亲率四位参展画家，准时出席当地企业界精英人士为他们设下的盛宴。大家宾主相聚，共襄盛举，颇为热闹。而出席晚宴的当地人士，除十几个支撑着当地主要税收来源的企业界大腕，还有多位政府高官，一张桌子十二位，一共两桌，全都座无虚席。林文轩因其领队身份，和罗曼一起，被安排主桌就座，其他三位画家，则坐在另一桌。

赫市长本在企业家们的应邀之列，但他今晚要接待从新加坡来的一个投资团，便让秘书打来电话抱歉说，等有机会他再来拜望为市里特地送来艺术文化的从北京798艺术区来的大艺术家们；宣传部长也因陪同省里来的精神文明考察团，抱憾缺席了；只有文化局的刘局长代表官方来参加，但因他为人的一向低调，以及他骨子里那份在当今官场极难得的清高文人气，便在一帮财大气粗并和市里的各色领导们保持着良好互动的民营企业家跟前，施展不开手脚，矜持地端坐着，多少存了些看热闹的念头，静瞅一桌粗俗的男人们，是如何丑态百出，怎样捉弄从天子脚下前来的、千娇百媚像清水芙蓉般的美女画家。

企业家们至此再也没有顾忌，把罗曼这个让他们觊觎在心的美女画家，夹在当地两大财力相当、势力均等的民营企业家中间，其他的人则按辈份与实力，或亲疏关系，坐在其他座位或是另外一张桌子上。大家平时也都挺忙的，还难得聚得这样齐整，尤其有些实力身份不太够的私营业主，更把今晚的聚会当作巴结大老板们和展示自己的机会平台，于是格外珍惜，除了近距离一睹京城798艺术区来的美女画家，究竟有怎样不同于歌厅舞厅里那些只懂得取悦于前去买欢的男人们的漂亮女人的风采，和令人难以抗拒的魅惑与迷人，还能趁机拉近彼此间的兄弟情感，和建立商务上的往来呢！

当地首富黄东升为人极豪爽，他毫不扭捏，紧坐在罗曼的右侧，嘻嘻哈哈、装疯卖傻地将大伙儿或风雅或露骨的荤素玩笑照单全收，甚至还操起他那满口蹩脚的广东普通话，大大方方承认说：“爱美之心，人皆有之。更何况，对像罗小姐这样才貌双全的艺术家。我这是对美的尊重，是对艺术的倾慕嘛！”说罢，他还不由自主地侧过身去，拿他那双早已阅人无数，只有男人才特有的目光，紧盯着罗曼那如秋水般莹润的双眸，垂涎欲滴，未饮先醉，颇有些色迷迷地对她耳语说：“你说是不是，罗小姐？”罗曼浑身上下极不自在，但之前林文轩特地叮嘱她，说此行不仅关乎着自己画作的市场命运，尤其她身上还系着其他几人以及画廊的前景！所以，她虽讨厌黄东升毫不掩饰的露骨表现，可又不敢拂他面违他意，只得强打精神，莞尔一笑，眼睛直勾勾地望着桌上晶莹剔透的精致餐具，不太自在地回他道："黄总真会开玩笑。"左侧的胡总年富力强，并是当地极难得的儒商，他不甘被黄东升抢了先，更不屑他倚老卖老一点儿正形也没有，便故作熟视无睹，像没瞅见老黄的丑态毕出一样，适时地举起杯来，儒雅地环顾四周，想替身旁这位让他怦然心动的美女画家不动声色地解下围："来，来，来，大家把杯子举起来吧，来为不远千里给我们这个小城市送来精神食粮的画家们，全都把酒干了啊！"

黄东升心里门儿清，他当然瞧穿了这故作风雅的小胡心里的算盘，但他为人极为老到持重，更不是一般的圆融，虽仍一心系在罗曼身上，可见大伙儿全都把酒杯举了起来，似在等他一饮而尽，便很识趣地把身转了过来，随即端起杯中之物，气势半点不输："好，大家一口干了啊，为前来送艺的艺术家们干杯！"说毕，他将酒杯举至嘴前，仰天一饮，随即亮出杯底来，再往大家眼前一翻转。有了黄东升的示范，企业家们也就争先恐后，生怕落在其他人的后面，全都一饮而尽，并学首富模样，将喝干的杯底朝下，以示对前来艺术家们的尊重。

胡总放下酒杯，扭头瞅见罗曼也放下精致的白瓷茶杯，而旁边的酒杯里依旧满满的，点滴未动。胡总于是侧过身来，颇有些温文尔雅地戏谑说："哎，小罗不够真诚呀，哪能以茶代酒呢！"罗曼脸颊微红，赶忙解释说："对不起，胡总，我不会喝酒。"黄东升得知后也不依："胡总说的对，不喝就缺乏诚意嘛。今天这种场合，一定要把这杯干了呀！哪能不喝呢？"罗曼的脸庞更加潮红，求救似的瞥了一眼坐在对面的林文轩，见他面带微笑、一副鼓励的表情望着自己，遂又坚持："我真不会喝。胡总和黄总就怜香惜玉，体谅我一个弱女子吧。"坐在胡总身边从事陶瓷生产经营的杨总，一听也就不干了，便像揭老底儿似的，大嘴一张嚷嚷说："现在的女子哪儿弱。依我看，比我们这些七尺男儿都厉害，不是'野蛮女友'，就是'河东狮吼'！我就见过好几个年轻女人，全都是海量，把我们男人全放趴了，她们却舌头不打转，说话不拐弯，头脑清醒得很呢！"黄东升也操一口极为浓重的广东普通话，半真诚半捉弄地劝说起了罗曼来："罗小姐，今天可是我们企业界的一片诚心。你看，就连刘局长也都放下了日理万机的工作来助阵，不就为支持你们的艺术嘛？你说你要喝茶水，是不是就太不给我们面子了！这第一杯，总得喝了吧？”

话毕，一桌的男人齐刷刷地全望着罗曼，刘局长也莞尔一笑不表态，大家静观好戏，都摆出了副瞧热闹的神态来。罗曼为难极了，再次向林文轩投去求救的目光，希望他能出面替自己解下围。可此刻的林文轩，正侧头和身边的刘局长谈兴高昂，无暇他顾。罗曼孤立无援，只得竭力争辩：“真的，我从不喝酒，我对酒精过敏，一向滴酒不沾。”黄东升逮准机会，将嘴凑近罗曼耳根，一副怜香惜玉之态，对她轻言细语说：“没关系，罗小姐，你就湿湿嘴唇吧，意思意思嘛。要真不能喝，那我等会儿替你喝。”林文轩和刘局长的话题也告一段落，见大家全盯着罗曼，非要她喝下杯中之物不可，而罗曼则窘迫不已，求救似的望着自己，于是英雄救美，赶紧挺身替她解围道：“罗曼真不会喝酒。要不，我替她喝了吧。”胡总不为所动，不温不火地给了林文轩一句：“林总想英雄救美，就等以后吧。今天我们那么多男士，怎么会把这么好的机会拱手让给林总呢！大家说，是不是啊？”一桌的男人便点头称是，刘局长也在等着瞧这罗曼如何接招。

见胡总执意非要罗曼喝下这杯酒，林文轩也没辙，只得鼓励罗曼说：“罗曼，那你就喝一小口吧。”同桌有人不依了，嚷嚷说：“那怎么行呢！‘感情深，一口闷；感情浅，舔一舔。’难道罗小姐是从皇城根儿出来的大画家，瞧不起我们这些小地方的人呀！”另一桌的当地企业界人士也隔空呼应，一个劲儿地催促罗曼把酒喝下。见大家全都盯着自己，好像不把这杯酒喝下肚去，眼前这宴会就无法进行下去。于是，罗曼皱皱眉，将心一横，端起酒杯，紧闭双眼，一饮而尽。顿时，一股热辣辣的液体顺着口腔缓缓进入胸腔，再慢慢注入胃里，一种前所未有的灼热感瞬间在罗曼心里弥漫开来，脸也“腾”地一下红到了耳根，52度茅台酒的滋味，呛得她满眼是泪。她来不及睁开眼睛，便听一阵击掌之声，男人们得逞了，兴致极高昂，连说：“好好好！”“罗小姐真爽快！”“小罗真不愧是巾帼不让须眉，不仅画画得好，酒德也好。”胡总心细，见身旁的罗曼痛苦地紧闭着双眼，眼泪随着脸颊滑下，心里顿生些许恻隐来，便赶紧伸手抽出两张洁白的纸巾递过去，手指还有意无意地在罗曼白皙纤细的手上轻轻摩挲。等罗曼擦干眼泪，稍稍缓过劲儿来，睁开双眼，胡总又不失时机，风度翩翩地连夹几筷子鱼虾，送到罗曼盘中，还体贴地对她说：“小罗吃点儿东西吧，中和一下，一会儿就好了。”大家这才进入了胡吃海喝的状态。

此时，大家关注的焦点，不再仅仅局限于罗曼一人，而是相互频频举杯，大快朵颐着美味佳肴，高谈阔论当下的经济形势、收藏现状以及艺术品市场。其间，男人们在相互敬酒的同时，也免不了要给罗曼敬敬酒，尤其另一桌的男人们，因为无法近距离地欣赏美人容颜，便纷纷借着敬酒的机会，面对面地一睹其芳容。有了第一杯酒之后，大家认为罗曼并非完全不能喝酒，只是酒量不大而已。前两位男士成功敬酒后，后面的男人也都鱼贯来到罗曼跟前，似乎别人敬了自己不敬，就有失礼之嫌似的。每当此时，除了林文轩义不容辞地替罗曼代酒外，坐在身旁的胡总以及黄东升，也都当仁不让，心甘情愿地充当起了护花使者。他们将保存着罗曼身体余温的酒杯举到跟前，找寻着酒杯上残留的罗曼嘴唇上的一抹唇红，再将自己的嘴压在上面，蛮惬意地一饮而尽，细细品尝着杯中的玉液琼浆，也一并品尝着眼前这个才华横溢的青年女子的万千风情。而在你来我往的过程之中，两人又都看似不经意，实则处心积虑地用自己的手触摸罗曼裸露在外的肌肤，有时还会在她白如凝脂、吹弹可破的手背或掌心处轻轻一划。而当罗曼不得不再将酒杯举至嘴边时，虽说酒杯上留有其他男人的污秽之气，让她厌恶万分，却不得不一次又一次地将酒喝下。

罗曼不再矫情扭捏，这让男人们兴致更高昂。大家各抒己见，纷纷发表自己对社会、经济、政治、艺术的一己之见。当然，谈论最多的还是艺术跟收藏，这才符合今天宴请对象的身份。胡总是企业家里难得的文化人，他便率先显摆起来了："'乱世黄金，盛世收藏'，我看此话半点都不假！中国历史上经历过的北宋、明朝晚期、康乾盛世、晚清民国的四次收藏浪潮，无不证明这句话的正确性。而现如今的中国，正兴起第五波从上个世纪八十年代开始的收藏热。但前几次都是达官显贵的风雅之举，属极其小众的所为，可这次却不同了，参与收藏的人数已达七千万人之多，属普罗大众的公众行为，是全民之举。如果不是经过了近三十年的改革开放，老百姓已经富裕起来，怎么可能达到这种极为空前的收藏热潮？所以，我们还得感谢共产党的英明领导。"

黄东升会来事儿，仗着与市里领导非同寻常的关系，便也不动声色地"拉起虎皮做起大旗"来，刻意想压压小胡这总爱摆出来的一副酸儒商的派头："可不嘛，老百姓是该感谢共产党，毛主席让我们站起来了，小平同志又让我们富起来了。但要没市委谢书记和政府赫市长的领导有方，那我们在座诸位，又哪享受得到改革开放的成果呀！毛主席和小平同志，我们没法感谢了，所以，大家是不是该感谢谢书记和赫市长，给我们创造的发展机会呀！”两桌的人便齐声响应，由衷附会首富大嘴一张的提议，像生怕把杯举迟了，日后传到市领导的耳里去，便会被穿小鞋似的，也就都仰起脖来，一饮而尽。黄东升似乎还嫌不足，又冲桌对面故作清高的刘局长，再一次显摆他所说的话半点不虚来：“哎，刘局长，你说是不是这个道理呢？”看一干人离题万里，在这样的场合下，竟也生拉活扯地忘不了溜须拍马，自视不愿随大流的刘局长，便在心里直觉好笑，可哪敢在这样的场合下去违逆大家，吐露自己的心声呢？也就咧起嘴来笑了笑，这才言不由衷地打起了哈哈，接着又再打起了马虎眼：“谁说不是呢？饮水思源嘛！”

杨总也来凑热闹：“从事收藏活动，不仅愉悦身心，还有巨大的财富效应，可谓一举两得，乐在其中！”林文轩颇意外，他压根儿没想到，论起收藏话题来大家全不陌生，也都头头是道。从事房地产开发的熊老板也谈兴十足：“这有什么呀，我们这里搞企业的，有几个不搞收藏的！国内本来就缺乏投资渠道，现在还有哪项投资能有投资古董、艺术品更保险？既能保值增值，又能带来文化的享受。还有哪项投资，能带给人这样的乐趣呢！”胡总也就随之感慨：“可不么！八十年代初，一幅齐白石的画，10块钱就能买到，可如今的拍卖会上，齐白石的画少说几十万，多则几百万，前不久拍了一个齐白石的小册页，成交价居然达到1600多万。这些年股市行情一直不好，期货也不好做，投资实业一年也就百分之几的回报率，还有什么能比投资这个更赚钱的呢！”刘局长本想作壁上观，可瞧大家一下扯到文化艺术上头了，便也兴致勃勃地主动炫起了他的专长来：“是啊，不仅齐白石的画翻着跟斗往上涨，国内那几位大家，什么张大千、林风眠、赵无极、吴冠中，他们的画也是直线往上涨。现如今的收藏界，只要买到真迹了，那就肯定包赚不赔，没有什么比投资这个更保险的了。”

黄东升的心思一直都在罗曼身上。他心猿意马地听人们众口纷纭，便多次转过身来，肆无忌惮地盯着罗曼打量，见她腮颊潮红，面若桃花，娇态可掬，极为可人，就在心里涌起一阵阵的潮热，像是猛地想起来什么似的，随即隔空喊话，鼓动起了桌对面的林文轩：“哎，林总，你怎么不把罗小姐的画往拍卖公司送呢？要经拍卖公司的运作，那罗小姐的画，不就被人们更快地认识和接受了！”罗曼喝得云里雾里，眼睛里的人头像全是重重叠叠的双影，脑子也不听使唤了，但黄东升嘴里说出自己的名字，她却迷迷糊糊地听了进去，虽不知黄老板为何提到她，但出于礼貌，凭着大脑里残存的点滴意识，她冲身旁的黄东升咧起嘴来傻傻一笑，口齿不清地分辩说：“我真的不能再喝了。”罗曼的娇憨模样，又让大伙儿不禁一乐，甚至笑出声来了，见她确实喝高了，大家也就适可而止，不再继续捉弄她。黄东升瞅准机会，借机把手放在罗曼手上，并轻轻一捏，又近乎耳语地对她说：“嗨，傻丫头，没人让你喝酒呐，我让你们老板把你的画，往拍卖公司送呢！”罗曼听得迷迷瞪瞪，却努力强撑着，并话不连贯地接连道起谢来了：“那就谢谢了，谢谢黄老板了。”大家见她真的喝晕乎了，便又一阵儿蛮开心的善意哄笑。

林文轩颇不是滋味，他爱怜地瞥了罗曼一眼后，既自豪又明显带有宣传意味：“黄总，还真是让你说着了。罗曼的画，已经被拍卖公司选中了！不仅如此，我们那几位的画，也被拍卖公司相中了呢。”林文轩边说边指指另一桌的三位画家。“哟，是吗？那可太好了！看来，罗小姐还真是前途无量呢！”一桌的男人，顿时沸腾起来了，全都对眼前这个尤物一般可人的美女画家，不由地另眼相看。胡总也大出意料，随即侧过头来，像重新认识身旁这个美丽女人似的，瞅她酒醉微醺桃面红，双眸娇羞嫣语样，也就不忍再去打扰她，并随即对她心生敬畏，又转而问起林文轩来：“林总，是哪家拍卖公司呢？”林文轩早在心里憋着等人问他这话了，听胡总像“瞌睡来了遇着枕头”似的，适时地把话递到他的嘴边来，便在感激地瞥了对方一眼后，又扫视一眼被吊足了胃口的一桌人，再拿腔拿调地逐字逐句：“宏程博源拍卖公司。”

“哇噻，能在这家拍卖公司上拍，那真了不得了！”“看来，罗小姐的画要不了多久，就会按厘米计价了！”林文轩的话，无异于在已激起了些许涟漪的池塘里面，再次扔下块巨石，惊得大家再一次目瞪口呆，齐刷刷地把他们大为讶异的目光，不由自主地盯向了罗曼，并在心里把她当作女神一样地来膜拜了，在他们早已活泛的心底又精明地盘算起来：要是现在买进几幅罗曼的画作，说不准就像当年深圳发行的原始股票一样，想不赚都不行！再说了，当着画家本人的面当场购买，既不存在真假问题，日后还有向他人炫耀的谈资，既体面又包赚不赔，这是多好的美事呀？罗曼依旧懵懵懂懂，醉眼微醺，脸上挂着以不变应万变的娇憨笑容，糊里糊涂地傻傻笑着，应对眼前的这一切，似乎这一切都与她无关。

黄东升的眼前不由一亮，他更兴头十足了起来：“宏程博源呀？我再熟悉不过了，我还是他们多少年来的老客户呢！每次的图录一出来，他们都会一本不落地给我寄来，这不，家里还堆了好厚一摞呢！”桌上另一位企业家，生怕林文轩不相信，也借机拍黄东升马屁，扭过头来，冲颇有些意外的林文轩噘起嘴来吹嘘说：“黄总每年花在宏程博源的钱，可不在少数！这家公司的老总，历来把黄总奉为上宾呐，黄总在那里说话可是管用呢！林总，你要有什么事在那里摆不平的，尽管找黄总吧，他一定能为你搞定的！”林文轩也会来事儿，赶紧朝黄东升竭尽巴结意味：“有事一定会麻烦黄总的。”黄东升便大大咧咧的，一副腰缠万贯、说一不二的口吻，张口就来：“拍卖会不是定在12月份吗？行，到时我一定亲自到北京去，为罗小姐好好捧场！”

胡总相形见绌，他的年纪稍轻，起步也就晚，这些年的利润虽然也不薄，但他全都投进生产，扩大规模了，不像黄东升那样在收藏领域极具实力，又听对方财大气粗，明显把自己给比了下去，也就存心较起劲儿来了：“12月份的秋拍，不还得等上两个多月！这远水解不了近渴嘛，再说了，拍卖会能上几幅呀？到时候，别我们哥儿几个相互之间掐了起来，争得个头破血流的，这不伤了彼此间的和气么！依我看，要不这样吧，我们在座的，现在就为罗小姐捧场，把她画展上的画全都包了嘛。等到拍卖会上，再去为她锦上添花，不就两全齐美了？”“嘿，好主意！林总，这就把话说定了，等画展完了后也就不用你再费心了，把画全都留下吧，包括那边三位的，我们全都买了啊。”杨总也慷慨激昂，而他的建议又颇具操作性，也就很自然地得到了众人的鼎力支持。

林文轩事前设想过无数场景，但无论哪一个都不及今天这样的场面令他兴奋难耐，并振奋不已。他知道，这批画若能被订购一空，那对画廊来说意味着什么，也知道眼前这几个签约画家今后还能给他带来什么。他瞬间觉得心脏怦怦地快速跳动起来，却故作镇静，竭力控制着内心难以言说的喜悦，面上竟丝毫痕迹也不露，随即沉着地应对道：“老板们的提议固然好，是对我们这次画展的充分肯定！问题是，这批画还得参加两个城市的画展呀！这是早就安排好了的，早就对外界做了宣传呢！”大家一听傻了眼，都不想错过眼前这绝佳的机会，尤其想到这批画还得往下巡展，这更增加了不可确定性，一个一个的全愣在那儿了，旋即又交头接耳地纷纷想起对策来。刘局长虽早抱定了瞧热闹的心态，可事情演变到现在，他也无法置身事外，尤其想到这批画可能潜在的难以限量的市场前景，他也淡定不下来，又瞅一众向来自以为是惯了的商界精英们，此刻全都像个土鳖似的，傻不愣登，竟一时想不出个两全其美的法子来，也就不以为然地莞尔一笑，随后又四两拨起千斤来：“这有什么为难的？等你们把画展搞完了，再送回来不就行了么！”

“行，那就这样定了啊！”胡总别提有多来劲儿了，见在场唯一一个文化方面的政府官员，也都赞成自己最先提出的建议，他觉得有面子，态度就更加笃定了。“那就说定了，这批画我们全都定了啊！”“哎，林总，你可别再一个女儿许多家，再去答应其他人了！”“可不嘛！林总，等下两站的画展一搞完，你就把它们完璧归赵地全给我们拉回来啊！”与会人吆五喝六，信誓旦旦地嚷起来。林文轩却在心里犯嘀咕：哼，别瞧现在说得热闹，等人走茶凉，今儿的承诺保不齐就会随风而去了，哪还当得了真呀！于是，便在稍加算计后，小心翼翼，字斟句酌地答复大家说：“老板们说的都不错！只是，要是画展到了其他城市，又得到别人的欣赏，人家再实打实地提出购买意向，那我真还不太好办了！”说毕，他快速地扫视全场一眼后，又扭过头来，话锋一转，似面面俱到地说道：“要不这样吧，既然画展得到了贵市的鼎力支持，那我挑出几幅来作为对分管领导的答谢，待画展在其他两站结束后，我再专程送回来。其他画作到时如果还有余，大家再来挑也行。老板们，你们说这样可行吗？”

林文轩看似周密的提议，岂不小瞧了当地的企业家们？老板们便在面面相觑后，纷纷提出抗议来：“嘿，林总，小瞧我们了不是？让别人挑三拣四剩下的再给我们，那可不行！”“可不么。你们一离开，还会想起我们？还能把画送回来？”林文轩也就故作为难，并摆出了副分身乏术的模样来，他先瞅一瞅黄东升，瞧对方正剔着牙齿不得空，便又瞄向了胡总，而胡总正扭过身去盯着罗曼瞧，像怎么都瞅不够似的，他便只好把目光收回来，转而求起了坐在他身旁的刘局长：“刘局长，那你说这该如何是好？”刘局长是个沉稳的人，他又怎么做得了老板们的主来呢！瞅林文轩真还一筹莫展，而他心底还惦着对方此前的承诺，便在稍加沉吟后，儒雅地笑了笑，耍起滑头来：“林总，你就好好掂量掂量吧，看看我们的企业家们是不是吃素的？会不会吃别人的残羹剩饭！”林文轩更加为了难，便又求救似的望向一桌的人：“那怎么办呢？”熊总倒是一个厚道人，可首富都没开腔，就连排在第二把交椅的胡总，也没有一个更为明确的态度，他便断然出不了这个头，又见林文轩竟跟个无头的苍蝇似的，便好心地替对方解起围来了：“那就让黄总拿个主意吧。”黄东升终于剔出了塞在后牙缝里的肉屑，随之也就轻松了，侧眼瞅瞅他身边这个极为可人的美人，随即大嘴一张，义不容辞地大包大揽：“那有什么不好办？所有的画我们全定了，画款也一并结清，等你的画展办完后，再把画直接给我们拉回来，不就得了。”

林文轩喜出望外，要的就是这结果，却又不能喜形于色，便把情绪拿捏住，照样不紧不慢回道：“行，恭敬不如从命，就按黄总说的办。那……”见林文轩欲言又止，胡总很有眼力价儿，他收回了紧盯罗曼那多情的眼神，也不用征求他人的意见，便越俎代庖道：“这样吧，我们也别一幅一幅谈价钱了，全按高线走，每幅画最低8万元，如果愿出高价的另当别论。大家说行不行？”在座诸位纷纷掷地有声地呼应说：“我们没意见，就看林总的了。”林文轩似有不甘，可又不便明确表态，沉吟一会儿，这才犹犹豫豫：“既然大家如此抬爱，哪有不行的，就按胡总说的办！”

胡总不由得意了，他像完成了多大一宗交易似的，遂转过身来，正想把手往罗曼瘦削的香肩上一搭，可瞧黄东升已经抢了先，只见对方那双汗涔涔、油腻腻的大粗手，正一只搂着罗曼的肩头，一只又试图去捏人家那白皙如葱似的纤纤玉手，他便本能地作呕。而欣慰的是，罗曼虽仍处于懵懂中，却仍凭她脑海里面残存的意识，努力地试图挣脱这老淫棍那颇有些猥亵味道的有力钳制。他一冲动，下意识地想伸出手去英雄救美，但瞬间他又克制住了，因为他知道，他若要把手伸了出去，那他和这个时时事事总要压制自己一下的商业对手，就算从此结下梁子了。而自己与这个极不招人待见的黄老贼，可是抬头不见低头见，甚至还有不少业务上的往来，便转而把头扭了过去，冲林文轩颇有些负气地慷慨道：“林总，我出30万，要罗曼两幅画。”罗曼虽说云里雾里，脑子早就不听使唤了，可胡总在一旁点名道姓提到她，并在云山雾罩中多少听清了对方要买她的画，便本能地努力把头拧过来，又下意识并口齿不清地一个劲儿地连说道：“谢谢了，谢谢了，谢谢胡总。”

黄东升心里可就不太舒服了，进而莫名其妙地吃起干醋来，瞧自己那么用心地讨好她，可罗曼这个没良心的小妮子却一点都不领情，好像还对比他年轻不少，还比他有文化和儒雅的小胡这个臭小子有点儿那个意思，他便陡地生起闷气来，可又没法说出来，转而在手上轻轻一使劲儿，罗曼的身子，就被他给钳住了似的，也就不能再躲闪得了，这才蛮不是滋味地扭头朝着正乐不可支的林文轩，摆出一副一掷万金的土豪模样来，刻意想打压一下这总爱显摆的小胡那副酸儒商的臭劲头：“林总，我出50万，不管两幅还是三幅画，你看着办就是。不过，我得和你说清楚，要罗小姐的画才是！”林文轩乐得眼放金光，可罗曼却在心里烦透了，她本就讨厌身边的这个臭男人，自以为是地以为自己可以随他拿捏，又听他像牲口一样地拿她做交易，便再次使出了吃奶的劲头来，怎么也要摆脱这讨厌鬼的有力把控。可对方的力道太强了，而她的酒劲正浓，浑身上下不得劲儿，便只好放弃这样的徒劳，转而想向林文轩求救。

林文轩正八面玲珑，忙着应付老板们争先恐后的订购，又哪有工夫管得了她。她便不再白费工夫，而是木着一张脸，任由身边的这些臭男人们，可着劲儿地上演着“你方唱罢我登场”的丑剧，要不了多一会儿，所有展出的画作当场便被订购一空。黄东升的手依旧紧紧地拽住罗曼的肩头，另一只则指向在场的商界人士，又大咧咧地摆出了他那当仁不让的大哥劲头来：“那就说好了，明天晚上还在这里，大家接着聚啊！老板们，可都别食言，得把今天的承诺全都兑现啊！”刘局长还真称得上是官场上少见的洁身自好的官员，他早就瞧不惯黄东升浑身上下的江湖习气，更看不惯他把人家像清水芙蓉似的罗小姐，竟当成了歌厅里那些任人不尊重的小姐一样来拿捏，可又不愿在这样的场合多说什么，更何况他也惦着林文轩此前承诺的，答谢主管领导的画，便不动色地端起了他是现场唯一的政府官员的架子来：“哎，林总，领教了吧，这就是我们G市人的豪爽呢！”林文轩打心眼儿里偷着乐，这G市人的豪爽真让他不由地心悦诚服，听刘局长在一旁指名道姓问他，他便真心诚意地奉承说：“真是百闻不如一见呢！现在我可是知道了，为什么你们省的经济能走在全国前列，这和你们雷厉风行、敢为人先的精神分不开的呢！”

此时的罗曼因酒精在胃里充分发酵，刚吃进去的各种菜肴点心也在胃里一刻不停地翻滚搅动，并禁不住地往上涌动。开始时，她还能将涌在喉头的食物强咽下去，可几次努力后，经过胃酸强烈腐蚀的作用，各种美味佳肴全都发生了化学反应，再迅速变质，进而产生一股极为浓烈的怪异气味。伴随每一次往上涌动的食物，这些怪异的气味，便残留在罗曼的口腔、鼻腔，并随次数的增加而愈发浓烈。最后，一股强烈的刺鼻的液体猛地往上一涌，罗曼终于控制不住了，她赶紧伸手抓起桌上洁白湿润的毛巾，将嘴堵住，又快速地站起身来，晕晕乎乎、踉踉跄跄，一路小跑往外冲去，直奔酒楼里的卫生间。随后，她一阵稀里哗啦呕吐起来，泪水也不听使唤了，竟不由自主地顺着脸颊缓缓滑落，之后，更一发不可收拾地一泻而下。

随着体内污物的排出，罗曼顿感轻松，脑子也随之清醒。她站在洗手台前，见幽暗的灯光下宽大墙镜里的自己，面容刷白，楚楚动人。而今晚遭遇的点点滴滴也一一浮现在她的脑际，想着自己的画不费吹灰之力便被订购一空，一种前所未有的成就感油然而生，并不由地对林文轩为她所描绘的前景暗暗地期许起来。可一想到林文轩，她又突然有种陌生感，甚至隐约觉察到：温文尔雅外表掩盖下的林文轩，实则是为目的而多少有些不择手段之人。而他对自己的眷恋与照顾，恐怕也没自己想像的那么单纯。罗曼伫立镜前，忘情地凝视着潮红退却后略显病态的苍白面容，脑中的思绪飘浮不定，而内心深处最柔弱的地方不知何故，又再一次地被轻轻碰触，随即，她的眼眶又不由自主地潮湿了。

“罗曼，罗曼，你没事儿吧！罗曼，你吱个声儿呀！”林文轩略带磁性的男中音，在洗手间外一声又一声关切地呼唤着她。终于，罗曼强忍不住，眼里的泪水再一次夺眶而出，并顺脸颊滑落下来。“罗曼，你怎么了？你再不说话，我可进来了！”林文轩急切地大呼小叫，禁不住让罗曼心头一热，她分不清是爱是怨，泪水如决了堤的大坝似的，再也止不住。“罗曼……”“别嚷了……”罗曼扯着喉咙刚喊了一句，接下来的话却怎么也出了不口。终于听到了罗曼的回音，林文轩松了口气，他隔着房门冲里边的罗曼又补了一句：“你快点儿，我等你，大家都在等着你呢！”林文轩一声声地在卫生间外的呼喊，彻底将罗曼的思绪打断了，这才让她意识到自己的失态。旋即，她伸手抽出悬挂墙上的纸巾，胡乱地往脸上一擦，再细细察看镜里的自己，依旧是那样的美丽动人，并无其他不妥之处，便捋了捋额上的头发，最后转过身去，随即高一脚、矮一脚，犹如踩在云里雾端，却像什么事都没有发生似的，紧随着林文轩，若无其事地回到包间里。

男人们早已酒足饭饱，都惦着去歌厅舞厅吼上几嗓子，再搂着罗曼的细腰跳几支三步、四步或劲爆的迪斯科舞曲，狂放不羁地扭动早已青春不再的身体，尽情宣泄一天的疲惫。可一见刚才还因酒精作用而满面潮红，现在却苍白病态、虚弱不堪的罗曼，脸上好像还挂着仍未擦尽的泪痕，男人们便嚅动着双唇，怎么也不好意思再开口。大伙儿全你瞅瞅我，我又瞧瞧你，都有一些不甘心，可又谁都不愿充当这如此不近人情的带头大哥。刘局长陡生怜悯之心，他实在不忍再让这么一个犹如清水芙蓉似的大才女，去受这帮腌臜男人们的亵渎了，便赶紧以他在场唯一政府官员的身份，挺身而出地替眼前这个让他赏识不已的小女子刻意解起围来：“老板们，我看今天就算了吧，让小罗早点休息嘛。你们看，她都困成什么样了！”胡总心里虽遗憾，但他也不忍心再折腾罗曼了，更不愿黄东升这个老淫棍，去猥亵在他心里像女神一样的罗小姐，便赶紧呼应起了刘局长：“行，听局长的。大家早点散了啊，明天不许再灌罗小姐的酒了。”

黄东升意犹未尽，可看大局已定也就不好再多说什么，转而摆出了他当仁不让的大哥派头来：“行行行，今天就到此为止了。不过老板们，我可有言在先啊，明天都得把钱带上，不然就别想在G市这块地界上混了呀！”“那是，那是。”“嗨，这还用提醒嘛。”老板们全都欣然应允，无不期待第二天再来一次“嘻哈”打笑的商界联谊，和财色俱收的觥筹交错。黄东升摆足了谱以后，又大喇喇地显摆起了他在市领导跟前的面子来：“今天赫市长他们忙着为市里招商去了。明天晚上，我们务必要把他们请到。”“是，这是肯定的。”“那就有劳黄总了。”大家不由地更加期待，谁不愿意逮住这机会，去和市领导搭上关系，攀一下高枝儿呢？一切都已尘埃落定了，大家又纷纷抬起手腕来，一瞧夜生活都已经开始了，便有好赌之人，忙着吆喝起去炸金花，或是砌长城；而管不住体内雄性荷尔蒙的人，则一瞧没啥指望了，便又琢磨起了去会相好，或是直奔歌舞升平的夜总会。

回到房间，酒劲仍未过去，也可能生猛海鲜凉性太大，加之从酒楼回到饭店路途中着了凉，罗曼又开始一次一次往卫生间跑，不停地呕吐，整整折腾了一宿，忙得林文轩前仰后合，整夜未眠。直到次日早上太阳高悬，罗曼体内已经空了，再也没有可泻之物，这才逐渐消停下来。虽说不再上吐下泻，却又开始发起烧。早餐粒米未进，躺在床上，四肢倦怠，昏睡过去，怎么叫也叫不醒。林文轩急了，叫上一同前来参加画展的张磊，搀扶着罗曼打车直奔医院。经抽血化验，罗曼因病毒性感染引起腹泻发烧，需住院观察治疗。林文轩没办法，只得听从医生建议，办理住院手续。罗曼也任由摆布，虚弱地躺在病床上，手上插着输液软管，任凭高高悬空的透明玻璃瓶中的液体，一滴一滴地流入自己的体内，昏天黑地地昏睡过去。

到了晚饭时间，大家又按昨日约定，齐刷刷地聚集在昨晚的饭厅里。男人们的眼睛东张西望，四处搜寻，却始终不见罗曼踪影。黄东升率先绷不住了，直截了当地问林文轩：“哎，林总，罗小姐呢？”林文轩便如实作答：“她生病住院了。”胡总于是狐疑了：“昨天还好好的，怎么说病就病得住院了呢？不会是怕喝酒，故意躲着我们吧。”林文轩生怕大家曲解误事，又赶紧解释：“唉，真是住院了。”随后，他便把罗曼昨晚的病情向大家作了简要介绍，并将所住医院的名称和科室报了出来，大家这才不太情愿地相信，罗小姐是真的病了，也就免不了心生遗憾。赫市长和宣传部的章部长一早便听说了老板们在昨晚的饭桌上丑态百出的各种表现，也就不愿在这样的场合下去凑这个热闹，却又免不了对报纸电视画面上，和手下们谈笑风生的这位才色俱佳的大美人有了强烈的好奇和莫名其妙的暗自憧憬，便都在各自的心里面打定了主意，待把省里来的精神文明考察团的送别晚宴尽心尽职地陪同过后，便心照不宣地彼此拉上对方，结伴赶到企业家们的聚会场所，要看这被大家夸成了花容月貌的罗曼小姐，究竟是怎样的沉鱼落雁和倾国倾城。

大伙儿虽说挺失落，可宴席还得照常开。只是，缺了罗曼的宴会，或者说是没有女人作调剂，男人们的兴致就远没昨晚那么高。就连期待中的赫市长一行人，竟也没来一个，老板们嘴里的酒和菜，也就如同嚼蜡般。好在黄东升一言九鼎，并没忘记昨天晚上的承诺，甚至还在心里面惦记着两月过后去北京，在拍卖会上好好露一手，好让罗小姐瞅一瞅他的身家究竟多殷实，并在心里浑想汤圆吃，看能不能与这极为可人的小丫头有什么进一步的瓜葛。瞅大家伙儿臊眉耷眼，他禁不住在心里暗骂赫市长，连这么一点儿薄面也不给，害得他今天在一众人跟前丢了面子，亏得自己还是市里的税收大户呐，不行，得借机找补回来，遂板起他那油亮亮的黑黄脸，不由分说地再次摆出他说一不二的首富派头来：“我得跟大家说好了，虽说罗小姐生病不能出席，但大家昨天的承诺都别忘了，全得一一兑现！”胡总正在发愣，他仍在琢磨，若错过今天这机会，那怎么才能和罗曼保持进一步的联系呢？一听又被这黄老贼给抢了风头去，他心里便不是滋味，可又不能和这老淫棍对着干，就更旗帜鲜明地赶紧亮明他的态度：“那还用说呀！我们要是言而无信，还怎么做人？尤其是，今后画家们要在皇城根下去诋毁我们，嚼我们的舌根子，那在座诸位还想不想做生意了！”胡总夸大其词的话旋即引来大家的哄堂大笑，老板们也就不再纠结，这首富都这样发话了，那他们还有什么话可说的？只等酒足饭饱赶紧去掏钱定画！

赫市长一行人赶得巧，待把省里的考察团蛮周到地张罗好赶到饭店时，企业家们早已杯盘狼藉，正围成一圈争着付款购画呢！听说罗小姐头晚便被企业家们灌病了，甚至都已住进医院了，赫市长和章部长的心里面便暗骂这些饱食终日，却无所事事的酒囊饭袋们闹得确实太过了。可面儿上却不敢得罪这些撑起了市里经济半壁江山的大小老板们，便笑吟吟地蛮亲切地与大家打笑逗趣一通，这才转过身来冲着林文轩，摆出了当地领导的架势，以及他们当仁不让的地主之谊来：“走，我们到医院去慰问慰问小罗吧。”林文轩出乎预料，本能地接连谦虚地阻止说：“不用不用”，却怎么也挡不住地方领导们的好意，便转而屁颠屁颠地在前头带起路来了，并不由地在心里面感念这G市的人，不仅豪爽大方，竟还如此地周到细致，让人感佩不已！

赫市长的陡然光临，让黄东升的脸上倍儿有面子，他便更喜形于色了起来，也很自然地一直紧随其左右。胡总也是有眼力价儿的人，他决不会让这黄总，在一干同僚的跟前，独享这份让人艳羡煞了的专宠，便也凭着自己在市里不俗的实力，大大方方地和市领导们套起近乎来，随他们去医院探望躺在病床上的罗小姐。而其他的人则留下来继续办理付款手续。

一行人手里捧着花篮果篮，前后进到病房里，见罗曼正无力地躺在病床上，还在吊着点滴。赫市长赶紧上前，伸手将罗小姐那如同无骨一般的纤纤细手，紧紧地攥在他的大手里，不由地对她陡生怜悯之意。看见前两日的报纸电视上还那么珠圆玉润、光鲜亮丽的大美人，此刻却面容憔悴苍白，就连脸颊和眼窝也都深深地陷了进去，好一副倦怠不堪、病怏怏的西施模样，却也愈发地楚楚动人，便不知怎么搞的，心里竟有一种过电似的猛悸，竟有点难以自持了。罗曼却面对着一屋在当地呼风唤雨的男人们顿感不安，尤其看到昨晚还一脸轻佻，现在却围拥在床前嘘寒问暖的黄东升和胡总，白天还愤愤不平、满腹委屈的她甚至有点受宠若惊。见自己竟惊动了一市之长和主管宣传的最高官员，她便忐忑地试图从平躺着的姿势，竭力地想坐起来，以示对一干人的礼貌。可昨晚一夜的上吐下泻和今天一整日的粒米未尽，加之这些天来长途跋涉，周旋于画展的连日困乏，让她虚弱得竟连一点气力也没有。

见她连如此一个简单的动作都进行得如此费劲，男人们心里最柔软的部位全不经意地被她轻轻触动了，也就更加怜惜起她来。就连大大咧咧的黄东升和一向懂得怜香惜玉的胡总，也都禁不住地在心里面暗骂起自己昨晚的荒唐。章部长虽然晚了一步，却也想在罗小姐跟前刷一下他的存在感，见赫市长竟忘情地紧紧攥住罗小姐的手，甚至忘了放下，他便上前两步，伸出手去轻拍罗小姐的胳膊，儒雅又极温存地赶紧体贴制止她：“小罗，别动，就这样躺着吧。”可罗曼仍觉不妥当，又努力挣扎着坐了起来，男人们便七嘴八舌，纷纷温言细语地问候她，全真心诚意地嘱咐她安心养病。

男人们的体谅与温存让罗曼心生感动，脆弱而又敏感的她，眼泪不由自主又流了下来，在她苍白如凝脂一般的面颊上缓缓滑落，这又让男人们心痛不已。想想眼前这个女子的年轻、貌美、才情、娇弱，更不由心生爱怜之意。这些呼风唤雨惯了的男人们，漂亮女人见得也不少，尤其是近些年，一拨拨的年轻女孩往沿海城市涌来，一个比一个年轻，一个比一个漂亮，但那多是些文化程度不高、家庭教养缺乏、没见过什么世面、仅为生存而来的乡下妹子。即便有着较高学历，为理想、为前程前来打拼的女大学生，经过几年的商海沉浮，也都混得跟泥鳅般圆滑，公关的话流利得跟机关枪似的，荤段子一个接着一个，逗得男人们开怀大笑、捧腹不已；酒量更是大得惊人，真称得上是千杯不醉、万盏不倒，将一桌的男人全放趴了，自己还能若无其事，跟没事儿人一样，照样还能陪着男人们歌舞到天亮。这样的女人虽说豪爽大方，能解一时之闷，却难以让人真正动情。而眼前的罗曼则不同，良好的艺术修养，不经世事的清新形象，像一朵出淤泥而不染的洁白莲花，是那样高贵而又纯洁。

有了在G市的经历，罗曼对未来两站望而生畏，于是提出自己先返京，由其他几人亲临画展。林文轩岂能让她临阵脱逃？没了罗曼的画展，真不敢想像还能有什么出彩之处。于是，好说歹说，加上其他几位画家的反复劝说，罗曼不能置团队利益于不顾，只得随队前行。和G市一样，罗曼每到一处，无不获得男人们的垂青，画展因而大获成功。林文轩精心挑选的最后一站是太原，这个地方和与此地相邻的不少城市，有着太多太多因为挖煤而暴富起来的煤老板们。这些人多是和煤商现金结算，一天时间里，只要不在床上睡觉，几乎全都用来一张一张地数着钞票，因为人手不够，很多人还荒废了孩子的学业，让正在上初高中的儿女辍学在家，没日没夜地点着现钞，天天数到手软，再就地塞进保险柜，或用汽车拉往银行存储。日复一日，简单而枯燥的重复劳动，让这些拥有数亿甚至更多家产的当地富豪，也盼望着能有机会娱乐一把。因为有着太多难以计数的钱财，也因为极度的精神贫乏，他们只要逮着机会就喜欢附庸风雅一番，用钱去购买文化，靠财富去拥有艺术，以之弥补自身文化不足的缺陷。

再说了，拥有了这些文化，拥有了这些艺术，也就同样是拥有了财富。而且是一种更高形式的财富，是一种可以改变自己身份的财富。所以，只要有机会，他们都会不吝钱财，向世人炫一把富，也向世人炫一把艺术。京城知名画廊举办的画展他们当然不会错过，尤其是参展画家中还有一位美丽非凡的女子。这些每天辛辛苦苦，只能靠数钞票度日的煤老板，又怎能错过这样一个娱乐自己、展示自己的机会？艺术与财富又会催生出怎样的奇缘？画展的画，早已被G市的富人订购一空，林文轩已无画可卖。于是，他便怂恿着山西的富豪们前去北京的画廊选购，再鼓动他们去即将开拍的拍卖会现场举牌竞拍。煤商们乐意接受林文轩的建议，这些人也都是京城各大拍卖公司多年的常客，而此次前去，可否有机会和有着如此绘画天才的罗曼私相交往一番呢？嗯，想想都令人心动！罗曼的美貌和才情让煤老板们蠢蠢欲动，都期待着能够躲开同僚们的耳目，在数百公里外的京城，和美女画家延续这不了情缘。

巡回画展圆满成功，取得了令人意想不到的辉煌战绩，这让林文轩大为振奋，飘飘欲仙，他开始有点崇拜自己了。同时，他却丝毫不敢懈怠，一方面总结画展的成功经验，一边又马不停蹄，将画展的成果通过不同的媒体对外广而告之。拍卖会前，几位名不见经传的青年画家，尤其是罗曼的名字，已被炒得炙手可热。林文轩万事俱备，只等拍卖会如期举行。

第二十章　门前遇诈

非典以后，艺术品市场异常火爆，各种天价拍品不断刷新拍卖纪录，艺术和财富的空前结合，无疑给中国的艺术品市场注射了一针兴奋剂，刺激着藏家们敏感的神经，让越来越多的人看到文物与艺术品收藏的美好未来，似乎藏家们的春天终于到了。黄克强也按捺不住，几度跃跃欲试，虽多次上当“打眼”，可依旧执迷不悟，听人说不少大家级水平的藏家也去潘家园淘货，便又看到了希望，只要周末空闲必和胡静前往，祈盼淘宝“捡漏”。这日，两人倒也有所收获，将几个晚清、民国时候的竹雕笔筒先后收入囊中。市场里摩肩接踵，人声鼎沸，又挨个摊位逐一逛去，回到家时已疲乏不堪，稍喘口气，两人出门去美食街果腹。刚出电梯走下台阶，蹲在路对面的小伙子眼睛一亮，立马起身，迎面走向两人，紧贴黄克强一侧，耳语般问道：“大哥，买不买古玩？”胡静一惊，顿觉后背阴森森的，下意识往后一瞅，电梯门正徐徐关上，视野范围内，不见人影儿，空旷的小区，狂风卷起尘埃，在高耸的楼宇间来回打旋。胡静紧倚黄克强，心底感到颇为恐怖，脑子也飞速转动：此人难道能掐会算？不偏不倚，恰巧知道自己在搞收藏？以前可从没遇见过这样的稀罕事。

黄克强也猛地一惊，深感纳闷儿：神了，自己脸上又没贴标签，这人也看得出来！两人猜不透个中缘由，不敢轻易搭讪，紧靠着对方，闷头往前，黄克强断然回道：“不买！”小伙吃准了两人，一溜烟小跑，紧随黄克强，死乞白咧央求说：

“大哥，我知道你搞收藏，在潘家园时常见到你。我手里有很好的青花瓷器，已经带来了，你就看看吧。”两人不由对望一眼，心中疑惑不再，可又添了新的恐惧：光天化日之下，这人竟明目张胆跟踪，并尾随至家门，而自己竟毫无察觉？两人都感到了潜在的危险，好像被这人剥光了衣服，黄克强不由怒火中烧，侧身怒目圆瞪，厉声呵斥：“你跟踪别人是违法的，懂不懂？你再纠缠，我报警了！”边说，边马不停蹄快走，想尽快摆脱此人。

小伙子并不气馁，和黄克强并肩走了几步，低声下气赔着不是。和小伙一道前来的，另有一个三四十岁的男子，此人躲在50米开外，缩头缩脑、鬼鬼祟祟，不时望向这边。一瞧气氛不对，赶紧挺身而出，三步并成两步，弓腰驼背，跟在同伴一侧，瞅着黄克强铁青的脸，语无伦次又道歉又解释，一副仰人鼻息、可怜巴巴的模样。两人反复央求：“大哥，我们真有好东西，要不然也不敢跟到你家来卖，你就看看吧，耽误不了你多久。”杀人不过头点地。两人虽说可恨，却并无歹意，见他们如此低声下气，黄克强和胡静也都心生恻隐。自己既然好古，人家又特地前来售古，歪打正着，岂不正好！两人一路小跑，紧跟黄克强，车轱辘话翻来覆去，就那几句，那就是：他们有黄克强打着灯笼都难以寻觅的奇珍异宝！黄克强和胡静被说动了，对两人的抵触早已抛至九霄云外，听两人言之凿凿，拍着胸脯打包票，好奇心随即强烈起来。黄克强侧过头征询胡静的意见，胡静眼眸中则毫不掩饰其期待。两人心有灵犀，达成默契，黄克强便不再扭捏，半推半就说：“行，那就看看吧！”两人松了口气，相视一笑，殷勤地领着黄克强和胡静，往小区花园走去。

宝物搁在小区广场边的石桌上，正午时分，居民们全回家吃饭午休了，花园里空无一人，静悄悄的。小伙子特麻利，三五下解开捆绑箱子的绳索，熟练取出里边的两件青花瓷器，往石桌一放，笃定说道：“大哥，你看看，这可是大明洪武时候的青花瓷盆。”黄克强和胡静也多少有点古瓷知识，无需细说，仅凭灰暗的青花色泽和稍显粗率的胎质，便能认可小伙说法。黄克强将器物先后拿起，逐一甄别，胡静也在一旁细心鉴别。过程中，两人不住交换着早已炉火纯青的默契眼神：人家敢于跟踪上门推销古董，果真出手不凡！两人眼中也包含另一层意思：虽说东西确属明初之物，可档次不够，应为当时的民间日用器皿，市场价值不大，因而无意购买。两个男人极通达，听清黄克强意见，并不过多纠缠，还打心底佩服黄克强眼力。小伙更像遇着知音似的，对黄克强的钦佩溢于言表，并发自肺腑地坦言：“嘿，大哥，你的眼光真准呢。实不相瞒，这两件东西的档次的确不够高。大价钱的好东西，我们哪敢轻易往外拿呀？不过，我家里有比这好得多的青花瓷器，也是明代的，你要感兴趣，我们马上回去拿。”年长那位也在一旁不住地敲着边鼓，点头哈腰地望向黄克强，力证同伴的话句句属实。两人一再恳请，希望黄克强能够给他们机会。

两件器物保真，自己却没掏钱，黄克强和胡静已过意不去，哪好意思再折腾他俩？便对两人客气道：“大中午的，你们从潘家园跟到这里，肯定没吃午饭呢，也饿了，今儿就算了，以后再说吧。反正我们也常去潘家园，有得是机会。”两人急了，急哧白咧连声说道：“大哥，吃饭晚点对我们来说算得了什么！今天就耽搁大哥一小会儿，我们马上打车回去，最多一小时，你们出去吃过饭回来，我们也就赶到了，耽误不了你们什么的。”两人极尽谦卑，又十分执着，语气近乎央求，再要违拗便却之不恭。再者，两人一出手便不凡，听他们口中意思，家里宝物更加精彩，黄克强和胡静的脑子飞速运转，心底其实也很期待。见两个大男人可怜巴巴望着自己，黄克强和胡静也都不忍拂人美意，交换眼神达成共识后，黄克强颇体恤他们，说：“那这样，不用这么着急，你们也去吃点东西，两个半小时后，我们还在这里碰头，行吧？”两人连声应允，并对黄克强千恩万谢，欣然离去。

黄克强和胡静早已饥肠辘辘，等两人一转身，也大步流星直奔美食街。胡静满腹疑惑，问黄克强：“你说他们真够神的啊，在这里守株待兔专等咱俩。万一今天咱不出门，他们不就白等了？”“你以为人家有那么傻？”黄克强出其不意，给了胡静一句。胡静不明其意，懵懂反问：“什么意思？”黄克强胸有成竹，提示说：“回来上电梯的时候，你注没注意到，是年轻的那个和我们一起进的电梯。”胡静竭力回忆，却怎么也想不起这一茬来。看胡静一脸迷惘，黄克强进而又道：“他和我们一道进的电梯，电梯司机不认识他，问他去几楼，他支吾半天也回答不上来。当时电梯里就我们三人，等他确定我们的楼层之后，才要了一个比咱家高的楼层，当时我就有点怀疑，只是没太在意。我们下了电梯，他已经明确看到了咱家的具体位置，今儿咱真要不出门，我相信，过不了多一会儿，他俩一定会来敲咱家的门来推销古董的。”黄克强的话听得胡静毛骨悚然，骤然浑身鸡皮疙瘩，她随黄克强绘声绘色的描述，仔细回忆了当时的情景，依稀记得确有此事，不禁大为震怒，并负气说道：“太可恶了！这样的行为实在让人难以容忍，即便有再好的东西，我也不想和他们打交道。搞得跟间谍似的，让人没有一点安全感！”黄克强倒不以为意，他的心思全在下午的宝物上头，听胡静由着性子上纲上线，生怕她的倔脾气一上来把下午的事情搅黄了，便耐着性子认真分析说："至于么？下午的东西要真好，我们用得着跟他们置气呀？你也不好好想想，咱搞收藏也一年了，要找一件真东西有多难？更别说是好东西了。人家敢跟踪到家里来推销，说明人家有底气，手里真有好宝贝。我们要是因小失大，错失良机，就太得不偿失了。"经黄克强一开导，胡静的情绪这才渐渐平静下来，细一想还真是这么回事。于是，她不再计较两人的莽撞，而是和黄克强一道，谈论起前不久也被跟踪一事，既觉好笑，又感无奈。

那也是一个周末，两人同样大包小提，拎着刚淘到的玩意儿，从潘家园市场往北门走。一路上，一大群操着不同口音的男男女女将他俩团团围住，或热情推销古董，或竭力讨要名片。类似遭遇两人早有领教，并不陌生，一概不予理睬，两人拎着包裹，一言不发，大步流星往外走。这帮人也不含糊，一路簇拥着紧随其后，就跟电视里的追星族一般疯狂，直追到北门外的马路上仍锲而不舍。两人奋力越过围堵在身体四周乌压压的人群，直奔停靠路边的出租车，都已坐上了车，这帮人仍不罢休，围拥车子四周不让走，并一个劲儿地敲打着车窗玻璃，讨要黄克强的联系电话，或将自己的名片硬往里塞。直至前一辆车子启动起来，往前驶去，出租车才得以突出重围，弄得黄克强两人和出租车司机都不胜其烦。本以为终于甩脱这些毫无瓜葛的纠缠之人，可以松口气了，不料，司机却在前头好心提醒他俩："后面有两辆车在跟踪咱们。""你怎么知道？"黄克强和胡静大惊失色，脱口相问。司机习以为常，冲身后大惊小怪的两人说："我在后视镜上观察好一阵了。你俩一上车，刚才围着你们的另两拨人紧跟着上了后面两辆车，一直待着没动，等我们的车一启动，这两辆车立马就动了起来。"那一次，在黄克强要求下，司机虚虚实实，左转右拐，直过了三个红绿灯，才把跟在后面的车辆甩掉，毫不夸张，就跟警匪片里的追车大战似的。司机对此颇有感触："我常在这一带拉活，这种情况早已见怪不怪。潘家园这帮卖古董的就跟疯子一样，一见有人大包小包买东西，就认定你有购买实力，为能套上瓷，什么手段都用上了，不管不顾、没脸没皮的！"

小区美食街驰名京城，川、粤、鲁、湘、东北菜，烤鸭、涮肉、酸汤鱼，韩国烤肉、日本料理、麻辣火锅、法式大餐，荟萃南北东西，各样美食应有尽有。两人口味重，找了家熟悉的川菜馆，虽说正午已过，餐厅仍座无虚席。在领位引导下，二人在大堂角落桌前就座，随意点了三道可口下饭的家常菜，边吃边兴致勃勃谈论起收藏中的各种话题。黄克强踌躇满志，扫一眼正大快朵颐的众多食客，压低嗓音，冲桌对面的胡静神神叨叨道："静儿，我坚信，潘家园将会成为我的基督山。"胡静猛抬起头来，白他一眼："什么？你也做起基督山伯爵的宝藏梦来了！太言过其实了吧！""嘿，你可别不信！我的判断不会有错。"黄克强一本正经，一脸严肃。胡静双肩一耸，神态中带有明显的戏谑。

"哎，真的，你别不信。"黄克强急了，再一次强调。胡静不由莞尔，呛白说："潘家园我又不是没去过，哪有你说的那么神？那里能是你的基督山，不也可以成为别人的阿里巴巴？我怎么没听说潘家园成就了什么人！"黄克强思之已久，见胡静仍迷迷瞪瞪，便煞有介事分析说："静儿，你也不想想，为什么一到周末潘家园就人山人海？"胡静扑哧一笑，打趣说："还不跟你我一样，做梦撞大运、发大财呗！""这就对了。"听胡静一语中的，黄克强随声附和。胡静却不以为意："那又如何？还不都是千篇一律的现仿品。即便能沙里淘金，也多是些不值钱的低端玩意儿，哪至于有你说的那么悬乎？还基督山呢。"黄克强诡秘一笑，反呛胡静："照你说来，潘家园早该关门歇业了，凭什么长盛不衰，还越来越红火？""这……"胡静一时语塞，张口结舌半晌也答不上来。

"嘿……"黄克强咧嘴一笑，颇为得意，望着一脸迷惘的胡静，分析说："潘家园是最为有名的古玩一级市场，全国各地的古玩商人，一到周末都集中奔往这里，趁着天色未明，赶在藏家之前，将潘家园的货品扫掠一遍，再倒手转卖，赚取中间价差。潘家园要没真东西，能吸引住那些无利不起早的古玩商人？""哎，还真是。"这样的说法，胡静不止听说一次，大多是市场里的摊主告诉他们的。只是自己和黄克强喜欢睡懒觉，从没尝试过。得到老婆认可，黄克强更得意，顺着思路侃侃而谈："潘家园不仅吸引古玩商人和国内藏家，就连不少外国人也万里迢迢跑到那里撞大运。潘家园要没真东西、好东西，他们干吗去？就为凑热闹？""说得也是啊！"胡静不再讪笑黄克强的异想天开。黄克强进而又道："你别看每个摊位大都千篇一律，摆出来的都是些不入流的东西甚至是假玩意儿，但在那些不起眼的东西里说不定就藏着珍宝。而且，我不止一次听人说过，有些盗墓贼也利用潘家园的摊位走货呢，只不过他们不敢明目张胆摆出来罢了，只有遇到合适的买家，这些摊主才会往外拿的。”

胡静深知黄克强所言不虚，也瞬间意识到了潘家园的潜在机会。不过，听黄克强口无遮拦、眉飞色舞大谈特谈盗墓销赃，她极不自在，也颇紧张，警觉地四下张望，赶紧打断说：“你发的什么疯呀！说话也不看看场合。”黄克强也意识到自己的失态，一吐舌头，扮个鬼脸，不再言声。胡静却挑起了兴头，压低嗓音，又有了新的担忧：“你说得倒也不错。不过，我们真要去买那些出土的东西，会不会违法呀？”黄克强嗤嗤一笑：“哪有那么悬乎！”自开始收藏以来，他从不同渠道听过不少议论，对这一问题吃得较透，见胡静一脸惊惶，遂将之前听到的说法一一道来：“潘家园是国家允许经营的正规古玩市场，我们去那里淘宝，哪有什么风险！不仅我们这样的普通藏友，就连好多名人也都在那里淘货呢。前一阵儿，泰斗级专家兼藏家的史树青老先生，不也在古玩市场淘到几柄青铜剑？其中还有一把越王勾践剑呢！这些东西，不也从地里来的？大报小报还争相报道，把它作为大师‘捡漏’的典范，加以广泛宣传！别人买了不犯法，我们又犯哪门子法呢！难道，买古玩的在买前还得把货源的来路先调查清楚了不成？”胡静冰雪聪明，一点就透，心间的疑惑瞬间消弭，不由得想入非非起来，并信了黄克强关于“基督山”一说。

酒足饭饱后，又有“基督山”的精神激励，夫妇俩更对下午的宝物充满期待。掏出手机一瞧，快到约定时间，便加快脚步，径直赶往小区花园。那两人挺守约，已等候于此，相互见了也都挺开心。这时早过了午休时间，养精蓄锐的人们纷纷走出家门，集中在花园里，跳绳、踢毽子、打羽毛球、练太极拳、玩健身器，丰富多彩，不一而足。黄克强和胡静四下瞅瞅，将两人带到马路对面一街边小亭。亭子相对僻静，外面的人难以看清里边动静，里面的人却对外边状况一目了然。有了饭前的交流作基础，彼此都不再陌生。交谈中，两人主动自我介绍，年轻的叫小王，端正文气，浑身上下干净利落；年长的姓张，却畏畏缩缩、邋邋遢遢，没精打采，且哈欠连天，像是没睡醒。两人年龄悬殊，但显然以小王为主。一入亭子，小王二话不说，弓下身去，手脚并用，解开捆绑箱子的绳索。果不其然，这次的器物远比之前的明初青花精彩不少，一露面，便让黄克强和胡静眼前一亮，汗毛随即也竖了起来。乖乖！如此一件器型硕大、品相完整、青花发色艳丽、纹饰也精美繁密的青花大罐，即便傻子也都知道它是明代官窑。

黄克强和胡静的心怦怦乱跳，彼此会心一瞥，心底瞬间划过“基督山”一词。这还真是“踏破铁鞋无觅处，得来全不费工夫”。如此精美高档的明代官窑青花大罐，这两人竟屁颠屁颠跟踪上门，愣是要揣给他俩。看来，这好运气来了真是挡都挡不住。黄克强和胡静从彼此的眼眸中，捕捉到了转瞬即逝的难以置信却又喜出望外的一抹欣喜。黄克强面无表情，故作持重，接过小王手中的青花大罐，摆出一副煞有介事的神态，将器物抱在怀中，从里到外、从上至下逐一赏识分辨，之后又掏出随身携带的40倍双筒显微镜，选定多处釉面与圈足，透过拇指大小的一方镜片，细细观察其釉面特点与胎质状况。

镜片下，釉下气泡一簇紧拥一簇，圆润饱满而又晶莹剔透，不少地方呈明显土咬痕迹。圈足露胎之处，仅凭肉眼也都一目了然，胎质洁白又坚致，火石红也十分明显。黄克强由此更加确定无疑，认定怀中捧着的便是千金难寻的品质上乘的明代青花瓷器。而该器物，和几月前他和胡静在京广中心参观拍卖预展时所看到的那件宣德青花大缸有一拼：一样的大小，一样的器型，一样的纹饰，一样的品相，所不同的是，那只青花的发色略显晦暗，远不及眼前这只浓艳。而论缠枝莲纹，手里这只更繁密，画工也更胜一筹。还有就是，那只大缸有款识，手上这只却没有。那只罐拍卖方估价350万元到550万元，不仅自己，其他藏友也都当场表示，估价太过保守，其实际价值应远高于估价。

小王和小张也都耐心十足，杵在一旁，一言不发，静观坐在石凳上的黄克强将宝物颠来倒去。另外一件，和中午那两件档次差不了多少，没能入得了黄克强和胡静法眼。经过排雷式的逐一审查，黄克强觉得已完全吃透该器，便将器物小心放在地上，立起身来，冲一旁的胡静使个眼色，小声嘀咕了句：“走，商量一下。”胡静心领神会，默契紧随，并好奇追问：“究竟怎么样？”“太棒了！”黄克强瞥一眼十米开外的两人，脱口而出。胡静暗喜，口中却质疑：“真的？”黄克强按捺不住：“太棒了，实在是太好了！真是难以相信，这么好的东西，怎么会落到他们手上，”随即，将他上手所感，逐一简要叙述。

胡静深受振奋，对明代永宣瓷器的市场行情了然于胸，不过，曾经受过小郭之骗的烙印实在太过深刻。她冷静望着黄克强因激动而略泛潮红的脸颊，提醒道：“我们又没真正接触过明代青花，你凭什么这么肯定？”黄克强颇为自信，笃定道：“虽说没上过手，但在不同场合也见过不少。这两件东西和之前小郭那堆破玩意儿相比，可以说得上天壤之别，根本不是一码事。无论器型、纹饰、发色，还是釉面、胎质，全符合永宣青花特点，我绝对不会走眼的。”胡静仍不踏实，再次质疑：“你能那么肯定，就凭读了几本书，看过几次拍卖预展”逛过几次古玩市场？”为彻底打消老婆疑虑，黄克强进而分析：“你也不动动脑子，单凭人家敢打车跟踪上门推销，这东西就肯定假不了！真是假东西，他们能有自信卖得出去？东西卖不出去，瞎耽误工夫不说，还得搭上来回打车的钱！人家干吗做这赔本的买卖呀？”

这倒确也有道理。的确，天下能有这样的傻人？胡静的心理防线顷刻消融，随之而来又添了新的顾虑：“这东西那么高档，人家肯定卖不少钱吧？咱们买得起吗？”黄克强心中也没底，踌躇片刻，出主意说：“私下交易，再贵也贵不到哪里去。要不这样，我们先探探他的口气，要是三五万块拿得下来，咱就买下，再送到拍卖公司一拍，少说不得几百万！”胡静彻底动心了，最后建议：“那这样，如果价格合适，我们请专家掌眼后再付钱，不更保险。”黄克强也赞同，不过他怕夜长梦多，被人捷足先登，便告诫胡静：“尽量争取。不过得见机行事。现在都过4点了，赶到鉴定中心人家不下班了？若到明天，中间又不知会生出什么幺蛾子呢。只要价钱不高，咱就赌一把，要是真的，不仅之前的钱全回来了，还有不少赚头呢。”“好吧。”胡静心存期冀，勉强答应。

达成默契，两人回到原地。胡静抬起下巴，往青花大罐一呶：“这罐多少钱？”小王挺爽快：“五万。”五万？黄克强和胡静喜出望外，下意识互瞥一眼，都从对方眼神中看见一抹亮光，又都随即想到：靠谱，看来，这事一定能成！胡静已有经验，知道这只是初步报价，还有议价空间。便不动声色，面无表情盯着小王，反驳说：“不行，太高了！”“这还高！”小王瞪大双眼，一脸讶异，像看天外来客。胡静难为情，口中依旧不含糊：“私下交易，这价还是太高！”小王委屈地据理争辩：“大姐，你好好看看，这可是永宣青花大罐，品质一流，品相完整，真拿到拍卖会上去拍，少说也得四五百万呢！”小张也不满，在一旁嘟囔：“五万块够便宜的了，这点钱，你上哪儿去买这么大、这么好的宝呀！”两人句句在理，驳得胡静心里发虚，好像自己空手套白狼似的。胡静虽底气不足，却不表现出来，斜睨小王，甩了句：“既然这样，那你们还是拿到拍卖会上去拍吧。”小王赶紧解释：“我们不是没渠道吗？要有渠道，能这么贱卖？”这倒是实话。胡静和黄克强心里也都认可小王说法。尽管如此，她却依然一口咬定：“私下交易，你这价肯定太高了！”“不高了。”“够便宜的了。”小王和小张，全盯着胡静，一唱一和。“看来你们不是真心想卖，既然如此，那我们走吧。”胡静也不客气，扔下此话，拽着黄克强胳膊，不管不顾转身就走。

黄克强没回过神来，小王也急了，脱口道：“哎，先别走，还能商量嘛。”黄克强如梦初醒，瞬间明白老婆用意，见小王这么不经诈，不由心下宽慰。胡静更得意，略施小计，便轻易得逞，她瞅黄克强一眼，扭头看着小王，颇有点居高临下：“那你说多少？一口价啊，我可没工夫和你讨价还价！”小王看看小张，见他木着个脸毫无主见，稍一沉吟，一咬牙根，一副忍痛割肉模样：“一万，怎么样？”小王的痛快大出黄克强和胡静意料，一刀下去，就砍掉八成，远高出两人之前预期，黄克强正要脱口：“行，成交！”猛觉胳膊被胡静使劲一掐，并听她斩钉截铁：“五千，要行，我立马掏钱，不行，我现在就走。”黄克强于心不忍，觉得胡静太过了，脸上有点挂不住，可又不便阻止，让老婆下不来台，便像局外人般，盯着小王，看他作何表态。

小王面现难色，既想促成生意，又嫌价位太低，拿不定主意。胡静一不做二不休，再次挽起黄克强胳膊：“不卖算了，我们走。”小王绝望了，咽了口唾沫，只能妥协：“好吧，卖给你。”胡静得意万分，觑一眼面露不忍的黄克强，从包里掏出钱来，刷刷一数，往小王跟前一递：“你数数。”小王一把将钱接去，逐一清点。小张则小心放回大罐，麻利系好绳索。一切尘埃落定，小王心犹不甘，面露无可奈何，一副痛心疾首的模样：“说实话，要不是想和你们长期打交道，这个价我肯定不卖。”胡静得了便宜，也挺爽快：“这好说。只要东西好，可以长期打交道。”彼此有了良好开端，无需对方过多唇舌，黄克强便痛痛快快将手机号留给了他。

此后几天，胡静因教学交流出了趟差，这期间，小王、小张又先后送了四次货，多数为宋代各个窑口的瓷器。高古瓷受国家政策所限，市场价格偏低，还停留在二十年前的价格，这在当今几个月便不断刷新成交纪录的古玩拍卖市场，无疑是股市中的原始股，属尚未开发的处女地，增值前景无限，正是收藏建仓的大好时机，黄克强别提多兴奋。这批货物中还有几件明代青花瓷器，尤其其中一件永乐青花缠枝莲纹花口大盘，直径足有45厘米，器型之规整大气、纹饰之优美流畅，将黄克强深深地震撼。半个月后，待胡静回家时，他已今非昔比，一下拥有三十多件宝物，且件件不凡，成为名副其实的收藏家，但同时，也为之付出五万多元的代价。胡静蛮高兴，一件件认真审核，每一件她都深觉不错，和以前小郭的低端仿品相比有着天壤之别。还多次和黄克强议论：这小王、小张敢跟踪到家来推销古董，果真出手不凡，确有好东西。黄克强觉得自己立下了汗马功劳，特自豪地表功："老婆，我说的没错吧！要依你的意见，把钱拿去交房子首付，咱们哪儿来这么多的宝物？这些宝贝得是多大一笔财富呀？找机会随便出手一件，别说一套房子，我看几套房子都有了！"胡静心悦诚服，灵机一动，建议说："那这样，我们尽快送几件去拍卖公司，等换回来钱再继续购进，房款也不成问题，对吧？""好，听你的！"黄克强举双手赞成。

两人首先想到宏程博源。可收货专家面无表情的"不符合拍卖要求"和"不负责鉴定"两句，噎得两人不敢再问，稀里糊涂，只得灰溜溜折回。两人胡猜乱测，不知宝物为什么不合要求。两人心有不甘，又将宝物拎到与宏程博源相差无几的其他公司，前台小姐语焉不详，两人懵里懵懂，见鉴定室大门洞开，便直接撞了进去。见有人送拍，出于好奇凑上前，想看怎样的宝物才合要求。桌上金片黄灿灿、金闪闪，耀眼辉煌，和不久前在西山别墅里见到的金片如出一辙，两人眼眸一亮，脱口夸道："哟，真漂亮！""金的吧？"话音刚落，心里更是骇然：金片上端呈弧形，三方边沿和分币一样的绞丝纹路，口沿一周的钱币一枚紧扣一枚，其上的鼓钉、仙鹤更一目了然。两人心里咯噔一下，大受震撼，又不约而同想起了西山别墅里肖老爷子对丢失金片的描述。两人颇有深意对望一眼，都在心中思忖：该不会是肖爷爷丢的那件吧？要是这样，可得赶紧通知肖潇呢。正忐忑之间，忽闻专家冲他们嚷嚷开来："外边候着去，叫你们再进来。"两人刷刷望向宝主，似要将她刻进心里。又听专家一连串的："出去，出去，叫你们再进来。"两人无可奈何，只得退了出去。

一出鉴定室，黄克强将提袋往胡静手中胡乱一塞，边走边掏手机，到了大门外，站在背人过道上，调出号码一拨，直到快要断线，才听肖潇不急不缓问他："什么事？"黄克强口不择言："我看见你爷爷丢的金片了。""金片？在哪儿？"乍听之下，肖潇觉得莫名其妙，转念一想黄克强不像玩笑，便急切追问道。听有人走近，黄克强打住话头，等脚步远去，听肖潇再次问他，这才神秘回说："拍卖公司。""拍卖公司？"肖潇更感诧异，来不及追问黄克强上班时间为何出现在此地，便猴急命令道："盯上他！""好嘞。"黄克强挂断手机，转身往前没走两步，一眼瞅见金片主人步入电梯，情急之中加快脚步，并连声高叫："等一下，等一下。"电梯不等人，缓缓关上后，又急速下行。"嗨！"黄克强一跺脚，赶紧摁下按钮，可电梯走走停停，好一会儿，才停在跟前，黄克强情知无望，却存幻想，一步跨进去，直追到大门外，物主却早了无踪影。正扭头转身，手机响了，掏出一看，不由心慌，摁下接听键，便听肖潇急不可耐："跟上了吗？"黄克强心虚，嗫嚅解释说："跟你打电话的时候，物主离开了。"肖潇勃然大怒，几近咆哮："真他妈蠢！你不知道先盯上他，再给我打电话么！"

"这……"黄克强口吃起来，意识到错误的严重性，索性硬着头皮，等肖潇更为严苛的责骂。肖潇却缓过劲来，和风细雨问他："拍卖公司收了？"黄克强如实作答："没收。说东西不对。""东西不对？那你怎么说是我爷爷丢的？"肖潇更感纳闷儿，不知黄克强唱的哪一出。黄克强辩解："我没肯定。不过，金片上的钱币、鼓钉、仙鹤、缠枝花卉，还有形状跟大小，和你爷爷说的一模一样。""一模一样？那拍卖公司怎么不收？"肖潇满腹狐疑，进而好奇："物主是什么人？"黄克强便竹筒倒豆子："将近60岁的一个胖老太太，打扮得花枝招展的，俗不可耐得很，一口京腔普通话，一看也没啥文化，跟胡同里的大妈没有什么两样。""胡同大妈？没什么文化？"肖潇心乱如麻，一时无从判断信息真假，但却隐约感觉，老太太和他印象里的物主差距太大了，可究竟差在哪里，又一时厘不清楚。唉……"长叹一声后，肖潇万般无奈，像对黄克强，又像是自语："就这样吧。是与不是还难说呢！如果她是，就会继续出货，还得往拍卖公司跑。没事，克强，今儿你也算立了一功，以后留个神，再遇见，把人盯好后再说！"

黄克强揣起手机，刚一转身，猛瞅胡静拎着大包小袋站在身后，神情落寞，便眉头一挑："怎么？又不行？专家怎么说？"胡静噘起个嘴："还是那样。不符合要求，又不负责鉴定。"黄克强一脸糨糊："怎么又是这样？"胡静瞪他一眼，没好气回说："你问我，我问谁去？"黄克强赶紧接过胡静手中提袋，两人像打了霜的茄子走出大楼。胡静心里没着没落，问黄克强道："不符合要求？是东西不对呢，还是其他指标不合要求？"黄克强也一问三不知，不过，他颇为自信，见老婆愁眉紧锁便赶紧宽慰："我不相信东西不对。你看，连刚才那么好的金片不也没收么！""还真是！"胡静稍感安慰："接下来怎么办？"黄克强也没主意，刚走两步，又忽地想起："哎，咱去华夏吧。上次京广中心预展，他们态度蛮热情，人家不会也这态度吧。”“对，咱上那儿去！”胡静跃跃欲试，瞬间看到了希望。上次宣德青花大罐预展时，他俩和该公司经理级的人物近距离交流，人家有问必答，还很热忱，和宏程博源这类大公司完全不同，给她印象深刻。

接货专家姓甄，是该公司经理，仔细看过两人所送拍品，逐一否定，结果，无一真品。两人你瞅瞅我，我瞧瞧你，脸上青红不定，情知再次上当。甄经理面露惋惜：“这些东西花了不少钱吧？从潘家园买的吗？你们可千万别上那儿买，那里全是假货，即便有少量真的，也都是些极其低端的玩意儿，根本不值得收藏。”一听说潘家园，两人更如芒刺背，好似被揭了短，被人看穿了心底一夜暴富的念头，因而窘迫万分，黄克强的脸腾地红到了耳根，舌头也不听使唤。胡静倒还伶俐，辩解说：“不是潘家园买的，是别人知道我们搞收藏后，专门送上门来卖的。”甄经理穷追不舍：“什么地方的人卖给你们的？”胡静瞥黄克强一眼，像做错了事的孩子，有点手足无措：“福建人。”胡静话未说完，房间便炸了窝：“这帮南方人哪有真货呀！”“尤其江浙、福建一带，骗子多得很，专吃这碗饭，骗了不少人呢。”“我们这里，天天遇到上当受骗的人多得很，不少人就是受了江浙、福建人的骗。”

甄经理看出两人窘相，满脸同情，温和问道：“你们刚搞收藏不久吧？”黄克强讪笑：“是，是，所以没经验。”甄经理宽厚一笑，兄长一般语重心长：“收藏这个领域，谁都难免有这个过程，没有经过吃亏上当，谁也做不了收藏家的。没关系，慢慢来，一看你俩也是有文化的人，一定会走上正轨的。如果你们真喜欢，上我们公司来买东西，绝对保真，千万别再上潘家园这些地方去了，风险太高了。”说罢，甄经理又吩咐手下取来公司拍卖图录，详解其中拍品，展示拍卖业绩，说得黄克强和胡静颇有宾至如归之感，心里琢磨起他的建议来。

回到家，胡静怒不可遏，嚷嚷说：“这帮骗子也忒离谱了，追前撵后找上门来，居然兜售假货，这实在让人难以置信！我说嘛，真东西那么难找，岂有手握宝物却卖不出去之理？跟这帮人打交道，我早就说过，不能以常人之心揣度，你就是不听，这不，又白花五万多块，咱挣点钱容易啊？”胡静一副事后诸葛模样，一边破口大骂骗子缺德，一边不住抱怨黄克强眼拙受骗。黄克强心里也很不是滋味，老婆经常提醒，他却常常走眼，损失这么多钱，主要是自己责任。面对胡静抱怨，他虽忐忑，但仍不死心，遂小心争辩：“想成大事，哪有那么一帆风顺的，只能赢不能输？”“哟，你还想搞啊？还没被骗够啊？整整一年时间，一天到晚，除了古玩还是古玩，不停地上当，不住地看走眼，辛辛苦苦赚来的钱全打水漂了，什么‘基督山’，我看就是个无底洞！”胡静言词犀利，不依不饶。黄克强不甘心，脾气也倔，反驳说：“你这人吧，做什么事都没耐心，总急于求成。你也不想想，其他事就好做？就能一蹴而就？要真像你想的那么简单，钱就好赚了，就没那么多穷人了。古玩收藏门槛高，收益大，绝非一朝一夕、急功近利所能成功的。我相信，只要有耐心，经得起失败，并善于总结，我们就不会再犯同样的错误，也才有成功的可能。真要从此撒手不干，以前的钱就真打水漂了，更别指望赚钱了。你甘心吗？”

黄克强的话把胡静问住了，她沉吟片刻，口气不再咄咄逼人，态度也不似之前坚决：“即便再搞，也一定要坚守不先鉴定不付钱的原则。要早按我说的办，这次也不至于损失五万多块，你这人也真是，生怕买不着，生怕错失良机，骗子不就瞅准你这心思，大行其骗吗？”黄克强理亏，硬着头皮听胡静数落。胡静说累了，又商议起甄经理建议的可行性。

第二十一章　峰回路转

黄克强偶遇金片，像在平静的湖面扔了块石子，打破了肖氏爷孙的平静。依据经验判断，肖鹏飞敏锐感觉：这小子的所见所闻，必和自家宝物有关联。他不相信会有相同的另一件存在，更不相信仿品能依样画瓢，将宝物再现。金器工艺要求高，制作难度大，造假成本更是不菲，比不得瓷器。为弄清情况，肖鹏飞特叫黄克强和胡静前去盘问，两人描绘的模样竟与自家丢的那件别无二致，这更坚定了肖鹏飞判断。只是，物主怎么会是个没什么文化的胡同大妈呢？这与之前和孙子反复分析得出的结论差之千里。爷孙两人一再琢磨，却又无从知晓，更猜不透个中玄机。肖潇转而吩咐袁野，让他加强对各家拍卖公司的监控力度。可袁野哪有那实力？即便倾巢出动，面对京城众多的拍卖公司也应顾不暇。袁野还算清醒，不受肖潇左右，稍加琢磨后决定仍旧守株待兔，以不变应万变，命候勇和王家明严守宏程博源，坐等秋拍信息，再作下一步打算。

不出所料，这日午后，肖鹏飞从众多秋拍图录中，见到了搅扰得他心绪难安的久违宝贝。图录上，宝物的形状、大小和上头的纹饰图案，与自家那件完全相同，和黄克强口述那块也一模一样。一经确认，肖鹏飞不由血脉贲张，心跳加快，打电话催孙子赶紧回家后，依靠罗汉床头冥思苦想起来。照黄克强这小子说来，宝物目前的主人是个没文化的胡同老妇，可为何在连续套现后，物主依旧急于变现？而且还这样无的放矢地瞎碰乱闯？再者，一年之内，物主先后变现资金高达上亿元，可黄克强口中的女人似乎并没这样的经济能力。冬日午后阳光稀薄，西伯利亚寒流长驱直入，和内蒙古高原冷空气合并东移南下，在广袤的华北平原上，卷起四至五级偏北寒风。呼啸的狂风一声声拍打着窗棂，半地下室书房里却温暖异常。肖鹏飞冲动不已，又思前想后，却怎么也想不清楚其中缘由，心里盼着孙子早点回来，好一道琢磨分析。

爷爷来电时，肖潇正与客户商谈，没等爷爷把话说完，他便稀里糊涂猴急挂断。挂了电话，又隐约难安，眼下正值多事之秋，爷爷从不无端找他，难道他老人家又有新的发现？肖潇心不在焉，草草打发客户，又一反常态，让手下设宴款待，交代完毕后才驾车前往西山别墅。高峰时段，一路难行，整个三环像个移动停车场，各式车辆首尾相连，缓慢蠕动，真急死人。听爷爷的口吻一定是有新发现，除遗失多年的宝物能让他如此牵肠挂肚，还会有其他什么事，能让老爷子这般心急火燎！肖潇理不出个头绪，转而联想到出门前林文轩的电话。林文轩兴致高亢，除向他礼节性问候外，高谈阔论吹嘘其画展成功。肖潇其实也略知一二，翻开近日报纸，从豆腐块大小的信息到长篇累牍的报道，不一而足，全方位、立体呈现了画展全面成功，对此他了然于胸。

肖潇目睹着路边街景，杏黄街灯光芒下，下班人流步履匆忙。忽地，他的脑际浮现出一年前的往事，也是在这样的朦胧夜色下，自己也是独自一人驱车往家赶，可那时的自己是多么的狼狈沮丧？在罗曼旁若无人、气势恢弘的气魄下，只得仓皇而逃。那时的罗曼在自己心中，是何等的神秘莫测！而自己对这谜一般的美丽女子，又是何等的魂牵梦绕？可如今，自己却在揣度林文轩电话的真实意图，思忖自己在这一事件中的角色定位。车子又被红灯拦了下来，肖潇颇觉造化弄人，百无聊赖中，伸手摁下键盘，旋即，周杰伦颇为独特的嗓音充斥不大的车厢，他想：凡被大家追捧，得到社会广泛认可的画家，无一例外都有自己创造性的发展和鲜明的艺术个性。而罗曼的画呢？虽说也笔触细腻，用色准确，但肖潇总觉得她的画有点缺乏灵魂，缺乏撼人心魄的主题与鲜明的个性，更不具备深邃的内涵，是形似，而非神似。和当今许许多多的青年画家相比，并无特别的独到之处。可为何她能脱颖而出、声名鹊起？纷繁的思绪中，车子已悄无声息驶入西山别墅。

肖潇自然而然地侧头看向自家窗户，偌大的落地窗前，桔色的灯光从厚重的窗帘边隙钻了出来，斑斑点点洒在窗下的露天花园里，隐约照耀着早被寒风凋零其绿叶的干枯枝丫，在狂风大作如鬼哭狼嚎般的漆黑夜色中，分外温馨而又温暖。肖潇关上音响，拾起挡风玻璃下的家门钥匙，将手探出车窗，通过遥感器打开车库门前的卷帘门，把车缓缓驶入车库，从边门进入家中。肖鹏飞正坐在客厅沙发上翻阅着当日报纸，等待孙子，听见动静，条件反射地将报纸往茶几一撂，见孙子英姿勃发，一脸阳光，心中充满欣喜，慈爱地招呼："回来了？等你吃饭呢。"肖潇的内心顿时泛起一丝暖意，随口问道："什么事啊爷爷？"肖鹏飞已从沙发起身，见孙子眼中一连串的疑问，反而一副不急的模样："走，先吃饭。"爷孙二人便相对坐在长条餐桌一头，有滋有味品尝陈婶精心烧制的可口饭菜，享受一天当中最为美妙的天伦之乐。

饭毕，二人一前一后，默契来到地下书房，不用爷爷吩咐，肖潇随手关严房门，上前几步，见爷爷腿上展开一本厚厚图录，眼睛一眨不眨紧盯其上，不由暗喜，脱口问道："怎么，又有新发现？"肖鹏飞目光如炬，乐呵呵说道："黄克强这小子鬼精，这不，金片显身了，上了宏程博源的秋拍呢！""是吗？"肖潇出其不意又意料之中，一屁股坐在爷爷身旁，猴急抓过图录，眼睛落在金片上头，瞅了半晌，眉飞色舞品评："厉害，太厉害了！真和陆院长那件不尽相同却又异曲同工呢！太精彩了！"肖鹏飞感慨："那天要不是陆院长把他的送来欣赏，黄克强那小子见了也是白见，哪想得到是咱家丢的呢？""可不嘛！这就是冥冥之中的鬼使神差吧？"肖潇忘乎所以，信口胡诌。"越说越悬了！还'冥冥之中鬼使神差'呢！"肖鹏飞睨孙子一眼，乐呵呵纠正道。肖潇扑哧一笑，又存心取乐："那就是陆院长和您心有灵犀，不谋而合！"肖鹏飞哭笑不得，心里边乐开了花："听你小子这么一说，还真有道理！哎，明儿把黄克强也叫上，看袁野他们的录像里有没有他说的那个女人。""那还用说。黄克强要能揪出幕后宝主，那就立了一大功呢，我得好好奖励奖励他才是。"

第二天，肖潇和黄克强一道驱车前往调查公司。临行前，肖潇把图录拿出来，让黄克强辨认，黄克强不用细看，毫不犹豫，认定图录上的金片就是自己在拍卖公司撞见的那件。两人意气风发，想要大展拳脚，揪出隐藏多年的幕后宝主。袁野等人早已等候多时，见二人一来，便直奔主题。黄克强已记不清准确日子，袁野便按黄克强所报日期，往前延展一大段，大家屏住呼吸，一日一日往下捋，全好奇于黄克强口中的“没什么文化的胡同大妈”，究竟是什么样子。

电视里，宏程博源物业门前的送拍者一拨又一拨，全提着大包小包，时进时出。送拍人流中，有时是独自一人，或男或女，或年轻或年长，全吃劲费力提着大小锦盒；有时是两人，或像夫妻，或像父女，也有父子模样、兄弟关系的，无不肩扛手拿，除却各色锦盒，还有不少带轮的行李箱或一些破破烂烂的纸烟箱子。所有送货之人，几乎全都一个样，怎么拎着进去，又原封不动照搬着出来。画面上不难分辨，进去时，所有送拍者都满怀希望、意气风发，出来时，却全灰头土脸、垂头丧气，更有骂骂咧咧者，一副愤愤不平、怀才不遇并愤世嫉俗的样子。所有人的表情一览无余，无不流露出对拍卖公司拒收行为的极度不满。画面图像十分清晰，各色人的表现也一目了然。画面中不难看出，这些人中，不少来自外地，一副风尘仆仆、鞍马劳顿模样，好像刚从飞机或火车下来。这些人中，既有南方人，也有北方人，有来自经济发达省市的，也有来自落后地区边陲小镇的；有知书达理的读书人，有见多识广的生意人，有一脸正经的公务员，也有一看就是既没多少文化也没多少见识的市井百姓，林林总总，不一而足。犹如北宋画家张择端笔下的《清明上河图》，鲜活地反映出当今社会各色人等，追逐财利的市井百态。

肖潇起先还饶有兴致，津津有味地观看这些与他素昧平生、八竿子打不着的陌生人的千奇百态。慢慢地，他不由忐忑起来：自己这么做合法么？面对无数陌生而无辜的面孔，肖潇心里越发不安：自己就像一个心理阴暗且心怀不轨之人，以下三滥的手段窥探别人隐私，而被偷窥的人，却怡然自得，浑然不知。肖潇越看越心虚，越琢磨越觉得自己卑鄙，存有这样的心思，盯着电视画面的目光便游弋起来，精神也无法集中，他不时抬头看看袁野，而袁野则心无旁骛，专心致志地紧盯着画面，似不放过每一个可能的疑点。他又看看侯勇和王家明，两人同样津津有味，好似有着浓厚的窥探癖，并对自己的大作得意之至。黄克强也不能坦然，不时瞄向肖潇。来此之前，他没想到肖潇竟如此大动干戈，布下天罗地网似的。肖潇不在乎黄克强看法，却在思忖：这些事情对于侯勇和王家明来说，绝对算不得什么，比这不体面的工作有得是，私人侦探对于目前就业如此困难的中国社会，也不见得是什么不光彩的事情。

但袁野却不同，他可是正儿八经的公安干警出身，曾经哪怕脱警服，也决不愿向黑恶势力低头的正人君子，难道他能不知道这样做的不正当与不合法？难道他不知道这是对公民隐私权的公然侵犯？可袁野对此理所当然，看不出有何愧疚与不妥，肖潇又不禁喟叹：这可能是他的职业习惯，像窥探与跟踪这样在他看来不太入流的行径，对袁野这样一个曾经的职业刑侦来说太司空见惯了，哪会像自己这样不安！所谓“人为财死，鸟为食亡”，“站在哪个山头上，便会唱哪个山上的歌”。肖潇随之释然，并设身处地替袁野想，觉得除眼下这一行当，袁野没有什么更好的出路可以安身立命，或打发他早已形成惯势的生活模式。看三人都不吱声，全盯着电视画面，生怕错过哪个镜头似的，肖潇赶紧收回心神，又心不在焉继续往下看。

视频是按时间顺序拍摄的，也是按时间顺序排列的。临近正午，看得几人索然乏味又疲乏不堪，依然理不出丝毫头绪，黄克强口中的“胡同大妈”仍无踪影。几人有点懈怠，躁动起来。王家明不停瞟墙上挂钟，侯勇也东张西望，并不时吞云吐雾。袁野眼观六路、耳闻八方，适时操起遥控器，“啪”的一声，将机器关掉，往后抻抻肩颈，问大家：“都饿了吧？吃点东西再说吧。”王家明如释重负，并深有感触：“真没想到，平时我们就觉得盯梢活不好干，可今天盯着电视看，却比往常盯梢更累人！”袁野没好气地瞥了他一眼，戏谑说：“你不是成天想当福尔摩斯么？怎么连这点耐心都没有，瞧你那点出息！”侯勇也纳闷，扭头问黄克强：“哎，咱看了半天，也没瞅见你说的老太太，人家别不是经过这道门送进去的吧？”黄克强一耸双肩：“这我哪知道！”肖潇倒挺有耐心：“影像没看完，瞎猜什么？”本想出于礼貌，请大家出去搓一顿，同时解解乏，但心里有事，也就懒心无肠，打不起兴头来。袁野便吩咐侯勇：“去，叫个外卖去。”侯勇极其老到，随即操起桌上电话，一口气报了数个菜名，交代对方把饭菜送过来。

有个问题在王家明脑中盘旋已久，并和侯勇讨论多次，两人也都没得到答案，最后也就不了了之。此刻，趁侯勇张罗外卖之际，他一脸迷惘，大惑不解地问肖潇：“肖总，你说每天那么多人往拍卖公司送货，几乎就没人能送得进去，难道这些人手里的东西全都是假货？”王家明随口一问，倒将肖潇问住了。这样的问题他从未遇到过，多年以来，他和爷爷在拍卖公司一掷千金，是京城几大拍卖公司的常客，被拍卖公司视作贵宾，奉为财神，不管是委托拍卖，还是参与竞拍，全都顺风顺水，一路绿灯。今儿看了视频，这才直观了解到藏家送拍的真实一幕。刚才自己便略有所感，只是心思全在画面上头，无暇顾及，此时王家明的问题再一次触动其中疑窦，但他哪知个中奥妙？见几人的目光全盯着自己，无不对这一话题兴趣浓厚，略一思忖，谨慎回道：“现在的古玩市场乱象丛生，假货赝品多得很，至于是不是这些送拍人手里的货全都是假的，那倒不好说。”

侯勇撂下电话，也凑了过来，深感困惑道：“哎，肖总，你说这真是有点怪啊，我和家明每天盯在宏程博源大门口，天天看见一拨拨的人往那里送拍品，可几乎全都原封不动给退了回来。难道那些人送的全是假货？我和家明整整守了小半年，这么庞大的送拍人群中，难道竟没一人的东西对路数？我怎么琢磨怎么觉得不对劲儿！那些送拍人中，有不少一看就是知识分子，好多人一看就挺有学问，挺有文化的，难道就没有一个人懂古董？全都被骗子坑骗了？”侯勇满脸狐疑，一副非要将谜底揭开不可的架势。袁野也有同感，在此之前，他曾数度审查王家明和侯勇拍回来的片子，几人也都多次议论过，可三人全是门外汉，所以无从判断。今天，当着肖潇这个收藏世家出身的内行，他也想将这个困扰自己多时的问题搞个一清二楚，于是也来凑热闹，并接着侯勇刚才的话茬问肖潇：“要按拍卖公司这种收货进度，那他们怎么组织得来货源呢？可人家偏偏一场拍卖会动辄拍品上千件，我真不知道他们的这些拍品究竟是从哪里得来的，难道是变魔术变来的不成？”肖潇虽年轻，却从不轻易打诳语，刚才观看视频时，他已经在思考这问题，见黄克强也一脸迷糊并迷迷瞪瞪地盯着自己看，情知必须给几人一个较为明确的说法，思忖片刻后，便小心分析说：“我对拍卖公司的业务也不是很了解，可能是拍卖公司定向组织的吧。”侯勇和王家明更加糊涂了：“定向组织？”黄克强也不明就里：“怎么个定向组织法？”

肖潇因爷爷之故，长期以来一直处于收藏领域的高端位势，虽不能窥见收藏领域的全貌，但长此以往也耳濡目染，更何况自己也置身其中，对拍卖公司的运作也就略知一二，进而分析说：“拍卖公司要想成功经营下去，除能组织来好的货源，还需要买家长期支撑。一来二去，就会形成一个固定的客户群体。拍卖公司的买家需要出货时，也得委托拍卖公司拍卖。拍卖公司为了维系这种关系，肯定得优先考虑这部分人的送拍需求。除此之外，还有一些关系户要照顾，比如高官、行政部门领导、圈内朋友，更有拍卖公司内部人的拍品，几方面一汇总，这就不是一个小数字。至于门市，他们往往先入为主地怀疑一般人难有好藏品，进而产生收错拍品难负其责的心态，如此一来，拍卖公司能通过门市接收多少拍品呢！”一经肖潇点拨，几人恍然大悟，黄克强补充道：“我还一直纳闷呢，怎么连那么好的金片人家也不收？现在看来，可能是那女人不是那家公司的老客户，所以拍卖公司把她拒之门外了。”侯勇也不由感叹：“要送不进去变现，那搞收藏还有什么意思呢？以前看收藏栏目里的藏品被专家估出了天价，我还羡慕呢，可现在看来，这些人也挺不容易的。”

袁野倒不这样看，他的眼光颇为长远，并设身处地想到自己的处境，也就情不自禁地叹了口气，随即驳斥侯勇说：“如今这社会，谁又容易呢？问题是，只要人家手里的东西真，东西好，那迟早都能变现换钱的。”黄克强跟了肖潇也有一些日子了，他对收藏不陌生，因而附和袁野说：“那还用说！只要东西真，只要东西好，放在手里只会越来越值钱，肯定不会有贬值缩水这一说。”听几人谈兴高昂，七嘴八舌，肖潇也来兴致了：“这是肯定的。目前的状况是我们国家的文物政策还不太开放，但政策开放那是早晚的事情。等政策开放了，像欧美国家这种完全自由的经济市场，机制趋于成熟，拍卖运作规范，变现就相对容易。现在不是也有好些人，手握重金，想方设法地想买古玩珍品还买不到吗！卖的人卖不出去，这都是信息不对称、市场不规范造成的。”几人就这样有一搭没一搭地闲聊着，并在不知不觉中，风卷残云般将送来的饭菜全都吞进了肚里。

填饱肚子，头脑得到充分休息，大家言归正传，又开始往下继续看录像，搜寻黄克强口中所说的女人。几人不似早前，均放松下来，接之前话茬，又你一言我一语，漫无边际地瞎侃，将盯着电视寻人的任务推给黄克强一人。就在大家百无聊赖的时候，却突听黄克强嚷嚷了起来：“嘿，就是她！”几人猛一咯噔，全齐刷刷地扭向了电视，可妇人却已转身，甩下她那臀肥腰圆的后背。袁野赶紧拾起遥控器把画面拉回来定格，黄克强便又兴冲冲地脱口道：“没错，就是她！”肖潇心里突突乱跳，周身血液也涌上头顶，眼珠子似要落在屏幕上。电视上的女人宽皮大脸、丰乳肥臀，典型的一市井百姓，虽年纪看来不小了，却打扮得花枝招展，艳俗得让人特反感。尽管她想刻意展示自己多有钱，可浑身上下的服饰首饰，一看就值不了几个钱，还真像黄克强口中所说的，和大杂院里的大妈没什么两样！肖潇眉头微锁，心中困惑万端，设法将她与多次变现，从而坐拥过亿资金的持宝人相联系，但无论如何努力，她与他心中的持宝人，怎么也对不上号。肖潇不明就里，又一眼瞥见她手中的提袋，不由惊呼道：“哎，不对呀！她手里的锦盒，装的肯定不是金片！”袁野也有所意识，扭头追问黄克强：“你不会弄错了吧？老太太手里的锦盒，和金片的尺寸完全对不上号呀！”黄克强的脸“腾”地红了起来，见肖潇眉头紧蹙，其他人也满脸狐疑，便着急分辩说：“没错！我那天看到的，绝对是她！”

“怎么回事儿？”“怎么盒子对不上号呢？”几人面面相觑，又都喃喃自语，不再怀疑黄克强信誓旦旦的说辞，可又无法解释这现象。正在莫名其妙间，又突听黄克强再次高声道：“嘿，老太太又出来了！”大家便赶紧扭身，又齐刷刷地望向电视。果然，老妇再次出现在画面上，很快，一个极精明强悍的小伙儿也跟了上来。“嗯，有意思。看来克强没看走眼！”袁野紧盯屏幕，颇为意味深长。肖潇则盯着妇人的手下方一眨不眨，伴随镜头的拉近，不出所料，只见老妇手中见棱见方的黄色盒子，瞬间变成了扁扁平平的蓝锻锦盒，且长宽高矮尺寸，正与金片相吻合。王家明一拍大腿，乐不可支：“嘿，就是她，这次肯定没得跑！”袁野却不为所动：“急什么？看看再说！”肖潇也道：“可不？还得瞅瞅她手里的锦盒有没有被拍卖公司留下呢！”几人于是松了口气，一边瞅着电视继续看结果，一边又七嘴八舌议论开来。“这小伙儿究竟是她什么人呐？”侯勇眉峰略一皱，冲一旁的袁野讨教道。“还用问，肯定是她儿子呗！”王家明想当然，怕别人抢头彩。“肯定不是她儿子。”瞧自己立了大功了，黄克强的兴致也就更高了，并成心较起真儿来。王家明却不服，抬起杠来：“不是她儿子，那他会是她什么人？”黄克强一耸双肩，摆出不屑争辩的模样：“这我怎么知道。”侯勇也瞧出端倪来，便在一旁附和黄克强：“我看也不像她儿子。”王家明傻了眼，因而迷瞪道：“你们凭什么这么说？”见王家明傻乎乎的，倒还蛮可爱，肖潇便嘿嘿笑着点拨道：“这不是一眼的事儿吗！小伙儿从头到脚一身的名牌，显而易见的养尊处优。可老妇虽然挺妖娆，但一看就是大杂院里极为普通的大妈，两人太不搭边儿了！”“嘿，还真是这样呢！那他们是什么关系呢？”一经提醒，王家明猛然顿悟，可又一脸的困惑。袁野仍在全神贯注地关注老妇手中的锦盒，看看是否真的留下了，这可是问题的关键，但王家明却老在一旁瞎扯，便不耐烦了，因而冲他嚷嚷道：“瞎猜什么？逮着这条线索，往下再一捋，不就一清二楚了！”

“哎，这都进去那么久了，怎么还没有出来？”黄克强和侯勇均不解，便齐问肖潇道。“应该是在里面签协议了吧。”肖潇也在犯嘀咕，所以试着分析说，可他话音刚落地，只见屏幕上的两人并排走出来，大家立刻紧张起来，竟连大气都不敢出一口，把心脏提到了嗓子眼儿，全齐刷刷地盯着老妇的手，而随镜头的拉近，见老妇手里的锦盒依旧在，而她的脸上则落落寡欢并气愤难休，就连一旁的小伙儿也臊眉耷眼，更竭尽小心的模样。“嗨，又他妈的白忙了！”王家明泄了气，并骂骂咧咧了起来。肖潇也一筹莫展，又心灰意冷问袁野：“怎么会这样呢？人是克强指定的那人，锦盒也对得上号，那拍卖公司怎么又没收呢？这金片难道是飞进去的不成了？”袁野也毫无头绪，看侯勇竟连招呼也不打，便拿起遥控器来果断关掉了电视，冲他急了：“怎么关了？赶紧给我打开，咱再接着往下看。”看袁野发了火，凶巴巴地说自己，侯勇于是分辩说：“还有什么可看的？各个条件都符合咱们要找的目标，不照样没有送进去，给原封不动地退回来了！”“现在下结论，是不是早了点儿！这后面的画面都还没看完呢，你着急忙慌干吗！”袁野虽也一时没有搞清楚，可长期的职业习惯，还是让他养成了不到最后关头便决不轻言放弃的素养，又看几人蔫不出溜，全都提不起兴头来，他又试着解释说：“宝物肯定是在克强看到之后送进去的，现在又公开拿来拍卖了，这难道还有假不成！只要东西是从这道门里送进的，那就一定能够把它揪出来。”说毕，他又不由分说，一把夺过还在愣怔中的侯勇手中的遥控器，打开了电视，再手摁快进档，直至接上刚才看过的画面，他才不再言语，又一门儿心思地转过头去盯着屏幕往下看。

一通折腾下来，大家都已神疲力乏，失去了耐心。可很快，那女人真的又出现了，身边同样跟着刚才那小伙儿，手里拎着之前的那个扁平蓝缎的锦盒，再次进入了宏程博源的大门。大家猛一激灵，都下意识地快速扫向屏幕下方显示的时间，而前后两次的出现，中间相隔仅一天。“看来，咱还没有白干！”袁野极为敏感，他像个有着无数次捕猎经验的老猎人，几乎在再次看到女人的瞬间，便已敏锐地洞察到了之后的结果。肖潇也为之一动，他也准确无误地判断出了女人不会无故再次去碰壁，听袁野与他不谋而合，便强抑冲动，并依旧紧盯电视回了句：“看看再说吧。”黄克强因为立了功，所以兴致更高昂：“很快就见分晓了！”侯勇和王家明也摩拳擦掌，似乎片刻工夫都不能等，恨不得上前两步，将女人从电视里面拉下来，问个桃红李白。

两人进去好久了，其间又有多拨送拍人高高兴兴地进去，后又扫兴地耷拉个长脸灰溜溜地走出来。肖潇长舒一口气，并已猜出了里面的情形，所以颇为笃定道：“这次没得跑，肯定收下了！”“你怎么知道的？”王家明不解了，扭头迷惘地问道。侯勇也挺纳闷地说：“是呀，你凭什么这么肯定呢？”肖潇诡秘一笑，瞅一眼看起来一脸门儿清的袁野，极为认真地回说：“真要被否了，早该出来了。这么长的时间没出来，那就肯定在里面签合同！”“呼……”其他三人如释重负，均长长地吐了一口气，尤其是侯勇和王家明，小半年来日复一日的守候，终于有了结果，再也不用怕肖潇和袁野追究他们没有成效了！大家耐着性子，又再接着往下看，果不其然，女人很快出来了，并一脸神采飞扬的神态，而她手中的锦盒还真不见了，和她一道出来的小伙儿也一改昨天小心翼翼的模样，竟好似完成了天大使命般一身轻松。

“甭看了，就是这俩人！”袁野“啪”地关上了电视，并板上钉钉地说道。肖潇心里的石头也落了下来，并把他之前对女人的疑惑早抛到了九霄云外去，他兴致极高地夸道：“克强立了一大功，老侯和家明也没白干，之后我会好好奖励你们的！”王家明更忘乎所以，一双鼠眼精光贼亮，并颇为洋洋得意：“哼，再狡猾的狐狸，也终究逃不过咱猎人的眼睛。”袁野虽也欣慰，可看王家明忘乎所以的模样，便兜头一瓢冷水给他浇了去：“嘿，王胖娃儿，这说你胖，你还真喘上了！我可跟你说，眼下只是开了一个头而已，就目前这么丁点儿的线索，离破案还早着呢！”肖潇也清醒了，稍加思索后，便凭经验分析说：“拍卖当天，咱得到现场把这女人盯紧了，一定要查出她的来头，看她究竟是不是宝物目前的主人。”侯勇也挺老练的，听肖潇如此一说，他便有些担心了：“万一人家到时不露面，那我们的线索不就断了？”袁野可没这样的顾虑，他早将事情想透了，所以极为笃定地反驳：“这倒没什么值得担心的，肯定没有这个万一的！价值几百万元的东西，她能不到现场去督战？”肖潇虽也认可袁野的说法有道理，不过，旷日持久的寻宝经历让他早有历练，思考问题也更全面周详，略一沉吟，他又内行地分析说：“按理说，老袁的说法没有错。不过咱得有个万全之策，要是那女人或小伙子真的那天来不了，而是人家家里的其他人来，虽说这样的可能性很小，但也不是没有这个可能。”

王家明傻眼了，猴急了起来：“要真像肖总所说的，这狗日的两人都没亲自到现场，那咱怎么办？”王胖娃儿的话，还真把袁野问住了，他便只得望向肖潇，看他有什么好法子可以解开这个套。肖潇得意了，他知道袁野从没参加过拍卖，不了解送拍者的行为与心态，因而替他解围道：“即便两人没有亲自到现场，那他们也一定会派人到场等看结果的。几百万，这可不是笔小钱，任谁也洒脱不到这程度。到时候，咱们只要盯紧金片拍卖过程中相关人员的异动，那问题不就迎刃而解了！”“可到时候几百人参拍，咱怎么去盯呀？”侯勇犯难了，其他两人也一头雾水，肖潇转而吩咐黄克强，想让他来作解释。“不管金片的拍卖结果到时会如何，与之相关的人肯定会有所表现。”黄克强来了劲儿，一上来便开门见山地抓住了要害，可见三人仍有些似懂非懂的模样，便又刻意卖弄道：“要是金片没能拍成功，而是流拍了，那与之相关的人肯定会沮丧；可如果落槌成交了，那他也会难掩兴奋的。问题的关键是，不管成交没成交，到时只要金片走完了拍卖的程序，那这人就一定会立马起身离开的。”“立马起身离开？可这又是为什么呢？”听黄克强板上钉钉，王家明迷糊了，所以又再追问道。而其他的两人，也似懂非懂，没完全领会其中的意思，肖潇见状便又赶紧补充说：“那是因为，他要到外面去跟家人通报拍卖的情况，同时他也对别人的拍品不上心。所以，只要金片走完了拍卖的程序，那他一定会离开，而其他与之无关的人，是肯定不会随他而动的，还会再继续关注并参与下面的拍卖。”

肖潇一解释，袁野豁然开朗，因而沉着布置道：“这样吧，到时咱们都早点去，先看看今天视频上的两人究竟去没去，要是真去了，就由我来近距离地盯他们，老侯守在拍卖厅大门外，只要两人一离开，你就尾随他们去。王胖娃儿嘛，那天你就待在车里，一旦接到我电话，就赶紧把车开到饭店门口来接我们，咱仨到时都得机警点，可千万不要出差子。”袁野快刀斩乱麻，连想都不用想，便把一切布置妥当了。“可若两人到时没去呢？”袁野说得很清楚，侯勇听得也明白，可他又再提出了另外的可能。“这就稍微难办些。”袁野从没参加过拍卖，可刚听肖潇分析了，因而展开了联想，所以略加思忖后，也就不再为难：“那这样，我就守在大门里，老侯守在大门外，你就把我盯好了；王胖娃儿嘛，你干脆守在电梯口，到时只要跟上我或老侯就行了。不过肖总，我可说好了，到时你得给我派个司机来，要仅凭我们三个人，肯定抓拿不过来的。”

“那还用说！这样吧，到时甭管什么状况，我都把我的司机李可派来听调遣，你们仨，就全力以赴地把现场给我盯好了。不仅如此，到时我和克强也会去协助你们盯人，咱给他布下天罗地网，也就不愁他们会从咱的眼皮底下溜掉了！”看袁野捉襟见肘，肖潇又哪能袖手旁观？尤其快要揭晓谜底了，他也难抑心中的好奇，所以一点不含糊，更不可能置身事外，等事后再来隔靴搔痒听汇报。

第二十二章　各遂其愿

赫市长只要闲下来，并一人独处，他的脑海便会不时浮现出罗曼那楚楚动人，犹如不食人间烟火一般国色天香的容貌来。尤其站在她那饱含女人细腻心思的，精致而又唯美的，还颇有些古典主义风格的写实画作前，他那颗早已习惯陷于繁忙沉重事务的凡心，也悸动起来，竟怎么也平静不下来，甚至牵挂起这个和他素无瓜葛，柔柔弱弱，像空谷幽兰似的，能在画布上如此挥洒自如，尽情地完美表达情感的大才女。起先他还竭力地控制自己，甚至还在心里不时地嘲笑自己，认为这只是生活中灿然一现的昙花，是绝不可能当真的。可他越是想控制，罗曼在他脑海里出现的频率便越高，而她的身影、她的容貌、她如雪的肌肤和她那病怏怏的犹如西施一样的娇怯，更是在他脑海中挥之不去。打去医院探视后，他特地抽空亲临画展去瞅了瞅，他真想像不到，这么一个尤物一般可人的、如此年轻貌美的女子，怎么有如此的才情与天赋？竟能把万物中的五颜六色调和得如此有层次又养眼，而她的笔触之细腻丰满已到了丝丝入扣、神出鬼没的逼真程度。赫市长也觉得自己好笑，都已年过半百了，什么事情没经历过呀？什么样的人又没见识过呢？可现在，自己却被罗曼这丫头片子搞得神魂颠倒，真是有点儿太不可思议了！

赫市长在无边的思念中，免不了拿她跟其他的女人作比较，而首先想到的自然是他老婆了。客观地来说，这还真称得上是个品性端正的好女人。善良、朴素、恪守妇道、勤俭持家、孝敬公婆，从不对他的工作指手画脚。赫市长和老婆是大学同学，两人都毕业于同一所名牌大学，又都是学经济的。在那个年代，那样的学校，那样的专业，女学生真可谓是凤毛麟角，谁要能和这样一位女大学生谈恋爱，并最终修成正果结为眷属，那可是一件引以为荣的事情。更何况，郝市长本是一个祖祖辈辈都面朝黄土背朝天，在庄稼地里讨生活的农民后代。从一开始两人就没有经历花前月下的甜蜜，大家都在同一间教室听课，又争先恐后地在学校图书馆里抢一个好一点的座位，这是他们在学校里的全部生活内容。也正是两人都不同于一般同学的勤奋，这才彼此有好感，并逐渐发展出默契，要是谁早一点去教室或图书馆，都会不自觉地为对方抢占一个好位置。若哪天有谁没来，在教室或图书馆的那一个心里便会怅然若失，思绪不宁，猜测对方为何没来，是生病了还是其他什么原因。慢慢地，两人便开始相约同进同出，度过了在校这一段认真求学并形伴影随的充满无限憧憬的光阴。

两个人就这样自然而然地走到了一起，谈起了恋爱。毕业后不久，又自然而然地领了结婚证，组成了一个让好多人羡慕的知识分子家庭。赫市长也曾为这桩婚姻得意了好一阵儿。要知道在那个年代，有着大学本科文凭男女组合的婚姻就是高质量家庭的代表，其社会地位会比一般家庭要高，收入也比别人多，更主要的是，夫妻双方都具备升职和发展的潜力。当初，有多少同学羡慕他们这对夫妻呀！

可随着时间的推移，赫市长便感到了这桩婚姻的不足。老婆不愧是学经济的，除关心将现实生活中的必需品降到生活的最低支出限度，好让银行存折上的数字能够稳步上升，再就是把更多的精力花在了他们的宝贝儿子上。因为有个旱涝保收的铁饭碗，她从此也就不再图进取，最让赫市长无法接受的，是老婆自认为已经结婚成家了，这个家庭结构从此牢不可摧了，这辈子也就彻底安稳了，也没有必要收拾打扮了，就连当今每个女人都须臾离不了的口红都省下了，她本就相貌平平，如此一来，就更缺乏女人味了。

日子长了，相互的激情也没了，话也少了，除了吃、喝、拉、撒、睡，两人似乎已经无话可谈。赫市长有时也在想：真不知道她读了那么多的书，如今怎么变得跟家庭主妇似的，不但不知性，品味也就更别提，成天跟个机器人一样，乏善可陈，极其无趣。赫市长有时真羡慕机关里那些一辈子唯唯诺诺、一事无成的老机关油子，屁大的本事也没有，可人家的老婆牵出来却很光鲜亮丽，既懂人情世故，又解男女风情，这才像个女人嘛！其实，只要他愿意，也不乏主动对他投怀送抱的女人，甚至有的企业界人士为了讨好他，还不时地试图对他进行性贿赂，但他却一直不为所动，不动声色地将这些女人巧妙地挡了回去。谁不知道现在的针孔摄像头无处不在？谁不知道红颜祸水是切不可轻易招惹的！

赫市长知道自己没有任何背景，能够走到今天这位置全是靠他努力工作，不得罪任何帮派，也不给任何人留下任何攻击的口实得来的。谁知道那些今天还有求于他的人，改天又会怎样对他落井下石？他深知一个人的婚姻对他政治仕途的影响有多大，维持一个良好的家庭形象，就等于树立了自己富贵不移的道德丰碑。再说了，老婆虽说没情调，也没丁点儿的浪漫，可他们毕竟已是几十年的老夫老妻，早已结成利益共同体，这对他来说便是一个最安全的合作伙伴。外面的女人漂亮妩媚风骚又如何，说不定什么时候就会置自己于无底的深渊。前两年，贵州省的省委书记刘方仁，不就被女人送进监狱还被判了无期么？成克杰则更惨，为了女人甚至连性命都丢了！据说将这两个省部级高官投进监狱送上断头台的女人，一边靠着这两个手握重权的老男人批条子、搞项目，大赚钱财；另一边却又和其他的男人乱搞一气，甚至为给其他男人谋利，断送了这两个她们自己倚为参天大树的男人的政治生命和身家性命！这样的傻事儿，他才不会去做呢！

赫市长不愿犯这样的低级错误，他的一切来之不易，他是他们七里八乡唯一一个走出大山的大学生，他是他家祖宗八代唯一吃皇粮官阶还不小的政府官员，他得维系好这来之不易的一切。更何况他刚年届五十，极具发展潜力，还有再上层楼的机会。所以，尽管政府大院里那些自认为有几分姿色的女人们，有事没事借故往他办公室钻，他都正襟危坐，一副凛然不可犯的君子模样。

现在却不一样了。自打见了罗曼后，只要闲下来，脑子不处于工作状态，与她相关的一切，也就如影随形，不期而至地从大脑深处浮现出来，与内心深处那个渴盼女人温存的他缠绵缱绻。每当这时候，赫市长就将自己关在书房里，再拉上室内厚重的窗帘，确认无人能够窥视时，他便站在罗曼的画作前，与她神交起来，要么将身体深陷于舒适的椅子里，或平躺在柔软的沙发上，任由自己的思绪，同罗曼的身影肆无忌惮地纠缠。他仔细地回顾罗曼留给他的点点滴滴的印象，情不自禁地对罗曼身体的各个部位随心所欲地作诸般设想，以致身体下部那久已不再勃起的男人特有的玩意儿，竟禁不住地有些蠢蠢欲动，甚至有种似有若无地、不期而遇的快意袭来。每当这时候，他便惬意地轻轻呻吟两声，在身体的快感与道德的理性良久冲突中，这个一贯重视养身之道并颇有些阅历的见惯世面的男人，这才终于恢复了常态，极不情愿地将那只掌心早已黏黏的并滚烫如火的大手，慢慢地退出裤底。

赫市长懒懒地躺在沙发上，思考着自己行为的合理性。他想：柏拉图的精神恋爱是否一定能够超越肉欲的境界？男女之间的爱恋是否能够超越身体的因素而独自成立呢？然后，他又想到年轻时候读过的弗洛伊德关于人的性行为与性心理的诸多论述，越想便越不得要领，越琢磨便越深陷其中。最后，他想到了两千多年前孔圣人的“食色，性也”四字箴言，言简意赅地道出了人性的本质所在。终于，赫市长不再为情所困，也不再为性所扰，就连一身正气并一脸革命的鲁迅不也早在好几十年前，写下了“无情未必真豪杰”这样的至理名言么？一旦为自己的行为找到了古今中外合乎情理的理论依据后，赫市长的想法随之也就活泛了，并暗想应该去趟北京，去瞧瞧这个成天搅扰得自己心绪难安的丫头片子现在究竟怎样了，看能不能通过进一步的交往接触发展彼此的关系。如若不然，那就赶紧斩断这孽缘，别再拖泥带水地继续纠缠，从而苦了自己。

决定北京之行后，赫市长又开始考虑，该以什么样的名义更得体。当然，决不能以私人名义，这样师出无名不说，还会让罗曼那小丫头小瞧自己！很快，赫市长想到了可以以市里那宗已经跑了近两年却仍无多大进展的项目为借口。该项目对市里来说是大事，牵涉到数十亿的资金投入和上万人的就业机会，虽说也可急可缓，不在乎早一天和晚一个月，但眼下只有这件事，可以冠冕堂皇地拿来作招牌，且还不易让人挑出理来。赫市长想好了出差北京的名头，又想起罗曼的画作即将在拍卖公司开拍了，那就理应去为她捧个场。可怎么个捧场法呢？这倒让他犯了难。自己是个公务员且有一市之长的身份，别说自己没钱，即便拿得出钱来，也断不可在那样的地方去抛头露脸，不然很有可能惹出不必要的麻烦来。可如果不捧场，那又怎么取悦罗曼呢？这可是讨得美人芳心的最佳时机，同时也是向对方展示自己能耐的绝佳时机！

赫市长思忖北京之行非去不可，不仅要去，还得想法去为事业正处于上升期的罗曼锦上添花，在拍卖会上助她一臂之力。无需多想，赫市长很快有了好主意：找个老板一道去，问题不就解决了！这些私营业主可是肥得流油，不管打麻将，还是炸金花，或是斗地主，往往一个晚上赌下来，便是几十万元的输赢，连眼皮都不带眨一下。若能为他这个市长尽份心效份力，那可是他们的荣幸，保不准今后的哪一天，便会有这样或那样的项目拿来照顾他，到时不就数倍甚至更多的利润都赚回来了么！花点小钱去拍卖会上买幅画，这对他们来说实在算不了什么。打定主意后，赫市长开始物色具体人选，不用多费神，他便决定从那次参加宴请画家的人中选，这样不用多解释，对方也就会领会。最好还得设法让人家主动提出来，若是自己开口去求人，那岂不落人口实，同时又还很跌份儿，那今后还怎么在这些人跟前道貌岸然地指手画脚了！

究竟谁去最合适，赫市长有点伤脑筋，张三不中意，李四也不是太理想，正在他煞费苦心时，黄东升却适时打来电话了："哎，赫市长，您最近有去北京的打算没？要有的话，我们一道去，你说行不？"嘿，这还真是"瞌睡来了遇着枕头"！赫市长暗想：这个黄老鬼就跟自己肚子里的蛔虫似的，什么时候、有什么需要，全掌握得一清二楚，什么都瞒不了这个特别猴精的生意人！不过，他也不太待见这个一身铜臭的暴发户，此人凭着和谢书记的私交好，便财大气粗，目中无人，好像就没有他摆不平的事情似的！赫市长虽不喜欢黄东升，可又不能怠慢他，尤其人家还存心巴结，可又不知他是何意图，便脱口问他道："你去北京干什么呀？"黄东升来了劲儿，煞有介事地回道："噢，宏程博源这不给我发来了邀请吗？依照老规矩，我得过去看看呀！再说了，我不还答应过罗曼么，说到时肯定会为她去捧场，我既然撂了话，那就得算数！"嗨，这个黄老鬼，竟然和自己想到一块儿了！赫市长犯踌躇：绕开此人吧，肯定行不通，自己的行程连一般的老百姓都瞒不过，更别说对市委、市政府主要领导行踪门儿清的黄东升了！若拒绝对方的建议，那就意味得放弃这次北京之行的安排！一旦失去这机会，说不准就永远失去了接近罗曼的借口。这场即将举行的宏程博源的拍卖会，对于作品初次上拍的罗曼来说可是件天大的事情，如果自己不能在这种关键时候帮上她一把，保不齐就会有多少个类似黄东升这样的小人，出现在罗曼的跟前大献殷勤。虽然，赫市长认为罗曼不至垂青黄东升这类没文化没品味的暴发户，但拍卖会上如果多出现几个陈东升、李东升、刘东升呢？保不齐会在多少个什么东升的前赴后继下，在这些人的轮番狂轰滥炸下，罗曼这小丫头就会慢慢迷失了方向！人家姑娘毕竟初出茅庐，还很单纯，哪懂得世间的险恶与男人龌龊的心态？而要真被某个小人给骗了，那自己就再无后悔药吃了，就更别说糟蹋了人家那么冰清玉洁又那般才情横溢的女子了！

一旦有了这想法，赫市长更放不下心来，此刻，他就像是罗曼的护花使者般，决不容其他的男人染指她，也更不容其他的龌龊小人亵渎她，既然你黄东升主动找上门儿来，那我何不借力打力，顺水推舟呢？稍加斟酌，九曲回肠的赫市长已打定了主意，虽似貌不经心，可却一本正经地回答："是该去趟北京了，我正在琢磨这事。你是知道的，市里那个大项目一直没有批下来，早就该去北京催催了，谢书记也一直在问。可最近那么忙，市里那么多的事都要我亲力亲为去处理，一会儿忙招商引资，一会儿得应付上级检查，一会儿又要接待农民上访，最让人头疼的是城西那块老城改造，明明是好事，想借机改善老百姓的居住环境，可让下面的人搞得面目全非，来个强行拆迁，让那儿的居民怨声载道。最近据说，还有人已经将这件事捅到央视的《焦点访谈》节目了，我这灭火都来不及，哪还抽得出时间来去跑北京的项目呀！"赫市长焦头烂额，仿佛在恨自己分身乏术，并有满腔的苦水正没地方宣泄，所以极自然地把对方当成倾诉的对象。

黄东升深谙官场之道，也知赫市长的半真半假，可既然对方没有拿他当外人，那他就得为市长两肋插刀了。听赫市长絮絮叨叨，虽没吃透对方话中的意思，却极为老练地顺着市长的话题拍马屁："赫市长日理万机，这是我们有目共睹的！不过话又说回来，北京的项目也不能再拖了，真要搞好了，那得解决多少人的就业啊？得为市里创出多少税收来？市里每年的GDP，还不得因此增加一个百分点？这样吧，不如我们一道去，趁这岁末年终的，也有由头向相关部门'进贡'啊，要是这次打点到位了，事情兴许也就好办些，也就不会再像现在这样久拖不决，让人心里特没底。要是把这事办下来，那可就是你赫市长看得见、摸得着，利市利民的大政绩呢！更何况，《焦点访谈》不是还没对外报道么？要真是市里有人搞了鬼，那我们更得赶紧去，去做做公关和说说情，说不准《焦点访谈》就把此事压下了，也不一定！"哼，这个黄东升，真还有些不知天高地厚了！他的马屁拍在了马蹄上，赫市长对这套很反感，瞧他得意忘形，真有些不知几斤几两，好像和自己是梁山上的结义兄弟般，赫市长又好气来又好笑，听他口气之大，好像他是拍板的，好像他什么事都能搞得定，便在心里极讨厌，并禁不住地暗骂道：不就是税收大户么？至于在我这个市长面前也那么狂！你再有钱，你税交得再多又能怎样？我不照样是你父母官？好多事情，要是没我来罩着你，即便有谢书记替你撑腰又能怎样？怕也难有你今天这样的场面！

赫市长心里虽不快，但也知道黄东升那人就这样，文化不高素质低，时常得罪了人自己还不知道，但心眼儿倒还不太坏。再说了，政府的权力再大又如何？不也得跟这些人搞好关系？要不然，人家和政府离心离德，一撂挑子把资金撤到其他地方去，那政府的工作还怎么做呢？现在各地的工作重心，一大块儿都用在怎样招商引资上，自己市里的企业还能不笼络好？更何况，人家也是一番好意！赫市长七弯八拐，心里转了几大圈，虽反感对方小人得志的样子，却顺着他的建议不动声色地说道："那倒也是！谢书记也一直在催我，说开了年以后又要忙两会，这一拖，不又得拖到猴年马月了。再说了，这年关将近了，各地都在变着花样地想方设法打点相关的部委，我们要是落后，那目前正洽谈的项目恐怕真就要黄了！城西改造那件事如果真的捅到央视去，那也正好上去摸摸底，一举两得嘛！"赫市长殚精竭虑又一心为公的模样，让黄东升更加不能撂挑子，听对方没有反对的意思，便又赶紧财大气粗地表态："那就这么定了啊！您只管安排出时间来，至于打点的事情您就不用费心了，一切交给我就是。"听黄东升大包大揽，赫市长多少感到了安慰，虽也知道对方的算盘打得精，决不会无故撒钱，而是图谋今后在这个项目上能有更多的回报，但只要眼下有人肯掏钱，那也算是好事！

同样惦记着去北京的，除了赫市长和黄东升以外，还有胡总！只是他倒颇为踌躇，因为他知道黄东升在宏程博源举足轻重的分量，便不愿这样屁颠屁颠地跑去给人家做陪衬，反让罗曼小瞧他。尤其得知这老淫棍竟说动了赫市长一行政府官员，跟他们去找罗曼，显摆这老贼在市里的影响力，他就更不敢冒然地闯到京城去，在罗曼的面前自揭其短，反衬对方这个挨千刀的黄东升时时事事都要技高他一筹来。便在思来想去后，识趣地避其锋芒，打算今后去罗曼的画廊里，择机和她人不知鬼不觉地神交一番，那不比在拍卖会上这样的公共场合下，去和姓黄的这个老淫棍争风吃醋来得从容么？遂打定主意，打算按兵不动，他决不相信这黄东升捷足先登，就能在罗曼那儿讨到丝毫的便宜。

宏程博源的秋季拍卖会，在各方期待与各媒体铺天盖地的宣传报道中鸣锣开场了。中国书画、近现代书画、油画专场、瓷玉专场、宫廷遗珍、佛造像专场、铜镜专场，经过三天极为隆重热烈的预展后，相继开槌。宫廷遗珍和油画两个专场，一前一后紧挨着，被拍卖公司精心安排在最佳的拍卖时段。肖鹏飞当然无法置身事外，肖潇也期待好久了，爷孙两人亲临预展，直奔主题，将金片捧在手中。无需细辨，老爷子便一眼认出了金片确系自家六十年前丢的那一块。接下来，肖潇悉数缴清保证金，随后领取竞拍牌，并在拍卖的当天叫上黄克强和司机李可，早早赶到了现场。

袁野他们早到了，并把拍卖大厅排查了一遍，见视频上的两人都没在里面，这才守在大门外，只要对方来参拍，那就一定看得见。肖潇有些紧张，想到很快就见分晓了，他便难免不忐忑，而除袁野外，其他几人则摩拳擦掌，大有猎奇的心态。“真要来了，就按之前说的办。由我近距离地跟对方，侯勇守在大门外，王胖儿盯着电梯口，李可就暂时待在车上不要动……”看人们悉数到齐，袁野又叮嘱，直到都没疑义了，大家这才有一搭没一搭地瞎聊了起来。还没说上两句，便见视频上的女人真来了，这次小伙子可没来，陪她前来的则是另一个其貌不扬的中年女人。肖潇的心跳快了起来，见女人宽皮大脸，丰乳肥臀，虽都已奔六十的年纪了，却妖样戏法，浓妆艳抹，而浑身上下的服饰金饰，一瞅却也值不了几个钱，但和视频上的打扮确实没什么两样，他便再次困惑：嘿，这么一个一看就是打肿脸充胖子的老太太，竟会变有上亿的现金在手头？王家明的嘴也快，一语戳在了点子上：“哎，真会是这女人么？她手里真要有那么多的钱，还用戴这么多不值钱的黄金首饰来显摆她有钱么！”几人都在心里犯嘀咕，随即会心地互望一眼后，又齐刷刷地盯向了女人，老太太却浑然不觉，女人开心地和同伴儿有说有笑，毫无防范地经过几人的身旁。可能察觉到了几个年轻小伙儿都盯着她在看，便下意识地拽了拽衣角，还没心没肺地咧嘴冲他们一笑，然后头也不回，甚至有些洋洋自得地径入拍卖大厅。

“真的会是她？”侯勇也迷糊，转而望向肖潇，可肖潇哪说得清楚？于是转向了袁野，想听听这个专业人士能有什么看法。“现在哪能说得准！咱都别再瞎猜了，还是按之前说的办。”袁野其实也怀疑，不过，他又哪有时间多想呢？看大家大眼瞪小眼，都在盯着自己这个主心骨，便赶紧快刀斩乱麻，此后他又叮嘱相关的几人，这才转身去找女人的身影，并在她们的身后拣了空位坐下去，又扫视门外的侯勇一眼，再瞅肖潇和黄克强也在他的身后坐下了，才又满腹狐疑地用心偷听两个女人的谈话，瞧能不能从中听出端倪来。肖潇心里一团乱麻，仍一眨不眨地盯着女人看，可无论怎么看，他都瞧不出这是一个坐拥过亿现金在手的富裕老太。若之前的宝物不是从她手中流出的，那问题可就复杂了！而今天上拍的金片又怎么到了她手中？肖潇匪夷所思，正在胡思乱想中，只听拍卖师那巧舌如簧并如快机枪般的唱腔响彻了全场：“宫廷遗珍专场，现在正式开拍！”而期盼已久的委托方和竞买人，也打住了话匣子，纷纷扭头望向拍卖席，并在拍卖师极具煽动性的抑扬顿挫的叫卖声中，逐渐集中了心思。肖潇专为金片而来，对其他拍品一概不关心，一门心思都在女人身上，细心观察她的一举一动，猜测她与陪同前来女人之间的关系。

现场一如既往的疯狂，经过一轮又一轮的高潮过后，拍卖师面对麦克风，一反之前快如机关枪般的超快语速，而是逐字逐句，连介绍又带吹捧地对竞拍者们大声介绍这件拍卖市场上从未得见的拍品："现在，我们竞拍第86号拍品。这是一块明代宫廷御用的纯金金片，据目前的已知资料，世界范围内仅此一件，无论材质还是工艺都堪称一流，极具文物价值、艺术价值和收藏价值，更由于孤品因素，以及金器类拍品还没被市场炒作起来，所以极具投资价值。下面，就请藏家们积极参与此件拍品的竞拍。"场中交头接耳了起来，都在拍卖师极其煽情的鼓动之下，对这块出自明代宫廷而又见所未见的纯金金片充满无限的期待。女人不再东张西望，也不再和她身边的同伴咬耳朵，而是纹丝不动地紧盯着前方，似连大气也不敢出一口，全神贯注于拍卖师那两片上下不住翻飞的嘴唇，看他能将金片拍出怎样令她意想不到的天价来。袁野门儿清了，不等金片进入正式拍卖，他就已经认定女人就是金片的主人，所以掏出手机来，向几人群发了条之前约定的"各就各位，按计划行事"的短信，尔后也看起热闹，看这块搅扰得肖氏爷孙那么魂不守舍的金片，究竟能够拍出多少价钱！肖潇也吃下了颗定心丸，金片要真是女人的，那调查的方向就没错，至于其他的也就暂时不管了。

从280万起拍，便有七八个人竞相角逐，价格也一路上扬，直至500万，先后已有三人黯然退场了。剩下的几人更激烈，号牌也此伏彼起，大家均互不相让，都想成为最后的赢家。女人依旧纹丝不动，甚至屏住了呼吸，一脑门儿都在拍卖师那两片嘴唇以及显示屏上不住往上翻滚的数字上头。场中氛围十分热烈，大家都在期待着，期待杂项类的拍品再次诞生一个天价。价格喊到700万元了，又有两人被动放弃了竞逐，过了800万，便仅剩一前一后的二人还在相互较着劲儿。拍卖师的目光则在两个竞拍者间来回穿梭，语速也逐渐缓了下来，而剩下的两人也有一些力不从心的感觉，可却又都不甘心，所以相互胶着着。

终于，当拍卖师喊出"900万元"时，参与竞逐的另一方稍稍犹豫了一下，便不再举起手中的号牌，彻底放弃了成为最终赢家的可能。"成王败寇"是拍卖场上永恒的规则，拍卖师目光如炬，紧盯着此轮报价的最后出价者，正要拍下手中木槌，并顺带恭喜这个最后的买家，而早已熟悉游戏规则的黄克强，则赶紧举手杀进场中，并随即高喊了一句:“950万”。拍卖师的耳朵尖极了，同时眼也快，而他脑子反应更不慢，听见新的应价后，便赶紧把目光从刚才的应价者脸上挪开了，并满场找寻新的出价者。终于，拍卖师咧嘴一乐，看清后排中间高高举起的号牌，遂调高了嗓门，进一步地确认道:“138号，你加多少?”黄克强毫不含糊，伸出右手五个指头来，又再追了句:“950万。”拍卖师乐坏了，又转头扭向之前的竞逐者，进而语音高亢，并极为连贯地问他:“138号950万，325号，你还再加吗?”前排的325号本以为已经摘得最后的果子，没想到半道上竟杀出一匹黑马来，所以极懊恼，下意识地回头找寻身后这个横空出世的程咬金，想探一探对方虚实，再来逐高下。拍卖师不太耐烦了，便再次调高嗓门儿问他道:“325号，你还加价吗?”现场骚动了，可前排的竞逐者似乎没察觉，直到旁边的人赶紧伸手拍他胳膊示意他，他才猛一愣怔回过了神来，毅然举起手中的号牌，同时使起性子来:“再加50万。”

“好！325号1000万。”本已几成定局的本轮拍卖再度起死回生，拍卖师真有点喜出望外，他又望向黄克强，语音更具煽动性:“138号……”不等拍卖师的话问完，黄克强又义无反顾，毫不犹豫地将号牌高高举起来，并又大声地出价:“加50万。”325号买家实在不甘心，不情愿煮熟的鸭子就这么飞了，更不愿这个从别人盆中抢食的后来者居上。两人互不相让，都在心里憋了一股劲儿，不想输给对手，也决不让对方得逞。两人就这么来来回回地拉锯，都想争口气。直至超过1200万，已明显超过325号心里的底价，他便彻底绝望了，情知身后这个半路跑出来的程咬金一定是势在必得。325号竞逐者手中的号牌明显放慢了速度，在跟与不跟上费起了思量，此刻，这人脑中存了一点儿歪念头：你小子不是势在必得吗?那老子就给你点厉害看，干脆陪你玩下去，让你小子多出一点血，多掏一点银子才解恨！存了这心思，325号便不再犹豫了，只要黄克强举牌，他也义无反顾，紧跟下去，弄得场内一阵又一阵的掌声不断。价格举到1350万，325号不由打起鼓来了，随即吓出浑身冷汗来：万一身后这小子撑不住了，不再跟拍了，那如此高的价位接过来，岂不砸在手中了?这一念头令325号心里猛一惊，待对手接过去，他便赶紧收手了，任凭拍卖师声嘶力竭地千呼万唤，他也就此打住，不敢接着再玩了。只听得拍卖师手中的木槌“啪”的一声拍下去，并高亢地宣布:“1350万，86号拍品，被138号拍下。”

一切尘埃落定了，袁野站起身来，他扭头望向大门口，眼睛的余光则瞟向了女人，看侯勇正朝他望过来，而老妇果如肖潇之前的判断，真从座位上起了身，便在心里佩服身后这个料事如神的年轻雇主，遂朝他使了个眼色，进而往外走，打算尾随她去，看她究竟什么来头。一旦证实了此事，肖潇也禁不住地血脉贲张，从而急切地起身往外蹿，也想观望女人下面的举动，是否确如之前的预料，而老袁他们几个人又是否真的跟上了。女人却浑然不觉，依旧大大咧咧地眉飞色舞，似乎想让所有的人都来分享她此刻的喜悦。可接下来的事，却出乎他们的预料了，原来掏出手机来，迫不及待地向外传达这一天大喜讯的，竟然不是他们一门儿心思紧盯的那女人，而是陪她前来凑热闹的，此前根本没引起他们过多关注，并其貌不扬的中年女人。远远就看见她乐不可支，刚一出大门，便猴急地摁下了早已掏出来的手机，再压低嗓门儿嘚啵好一阵儿，这才将憋了好久的亢奋情绪一泻而出，而他们盯了好久的女人此刻反成配角了，竟傻痴痴又乐呵呵地干站在一旁，静等她的小姐妹把她撇在一旁往外传递消息呢。几人虽没搞懂这临时出现的新变故究竟蕴含着怎样的玄机，却也没有半点含糊，还按计划不动声色地紧紧跟上了女人，待之后再来揭晓这谜底也不迟。肖潇则等黄克强签单出来，再一道去付款提货，随后便归心似箭般，一门儿心思地想让爷爷也和他一道乐呵乐呵，打算陪同老爷子坐镇家中，共同等待袁野他们的跟踪结果。

"怎么，不看下一场？"黄克强当然明白肖潇此刻的心思，却出其不意地问他说。"有什么可看的？走，咱赶紧回家吧！"见肖潇完全没有这根弦，黄克强只得将话挑明了："这下一场可是现代油画，咱不给罗曼捧捧场？""哟，还真是！"一经提醒，肖潇猛想起此事来，此前林文轩曾数度给他打电话，话里话外强烈希望他能亲临现场为罗曼去捧场。不过，此刻的肖潇心境不同了，尤其是，林文轩越是巴结他，他便越反感，总觉得林文轩在利用他，利用自己和罗曼之间既说不清楚又道不明白、剪不断理还乱，可却什么关系也不是的暧昧关系。想透了这一点，肖潇便有些瞧不起林文轩，他不知道这人究竟怎么想的，这么一个人见人爱的超凡脱俗的才女在身边，不好好地看着，用心地守着，却动不动就将她往别的男人身边推，好像天底下的男人都是冤大头，都该为罗曼的美丽"买单"，而他林文轩则只消坐享其成。见黄克强一脸暧昧地盯着自己，肖潇瞬间心一横，随即手一挥，并毅然决然地说道："别耽误时间，咱快走吧！"

西山别墅，又是一个不眠之夜。与之呼应的克莱敦饭店二楼的拍卖大厅里，也仍灯火通明。黄东升没食言，谨守之前的承诺，带两个手下亲临拍卖现场。今天，他专程为罗曼而来，为这个如玻璃人般清澈透亮却又如谜般难测难猜的冰美人，黄东升心甘情愿赌上一把。黄东升难得一遇地亲临现场，他要瞧一瞧，罗曼这小丫头究竟有何能耐，能将早已荣辱不惊并看破红尘的自己弄得五迷三道，而她却能进退自如，不给对方留下任何可钻的空子。林文轩在场中转来转去，眼睛不住地扫视全场，一一清点到场为他捧场的人数，默默盘算即将揭晓的拍卖成果。遇见熟识的面孔，他赶紧上前几步，并伸出双手紧抓住对方的手，再发自肺腑热情洋溢地寒暄几句，脸上总是那温文儒雅又经典迷人的招牌笑容，极具亲和力。黄东升和林文轩之间彼此有了相当程度的默契，黄东升旗帜鲜明，专为罗曼而来，林文轩对此心知肚明，他似乎不介意，甚至乐于接受。

黄东升背靠椅背，眼前不时闪过林文轩忙碌的身影，心里细细回味近两日和罗曼接触的点滴细节。罗曼美丽知性，敏感中不经意地流露出几分让人难以觉察的自卑，而她温婉的外表下面，又让人如此强烈地感受到她性格的执拗。让人既想亲近又无法真正靠近，既让人想入非非，却还得故作道貌岸然。黄东升商场驰骋几十年，游刃有余于各色人等，既有本事将同性玩弄于股掌，同时也阅尽无数的人间春色。可不知怎么的，一到罗曼跟前，他便嘴拙手笨，深感力不从心，却又忍不住蠢蠢欲动。画展一别，也就两个月，罗曼竟像脱胎换骨、换了个人似的，不再是之前那个青涩、柔弱，任人摆布的小女子。黄东升人情练达，深知这个正值妙龄、貌美且颇具才气的女人不可限量的能耐，以及她画作极具潜力的升值空间。黄东升老谋深算，算盘打得比谁都精，反正自己每年都有不菲的艺术投资，买谁的不是买？花点小钱替罗曼捧个场，不仅意味着也许以原始股的低价，坐收升值无限的罗曼画作，更重要的是，以罗曼才色俱佳的青春妙龄，又处权力核心的中枢地带，一旦发挥其特殊优势，其前景完全不可限量。现在投入一点小钱算得了什么？

黄东升带着两个手下，和赫市长的一班人马一道，三天前就已抵达了京城。人未启程，黄东升就已致电林文轩，要林文轩准备好几幅罗曼的精品力作，他要挑选几幅作为进京跑部的最佳礼品。黄东升的电话乐得林文轩屁颠屁颠，他进一步意识到此次画展所带给他的巨大商机，以及罗曼的无限潜力。罗曼也受宠若惊，自己的画作能得到别人的追捧欣赏，这是对她最大的肯定与认可。她和林文轩一道，搜肠刮肚，搜罗出存封多年的所有画作，再逐一精挑细选，最后遴选多幅他俩最满意的得意之作，斟酌再三，极尽可能地抬高定价，并诚惶诚恐地将其填在价签上，最后，把所有画作一并挂在画廊最为醒目的显要位置，等待接受黄东升一行人检阅。做好了一应准备，林文轩更玲珑八面，早早调兵遣将，将哥们儿朋友中最上档次的车辆借来，等赫市长、黄东升一行人一出机场，便亲驾迎接，直至五星级酒店下榻，极尽细心周全，和罗曼一道，倾尽全力，全天候地张罗着一行人的行程和饮食。

赫市长虽贵为一市之长，可一旦到了部级机构林立、权贵云集的皇城根下，他也两眼一抹黑，分不清东西南北，尤其到了相关机构，更一扫平日威仪，即便在处级、副处级这样芝麻大点儿的小官前，他也唯唯诺诺，看人脸色，仰人鼻息，一副小媳妇见了公婆的模样！黄东升就更不用提，一个地方土财主，人家哪会搭理他呢？所以在这样的背景下，林文轩和罗曼的谦谦礼仪和鞍前马后，便尤让赫市长和黄东升及其一干人有了他乡遇故知的亲切，有别于以往在茫茫京城里备受冷落的别样感受。更因罗曼的轻吟浅笑如影相随，不仅遂了赫市长之前的苦心，也解了黄东升内心的相思。

赫市长和黄东升抵京当日，林文轩和罗曼便在他们下榻的饭店，极周到地安排了较为丰盛精致的午宴。之后，一行人不辞劳苦，将大队人马开到林文轩位于798区颇具现代特色的精品画廊，这让一干成天埋头于繁冗杂事，没时间接触艺术，也不具备任何艺术天赋的地方官员开了眼界。七八个来自经济发达但文化生活却极度贫瘠地方的人平时确与艺术无缘，画廊高挑的空间，充满异国情调的装修风格，错落有致而又风格迥异的各种画作，以及精心点缀的小饰品，让这些平日里习惯于装腔作势并呼风唤雨的地方官僚们耳目一新，不由心生虔诚，这在无形中更平添了一分罗曼的神秘感。

黄东升是粗人，极好大喜功，他当仁不让，急于在罗曼跟前表现自己的富有与慷慨，也急于在赫市长和他带来的一干人面前，展现他为市里经济争作贡献的精神。一圈下来后，他煞有介事，一副腰缠万贯的模样，虽冲林文轩，可眼睛却在瞟罗曼：“这样，你们把罗小姐的三幅画帮我准备好，等我的通知，随时拉到指定的地点。”林文轩之前所有的忙碌就是为这句话，听黄东升没有食言，也乐得做个顺水人情，赶紧知趣地应承说：“黄总，请尽管放心，我早准备好了，包您满意，误不了您的事。”刚才在饭桌上，大伙儿议过这话题，林文轩和罗曼也知道三幅画的具体用处，所以黄东升一说完，两人也就心领神会。随后，黄东升从手下手里接过信用卡，往林文轩胸前极为洒脱地一递，并一掷千金的口吻：“卡上50万，林总，够了吧？”说毕，又拿余光瞟罗曼，见她似惊似喜，又略带娇羞，极为可人的模样，心中便升腾万千得意。林文轩则面露欣喜，伸手一把接过信用卡，可嘴上却客气：“够了！黄总，您也太客气了，反倒让我不安呢。”林文轩极伶俐，也善解人意，情知手中信用卡的分量，稍加琢磨，抬眼看了看画廊四周，也挺豪爽：“这样吧，为感谢黄总和赫市长的支持，我另送两幅画给你们，以答谢你们的厚爱！”两人意外收获，当然也蛮高兴的，稍稍客气下也就大方收了。定好画作，几人放下心来，一整天的车马劳顿，均感体力透支，为晚间再战，便打道回府以养精蓄锐。

晚饭，宾主又聚在一起，猜拳行酒、高谈阔论，不分彼此，其乐融融。而在酒酣耳热中，赫市长终于按捺不住了，不时偷瞟罗曼，言辞也不由自主地往罗曼身上扯，这让一同前来的市经委孟主任这个半老徐娘不太高兴，吃起醋来了。孟主任三十七八岁的年纪，因为保养好，又会打扮，给人印象顶多也就三十岁上下，既有几分姿色，又颇具女人味道。孟主任刚参加工作时，是市教育局的一名打字员，因容貌出众又颇为活跃，更因不甘人下的心机，很快便和当时的市委书记有了一腿。因有市委一把手作后台，这女人便从此平步青云，从打字员到办公室文员，再到办公室副主任、主任，后又调至城建局做副局长、局长，到现在的市经委主任，可谓平步青云，官运亨通。不过，前两年因为孟主任所依靠的市委书记和当时还是市长，现在已是市委书记的谢书记关系一直不睦，两人各唱各的调，各行各的事，不但互不买账，甚至相互拆台，搞得市委、市政府两套班子严重对立，无法协调，极大地影响了市里的经济建设，也让省委、省政府为此头痛不已。后因市长的上层关系更过硬一些，结果，前任市委书记被省里一纸调令弄到了省工商局当局长去了，这才摆平了此事。

可如此一来，靠着和前市委书记那层关系而在短短几年时间内青云直上的孟主任，便顿时失去了依靠，同时，还被市委、市政府的各路人马大为鄙夷，并遭到了排斥，更不受现市委谢书记的待见。而孟主任从来都不是逆来顺受之辈，更善于见风使舵，旧的靠山离场了，总得寻觅新的后台，而这个新的后台，思来想去，权衡利弊之后，那就非赫市长莫属了。于是，孟主任重又打起精神，想以自己曾百试不爽的女人手段，博取赫市长的垂青。因而，隔三差五孟主任便会有事没事往赫市长办公室里钻，不时找出各种理由，当面向赫市长汇报工作，一来增加自己在赫市长心目中的印象，二来凸显自己对市长的尊重。一来二往中，孟主任总会处心积虑，时不时地伸出手来，替赫市长拂去头上不经意间挂上的一丝杂物，或为赫市长掸去不知什么时候蹭在衣裤上的尘土。不管赫市长愿意不愿意，孟主任总会极其自然，乐此不疲为赫市长做这些本不是她的分内事的工作。不仅如此，孟主任还独树一帜，不称赫市长“市长”，而昵称“老板”，以示两人之间非同寻常的关系，也让不明就里的人想入非非。时间长了，孟主任也就一厢情愿，自认为是赫市长的人，和赫市长有着非比常人的亲昵关系。

因为认为自己是赫市长的人，孟主任也就当仁不让，觉得自己理应得到赫市长的青睐，也就理所当然地排斥其他女人在赫市长跟前争宠。在市里的公开活动中，只要有她在，就不可能有其他女人能够靠近赫市长，如果有哪个女人不知趣，敢在赫市长面前发嗲献殷勤，便会遭来她极度不屑的白眼和措辞犀利的挖苦，搞得赫市长有苦难言，却还无法辩解。不仅如此，在她心里，大凡她认为优秀的男人似乎都应该围着她的裙摆转，以她的容貌和她拥有的地位，在市里，有哪个女人能与之较量争锋呢？

而眼下，一走出他们叱咤风云的城市，赫市长居然对她熟视无睹、视而不见，就当她是空气一样或根本没有她的存在似的。赫市长虽一副坐怀不乱的道貌岸然样，可就连傻子也都瞧得出来，这个老男人的心思全都在那个靠脸蛋取悦男人的骚女人身上，孟主任的心里又哪能舒服得了？虽说她从哪个角度都不具备吃醋的资格，也不便在市里一大帮男人面前有失体统，但孟主任仍控制不了自己，管不住那张讥讽别人惯了的嘴，免不了阴阳怪气地抢白损上罗曼几句，也免不了酸不溜秋并无关痛痒地揶揄几句赫市长，这让赫市长心里多多少少有些发虚，所以不管他有多么的不情不愿，也不得不有所收敛。

黄东升纯粹一个糙男人，他没想到赫市长对罗曼也存有如此这般的心思。在市里谁不知道赫市长是个洁身自好的男人？市级领导中，谁都或多或少有一些绯闻，其中的精彩段子甚至在坊间广为流传。可赫市长却和这些花边新闻素来无缘，这让他在市里平添了威望，也被不少女公务员作为偶像来崇拜。任何一次民主选举，他都让以绝对优势顺利当选，他简直就是市里的一个道德楷模！黄东升本想借这次北京之行，在赫市长面前展示一番自己过人的能耐，把市里那件久拖不决的项目拿下来，进一步稳固自己在市里的根基。同时，他也想在市里这帮平日里作威作福的官僚面前，展示一番财富的力量，让他们亲眼看看他是怎样把眼前这个已被大伙儿熟识、并已崭露头角的美女画家拿下的，让他们掂量掂量，财富和权力究竟哪个在当今社会更被推崇。经孟主任一番不显山不露水，却又阴阳怪气、语带双关的隐晦话语后，黄东升才明白，赫市长原来也对罗曼情有独钟，别有一番意味。此刻，黄东升便忍不住暗自调侃：亏得自己也是人中精怪，赫市长这点心思自己竟都没看出来！像罗曼这般才貌双全，而又楚楚动人的妙龄女子，能有几个男人凡心不动，真正做到坐怀不乱的？赫市长又不是柳下惠，他就一定能管得住男人特有的荷尔蒙？黄东升觉得自己真是愚蠢到家了，本想大掏腰包来个一箭双雕，没想到却请来一个和自己一样，对罗曼图谋不轨的一市之长。黄东升开始在心里算计着，该怎样处理这层颇为棘手的关系，权衡自己在这复杂关系中的角色定位。

女人有时不经意间的一点小情绪，往往能够在一定层面上左右局面。孟主任虽万般不情愿，可她却歪打正着，恰如其分地充当了这样的角色，她不经意间流露出来的醋意，居然乾坤倒转，生生把这顿饭的氛围立马调整过来。赫市长意识到了自己的失态，黄东升也不便再放肆，大家调转风向，煞有介事地围绕着明后几日的正题而高谈阔论。连原定饭后再到歌厅去吼一嗓子、潇洒一番的计划，也都无人再敢提及。

第二天一上班，赫市长率市政府钱秘书长、经委孟主任一道，前往所需公关的部委，从主管的处长、司长再到分管的副部长，一路下来，嘴皮磨破，好话说尽，接待他们的相关人士也都客客气气，哼哼哈哈，对所提之事不置可否，却又没个明朗态度。上下官员全都口吻一致，反反复复一再强调，全国近300个地级市成天跟他们要项目、要资金、要支持的数不胜数，他们也得反复审核、逐一斟酌、多方比较，要对国家负责，将有限的财政资金用到最需要帮助的地方。好像个个都尽忠职守，全是国家财政的保护者一样。一圈太极打下来，项目依然毫无进展，仍在原地踏步。赫市长一行身心疲惫，却又不明究竟，不知问题卡在哪里，也奈何不得，既不能有丝毫脾气，甚至还得装出一副唯唯诺诺，深表理解与体谅的姿态。于是，大家倒也显出一团和气来，谁也没有感到有何不妥，谁也没感到有何为难。这种场合之下，孟主任所向披靡，充分显示出其女人特有的优势来。她的伶牙俐齿、巧舌如簧，成了融洽彼此关系的润滑剂，宾主间的氛围，便不致因为项目因素而尴尬，更因其女人的天然因素，而让男人们多了一分说不出道不明的愉悦之感。昨晚还对孟主任心生不满的赫市长，以及与孟主任并无多少瓜葛的钱秘书长，也不禁佩服孟主任周旋于官场的伶俐本事。临别时，赫市长一行又不失时机，向几位掌握着该项目生杀大权的处长、司长、副部长发出邀请，大家一番客气后，也就半推半就，欣然愉悦地接受了宴请。

从部委出来，赫市长深谋远虑，郑重其事对两个部下分析说："今天晚上送画，看来还得请罗曼出面帮忙。别花了那么大的代价，别人还以为我们是在地摊上随便买来的赝品，这会适得其反，坏大事的！"钱秘书长八面玲珑，一点就透，对赫市长说法深表赞同："还是市长考虑周到。我们把画家本人请到现场，一来可免去接受人的后顾之忧，不存真伪之议；二来还能为我们脸上添光加彩。别让这些京官小瞧我们，以为我们是从沿海地带来的，只晓得抓经济，不懂得文化艺术。"孟主任也颇识大体，市里两位主要领导都步调一致，自己又能怎样呢？要因为自己那点见不得人的小心眼，从而坏了市里已争取近两年的大项目，那可就得吃不了兜着走了，自己哪能担待得了这样的责任？于是，她大大方方，主动表态说："也好，罗小姐要能到场，说不准还能帮着我们公公关！"取得共识后，赫市长心里又不免活泛起来，想到今晚又能再次见到罗曼，心里就有说不出的愉悦。

漫长的白天终于捱过去了，等到华灯初上、夜幕降临，赫市长一行地方官员，便和白天预约好的副部长、司长、处长，在安定门外享誉京城的高级茶楼餐叙。这里虽说以茶为招牌，其餐饮水平在京城却难有几家高级酒楼可与比肩。这里的菜品以潮汕菜为主，什么龙虾、鲍鱼等其他海鲜，全是从澳洲空运而来，既新鲜又上档次；厨师也都是从广东和香港请来的名厨，手艺之高，让尝遍京城大小餐馆的美食家们无不交口称赞。不仅如此，这里还有高超的茶艺表演和精湛的歌舞演出，如果来宾因故没有带上女士作点缀，来这里消费也并不觉得枯燥、单调。赫市长为了慎重起见，未带其他同行人员，除去白天三人，晚上又叫上罗曼，再有便是出钱买单的黄东升。

几位京官本以为上午见到的孟主任就算是赏心悦目、秀色可餐，没想到晚上更多了位美艳惊人，且极具艺术气质的美女作陪，心里其实挺受用，但又不便流露出来，都强端架子，好像全是坐怀不乱的柳下惠，对近在身边的人间尤物可以做到视而不见。直到赫市长开始介绍罗曼的艺术成就，并刻意强调其画作竟被宏程博源这样的大拍公司看中即将上拍，几个京官才再也强端不起、拿捏不住，纷纷啧啧连声赞叹，不时向罗曼抛来诧异欣赏的一瞥。主座上的副部长更是性情中人，他优雅地侧过身来，一改之前的严肃表情，毫不掩饰对罗曼的赏识："小罗，你还真是秀外慧中的大才女呀！不仅人长得漂亮，还这么有才华！这么年轻，就取得了这么大的成就，实在难得。"见副部长都放下了高高在上的身段，司长、处长也就没必要再装腔作势，他们亦步亦趋，紧跟在领导后边，忙不迭地献上盛赞之词，称罗曼是不可多得的艺术人才，其前途完全不可限量。巡回画展后，罗曼在人情世故上老到不少，场面上的事已不再陌生，见几个刚才还正襟危坐、目不斜视的部委官员，全不吝言辞称赞自己，心中不由暗自好笑，面上却落落大方，和男人们说说笑笑，应对自如。很快，宾主间不再局促，京官们放下架子，求人办事的地方官员也不再生分，大家谈笑风生，气氛融洽。赫市长和罗曼分坐副部长两侧，见时机成熟，赫市长便冲桌对面的钱秘书长不露声色地使了个眼神。钱秘书长极有眼力，他对市长的眼神心领神会，于是起身，将早已准备于屋角的几幅油画搬上桌面，趁热打铁，让几个京官见识见识眼前这位美女画家的倾力之作。

副部长有一定的艺术修养，他饶有兴致地反复欣赏着罗曼的一幅油画。此画内容是一匹腾空飞奔的白色骏马，马背上坐着一位妙龄的红衣女子，随马飞扬。画面上，人物的头部与身体比例远远超出了写实绘画所要求的比例关系，马的躯体被有意地横向拉长，可人物又呈纵向取势，纵横之间，形成相互对冲的视觉冲击，既有效地传递出激扬的情绪，又弱化其画面形象的夸饰变形，不至使人产生任何不和谐之感。而在画面的色彩运用上，画家也极为大胆，刺目的红色和醒目的白色互为映衬，形成极其鲜明的冷暖反差对比，加之背景大面积地运用蓝、绿、紫等中间色和冷色调进行烘托，一方面凸显出红白两色的主旋律，另一方面，也使得画面的色彩对比更富深度，也更有层次。副部长家里也藏有不少字画，这些字画或是出席某个会议时，主办方为调节会议气氛特意安排几个画家当场献艺得来，或是有求于他的人送的。这些字画全千篇一律，属中国书画，画家也没多大名气，大不了也就值个几千、万把块钱一幅。油画对于副部长来说如同西洋镜一般，既稀罕又不甚明白，对其中现代油画抽象写实的风格意境更是只知其然，而不知其所以然。但此画作者如此惊艳绝伦的外表以及温婉优雅的气质，让副部长接受起来身心愉悦。尽管赫市长之前已将眼前这个美人的能耐吹得天花乱坠，但副部长此刻尚不认为他的这幅画能有多大的市场和收藏价值。

有了副部长作示范，司长、处长也不再扭捏，大大方方收下了属于自己的礼物。副部长和司长都在心里对赫市长一行人的安排大加赞赏，虽说画值不了几个钱，可真要自己掏钱去买，不也得花个几千、万把块钱！要在家里的客厅挂上一幅现代油画，那得增加多少艺术品味和生活情趣呀？再说了，已经进入新世纪的中国现代官场，人们对什么烟、酒、地方土特产之类的，早就不放在眼里了。对那些东西的热衷是中国改革开放初期，人们还未完全走出物资匮乏的阴影时，仅仅满足于吃好、穿好的追求而形成的社会风尚。随着中国经济的高速发展，国民人均GDP已经超过1700美元的今天，官场上的潜规则已悄然产生了逆转。送礼的和收礼的不无默契地将礼品的品类、规格和托办之事能带来的经济利益挂起钩来，在标准上形成一种投入产出的模糊概念，于是，信用卡、储蓄卡的送礼模式便应运而生。进入新世纪之后，中央反腐倡廉工作抓得一天紧似一天，相关条文日趋细化，现代侦破手段更是无孔不入，送银行卡的诸多弊端便日渐凸显，从而开始被现代官场逐步摈弃。

但上有政策，下有对策。活人又哪能被尿憋死！在各级电视台相关收藏栏目的轮番轰炸下，不少收礼人和送礼人也都心有灵犀，纷纷将求人办事的答谢之礼瞄上了古玩和各类艺术品。经过几年时间的逐步摸索，送礼人和收礼人无不对这个新兴的礼品载体趋之若鹜，双方皆大欢喜。同一物件因不同的鉴定人，可得出多种结论，或真或假，或到代或后仿，或价高或价低，或价值连城或分文不值。这在司法认定上，增加了相当的不确定性。所以，送古玩、送艺术品，在现代官场开始盛行起来。由于缺乏精确的价值标准，又带有浓厚的文化色彩，让送礼者好送，收礼者好收，也为规避法律风险找到了最佳途径。中国官场的这一新兴嗜好，进一步促使收藏市场火速升温，拍品价格随之节节攀升。

副部长和司长并非贪赃枉法之辈，也都十分珍惜手中这份来之不易的权力，可他们又都是有着七情六欲的凡夫俗子，其主观上并无胆大妄为以权谋私的贪欲，但也希望手中的权力能够给自己多多少少带来一点不受法律监管的实际好处。比如那些不宜见光、处于法律真空地带的灰色收入，或那些有求于自己的人给予的小恩小惠，只要不触犯国家法律条文，他们也都期待这些细水长流、积少成多的点滴好处。而赫市长一行人所送的画，正符合收礼人的心态，更何况，画家本人还是一个如此让人赏心悦目、青春貌美而又已经结识的女子！

几个京官高兴地将画收下，还围绕着画的内容，讨论起有关油画的各种流派。副部长更是放下身段，不时侧身，搜肠刮肚，和罗曼讨论着地球人都知道的蒙娜丽莎那神秘莫测的微笑，还有凡·高的《向日葵》和《麦田》，以及雷诺阿笔下丰腴的女人和天真的孩童，充分显示自己在卓越的行政能力之外，还有着极其深厚的艺术修养。副部长即兴的一通谈吐，让同桌之人无不刮目相看，并争相奉上颂扬之声。也有人附庸风雅，绞尽脑汁地发表着自己对美学、对艺术的一孔之见，极尽可能地展示自己的博学多艺。赫市长和黄东升冷眼旁观几个京官围绕着罗曼争相表现自己，好像公园里争着向游人开屏的孔雀，觉得既可笑又很不是滋味。

一阵觥筹交错之后，桌上渐显杯盘狼藉，宾主之间也都酒酣耳热、菜足饭饱。静候在包房门外的服务员斜靠墙面，两眼无神，没精打采地盯着地面，心里诅咒着里面毫无时间概念的人还不结账走人。副部长已有点微醺，但头脑还很清醒，见车轱辘话翻来覆去就那几句，自己都有点不太好意思，于是抬手看了看腕表，见指针已快指向十点，便意犹未尽地从座上起身，其他人见状也赶紧起来，互留名片、互致问候、互相邀约着再次见面，一副乐不思蜀、流连忘返的模样。最后，孟主任在赫市长的示意下，开口问及项目审批之事，副部长、司长、处长又哈哈连声，含糊其辞，急忙挥手作别。

出得门来，几辆小车已停在饭店门外的台阶下，司机们将几幅油画装入各自的后备箱中，赫市长一行人则恭敬地挥动双手，送别几位京官。之后，罗曼也准备离开。赫市长和黄东升本想再留她一道喝喝咖啡，可又实在开不了口，罗曼今晚好几个小时全程陪同，已明显疲乏，毕竟这也是她的分外之事。见她困顿不堪、哈欠连天的模样，赫市长和黄东升也就不好意思再强人所难，只得为罗曼叫上出租车，并目送她远去。几个地方官员分乘驻京办安排的两辆专车，赫市长和黄东升同坐一辆，在后座上两人用广东话聊了一通，很快达成共识，明天的拍卖会上决不能让罗曼的画流拍，否则，已经跑了近两年的项目就有可能随之流产。

黄东升坐在拍卖大厅里，回想两天来在京城的经历，如同幻灯片在眼前浮现。当初，他想通过北京之行把罗曼弄到手的想法，现在看来简直就是一厢情愿、异想天开，他以为只要有钱，就没有办不到的事情，这种想法如今看来，还是很肤浅、很不现实的。罗曼才貌俱佳，不似一般金玉其外、败絮其中的浅薄女子，以身体为本钱，靠取悦男人而过着好逸恶劳、醉生梦死的生活。罗曼则不同，她有着不同于寻常女人的非凡外表，更有着不同于寻常女子的艺术禀赋，在男人的世界中，这些因素有着所向披靡的无限能量。她用不着委屈自己，只要她需要，肯定就会有不少人甘愿为之尽犬马之劳。黄东升为这么一个妙不可言的女人不能为自己拥有而怅然若失，不过，他今生今世所拥有的各色女子也不在少数，虽不敢说阅尽了人间春色，却也可谓春色满园了。对罗曼固然有点可望而不可即的遗憾，但这种遗憾，也仅限于麻将桌上因未能把握时机和个满贯的那种感觉，之后，随着连和两把好牌，这种遗憾也就随之烟消云散、荡然无存了。

拍卖会在拍卖师油嘴滑舌、拿腔拿调的开场白中正式开始了。黄东升想，自己虽未能拿下罗曼本人，但今天这个场还是要为她捧的。等会儿，说不定会为之付出二三十万甚至更高的代价，但这点小钱对自己来说，就如九牛一毛，根本不值一提从此结交下罗曼这个体面的画家朋友，今后在各色人前，不就多了个可供吹牛的谈资？再说，以罗曼在男人面前所向披靡的能力，保不准哪天自己还真会有求于她呢。尤其当下，自己也急需通过拿下眼前这项目，增加自己在市领导跟前说话的分量，争取下届政府改选时，将自己市人大代表的头衔升级为全国人大代表，那该是多大的一笔无形资产呀？又会给自己带来多少实际的好处？这可是谢书记和赫市长对他有过的承诺。黄东升不傻，又精于算计，从不做赔本买卖，今天亲自披挂上阵，说是为罗曼两肋插刀，实则处处都在为自己的生意通盘考虑。

黄东升胡思乱想中，拍卖会已进行好一阵儿了。前面那些拍品多是些知名度不够高、没被黄东升放在眼里的画家画作，中间也插有多幅名家名作，但黄东升已拥有不少大家、名家的作品，对他来说，多一幅和少一幅，价格高点或低点，也都无关痛痒了，他今天是专为罗曼而来，无暇他顾。终于，轮到罗曼的作品开拍了，黄东升收住心神，侧头对身边的手下耳语几句，手下便心领神会，依照老板的意图来行事。罗曼的第一幅画，是描摹陈逸飞的《仕女吹箫图》，画中四个民国女子浓妆艳抹，抚琴吹箫，虽衣着富贵典雅，却无不忧伤、哀怨、凄美，如泣如诉，凄清冷艳，动人心魄。画作虽不及原画那样，能丝丝入扣地遵循其精致、细腻、唯美的准则，将西方古典写实画风推向极致，但也笔触细致，设色柔和，比例协调，充分展现其浓郁的东方情致与民国遗韵，虽没达到神似境界，却也颇具几分形似。该画12万起拍，拍卖师一报价，便大出黄东升预料，跟拍的人从四面八方齐刷刷地冒了出来，稍一数竟然多达二十来人，相较之前的名家名作，人气显然更旺呢！拍卖师脸上乐开了花，应顾不暇于此伏彼起的号牌当中，并不断变换着手势，目光随全场起伏不定的号牌穿梭往来，报价声犹如机关枪般，抑扬顿挫、忽高忽低，价格更是一个劲儿地往上猛蹿，从20万、30万、50万，再过80万，又冲至100万……绝大多数与会者不明就里，讶异于场中怪异的氛围，对这个名不见经传的画作者产生浓烈的好奇，大家不时东张西望，相互窃窃私语，场内掀起一阵又一阵的骚动狂潮，参与竞逐的人更不管不顾，互不相让，一切摆出一副势在必得的豪迈架势！价格又是一路狂飙，冲到120万、150万、180万……在此过程之中，已有多个买家实在不堪重负，权衡利弊后只得忍痛割爱，不无遗憾地退出竞逐，眼巴巴地观看留下来的人继续酣战。

如此局面，黄东升始料未及。他也懵懵懂懂，和众多的与会者一样，不由心生好奇：罗曼的画竟能拍出如此天价，究竟是谁在这里推波助澜？黄东升不动声色，目光游弋于此起彼伏的号牌中间，刻意留心着这些不知天高地厚，在拍场上兴风作浪并穷追猛打的举牌人。这些一掷万金、敢于豪赌之人，乍看起来并不怎么起眼，看不出有多深的艺术造诣，更看不出有什么与众不同，可这些人就是一味地跟随着拍卖师的唱腔而频频出手，似乎多少钱也不在话下。黄东升扫视一圈后，不由看了看身边负责举牌的手下，猛地，他一下回过神来，场内这些举牌人，不过就跟自己身边的手下一样，也是听人使唤的棋子！只是，从这些人的肤色、体貌以及衣着特征来看，应是来自全国不同的地方，南方、北方；沿海地区、内陆地区；经济发达地区、不发达地区，再想想自己来此的原因，黄东升不禁自嘲一笑，瞬间明白了场中所有举牌之人，既不为投资，更不为收藏，无一例外，都是冲着美人而来的。

价格飙升至200万元了，场内又是阵阵骚动，相互较劲的还有六人之多，个个目不斜视，一副不达目的誓不罢休的阵势。黄东升不由嘀咕：罗曼这丫头实在太厉害，真不知她施了什么魔法，能让这些男人如此疯狂，相互厮杀、刺刀见红，就像西方中世纪为情决斗的情种。价格已经到了250万，又有四位竞逐者退出了角斗场，黄东升仔细观察两个厮杀到最后的角斗士，一群是显而易见一副活脱脱的江浙派头，另一群人无需细辨，一看就是来自深山老林的乡下人，个个面色萎黄，土土的，好像一辈子都没走出过大山深处似的。黄东升猜测：这帮人肯定是山西挖煤的。战斗到最后的两个号牌，显然代表着来自两个完全不同地域的男人，也代表着不同的经济文化背景，虽地域不同，背景不同，但此刻的方向目的却是惊人的一致：那就是冲罗曼而来，为美丽而战。双方都不把对方放在眼里，双方都在心底暗自较劲，都想以这样的方式表达自己对罗曼的爱慕与愚忠，都想通过这样的方式炫耀一下自己的财富，出一把风头，都想拿到罗曼拍卖场上的第一幅作品，似乎拥有了罗曼的第一幅画作，便如同拥有了她令人憧憬无限的初夜权一般。

黄东升冷眼观察着场内拍卖动静，思考着拍场内不同寻常的表象后面的深刻背景，颇有点坐山观虎斗的超然。价格升到了280万、300万、315万，两个角斗士仍不屈不挠，一副血战到底的架势。黄东升顿觉心中一阵烦躁，他实在搞不懂，罗曼这小丫头哪来的如此身价？本以为自己就够荒唐的，想不到竟还有如此执迷不悟、疯狂痴癫的同性？一旁的手下不住地朝他投来征询的目光，开始时黄东升还审时度势，可眼下这状况，又哪轮得着他上场？黄东升没那么傻，决不去当冤大头！见手下一脸迷惘地望向自己，黄东升主意已决，冲手下不怒而威地呵斥了句："牌子收起来吧，凑这热闹干吗！"话未说完，场内再次骚动，并经久不息，人们不知所以，纷纷扭头，跟随大伙儿的目光，将关注的重心投向引起骚动处，拍卖师口中快如机关枪的话语也戛然而止，眼睛紧盯着会场中央，愣在那儿无可奈何。黄东升不明就里，下意识随众人目光望向前排，左前方向，他认定的山西挖煤人中的举牌人，竟然将号牌高高举在空中不放下，从而使得另一竞逐者无法竞价，打乱了拍卖师叫价秩序，让拍卖一时无法进行。

黄东升是拍卖场中的常客，多年来他不知亲自参加过多少大小拍卖，眼前这情景却是闻所未闻，见所未见，属破天荒的头一次。他对此颇为不屑，不由在心里骂了句："真他妈土鳖一个！"拍卖师也哭笑不得，稍一愣怔，继而回过神来，问举牌人："请问33号，你究竟愿出多少钱？"不出黄东升所料，33号举牌人操一口浓重的山西口音，舌头似在口腔里转不过来："不管其他人出多少钱，反正这幅画我是要定了！"逐渐平息下来的气氛再次骚动起来，33号举牌人有违常理的回答让人们再次讶异，而他身边稳坐一名六十岁左右的老者，此人一副悉听尊便，任凭风浪起、稳坐钓鱼台的笃定。黄东升搞不清自己是妒是羡，又用广东话轻声骂了句："傻子一个！"拍卖师为了难，33号的举动让一向从容自若的他顿失了方寸，这可是他执槌多年第一次碰到的稀罕事儿。拍卖公司的员工也傻了眼，既乐于看到如此激烈的角逐，又不知如何应对眼前这一突发事件，只得干站在原地，傻乎乎地望着眼前的事态，无所作为。

短暂冷场之后，拍卖师旋即回过神来，见33号如论无何不把号牌放下，无奈中，只得撇下他，转头问另一竞拍者："33号出到330万，请问129号，你还加吗？"129号来自江浙地区，本抱着势在必得的心态参与竞逐，没想到竟遇到不按牌理出牌的"搅屎棍"，虽情知难以如愿，可又实在心有不甘，恍惚中，负气举起手中号牌，并回了句："360万。"拍卖师乐了，转身又问一直高举号牌的33号："129号先生360万……"33号义无反顾，脱口就道："400万。"拍卖师疯了，与会者也热血喷涌，跟着瞎起哄，将场中高潮推向极致。129号义愤填膺，却又不得不甘拜下风，稍一犹豫遂鸣锣收兵。全场沸腾了，人们纷纷起身，将雷鸣般的掌声送给最终的胜利者。拍卖师也趁热打铁，将手中木槌猛地往下一敲，热情洋溢地送出祝词："恭贺33号，罗曼的这幅仕女吹箫油画，以400万元落槌价，被您成功拍到。"33号举牌人消停下来，而他身边那位老者却站了起来，脸上压抑不住狂喜，不住朝拍场四周冲他击掌祝贺的人们欠身，颇有些神采飞扬。此人其貌不扬，甚至还有点猥琐，他谦恭的举止里面暗含着极度的自负甚至狂妄。与会者更加癫狂，老头的尊容和招摇实在太过喜感，与会者讶异的同时又忍俊不禁。

黄东升不似其他与会者，对老头的目的心知肚明，此刻，他真想吐他一口唾沫，并在心底暗骂道：这把年纪了还春心不死，惦记着老牛吃嫩草！突然，他又忍俊不禁，笑出声来，觉得眼前这幕实在太过戏剧，试想罗曼那样一个冰清玉洁并自视极高的才女，要知道为她捧场的男人竟是这般嘴脸，她将会怎样的羞愧难当和无地自容！不及黄东升多想，拍卖会又继续进行。紧接下来是罗曼另一幅作品，这是一幅表现西部高原旷野的风景油画，图中是广袤无垠的茫茫沙丘，一行骆驼寂寥地行进于无边的黄色沙漠，留下渐行渐远的行行蹄迹，给人以大漠苍凉和遒劲美感。画中笔法颇为细腻，丝毫看不出油画颗粒。此画15万起拍，黄东升已懒心无肠，今天这架势，为罗曼捧场而来的人全都杀红了眼，完全失去了理性，他不会凑这样的热闹。罗曼画作已拍出令人瞠目结舌的超高价位，不管最终的得者是谁，都已达到目的，无需自己锦上添花。黄东升此刻无比庆幸，前几日的50万元真是用到点子上了，既对罗曼有交代，又避免今日再充冤大头。

因有第一幅画的高价成交，更因拍卖时出现的戏剧性场景，第二幅画一开始，竞逐场面便更为激烈。拍卖师喘口气的工夫都没有，价格便一路上扬，轻而易举突破300万大关。场中依然群雄逐鹿，都不愿错过这唯一取悦美人的机会。黄东升继续冷眼旁观，细察场中不知天高地厚的男人们，以为真心实意为罗曼捧了场，便能得到美人垂青。殊不知罗曼绝非等闲，又哪是一般男人罩得住的角色？转眼之间，价格又一路狂飙，轻松突破400万元。刚才还豪情万丈的男人们终于扛不住了，先先后后，落寞离场。最后，又是两人相互较劲，互不退让。刚才的33号依然气势如虹，一副不达目的不罢休，并志在必得的气势，哪怕为此付出一座金山银矿，也都在所不惜！

价格举到了480万，33号仍跃跃欲试，如同一只好斗的公鸡，傲视群雄。而另一竞拍者，却不再穷追不舍，任由拍卖师千呼万唤，就是不为所动，一番激烈的思想斗争过后，他似乎想清了财富和美人之间的关系，他不愿再为一个莫须有的“水中月镜中花”而千金散尽。场内又是一阵欢声雷动，大伙儿毫不吝啬，再次将掌声毫无保留地送给这个打遍场内无敌手的33号。老者又站了起来，又冲场内四周的大众礼貌地欠欠身子，好似感谢在座的诸位，亲眼见证了他不动声色，以压倒一切的绝对优势击退各方豪杰，并最终抱得美人归似的！他的身子侧往黄东升所在方向时，黄东升清晰无误地瞥见其脸上刀刻般的皱纹，以及因长年累月生活在煤尘飞舞环境下而土红黝黑的脸颊，还有那身极不合体的名牌服饰，俨然一幅线条夸张、色彩对比强烈的漫画，极具幽默讽刺。黄东升忽地想吐，心里再次泛起不屑，想想罗曼那白如凝脂的肌肤，那吹弹可破的面容，那宛如春水般清澈见底的明眸，以及她的一颦一笑，和眼前这个糟老头儿哪有半点相干？如今，却被这个多看一眼都让人觉得恶心的老男人以这种过分招摇的方式亵渎。想到此，黄东升心里不免有些懊悔，自己的一时怯阵，竟让这糟老头子将果子摘去，以污秽之心，玷污了这个圣女的清白。

第二天，罗曼的名字便赫然出现在各种报纸版面和电视台的各个栏目之中，各媒体均用极度夸张的语言，对罗曼不吝言词地赞美褒扬。只一夜工夫，罗曼便从默默无闻的画界新人，一举成为冉冉升起的画坛新星。而昨日宏程博源拍卖夜场上，罗曼作品所上演的精彩绝伦的一幕，更被各大媒体加油添醋地大肆渲染，以迎合广大读者的猎奇心态。不管是不是关心中国油画的人，不管是不是关注拍卖动态的人，也不管是不是收藏圈内的人，经媒体这番铺天盖地的大幅报道，罗曼的名字，都强势映入人们眼帘。只要你在这一天翻阅了报纸，打开电视看过新闻，就不会不知罗曼其人。

罗曼作品在拍卖会上精彩抢眼的表现，自然也被拥有她画作的副部长、司长、处长所知晓。三人均对罗曼作品在拍卖会上令人难以置信的表现深感意外。同时，也强烈意识到自己手中所拥有的罗曼画作的财富价值，在喜出望外的同时，几人也不免为手里这份沉甸甸的礼物而惴惴难安。大家心里七上八下，既欣喜，又不免忐忑，千方百计，穷尽一切思维，为自己所拥有的罗曼画作的合法性寻找各种法律法规的依据。晚饭后，司长思之再三，犹犹豫豫拨通副部长家中电话，当确定电话那头是副部长本人后，司长这才小心翼翼，试探着问道："部长，今天的新闻您注意了吗？"副部长揣着明白装糊涂，明知故问道："你指的是什么新闻？"司长踌躇片刻，拿捏着嗓音小声说道："当然是关于罗曼的报道。"副部长不以为然，一副举重若轻的口吻："嗨，你说的是这条新闻呀，看了。有什么问题？"末了，副部长随口反问一句，似嫌司长没事找事。"这……"司长瞬间意识到了副部长的不满，心中略感不安，只得硬着头皮往下说："没想到罗曼的画竟然这么值钱！我们手中的画……"副部长立即打断司长，居高临下开导说："你这人真是的，天下本无事，庸人自扰之！你不想想，罗曼的画不是从拍卖会上才开始暴涨的吗？我们在此之前收到礼品时，她的画连一般礼品画的价值都还达不到呢！"司长立马顿悟，随即释然，哈哈一乐，对副部长佩服得五体投地："嘿，这倒也是！我还真是庸人自扰了。部长，谢谢您点破迷津。"副部长进而告诫："别听风就是雨的！遇事动动脑子，别一惊一乍。"司长如芒刺背，连声应允。撂下电话，司长思来想去，仍觉不够踏实，沉吟半晌，决计把这件事的前因后果、来龙去脉，写进日记里，以便今后有据可查。

次日，司长马不停蹄，将赫市长所在城市报批项目的相关材料递到副部长案头，请示说："部长，赫市长他们的项目报来时间也不短了，手续齐全，也符合相关程序，要不现在就给批了吧，省得他们老催！"副部长将司长递来的相关资料一一展开审阅，边看边发表高见："批倒是可以批，不过，要注意两个问题。一是在时间掌握上，再抻上个把月，现在就批反倒落人口实，本来没事也成有事了。二是再找两三个符合条件的城市一并办理，这样，赫市长他们的项目，也就不招人眼目，让人无从挑剔了。"副部长张弛有度，游刃有余，前后左右思虑周详，司长打心眼儿里佩服，不由趋附："还是部长考虑周全。"副部长高屋建瓴、举重若轻，将目光从一大堆资料中抬起来，看着仍毕恭毕敬的司长，继续点拨说："无论我们做什么事情，都一定要注意一个问题，那就是程序的合法。只要做到了这一点，我们就不怕别人找碴挑理。什么人、什么事，都不能搞特殊化，这样，就不会授人话柄。是吧？”司长也有着极高的政策理论水平，副部长言简意赅一席话，让他醍醐灌顶，忙脱口附和：“那是，那是。我们什么时候才有您这样的水平呀！”

既然副部长的态度明朗了，司长心里就有谱了，也有底气不怕赫市长追前撵后查问项目进度。仅过一天，赫市长还真就来电询问，司长胸有成竹，更对赫市长之前的礼物心存感念，不等赫市长主动开口，便竹筒倒豆子，把项目当前的状况向赫市长明白无误彻底交底：“赫市长，你放心，你们的项目在我这里已经通过了，我很快报到部里，等副部长签字后，还要开一次部党组会议，就能下批文了。”赫市长也是官场中人，深谙为官之道，司长的话让他意识到该项目大局已定，不过，为慎重起见，他又进一步核实：“部党组那边会不会有问题？还请司长多费心了。”司长不再拿腔拿调打官腔，而是掏心掏肺给赫市长承诺：“放心吧，赫市长，不要说我们是老朋友了，就只是工作关系，你们的项目也是应该批的。”赫市长闻之大喜，又问：“那得等多长时间？”司长特有耐心，好似欠了赫市长多大的人情，认真答复说：“也就一两个月的时间，你就等好消息吧！”赫市长心中的石头落了地，他打心眼儿里感激司长，连说：“太谢谢了，司长，今后有什么需要，言语一声就是。”司长心知肚明，也挺领情，忙回说：“应该的，应该的，赫市长，咱们之间不用客气！”

撂下电话，赫市长兴奋之情溢于言表。见钱秘书长、孟主任和黄东升全直溜溜望着自己，乐乐呵呵地感慨道：“功夫不负有心人，终于等到这天了！”钱秘书长长吁口气，如释重负般：“这次肯定没跑了！”黄东升也深感欣慰：“谢天谢地，我们的心血总算没白费！”接下来，几人又七嘴八舌，回忆这个项目过程中所遇到的酸甜苦辣。听着几位官员大倒进京跑部的苦水，黄东升心中的自豪感油然而生，他生怕几位官员过河拆桥，忘了他的功劳，意有所指提醒说：“说实话，这次成功真是如有天助。你们看，我们送上罗曼的画作时，还唯恐这礼物太轻了，人家瞧不上眼呢。谁知拍卖会上竟出现了颇具戏剧性的一幕，罗曼的画不仅顺利成交，还拍出了意想不到的天价，这下一来，人情不就大了？”赫市长兴头正高，也听懂了黄东升话里的弦外之音，作为一市之长，理所当然，他应对眼前这个既出钱又出力的有功之臣给予一定的表彰。于是，他一本正经对其他两位下属说：“黄总说的没错，我们这次的确是沾了罗曼的光。不过话又说回来，这次成功的关键，还是我们的项目好，部里又能够秉公处理。再加上黄总的穿针引线，出钱又出力，才有了罗曼画作这次机遇。所以，黄总是此次行动的大功臣，今后市里理应对他的企业多多支持！”

黄东升文化程度不高，没多少心机，属于给点阳光就灿烂的主儿，见赫市长一本正经为自己评功摆好，心里反倒有些不自在，赶紧回道：“我也就地地道道的粗人一个，出点钱，那算得了什么？这次行动能够成功，还是赫市长领导有方，我们都是按您的意见办事的。”钱秘书长和孟主任便你一言我一语，既拍赫市长马屁，又夸黄东升仗义，将两人说得晕晕乎乎，云里雾里。接下来，大家又自然而然，谈到罗曼，谈到罗曼的美丽，谈到罗曼的艺术，谈到罗曼的美丽和罗曼的艺术带给她在男人们面前的巨大能量，并由此及彼，高谈阔论起时下最为时尚的美女经济及眼球经济。此时的孟主任，也深刻领教了罗曼身上所拥有的无限潜能，那是自己无论如何也比不了的。自叹不如的孟主任，此刻反倒坦然起来，也不再同罗曼争风吃醋。黄东升又惟妙惟肖，学起山西煤老板在拍卖会上拍得罗曼作品侯的离谱表演，惹得众人开怀大笑。笑过之后，尽管各自心思迥异，大家也都真心实意感谢罗曼，公认罗曼的出现为此次项目的进展起到了四两拨千斤的作用。大家又一道谈论起收藏以及拍卖领域中的种种怪象，也都感慨良多。

由于需要跑中央电视台《焦点访谈》栏目组，赫市长一行在北京又逗留了几天。当他们费力找去时，竟搞得栏目组的工作人员莫名其妙，再三打听后，人家根本没收到什么所谓的反映材料，只是虚惊一场而已。在这期间，他们免不了想和罗曼再次相聚，可罗曼却忙了起来。拍卖会后，罗曼不停地接受媒体采访，还要答谢各方人士对她的鼎力支持，忙得四脚朝天，不亦乐乎。在此过程中，她抽空和赫市长一行吃了顿晚餐，林文轩也一同参加。连日的忙碌，让罗曼看起来略显憔悴，但眉目举止间却多了一分自信与从容，眼神里更多了一分坚定。此时的罗曼，再也不是巡回画展上那个怯怯生生、羞羞答答、任人摆布的小姑娘了。仅几天工夫，罗曼便蜕变为一个成熟知性的女人。赫市长和黄东升面对这个曾让自己心醉神迷的女子，心中也都感慨万端，有种说不出来的滋味。他们心里都清楚，眼前这个女子将会有更加广阔的人生舞台，也会有更加美好的个人前程，决不是他们这种凡夫俗子手中的玩物。她离他们已经渐行渐远，终会变得遥不可及。不过，两个男人心中虽有不舍，但还是为罗曼的成功而真心高兴，也为结交了罗曼这个朋友而由衷欣然。只是，在座的诸位都不免在心里有几分懊悔，后悔当初没有多买几幅罗曼的作品，现在想买却已是天价。

一个礼拜后，赫市长终于成功完成了在北京的各项任务，他就要率领团队离开京城、打道回府了。林文轩和罗曼两人把他们一直送至机场，这让赫市长和黄东升等人心中又大为感念，想想罗曼这女子还真是有情有义，不是那种“人一阔，脸就变”的势利小人。

参加画展的其他三位画家的画也都顺利拍了出去。不过，这三位画家远没罗曼幸运，其画均以此起拍价高不多的价位成交，如此一来，难免让几位画家心里或多或少有些失衡。心里不痛快，便会想方设法宣泄出来。几个人凑在一起，议论纷纭，老马大惑不解，一脸迷惘地问其他几位：“我真他妈搞不明白，咱哥几个的画，哪一个比罗曼那丫头的差！”老柯也愤愤不平，骂骂咧咧：“这他妈哪是在卖艺，分明是在卖色嘛！”那天和林文轩一道送罗曼去医院的张磊就事论事，并未对罗曼进行人身攻击，只是表达了自己的不解：“我真是搞不懂，现在的人们到底怎么了？鉴赏力和价值观究竟在哪里？”老柯瞥一眼文绉绉、一脸书生相的张磊，鼻腔里轻蔑地“嗯”了一声，好像明察秋毫，一语道破玄机：“什么鉴赏力，什么价值观，统统全他妈的废话！这帮人追捧的哪儿是艺术，这不明摆着是在追色吗？”老马力挺老柯说法，粗鄙不堪地骂道：“现今这个社会，只要是个女人，只要她爹妈给了她张好脸，就没有办不成的事儿！谁让咱哥几个是他妈的浑男人一个，既陪不了老板睡觉，也没法在有钱的男人跟前发嗲，所以，走不了捷径也就不能怨天尤人！”张磊为人厚道，听同伴们的话越说越难听，而且直指罗曼，有点于心不忍，便替罗曼辩解说：“话也不能这么说吧？性别和长相自己可做不了主的。再说了，我们可是有目共睹的，人家罗曼至少没有主动投怀送抱、取悦男人，那些男人愿当冤大头，可怪不了罗曼的。”老柯想想也是，便讪然一笑，随后又再自嘲道：“这倒也是。说实话，咱哥几个的画能挤进拍卖会，很大程度也是沾了人家罗曼的光呢。要不然，咱再接着画一辈子，保不齐也没这个命呢！”老马也不再气呼呼的了，而是认可了张磊与老柯的说法，几个心思各异的男人只好认命，并在心底生出了“生死有命，富贵在天”以及“人在屋檐下，不得不低头”的无奈来。

三个月后，林文轩从拍卖公司顺利拿到罗曼及其他三个画家画作的拍卖款。罗曼两幅画的成交金额共880万元，其他三位画家的成交金额共计102万，加起来一共有982万。拍卖公司扣除百分之十的拍卖佣金，以及少量图录费等费用，林文轩共领到了800多万，加之拍卖会之前通过各种渠道的卖画收入，自巡回画展以来，短短几月时间，林文轩便先后将一千多万收入囊中。如此巨额收入大出林文轩意料，他没想到中国收藏市场的钱竟如此好赚。回想当年自己在海外萌生回国创业的打算，他觉得这真是自己一生之中最为英明的决策！拿到拍卖款后，林文轩拿出20万元作为罗曼杰出贡献的奖励，其他三人，则因成绩平平而分得万八千不等。等到要给叶青林高额回扣时，林文轩连肠子都悔青了。他真后悔当初自己怎么那么沉不住气，一下就答应给叶青林30%的回报。30%意味着什么？那可意味着近300万元的巨款呀！可细一想，当初可是自己屁颠屁颠找上门去的，30%的回扣，人家叶青林还左右为难不愿接手，自己好说歹说人家才勉为其难，同意上拍的。想到这点，林文轩就释然了，也想明白了一个道理，那就是：有钱大家赚，谁也没法吃独食。林文轩也知道，若惹恼了叶青林，他想通过拍卖公司这个再好不过的平台赚钱就难了，更别说大家还是老乡，今后想要在圈中立足还得靠他。想清了这个道理，面对叶青林一次次的追问，他便不再躲闪，而是痛痛快快地答应和叶青林餐叙结账。

两个有着几面之缘的老乡再度相聚。当叶青林接过林文轩递过来的银行卡时，两人都心照不宣地莞尔一笑，为他们之间天衣无缝的默契配合而洋洋自得。叶青林心悦诚服，掏心掏肺地对林文轩说：“老林，当初我还真是小瞧你了，没想到你竟把这事办得如此漂亮！说实话，当初收画时我还真没多大把握呢，要不是磨不过你的死缠烂打，我还真不敢干这毫无把握的买卖。我连做梦都没想到，罗曼的画竟能卖出这样离谱的天价来，居然轻而易举就赶上那些早已功成名就的知名画家，这实在让我大开眼界！哎，老兄，你究竟是如何运作的？究竟有什么诀窍呢？”林文轩哪能这样傻，轻易就露出自己的底牌来！见国内首屈一指大拍公司书画部的经理也一脸纳闷儿，一再追问，便赶紧打着哈哈掩饰说：“这有罗曼的运气，但也和你老兄的配合支持分不开呀！要不是你们以国内最具权威拍卖公司的身份来向买家们推荐，谅谁也不敢这么不要命地往里砸钱！”林文轩顾左右而言他，却也道出了部分实情，叶青林也就不再穷追猛打，而是话锋一转，以艳羡的表情颇为神秘地说道：“老林，虽说咱们这次的合作皆大欢喜，互利共赢，但显而易见，这次拍卖的最大赢家，还是非你老兄莫属啊！”林文轩不明其意，生怕叶青林想歪了，便赶紧纠正道：“话可不能这么说！这次拍卖，我忙前忙后忙了好几个月，又是宣传又是展览，前后投入的人力、财力和精力也不少！再说了，你以为我能独享拍卖款？人家画家是傻子，能眼巴巴地看着别人宰他呀？”

看林文轩急了，非要论个桃红李白，叶青林扑哧一笑，随即意味深长道：“怎么不是？你老兄不仅财色俱收，而且，还找了这么个超凡脱俗又貌美如花的摇钱树！”说罢，叶青林一脸坏笑，直勾勾地盯着林文轩，似要扒开罩在林文轩身上的遮羞布，将他的五脏六腑全掏出来看。林文轩的脸“腾”地一下红到耳根，看叶青林莫测高深，其表情又像是《皇帝的新衣》里那个童言无忌的顽皮男孩，他猛地窘迫了，可又禁不住得意，竟有些口吃了：“看你小子想到哪儿去了！天地良心，我对罗曼，那可是真心实意日月可鉴……”看老林刚才还谈笑风生儒雅风流，可瞬间工夫竟把他急成那样，叶青林更乐了，又再玩笑说：“这种话，你老兄可不光在罗曼身上说过啊！”看又被对方揭老底，林文轩更加急了，便又指天发誓道：“此一时，彼一时，以前的女人哪能和罗曼比得了嘛！真的，我这次可是认真的……”看林文轩不像是敷衍，而是掏心掏肺般，叶青林不再打趣他，而是收起一脸嬉笑，正经八百告诫说：“那倒也是！不过老林，我可提醒你，人家罗曼那么优秀，你得好生看紧了。这样的女人，可是好多男人盯着的……”“谁说不是呢！”林文轩心有所动，听叶青林好心提醒，便首先想到了肖潇，后又浮现出巡展过程和拍卖会上各类男人的各种丑态，便很不是滋味，也更下定决心真得把她看紧了，而他自己也该收收心，不能再朝三暮四朝秦暮楚，而确该情归罗曼，不再飘浮不定了。

两个颇有些人生阅历的半老男人，还很难得地这么推心置腹，并在大快朵颐和推杯换盏中，又开始谋划相互间的下次合作……

图书在版编目（CIP）数据

盛世藏缘 / 曾祥玉著 . -- 北京 : 北京时代华文书局 , 2017.12

ISBN 978-7-5699-1894-6

Ⅰ . ①盛… Ⅱ . ①曾… Ⅲ . ①长篇小说 – 中国 – 当代 Ⅳ . ① I247.5

中国版本图书馆 CIP 数据核字 (2017) 第 280382 号

盛世藏缘

SHENGSHI CANGYUAN

作　　者 | 曾祥玉

出 版 人 | 王训海
选题策划 | 王　水　黄思远
责任编辑 | 宋　春　黄思远
装帧设计 | 黄　懿　迟　稳
责任印制 | 刘　银　范玉洁

出版发行 | 北京时代华文书局 http://www.bjsdsj.com.cn
北京市东城区安定门外大街 136 号皇城国际大厦 A 座 8 楼
邮编：100011　电话：010 - 64267955　64267677
印　　刷 | 北京京都六环印刷厂　010-89591957
（如发现印装质量问题，请与印刷厂联系调换）
开　　本 | 710×1000mm　1/16　印　　张 | 23.5　字　　数 | 390 千字
版　　次 | 2018 年 5 月第 1 版　印　　次 | 2018 年 5 月第 1 次印刷
书　　号 | ISBN 978-7-5699-1894-6
定　　价 | 66. 00 元